Zeit der Gespenster

JODI PICOULT

Zeit der Gespenster

ROMAN

Aus dem Amerikanischen von
Ulrike Wasel und Klaus Timmermann

Weltbild

Die amerikanische Originalausgabe erschien 2003 unter dem Titel
Second Glance
bei Atria Books, New York.

Besuchen Sie uns im Internet:
www.weltbild.de

Genehmigte Lizenzausgabe für Verlagsgruppe Weltbild GmbH,
Steinerne Furt, 86167 Augsburg

Übersetzung: Ulrike Wasel und Klaus Timmermann
Umschlaggestaltung: Atelier Seidel – Verlagsgrafik, Teising
Umschlagmotiv: © plainpicture/Ableimages, Hamburg
Gesamtherstellung: GGP Media GmbH, Pößneck
Printed in the EU
ISBN 978-3-86800-630-8

2013 2012 2011 2010
Die letzte Jahreszahl gibt die aktuelle Lizenzausgabe an.

Für Sammy,
die beides ist: eine Leserin und eine Schriftstellerin.
Ich liebe dich von hier bis zum Mond und wieder zurück
XOXO, Mom

Was, wenn du schliefest?
Und was, wenn du träumtest in deinem Schlaf?
Und was, wenn du träumend in den Himmel kämest
und dort eine seltsame, schöne Blume pflücktest?
Und was, wenn du beim Erwachen jene Blume in der
Hand hieltest?
Ah! Was dann?

SAMUEL TAYLOR COLERIDGE

TEIL EINS

2001

Wahre Liebe ist wie Gespenster, von denen jedermann spricht,
die aber nur wenige gesehen haben.

FRANÇOIS VI., DUC DE LA ROCHEFOUCAULD,
MAXIME 76

EINS

Als Ross Wakeman sich das erste Mal umbrachte, hatte er Erfolg, anders als beim zweiten oder dritten Mal.

Er schlief am Steuer seines Wagens ein und fuhr von einer Brücke in einen See. Das war das zweite Mal. Seine Retter fanden ihn am Ufer. Als man seinen Honda barg, waren alle Türen verriegelt und die Fenster aus Sicherheitsglas waren von unzähligen Sprüngen durchzogen. Kein Mensch konnte sich erklären, wie er aus dem Auto herausgekommen war und dabei nicht einmal einen Kratzer abgekriegt hatte.

Beim dritten Mal wurde Ross in New York auf der Straße überfallen. Der Täter nahm ihm die Brieftasche ab, schlug ihn zusammen und schoss ihm dann in den Rücken. Die Kugel hätte ihm aus der kurzen Entfernung das Schulterblatt zerschmettern und einen Lungenflügel durchbohren müssen, doch stattdessen wurde sie wie durch ein Wunder von dem Knochen abgebremst. Das Bleikügelchen trägt Ross jetzt als Schlüsselanhänger bei sich.

Das erste Mal war vor etlichen Jahren, als Ross in ein Gewitter geraten war. Der Blitz war aus dem Himmel gezuckt, genau auf sein Herz zu. Die Ärzte teilten ihm mit, dass er sieben Minuten lang klinisch tot gewesen war. Sie folgerten, dass Ross nicht direkt von dem Stromschlag getroffen worden sein konnte, weil bei einer Spannung von 50 000 Ampere in der Brusthöhle die Feuchtigkeit in den Zellen verdampft und er im wahrsten Sinne des Wortes geplatzt wäre. Der Blitz musste demnach ganz in der Nähe eingeschlagen haben und hatte in Ross' Körper einen Induktionsstrom erzeugt, der zu einer Herzrhythmusstörung geführt hatte. Die Ärzte sagten, dass er ein echter Glückspilz sei.

Sie irrten.

Und nun, als Ross das nasse Dach des Hauses der O'Donnells in Oswego hochkletterte, verschwendete er keinen Gedanken mehr an Sicherheitsmaßnahmen. Der Wind, der vom Lake Ontario heranwehte, war selbst im August noch kalt und peitschte ihm das lange Haar ins Gesicht, als er sich um das Giebelfenster herummanövrierte. Der Regen prasselte ihm in den Nacken, während er mit der Blitzlichthalterung hantierte und die wasserdichte Videokamera auf den Speicher ausrichtete.

Seine Stiefel rutschten ab und verschoben ein paar Schindeln. O'Donnell, der unter einem Regenschirm stand, spähte zu ihm hoch. »Vorsicht«, rief er. Und Ross hörte auch, was er nicht aussprach: *Gespenster haben wir schon genug.*

Aber ihm würde nichts passieren. Er würde nicht ausgleiten, er würde nicht abstürzen. Deshalb übernahm er freiwillig die riskantesten Einsätze, deshalb brachte er sich wieder und wieder in Gefahr. Deshalb hatte er Bungee-Springen und Free Climbing und Crack ausprobiert. Er winkte zu Mr. O'Donnell hinunter, um ihm zu signalisieren, dass er ihn verstanden hatte. Aber ebenso sicher, wie Ross wusste, dass in acht Stunden die Sonne aufgehen würde – ebenso sicher, wie er wusste, dass er wieder einen Tag durchstehen musste –, ebenso sicher wusste er, dass er nicht sterben konnte, obwohl er sich nichts sehnlicher wünschte.

Das Baby weckte Spencer Pike, und er setzte sich schwerfällig auf. Trotz der Nachtbeleuchtung, die in jedem Zimmer des Pflegeheims Shady Pines brannte, konnte Spencer nicht weiter als bis zum Fußende seines Bettes sehen. Er konnte in letzter Zeit gar nichts mehr sehen, wegen des grauen Stars auf beiden Augen; aber manchmal, wenn er aufstand, erhaschte er in dem Spiegel, an dem er vorüberkam, einen flüchtigen Blick von jemandem, der ihn beobachtete – jemand, dessen Gesicht nicht fleckig und gelb war, jemand, dem die Haut nicht schlaff von den Knochen hing. Jemand, der er früher einmal gewesen war.

Hören konnte er allerdings noch gut. Verdammt, er hörte Dinge, die er nicht hören wollte.

Das Baby weinte erneut los.

Spencers Hand huschte über die Decke zu dem Klingelknopf neben dem Bett. Einen Moment später kam die Nachtschwester herein. »Mr. Pike«, sagte sie. »Was ist los?«

»Das Baby weint.«

Die Schwester schüttelte sein Kissen auf. »Hier gibt es keine Babys, Mr. Pike, das wissen Sie doch. Sie haben geträumt.« Sie tätschelte seine hagere Schulter. »So, jetzt wird aber schön weitergeschlafen.«

Warum, fragte Spencer sich, sprach sie mit ihm, als wäre er ein Kind? Und wieso verhielt er sich wie eines, ließ zu, dass sie ihm die Decke bis über die Brust zog? Eine Erinnerung drang Spencer in die Kehle, etwas, das er nicht ganz bis vor die Nebelwand ziehen konnte, das ihm aber Tränen in die Augen trieb. »Brauchen Sie etwas Naproxen?«, fragte die Schwester freundlich.

Spencer schüttelte den Kopf. Schließlich war er mal Wissenschaftler gewesen. Und noch hatte kein Labor das Medikament entwickelt, das seinen Schmerz lindern könnte.

In natura war Curtis Warburton kleiner, als er im Fernsehen wirkte, aber es mangelte ihm nicht an dem Charisma, das *Bogeyman Nights* zu der Sendung mit den höchsten Einschaltquoten gemacht hatte. Sein schwarzes Haar wurde in der Mitte von einer weißen Strähne durchzogen. Die hatte er seit einer Nacht vor neun Jahren, als der Geist seines Großvaters am Fuße seines Bettes erschienen war – ein Ereignis, das ihn dazu bewogen hatte, sich mit der Erforschung paranormaler Phänomene zu befassen. Seine zierliche Frau Maylene, deren übersinnliche Fähigkeiten der Polizei von Los Angeles wohl bekannt waren, saß neben ihm und machte sich Notizen, während Curtis den Besitzern des Hauses Fragen stellte.

»Zuerst in der Küche«, murmelte Eve O'Donnell, und ihr Mann nickte. Das Rentnerehepaar hatte sich dieses Haus am See als Sommerwohnsitz gekauft, und in den drei Monaten, seit die beiden hier wohnten, hatten sie mindestens zweimal in der Woche übernatürliche Phänomene beobachtet. »Gegen zehn Uhr morgens hab ich alle Türen abgeschlossen, die Alarmanlage eingeschaltet und bin zur Post gefahren. Als ich zurückkam, war die Alarmanlage noch immer eingeschaltet ... aber in der Küche standen alle Schränke offen, und die Frühstücksflocken lagen überall auf dem Tisch. Ich hab Harlan angerufen, weil ich dachte, er wäre vielleicht zwischendurch nach Hause gekommen und hätte das Chaos angerichtet.«

»Ich war aber die ganze Zeit über im Elks Club«, warf ihr Mann ein. »Ich war nicht im Haus. Keiner war da.«

»Und dann haben wir nachts um zwei von oben auf dem Speicher diese Dampforgelmusik gehört. Sobald wir hinaufgingen, hörte sie auf. Und als wir die Tür aufgemacht haben, stand da ein Spielzeugklavier für Kinder, ohne Batterien, mitten im Raum.«

»Wir haben kein Spielzeugklavier«, fügte Harlan hinzu. »Und ein Kind schon gar nicht.«

»Als wir dann Batterien reingetan haben, hat es gar nicht die Musik gespielt, die wir gehört hatten.« Eve zögerte. »Mr. Warburton, Sie verstehen hoffentlich, dass wir keine Leute sind, die ... die an solche Sachen glauben. Aber ...

Aber wenn es *nichts* Übersinnliches ist, dann bin ich dabei, den Verstand zu verlieren.«

»Mrs. O'Donnell, Sie werden nicht verrückt.« Curtis berührte mitfühlend ihre Hand. »Morgen früh haben wir bestimmt schon eine genauere Vorstellung davon, was in Ihrem Haus vor sich geht.« Er schaute über die Schulter, um sich zu vergewissern, dass Ross auch alles filmte. Je nachdem, wie sich die Dinge entwickelten, könnte er einen Beitrag über die O'Donnells in *Bogeyman Nights* bringen, und dann war das Gespräch hier von entscheidender Bedeutung. Die Warburtons erhielten täglich über dreihundert E-Mails von Leuten, die glaubten, dass es in ihren Häusern spukte. In fünfundachtzig Prozent der Fälle erwies sich das als Schwindel, oder die Gespenster entpuppten sich als Mäuse im Gebälk. Die Übrigen – nun ja, Ross hatte inzwischen lange genug mit der Materie zu tun, um zu wissen, dass es Dinge gab, die einfach unerklärlich blieben.

»Haben Sie irgendwelche Geistervisionen gehabt?«, fragte Curtis. »Temperaturschwankungen erlebt?«

»In unserem Schlafzimmer ist es manchmal höllisch heiß, und von einer Minute zur nächsten wird uns eiskalt«, antwortete Harlan.

»Gibt es irgendwelche Bereiche im Haus, in denen Ihnen besonders unbehaglich zumute ist?«

»Der Speicher, ganz eindeutig. Und das Badezimmer im ersten Stock.«

Curtis' Augen huschten von dem handgeknüpften Orientteppich zu der antiken Vase auf dem Kaminsims. »Ich muss Sie warnen, dass eine Geistersuche eine kostspielige Angelegenheit werden kann.«

Als Warburtons Feldforscher hatte Ross in Bibliotheken und Zeitungsarchiven nach Dokumenten über das Grundstück der O'Donnells gesucht – in der Hoffnung, dabei auch auf Informationen zu stoßen, dass sich hier ein

Mord oder Selbstmord ereignet hatte. Seine Nachforschungen hatten nichts dergleichen ergeben, aber das war für Curtis kein Hinderungsgrund. Schließlich konnte ein Geist sowohl eine Person als auch einen Ort heimsuchen. Geschichte konnte wie ein schwacher Duft in der Luft schweben oder wie eine Erinnerung sein, die sich auf der Innenseite der Augenlider eingeprägt hat.

»Der Preis spielt keine Rolle«, sagte Eve O'Donnell.

»Natürlich nicht.« Curtis lächelte. »Also dann. Ran an die Arbeit.«

Das war Ross' Stichwort. Während der Ermittlungen war er für Aufbau und Überwachung der elektromagnetischen Ausrüstung, der digitalen Videokameras, des Infrarotthermometers zuständig. Er arbeitete für einen Hungerlohn, obwohl die Sendung im Fernsehen und Fälle wie dieser hier viel Geld einbrachten. Vor neun Monaten hatte Ross die Warburtons um einen Job bekniet, nachdem er in der *L.A. Times* zu Halloween einen Artikel über sie gelesen hatte. Anders als Curtis und Maylene hatte er noch nie einen Geist gesehen – aber er wollte es unbedingt. Er hoffte, dass die Empfänglichkeit für Geister sich durch engen Kontakt übertrug, wie eine ansteckende Krankheit – und dass er dadurch für immer gezeichnet werden würde.

»Ich würde mir gern mal den Speicher ansehen«, sagte Ross.

Er wartete an der offenen Tür, bis Eve O'Donnell vor ihm her nach oben ging. »Ich komme mir albern vor«, gestand sie, obwohl Ross sie nicht danach gefragt hatte. »Dass ich in meinem Alter auf einmal Gespenster sehe.«

Ross lächelte. »Ein Geist kann einen Menschen ganz schön durcheinanderbringen und ihm das Gefühl geben, er wäre verrückt, aber ein Geist tut dem Menschen nichts.«

»Oh, ich glaube nicht, dass sie mir was tun würde.«

»Sie?«

Eve zögerte. »Harlan meint, wir sollten Ihnen von uns aus keine Informationen geben. Und wenn Sie dann das, was wir sehen, auch sehen, hätten wir die Bestätigung.« Sie fröstelte, blickte die schmale Treppe hinauf. »Meine kleine Schwester ist gestorben, als ich sieben war. Manchmal frage ich mich ... ob ein Geist einen Menschen finden kann, wenn er will?«

Ross wandte den Blick ab. »Ich weiß es nicht«, sagte er. Seine Augen verweilten auf der kleinen Tür oben an der Treppe. »Ist es da?«

Sie nickte, ließ ihn vor, damit er die Tür entriegeln konnte. Die Videokamera, die Ross draußen angebracht hatte, beobachtete sie durchs Fenster, ein Zyklopenauge. Eve schlang sich die Arme um den Oberkörper. »Ich krieg hier oben Gänsehaut.«

Ross rückte ein paar Kisten beiseite, damit auf dem Band keine Schatten zu sehen sein würden, die leicht zu erklären wären. »Curtis sagt, so weiß man, wo sie zu finden sind. Man orientiert sich an seinem Instinkt.« Ein Blinken auf dem Boden erregte seine Aufmerksamkeit. Er ging in die Knie und hob eine Handvoll Pennys auf. »Sechs Cent.« Er lächelte. »Komisch.«

»Manchmal macht sie so was.« Eve schob sich Richtung Tür. »Lässt uns Kleingeld da.«

»Der Geist?«, fragte Ross und drehte sich um, aber Eve war schon die Treppe hinuntergeflüchtet.

Er holte tief Luft, schloss die Speichertür und löschte das Licht, sodass der Raum in Dunkelheit versank. Er trat zur Seite, wo die Kamera ihn nicht erfassen konnte, und schaltete sie per Fernbedienung ein. Dann konzentrierte er sich auf die Finsternis, die ihn umgab, ließ sie schwer lasten auf seiner Brust und in seinen Kniekehlen, wie er es von Curtis Warburton gelernt hatte. Ross öffnete seine Sinne, bis seine Zweifel nachließen, bis der

Raum um ihn herum erblühte. *Vielleicht ist es genau so*, dachte er. *Vielleicht fühlt sich das Nahen der Geister an wie ein Schluchzen tief unten in der Kehle*.

Irgendwo links von ihm hörte er einen Schritt und das unverkennbare Klimpern von Münzen auf dem Boden. Ross schaltete eine Taschenlampe ein und richtete den Strahl nach unten auf seine Schuhe – und die drei neuen Pennys daneben. »Aimee?«, flüsterte er in die leere Luft. »Bist du das?«

Comtosook, Vermont, war ein von Grenzen bestimmter Ort: das Gefälle, an dem er in den Lake Champlain glitt, die Klippen am Rande des Granitsteinbruchs, in dem die Hälfte der Einwohner arbeitete, die unsichtbare Demarkationslinie, an der entlang die wellige Landschaft von Vermont mit einem einzigen weiteren Schritt zur Stadt Burlington wurde. An der Kongregationalistenkirche im Ortskern hing eine von der Zeitschrift *Vermont Life* gestiftete Tafel von 1994, dem Jahr, in dem Comtosook zum malerischsten Ort von ganz Vermont gewählt worden war. Und das mit Recht – es gab Tage, an denen Eli Rochert die sich verfärbenden Blätter betrachtete und er einfach einen Moment stehen bleiben musste, weil ihm der Atem stockte.

Aber ganz gleich, was Comtosook für Touristen bedeutete, es was Elis Heimat. Schon immer. Als einer der beiden Polizisten im Ort war ihm natürlich klar, dass die Touristen nur eine Illusion sahen.

Er fuhr die Cemetery Road hinunter. In Nächten wie dieser, wenn der Mond kugelrund und gelb wie ein Habichtsauge aussah, lag der Friedhof immer auf seiner Route. Obwohl die Fenster heruntergekurbelt waren, wehte kaum ein Lüftchen, und Elis kurz geschnittenes schwarzes Haar war im Nacken feucht. Sogar Watson, sein Bluthund, hechelte auf dem Beifahrersitz.

Alte Grabsteine standen geneigt, wie müde Fußsoldaten. In der linken Ecke des Friedhofs, nahe der Buche, befand sich Comtosooks ältester Grabstein. WINNIE SPARKS, stand darauf. GEBOREN 1835. GESTORBEN 1901. GESTORBEN 1911. Der Legende nach war der Leichenzug der reizbaren alten Frau auf dem Weg zum Friedhof gewesen, als die Pferde scheuten und ihr Sarg vom Wagen fiel. Der Deckel sprang auf, und eine fuchsteufelswilde Winnie kletterte heraus. Zehn Jahre später starb sie – erneut –, und ihr schwer geprüfter Gatte hämmerte den Deckel vorsichtshalber mit 150 Nägeln zu, aus reiner Vorsicht.

Ob die Geschichte wahr war oder nicht, interessierte Eli herzlich wenig. Doch die Jugendlichen aus dem Ort sahen anscheinend in Winnies Unwillen, tot zu bleiben, Anlass genug, um mit Sixpacks Bier und Haschisch zu ihrem Grab zu ziehen. Eli faltete seinen langen Körper aus dem Pick-up. »Kommst du?«, sagte er zu dem Hund, der sich stattdessen auf dem Sitz niederließ. Kopfschüttelnd lief Eli über den Friedhof, bis er Winnies Grab erreichte, wo vier Jugendliche, die so bekifft waren, dass sie ihn nicht hatten kommen hören, um die blaufingerige Flamme einer Brennpastenschale herumsaßen.

»Buh«, sagte Eli ausdruckslos.

»Die Bullen!«

»Scheiße!« Man hörte Turnschuhe huschen und Flaschen klimpern, als die Jugendlichen hastig die Flucht ergriffen. Eli beschloss, sie laufen zu lassen. Er richtete den Strahl seiner Taschenlampe zuerst auf die letzte davoneilende Gestalt, dann auf den Boden. Außer einer dünnen, süßlich riechenden Rauchwolke hatten sie zwei Flaschen Bier, Marke Rolling Rock, zurückgelassen, die Eli sich nach Dienstschluss genehmigen würde.

Er bückte sich und zupfte einen Löwenzahn von Winnies Grabstein. Ein Wort kam ihm in den Sinn, als hätte die Bewegung es gelöst: *chibaiak* … Geister. Die Sprache seiner Großmutter, die auf Elis Zunge brannte wie Pfefferminz. »Gibt es nicht«, sagte er laut und ging zurück zum Wagen, um zu sehen, was die Nacht noch alles für ihn bereithielt.

Shelby Wakeman war nach einem durchschlafenen Tag erschöpft aufgewacht. Sie hatte wieder diesen Traum gehabt, in dem Ethan auf einem Flughafen neben ihr stand, doch wenn sie sich ihm zuwandte, war er verschwunden. Verzweifelt hetzte sie dann von Terminal zu Terminal, um ihn zu suchen, bis sie schließlich durch eine Tür hinaus auf das Rollfeld lief und sah, wie ihr Neunjähriger mitten auf der Landebahn einer heranrasenden Düsenmaschine stand.

Der Traum versetzte Shelby in Panik, egal, wie oft sie sich sagte, dass all das nie passieren würde, und die größte Angst bereitete ihr der Anblick ihres Sohnes, wie er mit ausgestreckten Armen dastand, sein Buttermilchgesicht der Sonne entgegengehoben.

»Erde an Mom … Hallo?«

»Tschuldigung.« Shelby lächelte. »Ich war ganz in Gedanken.«

Ethan stellte seinen Teller in die Spülmaschine. »Meinst du, man kann auch im Schlaf in Gedanken versinken, wenn Nacht ist?« Bevor sie antworten konnte, schnappte er sich sein Skateboard, ohne das er nicht mehr vor die Tür ging. »Kommst du gleich raus?«

Sie nickte und sah Ethan nach, wie er nach draußen stürmte. Sie hatte ihm schon so oft gesagt, er solle leise sein – um vier Uhr morgens schliefen die meisten Menschen und tobten nicht auf Skateboards herum –, aber meistens vergaß er es, und meistens brachte Shelby es nicht über sich, ihn daran zu erinnern.

Ethan litt unter XP, Xeroderma Pigmentosum, einer sehr seltenen Erbkrankheit, durch die er extrem empfindlich auf die ultravioletten Strahlen des Sonnenlichts reagierte. Auf der ganzen Welt gab es nur tausend bekannte Fälle von XP. Wenn man die Krankheit hatte, hatte man sie von Geburt an, und sie war unheilbar.

Als Ethan sechs Wochen alt war, hatte Shelby bereits bemerkt, dass etwas nicht stimmte, aber es verging noch ein Jahr mit zahlreichen Untersuchungen, bis XP diagnostiziert wurde. Ultraviolettes Licht, so hatten die Ärzte erklärt, schädigt die menschliche DNA. Bei den meisten Leuten wird dieser Schaden automatisch repariert … nicht jedoch bei XP-Patienten. Schließlich wird die Zellteilung beeinträchtigt, was Krebs auslöst. Ethan, so sagten sie, könnte *vielleicht* ein wenig älter als zehn Jahre werden.

Doch Shelby überlegte sich, dass sie, wenn das Sonnenlicht ihren Sohn töten würde, einfach nur dafür sorgen musste, dass es immerzu dunkel war. Sie blieb tagsüber im Haus. Sie las Ethan bei Kerzenlicht Geschichten vor. Sie verhängte die Fenster des Hauses mit Handtüchern und Vorhängen, die ihr Ehemann jeden Abend, wenn er von der Arbeit kam, wieder herunterriss. »Verdammt, kein Mensch ist allergisch gegen die Sonne«, hatte er gesagt.

Als ihre Scheidung durch war, hatte Shelby sich inzwischen gründlich über Licht informiert. Sie wusste, dass nicht nur die Außenwelt Gefahren barg. Supermärkte und Arztpraxen hatten Neonlampen, die ultraviolette Strahlung abgaben. Sonnenmilch wurde so alltäglich wie Handcreme, sowohl im Haus als auch draußen. Ethan hatte zweiundzwanzig Mützen, und er setzte sie mit der gleichen beiläufigen Routine auf, wie andere Kinder sich ihre Unterwäsche anzogen.

Shelby räumte die Küche auf und setzte sich dann mit einem Buch an den Rand der Einfahrt. Ihr langes, dunkles Haar war in einem faustdicken Zopf gebändigt, und ihr war noch immer warm – wie um alles in der Welt konnte

Ethan so herumtoben? Er sauste mit seinem Skateboard eine selbst gemachte Holzrampe hinauf und machte einen Kickflip. »Mom! Mom? Hast du das gesehen? Genau wie Tony Hawk.«

»Weiß ich doch«, bestätigte Shelby.

»Findest du nicht, es wäre super, wenn wir …«

»Wir werden uns keine Halfpipe hier in der Einfahrt bauen, Ethan.«

»Aber … dann eben nicht. Mir doch egal.« Und schon war er mit donnernden Rädern verschwunden.

Shelby schmunzelte. Sie liebte die leise Großspurigkeit, die sich allmählich in Ethans Persönlichkeit schlich, als legte ein Puppenspieler ihm gelegentlich Worte in den Mund. Sie liebte es, wenn er heimlich *Late Night* mit Conan O'Brien guckte, weil er glaubte, sie würde es nicht merken, und versuchte, aus den vielen Zweideutigkeiten schlau zu werden. Es machte ihn … so normal. Wäre da nicht der Mond am Himmel und wäre Ethans Gesicht nicht so blass, dass die Venen unter seiner Haut leuchteten wie Straßen, die sie in- und auswendig kannte – wären da all diese Kleinigkeiten nicht, dann könnte Shelby fast glauben, dass ihre Welt genauso wie die vieler anderer alleinerziehender Mütter war.

Ethan vollführte einen Shifty Pivot, dann einen Casper-Bigspin. Es hatte eine Zeit gegeben, sinnierte Shelby, da hätte sie einen Helipop nicht von einem G-Turn unterscheiden können. Es hatte auch eine Zeit gegeben, in der Shelby für sich selbst und für Ethan Mitleid empfunden hatte. Doch Shelby konnte sich kaum noch daran erinnern, wie ihr Leben gewesen war, bevor seine Krankheit über sie geschleudert wurde wie ein Fischernetz. Und ehrlich gesagt, jedes Leben, das sie vor Ethan gehabt hatte, konnte eigentlich kein berauschendes Leben gewesen sein.

Er machte vor ihr eine Vollbremsung. »Ich hab einen Mordshunger.«

»Du hast doch gerade erst gegessen!«

Ethan blinzelte sie an, Shelby seufzte. »Meinetwegen, dann geh rein und iss eine Kleinigkeit, aber es wird schon rosa.«

Ethan blickte in Richtung Sonnenaufgang, eine Klaue, die sich am Horizont festgekrallt hatte. »Lass mich von hier draußen zusehen«, bettelte er. »Nur einmal.«

»Ethan …«

»Ich weiß ja.« Seine Stimme senkte sich am Ende. »Noch drei Hardflips.«

»Einen.«

»Zwei.« Ohne auf ihre Antwort zu warten, sauste Ethan wieder davon. Shelby klappte ihren Roman auf, nahm die Worte wahr wie Autos auf einem Frachtzug – ein Strom ohne individuelle Merkmale. Sie hatte gerade die Seite umgeblättert, als sie merkte, dass Ethans Skateboard nicht mehr in Bewegung war.

Er hatte es sich gegen ein Bein gelehnt, das Emblem vom Superhelden Wolverine war weiß getüpfelt. »Mom?«, fragte er. »Schneit es?«

Das kam ziemlich oft vor in Vermont. Aber nicht im August. Eine weiße Flocke landete auf dem Buch. Aber es war keine Schneeflocke. Sie hob das Blütenblatt an die Nase und schnupperte. Rosen.

Shelby hatte von eigenartigen Wetterphänomenen gehört, die Frösche dazu brachten, massenhaft Richtung Meer zu wandern; einmal hatte sie einen regelrechten Hagelschauer aus Heuschrecken erlebt. Aber das?

Die Blütenblätter fielen weiter, verfingen sich in ihrem und Ethans Haar. »Verrückt«, flüsterte er und setzte sich neben Shelby, um die Laune der Natur zu bestaunen.

»Pennys.« Curtis Warburton drehte die Münzen, die Ross ihm gegeben hatte, in der Hand. »Sonst noch was?«

Ross schüttelte den Kopf. Drei Stunden waren vergangen, und selbst bei einem wütenden Gewitter draußen, das reichlich Energie lieferte, war die paranormale Aktivität bestenfalls minimal gewesen. »Einmal hab ich gedacht, ich hätte was gesehen, aber das war dann doch nur ein Rauchmelder ganz hinten im Speicher.«

»Tja, ich hab nicht das Geringste gespürt«, seufzte Curtis. »Wir hätten besser den Fall in Buffalo nehmen sollen.«

Ross steckte eine Filmkassette zurück in ihre Hülle und schob sie sich in die Tasche. »Übrigens, die Frau, Eve, sie hat eine kleine Schwester erwähnt, die gestorben ist, als sie sieben Jahre alt war.«

Curtis sah ihn an. »Interessant.«

Die beiden Männer gingen nach unten. Maylene saß mit einem Infrarotthermometer auf der Couch im dunklen Wohnzimmer. »Hast du was?«, fragte Curtis.

»Nein. Dieses Haus ist ungefähr so aktiv wie ein Komapatient.«

»Wie läuft's?«, mischte Eve O'Donnell sich ein. Sie stand in der Tür zum Wohnzimmer, eine Hand am Kragen ihres Bademantels.

»Ich denke, wir können mit Sicherheit davon ausgehen, dass Sie nicht allein im Haus sind. Die hier ...«, Curtis hielt ihr die Pennys hin, die Ross ihm gegeben hatte, »hab ich oben gefunden.«

»Ja ... manchmal liegen da Münzen rum. Das habe ich Ross erzählt.«

»Ach ja?«

Ross drehte sich stirnrunzelnd um. Doch bevor er Curtis fragen konnte, warum er sich dumm stellte, sprach sein Boss schon weiter. »Geister treiben manchmal ihren Schabernack. Vor allem der Geist eines Kindes, beispielsweise.«

Ross spürte die Anspannung in der Luft, als Eve O'Donnell ihr ganzes Vertrauen in Curtis setzte. »Ich muss Ihnen sagen«, fuhr Curtis fort, »dass ich hier sehr starke Einflüsse spüre. Es gibt eine Präsenz, aber es ist jemand, den Sie kennen, jemand, der Sie kennt.« Curtis neigte den Kopf zur Seite und zog die Stirn kraus. »Es ist ein Mädchen ... ich spüre, dass es ein Mädchen ist, und ich empfange eine Zahl ... *sieben*. Hatten Sie vielleicht eine jüngere Schwester, die verstorben ist?«

Ross stand wie angewurzelt da. Ihm war eingeschärft worden, sich stets vor Augen zu halten, dass es sich bei 85 Prozent der Fälle, die sie untersuchten, um Schwindeleien von Leuten handelte, die entweder ihre Zeit vergeuden, ins Fernsehen kommen oder beweisen wollten, dass die Beschäftigung mit übersinnlichen Phänomenen alles andere als eine Wissenschaft war. Er wusste schon nicht mehr, wie oft sie in einer stöhnenden Wand versteckte Lautsprecher gefunden hatten oder wie oft an einem wackelnden Kronleuchter eine Angelschnur befestigt gewesen war. Aber er hätte nie gedacht, dass auch die Warburtons eine Show abzogen.

»Es würde natürlich zusätzliche Kosten bedeuten«, sagte Curtis gerade, »aber ich denke, hier eine Séance abzuhalten wäre angebracht.«

Ross dröhnte der Schädel. »Curtis, könnte ich Sie kurz sprechen?«

Sie zogen ihre Mäntel über und gingen nach draußen unter das Garagenvordach, während der Regen niederprasselte. »Ich hoffe, Sie haben einen guten Grund dafür«, sagte Curtis. »Ich hatte sie praktisch schon am Haken, als Sie mich unterbrochen haben.«

»Ich glaube nicht, dass es hier einen Geist gibt. Das mit der Schwester wissen Sie doch nur von mir.«

Curtis zündete sich eine Zigarette an. Die Spitze glimmte wie ein rotes Auge. »Na und?«

»Sie können die Frau doch nicht anlügen, nur um ein paar Dollar zu verdienen und ihre Reaktion zu filmen.«

»Ich erzähle den O'Donnells bloß das, was sie hören wollen. Die beiden glauben, dass sie einen Geist im Haus haben. Sie *wollen* glauben, dass sie einen Geist im Haus haben. Selbst wenn wir heute Nacht nicht viel Aktivität empfangen, heißt das nicht, dass kein Geist da ist. Vielleicht hält er sich bloß bedeckt, weil Besuch da ist.«

»Es geht hier nicht bloß um irgendeinen Geist«, sagte Ross mit bebender Stimme. »Es geht um jemanden, der ihr etwas bedeutet hat.«

»Ich hätte nicht gedacht, dass Sie so ein Purist sind. Ich dachte, Sie wüssten inzwischen, wie die Sache läuft.«

»Ich weiß allerdings, wie die Sache läuft. Ich wusste nur nicht, dass das alles Schwindel ist.«

Curtis schleuderte die Zigarette auf den Boden. »Ich bin kein Schwindler. Der Geist meines Großvaters ist mir erschienen, Ross. Ich habe sogar ein Foto von ihm gemacht, wie er am Fuß meines Bettes steht. Sie ziehen Ihre eigenen Schlüsse. Verdammt, was ist denn mit der Aufnahme, die Sie selbst gemacht haben, von dem Gesicht, das aus dem See aufsteigt? Meinen Sie, ich hätte das arrangiert? Ich war zu dem Zeitpunkt doch ganz woanders.« Curtis atmete tief durch, beruhigte sich wieder. »Hören Sie, ich will die O'Donnells nicht aufs Kreuz legen. Ich bin Geschäftsmann, Ross, und ich kenne meine Kunden.«

Ross konnte nichts antworten. Vielleicht hatte Curtis ja sogar die Pennys, die er gefunden hatte, selbst unter das Stativ gelegt. Vielleicht hatte Ross die letzten neun Monate seines Lebens völlig vertan. Er war auch nicht besser als die O'Donnells – er hatte nur das gesehen, was er glauben wollte.

Vielleicht hatte sie tatsächlich übersinnliche Fähigkeiten, denn genau in diesem Moment kam Maylene nach draußen. »Curtis? Was ist denn?«

»Ach, nichts weiter. Ross möchte die Branche wechseln, er will zu den Moralpredigern.«

Ross trat hinaus in den peitschenden Regen und stapfte zu seinem Auto. Sollten sie doch denken, was sie wollten. Er machte sich nicht einmal die Mühe, seine Digitalkamera und seinen Rucksack zu holen. Das waren Dinge, die er ersetzen konnte, im Gegensatz zu seiner Selbstbeherrschung, die ihm rasch abhandenzukommen drohte. In seinem Auto drehte er die Heizung voll auf, versuchte, die innere Kälte zu vertreiben, die nicht verschwinden wollte. Er fuhr eine Meile, ehe er merkte, dass er das Licht nicht eingeschaltet hatte. Dann hielt er am Straßenrand und schnappte nach Luft.

Ross wusste, wie man paranormale Phänomene wissenschaftlich aufzeichnete und wie man die Ergebnisse interpretierte. Er hatte Lichter gefilmt, die über Gräbern tanzten; er hatte Stimmen in leeren Kellern aufgenommen; er hatte Kälte an Orten gespürt, wo sich kein Lüftchen regen konnte. Neun Monate lang hatte Ross geglaubt, einen Zugang zu der Welt gefunden zu haben, in der Aimee war ... und jetzt stellte sich heraus, dass diese Tür bloß auf die Wand gemalt war.

Verdammt, allmählich gingen ihm die Ideen aus.

Als Az Thompson erwachte, hatte er den Mund voller Steine, klein und glatt wie Olivenkerne. Er spuckte fünfzehn auf die runzelige ledrige Haut seiner Handfläche, ehe er sich zutraute, wieder Luft zu holen, ohne zu ersticken. Er schwang die Beine über den Rand der Armeepritsche. Er versuchte, die Gewissheit abzuschütteln, dass aus diesen Steinen, sollte er in der harten Erde unter seinen Füßen begraben werden, ein krebsartiges, schwarzes Dickicht wachsen würde wie das, das in dem Märchen des Weißen Mannes über ein Mädchen, das nur durch einen Kuss geweckt werden konnte, ein Schloss überwucherte.

Es machte ihm nichts aus, in der freien Natur zu übernachten. Soweit er zurückdenken konnte, hatte er immer ein Bein in der Natur und ein Bein in der *Jankee*-Welt gehabt. Az steckte den Kopf zum Zelt hinaus und sah, dass sich schon einige zum Frühstück versammelt hatten. Ihre Schilder – Plakate, die um den Hals getragen wurden, und Transparente – lagen auf einem Haufen wie die Puppen eines Bauchredners, harmlos, ohne einen Geist, der sie beseelte. »*Haw*«, brummte er und ging auf das kleine Lagerfeuer zu, wo man ihm Platz machen würde.

Die anderen behandelten ihn so, wie sie Abraham Lincoln behandeln würden, wenn er aus dem Zelt spaziert käme – mit Demut und einiger Ehrfurcht angesichts der Tatsache, dass er immer noch am Leben war. Az war nicht so alt wie Lincoln, aber viel fehlte nicht. Er war 102 oder 103 – er hatte schon vor einiger Zeit aufgehört zu zählen. Da er die aussterbende Sprache seines Volkes beherrschte, wurde er als Lehrer geachtet. Außerdem machte ihn schon allein sein Alter zum Stammesältesten, was einige Bedeutung gehabt hätte, wenn die Abenaki ein rechtlich anerkannter Stamm gewesen wären.

Az hörte jeden einzelnen Wirbel in seinem Rückgrat knirschen, als er sich auf einem Klappstuhl niederließ. Er hob ein Fernglas auf, das neben der Feuerstelle lag, und spähte auf das Land, eine Parzelle an der nordwestlichen Kreuzung von Montgomery Road und Otter Creek Pass. Auf seiner höchsten Stelle stand das große, weiße Haus, jetzt ein Schandfleck. Es würde als Erstes verschwinden, wie Az wusste, der alles über dieses Grundstück wusste, von den Landvermessungsergebnissen bis hin zur Nummer des Grundbucheintrags. Er wusste, an welchen Stellen der Boden im Winter zuerst vereiste und wo niemals Grün wuchs. Er wusste, welches Fenster in dem verlassenen Haus von herumstromernden Kindern zerbrochen worden war, welche Seite der Veranda zuerst eingesackt war, welche Bretter der Treppe morsch waren.

Er kannte auch das Kennzeichen von jedem Fahrzeug der Redhook-Gruppe, das im Umkreis geparkt hatte. Man munkelte, dass Newton Redhook das erste Einkaufszentrum von Comtosook bauen lassen wollte. Auf einem *ihrer* Friedhöfe.

»Glaub mir«, sagte Fat Charlie. »Das war El Niño.«

Winks schüttelte den Kopf. »Es ist unnatürlich, sonst nix. Ist doch nicht normal, dass es Rosen regnet.«

Fat Charlie lachte. »Winks, guck dir lieber wieder irgendwelche Talkshows im Fernsehen an. Diese Horrorstreifen vernebeln dir langsam das Hirn, Mann.«

Az sah sich um, bemerkte die zarte Blütenschicht auf der Erde. Er fuhr sich mit der Zunge durch die Mundhöhle, schmeckte wieder die Steine. »Was denkst du, Az?«, fragte Winks.

Er dachte, dass diese Blütenblätter noch ihr geringstes Problem sein würden. Az richtete das Fernglas auf einen Bulldozer, der gemächlich die Straße heraufgetuckert kam.

»Ich denke, keiner kann in der Erde graben«, sagte er laut, »ohne etwas ans Licht zu holen.«

So hatte Ross Aimee kennengelernt: Am Broadway Ecke 112. Straße, im Schatten der Columbia University, war er im wahrsten Sinne des Wortes in sie hineingelaufen, und alle ihre Bücher und Notizen waren in einer braunen Pfütze gelandet. Sie war Medizinstudentin und bereitete sich auf ihre Anatomieprüfung vor, und als sie die Früchte ihrer harten Arbeit im Schlamm liegen sah, fing sie beinahe an zu hyperventilieren. Wie sie so dasaß, mitten auf der Straße in New York, war sie außerdem die schönste Frau, die Ross je gesehen hatte. »Ich helf dir«, versprach Ross, obwohl er von Anatomie keine Ahnung hatte. »Gib mir eine Chance.«

So machte Ross Aimee einen Heiratsantrag: Ein Jahr

später waren sie mit einem Taxi auf dem Weg zu einem Restaurant. Am Broadway Ecke 112. Straße bat Ross den Fahrer anzuhalten. Er stieg aus und kniete sich vor der offenen Tür auf dem schmutzigen Bürgersteig hin. Er klappte ein kleines Kästchen mit einem Ring darin auf und blickte in Aimees stahlblaue Augen. »Heirate mich«, sagte er, und dann verlor er das Gleichgewicht, und der Brillantring fiel durch das Gitter eines Gullys.

Aimee klappte der Unterkiefer herunter. »Sag, dass das nicht wahr ist«, brachte sie schließlich hervor.

Ross blickte nach unten auf das schwarze Gitter und das leere Kästchen. Er warf auch das in den Gully. Dann zog er einen anderen Ring, den richtigen Ring, aus der Tasche. »Gib mir noch eine Chance«, sagte er.

Jetzt hob er auf dem menschenleeren Parkplatz die Flasche und trank einen Schluck. Manchmal hätte Ross sich am liebsten selbst die Haut abgekratzt, um zu sehen, was auf der anderen Seite war. Er wollte von Brücken in Betonseen springen. Er wollte schreien, bis ihm die Kehle blutete, rennen, bis seine Fußsohlen aufplatzten. In solchen Momenten, wenn das Versagen wie eine Flutwelle war, wurde sein Leben zu einer endlichen Geraden, deren Ende er aber aufgrund irgendeines kosmischen Witzes offenbar nicht erreichen konnte.

Ross dachte über Selbstmord nach, so wie manche Menschen Einkaufslisten aufstellten – methodisch, detailliert. Es gab Tage, da ging es ihm gut. Und dann gab es Tage, an denen er auf der Straße die Leute zählte, die ihm glücklich vorkamen. Es gab Tage, da wäre es für ihn das Naheliegendste auf der Welt gewesen, kochendes Wasser zu trinken oder im Kühlschrank zu ersticken oder nackt hinaus in den Schnee zu gehen, um sich in der Kälte einfach zum Schlafen hinzulegen.

Ross hatte einiges über Selbstmord gelesen und war fasziniert, was sich die Leute alles einfallen ließen –

Frauen, die sich ihr langes Haar als Schlinge um den Hals legten, Männer, die sich Mayonnaise in die Vene spritzten, Teenager, die Feuerwerkskörper verschluckten. Aber jedes Mal, wenn er kurz davor war zu testen, wie viel Gewicht ein Balken hielt, oder wenn er sich mit einem Grafikermesser die Haut aufritzte, bis Blut kam, musste er daran denken, was für eine Sauerei er hinterlassen würde.

Er wusste nicht, was der Tod für ihn bereithielt. Aber er wusste, dass es nicht das Leben sein würde, und das reichte ihm. Seit dem Tag, an dem Aimee starb, hatte er nichts mehr empfunden. Seit dem Tag, an dem er, wie ein Idiot, den Helden spielen musste, zuerst seine Verlobte aus dem Autowrack zog und dann auch noch die Fahrerin des anderen Wagens, bevor der in Flammen aufging. Als er zu Aimee zurückkam, war sie schon tot. Sie war allein gestorben, während er Supermann spielte.

Toller Held, der die Falschen rettet.

Er warf die leere Flasche auf den Boden seines Jeeps, legte den Gang ein und raste wie ein Teenager von dem Parkplatz auf die schmale Landstraße.

Er bremste vor einem Bahnübergang, wo die Schranke sich soeben langsam senkte und das Warnlicht blinkte. Er dachte an nichts mehr, außer daran, den Wagen langsam vorrollen zu lassen, bis er die Schranke durchbrach, bis der Jeep unbeweglich auf den Schienen saß, wie ein Opfertier.

Der Zug stampfte heran. Die Schienen begannen, eine stählerne Sinfonie zu singen. Ross überließ sich dem Sterben, preßte vor dem Aufprall noch ein einziges Wort durch die Zähne: *Endlich*.

Das Getöse war überwältigend, ohrenbetäubend. Und doch glitt es an ihm vorbei, entfernte sich, bis Ross den Mut aufbrachte, die Augen zu öffnen. Dampf stieg aus der Motorhaube seines Wagens auf, der ungleichmäßig hoppelte, als hätte ein Reifen zu wenig Luft. Und er zeigte jetzt in die Richtung, aus der Ross gekommen war.

Es war nichts zu machen: Mit Tränen in den Augen fuhr Ross los.

Ohne unterschriebenen Vertrag würde Rod van Vleet nicht wieder wegfahren. Zum einen hatte Newton Redhook ihn damit betraut, das gut siebeneinhalb Hektar große Pike-Grundstück an sich zu bringen. Zum anderen hatte er über sechs Stunden gebraucht, um zu dem Pflegeheim in dieser gottverlassenen Gegend von Vermont zu gelangen, und Rod hatte keinesfalls die Absicht, in naher Zukunft noch einmal herzukommen.

»Mr. Pike«, sagte er lächelnd zu dem alten Mann, der so potthässlich war, dass Rod noch wochenlang Albträume haben würde. Spencer Pikes kahler Schädel war fleckig wie eine Warzenmelone. Seine Hände waren knotig und verdreht, sein Körper hatte die Form einer Gurke angenommen. »Wie Sie hier sehen, ist die Redhook-Gruppe bereit, heute einen auf Sie ausgestellten Scheck in Höhe von fünfzigtausend Dollar zu hinterlegen, als Zeichen unseres guten Willens, bis die Eigentumsfrage verbindlich geklärt ist.«

Der Alte kniff die milchigen Augen zusammen. »Was zum Teufel soll ich mit Geld anfangen?«

»Na ja. Sie könnten vielleicht eine Reise machen. Sie und eine Pflegeperson.« Rod lächelte die Frau an, die mit verschränkten Armen hinter Pike stand.

»Kann nicht reisen. Anweisung des Arztes. Die Leber könnte … versagen.«

Rod lächelte verlegen. »Na ja.«

»Das haben Sie schon mal gesagt. Sind Sie senil?«

»Nein, Sir.« Rod räusperte sich. »Soweit ich informiert bin, war das Grundstück bereits seit etlichen Generationen im Besitz der Familie Ihrer Frau, ist das richtig?«

»Ja.«

»Mr. Pike, wir sind davon überzeugt, dass die Redhook-Gruppe zum weiteren Wachstum von Comtosook beitragen kann, indem wir Ihr Land zur Förderung der Wirtschaft des Ortes nutzen.«

»Ihr wollt da Geschäfte hinsetzen.«

»Jawohl, Sir, das haben wir vor.«

»Baut ihr auch einen Laden, in dem man Bagels kriegt?«

Rod blinzelte verblüfft. »Ich glaube nicht, dass Mr. Redhook das schon so genau weiß.«

»Baut einen. Ich mag Bagels.«

Rod schob den Scheck erneut über den Tisch, diesmal zusammen mit dem Vertrag. »Mr. Pike, wir können gar nichts bauen, solange ich nicht hier Ihre Unterschrift habe.«

Pike starrte ihn lange an, dann griff er nach einem Stift. Rod stieß den angehaltenen Atem aus. »Die Eigentumsurkunde läuft auf den Namen Ihrer Frau? Cecelia Pike?«

»Es hat Cissy gehört.«

»Und das ... was die Abenaki behaupten ... ist da irgendetwas dran?«

Pikes Fingerknöchel wurden weiß vor Anspannung. »Auf dem Land gibt es keinen Indianerfriedhof.« Er sah zu Rod hoch. »Ich kann Sie nicht leiden.«

»Den Eindruck habe ich auch, Sir.«

»Der einzige Grund, warum ich das hier unterschreibe, ist der, dass ich das Land lieber weggebe, als erleben zu müssen, dass es an den Staat fällt.«

Rod rollte den unterschriebenen Vertrag zusammen und trommelte damit auf den Tisch. »So!«, sagte er. »Wir werden die offenen Fragen prüfen und die Transaktion dann hoffentlich möglichst bald über die Bühne bringen.«

»Bevor ich sterbe, meinen Sie«, sagte Pike trocken,

während Rod sich sein Jackett anzog. »Wollen Sie nicht noch zu unseren Gesellschaftsspielen bleiben? Oder zum Lunch ... ich hab gehört, heute gibt es Wackelpudding.« Er lachte, und es klang wie eine Säge in Rods Rücken. »Mr. van Vleet ... was geschieht mit dem Haus?«

»Um die Wahrheit zu sagen, es befindet sich nicht gerade in einem guten Zustand«, sagte Rod vorsichtig. »Es könnte sein, dass wir einige ... Änderungen vornehmen müssen. Mehr Platz schaffen, wissen Sie, für Ihren Hamburger-Imbiss.«

»Bagels.« Pike runzelte die Stirn. »Ihr reißt es also ab.«

»Leider ja.«

»Ist auch besser so«, sagte der Alte. »Zu viele Gespenster.«

Die einzige Tankstelle von Comtosook gehörte zu dem Gemischtwarenladen. Zwei Zapfsäulen aus den Fünfzigerjahren standen auf dem Parkplatz, und Rod brauchte gut fünf Minuten, bis er begriff, dass es tatsächlich keinen Schlitz für seine Kreditkarte gab. Er schob die Zapfpistole in den Tank, holte sein Handy heraus und wählte eine der eingespeicherten Nummern. »Angel-Steinbruch«, meldete sich eine weibliche Stimme.

Rod schüttelte den Kopf. »Ich wollte die Nummer 617-569 ...«

»Tja, da haben Sie sich wohl verwählt.« Klick.

Verdutzt steckte er sein Handy wieder ein und füllte noch ein paar Liter in den Tank. Dann griff er nach seinem Portemonnaie und ging auf den Laden zu, um zu bezahlen.

Ein Mann mittleren Alters mit karottenrotem Haar stand auf der Veranda und fegte etwas zusammen, das aussah wie Blütenblätter. Rod blickte zu dem Schild über der Tür – ABE'S STORE – und dann wieder zu dem Ladenbesitzer. »Sind Sie Abe?«

»Richtig geraten.«

»Haben Sie ein öffentliches Telefon?«

Abe deutete in eine Ecke der Veranda. Dort stand ein Fernsprecher, direkt neben einem betrunkenen Alten, der keine Anstalten machte, zur Seite zu gehen. Rod tippte eine Nummer ein und spürte dabei die ganze Zeit die Blicke des Ladenbesitzers im Rücken. »Angel-Steinbruch«, hörte er gleich darauf.

Er knallte den Hörer auf und starrte ihn an. Abe bewegte sich beim Fegen auf Rod zu. »Probleme?«, fragte er.

»Da stimmt anscheinend irgendwas mit den Telefonleitungen nicht.« Rod fischte einen Zwanziger für das Benzin aus seinem Portemonnaie.

»Kann sein. Oder die Indianer haben doch recht – dass auf dem ganzen Ort ein Fluch liegt, wenn sie ihr Land nicht zurückbekommen.«

Rod verdrehte die Augen. Er war schon fast wieder bei seinem Wagen, als ihm Spencer Pikes Bemerkung mit den Gespenstern wieder einfiel. Er drehte sich um und wollte Abe danach fragen, aber der Mann war verschwunden. Sein Besen lehnte an dem ramponierten Verandageländer, und mit jedem Lufthauch flogen Blütenblätter aus dem zusammengefegten Haufen auf, wie Wünsche.

Plötzlich hielt ein Wagen auf der anderen Seite der Zapfsäulen. Ein Mann mit schulterlangem braunen Haar und beunruhigenden seegrünen Augen stieg aus und reckte sich, bis sein Rücken knackte. »Entschuldigen Sie«, sagte er, »wissen Sie, wo Shelby Wakeman wohnt?«

Rod schüttelte den Kopf. »Ich bin nicht von hier.«

Er wusste nicht, warum er das tat, aber er schaute in den Rückspiegel, als er wieder im Wagen saß. Der Mann stand noch immer da. Dann klingelte Rods Handy. Er zog es aus der Brusttasche, klappte es auf. »Van Vleet.«

»Angel-Steinbruch«, sagte die Frau am anderen Ende, als hätte er sie angerufen, als wäre das ganz normal.

»Ich komm ja schon«, murmelte Shelby, als das Klopfen an der Haustür lauter wurde. Es war erst elf Uhr morgens. Wenn dieser Trottel Ethan aufgeweckt hatte ... Sie band sich das Haar zu einem Pferdeschwanz hoch und blinzelte in die Sonne, als sie die Tür öffnete. Er hatte das Tageslicht im Rücken, und im ersten Moment erkannte sie ihn nicht.

»Shel?«

Vor zwei Jahren hatte sie Ross zuletzt gesehen. Sie sahen sich noch immer ähnlich – die gleiche schlaksige Figur, der gleiche intensive, helle Blick, von dem die meisten Menschen sich schwer lösen konnten. Aber Ross war dünner geworden, und er hatte langes Haar. Und ach, die Ringe unter seinen Augen waren noch dunkler als ihre eigenen.

»Ich hab dich geweckt«, entschuldigte er sich. »Ich kann auch später ...«

»Komm schon her«, unterbrach Shelby ihn und schlang die Arme um ihren kleinen Bruder.

»Geh wieder ins Bett«, drängte Ross, nachdem Shelby ihn fast eine Stunde bemuttert hatte. »Bald braucht Ethan dich wieder.«

»Ethan wird *dich* brauchen«, verbesserte Shelby ihn. »Sobald er merkt, dass du da bist, ist es mit deiner Ruhe vorbei.« Sie legte einen Stapel Handtücher an das Fußende des Gästebettes und umarmte ihn. »Und du kannst natürlich so lange bleiben, wie du willst.« Er vergrub das Gesicht an ihrer Schulter und schloß die Augen. Shelby roch nach seiner Kindheit.

Plötzlich wich sie zurück. »Ach, Ross«, murmelte sie, schob dann die Hand unter seinen Hemdkragen und zog die lange Kette heraus, die er darunter verbarg. Der Anhänger war ein Brillantring, ein gefallener Stern. Shelby schloss die Faust darum.

Ross fuhr zurück, und die Kette zerriss. Er packte Shelbys Handgelenk und schüttelte es, bis sie den Ring losließ und er ihn in der Hand hielt. »Nicht«, sagte er scharf.

»Aber es ist doch schon ...«

»Meinst du, ich wüsste nicht, wie lange es her ist?« Ross wandte sich ab.

Als Shelby ihn am Arm berührte, reagierte er nicht. Sie ließ es dabei bewenden und zog sich aus dem Zimmer zurück.

Shelby hatte recht – er brauchte Schlaf –, aber er wusste auch, dass er ihn nicht finden würde. Ross hatte sich an die Schlaflosigkeit gewöhnt, die jahrelang zu ihm unter die Decke gekrochen war.

Er legte sich aufs Bett und starrte an die Decke. Den Ring hielt er so fest in der Hand, dass sich die Zacken der Einfassung in seine Haut gruben. Er würde sich irgendwas besorgen müssen – eine Schnur, ein Lederband –, damit er ihn wieder um den Hals tragen konnte.

Als er um 5 Uhr 58 mit einem Ruck erwachte, war Ross völlig verblüfft. Er blinzelte, fühlte sich so gut wie seit Monaten nicht mehr. Es war das Fehlen des leichten Gewichts auf seiner Brust, das ihn an den Ring erinnerte. Ross öffnete die Faust und geriet in Panik. Der Brillantring, den er beim Einschlafen fest in der Hand gehalten hatte, war nirgends zu sehen. *Ich hab sie verloren*, dachte Ross, während er blicklos auf das starrte, was stattdessen in seiner Hand lag: ein Penny von 1932 – glatt wie ein Geheimnis, noch warm von der Berührung seiner Haut.

ZWEI

Für eine Achtjährige wusste Lucy Oliver ziemlich viel. Sie konnte die Hauptstädte aller US-Staaten aufzählen. Sie konnte erklären, wodurch eine Gewitterwolke entstand. Sie konnte RHYTHMUS vorwärts *und* rückwärts buchstabieren. Sie wusste auch noch andere Sachen, wichtigere, die man nicht in der Schule lernte. Zum Beispiel wusste sie, dass ihre Urgroßmutter, als sie vor einem Monat vom Arzt kam, kleine weiße Pillen dabeihatte, die sie jetzt in ihrem Schrank in einem orthopädischen Schuh versteckte. Sie wusste, dass etwas, das man nicht verstand, selbst dem klügsten Menschen auf der Welt Angst einjagen konnte.

Lucy wusste auch, ja, sie war felsenfest davon überzeugt, dass es nur eine Frage der Zeit war, bis einer von *denen* sie erwischte.

Von Nacht zu Nacht veränderten sie die Gestalt. Manchmal waren sie die beweglichen Formen des Musters auf ihren Vorhängen. Manchmal waren sie die kalte Stelle auf dem Boden, wenn Lucy über die breiten Holzdielen zu ihrem Bett rannte. Manchmal waren sie ein Geruch, der Lucy von Laub und Dunkelheit und Kadavern träumen ließ.

Heute Nacht tat sie, als wäre sie eine Schildkröte. Nichts vermochte diesen harten Panzer zu durchdringen. Nicht einmal das Wesen, das genau in dieser Sekunde in ihrem Schrank atmete. Doch selbst mit weit geöffneten Augen konnte Lucy sehen, wie die Nacht sich veränderte. An manchen Stellen wurde sie deutlicher, an anderen wich sie zurück ... bis Lucy schließlich in das durchsichtige Gesicht einer Frau starrte, das so traurig aussah, dass Lucy Magenschmerzen bekam.

Ich werde dich finden, sagte die Frau mitten in Lucys Kopf.

Sie unterdrückte einen Schrei, weil der ihre Urgroßmutter geweckt hätte, und riss sich die Decke über den Kopf. Ihre schmale Brust pumpte wie ein Kolben. Ihr Atem rasselte. Wenn diese Frau sie überall finden konnte, wo sollte Lucy sich dann verstecken? Würde ihre Mutter wissen, dass sie geraubt worden war, wenn sie die Delle sah, die Lucys Körper in der Matratze hinterlassen hatte?

Sie schob eine Hand unter der Decke hervor, griff nach dem Telefon, das sie auf ihren Nachttisch gelegt hatte, und drückte die Taste, die automatisch das Labor ihrer Mutter anwählte.

»Ach, Lucy«, seufzte ihre Mutter in das Schweigen hinein. »Was ist denn jetzt wieder?«

»Die Luft«, flüsterte Lucy und hasste ihre Stimme. »Die ist so schwer.«

»Hast du deinen Inhalator benutzt?«

Natürlich. Lucy war alt genug, um zu wissen, was sie tun musste, wenn sie einen Asthmaanfall bekam. Aber das meinte sie nicht mit schwer. »Sie erdrückt mich.« Da, es war noch schlimmer geworden. Lucy lag unter dem Gewicht der Nacht, versuchte in ganz kurzen Zügen zu atmen, damit der Sauerstoff im Zimmer länger hielt.

»Schätzchen.« Der Ton ihrer Mutter erinnerte Lucy an kalte Reagenzgläser und meilenlange, weiße Arbeitsplatten. »Du weißt doch, dass Luft ihr Gewicht nicht verändern kann. Das bildest du dir nur ein.«

»Aber ...« Lucy rückte weiter von dem Schrank weg, weil sie spürte, dass die Frau sie beobachtete. »Mom, ich erfinde das nicht.«

Es entstand eine kurze Pause, dann verlor ihre Mutter die Geduld. »Lucy. Es gibt keine Gespenster oder Kobolde oder Dämonen oder ... oder unsichtbare Monster, die die Luft zusammenpressen. *Schlaf weiter.*«

Lucy hielt den Hörer noch eine ganze Weile in der Hand, nachdem ihre Mutter aufgelegt hatte. Ihre Mutter hatte recht. Der vernünftige Teil in ihrem Kopf wusste, dass nichts in ihrem Zimmer darauf aus war, sie zu holen. Aber dennoch, als Meredith Oliver Stunden später nach Hause kam, fand sie ihre Tochter schlafend in der mit Kissen und Decken ausgepolsterten Badewanne vor. Das Licht im Bad brannte taghell.

Ross sah zu, wie sein Neffe erneut der Schwerkraft ein Schnippchen schlug, denn das Skateboard hing unter seinen Füßen in der Luft. »Das ist ein Fifty/Fifty«, erklärte Ethan ihm mit vor Anstrengung geröteten Wangen.

»Hast du das Brett auch wirklich nicht mit Angelschnur an die Schuhe gebunden?«

Ethan grinste und sauste wieder auf seine Holzrampe zu, dann drehte er ab und kam zu Ross zurück. »Onkel Ross«, sagte er. »Ich find's superstark, dass du hier bist.«

Auf der Decke neben Ross rupfte Shelby Grashalme aus. »Das ist so ziemlich die höchste Anerkennung, die du kriegen konntest.«

»Dachte ich mir.« Ross streckte sich aus, die Hände hinter dem Kopf verschränkt. Eine Sternschnuppe jagte quer durch sein Gesichtsfeld, zog eine Silberspur hinter sich her. »Er ist ein prima Junge, Shel.«

Ihre Augen folgten Ethan. »Oh ja.«

Ethan donnerte die Rampe hinunter. »Prima genug, um mit dir auf Geisterjagd zu gehen?«, rief er über die Schulter.

»Wer hat dir denn gesagt, dass ich Geister jage?«

»Ich hab so meine Quellen.« Ethan kippte das Skateboard und sprang gleichzeitig hoch, sodass es aussah, als würde es in seine Hand hochgezogen. »Ich bin schnell, siehst du? Und ich werde nachts nicht müde ... und ich kann ganz leise sein ...«

»Das kann ich mir gut vorstellen«, lachte Ross.

»Nein, im Ernst, Onkel Ross, warum willst du mich nicht mitnehmen?«

»Mal überlegen. Weil deine Mutter mich teeren und federn würde. Und weil ich mich zur Ruhe gesetzt habe.«

»Zur Ruhe gesetzt? Heißt das, du hast keine Lust mehr dazu?«

»Kann man so sagen.«

»Mensch, das ist aber voll blöd.«

»Ethan.« Shelby schüttelte warnend den Kopf.

»Jetzt bist du bloß ein ganz normaler Verwandter«, murmelte der Junge.

Ross sah ihm nach. »War das eine Beleidigung?«

Shelby antwortete nicht, musterte Ross stattdessen aufmerksam. »Sag mal, geht's dir gut?«

»Ja.« Er lächelte sie an. »*Voll* gut.«

»Ich hab mir nämlich Sorgen gemacht, weißt du, weil du dich nicht gemeldet hast. Sechs Monate lang.«

Ross zuckte die Achseln. »Ich war ziemlich viel unterwegs, mit den Warburtons.«

»Ich wusste gar nicht, dass du bei diesen paranormalen Untersuchungen nicht mehr mitmachst.«

»Ich habe es satt, nicht das zu sehen, was ich sehen will.«

»Es ist ein Unterschied, ob man Paläontologe ist und nicht findet, was man sucht, oder ob man Geisterjäger ist und nicht findet, was man sucht«, sagte Shelby. »Ich meine, es gibt schließlich irgendwo Dinosaurierknochen, auch wenn man nicht das Glück hat, an der richtigen Stelle zu graben. Aber Geister ...?«

»Ich bin schon in einem Raum gewesen, in dem die Temperatur innerhalb weniger Sekunden um zehn Grad gesunken ist. Ich habe Kirchenchöre auf Band aufgenommen, die aus menschenleeren, verschlossenen Räumen erklangen. Ich habe gesehen, wie Wasserhähne sich von allein aufdrehten. Aber ich habe nie einen Geist vor meinen Augen erscheinen sehen. Menschenskind, vielleicht gibt es ja für all die Dinge eine einleuchtende Erklärung. Vielleicht steckt Gott dahinter, vielleicht irgendwelche Elfen, vielleicht irgendein Technikfreak.«

Shelby schmunzelte. »Sag mal, spricht da derselbe Junge, der noch mit fünfzehn an den Weihnachtsmann geglaubt hat?«

»Ich war zehn«, verbesserte Ross sie. »Und du hast schließlich nicht die Falle auf dem Dach aufgestellt und den Beweis gefunden.«

»Du hast eine *Dachpfanne* gefunden.«

»Mit einem Rentierhufabdruck.« Ross griff in die Tasche nach seinen Zigaretten, sah dann zu Ethan hinüber und überlegte es sich anders. »Ich hätte schon längst aufhören sollen.«

»Mit dem Rauchen?«

»Mit der Geisterjagd.«

»Wieso hast du's nicht getan?«

Ross dachte an Curtis Warburton: *Unsere Arbeit besteht zu fünfzig Prozent darin, den Leuten genau das zu sagen, was sie hören wollen.* Er dachte an Aimees verlorenen Verlobungsring, der über Nacht verschwunden war, obwohl er das Zimmer auf den Kopf gestellt hatte. »Weil Dinge passiert sind, die ich nicht verstehen konnte … und ich dachte, wenn ich nur energisch genug suche, würde ich sie begreifen.«

»Vielleicht hättest du Physiker werden sollen.«

Ross zuckte die Achseln. »Wissenschaft kann nicht alles erklären. Wieso geht man an dreißigtausend Menschen vorbei, ohne sie eines Blickes zu würdigen, und dann kommt jemand, und man weiß, dass man nie wieder die Augen von ihr lassen will?«

»Liebe ist zwar nichts Rationales, Ross, aber sie ist auch nicht paranormal.«

Wer sagt das?, dachte Ross. »Aber es geht doch darum,

dass man etwas fühlen kann, auch wenn man es nicht sieht. Und wenn du in einem Fall bereit bist, dich auf dein Gefühl zu verlassen, warum dann nicht auch in einem anderen?« Er stand auf und klopfte seine Jeans ab. »Weißt du, ich war da bei Leuten zu Hause ... und ich musste nur bereit sein, ihnen zuzuhören. Das waren nicht bloß Spinner, Shel ... da waren Uniprofessoren und Topmanager dabei. Es ist, als gehörte man zu einer besonderen Gruppe Mensch, wenn man einmal einen Geist gesehen hat, und die meisten brennen darauf, Gleichgesinnte zu finden, Leute, die sie nicht für verrückt erklären.«

»Selbst Uniprofessoren und Topmanager können Lügner sein. Oder Spinner«, sagte Shelby.

»Und was ist mit Vierjährigen?« Ross sah seine Schwester an. »Was ist mit dem Kind, das mitten in der Nacht zu seiner Mom gelaufen kommt und sagt, in seinem Zimmer ist ein alter Mann, der will, dass sie aus seiner Werkstatt verschwinden, damit er einen Tisch bauen kann? Und dann findest du heraus, dass vor zweihundert Jahren eine Tischlerwerkstatt auf dem Grundstück stand?«

»Das ... ist wirklich passiert?«

Der vierjährige Junge hatte schließlich angefangen, sich auf den Kopf zu schlagen, damit er die Stimme des Geistes nicht mehr hörte. »Tja. Wahrscheinlich können auch Kinder verrückt werden. Eines ist jedenfalls klar: Ich hab damit nichts mehr zu tun.« Aber Ross fragte sich, ob er seine Schwester überzeugen wollte oder sich selbst.

Shelby tätschelte ihm die Schulter. »Wenn irgendwer fähig wäre, konkrete Beweise für die Existenz von Geistern zu finden, dann jedenfalls du.«

Er blickte sie unsicher an, nahm dann sein Portemonnaie aus der Tasche und zog ein Foto heraus.

»Jetzt erzählst du mir gleich, dass das wie ein Mund aussieht und Augen.« Sie blinzelte. »Und eine Hand.«

»Ich hab dir gar nichts erzählt. *Du* hast das gesagt.«

»Und was ist es nun?«

»Curtis Warburton würde es Ektoplasma nennen. Als ich das Foto gemacht habe, war auf diesem See absolut nichts ... kein Nebel, kein Dunst, nichts. Aber das hier tauchte auf dem Negativ auf. Film ist so empfindlich, dass er Licht, Wärme und magnetische Energie aufzeichnet ... genau die Quellen, mit deren Hilfe sich Geister materialisieren.« Ross schob das Foto zurück ins Portemonnaie. »Aber vielleicht sind das auch nur irgendwelche Flecken, weil die im Labor was verschüttet haben.«

Er sagte nicht, dass die Luft in dem Moment, als er auf den Auslöser drückte, plötzlich eiskalt geworden war. Er sagte nicht, dass seine Hände den Rest des Tages unentwegt gezittert hatten.

»Als du das Foto gemacht hast, war kein Nebel zu sehen?«, fragte Shelby nach.

»Nein.«

Sie legte die Stirn in Falten. »Wenn ich das Foto in der Zeitung sehen würde, würde ich es für manipuliert halten. Aber ...«

»Aber ich bin dein Bruder, also musst du mir trauen?«

Ethan kam donnernd vor ihnen zum Stehen. »Wir haben doch hier den Steinbruch, da soll vor ganz langer Zeit mal einer ermordet worden sein. Und alle sagen, dass es da spukt. Wir könnten doch mal hinfahren und ...«

»Nein!«, sagten Ross und Shelby gleichzeitig.

»Manno«, murmelte Ethan und rollte wieder davon.

Ross blickte zum Horizont, wo die blaue Nacht sich allmählich verfärbte. »Müssen wir nicht langsam rein?«

Shelby nickte und fing an, die Überreste des Picknicks einzusammeln. »Und was willst du jetzt machen?«

»UFOs jagen.« Er sah sie an. »War ein Witz.«

»Du könntest doch eine Zeit lang auf Ethan aufpassen, während ich arbeite. Obwohl das vielleicht gruseliger ist als dein letzter Job.«

»Geister sind nicht gruselig«, sagte Ross unwillkürlich. »Es sind einfach Menschen. Na ja, es waren mal welche.«

Shelby, die gerade die Decke zusammenfaltete, hielt inne. »Aber gesehen hast du nie einen?«

»Nein.«

»Obwohl du es wolltest.«

Ross lächelte gequält. »Ich hab auch noch nie einen Zehntausend-Dollarschein gesehen, obwohl ich immer einen sehen wollte.«

Ja, es war richtig, dass er den Job aufgegeben hatte, schließlich hatte er in den neun Monaten nicht das gefunden, wonach er gesucht hatte.

Aber andererseits besaß er ein unerklärliches Foto; womöglich ein Geist, der von der Wärme oder dem Licht oder sogar von den Batterien in seiner Kamera die nötige Kraft bezogen hatte, um sichtbar zu werden. Das fand Ross vollkommen logisch. Schließlich war Aimee seine Energiequelle gewesen. Ohne sie war er selbst kaum mehr als ein Geist, der ungesehen durch sein eigenes Leben glitt.

»Ich fahr den nicht über den Haufen!«, brüllte der Vorarbeiter mit dem dunkelroten Gesicht. Er starrte aus dem Führerhaus des Bulldozers zornig auf Eli hinunter, die Arme über dem ausladenden Bauch verschränkt.

»Mr. Champigny ...«

»Winks.« Der Bursche, der ausgestreckt auf dem Boden lag, lächelte zu Eli hoch. »So nennen mich alle.«

Elis Hund sprang heran und stellte die Vorderpfoten auf Winks' Brust. »Watson, Platz!«, befahl Eli. »Mr. Champigny, ich muss Sie bitten aufzustehen. Die Firma Redhook hat die Erlaubnis, auf diesem Grundstück tätig zu werden.«

»Was hat er gesagt?«, rief Winks einer Gruppe von Grundstücksbesetzern zu.

»Können Sie die nicht festnehmen?«, fragte Rod van Vleet.

»Bis jetzt haben sie sich außer zivilem Ungehorsam noch nichts zuschulden kommen lassen.« Zumindest lauteten so die Anweisungen von Elis Chef, Chief Follensbee, der Sorge hatte, das Ganze könnte zu einem regelrechten Rassenkonflikt eskalieren. Eli wusste, dass die Abenaki sich zurückhalten würden, wenn man sie nicht unter Druck setzte. Trotzdem ging ihm das alles gegen den Strich. Er musste den stadtbekannten Trinker Abbott Thule von Abe's Store abholen und in die Ausnüchterungszelle verfrachten. Er musste Futter für Watson besorgen. Er wollte sich jetzt nicht mit einem Haufen Indianer herumschlagen.

Er rieb sich den Nacken. In solchen Augenblicken fragte er sich, wieso er nach dem Tod seiner Mutter nicht nach Florida gezogen war. Er war sechsunddreißig und arbeitete viel zu viel. Verdammt, er könnte jetzt mit seinem Dad eine Runde Golf spielen. Er könnte unter einer Palme dösen. Neben ihm blickte Watson hechelnd zu ihm hoch.

»Auf diesem Grundstück ruhen menschliche Überreste«, beteuerte Winks.

»Stimmt das?«, fragte Eli.

Rods Gesicht verdunkelte sich. »Es sind keine gefunden worden. Bloß ein Medaillon aus Blech, ein paar Tonscherben und ein Penny von 1932.«

»Eine Pfeilspitze«, rief Az Thompson, obwohl Eli gedacht hatte, der alte Mann wäre zu weit entfernt, um sie zu verstehen. »Vergesst die Pfeilspitze nicht.«

Der Bauunternehmer verdrehte die Augen. »Was rein gar nichts beweist, nur dass ein paar Kinder hier mal Cowboy und Indianer gespielt haben.«

Az Thompson kam zu ihnen. »Pfeilspitzen interessieren uns nicht. Aber unsere Ahnen. Haben Sie *Poltergeist* gesehen? Wenn man ihre Ruhestätte umpflügt, wird nichts, was hier gebaut wird, auf Dauer Frieden erleben.«

Eli fragte sich, wieso der alte Mann an diesem Grundstück hing. Soweit er wusste, hatte Az früher irgendwo im Westen gelebt. Zugegeben, er lebte schon fast so lange hier wie Eli, aber Az hatte bestimmt keine besondere Verbindung zu diesem Fleckchen Land. Vermutlich wehrte er sich nur aus Prinzip gegen die Baumaßnahmen.

»Das ist eine Drohung«, sagte Rod zu Eli. »Sie haben's gehört.«

Az lachte. »Womit hab ich Ihnen denn gedroht?«

»Mit einem Fluch. Irgendeiner ... Hexerei.«

Der alte Indianer schloss eine Hand um seine Pfeife und zündete mit der anderen die Blätter darin an. »An so was muss man glauben, damit es funktioniert.« Er inhalierte. »Glauben Sie an so was, Mr. van Vleet?«

»Hören Sie«, sagte Eli mit einem Seufzer. »Ich weiß, was ihr alle von der Baufirma haltet, Az. Aber wenn ihr euch beschweren wollt, dann macht das am besten auf dem Rechtsweg.«

»Als das Rechtssystem beim letzten Mal behauptet hat, es wüsste, was gut für die Abenaki ist, wäre es ihm fast geglückt, uns auszurotten«, entgegnete Az. »Nein, Detective Rochert, ich glaube nicht, dass wir Ihren Rechtsweg einschlagen werden.«

»*Seinen* Rechtsweg?«, schnaubte Winks, der jetzt stand und sich die Jeans abklopfte. »Eli, wer hat dir denn erzählt, dass deine Haut in der schicken, blauen Uniform nicht ganz so rot aussieht?«

Eli packte Winks am Hemdkragen und stieß ihn seitlich gegen den Bulldozer. Sofort war Watson hinter ihm, fletschte die Zähne. Eli hörte das wohltuende Geräusch, als Winks' Kopf auf Metall prallte, dann kam er wieder zur Vernunft. Er spürte, dass Az Thompson ihn beobachtete.

Als er sich abwandte und seinen Hund zurückrief, erinnerte Eli sich, wie er mit den Verwandten seiner Mutter am Ufer des Sees geangelt hatte, einen Sommer lang. Die Kinder, braun und barfuß, spielten so oft Fangen, dass das hohe Gras auf einer großen Fläche platt getreten war. Eli war zehn, als ihm klar wurde, dass der See, den er als *pitawbagw* kannte – das Wasser, das dazwischen liegt –, auf der Landkarte Lake Champlain hieß.

Mit einem Nicken gab er dem Fahrer des Bulldozers das Signal, dass er mit der Arbeit beginnen konnte, und drehte sich bewusst von den Indianern weg, entschlossen, für Ruhe und Ordnung zu sorgen.

Eine Woche nach seiner Ankunft in Comtosook spazierte Ross am Ufer des Sees entlang, ohne auf die spitzen Kieselsteine unter seinen nackten Füßen zu achten. Das Wasser war kalt – zu kalt für August –, aber das störte ihn nicht. Etwas zu empfinden tat gut, selbst wenn es Unbehagen war.

Lake Champlain war so groß, dass man das gegenüberliegende Ufer nicht sehen konnte, obwohl dort in der Ferne die Adirondacks wie Soldaten aufragten. Aimee war auf der anderen Seite geboren worden, im Norden des Staates New York. An dem Tag, als die Welt unterging, waren sie unterwegs zu ihren Eltern.

Als Ross noch in dem Buchladen in Manhattan gearbeitet hatte, fand dort einmal eine Autorenlesung zum Thema Bestattungsrituale statt. In Tibet zog ein Mönch dem Verstorbenen das Fleisch von den Knochen und schnitt alles in Stücke, damit Geier die Überreste verschlingen konnten. Auf Bali wurden die Toten bis zu ihrer feierlichen Verbrennung beerdigt, weil die Vorbereitung der spektakulären Zeremonien mitunter Jahre dauerte.

Während der Lesung hatte Ross im Hintergrund gestanden und nur gestaunt. Irgendwann war Aimee hereingeplatzt und wäre fast an ihm vorbei ins Lager gestolpert, wenn er sie nicht festgehalten hätte.

Sie warf sich in seine Arme und fing an zu schluchzen. Das Publikum reckte schon die Köpfe, und auch der Autor blickte irritiert auf.

Ross zog Aimee an der Hand in die Abteilung für Gartenbücher. Mit klopfendem Herzen nahm er ihr Gesicht in beide Hände: Sie hatte Krebs, sie war schwanger, sie liebte ihn nicht mehr.

»Martin ist tot«, brachte sie schließlich mit erstickter Stimme heraus.

Martin Birenbaum war bei einer Explosion in einer Chemiefabrik schwer verletzt worden. Er hatte an 85 Prozent seines Körpers Verbrennungen dritten Grades erlitten. Aimee, die als Assistenzärztin in der Notaufnahme arbeitete, war für ihn zuständig gewesen. Sie hatte alles getan, um seine Schmerzen weitestgehend zu lindern. Als er sie fragte, ob er sterben würde, hatte sie ihm in die Augen geblickt und Ja gesagt.

Er war der erste Patient, den sie verlor, und deshalb hatte sich sein Gesicht unauslöschlich in ihr Gedächtnis eingeprägt. »Ich bin bei ihm geblieben, weil ich wusste, dass ich ihm nicht helfen kann«, gestand Aimee. »Vielleicht wird es ja mit jedem Mal leichter. Aber vielleicht auch nicht. Vielleicht hätte ich nie Medizin studieren sollen.« Plötzlich starrte sie ihn an. »Wenn ich sterbe, musst du bei mir sein. So wie ich heute bei Martin war.«

»Du stirbst nicht ...«

»Ross, bitte! Versprich es mir!«

»Nein«, sagte er kategorisch. »Weil ich zuerst dran bin.«

Sie schwieg einen Moment, lachte dann leise auf. »Hast du schon einen Termin?«

»*Guei*, das heißt hungrige Geister«, sagte der Vortragende genau in diesem Moment, »sind die Seelen der Chinesen, die keines natürlichen Todes gestorben sind ... deshalb suchen sie die Lebenden heim.«

Ross warf einen Stein in den See, der über das Wasser hüpfte und unterging. Aimee war eingeäschert worden. Ihre Asche war irgendwo auf der anderen Seite des Sees, bei ihren Eltern. Er wusste nicht, was sie damit gemacht hatten; nach drei Jahren hatte er nicht mehr auf ihre Anrufe und Briefe reagiert, weil es einfach zu schmerzlich war.

Wenn ich sterbe, musst du bei mir sein.

Aber er war nicht bei ihr gewesen.

Meredith Olivers Büro im Generra Institute hatte eine Postleitzahl von Washington, D.C., und wenn man aus dem Fenster sah, konnte man in der Ferne das Jefferson Memorial erahnen. Sie fand das ziemlich absurd, da die meisten Wissenschaftler im Institut nichts von der Idee hielten, dass alle Menschen gleich geschaffen sind – ihrer Meinung nach überlebten nur die Stärksten.

Ihr gegenüber saßen Mr. und Mrs. De la Corria und hielten sich nervös an der Hand. »Gute Neuigkeiten«, sagte Meredith mit einem Lächeln. Sie war seit zehn Jahren in der genetischen Präimplantationsdiagnostik tätig und hatte festgestellt, dass für ein Paar nur eines noch nervenaufreibender war als die In-vitro-Befruchtung, nämlich das Warten auf die Ergebnisse der vorausgehenden Tests. »Es gibt drei lebensfähige Embryos.«

Carlos De la Corria war Bluter. Aus Angst, die Krankheit an seine Kinder zu vererben, hatten er und seine Frau sich für eine künstliche Befruchtung entschieden, wobei die aus seinem Sperma und ihren Eiern entstandenen Embryos von Meredith genetisch untersucht wurden. In den Uterus der Mutter eingepflanzt wurde dann der Embryo, der nicht die Gene für Hämophilie, die Bluterkrankheit, in sich trug.

»Wie viele davon sind Jungs?«, fragte Carlos.

»Zwei.« Meredith blickte ihm in die Augen. Die Gene für Hämophilie wurden über das X-Chromosom übertragen. Ein männliches Kind der De la Corrias konnte somit die Krankheit des Vaters nicht weitervererben.

Carlos hob seine Frau aus dem Sessel und wirbelte sie durch Meredith' kleines Büro. All die Moralapostel, die ständig vor den möglichen Folgen genetischer Modifikation warnten, müssten nur einmal einen solchen Augenblick erleben.

Mrs. De la Corria sank atemlos wieder in ihren Sessel. »Das Mädchen?«, fragte sie leise.

»Der dritte Embryo ist leider ein Träger«, erwiderte Meredith.

Carlos drückte die Hand seiner Frau. »Na dann«, sagte er optimistisch, »bekommen wir eben zwei Jungs, Zwillinge.«

Es gab noch immer genügend Hindernisse zu überwinden, aber Meredith hatte ihren Teil der Arbeit getan. Die Implantation würden Kollegen von ihr vornehmen. Meredith nahm den Dank der De la Corrias entgegen und schaute dann in ihren Terminkalender. Noch zwei Beratungsgespräche, und dann konnte sie den Nachmittag über im Labor arbeiten.

Sie setzte ihre Lesebrille auf und zog den Stift aus dem Haar, den sie als behelfsmäßige Spange benutzte. Ihre honiggelben Locken fielen ihr wirr auf die Schultern, so chaotisch, als hätte Gott sich einen Scherz erlaubt, indem er der Ordnungsfanatikerin Meredith Oliver eine Haarpracht bescherte, die sich einfach nicht bändigen ließ. Sie fuhr sich mit beiden Händen durchs Gesicht, rieb ihre geröteten Augen. »Heute Abend«, so sagte sie laut zu sich selbst, »werde ich nicht arbeiten.«

»Dr. Oliver?« Ihre Sekretärin kam herein. »Die Albertsons sind da«, sagte die Sekretärin.

»Einen Moment noch.«

Sobald die Tür sich schloss, griff Meredith zum Telefon und rief zu Hause an. Sie stellte sich ihre Tochter vor, wie sie am Küchentisch saß, die Zöpfe über den Rücken warf und Schönschreibübungen machte. Lucy meldete sich. »Hallo?«

»Hey, Schätzchen.«

»Mom! Wann kommst du nach Hause?«

»Bald.«

Kurzes Schweigen. Dann: »Bevor es dunkel wird?«

Meredith schloss die Augen. »Ich bin zum Essen da«, versprach sie. »Sag das auch Granny. Und keine Kekse mehr, bis ich nach Hause komme.«

Lucy stockte der Atem. »Woher weißt du, dass ich ...«

»Weil ich deine Mom bin. Ich hab dich lieb.« Meredith legte auf, schlang dann ihr Haar oben auf dem Kopf zusammen. Sie kramte in ihrer Schublade nach einem Gummiband, fand aber nur ein paar Büroklammern, die als Haarnadeln herhalten mussten. Ihr Blick fiel auf die von den De la Corrias unterschriebene Einwilligungserklärung zur Beseitigung des dritten, des weiblichen Embryos. Spontan schob Meredith das Formular in die unterste Schreibtischschublade. Sie würde es verlieren, vorübergehend. Nur für alle Fälle.

Sie drückte den Knopf der Sprechanlage, und gleich darauf traten die Albertsons ein. Sie wirkten niedergeschlagen und müde, wie die meisten Paare, die zum ersten Mal in ihr Büro kamen. Meredith erhob sich. »Ich bin Dr. Oliver. Ich habe mir Ihren Fall angesehen. Und«, sagte sie energisch, »ich kann Ihnen helfen.«

Az wusste genau, im Ernstfall könnte er nicht mal ein Eichhörnchen aus dem Steinbruch vertreiben, geschweige denn einen bewaffneten Eindringling. Dass die Geschäftsleitung ihn als Wachmann behielt, geschah aus reiner

Menschenfreundlichkeit oder Mitleid, vielleicht aber auch, weil er sich nur selten die Mühe machte, seinen Gehaltsscheck abzuholen, schließlich konnte er auf lange Sicht ohnehin nicht viel mit dem Geld anfangen. Zum Glück gab es nur eine Zufahrtsstraße zum Steinbruch, und nicht mal der schenkte Az große Aufmerksamkeit. Er saß in dem kleinen, beleuchteten Wachhäuschen, in das drei Sicherheitskameras ihre Bilder übertrugen, und starrte stattdessen auf den vierten Monitor, der ein Spiel der Red Sox zeigte.

»Ha«, fauchte Az gerade einen Spieler an. »Und *dafür* kassierst du elf Millionen im Jahr?«

Im Steinbruch wurde, wie vielerorts in Vermont, Granit abgebaut. Vor langer Zeit hatte man die Sprenglöcher noch mit der Hand gebohrt und den Stein dann für den Transport zurechtgefräst. Heutzutage war fast alles computergesteuert. Az bekam kaum je eine Menschenseele zu Gesicht. Manchmal fragte Az sich, ob er vielleicht der einzige Mensch war, der hier noch angestellt war.

In den dreißig Jahren, die er nun im Steinbruch arbeitete, hatte er nur zwei Vorfälle melden müssen. Beim ersten hatte ein Gewitter eine Explosion ausgelöst, die für den nächsten Tag geplant war. Beim zweiten war ein Mann in selbstmörderischer Absicht über die Schutzmauer geklettert und von einer Klippe in die Tiefe gesprungen. Der Idiot hatte sich beide Beine gebrochen und nach seiner Genesung eine Dotcom-Firma eröffnet.

Az arbeitete gerne nachts und allein. Wenn er auf seinen Rundgängen leise war, konnte er förmlich hören, wie Blüten aufplatzten, er konnte den Wechsel der Jahreszeiten riechen.

Er hätte gern gewusst, was am Otter Creek Pass vor sich ging. In der Woche, seit Rod van Vleet da gewesen war, hatte der Protest der Abenaki zugenommen und war von der Öffentlichkeit registriert worden. Die Tatsache, dass der Trunkenbold des Ortes, Abbott Thule, eines Morgens feststellen musste, dass sein bis dato glattes Haar über Nacht ganz kraus geworden war, tat ihr Übriges.

Wenn Rod van Vleet halbwegs auf Draht wäre, würde er seine Baumaschinen nachts anrollen lassen, wenn die meisten Indianer zu Hause in ihren Zelten schnarchten. Zum Glück war der verantwortliche Vertreter der Firma Redhook ein Trottel. In Anbetracht der üblichen Desorganisation des Abenaki-Protestes sorgte das für eine gewisse Chancengleichheit.

Ein Glühwürmchen schwebte an Az' linkem Auge vorbei. Dann merkte er, dass es gar kein Glühwürmchen war, sondern ein schwacher Lichtstrahl auf dem pechschwarzen Überwachungsmonitor, der auf die Nordwand des Steinbruchs eingestellt war. Plötzlich lief es Az heiß zwischen den Schulterblättern herunter. Er setzte sich seinen Hut auf und marschierte los. Mit jedem Schritt fielen die Jahre von ihm ab, bis er aufrecht und stark war, weil er wieder gebraucht wurde.

Ross wusste nicht, wem er mehr die Schuld gab: Ethan, weil er ihm diesen Floh ins Ohr gesetzt hatte, oder sich selbst, weil er auf ihn gehört hatte. »Im Angel-Steinbruch spukt's«, hatte sein Neffe behauptet, »das sagen alle.« Er ging behutsam den schmalen Pfad entlang, bis er spürte, wie sich ihm die Nackenhaare sträubten. Hier würde er also seine Ausrüstung aufbauen.

Die Erinnerung an Aimee heute Nachmittag hatte ihm den Anstoß gegeben, noch einen letzten Versuch zu starten, auch wenn er Shelby erzählt hatte, dass er seine Arbeit als Geisterjäger aufgegeben hatte. Daher war er vom Lake Champlain direkt nach Burlington gefahren, wo er sich bei einem Elektronikdiscounter eine neue Infrarotkamera gekauft hatte. Als Shelby das Abendessen auf den Tisch stellte, erzählte er ihr, er hätte später noch eine Verabredung.

»Im Ernst?« Sie hatte ihn so glücklich angestrahlt, dass es Ross einen Stich versetzte. »Wer ist sie?«

»Geht dich nichts an.«

»Ross«, antwortete Shelby, »das ist genau das Richtige für dich.«

Er schämte sich, weil er seine Schwester angelogen hatte. Und jetzt, während seine Schwester sich den Kopf zerbrach, mit welcher Frau er sich wohl traf, legte Ross seine Taschenlampe auf einen Felsvorsprung, damit er das Stativ für die Kamera sehen konnte. »Ich werde nichts sehen«, murmelte Ross, als er durch den Sucher spähte. Dann stieß er einen Fluch aus.

Er hatte die Sache an den Nagel gehängt.

Er glaubte nicht an Geister, nicht mehr.

Aber was, wenn sich dieses Mal doch irgendwas materialisierte? Falls Ethan recht hatte – falls im Steinbruch jemand ermordet worden war –, bestand die Chance, dass sich hier ein ruheloser Geist herumtrieb. Einer, der Unerledigtes zurückgelassen hatte – oder einfach einen geliebten Menschen nicht verlassen wollte.

Ross vertraute seinem Instinkt und richtete die Kamera auf eine Stelle, die seinen Blick immer wieder anzog, obwohl er nicht wusste, ob dort tatsächlich ein Mord geschehen war. Er legte eine Kassette ein, lehnte sich zurück und wartete.

Plötzlich blendete ihn ein greller Lichtstrahl. »Ich kann das erklären«, setzte er an.

Doch dann versagte ihm die Stimme, denn vor ihm stand ein greisenhafter Mann in einer alten Nachtwächteruniform; ein Mann, in dessen Augen so viel Weltklugheit lag, dass Ross sicher war, einem Geist gegenüberzustehen.

»Wer *sind* Sie?«, flüsterte der Mann und blickte Az fragend an. Er glotzte, als hätte er noch nie einen amerikanischen Ureinwohner gesehen, und das verärgerte Az.

»Sie haben widerrechtlich Privatgelände betreten«, sagte Az.

»War das früher Ihr Land?«

Az hatte auf einmal Mitleid mit dem Mann. »Hör mal, du packst jetzt dein Zeug hier ein und verschwindest, und ich sag keinem, dass ich dich gesehen habe.«

Der Mann nickte, und dann machte er plötzlich einen Schritt nach vorn und versuchte, ihn zu berühren. Verblüfft wich Az zurück und hob seinen Gummiknüppel.

»Bitte! Ich ... ich möchte Ihnen nur ein paar Fragen stellen.«

Himmelherrgott. Wenn das so weiterging, würde Az noch das Ende des Spiels verpassen.

»Wohnen Sie hier?«

»Nein, und ich habe auch kein Tipi, falls du das meinst.« Az packte ihn am Arm. »Und jetzt stell das Ding da ab, sonst ...«

»Sie können mich anfassen ...?«

»Ich kann dir auch eine Tracht Prügel verpassen«, sagte Az. »Die Red Sox spielen gegen die Yankees, also mach schnell.«

Der Eindringling erlosch förmlich. Az hatte das schon öfter beobachtet, am Sterbebett von Freunden, wenn das innere Licht plötzlich ausging, das einen Menschen zu dem machte, der er war. »Die Red Sox«, murmelte der Mann. »Dann sind Sie kein Geist.«

»Ich mag ja alt sein, aber den Löffel hab ich noch nicht abgegeben.«

»Ich dachte, Sie wären ...« Er schüttelte den Kopf, streckte ihm dann die Hand hin. »Ich bin Ross Wakeman.«

»Sie sind verrückt, mehr nicht.«

»Das wohl auch.« Ross strich sich durchs Haar. »Ich erforsche das Übersinnliche. Jedenfalls hab ich das, bis vor Kurzem.«

Az zuckte die Achseln. »Schon mal was gefunden?«

Ross merkte auf. »Gibt's denn hier was zu finden?«

»Hab noch nie was gesehen. Jedenfalls hier nicht.«

»Aber anderswo schon?«

Az ließ die Frage unbeantwortet. »Sie können hier nicht bleiben. Privatgelände.«

Ross fing an, seine Ausrüstung einzupacken, wobei er sich reichlich Zeit ließ. »Ich hab gehört, hier ist vor Jahren ein Mord geschehen.«

»Das sagen die Leute.«

»Wissen Sie irgendwas darüber?«

Az blickte in die Grube vom Steinbruch. »Das war vor meiner Zeit hier als Wachmann.«

»Alles klar.« Ross schulterte die Tasche mit der Kamera. »Entschuldigen Sie ... wegen der Verwechslung.«

»Schon gut.« Az begleitete den jungen Mann nach draußen. Als Ross schon an seinem Wagen war, legte Az die Hände um die gusseisernen Stangen des Eingangstors. »Mr. Wakeman«, rief er. »Die Geister, die Sie suchen – Sie sind schon ganz nah dran.«

Er ging zurück in sein Wachhäuschen und ließ Ross mit der Frage allein, ob das ein Versprechen oder eine Drohung war.

Im Laufe der folgenden Wochen lernten die Einwohner von Comtosook, an das Unerwartete zu glauben. Mütter erwachten nachts, die Stimme tränenerstickt, sodass sie nicht einmal mehr nach ihren Kindern rufen konnten. Geschäftsleute, die zufällig ihr Spiegelbild in einer Glasscheibe sahen, erkannten ihre eigenen Gesichter nicht wieder. Liebespärchen, die an einem einsamen Platz im

Auto leidenschaftliche Schwüre tauschten, merkten, dass ihre Worte wie Luftblasen herauskamen und sogleich wieder platzten.

Shelby Wakeman stellte fest, dass es an allen nach Norden gehenden Fenstern ihres Hauses von Marienkäfern nur so wimmelte. Rod van Vleet konnte höchstens eine Viertelmeile in seinem Firmenwagen fahren, dann drang aus den Lüftungsschlitzen ein so penetranter Beerengeruch, dass er das Gefühl hatte, in einem Marmeladenglas zu sitzen. Spencer Pike schob die Hand unter sein Kissen und entdeckte drei himmelblaue Rotkehlcheneier.

Obwohl er wusste, dass es für ihn nicht gut war, riskierte Ethan immer wieder einen heimlichen Blick auf die Sonne.

Katzen entwischten von zu Hause und spazierten zum Fluss, um dort zu baden. Der Wasserpegel des Lake Champlain hob und senkte sich zweimal täglich, als gäbe es dort Ebbe und Flut.

Und trotz des milden Augustklimas gefror der Boden des umstrittenen Grundstücks am Otter Creek Pass, sodass die Ausschachtungsarbeiten eingestellt werden mussten.

»Was haltet ihr davon?«, fragte Winks Smiling Fox und schob die Trommel ächzend ein Stück nach links. Wo sie gesessen hatten, war die Erde vereist. Ein wenig weiter wuchs der Löwenzahn.

»Erinnert ihr euch noch an die alten Geschichten von Azeban?«, fragte Winks.

»Azeban?«, echote Fat Charlie. »Der Waschbär?«

»Genau.« Winks nickte. »Wie er aus Spaß für irgendjemanden eine Falle gebaut hat und dann selbst hineingeraten ist? Oder wie er das Feuer austrampeln wollte, neben dem der Fuchs schlief, und sich dabei den Schwanz verbrannte?«

»Ein kleines Feuerchen wäre hier auch nicht schlecht, ehrlich gesagt ...«

»Nein, Charlie«, sagte Az, der unbemerkt näher gekommen war. »Winks meint, wenn man anderen Böses tut, widerfährt einem selbst auch Böses.«

Er sah zu, wie seine Freunde sich wieder hinsetzten und nach den Trommelstöcken griffen. Abgesehen von dem Gesang in ihrer schon fast vergessenen Stammessprache verriet nichts, dass diese Männer Abenaki waren. Ihre Ahnen hatten Weiße geheiratet, in der Hoffnung, sich hinter weißen Familiennamen und europäischen Gesichtszügen verstecken zu können. Winks hatte blondes Haar. Fat Charlies Haut war so blass wie die eines Iren.

»Meinst du, es steckt vielleicht noch mehr dahinter?«, fragte Winks. »Ich meine, da passieren wirklich seltsame Dinge.«

»In der Stadt sagen sie, wenn die Indianer Redhook nicht von dem Land vertreiben, dann erledigen die Geister das«, fügte Charlie hinzu.

»Wenn mein Grab von einem Bulldozer umgepflügt würde, wäre ich auch ziemlich sauer.« Winks schnaubte. »Habt ihr den Archäologen gesehen? Immer wenn er meint, keiner hört ihn, flüstert er ein Vaterunser. Die haben ordentlich Schiss.«

»Mir ist letztes Jahr der Geist von meinem Urgroßonkel bei einer Schwitzzeremonie erschienen«, sagte Fat Charlie. »Du hast doch auch schon welche gesehen, Az?«

»Es gibt einen Unterschied zwischen einem Geist, der weitergezogen ist, und einem, der nicht wegkann«, sagte Az. Er hob ein Messer auf und begann, einen Ast anzuspitzen. »Wo ich herkomme, gab es mal eine junge Frau, die nicht den Mann heiraten durfte, den sie liebte, weil ihre Eltern dagegen waren. Deshalb erhängte sie sich an einer Buche oben auf dem Berg. Am Tag nach ihrer Beerdigung ging ihr Freund zu demselben Baum und erhängte sich ebenfalls. Und wenn ein Indianer durch Erhängen stirbt, kann sein Geist nicht auffahren – er bleibt im Körper gefangen.« Er prüfte die Speerspitze mit dem Daumen. »Nach ihrem Tod tauchten nachts immer wieder zwei blaue Lichter über dem Berg auf.«

Winks beugte sich vor, die Ellbogen auf die Knie gestützt. »Ist mal jemand nachsehen gegangen?«

Der Alte führte das Messer erneut an dem Ast entlang. Er spürte Rod van Vleet hinter sich, der so tat, als würde er nicht zuhören. »So dumm«, sagt Az, »war keiner.«

»Ethan?«

Ethan erstarrte unter dem Verdunkelungsrollo, als er die Stimme seiner Mutter hörte. Er schnellte von der warmen Fensterscheibe zurück und schob die Sonnenbrille in den Spalt zwischen Bett und Wand. »Hi«, sagte er, als sie in sein Zimmer trat.

Ihr scharfer Blick registrierte die zerknitterte Tagesdecke, die Mütze auf Ethans Kopf, die geschlossenen Vorhänge. Sie kam auf ihn zu, musterte ihn und zog dann den Ärmel seines Sweatshirts tiefer, weil ein Zentimeter Haut am Handgelenk noch frei war. »Ich muss zur Arbeit«, sagte seine Mutter. »Du solltest längst schlafen.«

»Ich bin nicht müde«, maulte Ethan. Aber ihm kam der Gedanke, dass seine Mutter erschöpft sein musste. Schließlich blieb sie die ganze Nacht mit ihm auf und arbeitete dann halbtags in der Bücherei. »Mom«, erkundigte er sich, »bist *du* müde?«

»Ständig«, antwortete sie und gab ihm dann einen Abschiedskuss.

Er wartete, bis er ihre Schritte auf dem Fliesenboden in der Küche hörte. Ethan tastete sich an der Bettkante entlang, bis er seine silberne Wraparound-Sonnenbrille wiederfand. Er zog sich die Mütze tiefer in die Stirn.

Dann hob er das Rollo an und kauerte sich auf die Fensterbank. Nach wenigen Minuten zeichneten sich rote Flecken auf seiner kreideweißen Haut ab, aber Ethan war das egal. Er würde die Narben in Kauf nehmen, wenn er nur so beweisen konnte, dass er tatsächlich Teil dieser Welt gewesen war.

Die Stadtbücherei von Comtosook zog nicht viele Besucher an. Kleine Räume reihten sich aneinander wie Perlen und hätten sich viel besser für einen Gasthof auf dem Lande geeignet denn als Aufbewahrungsort für Literatur. Die Regale standen kreuz und quer, manche mitten im Raum. Die Bibliothekarin – und das war vormittags Shelby – musste nicht nur verschiedene Suchmaschinen beherrschen, sondern auch den Bestand der Bücherei genau kennen. Die meiste Zeit jedoch konnte Shelby tun und lassen, was sie wollte, und ihre große Leidenschaft waren ausgefallene Wörter.

Manchmal saß sie mit aufgeschlagenem Wörterbuch da und studierte es mit der gleichen atemlosen Faszination, wie andere einen Thriller lasen. *Hibernal*: winterlich. *Pilose*: übermäßiger Haarwuchs. *Polygyn*: in Vielweiberei lebend.

Nach vier Jahren College und abgeschlossenem Studium durchschaute sie sehr wohl, dass sie die Sprache als Pufferzone zwischen sich und dem Rest der Welt benutzte. Sie war sich auch darüber im Klaren, dass sie, selbst wenn sie jeden Eintrag im Wörterbuch auswendig lernen würde, noch immer keine Erklärung dafür hätte, was aus ihrem Leben geworden war.

Sie machte sich Sorgen um Ethan. Sie machte sich Sorgen um Ross. Sie war so damit beschäftigt, den Alltag zu meistern, dass sie nie darüber nachdachte, wieso sich eigentlich niemand Sorgen um sie machte.

Die Bücherei war menschenleer, denn die Menschen

wagten sich in einer Stadt, die sich vor ihren Augen veränderte, kaum noch vor die Tür. Für Shelby, die tagtäglich mit dem Abnormen lebte, waren die jüngsten Ereignisse kein Grund zur Unruhe.

Als die Tür sich quietschend öffnete, blickte Shelby auf. Ein Fremder kam herein. Er trug einen teuren Anzug, der aus keinem der Geschäfte im Umkreis von fünfzig Meilen stammen konnte. Aber irgendetwas an ihm stimmte nicht. Seine Haut war fast so weiß wie Ethans. Er sah von dem schiefen Boden über die schrägen Wände mit den bis zur Decke reichenden Enzyklopädien und fragte: »Können Sie mir helfen?«

»Dafür bin ich da.«

Sein Blick kreiste durch den Raum wie ein Vogel und blieb dann auf Shelby haften. »Kann man denn hier irgendwas finden?«

Rhabdomantie, dachte Shelby. Das Wahrsagen mit der Wünschelrute. »Was suchen Sie denn?«

»Indianerfriedhöfe. Was mit ihnen passiert ist, in der Vergangenheit, wenn darauf gebaut wurde. Präzedenzfälle. So was in der Art.«

»Sie sind bestimmt von der Baufirma«, sagte Shelby. Sie führte ihn in einen entlegenen Winkel der Bibliothek, wo ein Mikrofiche-Lesegerät hinter einem Regal mit Kochbüchern stand. »Vor etwa einem Jahr hat es in Swanton einen ähnlichen Streitfall gegeben. Vielleicht schauen Sie zuerst mal hier nach.«

»Sie wissen nicht zufällig, wie die Sache ausgegangen ist?«

»Der Staat hat das Land gekauft.«

»Oh, prima. Toll.« Er ließ sich in den Sessel sinken. »Lag auf dem Grundstück in Swanton auch ein Fluch?«

»Wie bitte?«

Einen Moment lang schien er völlig am Ende. »Was machen diese Indianer ... beschwören die ihre ganzen toten Ahnen, wenn sie sie brauchen, nur damit wir wieder verschwinden?«

Shelby kaute auf einem Fingernagel.

»Herrje, wir wollen doch bloß ein kleines Einkaufszentrum bauen. Ich hab die Unterschrift des Besitzers, alles ganz legal. Ich hab bereits fünfzigtausend Dollar hingeblättert. Ich hab mir nichts zuschulden kommen lassen, und was krieg ich dafür? Die Temperatur sackt auf einmal ohne ersichtlichen Grund in den Keller, ich höre mitten in der Nacht kreischende Stimmen, die halbe Belegschaft kündigt mir. Und ... heute Morgen bin ich geschubst worden, und dabei war gar niemand hinter mir!« Er sah Shelby direkt an. »Ich bin nicht verrückt.«

»Natürlich nicht«, murmelte sie.

Der Mann strich sich mit der Hand übers Gesicht. »Ich weiß nicht, wieso ich hergekommen bin. Sie können mir nicht helfen.«

»Nein, kann ich nicht«, sagte Shelby. »Aber ich denke, ich kenne jemanden, der das kann.«

Ross saß in Shelbys Wohnzimmer vor dem Fernseher. Kabel verbanden die Videokamera mit dem Bildschirm, und er ließ das kurze Band laufen, das er im Steinbruch aufgenommen hatte. Eine Sequenz sah er sich genauer an. Aber nein, das Flackern in einer Ecke war bloß eine Spiegelung – nichts Paranormales.

Er schaltete den Fernseher ab und lehnte sich mit geschlossenen Augen zurück. »Reine Zeitverschwendung.«

»War es so schlimm?« Shelby kam herein.

»Mit Ethan gab's keine Probleme.«

»Ich meinte deine Verabredung. Verrätst du mir jetzt, wer die Glückliche ist, oder ist das ein Staatsgeheimnis?«

»Kennst du nicht.«

»Woher willst du das wissen?« Shelby setzte sich. »Was machst du mit der Videokamera?«

Ross wechselte rasch das Thema. »Wie war die Arbeit?«

»Ich glaube, ich hab dir heute einen Job verschafft.«

»Danke, aber Bibliotheksarbeit ist nichts für mich.«

Shelby setzte sich und zog die Beine hoch. »Heute ist ein gewisser Rod van Vleet in die Bücherei gekommen. Er arbeitet für die Baufirma, die drüben am Otter Creek Pass ein Stück Land gekauft hat …«

»Wo?«

»Ist egal. Wichtig ist aber, dass er mit den Nerven am Ende ist, weil er denkt, da spukt's.« Shelby lächelte triumphierend. »Jetzt rate mal, wo du ins Spiel kommst.«

Seine Kiefermuskulatur verkrampfte sich. »Geht's dir ums Geld? Wenn du willst, dass ich Miete zahle …«

»Ross, bitte nicht. Ich hab dich erwähnt, weil ich dachte, du würdest dich freuen. Seit du hier bist, bläst du Trübsal.«

Ross stand auf, riss das Verbindungskabel aus dem Fernseher und packte die Videokamera ein. »Mir war nicht klar, dass du solche Erwartungen an mich stellst«, sagte er verbittert.

Shelbys Hände umschlossen Ross' Handgelenke. Mit dem Daumen schob sie die Ärmel seines Pullovers hoch, glitt über seine vernarbte Haut. »Ich wollte dich fragen, ob du zum Abendessen Suppe haben willst, Suppe, Ross, und du lagst da in deinem Blut.«

»Du hättest mich einfach liegen lassen sollen«, sagte Ross und löste sich sanft von ihr.

»Ach, Scheiße.« Tränen glitzerten in Shelbys Augen. »Wenn du gleich ins Bad gehst, frage ich mich, ob du Pillen schluckst. Wenn du mit dem Wagen unterwegs bist, frage ich mich, ob du gegen einen Baum fährst. Ist dir schon mal der Gedanke gekommen, dass du nicht der Einzige bist, der einen geliebten Menschen verloren hat? Aimee ist gestorben. Menschen sterben. Du *lebst*, und du musst anfangen, dich auch so zu verhalten.«

Sein Blick war eisig. »Ob du das in ein paar Jahren auch so siehst, wenn es um Ethan geht?«

Ein leises Geräusch drang von der Tür, aber als sie sich umwandten, war der Junge, der jedes Wort mitgehört hatte, bereits weggelaufen.

Er trug ein Sweatshirt und eine lange Hose und natürlich seine Baseballmütze, aber Gesicht und Hände waren unbedeckt. Als Ethan den Steinbruch erreichte – die höchste Stelle der Stadt, mit schroffen Felsen, die in den Himmel ragten –, waren seine Finger angeschwollen und rot und pochten bei jedem Herzschlag.

Vielleicht würde ihn unterwegs ein Laster überfahren. Vielleicht würde er verbrennen, einfach in Flammen aufgehen. Wenn er jetzt starb, was machte das schon aus?

Was er über Comtosook wusste, hatte er aus Landkarten und aus dem Internet erfahren. Natürlich war er auch früher schon mal draußen gewesen – aber bei Tageslicht sah alles anders aus. Er konnte die Augen nicht von den Straßen losreißen, die voller Autos waren, von den Bürgersteigen voller Menschen. Er wusste ja nicht, dass der Ort normalerweise noch viel belebter war – für Ethan wirkte diese sonnige Welt so geschäftig, dass es ihm den Atem verschlug.

Ethan wusste, dass er sterben würde. Psychologen und Ärzte und Sozialarbeiter hatten mit ihm geredet und versucht, ihm dabei zu helfen, die Prognose für einen XP-Patienten zu akzeptieren. Vielleicht würde er fünfzig, höchstwahrscheinlich jedoch nicht älter als fünfzehn. Das hing davon ab, wie stark seine Zellen bereits vor der Diagnose geschädigt waren.

Die Felsen des Steinbruchs ragten vor ihm auf. Er wusste nicht, was er hier eigentlich tun sollte. Vielleicht sein Sweatshirt ausziehen, bis die Schmerzen unerträglich wurden und er das Bewusstsein verlor.

Er lief die Einfahrt hinauf und blieb abrupt stehen. Sein Onkel Ross stand da gegen die Motorhaube seines verbeulten Autos gelehnt, die Arme verschränkt. »Wie hast du mich gefunden?«

»Gefunden? Ich war zuerst hier.« Ross sah, dass Ethans Hände und sein Gesicht von der Sonne verbrannt waren, sagte aber nichts. Er reichte Ethan nur eines von seinen eigenen Sweatshirts, dessen Ärmel ihm bis über die Hände fielen. Dann blinzelte er in den Himmel. »Ich hab mir gedacht, ein Junge, der mit der Sonne noch eine Rechnung offen hat, würde versuchen, ihr möglichst nah zu kommen. Und das hier ist die höchste Stelle in der Stadt.« Er sah Ethan an. »Deine Mutter ist verrückt vor Angst.«

»Wo ist sie?«

»Zu Hause. Für den Fall, dass du dort zuerst auftauchst.« Er öffnete die Beifahrertür. »Können wir diese Unterhaltung im Haus weiterführen?«

Nach einem Moment nickte Ethan. Er stieg ins Auto, nahm seine Baseballmütze ab und rieb sich den Kopf. »Stimmt das, dass du versucht hast, dich umzubringen?«

»Ja.«

Ethan spürte, wie sich ihm der Hals zuschnürte. Sein Onkel war einer der wenigen Männer, zu denen Ethan überhaupt Kontakt hatte, und er war ganz sicher der Coolste von allen. Er hatte total irre Sachen gemacht, Fallschirmspringen und Eisklettern. Ethan wollte so sein wie er, falls er das Glück hatte, je so alt zu werden. Aber er konnte einfach nicht begreifen, wieso der Mann, den er auf der Welt am meisten bewunderte, nicht bloß die Gefahr suchte, sondern darin umkommen wollte. »Warum?«

»Um auf die andere Seite zu kommen«, erklärte sein Onkel.

»Gott sei Dank«, schrie Shelby. Sie rannte zum Auto und zerrte Ethan hinaus. Shelby hielt ihren Sohn fest, als wäre er eine Verlängerung ihres eigenen Körpers.

Ross lehnte sich gegen die Motorhaube und dankte Gott, dass er Ethan am richtigen Ort gesucht hatte. Er wollte zur Haustür gehen und merkte erst jetzt, dass ein Fremder neben seiner Schwester auf der Veranda stand. »Das ist Rod van Vleet«, sagte sie in einem Tonfall, der Ross verriet, dass ihr Streit noch längst nicht beendet war. »Er wollte dich sprechen.«

Ross warf seiner Schwester den düstersten Blick zu, den er unter den gegebenen Umständen zustande brachte. Der Mann war kleiner als Ross, und sein Kopf mit dem schütteren Haar hatte die unvorteilhafte Form einer Erdnuss. Er trug einen eleganten Anzug, gestärktes Hemd, Krawatte. »Mr. Wakeman«, sagte er mit einem unsicheren Lächeln. »Wie ich höre, jagen Sie Geister.«

DREI

Endlich einmal gefiel es ihm, dass alle ihn anstarrten.

Ethan trug die Videokamera, obwohl sie schwer war, aber er würde seinem Onkel gegenüber ganz bestimmt nicht jammern. Außerdem schleppte Ross alles andere – von den Schlafsäcken bis zum Proviant (eine Überwachung, so hatte sein Onkel gemeint, war nun mal eine Überwachung, auch wenn die Leute, die man erwischen wollte, schon tot waren). Sie gingen an den Trommlern und dem Bulldozer und den Bauarbeitern vorbei, und Ethan merkte, dass so ziemlich jeder bei dem, was er gerade tat, innehielt. Ein alter Indianer starrte Ethan besonders eindringlich an, aber nicht, weil er seltsam aussah – sondern weil ihn der Mann und der Junge interessierten, die da so selbstverständlich über das Grundstück marschierten.

Ethan blieb einen Moment stehen und beobachtete einen Studenten beim Sandsieben. Der junge Mann trug nur eine kurze Hose, und seine Schultern und der Rücken waren nussbraun. Ethan schaute an sich selbst hinunter, auf die langen Ärmel und die dicke Hose. Er sog die Luft durch das Gitter der Schutzmaske ein, die er tragen musste, wenn er bei Tageslicht das Haus verließ.

»He, komm schon«, rief Ross über die Schulter, und Ethan hastete ihm nach.

Der Bauunternehmer, Mr. van Vleet, kam auf sie zu. Er trug schicke Lederschuhe und rutschte immer wieder auf dem Eis aus, das die Erde wie Zuckerguss überzog. »Mr. Wakeman«, sagte er leise zur Begrüßung. »Wir verstehen uns doch hoffentlich, dass Sie die Sache ... mit äußerster Diskretion behandeln.«

»Und wir verstehen uns hoffentlich auch, dass ich meine Arbeit mache, wie ich es für richtig halte«, entgegnete Ross und kehrte dem Mann den Rücken zu. Er stieg die Stufen zu dem alten Haus hinauf. Eine brach in der Mitte durch, als er den Fuß daraufstellte.

Das Haus mit den schwarzen Fensterläden, die schief in den Angeln hingen, sah aus, als hätte es geweint. Ethan trat zurück und reckte den Hals, um bis ganz nach oben zu schauen. Es war irgendwann einmal weiß gewesen. Die meisten Fenster waren längst zerbrochen. Efeu überwucherte den Türrahmen. In der Diele rieselte Putz von der Decke, und die Bodenbretter waren dick mit weißem Staub bedeckt. Die Wände waren schmierig und voller Kritzeleien: SARI BLÄST DIR EINEN. Unter der Treppe waren die Reste eines Lagerfeuers und mindestens dreißig leere Bierflaschen.

Ethan blickte von dem zerbrochenen Geländer zu der düsteren Öffnung eines Nebenzimmers und dann zur Decke. Okay, es war gruselig, dachte er. Na und? Er war schließlich mutiger als die anderen Kinder, die er kannte ... obwohl er, zugegeben, nicht viele kannte.

Das redete Ethan sich zumindest ein, bis ihn eine Berührung im Nacken heftig zusammenfahren ließ.

Kerrigan Klieg war der Reporter bei der *New York Times*, der regelmäßig zu Halloween den obligatorischen Artikel über Vampire verfasste und der die Eltern des ersten New Yorker Millenium-Babys interviewte. Er interessierte sich weder für Wirtschaft noch für große Politik. Zwar rissen ihn die Menschen, über die er schrieb, auch nicht immer vom Hocker, aber ihm gefiel an seiner Arbeit, dass er bei den Recherchen viel von Land und Leuten mitbekam. Er rief sich gern in Erinnerung, dass es außerhalb von Manhattan eine ganze Welt gab, in der die Menschen sich auf der Straße noch in die Augen sahen.

Und was sich ihm hier bot, war der Stoff, von dem er nur träumen konnte: ein hundertjähriger Indianer, eine verstörte Provinzstadt, ein Baulöwe und Gerüchte von einem bösen Geist.

Kerrigan ging neben Az Thompson her, dem Burschen, der ihn angerufen hatte, und fragte sich, wie der Alte es wohl geschafft hatte, so alt zu werden. »Seit Urzeiten ist uns unser Land weggenommen worden«, sagte Thompson. »Aber dass das auch nach unserem Tod noch so weitergehen soll, ist einfach deprimierend.«

Kerrigan stieg über einen Hund hinweg, der auf einem alten Schuh herumkaute. »Soweit ich weiß, wohnt der Besitzer des Hauses, Spencer Pike, schon eine ganze Weile nicht mehr hier.«

»Seit zwanzig Jahren nicht mehr.«

»Glauben Sie, er wusste, dass das Land hier angeblich ein Indianerfriedhof war?«

Der alte Mann blieb abrupt stehen. »Ich glaube, Spencer Pike weiß viel mehr, als er zugibt.«

Kerrigan öffnete den Mund, um noch eine Frage zu stellen, als er einen Mann und einen Jungen ins Haus gehen sah. »Wer sind die beiden?«

»Man munkelt, van Vleet hätte jemanden engagiert«, sagte Thompson. »Um sicherzugehen, dass es keine Geister gibt.« Er wandte sich dem Reporter zu. »Was meinen *Sie* dazu?«

»Dass das eine prima Story abgibt«, antwortete Kerrigan vorsichtig.

»Mr. Klieg, haben Sie sich schon mal die Schuhe angezogen, und die waren voller Schnee, mitten im August? Oder haben Sie gesehen, wie sich über Nacht Kürbisblüten aus einem Abfluss hochranken?«

»Äh, nein, ehrlich gesagt.«

Thompson nickte. »Dann sind Sie hier genau richtig«, sagte er.

Als Ross Ethan im Nacken berührte, machte der Junge vor Schreck einen Satz. »Alles in Ordnung?«, fragte Ross.

Ethan zitterten die Knie. »Klar. Ehrlich, alles cool.«

»Ich kann dich auch nach Hause bringen, wenn du willst. Kein Problem.« Ross blickte Ethan ernst an.

Statt einer Antwort legte Ethan die Hand auf das kaputte Treppengeländer und stieg nach oben.

Mit einem Seufzer folgte Ross ihm. Für Ethan mochte die Sache ja spannend sein, aber *er* könnte gut und gern darauf verzichten. Als van Vleet ihn gebeten hatte, die paranormalen Phänomene auf dem Pike-Grundstück zu untersuchen, hatte er rundheraus abgelehnt. Und dann hatte er gesehen, wie seine Schwester ihn beobachtete, wartend.

Er hatte vier Bedingungen gestellt. Erstens, Ross leitete die Untersuchung und würde sich von niemandem etwas sagen lassen müssen, nicht einmal vom Chef der gesamten Redhook-Gruppe. Zweitens, die Einzigen, die sich während der Untersuchung im Haus und in der Nähe aufhalten durften, würden Ross und sein Assistent sein – Ethan, was den Jungen gleichermaßen erstaunte und begeisterte. Drittens, Ross wollte keinerlei Informationen darüber, was sich in der Vergangenheit in dem Haus und auf dem Grundstück zugetragen hatte, bis er selbst darum bat – das könnte sonst seine Eindrücke verfälschen. Viertens, er würde kein Geld nehmen – anders als die Warburtons, die jedem x-beliebigen Kunden einen Geist lieferten, wenn nur das Geld stimmte.

Im Gegenzug versprach Ross, die Untersuchung diskret durchzuführen, ganz wie es die Geschäftsleitung von Redhook wünschte. Denn es sollte auf keinen Fall durchsickern, dass sie tatsächlich die Existenz übernatürlicher Phänomene in Betracht zog.

Also war er jetzt hier und bereitete eine nächtliche Überwachung vor, ganz wie in alten Zeiten. »Leg die

Kamera hin«, wies Ross Ethan an. »Wir gehen jetzt erst mal durchs Haus und sehen, ob wir was empfangen.«

»Was *empfangen*?«

Ross musste einen Moment nachdenken. Wie erklärte man einem Kind das Gefühl, sich selbst so zu öffnen, dass jeder Geruch und jedes Bild eine unauslöschliche Spur hinterließen? Wie erklärte man die Empfindung, wenn die Luft so schwer wie eine Decke wurde, die sich einem über den Brustkorb legte? »Schließ die Augen«, sagte Ross, »und sag mir, was du siehst.«

»Aber …«

»Mach schon.«

Zuerst schwieg Ethan. »Licht … das aus den Ecken kommt.«

»Okay.« Ross drehte ihn sanft im Kreis und hielt ihn dann an den Schultern fest. »Und jetzt … ohne zu schummeln … wo ist die Treppe?«

»Hinter mir«, sagte Ethan, und das Staunen über seinen eigenen sechsten Sinn vibrierte in seiner Stimme.

»Woher weißt du das?«

»Einfach weil … na ja, es fühlt sich an wie ein Loch in der Luft.«

»Gut gemacht, Wunderknabe. Das war Lektion Nummer eins.«

»Und was ist Lektion Nummer zwei?«

»Keine Fragen stellen.«

Ross sah sich um. Sämtliche Möbel oder sonstigen Einrichtungsgegenstände, die es in diesem Haus gegeben hatte, waren längst verschwunden, und nur an den hellen Flecken an der Wand und den Abnutzungsspuren auf dem verdreckten Boden war zu erkennen, wo sie sich einst befunden hatten. Im ersten Stock waren drei kleine Schlafzimmer und ein Bad. Eine Treppe führte weiter nach oben zu einer winzigen Dienstbotenstube.

»Onkel Ross? Wann kommen sie?«

»Falls es hier Geister gibt, sind sie längst da.« Ross spähte in das Badezimmer. Er sah eine Wanne mit Löwentatzen, die in der Mitte einen Sprung hatte, und ein altes Klosett mit Spülkasten darüber. »Wahrscheinlich beobachten sie uns. Und wenn wir ihnen gefallen, werden sie versuchen, unsere Aufmerksamkeit zu erregen.«

Ethan drehte den Wasserhahn auf, und eine braune Flüssigkeit tropfte heraus. »Macht es ihnen was aus, dass wir hier sind?«

»Kann sein.« Ross tastete das Fenster ab. »Manche Geister wollen unbedingt zur Kenntnis genommen werden. Aber manche Geister wissen nicht mal, dass sie tot sind. Die sehen uns und fragen sich, wieso wir in ihrem Haus sind. Das heißt«, sagte er laut und herausfordernd, »falls es überhaupt welche gibt.«

Kommt und holt mich, dachte Ross.

Er ging wieder die Treppe hinunter, inspizierte die Küche, die Vorratskammer, den Keller und das Wohnzimmer. In einem kleinen Arbeitszimmer mit Flügeltür stand noch ein alter Sessel, in dessen zerfetztem Polster sich eine Mäusefamilie eingenistet hatte. Der Boden war mit alten Zeitungen übersät, und an den Wänden klebte etwas, das aussah wie Schmierfett.

»Onkel Ross? Ist Aimee ein Geist?«

Ross spürte, wie sich ihm die Nackenhaare sträubten. »Das weiß ich nicht, Ethan.« Die Erinnerung an Aimee stieg in ihm auf wie eine Meerjungfrau aus dem Ozean. »Sterben ... weißt du, ich stelle mir vor, das ist wie in einen Bus einsteigen. Viele sitzen drin bis zur Endstation. Aber manche steigen schon vorher aus.«

»Vielleicht ist sie ausgestiegen, um dich zu sehen.«

»Vielleicht«, sagte Ross.

»Was ist, wenn ...«

»Ethan«, unterbrach Ross ihn. »Psst.« Er drehte sich im Kreis, versuchte, den flüchtigen Gedanken festzuhalten, der ihm gerade gekommen war. Er blickte über das Geländer nach unten auf den Unrat am Fuße der Treppe, auf die huschenden Mäuse. In der Ecke entdeckte er ein Hornissennest. Überall auf dem Flur sah er Spinnweben und Staub, Moos und Schimmel – die Spuren von Verwahrlosung und Feuchtigkeit. Ross ging in das Schlafzimmer, das nach hinten lag. Dort waren die Holzdielen schwarz von Schmutz und mit zerbrochenem Geschirr und leeren Süßigkeitenverpackungen übersät. Aber die Decke war so sauber, als wäre sie eben erst gestrichen worden. Kein einziges Spinnennetz, kein Schimmel, keine Insekten. Anders als im übrigen Haus hatten sich in diesem Zimmer keinerlei Tiere eingenistet.

Ross drehte sich zu seinem Neffen um. »Hier«, sagte er, »bauen wir unsere Geräte auf.«

»Ich weiß nicht, was passiert ist«, sagte Lucys blutjunge Betreuerin im Freizeitlager. Sie hastete vor Meredith her über einen Pfad zum Geräteschuppen, in den sich Lucy vor fünfundvierzig Minuten eingeschlossen hatte. »Sie hat mit den anderen Völkerball gespielt, und auf einmal ist sie schreiend weggerannt.«

Meredith stolperte ständig wegen ihrer hohen Absätze. Hatte sie Lucys Medikamente dabei? Wenn sie sich vor lauter Angst allein im *Dunkeln* versteckte, dann hatte sie wahrscheinlich einen Asthmaanfall. »Wir haben sofort bei Ihnen zu Hause angerufen«, sagte die Betreuerin. »Ihre Mutter hat gesagt, dass sie nicht Auto fahren kann.«

»Meine Großmutter«, verbesserte Meredith sie automatisch. Ruby war mit ihren fast achtzig Jahren zwar geistig noch hellwach, fühlte sich aber hinter dem Steuer nicht mehr wohl. Sie hatte Meredith im Labor angerufen. Ein Notfall, hatte sie gesagt.

Sie erreichten die kleine Holzhütte am Waldrand. »Lucy?« Meredith rüttelte am Türgriff. »Lucy, du machst jetzt sofort die Tür auf!« Sie schlug zweimal mit der Faust gegen die Tür. Beim dritten Schlag schwang sie auf, und Meredith trat gebückt ein.

Die stickige Hitze sprang sie förmlich an. Lucy kauerte hinter einem Netz voller Fußbälle. Sie hielt eine lila Seidenschleppe an die Brust gepresst, Teil eines Kostüms für eine längst vergessene Musicalaufführung. Sie weinte.

»Hier«, sagte Meredith und reichte ihr das Albuterol, das Lucy gehorsam in den Mund steckte und inhalierte. Dann nahm Meredith ihre Tochter in den Arm. »Wieso heißt das Spiel eigentlich Völkerball?«, sinnierte sie, als gäbe es nichts Normaleres, als hier und jetzt diese Frage zu stellen.

Lucys Brust hob und senkte sich noch immer wie ein Blasebalg. »Es war nicht das Spiel«, gestand sie. »Ich hab was gesehen?«

»Was denn?«

»Da hing was. Im Baum. An einem Seil.«

»Eine Schaukel?«

Lucy schüttelte den Kopf. »Eine Frau.«

Meredith zwang sich, Ruhe zu bewahren. »Zeigst du mir, wo?«

Sie liefen nach draußen, vorbei an Lucys Betreuerin, vorbei an den kleinen Pavillons, in denen die Bastelstunden stattfanden, über eine schmale Brücke, die zu den Sportanlagen führte. Eine Gruppe von Kindern, allesamt älter als Lucy, spielte dort Völkerball.

»Wo?«, fragte Meredith. Lucy deutete nach links auf einen Baum. Meredith nahm die Hand ihrer Tochter und blickte nach oben. »Kein Seil«, sagte sie leise. »Nichts.«

»Es war aber da.« Lucys Stimme klang rau vor Hilflosigkeit. »Ehrlich.«

»Lucy. Ich glaube dir, dass du etwas gesehen hast. Es gibt bestimmt eine vernünftige Erklärung. Vielleicht hat dich die Sonne geblendet.«

»Vielleicht«, wiederholte Lucy leise.

»Vielleicht war es ein Ast, der sich im Wind bewegt hat.«

Lucy zuckte die Achseln.

Plötzlich streifte Meredith ihre Pumps ab und gab Lucy ihren Laborkittel. »Halt mal«, sagte sie und begann, den Baum hochzuklettern. Sie kam bis zu einem ausladenden Ast.

Mittlerweile schauten alle Kinder zu, und selbst Lucy musste lächeln. »Nichts«, stellte Meredith fest und stieg wieder hinunter.

Ihre Nylonstrümfe hatten Löcher, und ihre Frisur war ruiniert. Lucy nahm das Gesicht ihrer Mutter in beide Hände. »Vielleicht hat mich ja die Sonne geblendet«, flüsterte sie.

Meredith zog ihre Tochter fest an sich. »Tapferes Mädchen«, sagte sie und wusste genau, dass sie sich beide selbst nicht glaubten.

Von den Warburtons hatte Ross gelernt, dass die Geisterstunde zwischen zehn Uhr abends und drei Uhr morgens war. Um halb elf war Ross mit den Vorbereitungen im Schlafzimmer des verlassenen Hauses fertig.

»Wo bleiben denn die ganzen coolen Geräte?«, fragte Ethan enttäuscht. »Du weißt schon, die aus dem Fernsehen.« Er beäugte die Videokamera mit unverhohlener Skepsis.

»Curtis sagt immer, beim ersten Mal sollte man nicht zu viel technischen Kram aufbauen«, erklärte Ross. »Am Ende ist man dann zu sehr mit den Geräten beschäftigt. Außerdem stören Geister das Magnetfeld und lösen oft Kurzschlüsse aus.«

»Trotzdem«, quengelte Ethan. »Ohne vernünftige Ausrüstung sind wir doch lahme Enten.«

Ross lachte, doch dann sah er das bekümmerte Gesicht

seines Neffen. »Hör mal. Wenn hier irgendwas ist, kommen wir mit den richtig coolen Geräten zurück, okay?«

Sie hatten die Kamera auf eine Zimmerwand ausgerichtet, die Schlafsäcke waren auf dem dreckigen Boden ausgerollt. Das einzige Licht im Raum kam von einer kleinen Taschenlampe, die einen hellen Kreis zwischen Ross und Ethan warf. Ross holte ein Kartenspiel heraus und fing an zu mischen. Ethan nahm es ihm aus der Hand. »Onkel Ross? Meinst du, der Geist hier ist irgendwie auf schreckliche Weise gestorben?«

»Ich weiß doch noch gar nicht, ob hier ein Geist ist.«

Der Junge fing an, die Karten zu verteilen. »Ich würde gern wissen, ob er wütend auf uns ist.«

Ross neigte den Kopf in den Lichtkegel der Taschenlampe. »Um was spielen wir eigentlich?«

»Gummibärchen.«

»Ich setze zwei Gummibärchen.«

Im Grunde glaubte Ross nicht, dass auf dem Pike-Grundstück ein Geist umging. Aber zumindest würde Ethan diese Nacht guttun. Ross stützte sich auf den Ellbogen und beobachtete seinen Neffen, der gerade sein Blatt hinlegte. »Ich hab einen Straight.«

»Drei Buben.«

»Vielleicht müsstest du mit Handicap spielen«, schlug Ethan vor. Er mischte die Karten neu. »Ich denke, ich komme wieder.«

»Hierher?«

»Nein, nicht *hierher*. Ich meine, wenn ich tot bin.« Er sah sich im Zimmer um, fixierte dann herausfordernd seinen Onkel.

Ross war mit den Warburtons in Häusern gewesen, in denen Kinder gestorben waren. Die Mütter hofften darauf, dass Curtis ihnen zurückgeben würde, was sie verloren hatten. In all den Fällen waren die Warburtons nicht deshalb gerufen worden, weil es seltsame Geräusche und unerklärliche Vorkommnisse gab, sondern gerade weil es sie nicht gab.

Er dachte an seine Schwester und schob die Karten zusammen.

»Ich hab Hunger«, sagte Ethan. Er verschwand in der Dunkelheit und hantierte herum, bis es plötzlich laut krachte.

»Alles in Ordnung?« Ross leuchtete mit der Taschenlampe auf den Proviant, den sie mitgebracht hatten, aber die Ecke des Zimmers war leer.

Ethan meldete sich hinter ihm. »Ich bin hier«, sagte er mit zitternder Stimme. »Das, äh, das war ich nicht.« Er drängte sich an den Rücken seines Onkels.

»Sehen wir uns mal ein bisschen um«, flüsterte Ross. Es herrschte wieder Stille. Ross legte den Arm um Ethans Schultern. »Es kann alles Mögliche gewesen sein, Ethan.«

»Genau.«

»Komm, wir spielen weiter. Diesmal schlag ich dich.«

Ethan entspannte sich ein wenig.

Ross verteilte die Karten, aber seine Augen suchten die Dunkelheit ab. Nichts Ungewöhnliches, nichts, das seine Aufmerksamkeit erregte, bis auf die Verschlusskappe der Videokamera, die an einem schwarzen Band herunterhing und hin und her pendelte.

Obwohl im Zimmer kein Lüftchen wehte.

Von draußen kam ein Geräusch wie ein dumpfer Aufprall – ein fallender Ast oder ein Mensch, der auf allen Vieren landete. »Hast du das gehört?«, raunte Ethan zittrig.

»Ja.« Ross ging zu dem zerbrochenen Fenster und spähte hinaus, sah den Wald, der bis an das Grundstück heranreichte. Etwas Weißes blitzte dort auf – das Hinterteil eines Rehs, eine Sternschnuppe, die Augen einer Eule.

Er hörte Blätter rascheln und deutliche Schritte. Ein kurzer klagender Ruf, wie das Weinen eines Babys.

»Vielleicht sollten wir mal nachsehen«, murmelte Ross.

Ethan schüttelte heftig den Kopf. »Auf keinen Fall. Ich bleib hier.«

»Ist wahrscheinlich bloß ein Waschbär.«

»Und wenn nicht?«

Shelby hoffte, dass es ihrem Sohn guttat, Ross bei der Arbeit zu helfen – vielleicht tat das ja beiden gut.

Sie ging in Ethans Zimmer, hob seinen Gameboy vom Boden auf und ein paar Kassetten, die unter dem Bett lagen. Der Spielplan der Bostoner Baseballmannschaft hing an der Wand, und auf dem Schreibtisch lagen die Schulbücher, mit denen Shelby ihn unterrichtete. Sie ließ sich auf sein Bett sinken. Ob Ethan sie wohl vermisste, nur ein bisschen?

Beklommen starrte sie den Computer an. Vor einiger Zeit hatte sie heimlich seine E-Mails gelesen und herausgefunden, dass er sechs Brieffreunde hatte – Kinder aus der ganzen Welt, alle in seinem Alter. Zuerst hatte Shelby sich gefreut. Dass Ethan einen Weg gefunden hatte, mit anderen Kindern Kontakt zu pflegen, machte ihr Mut. Doch dann musste sie feststellen, dass Ethan sich in seinen E-Mails als ein anderer ausgab. Für Sonya in Dänemark war er ein Sechstklässler mit Mathe als Lieblingsfach. Für Tony in Indianapolis war er der Star seiner Baseball-Schulmannschaft. Für Marco in Colorado war er ein begeisterter Bergwanderer, der jedes Wochenende mit seinem Dad eine Tour machte. In keiner einzigen Mail erwähnte er seine Krankheit. Er war ausnahmslos ein ganz normaler, sportlicher Durchschnittsjunge mit glücklich verheirateten Eltern.

Ethan hatte sich zu all dem gemacht, was er nicht war.

Mit einem Seufzer ging Shelby aus dem Zimmer Richtung Treppe. Als sie an Ross' Tür vorbeikam, zögerte sie.

Sie war acht Jahre älter als Ross, und es kam ihr so vor, als hätte sie schon ihr ganzes Leben lang auf ihn aufgepasst.

Sie öffnete die Tür und begann aufzuräumen. Sie machte sein Bett und packte Shampoo und Zahncreme zurück in seinen Kulturbeutel.

Auf dem Stuhl lagen die Kleidungsstücke ihres Bruders in einem unordentlichen Haufen. Kopfschüttelnd strich sie ein Hemd glatt und legte es aufs Bett. Als sie seine Jeans zusammenlegen wollte, fiel etwas aus der Tasche. Shelby bückte sich und hob es auf. Es waren drei Pennys aus dem Jahr 1932.

Ross drehte sich um und winkte Ethan zu, der oben am Fenster stand, dann näherte er sich behutsam der Stelle im Wald, wo er zuletzt etwas Weißes hatte aufblitzen sehen. Er hatte Ethan die Taschenlampe dagelassen, daher konnte er kaum einen Meter weit sehen, aber er hörte deutlich, dass irgendjemand – oder irgendetwas – sich ganz in der Nähe bewegte.

Ross fröstelte. Hier draußen war es kälter, als er gedacht hatte. Auf einmal roch er den Duft von Wildrosen. *Zeig dich*, dachte er.

Doch stattdessen sah er plötzlich eine junge Frau vor sich, die auf dem Boden kauerte und versuchte, mit bloßen Händen in der gefrorenen Erde zu graben.

Sie trug ein geblümtes Kleid, und ihr helles Haar flatterte ihr ins Gesicht. Das Weiß, das Ross gesehen hatte, war ein Spitzenkragen. Sie bewegte sich fieberhaft, ganz auf das Graben konzentriert. Sie war jung und hübsch und hatte hier nichts zu suchen. Und sie war ebenso real wie der Boden unter seinen Füßen. Offensichtlich hatte sie ihn noch nicht bemerkt. »Was machen Sie hier?«, fragte er.

Sie drehte sich langsam um und blinzelte dann, als wäre sie überrascht, sich mitten im Wald wiederzufinden.

»Ich … ich weiß nicht.« Als sie ihre Hände ansah und den Schmutz unter den Fingernägeln bemerkte, zog sie die Stirn kraus.

»Hat van Vleet Sie geschickt?«

»Ich kenne keinen van Vleet …«

Ross überlegte. Vielleicht war es ja nur ein unwahrscheinlicher Zufall, dass es eine Schlafwandlerin ausgerechnet in der ersten Nacht seiner Geisterjagd auf das Grundstück verschlug? Auf einmal bedauerte er, dass er sie so barsch angesprochen hatte. »Wonach suchen Sie denn?«

Die Frau wurde rot, und es sah so aus, als würde sie von innen leuchten. Als sie den Kopf schüttelte, roch er wieder ihr blumiges Parfüm. »Ich habe keine Ahnung. Letztes Mal bin ich im Schlaf auf den Heuboden eines Nachbarn gestiegen.«

Ross stopfte die Hände in die Hosentaschen. »Ich bin Ross Wakeman«, sagte er.

Sie sah zu ihm hoch, noch immer fassungslos. »Ich muss gehen.«

»Nein, wissen Sie, da, wo ich herkomme, antwortet man auf so etwas mit: ›Hallo, ich bin Susan.‹ Oder: ›Hi, ich bin Hannah.‹«

Ein zartes Lächeln umspielte ihren Mund. »Ich bin Lia«, sagte sie.

»Und weiter?«

Sie zögerte. »Beaumont. Lia Beaumont.«

Jede Faser ihres Körpers war auf Flucht eingestellt. Sie nickte unsicher und wollte sich entfernen. Ross empfand das unerklärliche Verlangen, sie daran zu hindern, und überlegte krampfhaft, was er sagen könnte, um sie zum Bleiben zu bewegen.

Plötzlich drehte sie sich zu ihm um. »Was tun Sie hier um diese Uhrzeit?«

»Ich erforsche paranormale Phänomene.« Sie blickte

ihn verwirrt an. »Geister«, erläuterte er. »Ich suche nach Geistern. Ehrlich gesagt, ich bin hergekommen, weil ich dachte, Ihr Kragen wäre … na, egal. Sie habe ich jedenfalls nicht erwartet.«

»Tut mir leid.«

»Aber nein.«

Sie neigte den Kopf und musterte ihn eindringlich. »Glauben Sie wirklich, Tote können zurückkommen?«

»Glaubt das nicht jeder?« Sie sah traurig aus. »Vielleicht sind wir auch jetzt nicht allein.«

Prompt schaute Lia sich ängstlich um. »Wenn er mich findet …«

Wer?, wollte Ross fragen, aber da drang ein gellender Schrei aus dem Haus. »Onkel Ross!«, kreischte Ethan. »Onkel Ross, komm schnell!«

Ross sah zu dem Fenster hoch, in dem kein Licht mehr zu sehen war, weder von der Taschenlampe noch von der Videokamera. Das Blut wich aus seinem Gesicht. »Ich muss gehen«, sagte er zu Lia und rannte los.

Ethan wusste jetzt, wie Furcht sich anfühlte: wenn einem etwas von allen Seiten die Stirn zusammenpresste und die Beine so heftig zitterten, dass man sich hinsetzen musste, um nicht zu fallen.

»Ich hatte keine Angst, ehrlich«, beteuerte Ethan. »Ich meine, es war bloß komisch, verstehst du? Weil auf einmal alles dunkel war.«

Ross saß neben ihm im Wohnzimmer, und das Infrarotvideogerät war an den Fernseher angeschlossen. Der Bildschirm zeigte ein körniges, dunkles Bild mit zuckenden Rändern. Ethan begriff einfach nicht, was daran interessant sein sollte, sich ein Dreistundenband anzusehen, das nur eine Wand zeigte. Und obwohl das anscheinend ein unerlässlicher Bestandteil der Arbeit eines Geistersuchers war, musste er gähnen.

Ethan war, ehrlich gesagt, völlig ausgeflippt, als die Taschenlampe und die Kamera von allein ausgingen. Wie sich herausstellte, war bei der Kamera einfach das Band zu Ende gewesen, und bei der Taschenlampe waren die Batterien leer.

Jetzt blickte seine Mom stirnrunzelnd auf den Bildschirm. »Entgeht mir da was?«

»Noch nicht.« Ross sah Ethan an. »Weißt du, was ich glaube? Ich glaube, es war mit dir im Raum.«

Ethan lief es kalt den Rücken herunter. »Ich ... ich dachte, du bist nach draußen gegangen, weil du da was gesehen hattest.«

»Nein, da war jemand.« Plötzlich drückte Ross die Pausentaste an der Fernbedienung. »Seht ihr das?«

»Glühwürmchen?«, sagte Shelby.

»Wann hast du denn das letzte Mal so viele Glühwürmchen gesehen, dass es aussieht wie Schneegestöber?« Er ließ das Band ein Stück zurücklaufen und drehte die Lautstärke höher, sodass seine und Ethans Stimme zu hören waren. »An der Stelle gehe ich«, erläuterte Ross. Seine Schritte auf der Treppe verklangen. »Seht ihr? Die Lichter tauchen auf, nachdem ich weg bin.«

Dann wurde das Bild schwarz.

Ross richtete sich auf. »Ich denke, dass dieses Etwas ins Zimmer kam, als ich draußen war. Die Sternchen auf dem Band – das war Energie, die ihre Gestalt verändert. Und das würde auch erklären, warum die Taschenlampe ausgegangen ist. Geister brauchen Energie, um sich zu materialisieren und zu bewegen. Der hier hat die Batterien in der Taschenlampe dafür benutzt.«

Doch Ethan war allein im Zimmer gewesen, und er hatte nichts gesehen. Oder doch?

Eine Badewanne. Einen Fuß, der aus dem Schaum auftaucht.

Das Bild tauchte unvermittelt vor seinen Augen auf,

verschwand aber wieder, bevor er es festhalten konnte. Ethan war inzwischen todmüde. Er hörte die Stimme seiner Mutter wie durch Wasser. »Und was erzählst du jetzt dem Baufritzen?«

Die Antwort seines Onkels bekam Ethan schon nicht mehr mit. Er träumte von einem Strand mit Sand, der so heiß war, dass er ihm unter den Füßen brannte.

»Kommen Sie zurecht?«

Shelby schob ihre Lesebrille höher und sah von dem Mikrofiche-Lesegerät zu dem pockennarbigen Mitarbeiter des Nachlassgerichtes hoch. »Ja, danke.« Zum Beweis zog sie den Leseschlitten heraus und wechselte geschickt die Vorlage, um die nächste Seite des Testaments zu studieren.

Ross hatte sie darum gebeten – und weil er sie so selten um Hilfe bat, hatte sie Ja gesagt. Sie sollte für ihn herausfinden, wie lange das Land schon im Besitz der Familie Pike war und ob es irgendwann von amerikanischen Ureinwohnern besiedelt gewesen war. Für Letzteres gab es keinerlei Hinweis, und sie stellte fest, dass das Grundstück erst seit den Dreißigerjahren Spencer Pike gehörte. Er hatte den Besitz allerdings nicht etwa durch Kauf erworben, sondern geerbt. Von seiner verstorbenen Frau.

Testament von Mrs. Spencer T. Pike aus Comtosook, Vermont.

Shelby runzelte die Stirn, als sie das Datum sah – 1931. Die Unterschrift war zart und krakelig: *Mrs. Spencer T. Pike* – als hätte es die Frau vor ihrer Heirat gar nicht gegeben. Die Juristensprache war kompliziert, aber der Inhalt lief ganz klar auf eines hinaus: Mrs. Spencer T. Pike hatte alles ihrem Ehemann hinterlassen. Fast.

Ich hinterlasse meinem Ehemann Spencer Pike meine gesamte persönliche Habe, darunter alle Möbel und sonstigen Einrichtungsgegenstände meines Hauses, meinen Schmuck und meine Automobile. Ich hinterlasse meinen Nachkommen aus der Ehe mit Spencer Pike mein Grundeigentum an der Kreuzung von Otter Creek Pass und Montgomery Road in Comtosook, Chittenden County im Staate Vermont. Sollten bis zum Zeitpunkt meines Todes keine lebenden Nachkommen aus meiner Ehe mit Spencer Pike hervorgegangen sein, so hinterlasse ich das oben genannte Grundeigentum meinem Ehemann Spencer Pike.

In dem Testament stand nichts darüber, wie ausgerechnet diese Frau mit so wenig Selbstbewusstsein in den Besitz des Grundstücks und des Hauses gekommen war. Ebenso wenig ging daraus hervor, wie ihr Mann ihren frühzeitigen Tod verkraftet hatte, ob er jeden Quadratzentimeter des Grundstücks, das jetzt ihm gehörte, liebend gern verschenkt hätte, wenn er sie dadurch hätte zurückbekommen können.

Shelby verließ das Nachlassgericht. Kaum hatte sie einen Fuß auf die Straße gesetzt, kam ein Streifenwagen der Polizei mit quietschenden Reifen angebraust und hielt knapp vor ihr. Der Fahrer stieg aus, nuschelte eine Entschuldigung und rannte, gefolgt von einem monströs aussehenden Hund, ins Polizeirevier, ohne sie auch nur eines Blickes zu würdigen.

Shelby brauchte eine ganze Weile, um sich von dem Schreck zu erholen. Und nahm sich fest vor, noch im Laufe dieser Woche ihr Testament zu machen.

Diesmal war Ross besser ausgerüstet, mit einer Digitalkamera und einem Thermoscanner – alles per Internet auf Shelbys Kreditkarte bestellt, was er seiner Schwester bislang verschwiegen hatte. Ethan wäre begeistert gewesen, aber er war diesmal nicht dabei – Shelbys Nachsicht war offenbar an ihre Grenzen gestoßen. Es war kurz nach elf, etwa eine halbe Stunde bevor der Geist Ethan beim letzten Mal erschienen war. Ross hockte sich hin und wartete. Er hoffte nichts weiter, als dass ihm das Glück genauso hold sein würde wie seinem Neffen.

Er hatte die Geräte auf einer Lichtung ein Stück hinter dem Haus aufgebaut. Rod van Vleet hatte das Gebäude mittlerweile schon zur Hälfte abreißen lassen. Daher würde ein Geist sich einen anderen Aufenthaltsort suchen – und das Grundstück war weitläufig. Die Tatsache, dass Ross just an der Stelle anfing, wo er Lia Beaumont vor einigen Nächten getroffen hatte, war, so redete er sich ein, purer Zufall.

Eine Zeit lang lauschte Ross dem Gezirpe der Grillen und dem Quaken der Frösche. Er hatte keine Ahnung, wie spät es war, als er Schritte in der Nähe des Hauses hörte. Er blickte auf seinen Thermoscanner. Wenn ein Geist nahen würde, hätte die Temperatur stärker sinken müssen. Dennoch begann sein Herz zu rasen, als er gleich darauf eine Gestalt auftauchen sah.

Der Wachmann vom Steinbruch trug diesmal nicht seine Uniform, doch Ross erkannte ihn sofort. Es gab in Comtosook nicht viele hundertjährige Indianer. Er hielt etwas in der Hand, das aussah wie eine weiße Rose. »Sie?«, sagte Az stirnrunzelnd.

Ross zuckte die Achseln. »Ich bin meistens dort, wo der Geist mich hinführt.«

Der Indianer schnaubte. »Und diesmal hat er Sie zum Handlanger dieser Blutsauger gemacht.«

»Ich arbeite auf eigene Rechnung«, stellte Ross klar. »Die bezahlen mir keinen Penny.«

Das schien den Alten ein wenig zu besänftigen. »Suchen Sie schon wieder nach Geistern?«

»Ja.«

»Was würden Sie denn tun, wenn Ihnen einer über den Weg liefe?«

»Ein Geist? Keine Ahnung. Hab noch nie einen entdeckt.«

»Meinen Sie, diese Baulöwen wissen, was sie im Fall eines Falles tun würden?«

Ross dachte an van Vleet. »Ich denke, sie würden versuchen, ihn loszuwerden.«

Az' Mund wurde schmal. »Oh ja, treibt sie schön alle zusammen, und dann ab mit ihnen ins Reservat. Wenn man sie nur weit genug wegschafft, kann man sich einbilden, es hätte sie nie gegeben.«

»Wohnen Sie hier in der Nähe?«, fragte Ross, um das Thema zu wechseln.

Az deutete auf ein paar Zelte, die jenseits der Straße schwach zu erkennen waren. »Ich komme manchmal nachts hierher. Alte Menschen brauchen nicht viel Schlaf«, sagte er trocken. »Warum soll ich meine Zeit mit etwas vertun, was ich sowieso demnächst bis in alle Ewigkeit tun werde?« Az wandte sich ab und ging, aber am Rande der Lichtung drehte er sich um. »Wissen Sie, wenn Sie einen Geist finden, werden Sie ihn nicht loswerden. Ob das van Vleet nun passt oder nicht.« Az verschwand um eine Ecke des Hauses. Der Wind frischte auf. Ross zog sich seine Jacke über. Er war enttäuscht. Es lag sicher daran, redete er sich ein, dass der Alte gekommen war, wo Ross doch auf einen Geist gehofft hatte, und hatte nichts damit zu tun, dass Az gekommen war, wo Ross doch auf Lia gehofft hatte.

Meredith fühlte sich in Dr. Calloways Büro äußerst unwohl. Ganz im Gegensatz zu Lucy, die außer Hörweite am anderen Ende des Raumes mit dem Bauch auf einem kolossalen Plüschfrosch lag und eine Barbie anzog.

»Eine isolierte optische Halluzination ist selten«, sagte die Psychiaterin. »Psychotische Symptome treten häufiger in Gestalt von akustischen Halluzinationen oder als Erregungszustände auf.« Dr. Calloway sah kurz zu Lucy hinüber, die seelenruhig spielte. »Hat sich ihr Verhalten drastisch verändert?«

»Nein.«

»Neigt sie zu Aggressionen? Zu Jähzorn?« Meredith schüttelte den Kopf. »Wie sieht es mit ihrem Ess- oder Schlafverhalten aus?«

Lucy aß sehr schlecht – Meredith witzelte manchmal, dass ihre Tochter per Fotosynthese lebte –, und was das Schlafen anging, nun ja, sie hatte schon seit einer Ewigkeit keine Nacht mehr durchgeschlafen. »Schlafen ist ein Problem«, gab sie zu. »Die Phantasie geht mit ihr durch. Meistens lässt sie das Licht an, und wenn sie einschläft, dann aus purer Erschöpfung.«

»Möglicherweise leidet Lucy unter den gleichen Angstvorstellungen, die bei Achtjährigen ganz normal sind«, sagte Dr. Calloway. »Andererseits sieht sie vielleicht *tatsächlich* etwas in ihrem Schrank und unter dem Bett.«

Meredith schluckte trocken. Ihr Kind konnte nicht psychotisch sein, ausgeschlossen. Und ganz weit hinten im Kopf blitzte ein Gedanke auf, heiß wie eine Flamme: *Du wolltest sie damals nicht, und das ist die Strafe dafür.*

»Was soll ich tun?«, fragte sie.

»Vergessen Sie nicht, dass Achtjährige an den Weihnachtsmann glauben, imaginäre Freunde haben und in ihrer eigenen Phantasiewelt leben. In Lucys Alter fangen Kinder gerade erst an, Einbildung und Wirklichkeit zu unterscheiden – und es könnte durchaus sein, dass das, was sie zu sehen meint, Teil dieses Prozesses ist.«

»Aber wenn es nicht aufhört?«

»Dann würde ich empfehlen, Lucy auf eine niedrige Dosis Risperdal zu setzen. Aber warten wir erst mal ab.«

»Okay.« Meredith sah zu, wie Lucy anfing, der Puppe Zöpfe zu flechten. »Okay.«

Ross war gar nicht hungrig, daher wusste er auch nicht recht, wieso er in den einzigen Diner im Ort gegangen war – ein Lokal, das es schon so lange gab wie Comtosook selbst und das wie eine Erbkrankheit von einem übergewichtigen Besitzer an den nächsten weitergegeben wurde.

Als Ross eintrat, waren jeder Tisch und jeder Platz an der Theke besetzt. Er beschloss zu warten, lehnte sich gegen eine verspiegelte Wand und holte seine Zigaretten heraus. »Tut mir leid«, sagte die Kellnerin. »Hier ist Rauchen verboten.«

Es kam ihm lächerlich vor, dass ein Restaurant mit einer derart fettlastigen Speisekarte das Rauchen verbot, doch Ross steckte seine Zigaretten wieder ein. »Ich geh draußen eine rauchen«, sagte er zu der Frau. »Halten Sie mir einen Tisch frei?«

Sie lächelte. »Nur wenn ich von Ihnen eine Zigarette kriege.«

Jetzt, fünf Minuten später, lehnte er am Müllcontainer hinter dem Diner und ließ sich den Rauch durch die Kehle gleiten. Er kniff die Augen zusammen und betrachtete die glühende Zigarettenspitze.

Er hätte eine Jacke anziehen sollen – hier hinten war es bestimmt zehn Grad kälter. Solche Temperaturschwankungen waren im Ort inzwischen an der Tagesordnung, und die Einheimischen hatten sich offenbar daran gewöhnt.

Ross drückte die Schultern gegen die Metallwand des Containers, um etwas von der Wärme abzubekommen, die darin gespeichert war. Mit gebeugtem Kopf warf er die Kippe weg.

»Die war aber noch gar nicht zu Ende geraucht.«

Er sah auf. »Lia.«

Selbst wenn sie nichts gesagt hätte, hätte Ross gewusst, dass sie in der Nähe war, denn ihr Blumenduft lag in der Luft. Sie trug wieder das geblümte Kleid, diesmal mit einer Strickjacke darüber.

»Ich habe Sie gesucht«, sagte Lia.

Ihre Worte passten nicht zu ihrer Körperhaltung. Sie sah aus, als wollte sie jeden Moment davonstürzen. Sie hatte etwas Hilfloses, Eingesperrtes an sich, das Ross vertraut vorkam. »Ich hab auch nach Ihnen gesucht.« Erst als er es aussprach, merkte er, dass es die Wahrheit war.

»Haben Sie Ihren Geist schon gefunden?«

»Nicht *meinen* Geist«, stellte Ross klar. »*Einen* Geist.« Er lächelte sie an. »Warum haben Sie mich gesucht?«

Lia sprach hastig. »Weil ... weil ich neulich nicht dazu gekommen bin, Ihnen zu sagen, dass ich ... ich suche nämlich auch nach Geistern.«

»Ach ja?« Ross war völlig perplex.

»Aber ich bin wohl Amateurin, im Vergleich zu Ihnen.«

»Haben Sie schon mal was entdeckt?«, fragte Ross.

Sie schüttelte den Kopf. »Hat das überhaupt schon mal jemand?«

»Ja, sicher. Ich meine, mal abgesehen von Geisterfotografie und Medien ist sogar schon an den Universitäten von Princeton und Edinburgh auf dem Gebiet geforscht worden. Sogar die CIA hat Untersuchungen zu übersinnlicher Wahrnehmung und Telepathie in Auftrag gegeben.«

»Die *CIA*?«

»Ja«, sagte Ross. »Offizielle Stellen sind sogar zu dem Schluss gekommen, dass Menschen an Informationen gelangen können, ohne ihre fünf Sinne zu benutzen.«

»Das ist aber noch kein Beweis für das Leben nach dem Tod.«

»Nein, aber es lässt vermuten, dass Bewusstsein mehr ist als nur etwas rein Physisches. Vielleicht ist es nur eine andere Form von Hellsichtigkeit, wenn man einen Geist sieht. Vielleicht sind Geister gar nicht richtig tot, sondern leben irgendwo in der Vergangenheit, und ...« Ross' Stimme erstarb. »Entschuldigen Sie. Ich weiß ... die meisten Leute halten das, was ich mache, für Spinnerei.«

»Das kriege ich auch oft zu hören.« Lia lächelte zaghaft. »Und bitte entschuldigen Sie sich nicht. Ich bin noch nie einem Wissenschaftler begegnet, der nicht ins Schwärmen gerät, wenn es um seine Arbeit geht.«

Ein *Wissenschaftler*. War Ross je so genannt worden? Er war geschmeichelt, erstaunt, fasziniert. Um seine Verunsicherung zu überspielen, griff er nach seinen Zigaretten und bot Lia eine an. Ihre Hand hob sich unsicher, dann verschwand sie rasch hinter ihrem Rücken. Aber es war Ross nicht entgangen, dass sie einen schmalen goldenen Ring am Finger trug.

Wieder brach für ihn eine Welt zusammen.

»Er wird's nicht erfahren«, sagte Ross und sah ihr in die Augen.

Lia starrte ihn an. Dann zog sie eine Zigarette aus der Packung und ließ sich von Ross Feuer geben. Sie rauchte, als wollte sie ein Geheimnis verschlucken – einen Schatz, der behütet werden wollte. Sie schloss die Augen, hob das Kinn, und die geschwungene Linie ihres Halses wurde sichtbar.

In diesem Moment spielte es keine Rolle, dass sie die Frau eines anderen war, dass die wenigen Minuten, die Ross mit ihr hatte, nur gestohlen waren. Es mochte der Beginn eines schweren Fehlers sein, aber Ross brachte es nicht fertig, sie gleich wieder gehen zu lassen. »Darf ich Sie zu einem Kaffee einladen?«, fragte er.

Sie schüttelte den Kopf. »Ich kann nicht.«

»Es verrät Sie schon niemand.«

»Die ganze Stadt kommt in den Diner. Wenn er erfährt, dass ich mit Ihnen da war ...«

»Na und? Dann sagen Sie ihm die Wahrheit. Wir sind zwei Freunde, die sich über Geister unterhalten haben.«

Falsche Antwort. Lia wurde sichtlich blass, und Ross sah wieder ihre Verletzlichkeit. »Ich habe keine Freunde«, sagte sie leise.

Keine Freunde. Und du darfst nicht mal einen Kaffee trinken und musst dich mitten in der Nacht davonstehlen. Was mochte das für ein Tyrann sein, der Lia so vollkommen beherrschte?

»Nur eine Tasse«, flehte Ross.

»Na schön«, gab sie schließlich nach. »*Eine* Tasse.« Sie nahm einen tiefen Zug von ihrer Zigarette und fixierte ihn dabei. »Sind wir uns schon mal begegnet?«

»Neulich im Wald.«

»Ich meine davor.«

Ross schüttelte den Kopf. »Ich glaube nicht«, sagte er, aber er hatte das Gefühl, sie schon immer gekannt zu haben. Aber vielleicht wünschte er sich das ja nur.

Er wollte sie fragen, warum sie vor ihrem Mann Angst hatte. Er wollte sie fragen, was sie ausgerechnet jetzt zu dem Diner geführt hatte, wo er da war. Aber er fürchtete, wenn er auch nur irgendetwas sagte, würde sie einfach verschwinden, wie die Rauchfäden, die zwischen ihnen schwebten.

»Glauben Sie wirklich, dass es dort einen Geist gibt?«, fragte Lia.

»Auf dem Pike-Grundstück? Vielleicht. Falls es tatsächlich ein alter Indianerfriedhof ist.«

»Ein Indianerfriedhof?« Die Idee schien sie zu verblüffen. »Das glaube ich nicht.«

»Kennen Sie sich in der Gegend aus?«

»Ich bin hier aufgewachsen.«

»Und Sie haben nie irgendwas gehört, dass da früher mal eine Indianersiedlung gewesen sein könnte?«

»Da hat Ihnen jemand einen Bären aufgebunden.«

Ross überlegte. Die Möglichkeit war nicht von der Hand zu weisen.

»Aber dieser Indianer ... das ist doch nicht Ihr erster Geist«, sagte Lia zögernd.

»Doch, und auch nur, falls er sich mal zeigt.«

»Nein, ich wollte sagen, das ist nicht der Geist, der Sie dazu gebracht hat, nach Geistern zu suchen.« Sie neigte den Kopf, und ihr Haar fiel nach vorne, verdeckte ihr Gesicht. »Meine Mutter ist am Tag meiner Geburt gestorben. Manchmal suche ich sie.«

Plötzlich wurde ihm klar, dass der Grund für Lias Glaube an paranormale Phänomene nicht Aufgeschlossenheit war, sondern Verzweiflung – wie bei ihm. Dass er bei ihr denselben Schmerz erkannte wie bei sich selbst.

Lia streckte den Arm aus, schob den Ärmel ihrer Strickjacke hoch und entblößte ein ganzes Netz von Narben. »Manchmal muss ich mich selbst schneiden«, gestand sie, »weil ich ganz sicher bin, dass ich nicht bluten werde.«

Es war so lange her, dass irgendjemand ihn verstanden hatte. »Mein Geist«, sagte Ross mit belegter Stimme. »Ihr Name ist Aimee.«

Und er erzählte, was er alles an Aimee geliebt hatte – ihr Lächeln zum Beispiel oder die rauhe Stelle an ihren Ellbogen. Er sprach von dem traumatischen Unfall und davon, was für ein Gefühl mit der Einsicht einherging, dass manche Fehler unauslöschlich sind. Er sprach, bis seine Kehle ganz heiser war und er seine ganze Trauer wie eine Gabe zu Lias Füßen ausgebreitet hatte.

Als er fertig war, weinte sie. »Glauben Sie wirklich, dass man einen Menschen sehr lieben kann, sehr, *sehr* lieben kann, auch wenn man in verschiedenen Welten lebt?«

Ross spürte, dass die Frage sich nicht nur auf seinen eigenen Schmerz bezog. »Wie kann ich denn *nicht* daran glauben?«

Sie machte ein paar Schritte rückwärts. »Ich muss gehen.«

Instinktiv griff Ross nach ihr – und ebenso rasch wich Lia zurück.

»Lia, sagen Sie mir, was er Ihnen angetan hat.«

»Er betet mich an«, flüsterte sie. »Er liebt eine Frau, die es eigentlich gar nicht gibt.«

Damit hatte Ross nicht gerechnet. Konnte man einen anderen Menschen so sehr lieben, dass man ihn quälte, ohne es zu wollen?

Lia berührte sacht seinen Ärmel, und die Tränen an ihren Fingerspitzen hinterließen einen kühlen Fleck. »Wenn Sie Aimee finden«, sagte sie leise, »sagen Sie ihr, wie glücklich sie sich schätzen kann.«

Als Ross den Blick hob, entfernte sie sich bereits. In seinem Kopf überschlugen sich die Fragen: Was konnte sie nur getan haben, dass sie meinte, der Zuneigung ihres Mannes nicht würdig zu sein? Und falls Lia *ihn* liebte, warum brach es ihr dann das Herz?

Ross hatte sie nicht bekümmern wollen. Er hatte ihr nur begreiflich machen wollen, dass sie nicht allein war. »Lia«, rief er und eilte ihr nach, doch sie blickte nur kurz über die Schulter und beschleunigte dann ihre Schritte.

»He.« Die Kellnerin öffnete die Eingangstür des Diners. »Jetzt ist ein Tisch frei!«

Ross folgte ihr hinein. Sie führte ihn an einen Tisch, der noch nicht abgeräumt war. Er setzte sich und gab ihr eine Zigarette, wie versprochen.

Sie lachte, schob sie sich in den Ärmel und wischte den Tisch ab. »Ganz allein unterwegs?«

Er sah zum Fenster hinaus. »Ich fürchte, ja.«

Als die Kellnerin verschwand, um ihm Besteck und eine Tasse Kaffee zu holen, bemerkte Ross den Penny, der auf dem Tisch lag. Er war 1932 geprägt worden.

Zu Hause überlegte Ross, was er über Lia wusste: Sie hatte einen ungemein schüchternen Eindruck auf ihn gemacht. Das Übernatürliche faszinierte sie, aber sie fürchtete sich vor ihrem eigenen Schatten. Freiheit gab es für sie nur in der Nacht. Sie war mit einem Mann verheiratet, der sie regelrecht gefangen hielt.

Und, ja, sie war innerlich gebrochen. Sie verbarg es gut, doch Ross wusste aus eigener Erfahrung, dass man, auch wenn die Einzelteile wieder zusammengefügt wurden, nach einem solchen Sturz nie wieder derselbe Mensch war.

Er ließ das Band, das er einige Nächte zuvor aufgenommen hatte, vorlaufen, spielte sein Gespräch mit Az Thompson erneut ab. Das Problem war, dass er sich stärker für Lia Beaumont interessierte als für die Frage, ob auf dem Grundstück ein Geist umging oder nicht.

Auf dem Band war absolut nichts Verwertbares. Was sollte er Rod van Vleet sagen?

Das Telefon klingelte, riss ihn aus seiner Grübelei. Er griff hastig nach dem Hörer, damit Shelby und Ethan nicht wach wurden. »Hallo?«

Es meldete sich niemand, aber Ross hörte ein sanftes Rauschen. Er klemmte sich den Hörer zwischen Schulter und Ohr. »Lia?«, murmelte er.

Sie war es. Darauf hätte er alles verwettet. Sie konnte sich nicht mit ihm treffen, aber sie wusste, wo sie ihn finden konnte. Und das teilte sie ihm auf diese Weise mit.

Ross legte nicht wieder auf. Er schlief mit dem Hörer am Ohr ein, sein erster richtiger Schlaf seit Tagen.

Vor Tausenden von Jahren siedelten die Abenaki nicht nur vom Nordwesten Vermonts bis in den Südwesten, sondern auch im Westen von Massachusetts, in Teilen New Hampshires und sogar in Quebec. Sie nannten das Gebiet *nd'akina*, was so viel hieß wie »unser Land«. Der

Name ihres Stammes, *Abenaki*, bedeutete »Volk der Morgendämmerung«. Sie selbst bezeichneten sich als *alnôbak*, Menschenwesen. Irgendwann betrug ihre Zahl vierzigtausend.

Sie lebten vom Ackerbau, und ihre Dörfer lagen meist in den Feuchtgebieten der Flüsse. Durch Jagd und Fischerei ergänzten sie ihren Speiseplan. Während der längsten Zeit des Jahres lebten sie zerstreut in großen Familienverbänden, doch im Sommer kamen sie alle zusammen. Sie hatten kein allgemeines Oberhaupt. Wenn sie Krieg führten, verließen die Abenaki ihre Dörfer, teilten sich in kleinere Gruppen und tauchten irgendwo weiter weg wieder auf, um zum Gegenangriff überzugehen. Häufig zogen sie sich dann auch nach Quebec zurück, weshalb viele Kolonialisten in Neuengland sie für kanadische Indianer hielten und ihnen unter diesem Vorwand einen Großteil ihres Landes in Maine, New Hampshire und Vermont wegnahmen, ohne sie je dafür zu entschädigen.

Im Jahre 2001 lebten noch schätzungsweise 2500 Abenaki in Vermont. Aber ob davon einige jemals auf dem Pike-Grundstück gelebt hatten, war Ross noch immer ein Rätsel, obwohl er das Internet durchforstet und fast jedes historische Nachschlagewerk in der Stadtbücherei von Comtosook in der Hand gehabt hatte.

Frustriert ließ er den Kopf auf den Schreibtisch sinken. Shelby trat hinter ihn und massierte ihm die Schultern. »Glück gehabt?«

»Und damit verdienst du dein Geld?«, ächzte Ross.

»Ich schließe daraus, dass du nichts gefunden hast.« Sie setzte sich auf den Stuhl neben ihn und vergewisserte sich mit einem kurzen Blick auf Ethan, dass er noch immer mit seinem Gameboy beschäftigt war. »Vermont ist nicht gerade berühmt für dokumentarische Genauigkeit«, sagte sie. »Die meisten alten Dokumente verschimmeln irgendwo im Keller des Stadtarchivs. Und in denen ist meist auch nur die Geschichte der Engländer verzeichnet, die sich hier niedergelassen haben. Ich glaube kaum, dass die Ureinwohner vor tausend Jahren schon wussten, wie wichtig Besitzurkunden sind.«

Ross betrachtete den Monitor. »Ich will mal sehen, was ich über diese Briten rausfinden kann. Vielleicht werden in ihren Aufzeichnungen ja irgendwelche Indianersiedlungen erwähnt.«

»Mach, was du willst. Ich bringe Ethan jetzt nach Hause.«

»Eine Frage noch, Shel«, rief Ross, als seine Schwester schon an der Tür war. »Kommt dir der Name Beaumont bekannt vor?«

»Ist das einer von den englischen Siedlern?«

»Nein.« Ross rief das Adressverzeichnis von Comtosook im Computer auf.

Shelbys Kollegin sah ihn über den Rand ihrer Brille hinweg an. »An der Universität von Vermont gibt es eine Fachbibliothek für Biologie, die nach einem Beaumont benannt ist. Wir leihen uns manchmal dort Bücher aus.«

»Tut mir leid, Ross«, sagte Shelby kopfschüttelnd. »Sagt mir gar nichts.«

Sie schob Ethan zur Tür hinaus, während Ross den Namen in den Computer tippte.

BEAUMONT, ABEL. 33 Castleton Rd.

BEAUMONT, C. Postfach 358.

BEAUMONT, W. 569 West Oren St.

Er hatte auch nicht damit gerechnet, Lias Namen auf der Liste zu finden. Es würde nicht leicht sein, die Beaumonts mit der Postfachanschrift zu finden, doch die beiden anderen Adressen waren kein Problem. Er packte seine Sachen ein.

»Erfolg gehabt?«, fragte die Bibliothekarin lächelnd.

Ross pfiff vor sich hin. »Könnte man so sagen.«

Meredith saß über ihr Mikroskop gebeugt und untersuchte eine einzige Zelle von einem Embryo, der kürzlich in einem Reagenzglas entstanden war. Wie es aussah, war der hier nicht dazu verdammt, Mukoviszidose zu erben – ein kleines Wunder, da die vorausgegangenen vier Versuche des Paares, ein gesundes Kind zu bekommen, gescheitert waren. Sie streckte den Rücken und lächelte: Der hier würde es schaffen. Und Meredith musste es wissen.

Bei Lucy war es nämlich so ähnlich gewesen. Nicht weil genetisch irgendwelche Hindernisse bestanden hätten, sondern weil die Umstände dagegen sprachen. Acht Jahre zuvor hatte Meredith eine Beziehung zu einem Professor beendet, der zu beschäftigt gewesen war, um sie zur Beerdigung ihrer Mutter nach Maryland zu begleiten. Ihre Mutter war noch keine sechzig gewesen, als sie aus heiterem Himmel an einem Herzinfarkt starb. Meredith war am Boden zerstört, doch für ihre Großmutter war es noch schlimmer, und so musste Meredith, damals sechsundzwanzig, sich um alles kümmern. Sie konnte sich noch lebhaft an den surrealen Besuch bei dem Bestattungsunternehmen erinnern, wo sie nicht nur den Sarg, sondern auch die Farbe des Stoffes für die Sargauskleidung aussuchen musste. Sie erinnerte sich an die Beerdigung, als Granny Ruby sich mit ihrem zarten Gewicht gegen sie gelehnt hatte und Meredith gezwungen war, aufrecht und gerade zu stehen.

Sie beschloss, nach Boston zu fahren, ihre Dissertation abzuschließen, und dann nach Silver Spring zurückzukehren und zu Granny Ruby ins Haus zu ziehen. Doch vier schlaflose Nächte forderten ihren Tribut: Nach einigen Stunden Fahrt verlor sie die Kontrolle über ihren Civic.

Als Meredith im Krankenhaus erwachte, das linke Bein in Gips, Prellungen am ganzen Körper, stand an ihrem

Bett eine Krankenschwester, die ihr versicherte, dass es ihrem Baby gut gehe. *Baby? Was für ein Baby?* Man brachte ihr schonend bei, dass eine Ultraschalluntersuchung zur Feststellung möglicher innerer Verletzungen ergeben hatte, dass sie in der achten Woche schwanger war.

Sie wollte keine alleinerziehende Mutter sein. Sie wollte gar keine Mutter sein, basta. Sie wollte nur ihre eigene Mutter wiederhaben. Also vereinbarte sie einen Termin für eine Abtreibung.

Den hielt sie nicht ein.

Heute liebte sie ihre Tochter und konnte sich ein Leben ohne sie nicht mehr vorstellen. Aber wenn sie ehrlich mit sich war, hätte vor acht Jahren alles anders laufen können.

Ach Lucy, dachte sie, *wenn ich doch die Zeit zurückdrehen könnte*. Sie würde weniger arbeiten und mehr mit ihrer Tochter unternehmen. Sie würde zugeben, dass sie nicht auf alles eine Antwort hatte und vielleicht auch nie die richtigen Antworten finden würde.

Weder die Castleton Road noch die West Oren Street lagen in der Nähe des Pike-Hauses, trotzdem fuhr Ross zu den beiden Adressen. Aber Lia Beaumont wohnte weder in dem verschlafenen viktorianischen Häuschen noch in dem Blockhaus, das von einem Schäferhund namens Armageddon bewacht wurde. Möglicherweise war die Postfachanschrift die richtige. Er würde sie fragen, wenn er sie das nächste Mal sah. *Falls* er sie sah.

Ross hatte nur noch in dem Diner gegessen, und die letzten beiden Nächte hatte er auf dem Pike-Grundstück Wache gehalten, aber Lia Beaumont war nicht gekommen.

Ross wollte sie fragen, ob sie glaubte, dass ihre Mutter gefunden werden wollte, auch wenn es Jahre dauerte. Er wollte sie fragen, ob sie ihren Mann genauso liebte, wie er

Aimee geliebt hatte. Er wollte herausfinden, ob es tatsächlich eine unüberwindbare Mauer zwischen ihnen gab.

Außerdem machte Ross sich Sorgen, ob der Ehemann vielleicht von ihrem Treffen am Diner erfahren und sie dafür bestraft hatte. Schließlich begann Ross sogar, die Todesanzeigen zu lesen, und war erleichtert, wenn er ihren Namen nirgends entdeckte.

Während mancher Nächte auf dem Pike-Grundstück war mehr los als sonst. Es gab jähe Temperaturschwankungen, und manchmal blitzten zwischen den Ästen kleine blaue Lichter auf. Ab und zu war der Kiefernduft so stark, dass man kaum noch Luft bekam. Zweimal hatte Ross leise ein Baby weinen gehört.

Als er in der dritten Nacht am Rande der Lichtung saß, die Nacht stockfinster, fiel ein Stein vom Himmel. Er war etwa so groß wie ein Teller und auch beinahe so flach und traf Ross mit großer Wucht am Schienbein. »Verdammt!«, schrie Ross und sprang auf. Er spürte, wie sein Bein unterhalb des Knies anschwoll. Als er mit der Taschenlampe in den nächsten Baum leuchtete, konnte er nichts entdecken. »He!«, schrie er wütend auf. »Wer ist da?«

Nichts. Er riss einen Ast ab und schlug damit auf den Baum ein, weil er so aufgebracht war. Erst als er innehielt, hörte er das Graben.

Es war schwach, aber deutlich zu hören. Ross humpelte über die Lichtung. Seine Taschenlampe beleuchtete etwa dreißig kleine Erdhügel, die ohne jede erkennbare Ordnung verteilt waren.

Das Grundstück war an einigen Stellen von diversen archäologischen Expertenteams untersucht worden, doch dieser Teil war unberührt gewesen, als Ross in der Abenddämmerung auf die Lichtung gekommen war. Und als Ross sich bückte und versuchte, einen Stock in das Erdreich zu bohren, war der Boden genauso hart gefroren wie bereits seit Tagen.

Ross hatte noch nie einen Indianerfriedhof gesehen, aber er stellte sich vor, dass er ungefähr so aussah.

Er zog seine Digitalkamera aus der Tasche und machte mehrere Fotos. Dann spähte er in das winzige LCD-Display, um sich die Aufnahmen anzusehen. Doch auf allen war der Boden vollkommen glatt, von einer unberührten Eisschicht bedeckt. Verwundert richtete Ross die Lichtkegel seiner Lampe auf die Stelle.

Es waren keine Hügel da.

Er bückte sich und rollte sein Hosenbein hoch – die Schwellung war da, dick und blau unterlaufen. Der Stein war tatsächlich gefallen. Das Geräusch war ein Grabegeräusch gewesen. Die Erdhügel waren da gewesen.

Ein Grund mehr, sich Lia herbeizuwünschen: Wenn sie die Hügel heute Nacht auch gesehen hätte, müsste Ross nicht an seinem Verstand zweifeln.

Ethan hasste es, zum Hautarzt zu gehen.

Es erinnerte ihn daran, was für ein Monster er war.

Heute waren ihm drei präkanzeröse Wucherungen aus dem Gesicht entfernt worden. Er fühlte sich klein und schwach.

Wieder zu Hause, in seinem Zimmer, stellte er sich vor den Spiegel. Die Blasen hatten sich noch nicht gebildet – das würde erst morgen passieren. Aber schon jetzt war sein Gesicht ein Globus mit wandernden, fleckigen Kontinenten an den Stellen, wo die Wucherungen entfernt worden waren.

Unwillkürlich hob er die Faust und rammte sie in den Spiegel. Blut lief ihm am Arm herunter, aber er hatte erreicht, was er wollte: Er musste sich jetzt nicht mehr selbst sehen.

»Ethan?« Die Stimme seiner Mutter. »*Ethan!*« Sie war jetzt hinter ihm, umwickelte seine Faust mit einem Laken, das sie vom Bett gerissen hatte. »Wie ist das passiert?«

»Es tut mir leid«, Ethan wippte vor und zurück. »Es tut mir leid.«

»Was hast du nur angestellt?«

Ethan riss seine Hand weg. »Wieso benutzt du dauernd so blöde Wörter, die kein Mensch versteht? Wieso sagt mir nie einer die Wahrheit?«

Seine Mutter starrte ihn an. »Was willst du hören, Ethan?«

Er schluchzte, und ihm lief die Nase. »Dass ich ein Monster bin.« Er hob die gespreizten Finger ans Gesicht, beschmierte Kinn und Wangen mit Blut. »Sieh mich doch an, Ma. Sieh mich doch nur an.«

Seine Mutter brachte ein Lächeln zustande. »Ethan, Schatz, du bist müde. Du müsstest längst im Bett sein.« Ihre Stimme nahm den üblichen beruhigenden Tonfall an. Sie senkte sich auf Ethans Schultern, und er musste dagegen ankämpfen, einfach nachzugeben. Er spürte, wie seine Mutter seine Hand untersuchte und ihn dann ins Bad führte, um ihn zu verarzten.

»Ich glaube, das muss nicht genäht werden«, sagte sie, als sie seine Hand verband. Dann brachte sie ihn zurück in sein Zimmer. Ethan stieg ins Bett und starrte den leeren Spiegelrahmen an der Wand an.

»Schlaf jetzt, danach geht's dir wieder besser«, sagte seine Mutter, und Ethan wusste nicht, ob sie mit ihm oder sich selbst sprach. »Wenn du aufstehst, machen wir was Schönes zusammen – vielleicht holen wir das Teleskop raus und suchen die Venus ... oder wir sehen uns alle *Star-Wars*-Filme hintereinander an ... das wolltest du doch schon immer, nicht?« Während sie sprach, kauerte sie auf dem Boden und sammelte die Spiegelscherben ein. Er war nicht sicher, ob sie weinte.

Eli schreckte aus dem Schlaf und setzte sich auf, rang nach Luft. Das ganze Zimmer duftete so intensiv nach

Äpfeln, als hätte er direkt neben einer Apfelpresse geschlafen. Er rieb sich die Augen, konnte aber das Bild nicht loswerden, das ihm vorschwebte: schon wieder diese Frau. Sie kauerte auf dem Boden und versuchte weinend, ein scheinbar unmögliches Puzzle zusammenzufügen.

Er kannte ihre Stimme, obwohl er sie nie hatte sprechen hören. Er wusste, dass sie unter dem linken Ohrläppchen eine Narbe hatte, dass ihr Mund nach Vanille und Traurigkeit schmeckte.

Seine Mutter hatte an die Macht der Träume geglaubt. »Wenn wir wach sind«, so hatte sie immer gesagt, »sehen wir, was wir sehen müssen. Wenn wir schlafen, sehen wir, was wirklich ist.«

Er hatte sich oft gefragt, ob seine Mutter je geträumt hatte, dass sie einen Weißen heiraten würde, dass sie irgendwann an Diabetes sterben würde. Und er fragte sich, ob sie gewusst hatte, dass ihr einziger Sohn sich lieber einen Arm abhacken würde, als den Indianerglauben anzunehmen, dass Träume mehr waren als wüst drauflos feuernde Neuronen.

Diese Frau, die ihm in der Dunkelheit erschien – ihre Augen hatten die gleiche Farbe wie das Stück Seeglas, das Eli einmal am Strand von Rhode Island gefunden hatte.

Er zog sich die Decke bis zum Kinn und sank zurück aufs Kopfkissen.

Als der gellende Schrei erklang, stürzte Meredith in Lucys Zimmer. *Nein, nein, nein*, dachte sie. Es lief doch in letzter Zeit alles so schön normal.

Ihre Großmutter war bereits da, strich Lucy das feuchte Haar aus der Stirn und raunte ihr zu, dass alles in Ordnung sei. »Sie hört nicht auf«, sagte Granny Ruby alarmiert. »Es ist, als könnte sie mich nicht mal hören.«

Meredith legte beide Hände um das Gesicht ihrer

Tochter und beugte sich dicht zu ihr. »Lucy. Hör zu. Es geht dir gut. Hier kann dir nichts passieren. Hast du verstanden?«

Lucys Blick wurde klarer, und schließlich verstummte sie. Dann begriff sie, wo sie war, und wich ans Kopfende des Bettes zurück, wo sie sich ganz klein machte. »Könnt ihr sie nicht sehen?«, flüsterte sie. »Sie ist genau da.«

Sie zeigte auf eine Stelle zwischen Meredith und Ruby, eine Stelle, an der überhaupt nichts war. Dann tauchte sie unter die Decke. »Ich soll ihr beim Suchen helfen.«

»Suchen? Wonach?«, fragte Meredith.

Aber Lucy antwortete nicht. Meredith spürte einen Schmerz in der Brust. »Granny«, sagte sie mit tonloser Stimme, »bleibst du bei ihr?«

Ohne die Antwort abzuwarten, ging sie zurück in ihr Schlafzimmer. Sie griff zum Telefon und holte die Visitenkarte hervor, die sie in ihre Nachttischschublade gelegt hatte. Sie zögerte kurz, dann rief sie Dr. Calloway an. Sie kapitulierte.

Als Ross am Abend um elf Uhr auf dem Pike-Grundstück eintraf, wartete Lia schon. »Bin ich zu spät?«, fragte er beiläufig, als hätte er damit gerechnet, sie anzutreffen. Während er seine Geräte aufstellte, beobachtete er sie aus den Augenwinkeln. Sie schien irgendwie verändert – Ross bemerkte eine zarte Entschlossenheit an ihr, die er nicht gefährden wollte, indem er sie auf die Umstände ihres letzten Abschieds ansprach. Also zeigte er ihr stattdessen die Stelle, an der er zwei Nächte zuvor die Erdhügel gesehen hatte. Er ließ sie sein neues EMF-Messgerät zur Erfassung elektromagnetischer Felder bestaunen, das frisch mit der Post eingetroffen war. Wenn sie mit ihm auf Geisterjagd gehen wollte, dann würde er sie lassen. Es war immerhin ein Anfang.

Sie fuhr sacht mit der Hand über die Videokamera auf

dem Stativ. »Mein Vater hat auch eine Kamera«, sagte sie, »aber die ist größer. Wuchtiger.«

»Das hier ist eine Digitalkamera.« Ross spähte über die Lichtung. Schon jetzt empfing er starke Schwingungen von dort. »Wir sollten uns hinsetzen und abwarten, vielleicht haben wir Glück.«

»Ich darf … bleiben?«

»Ich dachte, deshalb wären Sie gekommen.«

Lia antwortete nicht, aber sie ließ sich neben ihm auf dem gefrorenen Boden nieder. Ihre Angst war wie ein Keil zwischen ihnen. Ross fragte sich, wovor sie sich fürchtete – vor einem Geist oder vor ihrem Mann. »Alles in Ordnung?«, fragte er.

Sie nickte und blickte zu dem EMF-Messgerät hinüber, dessen Nadel reglos war. »Und dieser Kompass geht los, wenn ein Geist erscheint?«, erkundigte sie sich.

»Er geht los, wenn ein Geist sich materialisiert. Der Übergang von einem Zustand zum anderen wirkt sich nämlich auf ein elektromagnetisches Feld aus. Dann hören wir ein Knistern.«

Sie schwiegen, aber es gab viele Fragen, die keiner von beiden als Erster ansprechen wollte. Irgendwann wurde Ross der Abstand zwischen seiner und ihrer Schulter bewusst. Wenn er sich nur leicht bewegen würde, könnte er sie berühren. Verdammt. Er holte tief Luft.

Es war fast zehn Jahre her, dass Ross etwas Derartiges empfunden hatte – eine körperliche Nähe, die seine ganze Aufmerksamkeit in Anspruch nahm, ein leises Gebet um etwas, das die Lücke zwischen ihnen schloss. Er hatte so lange nach dem Geist einer Frau gesucht, dass es ihn aus der Bahn warf, jetzt von einer realen Frau direkt neben ihm so fasziniert zu sein. Aber Lia war verheiratet, und eigentlich wollte er ja nur Aimee zurück.

Und wenn das eigenartige Sehnen, das er in Lias Nähe empfand, gar nicht sein Bedürfnis war, sie zu retten, sondern die Möglichkeit, dass sie vielleicht ihn retten könnte? Und wenn er in Comtosook gar keinen Geist finden sollte, sondern ... diese eine Frau?

Aimee ist tot. Lia ist hier ...

Der Gedanke schoss ihm durch den Kopf und brachte ihn derart durcheinander, dass es ihn unvermittelt in die entgegengesetzte Richtung drängte, hinaus aus dem gelben Lichtkegel und weg von Lia. »Ist was passiert?«, fragte sie atemlos.

Nein, dachte Ross, *Gott sei Dank*. Er stand auf und machte ein paar Schritte.

»Spüren Sie was?«

»Nein«, antwortete Ross. *Ja*.

Sie stand auf, trat in die Dunkelheit. »Ich aber«, murmelte sie. »Als würde alles ... schärfer. Fester.«

Als sie an Ross vorbeikam, spürte er einen Lufthauch. Der helle Rand ihres Rocks strich über seine Hand, und unwillkürlich griff er danach, doch er glitt zwischen seinen Fingern hindurch wie Wind.

Das Herz war ihm zu groß in der Brust, und es schlug nicht mehr regelmäßig. Ross, der seine Liebe nicht hatte sterben lassen, als seine Geliebte starb, merkte plötzlich, dass ihn so etwas Kleines wie der Leberfleck am Knie einer Frau erregte.

Er sagte sich, dass er mit Aimee eine gemeinsame Welt gehabt hatte, dass sie ihn besser gekannt hatte als je ein Mensch in seinem Leben. Aber die Wahrheit war, dass Aimee ihn heute nicht wiedererkennen würde. Die Trauer hatte ihn verändert, den Tonfall seiner Stimme, seine Bewegungen. Aimee hatte verstanden, was Ross glücklich gemacht hatte.

Lia schien zu verstehen, was ihn zerstört hatte.

Plötzlich erklang klar und deutlich der Schrei eines Babys. »Haben Sie das gehört?«, flüsterte Lia und griff nach Ross' Hand.

Er hatte es gehört. Aber er merkte, dass Lia nicht mehr auf das Geräusch lauschte. Sie nahm die Taschenlampe und leuchtete damit auf die Narben an Ross' Handgelenk. »Oh«, sagte Lia, und die Lampe fiel scheppernd zu Boden, tauchte sie beide in Finsternis.

Er konnte Lia zwar nicht sehen, aber er wusste, dass sie ihre eigenen alten Wunden betastete. »Warum haben Sie mir nichts gesagt?«

»Sie haben mich nicht gefragt.« Ross zündete sich eine Zigarette an, holte damit ihr Gesicht aus dem Dunkel.

»Wann?«

»Ist eine Weile her. Damals glaubte ich nicht, dass es für mich in dieser Welt noch irgendetwas gab, wofür es sich zu leben gelohnt hätte.« Er hielt ihrem Blick stand. »Ich glaube es noch immer nicht.«

»Ich bin heute Nacht nicht hergekommen, um einen Geist zu suchen«, gestand Lia. »Ich bin gekommen, weil ich dann nicht zu Hause sitze und darüber nachdenke, ob ich ein Messer oder Tabletten oder Gift nehmen soll.« Er zitterte, als sie die Lippen an sein Ohr legte. »Ross«, raunte sie, »sag mir, wie es auf der anderen Seite ist.«

Ross hatte sich schon einmal so gefühlt, als ob jede Zelle seines Körpers bersten könnte. Hinterher, als er erwachte, sagten ihm drei Ärzte, dass er von einem Blitz getroffen worden war. Er hob eine Hand an Lias Kinn. *Wenn du mich so klar sehen kannst*, dachte er, *dann muss ich real sein*.

Wenige Meter entfernt begann das EMF-Gerät zu knistern. Das statische Rauschen begann leise und wurde rasch so laut, dass es sogar das Tosen in Ross' Kopf übertönte. Noch nie war er Zeuge einer derart heftigen Reaktion gewesen – irgendetwas Starkes kündigte sich an. Und es war absolut erklärlich: Der Geist nutzte die Energie, die zwischen Ross und Lia entstanden war, um sich zu materialisieren.

Ross lief zu dem EMF-Gerät und versuchte, die Anzeige abzulesen. »Die Taschenlampe«, rief er Lia zu, gerade als er mit dem Schuh gegen die Lampe stieß. Das Rauschen ließ nach. Einen überzeugenderen Beweis für einen Geist hatte er nie zuvor erlebt, doch in diesem Augenblick wäre es Ross egal gewesen, wenn der Geist direkt auf ihn zugekommen wäre. Er musste Lia finden, musste den Ausdruck in ihrem Gesicht sehen.

Ross schaltete die Taschenlampe an und ließ den Lichtstrahl im Kreis wandern, aber Lia war verschwunden.

Es wäre nicht das erste Mal, dass jemand im Verlauf einer paranormalen Untersuchung davonlief. Doch Lias Angst hatte nichts mit dem Nahen der Geister zu tun. Es war die gleiche Angst, die Ross empfunden hatte und die ihn noch immer zittern ließ: die Einsicht, dass er zum zweiten Mal in seinem Leben jemanden brauchte, den er nicht haben konnte.

VIER

Die Einwohner von Comtosook stellten sich nach und nach auf eine Welt ein, die aus den Fugen geraten war. Alle hatten stets einen Schirm dabei, um sich gegen den Regen zu schützen, der rot wie Blut vom Himmel fiel und zu einer feinen roten Staubschicht trocknete. Porzellan zerbrach Punkt zwölf Uhr mittags, ganz gleich, wie sorgfältig es eingepackt worden war. Mütter weckten ihre Kinder, damit sie sich die Rosen ansehen konnten, die um Mitternacht erblühten. Hosennähte platzten ganz von selbst auf, und Wasser begann nicht zu kochen, und wenn es noch so lange erhitzt wurde.

Manche machten die globale Erwärmung für die Ereignisse verantwortlich, andere hielten es schlicht für persönliches Pech. Aber als Abe Huppinworth feststellte, dass in seinem Laden jeder einzelne Artikel in den Regalen auf den Kopf gestellt worden war, überlegte er laut, ob nicht vielleicht dieser indianische Geist vom Otter Creek Pass was damit zu tun haben könnte. Und die drei Kunden, die das mitbekommen hatten, erzählten es ihren Nachbarn, und noch ehe es Abend wurde, spekulierte ganz Comtosook, ob es nicht doch besser wäre, dem Stück Land seinen Frieden zu lassen.

Rod van Vleet war nicht gerade begeistert von dem, was Ross Wakeman ihm zu berichten hatte. Falls es tatsächlich einen Geist gab – so lächerlich das auch klang –, was sollte Rod dann machen? Das Haus war abgerissen, die Trümmer wurden bereits abtransportiert. Die Redhook-Gruppe würde bauen, egal wie viele Unterschriftensammlungen und Petitionen auf seinem Schreibtisch landeten.

Und dennoch wollte Rod wissen, ob er dabei war, einem Geist die Heimstatt zu nehmen. Ob die Tatsache, dass alles, was er in letzter Zeit aß, nach Sägemehl schmeckte und dass seine Zahnbürste jeden Abend verschwunden war, irgendetwas mit seinem aktuellen Bauprojekt zu tun hatte.

»Diese Dinger da ...« Rod zeigte auf den Fernsehschirm, wo ein grobkörniges Bild von einem nächtlichen Wald mit blauen Linien und schwebenden Lichtkugeln durchsetzt war. »Sollen die ein Geist sein?« Er entspannte sich innerlich. Was auch immer er erwartet haben mochte, das jedenfalls nicht. Ein paar Funken und Blasen konnten schließlich keinem etwas anhaben. Schon gar nicht das Geschäft gefährden.

Ross Wakeman war ein Scharlatan, so einfach war das. Er hatte die Gelegenheit gesehen, sich ein bisschen Aufmerksamkeit zu verschaffen, und sich Rod dafür zunutze gemacht.

»Das ist nicht der eigentliche Geist«, erklärte Wakeman. »Das ist die Wirkung, die der Geist auf die Geräte hat. Auf dem Grundstück sind Taschenlampen ausgegangen, außerdem hab ich diese aufgezeichneten Störungen hier und sehr starke Ausschläge bei Geräten, die Magnetfelder messen.«

»Mumpitz«, sagte Rod. »Nichts Konkretes.«

»Nur weil etwas nicht gemessen werden kann, heißt das noch lange nicht, dass es nicht existiert.«

Plötzlich flog die Tür zum Baucontainer auf. Drei Baggerführer stürmten herein, deren Bagger so reglos dastanden wie schlafende Dinosaurier.

Einer von den dreien sagte wütend zu van Vleet: »Wir kündigen.«

»Sie können nicht kündigen. Die Arbeit ist noch lange nicht erledigt.«

»Scheiß drauf.« Er nahm seinen Schutzhelm ab und

warf ihn van Vleet wie einen Fehdehandschuh vor die Füße. »Die machen uns wahnsinnig.«

»Wer, die?«

»Die Fliegen«, schaltete sich ein anderer Arbeiter ein. »Die Biester fliegen einem direkt ins Ohr und surren wie wild drin herum.« Seine Hände machten hektische, kreisende Bewegungen.

»Und wenn man sie verscheuchen will«, fügte der Erste hinzu, »ist nichts da.«

Der dritte Arbeiter bekreuzigte sich.

Ross hüstelte, und van Vleet warf ihm einen wütenden Blick zu. »Ich bin sicher, das hat nichts zu bedeuten«, beruhigte er sie. »Ist bestimmt der Wind. Oder Sie haben was mit den Ohren.«

»Dann ist es höllisch ansteckend; die Abenaki da draußen haben es nämlich auch gehört. Und der Alte hat das Wort buchstabiert, das wir alle gehört haben. C-H-I-J-I-S. Das heißt *Baby* in seiner Sprache.«

»Ist doch klar, dass der euch so was erzählt!«, rief van Vleet. »Der will, dass ihr geht. Der will euch Angst einjagen, damit ihr genau das macht, was ihr jetzt vorhabt – nämlich die Arbeit hinschmeißen.«

Die Männer wechselten Blicke. »Wir haben keine Angst. Aber solange Sie den Geist hier nicht losgeworden sind, müssen Sie sich andere Leute suchen.« Sie nickten zum Abschied und marschierten nach draußen.

»Wo waren wir stehen geblieben?«, fragte Ross.

Van Vleet griff zum Telefon. »Ich muss neue Arbeiter finden«, sagte er. »Für so was hab ich keine Zeit.«

Das Blut lief ihr ins Gesicht.

Meredith war kaum aus dem Gebäude getreten, als die Flüssigkeit ihr ins Haar klatschte und über Wangen und Hals tropfte. »Wie viele Babys habt ihr heute wieder umgebracht?«, schrie eine der Demonstrantinnen.

Sie wischte sich die Augen frei. Kein richtiges Blut, bloß roter Saft. Das Institut war nicht so häufig Ziel von Demonstrationen wie die Abtreibungskliniken in der Gegend, aber die Kritik war dieselbe – schließlich gehörte es zu Meredith' Aufgaben zu entscheiden, welche Embryos leben und welche verbrannt werden sollten, und das konnten die Abtreibungsgegner nicht akzeptieren. »Wir sprechen uns wieder, wenn du unfruchtbar bist«, knurrte Meredith leise und ging dann rasch zu ihrem Auto.

Meredith erinnerte sich noch gut, dass die Klinik damals nach Metall und Mundwasser roch. Dass das Wartezimmer voller Frauen war, viele blutjung. Dass sie die ersten beiden Bänder hinten an ihrem OP-Hemd zugebunden hatte, bevor sie beschloss, dass sie die Sache nicht durchziehen konnte.

Was, wenn ihre Schwangerschaft doch nicht so ein kolossaler Fehler war, wie sie glaubte? Was, wenn der Zeitpunkt nicht falsch, sondern goldrichtig war – ein Weckruf, eine Botschaft? Dann würde ihr Baby eben keinen Vater haben, na und? Meredith' Vater war gegangen, als sie vier Jahre alt war. Danach hatte sie ihn nur noch ein paarmal gesehen. Und doch war sie der lebende Beweis dafür, dass man mit der richtigen Mutter sehr gut ohne Vater auskommen konnte. Wenn sie Luxe schon nicht wieder zum Leben erwecken konnte, so hatte sie jetzt wenigstens die Möglichkeit, ihr zu zeigen, was sie von ihr gelernt hatte. Sie würde ihre Tochter behüten und beschützen, sie würde sie mit Liebe großziehen.

Als sie sich wieder angezogen hatte und aus der Klinik kam, schüttete einer der Demonstranten einen Eimer falsches Blut über ihr aus. Meredith packte den Mann am Kragen und schrie ihn an, dass sie es nicht hatte machen lassen. Dann brach sie in den Armen des Fremden in Tränen aus.

Sie gaben ihr Kekse zu essen und Kakao aus einer Thermosflasche. Sie boten ihr einen Platz auf einer Decke an. Der Mann, der sie begossen hatte, gab ihr sein trockenes Hemd. An diesem Nachmittag war Meredith ihre Heldin.

Jetzt, fast zehn Jahre später, betrachtete Meredith die Demonstranten im Rückspiegel. Sie wünschte, sie hätte den Mut, zurückzugehen und sie zu fragen, ob einer von ihnen schon mal eine Entscheidung hatte treffen müssen, die sein ganzes Leben veränderte. Sie wünschte, sie könnte sie mit in ihr Labor nehmen, wo so viele gesunde Embryos warteten. Sie wünschte, sie könnte ihnen erklären, dass es auch Leben gab, das gar kein Leben vor sich hatte.

Dann steuerte Meredith ihren Wagen vom Parkplatz und machte sich auf den Weg nach Hause, wo sie ihre Tochter auf der Couch vorfinden würde, wie betäubt und lethargisch von den Psychopharmaka.

Ross saß in der Notaufnahme und blickte in die Gesichter der Verletzten und Kranken, die durch die automatische Tür kamen. Jedes Mal, wenn es nicht Lia war, entspannte er sich ein bisschen. Er war nun schon zwei Tage hier, hatte herausgefunden, dass keine Lia Beaumont eingeliefert worden war. Seine größte Befürchtung war, dass sie sich etwas antun könnte – oder dass ihr Mann ihr etwas antun könnte –, bevor Ross Gelegenheit hatte, mit ihr zu sprechen.

Er wollte ihr sagen, dass er sich nicht mehr genau an Aimees Augen erinnern konnte. Acht Jahre lang hatte Ross sie deutlich vor sich gesehen, die leichte Mandelform, das zimtfarbene Zentrum, die Wimpern, die auf ihre Wangen einen Schatten warfen, wenn sie schlief. Doch seit der Nacht, in der Lia die Lippen an sein Ohr gelegt hatte, konnte er sich Aimees Gesicht nicht mehr vorstellen, ohne dass es sich in Lias verwandelte.

Er zog sich dreimal am Tag um, und doch roch er immer noch Rosen.

Er wollte sie küssen.

Er wollte sie.

Es konnte nicht gut gehen, das wusste Ross. Er würde Lias Ehe nicht zerstören, er würde Lia nicht in die Situation bringen, sich entscheiden zu müssen. Aber er musste wissen, dass es ihr gut ging. Er musste glauben können, dass sie sich in diesem Augenblick nicht irgendwo in Comtosook eine Rasierklinge ans Handgelenk hielt.

Plötzlich kam eine Frau hereingefegt, die ein Kind wie ein Spielzeug hinter sich herzog. »Ich suche nach einem Patienten«, sagte sie an der Anmeldung. »Ross Wakeman.«

Als Ross Shelbys Stimme hörte, fuhr er herum. Er rief ihren Namen.

»Ross!« Sie kam auf ihn zugestürmt, das Gesicht voller Angst. Ethan trug seine Tageslichtkleidung – von Kopf bis Fuß verhüllt. Die Teile des Gesichts, die Ross sehen konnte, waren fleckig und entzündet.

Shelbys Blick huschte von Ross' Gesicht zu seinen Armen. Den Handgelenken. »Was ist los mit dir? Wie lange bist du schon hier? Herrje, Ross, warum hast du nicht angerufen?«

»Shel, mir geht's gut. Aber ich suche nach jemandem. Ich dachte, es könnte ihr etwas passiert sein.«

»Dir geht's also wirklich gut? Ganz bestimmt?«

»Ja.«

»Ein Glück«, entgegnete Shelby und gab ihm eine schallende Ohrfeige.

Der Anblick, wie Ross' Kopf nach hinten schnellte, und der Abdruck ihrer Hand auf seiner Haut waren das Befriedigendste, was Shelby in den letzten achtundvierzig Stunden erlebt hatte, denn ungefähr so lange war ihr Bruder wie vom Erdboden verschluckt gewesen. Sie hatte die Polizei angerufen und war mit einem Detective Rochert verbunden worden, der ihr erklärte, eine Vermisstenanzeige könne erst zwei volle Tage nach dem Verschwinden einer Person aufgenommen werden. Schließlich war sie mit Ethan am helllichten Tag aus dem Haus gegangen, war langsam durch die Stadt gefahren, hatte überall nachgefragt.

»Mensch, Shel«, sagte Ross und hielt sich die brennende Wange. »Ich freu mich auch, dich zu sehen.«

»Du Scheißkerl.« Shelby kniff die Augen zusammen. »Weißt du eigentlich, wo ich überall nach dir gesucht habe, weil du es nicht für nötig gehalten hast, mir einen Zettel hinzulegen, wann du die Güte haben würdest, wieder aufzutauchen?«

»Wir waren auch unter dem Highway«, warf Ethan ein. »Da lag eine tote Möwe.«

Shelbys Gesicht war rot angelaufen. »Ja, stimmt. Unter dem Highway. Du weißt schon, nur für den Fall, dass du vielleicht auf die Idee gekommen wärst, von der Brücke zu springen.« Shelby hatte Tränen in den Augen.

»Wahrscheinlich ist es albern von mir zu denken, dass die Menschen, die mir etwas bedeuten, mich zumindest davon in Kenntnis setzen, dass sie nicht irgendwo tot im Straßengraben liegen.« Sie wischte sich über die Augen. »Freut mich, dass du dich nicht umbringst, Ross, aber wenn du so weitermachst, bringt mich das bestimmt noch um.«

»Weißt du was?«, sagte Ethan und zupfte Ross am Ärmel. »Die Möwe hatte ein ausgehacktes Auge.«

»Hör auf, dir Sorgen um mich zu machen, ja? Ich hab dich schließlich nicht darum gebeten«, sagte Ross.

»So was kann man sich nicht aussuchen.«

»Dann mach dir um jemanden Sorgen, bei dem es angebracht ist.«

»Willst du damit sagen, bei dir wäre es nicht angebracht?«

»Nicht so wie bei dir«, konterte Ross. »Menschenskind, Shel, du lebst wie eine Nachteule. Du hast dich außer von Ethan von allen Menschen abgeschottet. Nie kommt eine Freundin auf eine Tasse Kaffee vorbei, Männerbekanntschaften hattest du schon seit einer Ewigkeit nicht mehr ... Herrgott, der Papst erlebt mehr als du. Du bist zweiundvierzig und lebst wie eine Siebzigjährige.«

Sie würde nicht die Fassung verlieren, nicht mitten in der Notaufnahme, nicht vor Ross und vor allem nicht vor Ethan. »Bist du fertig?«

Ross nahm die Hand seiner Schwester und wartete, bis sie schließlich zu ihm aufsah. »Shelby. Ich werde mich nicht umbringen. Versprochen.«

»Das hast du schon mal versprochen, Ross«, flüsterte sie. »Und damals hast du gelogen.«

Nach Aimees Tod hatte Shelby genau gespürt, dass ihr Bruder nicht wieder ins Leben zurückfand. Sie hatte verzweifelt versucht, ihm zu helfen, hatte schließlich einen Termin bei einem Psychiater für ihn vereinbart. Nach der Therapiesitzung hatte Ross ihr erzählt, wie gut es gelaufen sei, und hatte sich sogar bei ihr bedankt. Als Shelby ihren Bruder dann wenige Tage später halb verblutet fand, hatte er noch eine Entschuldigung gehaucht, bevor er das Bewusstsein verlor.

Wie sich herausstellte, war er zu dem Termin beim Psychiater gar nicht erschienen.

»Verrat mir mal«, sagte sie, »wieso ich dir jetzt glauben soll.«

Ross wandte den Blick ab, starrte auf ein Plakat, das zu Organspenden aufrief. Dann begann er, ihr eine Geschichte zu erzählen, von einer Frau, die verschwunden war. *Verängstigt ... zerbrechlich ... schön ... wissbegierig*: Ross türmte Adjektive aufeinander, und plötzlich war es, als hätte diese Lia Beaumont zitternd zwischen ihnen stehen können.

Ein Wort ließ Shelby aufhorchen. »Verheiratet?«, wiederholte sie.

»Sie hat Angst vor ihm.«

»Ross …«

Er schüttelte den Kopf. »Es ist nicht so, wie du denkst«, sagte er. Shelby wusste, dass er log, sie war nur nicht sicher, ob Ross sich selbst darüber im Klaren war. »Ich mache mir Sorgen um sie. Sie weiß nicht, wohin. Sie will da raus, aber sie weiß nicht, wie. Ich … ich habe Angst, sie tut sich was an.«

Und wie gefällt dir das?, dachte Shelby, doch bevor sie es aussprechen konnte, bemerkte sie den Gesichtsausdruck ihres Bruders. Wie gut kannte sie diesen Ausdruck doch von sich – beim Anblick der Sonne oder von Ethans abgespanntem, schlafendem Gesicht. *Er hat sich in sie verliebt*, dachte Shelby, *und das ändert gar nichts*.

Ihre Stimme wurde sanft. »Ross, du kannst sie nicht alle retten.«

Er wich zurück, als hätte Shelby ihn erneut geohrfeigt. »Nur ein Mal«, sagte er leise. »Ein einziges Mal wäre doch schön.« Dann wandte er sich ab und stürmte aus dem Krankenhaus.

Lucy schlief viel. Manchmal träumte sie, dass sie schlief, und sie sah sich selbst im Bett liegen. Manchmal träumte sie, dass sie verfolgt wurde, aber ihre Beine konnten sich nicht schnell genug bewegen. Einmal träumte sie, ein Riese hätte sie gefressen, und sie hätte sich einfach in einem seiner hohlen Backenzähne zusammengerollt und nur noch geschlafen.

Sie schrie noch immer im Schlaf, aber ihre Kehle war zu müde, um den Schrei auszustoßen.

Ab und zu erklangen Stimmen, schneidend wie ein

Messer. Ihre Mutter, die sie anflehte, aufzustehen und ein bisschen zu essen. Granny Ruby, die beteuerte, dass Lucy schon viel besser aussah mit ihren roten Wangen. Sie hörte sie wie von ferne. Sie war in einen Brunnen gefallen und trieb jetzt auf dem Rücken, starrte zur Sonne hinauf.

Gesichter waren wie in ihre Augenlider eingebrannt: ihre Mutter, Granny Ruby und die Frau, die immer kam. Die in dem Baum gehangen hatte, die am Fußende ihres Bettes stand oder, wie jetzt, bei ihr auf der Couch saß, so nah, dass Lucys Füße eiskalt wurden.

Lucy wusste, dass die Frau jetzt eigentlich verschwunden sein müsste. Aber seit sie die Medizin nahm, war die Frau klarer denn je – das bläuliche Gesicht, die Traurigkeit in ihren Augen. Sie machte Lucy nicht mehr so viel Angst. Nein, es war, als wüsste sie Bescheid. Als ob sie das Gefühl kennen würde, vor Menschen zu stehen, die man liebte, und nicht von ihnen wahrgenommen zu werden.

Rod van Vleet hatte die Polizei verständigt, weil das abgerissene Haus wieder aufgebaut wurde. Über Nacht war der Rohbau des gesamten Erdgeschosses wieder errichtet worden. Van Vleet hatte die Abenaki in Verdacht, und er wollte, dass die Polizei von Comtosook sie auf frischer Tat ertappte.

Eli sah zu Watson hinüber, der das Seitenfenster seines Wagens mit Hundesabber bedeckte. Sie waren bereits bei den Zelten der Abenaki gewesen. Bis auf Az Thompson hatten alle tief und fest geschlafen. Als er jedoch kurz darauf auf dem Pike-Grundstück hielt, sah er sofort, warum van Vleet beunruhigt war: Innerhalb des provisorischen Sicherheitszauns schien sich das Haus selbst wieder zusammenzusetzen.

Hinter ihm winselte Watson und wich zurück. »Du Angsthase«, murmelte Eli und stieg über den Zaun. Die

Konstruktion war abenteuerlich – Stützpfosten und Dachbalken waren wieder zusammengesetzt, aber es sah nicht ganz richtig aus. Trotzdem konnten sie das Gewicht tragen. Die unteren Mauern waren verputzt und zum Teil schon mit Holz verkleidet. Ein ganzer Bautrupp hätte Wochen dafür gebraucht. Dass es über Nacht geschehen sein sollte, war ein Ding der Unmöglichkeit.

Vorsichtig stieg Eli über Schutt und Glasscherben, Watson folgte ihm zögerlich. Es gab noch keine Vordertreppe, also musste er zu der offenen Tür hochklettern. Er leuchtete ins Innere. Drinnen fehlten manche Zwischenwände, und die Türrahmen waren schief, aber die Konstruktion war solide. Er roch frische Farbe.

»Das können die Indianer unmöglich geschafft haben«, sagte Eli leise zu Watson. Langsam ging er durch die Räume, unsicher, ob der brüchige Boden ihn tragen würde. Als er an dem Treppengeländer rüttelte, fiel es um. Die Stufen verrutschten unter seinen Schuhen. Eli bückte sich und sah, dass sie nicht festgenagelt worden waren.

Im ersten Stock war das Haus noch unfertiger. Eine komplette Wand fehlte, das Dach war der Sternenhimmel. Nur zwei Zimmer wirkten fertig – ein großes Schlafzimmer am Ende des Ganges und das Bad direkt daneben.

Das Geräusch von fließendem Wasser ließ ihn aufhorchen. Sein Traum von letzter Nacht fiel ihm ein: wieder diese Frau. Diesmal machte sie eine Tür auf. Sie trug einen weißen Bademantel und hatte ein blaues Handtuch ums Haar geschlungen. Der Blick, mit dem sie ihn ansah, schien all seine Fragen zu beantworten.

Watson legte sich flach auf den Bauch und winselte. Dann fuhr er herum und raste über die wackeligen Bretter die Treppe hinunter. »Du Held«, murmelte Eli und betrat vorsichtig das Badezimmer. Das Wasserrauschen wurde noch lauter, obwohl er im Schein seiner Taschenlampe weder Armaturen noch Leitungen sehen konnte. Als das Licht grell reflektiert wurde, blinzelte Eli zunächst und trat dann näher an den Spiegel heran, der an der Wand hing. Es war ein Wunder, dass etwas so Zerbrechliches die Abrissbirne überstanden hatte. Die Oberfläche war feucht, doch als er sie mit der Fingerspitze berührte, tat sich gar nichts. Als wäre der Spiegel von innen her beschlagen.

Eli hielt die Taschenlampe etwas höher, um nachzusehen, wie der Spiegel an der Wand befestigt war, doch plötzlich erkannte er zwei Hände, die innen gegen die Scheibe drückten. Blitzschnell zog Eli seine Pistole – aber worauf zielte er? Die Wand? Den Spiegel? Wie sollte er einen Feind bekämpfen, den er nicht sehen konnte?

Sein Herzschlag dröhnte ihm in den Ohren. Die Hände waren noch immer gegen die Rückseite des Spiegels gepresst. Dann malte ein Finger rückwärts, von rechts nach links, Buchstaben auf die beschlagene Scheibe. *H-I-L-F-E.*

»Scheiße«, hauchte Eli, und dann wurde der Spiegel plötzlich vor seinen Augen klar gewischt und zeigte ihm sein panisches Gesicht. Er wich rückwärts aus dem Badezimmer und stieg, so schnell er konnte, die wackelige Treppe hinunter. Dicht gefolgt von seinem Hund, rannte Eli aus der offenen Tür hinaus. Als er den Sicherheitszaun gerade überwunden hatte, leuchtete das Haus plötzlich hell auf wie ein Weihnachtsbaum. Eli drehte sich um und starrte mit offenem Mund auf die verblüffende Schönheit eines Leuchtturms mitten im Wald.

Und das in einem Gebäude, in dem es schon seit zwanzig Jahren keinen Strom mehr gegeben hatte.

Es roch nach Tod. Ross konnte ihn auf den Fluren des Pflegeheims riechen, eingehüllt in den Geruch von Ammoniak und Bettwäsche und Tabletten.

Er war heute hergekommen, um Nachforschungen anzustellen, weil er hoffte, so die Gedanken an Lia verdrängen zu können. Seit einer Woche hatte er nichts von ihr gehört. Stattdessen hatte er zahllose Anrufe von Rod van Vleet erhalten. Ob Ross wusste, dass das Pike-Haus sich von selbst wieder aufbaute? Dass noch dazu ein Polizist behauptet hatte, in dem Haus seien alle Lichter angegangen – wo doch die Stromleitungen längst gekappt waren?

Ross hatte seinen Besuch nicht angemeldet, weil er nicht wusste, ob Spencer Pike bereit wäre, ihn zu empfangen. Und jetzt, da er dem alten Mann gegenübersaß, empfand Ross Mitleid mit ihm. Das bisschen Leben, das noch in Pike steckte, schien sich auf seine leuchtend blauen Augen zu beschränken.

»Die mit Zimt und Rosinen kannst du vergessen«, sagte Spencer Pike.

»Wie bitte?«

»So was dürfte gar nicht Bagel heißen. Wenn Sie mich fragen, aber mich fragt ja keiner, darf ein Bagel nicht süß sein, zum Donnerwetter noch mal. Wer schmiert sich schon Marmelade auf sein Schinkenbrot?« Er beugte sich vor. »Sie arbeiten doch für van Vleet. Sagen Sie ihm, dass ich das gesagt habe.«

»Genau genommen arbeite ich nicht für die Redhook-Gruppe«, stellte Ross klar.

Pike zuckte die Achseln. »Was wollen Sie dann hier?«

»Soweit ich weiß, gehörte der gesamte Besitz ursprünglich Ihrer Frau und fiel mit ihrem Tod an Sie, weil Sie keine Kinder hatten.«

»Das stimmt nicht.«

Ross schaute von seinem Notizblock auf. »So steht es im Testament Ihrer verstorbenen Frau.«

»Ist aber trotzdem falsch. Cissy und ich hatten ein Baby, aber es kam tot zur Welt.«

»Das tut mir leid.«

Pike strich die Decke über seinen Beinen glatt. »Das ist lange, lange her.«

»Mr. Pike, ich würde gern wissen, ob Sie irgendetwas über die Geschichte des Grundstücks wissen, bevor es in Ihren Besitz überging.«

»Es gehörte der Familie meiner Frau. Es war seit etlichen Generationen von der Mutter an die Tochter gegangen.«

»Hat das Land je den Abenaki gehört?«

Pike wandte langsam den Kopf. »Wem?«

»Den amerikanischen Ureinwohnern, die gegen das Bauprojekt auf dem Land protestieren.«

»Ich weiß, wer die sind!« Pikes Gesicht lief rot an, und er musste husten. Eine Pflegerin eilte herbei, blickte Ross tadelnd an und sprach beruhigend auf den alten Mann ein, bis er wieder halbwegs regelmäßig atmete. »Die können nicht beweisen, dass es ein Indianerfriedhof war, was?«

»Gewisse ... Umstände«, sagte Ross behutsam, »legen den Schluss nahe, dass es auf dem Gelände spukt.«

»Oh ja, das kann sein. Schließlich ist meine Frau dort gestorben«, sagte Pike heiser.

Das tot geborene Kind, der frühe Tod von Cissy Pike, die Möglichkeit eines ruhelosen Geistes – allmählich fügte sich alles zusammen. »Im Wochenbett?«

Pike schüttelte den Kopf. »Sie wurde ermordet. Von einem Abenaki.«

Während ihrer Mittagspause ging Shelby, einem plötzlichen Impuls folgend, zur Stadtverwaltung hinüber. Lottie, die füllige Sekretärin, saß mit einem Diätplan hinter ihrem Schreibtisch. »Weißt du was?«, fragte sie und griff nach einer Selleriestange. »Gemüse ist Teufelswerk.« Sie biss ein Stück ab. »Schön blöd von mir, eine Diät anzufangen, wo ich sowieso schon schlecht gelaunt bin. Ich wünschte, der ganze Spuk hier hätte endlich ein Ende. Myrt Clooney hat mir erzählt, der Papagei von Wally LaFleur würde neuerdings Edith-Piaf-Lieder singen, einfach so. Und die Kaffeemaschine bei uns im Büro kocht nur noch Limonade.«

Zehn Minuten später saß Shelby unter dem Vorwand, für einen Gönner der Bibliothek eine Information zu suchen, im Kellergeschoss der Verwaltung, umgeben von Kisten mit den Akten des Standesamtes. Sie waren nach Jahren gebündelt, aber nicht sortiert – dicke Packen von vergilbten Karteikarten, auf denen die Geburten und Todesfälle in Comtosook von 1877 bis in die Gegenwart verzeichnet waren.

Ross hatte sie nicht um Hilfe gebeten. Vielleicht war sie gerade deshalb hier – seit ihrer Auseinandersetzung im Krankenhaus ging er ihr geflissentlich aus dem Weg, aber mit einer Höflichkeit, die sie doppelt schmerzte: ein Zettel auf dem Küchentisch mit der Nachricht, dass er zwischen vier und fünf Uhr morgens zurück sei; eine frische Packung Milch im Kühlschrank, wenn er die letzte ausgetrunken hatte. So vieles stand unausgesprochen im Raum. Wie gerne würde Shelby einfach zu ihrem kleinen Bruder sagen: *Siehst du denn nicht, dass ich das nur aus Liebe zu dir tue?* Aber sie traute sich nicht, aus Angst, von ihm dasselbe zu hören.

Sie wollte, dass sie wieder aufeinander zugingen. Aber da sie nicht die richtigen Worte fand, um sich bei ihm für ihr Misstrauen zu entschuldigen, wollte sie ihm diese Informationen geben, in der Hoffnung, dass das als Entschuldigung genügte.

Die Kiste mit den Todesfällen ab 1930 hatte in den späten Fünfzigerjahren eine Überschwemmung überstanden, und vor lauter Wasserflecken konnte Shelby auf vielen Karten nicht mal die Namen der Verstorbenen entziffern.

Nach einer Weile fand sie den Packen mit den Totenscheinen des Jahres 1932. Das Gummiband, mit dem sie zusammengehalten wurden, war brüchig und zerfiel in ihren Fingern. Die Karten rutschten auf ihren Schoß. Shelby sah sie rasch durch. BERTELMAN, ADA. MONROE, RAWLENE. QUINCY, OLIVE.

Zwei Karten klebten aneinander. Und auf beiden stand der Name PIKE. Die erste war der Totenschein für ein namenloses tot geborenes Kind. *Geschätzter Todeszeitpunkt: 11 Uhr 32.* An der Rückseite klebte der Totenschein für eine Mrs. Spencer Pike. *Todeszeitpunkt: 11 Uhr 32.*

Shelby fröstelte trotz der Hitze im Keller. Nicht nur, weil diese Frau, diese Mrs. Spencer Pike, die mit gerade mal achtzehn Jahren gestorben war, ihr Baby nie im Arm hatte halten können. Sondern auch weil das Baby keinen einzigen Atemzug getan hatte. Nein, auch weil der Klebstoff, der die beiden Karten so viele Jahre zusammengehalten hatte, ganz offensichtlich Blut war.

Ruby Weber gab es nicht gerne zu, aber sie wurde langsam alt. Sie erzählte allen, sie sei siebenundsiebzig, doch in Wirklichkeit war sie dreiundachtzig. Ihre Hüften bewegten sich wie rostige Angeln, ihre Augen wurden trübe. Das Schlimmste war, dass sie manchmal mitten im Satz einschlief. Eines Tages würde sie einfach einnicken und vergessen, wieder aufzuwachen.

Aber nicht, bevor es Lucy nicht wieder besser ging. Ruby wusste, dass die Medikamente ihrer Urenkelin halfen, doch das hatte seinen Preis – denn jetzt hatten Lucys Albträume sich bei Ruby eingenistet. Ganz gleich, wo oder wann Ruby jetzt einschlief, immer durchlebte sie erneut den Telefonanruf, der ihr Leben zerstört hatte.

Es war an einem regnerischen Montag gewesen, vor acht Jahren. Als sie ans Telefon ging, dachte sie, es wäre jemand von der Apotheke, der Bescheid sagen wollte, dass ihr Arthritismedikament jetzt da war. Oder vielleicht ihre Tochter Luxe, die vom Markt aus anrief, um ihr zu sagen, dass sie ein bisschen später kommen würde. Aber die Stimme am anderen Ende gehörte einem Geist.

Sie saß noch immer mit dem Hörer in der Hand da, zitternd, als Luxe vom Einkaufen kam. »Du kannst dir nicht vorstellen, wie lange ich in der Schlange gestanden habe«, sagte Luxe. »Als ob die Leute Angst vor einer Hungersnot hätten.« Dann sah sie Rubys Gesicht. »Ma? Was ist denn los?«

Ruby hatte die Hand ausgestreckt und Luxe' Haut berührt, glatt und warm. Wie machte man einem Menschen begreiflich, dass er nicht der war, der er zu sein glaubte?

Jetzt spürte Ruby Hände auf ihren Schultern, die sie sachte rüttelten. »Granny. *Granny.*«

Ruby konnte nicht antworten, in Gedanken war sie noch ganz bei Luxe, die zu Boden gesunken war, die Hände auf die Brust gepresst, als Ruby ihr erzählt hatte, wer der Anrufer gewesen war, wer Luxe wirklich war, was Ruby nicht war. Noch immer sah sie Luxe' Gesicht vor sich, wächsern und still, durch den Eingang der Notaufnahme hindurch, als der Arzt herauskam und ihr mitteilte, dass sie an einem Herzstillstand gestorben war.

An dem Tag, als ihre Mutter starb, war Meredith in Boston gewesen. Sie traf völlig aufgelöst im Krankenhaus ein und verlangte ein Wunder: mit solch verzweifelter Inbrunst, dass Ruby sich schon fast vorgestellt hatte, wie Luxe auf der Bahre das Leichentuch zurückwirft und sich aufsetzt. Solche Wunder hatte es schon gegeben. Ruby hatte es mit eigenen Augen gesehen.

Sie hatte Meredith nie erzählt, was sie Luxe gestanden hatte, kurz bevor das Herz ihrer Tochter aussetzte. Jetzt jedoch ... wo Lucy so litt ... vielleicht würde Meredith verstehen, dass die Liebe zu einem Kind eine Frau in den

Wahnsinn treiben konnte. »Merry«, sagte Ruby unvermittelt, wollte ihr alles erzählen. »Weißt du noch, als deine Mutter gestorben ist?«

»Ach, Granny«, seufzte Meredith. »Hast du davon geträumt?«

Ihre kühle Hand auf Rubys Wange: Mehr brauchte Ruby nicht, um einzusehen, dass sie nicht denselben Fehler zweimal machen konnte. Sie beschloss, ein für alle Mal einen Strich unter die Vergangenheit zu ziehen. Das hier war jetzt ihr Leben. Spencer Pike hatte nie wieder angerufen. Und von ihr aus konnte er geradewegs zur Hölle fahren.

Der Hund machte ihn nervös. Das Tier lag etwa einen Meter von Ross' Fuß entfernt, eine große Pfütze Fell, völlig entspannt, wenn da nicht die dunklen Augen gewesen wären, die Ross starr fixierten, seit er das Büro des Detective betreten hatte. »Mr. Wakeman«, sagte Detective Rochert. »Versetzen Sie sich doch mal für einen Moment in meine Lage. Da kommt jemand, der sich paranormaler Ermittler nennt, in mein Büro spaziert und bittet mich, einen siebzig Jahre alten unaufgeklärten Mordfall wieder aufzunehmen. Von wem soll ich mir denn Zeugenaussagen holen – von Geistern? Und selbst wenn ich einen Täter ermitteln kann, ist der wahrscheinlich tot oder deutlich über neunzig. Kein Staatsanwalt in Vermont würde sich mit so einem Fall befassen.«

Ross schielte zu dem Hund hinüber, der aufgestanden war und die Zähne bleckte. Der Detective schnippte mit dem Finger, und der Hund sackte wie ein Stein zurück auf den Boden. »Ich denke, angesichts der gegenwärtigen Streitigkeiten um das Grundstück ist der Fall aktueller, als Sie glauben. Es ist nun mal ein großer Unterschied, ob eine Frau bei der Geburt ihres Kindes stirbt oder ermordet wird. Vielleicht ist Spencer Pike ja senil. Vielleicht waren die Totenscheine von 1932 fehlerhaft. Aber vielleicht verbirgt sich gerade hier der Grund, warum die Abenaki meinen, sie hätten einen Anspruch auf das Land.«

Eli beugte sich vor, und seine dunklen Augen waren plötzlich eiskalt. »Sie sind nicht zufällig zu mir gekommen, weil Sie wissen, dass ich ein Halb-Abenaki bin, nicht wahr? Sie meinen, ich würde den Fall neu aufrollen, weil ich es denen schuldig bin.«

Ross schüttelte verblüfft den Kopf. »Ich bin zu Ihnen gekommen, weil Sie der diensthabende Detective sind«, sagte er.

Rochert schluckte. »Mr. Wakeman, Sie begnügen sich mit Ahnungen und Mutmaßungen, ich brauche knallharte Beweise.«

»Im Grunde unterscheidet sich meine Arbeit gar nicht so sehr von Ihrer. Geht die Spurensuche nicht immer davon aus, dass Menschen stets etwas von sich zurücklassen?«, antwortete Ross.

»Unsere Erkennungsdienstler können nach Fingerabdrücken suchen. Aber nicht nach ...« Er verstummte, und Ross sah, wie Rochert nachdenklich die Stirn in Falten legte. Nach einem Moment sprach er weiter. »Selbst wenn dieser Mord nach siebzig Jahren noch aufgeklärt wird, würde das nichts ändern. Pikes Frau ist und bleibt tot. Ihm gehört das Land. Und er hat nach wie vor das Recht, es zu verkaufen.«

»Kommt drauf an«, sagte Ross.

»Worauf?«

»Wer den Mord damals begangen hat.«

Eli wunderte sich nicht, dass das Polizeirevier von Comtosook noch immer im Besitz der Akte über einen so lange zurückliegenden, ungelösten Mordfall war. Der Grund dafür war nicht darin zu sehen, dass ungeklärte

Fälle mit großer Gewissenhaftigkeit behandelt wurden, sondern in der völlig inkompetenten Archivierung. Es war einfach nie jemand auf die Idee gekommen, jemals das Archiv auszumisten. Er wischte sich Spinnweben von der Wange und zog den ausgebeulten Karton aus dem Regal.

Chief Follensbee würde nichts dagegen haben, wenn Eli sich in seiner Freizeit mit der Sache beschäftigte. Als er zu seinem Schreibtisch zurückging, redete er sich ein, dass sein erwachtes Interesse nichts mit den merkwürdigen Dingen zu tun hatte, die er neulich Nacht im alten Pike-Haus erlebt hatte. Auch nicht damit, dass er sich insgeheim fragte, ob die Frau in seinen Träumen vielleicht aus einem bestimmten Grund immer wieder auftauchte. Der Fall interessierte ihn einfach, weil er bislang nicht aufgeklärt worden war und weil die modernen kriminaltechnischen Möglichkeiten Antworten auf Fragen liefern könnten, die 1932 unbeantwortet bleiben mussten.

Als Eli wieder ins Büro kam, sah Watson gelangweilt zu, wie Eli den Inhalt des Kartons auf den Schreibtisch kippte. Ein Aktenordner, ein Stapel Fotos vom Tatort, eine Papiertüte, eine Zigarrenkiste und eine Schlinge.

Eli zog sich Gummihandschuhe über und nahm das Seil unter die Lupe. Ein ganz normaler Strick, wie er vermutlich sogar noch heute hergestellt wurde. Der Kollege, der damals in dem Fall ermittelt hatte, war so klug gewesen, den Knoten nicht zu lösen; nach all den Jahren war er immer noch intakt.

Er nahm die Fotos vom Tatort in die Hand. Auf einem war eine junge Frau zu sehen, die mit der Schlinge um den Hals ausgestreckt auf dem Boden lag. Brust und Hals waren blutig zerkratzt, nicht von dem Seil, sondern von ihren langen Fingernägeln – sie hatte versucht, sich zu befreien. Auf einem anderen war das Vordach einer Hütte zu sehen. Eli sah genauer hin: Das Vordach lag auf dicken Balken auf. Eine Lache auf dem Boden, vermutlich ausgetretene Körperflüssigkeiten, verriet ihm, dass der Körper an einem der Balken gehangen hatte. Eine weitere Aufnahme zeigte die übel zugerichteten nackten Beine des Opfers.

In der braunen Papiertüte waren ein fleckiges Nachthemd und ein Paar Damenschuhe. Ein kleiner Lederbeutel mit einem gerissenen Lederband und eine Pfeife aus Pappelholz mit schlangenförmigem Pfeifenkopf befanden sich in der Zigarrenkiste. Eli nahm die Pfeife und drehte sie in der Hand. Sein Großvater hatte mal so eine geschnitzt. Er hob sie an die Nase, roch den aromatischen Tabak, der ihn an seine Kindheit erinnerte.

Er legte die Pfeife weg und schlug den Polizeibericht auf.

FALLNUMMER: 32-01
ERMITTELNDER OFFICER: Detective F. Olivette
NAME DES OPFERS: Cecelia Pike (Mrs. Spencer Pike)
GEBURTSDATUM: 09.11.1913
ALTER: 18
WOHNHAFT: Otter Creek Pass, Comtosook, Vermont
TATZEIT: 0.00 – 9.00 Uhr, 19. September 1932
TATORT: Otter Creek Pass, Comtosook, VT

HERGANG:
Um 09 Uhr 28 am Morgen des 19. September 1932 rief Professor Spencer Pike (geb. 13.05.06) im Polizeirevier von Comtosook an und meldete den Mord an seiner Ehefrau Cecelia »Cissy« Pike. Professor Pike gab an, dass der Tod seiner Frau auf ihrem Anwesen irgendwann zwischen Mitternacht und 9 Uhr eingetreten sei. Detective Duley Wiggs und ich begaben uns zum Haus der Familie Pike, um die Ermittlungen aufzunehmen.

Professor Pike war sichtlich erschüttert. Er führte uns zum Eishaus, wo wir den Leichnam seiner Frau vorfanden. Das Opfer lag auf dem Rücken vor dem Eishaus. Es war kein Puls feststellbar. Der Körper fühlte sich kalt an. Daraufhin verständigte ich den Coroner.

Das Opfer trug ein geblümtes Kleid und Schuhe und hatte eine Schlinge um den Hals. An Brust und Hals des Opfers waren tiefe, blutige Kratzer zu erkennen, die Unterschenkel wiesen zahlreiche Blutergüsse auf. Das kleine Vordach des Eishauses wird durch dicke Balken gestützt. Eine erste Untersuchung lässt vermuten, dass das Opfer an einem dieser Balken aufgehängt wurde. Es wurden Fotografien von Opfer und Tatort gemacht.

Neben der Leiche lag ein Lederbeutel mit zerrissenem Riemen. In dem Beutel befand sich eine Art Kräutermasse. Unter den Stufen zum Eishaus entdeckten wir eine geschnitzte Pfeife aus Pappelholz. Am Tatort wurden keinerlei Hilfsmittel gesichert, mit denen das Opfer selbst den Balken hätte erreichen können.

Professor Pike gab an, dass er seine Frau 1931 geheiratet hatte. Er bestätigte, dass er als Dozent im Fachbereich Anthropologie an der University of Vermont tätig ist. Er sagte, dass Mrs. Pike im neunten Monat schwanger war und dass am Abend des 18. September die Wehen eingesetzt hatten. Nach Aussagen von Professor Pike brachte seine Frau mithilfe ihres Hausmädchens um 23 Uhr ein totes weibliches Kind zur Welt. Er stellte fest, dass Mrs. Pike nach der Geburt deprimiert und körperlich erschöpft war. Nach Aussage von Professor Pike fiel seine Frau gegen Mitternacht in Schlaf. Das ist angeblich das letzte Mal, dass Mrs. Pike lebend gesehen wurde.

Professor Pike gab an, dass er, als seine Frau schlief, in sein Arbeitszimmer gegangen sei, um etwas zu trinken. Er schätzte, dass er sechs Scotch auf Eis konsumiert hatte. Er sagte aus, dass er in seinem Schreibtischsessel eingeschlafen und erst gegen 9 Uhr aufgewacht sei. Er habe sofort nach seiner Frau sehen wollen, ihr Schlafzimmer aber leer vorgefunden, mit eingeschlagener Fensterscheibe. Professor Pike gab an, dass er im ganzen Haus nach ihr gesucht habe, ehe er sie aufgehängt am Vordach des Eishauses fand. Er habe sie dann mit einem Messer vom Stützbalken geschnitten.

Die sichergestellte Pfeife und der Lederbeutel wurden Professor Pike gezeigt. Er identifizierte sie als Eigentum eines männlichen Abenaki namens Gray Wolf. Er sagte aus, dass er Gray Wolf am Mittag des 18. September unter Anwendung körperlicher Gewalt von seinem Grund und Boden verwiesen habe. Professor Pike gab an, dass er Zeuge gewesen sei, wie Gray Wolf seine Frau belästigt habe. Nach Aussage von Professor Pike handelt es sich um einen kürzlich entlassenen Häftling, der wegen eines Tötungsdeliktes im Gefängnis von Burlington einsaß und derzeit ohne festen Wohnsitz ist. Professor Pike gab an, dass er Gray Wolf zur Rede gestellt und ihn aufgefordert habe, das Grundstück augenblicklich zu verlassen. Angeblich musste Gray Wolf mit Gewalt gezwungen werden, der Aufforderung nachzukommen.

Professor Pike konnte keine Angaben zum Verbleib des Hausmädchens machen, das nicht da war, als er um 9 Uhr erwachte. Ihre persönliche Habe befand sich jedoch noch im Haus. Ihr Zimmer zeigte keine Spuren eines Kampfes. Professor Pike gab an, dass das vierzehnjährige Hausmädchen körperlich nicht in der Lage gewesen wäre, seiner Frau etwas anzutun. Er vermutete, dass das Hausmädchen aufgrund seiner schwachen Konstitution möglicherweise davongelaufen sei, nachdem es den Leichnam seiner Frau entdeckt hatte.

Der Coroner, Dr. J.E. DuBois, traf um 10 Uhr ein und untersuchte die Leiche des Opfers. Seine vorläufigen Erkenntnisse deuten auf Tod durch Ersticken hin.

Eli blätterte weiter. Beschreibungen des Hauses, der Gegenstände in Cissy Pikes Schlafzimmer. Anzeichen für einen Einbruch und Kampfspuren. Der Bericht des Coroners. Ein Satz Fingerabdrücke, die dem Opfer abgenommen worden waren. Eine Vernehmung von Pike, eine weitere von Gray Wolf, der freiwillig aufs Revier gekommen war. Aussagen der Männer, die Gray Wolf für die Nacht ein Alibi lieferten. Ein Haftbefehl gegen Gray Wolf, einen Tag später ausgestellt, der nie ausgeführt werden konnte, weil Gray Wolf wie vom Erdboden verschluckt war.

Eli betrachtete das Seil, das Nachthemd, die Pfeife. Zumindest konnte er diese Gegenstände zur DNA-Analyse ins Labor schicken, um feststellen zu lassen, ob Gray Wolf irgendwelche Spuren hinterlassen hatte.

Geistesabwesend streichelte Eli Watsons Kopf. Es war möglich, dass Gray Wolf aus der Stadt geflohen war, weil er wusste, dass er erneut verurteilt werden würde. Aber es war ebenso gut möglich, dass Gray Wolf nie gefunden wurde, weil er die ganze Zeit auf dem Grundstück am Otter Creek Pass war, zwei Meter unter der Erde – dank Spencer Pike.

Was bedeuten würde, dass das Land tatsächlich ein Indianerfriedhof war.

Ross sah, wie der Blitz zwischen den Sternen hindurchzuckte. Dann riss der Himmel erneut auf, Donner grollte. Der erste Tropfen fiel auf Ross' Stirn.

Bei paranormalen Ermittlungen gab es gewisse Grundregeln im Hinblick auf Temperatur und Wetterbedingungen. Man wollte schließlich keine Geisterfotos aufnehmen, bei denen sich später herausstellte, dass sie nur den Frosthauch des eigenen Atems zeigten. Aus demselben Grund waren Regen und Schneefall tunlichst zu meiden. Ross hatte diese Regeln schon einmal sträflich missachtet, weil Gewitter so viel Energie lieferten, dass Geister sich leichter materialisieren konnten als sonst. Die Warburtons waren einmal nach einem Gewitter vom Staat Connecticut um Hilfe gebeten worden, weil ein Verwaltungsbeamter mit dem Dienstwagen eine Frau angefahren hatte, die über den Highway gelaufen war. Obwohl sechs Zeugen den Unfall gesehen hatten und der Kotflügel des Wagens stark zerbeult war, fehlte von der Frau jede Spur. Curtis hatte die Theorie aufgestellt, dass die gewaltige Energie in der Luft diesen Geist ungewöhnlich verfestigte Substanz hatte annehmen lassen.

Ross hatte seine Ausrüstung am Abend auf der Lichtung aufgebaut, doch der Regen machte ihm einen Strich durch die Rechnung. Er zog hastig seine Jacke aus und wickelte sie als Schutz um die Videokamera. Nachdem er alles eingepackt hatte, warf er sich die Tasche über die Schulter, steckte die Taschenlampe ein und stapfte gebeugt durch den Wald. Der gefrorene, regennasse Boden war glitschig. Plötzlich stieß er gegen jemanden, der genauso zielstrebig in den Wald ging wie er hinaus, und fluchte leise. Doch dann sah er, dass es Lia war, die vor ihm stand.

Das Telefon klingelte, und Eli griff nach dem Hörer. »He«, sagte eine weibliche Stimme. »Wieso bist du denn am Samstagabend zu Hause?«

Er lächelte. »Und wieso arbeitest du noch, Frankie?«

Frankie Martine war Genforscherin und eine alte Freundin von ihm. Sie wohnte inzwischen in Maine, wo Eli sie vor zwei Tagen besucht hatte, um ihr persönlich die Beweismittel im Mordfall Pike zu bringen. Sein Chef hätte niemals zugelassen, dass das Geld der Steuerzahler für DNA-Tests verschleudert wurde, die doch nichts bringen würden, und Frankie hatte ihrem alten Freund den Gefallen nicht abschlagen können.

»Ich bin noch im Labor, weil ich Überstunden für alte Freunde machen muss«, sagte sie.

Eli setzte sich. »Hast du was rausgefunden?«

»Kommt drauf an. Jedenfalls hab ich von den Speichelresten auf der Pfeife DNA nehmen können. Und von den Hautzellen an dem Seil. Offenbar eine Mischung aus zwei eindeutigen Profilen. Die erste Probe, die von der Schlinge, stammt von einer Frau – ich vermute, deinem Opfer. Die zweite, die vom Ende des Stricks, stammt von einem Mann.«

»Volltreffer.«

»Nicht ganz, die DNA stammt von einem anderen Mann als dem, dessen Speichel an der Pfeife war.«

Elis Gedanken überschlugen sich. Falls die Pfeife Gray Wolf gehört hatte und falls Gray Wolf Cissy Pike erhängt hatte, müsste dann nicht auch seine DNA auf dem Seil sein? Und wenn nicht, reichte das, um ihn zu entlasten? Und wenn das nicht seine DNA auf dem Strick war ... von wem war sie dann? Von den Ermittlungsbeamten? Von Spencer Pike?

»Hm«, sagte Eli, »und was ist mit dem Medizinbeutel? Mit diesem kleinen Lederding?«

»Ach das«, sagte Frankie. »Da krieg ich irgendwie dauernd falsche Resultate. Ich glaube, da stimmt was nicht mit dem Testablauf. Die Ergebnisse sind einfach komisch, mehr nicht.«

»Wann kannst du mir den Bericht liefern?«, wollte Eli wissen und runzelte die Stirn.

»Je länger du mich am Telefon aufhältst, desto später.«

»Danke, Frankie.«

»Bedank dich nicht zu früh«, sagte sie. »Vielleicht ist dir nicht mehr danach, wenn ich fertig bin.«

Ethan steckte schüchtern den Kopf ins Badezimmer, wo seine Mutter gerade ein Schaumbad nahm. »Komm rein, Eth«, sagte sie lachend. »Du kannst ruhig hingucken.«

Er tat es. Tatsächlich. Nur ihr Kopf ragte aus dem Schaum. »Ich krieg das nicht auf«, sagte Ethan und hielt ihr das Glas Erdnussbutter hin.

»Ich versuch's mal.« Seine Mutter nahm das Glas, drehte den Deckel, reichte es ihm zurück. »Was machst du denn da unten?«

»Ich mach uns Sandwiches. Für nachher, wenn wir den Film gucken.« Sie hatten irgendeinen Kinderkram à la Disney ausgeliehen. Ethan sah zum Fenster, an dem der Regen herablief. »Echt ätzend, dass wir nicht rausgehen können.«

»*Ethan.*«

»Trotzdem echt ätzend, auch wenn ich das nicht sagen soll.«

Als es an der Tür klingelte, zuckten sie beide zusammen. Wer kam denn um halb zehn an einem Samstagabend zu Besuch? Ethan sah, wie das Gesicht seiner Mutter so weiß wurde wie der Schaum um sie herum. »Ross ist was passiert«, flüsterte sie und sprang auf.

Ethan wandte sich verschämt ab. Sie zog ihren Bademantel über, wickelte sich ein blaues Handtuch um das nasse Haar und eilte die Treppe hinunter.

Er hätte ihr folgen können. Doch stattdessen konnte er nur an das denken, was er von seiner Mutter gesehen hatte, bevor er wegsah – einen Fuß, der aus dem Schaum auftauchte.

Er wusste nicht, wieso, aber dieses Bild erinnerte ihn an die Nacht, als er mit seinem Onkel auf Geisterjagd gewesen war.

In seinen wildesten Phantasien hätte Eli sich nicht vorstellen können, dass er einmal mit jemandem zusammenarbeiten würde, der auf Geisterjagd ging. Aber Frankies abendlicher Anruf hatte alles verändert. Die DNA des angeblichen Mörders hatte sich nicht auf dem Strick gefunden – dafür aber die DNA von jemand anderem. Eli brauchte mehr Hintergrundinformationen. Deshalb wollte er mit jemandem sprechen, der seine historischen Lücken füllen konnte. Und das war Ross Wakeman.

Eli stand auf der Veranda, auf deren Metalldach der Regen trommelte, und klingelte ein zweites Mal. Wakeman hatte ihm seine Telefonnummer und Adresse dagelassen, »nur für den Fall«, so hatte er zu Eli gesagt, »dass Sie es sich anders überlegen und die alte Akte doch noch wieder öffnen wollen.« Elis wachsamer Blick hatte bereits das Skateboard registriert, das an der Wand lehnte, und das Paar gelbe Gartenschuhe gleich daneben. Er war überrascht. Ross Wakeman hatte auf ihn nicht den Eindruck eines Familienmenschen gemacht.

Schließlich wurde die Tür entriegelt, und eine ängstliche Stimme fragte: »Ist was passiert?«

Doch Eli war nicht in der Lage zu antworten. Er starrte sprachlos die Frau an, die er in seinen Träumen gesehen hatte.

Ethan tauchte die Hand in den Schaum und pustete ihn behutsam weg. Als das Licht in dem Spukhaus ausgegangen war, hatte er so etwas Ähnliches gerochen. Er stand auf und schaltete das Licht aus, tauchte das Badezimmer in Dunkelheit. Mit dem Blumenduft in der Luft und der drückenden Feuchtigkeit war es jetzt genau wie in jener Nacht.

Sein Onkel hatte ihn gefragt, ob er irgendwas gesehen hatte, und Ethan hatte Nein gesagt, er habe sich nur versteckt. Doch einmal hatte er aus einem Versteck hervorgelugt, und da war etwas gewesen. Eine Bewegung im Dunkeln. Zuerst hatte er gedacht, es wäre sein Onkel, der zurückkam, aber er war es nicht. Ethan hatte angestrengt auf die Kontur dort vor ihm geblickt, dünn wie eine Angelschnur. Ein Gesicht oder vielleicht doch kein Gesicht, er konnte es nicht genau sagen, damals genauso wenig wie jetzt.

Nur einer Sache war Ethan sich absolut sicher: Dieser Blumenduft war da gewesen und dann verschwunden. Was immer in dem Zimmer gewesen war, es war Onkel Ross nach draußen gefolgt und nicht umgekehrt.

Ein Blitzstrahl durchbrach den Bann. »Du bist zurückgekommen«, sagte Ross. Er bemerkte gar nicht, dass Lias Augen rot und entzündet waren und dass sie den Kopf schüttelte. Sie war zu ihm zurückgekehrt, und allein deshalb würde er alles tun, um sie bei sich zu behalten. In diesem Moment war er sicher, dass er es mit ihrem Mann würde aufnehmen können. Dass er sogar dem Donner Einhalt gebieten könnte, wenn nötig.

»Ich bin gekommen, um Lebewohl zu sagen«, entgegnete Lia.

Ross wehrte den Satz ab wie einen Schlag. »Nein.« Sein Haar war tropfnass, und der Regen rann ihm übers Gesicht. Er wusste nicht, wie er Lia begreiflich machen sollte, dass eine Trennung eine gemeinsame Entscheidung war, dass ein Mensch einen anderen nicht verlassen konnte, wenn der ihn nicht gehen lassen wollte. Und weil ihm die Worte fehlten, streckte er die Arme nach ihr aus.

Ross nahm ihr Gesicht in beide Hände und küsste sie. Er glaubte, ihre Unsicherheit und ihren Schmerz zu schmecken. Sie musste doch die Leere in seinem Inneren spüren – und dass nur sie diese Leere auszufüllen vermochte.

Das Gewitter wurde stärker, Blitze zuckten, und der Donner ließ den Boden vibrieren. Lia riss sich von ihm los, sah ihn mit großen Augen an. »Warte«, sagte Ross, doch sie wandte sich ab und lief durch den Wald davon.

Er folgte ihr wie ein Jäger, die Augen auf das Weiß ihres Kragens gerichtet. Sie rannte über die nasse, schneebedeckte Lichtung, zwischen den Erdhügeln hindurch, die aus dem Nichts wieder aufgetaucht waren, und verschwand zwischen den Bäumen.

Auf diesem Teil des Grundstücks war Ross noch nicht gewesen, zumindest konnte er sich nicht erinnern. Seine Lunge schmerzte bei jedem keuchenden Atemzug, aber er lief weiter. Lia war in einen schmalen Pfad eingebogen. Dornen verfingen sich in Ross' Schnürsenkeln, zerkratzten ihm die Knöchel und gaben dann wundersamerweise nach. Die Erde unter seinen Füßen war getaut, ein kleines Fleckchen, bedeckt mit Dutzenden zertrampelter weißer Rosen.

Auch Lia blickte nach unten auf die Blüten, aber sie blieb nicht stehen. Und Ross, der sie nicht aus den Augen ließ, sah ihre Beine direkt durch zwei Grabsteine gleiten, gegen die er einen Moment später mit dem Fuß prallte, sodass er mit dem Kopf voran in den Schlamm stürzte.

Atemlos und benommen kam er auf die Knie. Beim nächsten Blitz konnte er die Namen auf den Grabsteinen entziffern. LILY PIKE, 19. SEPTEMBER 1932. Und in größeren Buchstaben: CECELIA BEAUMONT PIKE, 9. November 1913 – 19. SEPTEMBER 1932.

Cissy Pike. Cecelia. Lia.

Ross hatte von Geistern gehört, die nicht wussten, dass sie Geister waren. Er hatte Erforscher von paranormalen Phänomenen kennengelernt, die von Geistern gebissen, geschlagen, geboxt und gestoßen worden waren. Er war immer davon ausgegangen, dass der erste Geist, den er sehen würde, durchsichtig wäre, aber wenn genug Energie zur Verfügung stand, konnten Geister auch in körperlicher Form erscheinen.

Ross, der immer unter Schlaflosigkeit litt, hatte nach seiner Begegnung mit Lia geschlummert wie ein Baby. Er hatte in ihrer Gegenwart gefröstelt. Das war körperliche Anziehungskraft im elementarsten Sinne gewesen: Ein Geist hatte ihm seine Wärme entzogen.

»Ross«, sagte Lia, und er hörte das Wort im Geist, unausgesprochen. »Ross?« Über den Grabstein, ihren Grabstein, hinweg streckte sie ihm die Hand entgegen.

Noch während er nach ihr griff, wusste er, dass ihm das nur Schmerz bringen würde. Von Lias Fingern stieg Kälte seinen Arm hinauf. Ihre Gesichtszüge wurden durchsichtig. Ross wischte sich den Regen aus dem Gesicht und zwang sich hinzusehen, damit er diesmal genau den Augenblick mitbekam, in dem er zurückgelassen wurde.

TEIL ZWEI

1932

Es gibt zwei Möglichkeiten des Irrtums.
Die eine ist zu glauben, was nicht wahr ist,
die andere ist, nicht zu glauben, was wahr ist.

SØREN KIERKEGAARD

FÜNF

4. Juli 1932

Fließendes Wasser reinigt sich selbst. Der Strom des Keimplasmas scheint das nicht zu tun.

H. F. Perkins:
Lehren aus der Eugenik-Erhebung von Vermont: Erster Jahresbericht 1927

Einen Tag nachdem ich versucht habe, mich umzubringen, sagt Spencer, dass wir zu einem Straßenfest in Burlington fahren. Er sagt es mir, während er mir das Handgelenk neu verbindet. »Da gibt es eine Wahrsagerin, Cissy«, sagt er. »Feuerschlucker und Gaukler. Und es gibt allen möglichen Schnickschnack zu kaufen.« Dann kommt er zum eigentlichen Grund, warum wir zu dem Fest fahren: »Dein Vater«, sagt Spencer, »will sich dort mit uns treffen.«

Obwohl es draußen so heiß ist, dass Löwenzahn und Sonnenhut die Köpfe hängen lassen, hilft er mir in meine langärmelige weiße Bluse, weil man dann den Verband nicht sieht. »Es braucht keiner zu wissen, was passiert ist«, sagt er ruhig, und ich starre auf den Scheitel in seinem Haar, bis ich den rosa Schimmer nicht mehr ertragen kann und wegschaue. »Du bist wieder schlafgewandelt, mehr nicht. Du hast gar nicht gemerkt, was du tust.«

Für Spencer ist die Fassade, die man der Welt zeigt,

wichtiger als das, was darunterliegt. Der Zweck heiligt die Mittel. »Komm schon, Cissy«, sagt er liebevoll. »Enttäusch mich nicht.«

Nicht mal im Traum würde ich das tun. Ich ringe mir ein Lächeln ab. »Na schön«, sage ich.

Am liebsten würde ich sagen: *Nenn mich nicht Cissy. Das ist ein Name für Heulsusen, wie eine Prophezeiung, und sieh dir an, was aus mir geworden ist.* Am liebsten würde ich sagen: *Meine Mutter hat mir den Namen Cecelia gegeben, und der ist schön, ein Fluss von Silben.* Einmal, als mir der Brombeerwein zu Kopf gestiegen war, den ich bei einem Fakultätsessen getrunken hatte, habe ich zu meinem Mann gesagt, dass ich Lia genannt werden möchte. »Leah?«, fragte er kopfschüttelnd. »Aber das ist doch die Frau, die Jakob nicht gewollt hat.«

Er hilft mir auf, weil meine Schwangerschaft ein Zustand ist, den Spencer akzeptieren kann. Über mein Leiden sprechen wir dagegen nicht. Da Spencers Arbeit mit Geisteskrankheiten zu tun hat, können wir uns nicht eingestehen, dass ich mit den Menschen, die in der Nervenanstalt in Waterbury eingesperrt sind, irgendetwas gemein haben könnte.

Jemandem wie Spencer kann ich nicht erklären, wie es ist, wenn man in einen Spiegel blickt und das Gesicht darin nicht wiedererkennt. Dass ich an manchen Tagen alle Kraft zusammennehmen muss, um eine Maske aufzusetzen und durch mein Leben zu spazieren, als wäre ich eine andere. Ich habe schon neben ihm gesessen und mir die Fingernägel in die Handflächen gebohrt. Denn wenn ich blute, muss ich real sein.

Nachdem ich so viele Jahre übergangen worden bin, fällt es mir leicht zu glauben, dass die Welt ohne mich besser dran wäre. Spencer sagt, das liegt an meinem Zustand, an chemischen Stoffen in meinem Körper, die verrückt spielen, aber ich weiß es besser. Ich habe nie in diese Stadt gepasst, diese Ehe, diese Haut. Ich bin das Kind, das beim Spielen immer nur geduldet wurde. Ich bin das junge Mädchen, das lachte, obwohl es den Scherz nicht verstanden hat. Ich bin der Teil von dir, den du verleugnest, aber ich bin *nur* das, immer.

Und doch. Das Baby in mir weiß von alledem nichts. Und wenn ich mir und gleichzeitig ihm das Leben nehme, dann werde ich zweimal jemanden getötet haben, den ich eigentlich hätte lieben müssen.

Diese Wahrheit nutzt Spencer aus. Er scherzt und flirtet mit mir, sodass ich mich, als wir losfahren, schon fast auf das Fest freue. Den ganzen Weg den Otter Creek Pass hinunter denke ich an die Wahrsagerin; ob sie das Gesicht meiner Mutter in ihrer Kristallkugel finden wird oder nur den Abgrund, den ich selbst darin sehe.

Frage: Was ist das Kostbarste auf der Welt?
Antwort: Das menschliche Keimplasma.

Frage: Wie wird das Keimplasma unsterblich?
Antwort: Durch Fortpflanzung.

Frage: Wie lautet die eugenische Pflicht eines jeden?
Antwort: Dafür zu sorgen, dass seine guten Eigenschaften an zukünftige Generationen weitergegeben werden, vorausgesetzt, sie sind zahlreicher als seine schlechten Eigenschaften. Sollte er ein Übermaß an dysgenischen Eigenschaften aufweisen, so sollten diese eliminiert werden, indem das Keimplasma mit dem individuellen Träger ausstirbt.

American Eugenics Society,
Ein eugenischer Katechismus, 1926

Die Hitze macht die Straßen weich wie reifes Obst, das Pflaster gibt unter meinen Schuhen nach. Männer in Sommeranzügen und Frauen in modischen Leinenkleidern gehen Hand in Hand. Straßenhändler verkaufen Zitroneneis und kleine, rot-weiß-blaue Windmühlen. Alle haben ein übertrieben breites Lächeln aufgesetzt.

Spencer sucht die Menge nach meinem Vater ab. »Harry kommt doch sonst nie zu spät«, murmelt er. »Siehst du ihn irgendwo?«

Aber Spencer ist größer als ich, und er trägt eine Brille. Anstatt Ausschau nach meinem Vater zu halten, fällt mir ein barfüßiger Junge auf, der neben einer Pfütze kniet und eine Handvoll Pennys herausfischt, die jemandem aus dem Portemonnaie gefallen sind. Er gehört zu einer Welt, die ich nicht kenne – Menschen, die in den Siedlungen am North End wohnen, zweihundert Meter entfernt, in einer anderen Welt.

»Hallo, Schatz«, sagt mein Vater hinter uns. Er küsst mich auf die Wange. »Entschuldige, Spencer«, sagt er und schüttelt ihm die Hand. »Ich hab mir einen Boxkampf angesehen. Ist schon erstaunlich, wenn man sich die Physiognomie von manchem Einwanderer ansieht ...«

Wissenschaft ist für mich eine Fremdsprache, aber ich bin damit großgeworden. Mein Vater, Harry Beaumont, ist Biologieprofessor an der University of Vermont. Spencer, Professor für Anthropologie, teilt seine Auffassung hinsichtlich der Mendel'schen Vererbungslehre. Und sie sind Schüler eines weiteren Professors, Henry Perkins, der die Eugenik – die Lehre vom menschlichen Fortschritt durch genetische Verbesserung – in Vermont gesellschaftsfähig gemacht hat. Professor Perkins hat die Eugenik-Erhebung in Vermont geleitet – eine mit privaten Mitteln finanzierte Untersuchung von Familien hier in Vermont. Jetzt arbeitet er ehrenamtlich für die mächtige *Vermont Commission on Country Life*, genau wie mein Vater und Spencer. Ihr Komitee hat eine langjährige Studie über degenerierte Familien durchgeführt, um herauszufinden, ob es sich auf den gesellschaftlichen und wirtschaftlichen Erfolg eines Ortes auswirkt, welche Menschen dort wohnen. Die erstellten Stammbaumanalysen sollen Sozialarbeitern und Bewährungshelfern bei ihrer Arbeit behilflich sein. Zusammen mit dem neuen Sterilisationsgesetz rückt Vermont dadurch auf eine Stufe mit den anderen Bundesstaaten, die bereits Vorbild für unser Land geworden sind.

Es ist eine fortschrittliche Reformbewegung, so sagt Spencer, die Vermont aber nicht nach vorn bringen soll, sondern zurück – zu der idyllischen Landschaft, die sich jeder vorstellt, wenn er Vermont hört, den weißen Kirchen, den Hügeln in herbstlichen Farben. Spencer hat als einer der Ersten erkannt, dass dieses Bild verloren geht, wenn gute Yankee-Erbmasse mit schwächeren Erbanlagen durchsetzt wird. Natürlich hat die Untersuchung ergeben, dass in Ortschaften, denen es wirtschaftlich schlecht geht, vermehrt Familien wohnen, deren Mitglieder gehäuft in Nerven- und Besserungsanstalten und Gefängnissen landen. Rezessive Gene wie Schwachsinnigkeit und kriminelle Neigungen werden selbstverständlich an die Nachkommen weitergegeben – das geht alles aus den Stammbaumkarten hervor, die mein Vater immer auf unserem Esstisch entrollt hat. Indem in diesen Bevölkerungsgruppen die Fortpflanzung gezielt verhindert wird, könnte Vermont wieder so malerisch werden, wie es einmal war.

»Meine Feldforscher suchen *die* ideale Vermonter Familie«, sagt Spencer. »Leute wie uns.«

Manchmal frage ich mich, was wohl passiert wäre, wenn ich nicht Spencer geheiratet, sondern studiert und als Feldforscherin an der Erhebung mitgearbeitet hätte, wie Frances Conklin und Harriet Abbott. Wäre ich dann glücklicher geworden? Diese Frauen waren Teil der Bewegung, die Vermont in die Zukunft führen möchte. Sie bewirkten etwas.

Spencer sagt, dass manche Frauen dafür geschaffen sind, die Welt zu verändern, während andere dazu da sind, sie zusammenzuhalten. Und dann gibt es noch uns Übrige, die einfach nicht auf der Welt sein wollen, weil wir wissen, dass wir einfach nicht dazugehören, sosehr wir uns auch bemühen.

Mein Vater legt den Arm um meine Schultern. »Wie geht's meinem Enkelsohn?«, fragt er, als wäre uns das Geschlecht des Babys bereits bekannt.

»Stark wie ein Stier«, sagt Spencer. »Tritt Cissy den lieben langen Tag gegen den Bauch.«

Alle strahlen. Keiner erwähnt meine Mutter, obwohl ihr Name unausgesprochen zwischen uns schwebt. War ich vor meiner Geburt auch so stark? War das das Problem?

Schweiß rinnt mir am Körper herab. Meine Kopfhaut juckt unter dem Hut.

»Was wollen wir uns ansehen?«, fragt Spencer. »Es gibt ein Baseballspiel und ein Motorbootrennen. Oder sollen wir zu den Dressurnummern?«

Durch das Menschengedränge hindurch sehe ich einen Mann, der mich anstarrt. Er ist dunkelhäutig wie ein Indianer, und seine Augen sind tiefschwarz. Er lächelt nicht und tut auch nicht aus Höflichkeit so, als würde er mich nicht fixieren. Ich kann den Blick nicht von ihm losreißen, auch nicht, als Spencer mich am Arm berührt. Ich weiß nicht, was mich mehr fasziniert: das Gefühl, dass dieser Mann mir wehtun könnte oder dass er es nicht tut.

»Cissy?«

»Die Dressurnummern«, sage ich und hoffe, dass das die passende Antwort ist.

Als ich mich erneut umwende, ist der Mann verschwunden.

Freiheit und Einheit.
Motto des Staates Vermont

Wir sitzen auf der Tribüne und sehen uns Bertie Briggs' tanzende Katzen an. Ich fächele mir mit dem Programmheft Kühlung zu und hebe mein Haar von meinem feuchten Rücken, um es unter den Hut zu stecken. Die Schweißflecken unter meinen Armen sind mir peinlich.

Spencer sieht in seinem Sommeranzug so kühl und ruhig aus wie immer. Er und mein Vater beobachten ein paar Zigeuner, die ihre Waren feilbieten – Körbe und winzige Schühchen, Kräutertinkturen. Sie haben den Sommer über ihr Lager am Fluss und am See aufgeschlagen, und viele von ihnen verbringen den Winter in Kanada. Sie sind natürlich keine richtigen Roma, nur Indianer – aber man nennt sie Zigeuner, weil sie herumziehen, dunkelhäutig sind und in großen Familienverbänden leben. Viele von ihnen bevölkern regelmäßig die Gefängnisse und Behelfsunterkünfte.

Das sind die Menschen, die Professor Perkins in seiner Erhebung untersucht hat – neben einem Clan, der in armseligen Hütten am Wasser lebte. Viele von ihnen waren geisteskrank. Der Unterschied zwischen diesen Familien und beispielsweise uns ist rein genetisch. Der von einem Herumtreiber gezeugte Sohn wird später selbst ein Herumtreiber. Eine leichtlebige Mutter vererbt diesen Zug an ihre Tochter.

»In Brandon sind drei weitere Operationen durchgeführt worden«, sagt mein Vater. »Zwei davon im Gefängnis.«

Spencer lächelt. »Wunderbar.«

»Genau das hatten wir uns erhofft. Ich könnte mir vorstellen, dass alle Patienten sich dazu bereiterklären, wenn ihnen klar wird, dass sie nach einem kleinen Eingriff so leben können, wie es ihnen beliebt.«

Eine von Bertie Briggs' getigerten Katzen balanciert über ein Drahtseil. Ihre Pfoten zittern, zumindest glaube ich, dass sie zittern, denn ich kann nicht mehr richtig sehen. Ich blicke in meinen Schoß, atme tief, versuche, nicht ohnmächtig zu werden.

Die magere Hand, die vom Tribünenrand auf mich zuschnellt, ist entweder schmutzig oder einfach nur dunkel. Sie legt mir einen zerknitterten Zettel mit einem Mond und Sternen darauf auf den Schoß. MME. SOLIAT LIEST IHNEN KOSTENLOS AUS DER HAND. Als ich aufblicke, ist der kleine Junge schon wieder in der Menge verschwunden.

»Ich gehe rasch zur Toilette«, sage ich und stehe auf.

»Ich komme mit«, erklärt Spencer.

»Ich bin durchaus in der Lage, allein zu gehen.« Schließlich lässt er mich gehen, aber erst nachdem er mir die Tribünentreppe hinuntergeholfen und die richtige Richtung gezeigt hat.

Als ich sicher bin, dass er nicht mehr hinter mir hersieht, gehe ich in die entgegengesetzte Richtung. Verstohlen hole ich eine Zigarette aus meiner Handtasche – Spencer meint, Frauen sollten nicht rauchen – und husche in das Zelt von Madame Soliat. Es ist klein und schwarz mit aufgenähten gelben Stoffsternen. Die Wahrsagerin trägt einen silbernen Turban und drei Silberringe in jedem Ohr. Ein Wolfshund hechelt neben ihrem Tisch, seine Zunge rosa wie eine Narbe. »Setzen Sie sich«, sagt sie, als hätte sie auf mich gewartet.

Sie hat keine Teeblätter, keine Kristallkugel. Sie greift nicht nach meiner Hand. »Haben Sie keine Angst«, sagt sie schließlich mit ihrer tiefen Männerstimme, als ich gerade aufstehen und gehen will.

»Hab ich nicht.« Ich drücke die Zigarette aus und hebe das Kinn ein wenig höher, um ihr zu zeigen, wie mutig ich sein kann.

Sie schüttelt den Kopf und blickt nach unten auf meinen gewölbten Bauch. »Davor.«

Meine Mutter ist bei meiner Geburt gestorben. Ich rechne damit, dass mich das gleiche Schicksal ereilen wird. Ich werde mein Baby also nicht kennenlernen ... aber hoffentlich meine Mutter.

»Das werden Sie«, erwidert die Wahrsagerin, als hätte ich laut gesprochen. »Was Sie nicht wissen, werden Sie bald erfahren. Doch dann werden die Dinge schwierig.«

Sie spricht in Rätseln, würde Spencer sagen. Natürlich würde Spencer niemals zu einer Wahrsagerin gehen, das wäre ihm viel zu unwissenschaftlich. Sie erzählt mir noch andere Dinge, die auf jeden Menschen zutreffen könnten: dass ich bald eine große Summe Geld bekomme, dass ich einem Fremden begegnen werde. Schließlich greife ich in meine Handtasche, um einen Dollar herauszuholen, doch da spüre ich plötzlich ihre Finger um mein Handgelenk. Ich will mich losreißen, doch sie hält meine Hand so fest, dass ich meinen eigenen Puls spüre. »Der Tod klebt an deinen Händen«, sagt sie, und dann lässt sie los.

Verstört stolpere ich nach draußen in die gleißende Sonne. Oh, sie hat recht, er klebt dort seit ich zur Welt kam und dabei meine Mutter tötete.

Ich gehe, ohne zu wissen, wohin, schiebe mich zwischen gesichtslosen Menschen hindurch. Eine Gruppe von Studenten reißt mich mit auf den Eingang eines Kristallpalastes zu, und gleich darauf befinde ich mich in einem Spiegelkabinett.

Spencer hat mir von diesem Irrgarten erzählt, der zwanzigtausend Dollar gekostet hat. Hinter den hohen Zwischenwänden erschallen die Rufe der Studenten, die sich schon verirrt haben. Die Luft ist dick. Ich kann mir selbst nicht entfliehen, wohin ich auch schaue, überall bin ich.

Die Hitze drückt mir in den Nacken. Ich beuge mich

zu einem Spiegel vor, fahre mit dem Finger über meinen gewölbten Bauch, in dem das Baby ist. Ich berühre meine Wange, mein Kinn. Sehe ich wirklich so verängstigt aus?

Ich lasse meine Hand über die Scheiben gleiten, folge meinem Spiegelbild von einer Scheibe zur nächsten ... und plötzlich verwandelt sich mein Gesicht in etwas ganz anderes. Schwarze Augen, noch schwärzeres Haar, ein Mund, der vergessen hat, wie man lächelt. Wir stehen nur Zentimeter voneinander entfernt, berühren uns fast. Ich – und der Mann, der mich vorhin angestarrt hat. Keiner von uns scheint zu atmen.

Ach diese elende Hitze. Das ist mein letzter Gedanke, bevor alles um mich herum schwarz wird.

> Es ist die Pflicht eines jeden patriotischen Ehepaars, genügend Kinder zu bekommen, um die gute Vermonter Erbmasse zu sichern.
> *Aus: Ländliches Vermont: Ein Programm für die Zukunft, 1931*

»Ganz ruhig, Cissy.«

Spencers Stimme treibt durch einen langen Tunnel zu mir herab. Als mein Blick klar wird, sehe ich die alte Waschschüssel mit Krug auf meiner Kommode, das messingfarbene Fußende unseres Bettes. Ein nasses Tuch liegt auf meiner Stirn, Wasser tropft mir ins Haar, auf das Kissen.

Er hält meine Hand. Es erinnert mich an meine Kindheit, wie ich an der Hand meines Vaters die Church Street überquerte. Mit siebzehn habe ich Spencer geheiratet, und er wurde der nächste Erwachsene, der auf mich aufpasste. Plötzlich wird mir klar, dass ich nie Gelegenheit hatte, erwachsen zu werden.

»Geht's dir besser?«, fragt Spencer und lächelt mich so zärtlich an, dass sich etwas in mir löst.

Ich liebe ihn. Den Geruch seines Haars und die gebogene Nase mit der Brille, die langen, sehnigen Muskeln, die man unter seinen gestärkten Hemden und Jacken nicht vermuten würde. Aber ich wünschte, wir wären uns irgendwo anders begegnet, in New York oder Iowa oder auf einer Kreuzfahrt – irgendwo anders, sodass seine Beziehung zu mir unabhängig von seiner Beziehung zu meinem Vater wäre.

Er legt seine Hand auf meinen Bauch, und ich schließe die Augen. Er hat mich gewählt, weil ich Harry Beaumonts Tochter bin, nicht, weil ich ich bin.

»Wie bin ich hergekommen?«, frage ich.

»Du bist ohnmächtig geworden.«

»Die Hitze …«

»Ruh dich aus, Cissy.«

Ich möchte laut schreien, dass es mir gut geht, auch wenn es nicht stimmt. Als Kind bin ich manchmal auf das Dach des Hauses geklettert, hab die Arme ausgebreitet und aus Leibeskräften gebrüllt, bis ganz Comtosook mich hörte. Nicht, weil ich irgendetwas Wichtiges zu verkünden hatte, sondern weil mein Vater immer wollte, dass ich leise bin.

Dieser Charakterzug ist wie ein schwarzer Wirbel in meinem Blut. Manchmal frage ich mich, ob ich ihn von meiner Mutter geerbt habe. »Ich lasse Ruby bei dir«, Spencer küsst mich auf den Kopf. »Bald geht's dir wieder gut.«

Unser Hausmädchen ist vierzehn, fast alt genug, um meine Freundin zu sein, und doch trennen uns Welten. Nicht bloß, weil sie Frankokanadierin ist, nein, ich fühle mich viel älter als sie. Wenn sie sich unbeobachtet fühlt, tanzt Ruby nach dem Wäscheaufhängen zwischen den weißen Bettlaken an der Leine. Ich dagegen vergesse niemals, dass mich jemand sehen könnte.

Sie kommt mit einem braunen Paket herein. »Miz

Pike«, sagt sie, »schauen Sie, das ist heute mit der Post gekommen.«

Sie stellt das Paket neben mir ab, wobei sie vergeblich versucht, den Verband an meinem Handgelenk zu übersehen. Ruby weiß natürlich, was passiert ist. Sie hat eine Schüssel mit warmem Wasser für Spencer gehalten, während er mich verarztete. Sie gehört mit zum Komplott des Schweigens.

Ruby löst die Kordel und öffnet das Paket. Es enthält ein Paar Halbstiefel, genau wie die, die Spencer mir vorhin ausgezogen hat. Die neuen sind eine Nummer größer, weil mir alle Schuhe im Verlauf der Schwangerschaft zu eng geworden sind. Ich spähe über den Bettrand auf Rubys Schuhe. »Du hast doch Größe siebenunddreißig, nicht?«

»Ja, Ma'am.«

»Dann nimm doch meine alten. Ich glaube nicht, dass meine Füße wieder kleiner werden.« Ruby hebt die Schuhe auf, als wären sie eine Kostbarkeit. »Meine Schwester hat mir immer die Sachen gegeben, aus denen sie rausgewachsen war.«

»Du hast eine Schwester?« Wie kann ich seit einem Jahr mit diesem Mädchen unter einem Dach wohnen und das nicht wissen?

»Nicht mehr. Diphtherie.« Ruby breitet den restlichen Inhalt des Kartons auf dem Bett aus: winzig kleine Pullover und Socken und Hemdchen in allen Farben. Dann hält sie eine Babymütze mit Spitzenbesatz zwischen Daumen und Zeigefinger hoch. »Haben Sie schon mal so was Feines gesehen?«

Ruby freut sich mehr auf das Baby als ich. Ich freu mich zwar, dass es bald auf die Welt kommt – aber niemand scheint zu begreifen, dass ich die Geburt nicht überleben werde. Ich hab einiges von Spencer gelernt; ich weiß, dass der Defekt in meinem Keimplasma ist. Wenn es mir nicht gelingt, mich vorher umzubringen, dann ist der Tag, an dem das Baby zur Welt kommt, der Tag, an dem ich sterben werde.

Spencer hat mir einige gynäkologische Tests gezeigt, um mich vom Gegenteil zu überzeugen. Er ist mit mir zu den besten Ärzten gegangen. Ich nicke, ich lächle, manchmal höre ich sogar zu. Währenddessen plane ich meinen Selbstmord. Doch dann spüre ich, wie die kleinen Füße des Babys meinen Rippenbogen streifen, als wüsste der Kleine instinktiv, wo mein Herz zu finden ist, und ich begreife, dass ich verloren bin.

»Aber nicht doch, Miz Pike«, sagt Ruby, und ich merke erst jetzt, dass ich weine. »Soll ich den Professor holen?«

»Nein.« Ich wische mir mit dem Betttuch über die Augen. »Nein, alles in Ordnung. Ich bin bloß müde.«

Letzte Nacht dachte ich, wenn ich tief genug schneiden würde, könnte ich vielleicht den Ort finden, an dem es die ganze Zeit schmerzt. Als Spencer mir den Verband anlegte, sagte er, ich müsste an mein Baby denken. Ich habe immerhin noch zwei Monate bis zur Geburt. Er versteht nicht, dass ich sehr wohl an meinen Sohn gedacht habe. Ich wollte ihm die Last ersparen, die ich mein ganzes Leben mit mir herumtrage: das Wissen, dass er der Grund für meinen Tod war.

Ich weiß, dass ich nicht logisch handle, dass auch mein Baby in Gefahr ist, wenn ich mir Schaden zufüge. Aber wenn ich allein mit der Dunkelheit und der Nacht und einer Messerklinge bin, zählt die Vernunft nicht mehr. Ich habe oft versucht, es Spencer zu erklären. »Aber ich liebe dich doch«, sagt er, als wäre das schon genug, um mich hier zu halten.

»Weißt du, wie das ist, durch ein Zimmer voller Menschen zu gehen und dich so einsam zu fühlen, dass du kaum noch den nächsten Schritt tun kannst?«

»Miz Pike«, flüstert Ruby statt einer Antwort.

»Vielleicht könnten wir so tun, als wären wir Schwestern.«

Ruby, eine Dienstbotin, und ich, die Gattin eines der angesehensten Bürger von Burlington. »Vielleicht«, antworte ich.

Spencers Hauptseminar findet in einem kleinen Raum statt, der nach Leinsamenöl und Philosophie riecht. Spencer steht vorne in Hemdsärmeln. Auf einer Leinwand hinter ihm sind Lichtbilder von Schädeln zu sehen. »Man beachte den Unterschied zwischen dem dolichozephalen und dem brachyzephalen negroiden Schädel«, sagt Spencer. »Der prognathische Kiefer, die abgeflachte Nase, die Nähe zum Affen ... all das sind Anzeichen für eine minderwertige Daseinsform.«

Eine Hand schnellt hoch. »Wie primitiv sind sie?«, fragt ein Student.

»Rudimentär«, erläutert Spencer. »Wie Kinder. Sie erfreuen sich an leuchtenden Farben wie Kinder. Sie sind fähig, einfache Freundschaften zu schließen, wie Kinder.« Er wirft einen Blick auf die Wanduhr, und als seine Augen dann über mich hinweggleiten, leuchten sie kurz auf. »In der kommenden Woche beschäftigen wir uns mit der Einteilung der Menschheit in fünf klar unterscheidbare Rassen«, kündigt er noch an, dann sammeln die Studenten ihre Bücher ein und gehen. Lächelnd kommt Spencer auf mich zu. »Was verschafft mir die Ehre?«

»Es ist Mittwoch«, rufe ich ihm in Erinnerung. »Mittwochs essen wir doch immer zusammen zu Mittag.« Wie zum Beweis hole ich den Korb mit unserem Lunch hinter meinem Rücken hervor.

Ein kleines V bildet sich auf Spencers Stirn. »Ach, Cissy, so ein Pech, Harry Perkins hat mich für heute Nachmittag zu einer Unterredung gebeten. Ich habe gar keine Zeit.«

»Ist nicht schlimm«, sage ich.

»Brav.«

»Spencer?«, rufe ich ihm nach. »Soll ich warten?« Aber er hört mich nicht oder will mich nicht hören. Mit einem Seufzer stelle ich den Picknickkorb ab.

»Mrs. Pike?«

Ertappt fahre ich herum und sehe Abigail Alcott. Sie ist Ende zwanzig und Sozialarbeiterin beim Wohlfahrtsamt. Sie trägt einen modischen marineblauen Rock und eine plissierte weiße Bluse. In letzter Zeit hat sie sich öfter mit Spencer getroffen, um mit ihm die Unterlagen von der Erhebung durchzugehen, die sie bei ihrer Arbeit verwendet. Sie soll abschätzen, welche von den minderwertigen Familien noch zu bessern sind und welche von dem neuen Sterilisationsgesetz profitieren werden.

»Hallo, Abigail«, sage ich, so selbstsicher ich kann, denn sie ist älter als ich und hat eine richtige Ausbildung, nicht bloß zwei Jahre in einem Mädchenpensionat.

»Ist der Professor da?« Sie blickt auf ihre Armbanduhr. »Wir wollten heute Nachmittag zusammen nach Waterbury fahren.«

Ich bin also nicht die Einzige, die Spencer versetzt. Ich würde gern wissen, was sie in der Nervenanstalt machen wollen. Bei diesem Thema haben sie mich nie ernst genommen – ich verstehe längst nicht so viel von Eugenik wie mein Vater oder mein Mann.

Die süße Welle der Auflehnung erfasst mich.

»Hat er Sie denn nicht über sein Treffen mit Professor Perkins informiert?« So weit ist es noch keine Lüge. »Spencer wollte Ihnen eine Nachricht schicken ... aber er hat ja immer so viel zu tun ... Jedenfalls soll ich an seiner Stelle mit Ihnen nach Waterbury fahren.«

Abigail starrt mich an, aber sie ist zu höflich, um zu sagen, was sie denkt: Dass ich keine ausgebildete Sozialarbeiterin bin, dass ich noch lange keine Eugenikexpertin bin, bloß weil mein Vater und mein Mann es sind. Ihre Augen wandern zu meinem schwangeren Bauch. »Spencer ist ganz sicher, dass kein Risiko besteht«, füge ich hinzu.

Das ist entscheidend. Abigail würde sich lieber den rechten Arm abhacken, als Spencers Urteilsvermögen infrage zu stellen. Sie sieht mich prüfend an, nickt schließlich. »Also dann«, sagt sie, »fahren wir.«

> Vermont braucht eine systematische psychiatrische Erhebung, die jeden vorkommenden psychischen Defekt innerhalb unserer Grenzen erfasst, sowie Einrichtungen, die sämtliche abhängigen und kriminellen Individuen einer gründlichen psychiatrischen Untersuchung unterziehen.
> *Kinderhilfswerk, Vermont: Zweiter Jahresbericht, 1921*

Die Nervenheilanstalt in Waterbury wurde 1890 erbaut. Dr. Stanley, der Leiter, war einmal bei uns zum Dinner, nachdem er sich 1927 für das Sterilisationsgesetz eingesetzt hatte, das dann doch nicht verabschiedet wurde. Ich war damals dreizehn, und ich erinnere mich noch an den Schweißrand an seinem Kragen, daran, dass er keinen Rosenkohl mochte und dass er mir zu nahe kam, während er Konversation betrieb.

»Man sollte meinen, dass die meisten Patienten in Waterbury an Chorea Huntington leiden, da es eine vererbbare Nervenkrankheit ist«, sagt Abigail, als wir den Weg vom Parkplatz hinaufgehen. Jetzt, da sie sich in den Kopf gesetzt hat, mir alles beizubringen, was ich bislang verpasst habe, ist sie gesprächig, fast freundlich. »Aber wie sich herausgestellt hat, sind hier auch jede Menge Zigeuner.«

Wir haben die Tür zum Gebäude A erreicht, die neue Station, auf der viele Patientinnen untergebracht sind.

Abigail blickt mich mit leuchtenden Augen an. »Wie ist das, neben einem Mann aufzuwachen, der so ein ... *Visionär* ist?«, fragt sie, und dann wird ihr Gesicht so rot wie die Backsteine des Gebäudes.

Plötzlich öffnet sich die Tür der Anstalt, und wir werden hineingesogen, denn die Hölle ist ein Vakuum. Pflegeschwestern mit weißen Hauben bewegen sich lautlos in den Gängen. Eine Patientin steht am Empfangsschalter und schluchzt haltlos. Eine andere läuft mit nassem Haar nackt über den Flur. Ein Mädchen, kaum älter als Ruby, sitzt auf einer Bank. Sie trägt eine Jacke, mit der ihre Arme an die Holzlatten hinter ihr gefesselt sind. Unter der Bank ist eine Lache.

»Miss Alcott!« Dr. Stanley kommt in einem blütenweißen Kittel auf uns zu.

»Cissy? Cissy! Sie sind ja richtig erwachsen geworden.« Er registriert meinen gewölbten Leib. »Und rundlicher, wie ich sehe. Offenbar darf ich Ihnen gratulieren.«

»Danke.«

»Mrs. Pike vertritt heute den Professor«, erklärt Abigail.

Dr. Stanley verbirgt seine Überraschung gut. »Ausgezeichnet. Wenn Sie mir bitte folgen würden.« Er geht den Flur hinunter. Ich kann mich jedoch nicht von dem leeren Blick des Mädchens auf der Bank losreißen.

»Mrs. Pike!«, ruft Abigail eindringlich, und ich zwinge mich hinterherzugehen.

Dr. Stanley, der eine Gelegenheit sieht, Spencer mit meiner Hilfe zu beeindrucken, macht einen ausführlichen Rundgang mit uns. An manchen Stellen drängen sich so viele Insassen auf den Fluren, dass wir im Gänsemarsch gehen müssen. »Unser Antrag auf einen Erweiterungsbau ist endlich bewilligt worden. Sie sehen ja, wir platzen aus allen Nähten.«

»Wie viele Patienten haben Sie?«, fragt Abigail.

»Neunhundertsiebenundneunzig«, sagt Stanley.

Der Doktor deutet auf eine offene Tür, die in einen großen sonnigen Raum führt, in dem es von Patienten wimmelt. »Ich halte viel von handwerklicher Arbeit. Müßiggang ist aller Laster Anfang.« Frauen sitzen an Tischen und flechten Körbe oder setzen Wäscheklammern zusammen. Sie blicken zu mir hoch und sehen eine reiche Lady in modischer Umstandskleidung. Sie merken nicht, dass ich eine von ihnen bin.

»Wir verkaufen die Erzeugnisse«, sagt Stanley stolz. »Der Erlös wird für die Freizeitgestaltung der Patienten verwendet.«

Dr. Stanley führt uns weiter den Gang hinunter bis zu einer geschlossenen Tür. »Leider sind nicht alle unsere Patienten kooperativ«, sagt Dr. Stanley. Er sieht mich an. »Ich weiß nicht, ob eine Frau in Ihrem Zustand sich das wirklich …«

»Mir geht es gut.« Zum Beweis öffne ich selbst die Tür. Und bereue es sofort.

Zwei kräftige Männer stehen rechts und links von einer Wanne voll Wasser und haben die Hände auf die Schultern einer nackten Frau gelegt. Bevor sie untertaucht, sehe ich noch, dass ihre Lippen blau und ihre Brüste eingefallen sind. Über ihrem Kopf strömt Wasser aus einem Kran. Daneben liegt eine andere Frau mit dem Gesicht nach unten auf einem Tisch. Ein Laken bedeckt ihren Oberkörper. Eine Krankenschwester pumpt durch einen Schlauch Wasser in den After der Patientin. »Hydrotherapie und Darmspülung wirken bei aufsässigen Patientinnen Wunder«, sagt Stanley. »Aber ich möchte Ihnen heute etwas anderes zeigen. Meine Damen, ich bin stolz, Ihnen die erste Patientin präsentieren zu können, die in unserer Anstalt freiwillig eine Sterilisation hat vornehmen lassen. Sie ist gleich hier.« Er führt uns in den hinteren Bereich des Raumes. »Die Salpingektomie wurde durchgeführt, als sie wegen einer Magen-Darm-Erkrankung auf die Krankenstation kam. Sie stammt aus einer der ersten zehn Familien, die in der Erhebung untersucht wurden, einer Familie, in der es seit Generationen Fälle von Depressionen und destruktiven Verhaltensauffälligkeiten gibt. Dr. Kastler und ich haben die beiden erforderlichen Unterschriften geleistet.«

Wir bleiben vor einem Tisch stehen, neben dem ein Assistent sitzt, der einen genauso weißen Kittel trägt wie Dr. Stanley. Auf dem Tisch liegt eine zitternde Frau. »Ihr Zustand ist gut«, sagt der Psychiater begeistert. »Die ganze Aufregung ...«, er winkt ab, »hat nichts mit dem Eingriff zu tun.« Der Assistent wickelt kalte, nasse Tücher um die Patientin, während sie mit den Zähnen klappert. »Feuchte Umschläge sind bei schwierigen Fällen oft ausgesprochen wirkungsvoll«, sagt Dr. Stanley.

»Was hat sie getan?«, höre ich mich fragen.

»Versuchter Selbstmord. Zum dritten Mal.«

Jetzt erst fallen mir ihre Hände auf, die verbundenen Gelenke. Nur durch die Gnade Gottes bin ich verschont. Wenn mein Vater nicht Harry Beaumont wäre, wenn mein Ehemann nicht Pike wäre, läge ich dann jetzt dort auf dem Tisch?

»Ich ... entschuldigen Sie ...« Ich drehe mich von Dr. Stanley weg, gehe durch den Raum und hinaus auf den Gang. Ich haste an dem überfüllten Aufenthaltsraum vorbei, an dem Mädchen, das an die Bank gefesselt ist. Als ich um eine Ecke stürme, pralle ich gegen eine Patientin. Sie ist groß und dunkel, hat das Haar zu fettigen Zöpfen geflochten. Ihre Arme sind von der Schulter bis zum Handgelenk zerkratzt. »Dir nehmen Sie auch noch dein Baby weg«, sagt sie.

Ich lege schützend die Arme vor den Bauch. Als sie die Hand hebt und mich berühren will, wende ich mich um und fliehe ins Freie. Ich hole tief Luft und setze mich auf die Steinstufen. Nach wenigen Augenblicken ziehe ich den Ärmel meiner Bluse hoch und löse den Verband. Der Schnitt sieht aus wie ein halb geöffneter Mund in der Haut.

So findet Abigail mich, als sie fünfzehn Minuten später herauskommt. Ich kann ihr nicht in die Augen sehen, weil ich mich schäme. Sie setzt sich neben mich. Ich sehe, dass sie die Wunde registriert, aber sie sagt nichts dazu. »Als ich das erste Mal hier war«, gesteht Abigail, »bin ich zurück ins Büro gefahren, habe meine Kündigung geschrieben und meinem Chef gesagt, dass ich nicht robust genug bin, um als Sozialarbeiterin zu arbeiten. Wissen Sie, was er mir gesagt hat? Genau deshalb müssen Sie es machen. Damit es eines Tages immer weniger Menschen gibt, die leiden müssen.«

Wenn man es so betrachtet, ergibt es sogar Sinn. Man muss heute tun, was man kann, um die Welt von morgen zu ändern. Und ich frage mich, ob jemand die Patientin gefragt hat, warum sie nicht mehr leben wollte, ob es irgendetwas damit zu tun hat, dass sie keine Babys mehr bekommen kann.

»Sie haben nicht aufgegeben«, sage ich.

Abigail schüttelt den Kopf. »Und Sie werden auch nicht aufgeben«, sagt sie nicht unfreundlich, als sie mir den Ärmel herunterzieht. »Morgen früh, acht Uhr. Kommen Sie in mein Büro an der Church Street.«

Frage: Warum Sterilisation?

Antwort: Um die Rasse von denjenigen zu reinigen, bei denen die Wahrscheinlichkeit besteht, dass sie die dysgenischen Neigungen weitergeben werden, unter denen sie selbst leiden. Um die Notwendigkeit aller möglichen Wohlfahrtsmaßnahmen zu verringern. Um Steuern zu senken. Um Leid und Elend zu mildern. Um das zu tun, was die Natur unter natürlichen Bedingungen auch tun würde, aber humaner. Sterilisation ist keine Strafmaßnahme. Sie hat lediglich eine Schutzfunktion.

American Eugenics Society,
Ein eugenischer Katechismus, 1926

Als ich nach Hause fahre, steht die Sonne schon tief am Horizont. Ich freue mich jetzt schon so sehr auf morgen.

Ich parke den Wagen und steige die Verandastufen empor. Kurz vor der Tür stoße ich mit dem Fuß gegen etwas Kleines, Leichtes. Ich blicke nach unten und sehe ein winziges Körbchen, nicht größer als meine Faust, ein richtiges kleines Kunstwerk.

Ich schiebe es in die Tasche meines Kleides und gehe ins Haus. »Cissy?« Spencers Stimme zieht mich an wie ein Magnet. Er steht in der offenen Tür seines Arbeitszimmers, seinen abendlichen Scotch in der Hand. »Da komme ich von der Universität nach Hause geeilt, um meine hübsche Frau um Verzeihung zu bitten, weil ich sie mittags versetzt habe, und sie hat mich schon verlassen.«

»Nur vorübergehend«, sage ich und küsse ihn auf die Wange.

»Und was hat dich in eine so gute Stimmung versetzt?«

Ich sehe Ruby, die reglos im Hintergrund steht. »Die Kinderhilfe«, lüge ich. »Wir hatten ein Treffen.«

Rubys Augen wenden sich ab. Ich hätte es ihr gesagt, wenn ich zu einem Treffen gefahren wäre.

»Alles«, sage ich, »sieht gut aus.«

Ruby folgt mir ins Schlafzimmer und fängt an, mein Kleid aufzuknöpfen. »Ich weiß, was du denkst«, sage ich. Doch sie erwidert nichts, zieht mir das Kleid aus und reicht mir ein bequemeres aus Baumwolle, das ich zum Abendessen tragen werde. Sie macht es zu und hängt dann das andere Kleid auf einen Bügel. Das Körbchen fällt heraus.

Ich hebe es auf und lege es in die Nachttischschublade. Ihre Neugier ist geweckt, das sehe ich ihr an, doch ich tue so, als würde ich es nicht bemerken. Ich schulde ihr keine Erklärung. Und im Augenblick bin ich zu aufgeregt wegen morgen, um mir Gedanken zu machen, was passieren könnte, wenn Spencer herausfindet, wo ich heute war.

> Die von uns durchgeführten Stammbaumanalysen von Familien, die Staat und Kommunen zur Last fallen, haben ergeben, dass eine recht hohe Anzahl der untersuchten Fälle französische und indianische Vorfahren, bisweilen mit einer negriden Vermischung, aufzuweisen haben.
> *H. F. Perkins, »Projekt Nr. 1« Archiv zur EEV, 1926*

Oxbury ist eine kleine Ortschaft am Ufer des Lake Champlain, die Abigail Alcott in ihrem Bericht in Fleetville umbenannt hat, um Unbeteiligte zu schützen. »Den Stammbaum für diese einzelne Familie zu erstellen«, so erklärt Abigail mir, als wir auf das Zigeunerlager zugehen, »war ungemein aufwendig, genauso gut hätte man die Herkunft der Frösche im Fluss ermitteln können.«

Nachdem die Feldforscher entschieden hatten, welche Familien untersucht werden sollten, stellten sie fest, ob irgendwelche Angehörigen in den Akten von Waterbury sowie des Staatsgefängnisses, der Besserungsanstalt von Vermont und der Schule für Geistesschwache in Brandon vermerkt waren. Gespräche mit Lehrern, Geistlichen, Nachbarn und sogar entfernten Verwandten, denen es gelungen war, sich aus dem kriminellen Teufelskreis ihrer Sippe zu befreien, ergänzten die Ergebnisse, die dann in einem Abschlussbericht zusammengefasst wurden.

Abigail hat mir erlaubt, die Notizen zu lesen, die sie sich bei etlichen Besuchen gemacht hat: Die Delacours, eine Mischung aus frankokanadischem und indianischem Blut, sind aus der Verbindung von Kusine und Vetter ersten Grades hervorgegangen. Die beiden heirateten katholisch und hatten siebzehn Kinder, von denen zehn schwachsinnig waren und drei keinerlei Gefühl für »geschlechtlichen Anstand« besaßen, wie Abigail es ausdrückt. In den nachfolgenden Generationen traten vermehrt Alkoholiker, Kriminelle und Arme auf. Mitglieder mehrerer Familien lebten zusammen in einer kleinen Hütte. In den letzten sechs Jahren waren Angehörige von Hinesburg über Cornwall, Burlington und Waybridge nach Plattsburgh gezogen, kehrten aber im Sommer stets nach Fleetville zurück, wo sie die Handwerkserzeugnisse verkauften, die sie den Winter über hergestellt hatten, und fischten. Der Hauptdefekt der Gruppe war Schwachsinnigkeit, doch die Neigung zu Kriminalität, Abhängigkeit und nomadischer Lebensform war unübersehbar.

In ihren Unterlagen bezeichnet Abigail die Delacours als Moutons – der Name ihres Pudels, wie sie mir verrät. Die Familien müssen unbedingt anonym bleiben. »Sie glauben ja nicht, wie leicht man an Informationen kommt«, sagt Abigail. »In jedem Ort gibt es mindestens eine Familie, bei der es heißt: ›Ach, die.‹«

Aber was nützen die Pseudonyme, wenn doch sowieso jeder die Leute kennt.

Als wir ins Lager kommen, merke ich sofort, dass Abigail schon öfter hier war. Barfüßige Kinder laufen auf sie zu, und sie holt Bonbons für sie aus ihren Rocktaschen. »Wissen sie, warum wir hier sind?«, frage ich leise.

Sie lächelt. »Sie wissen, dass ich mich für ihr Leben interessiere. Das sind sie von Leuten, die so aussehen wie ich, nicht gewohnt. Und genau deshalb reden sie.«

Wir bleiben vor einer Hütte stehen, und da keine Tür vorhanden ist, klopft Abigail an den Pfosten. »Jeanne weiß, dass wir kommen«, sagt sie, und da wird auch schon das Tuch vor dem Eingang gelüftet. Eine kleine Frau, kaum älter als Abigail, winkt uns unsicher herein, fordert uns auf, an einem Tisch Platz zu nehmen.

Die Hütte besteht aus einem einzigen Raum. Ein Eimer neben der Tür ist mit frischem Wasser gefüllt, und auf einer Arbeitsplatte türmen sich schmutzige Teller und Tassen.

»Jeanne«, sagt Abigail und bringt ein Lächeln zustande, das ihre Augen nicht erreicht, »ich freue mich, Sie kennenzulernen. Das hier ist Mrs. Pike.«

Jeannes Augen wandern nicht höher als bis zu meinem Bauch. »Ihr erstes?«

»Ja.«

»Ich habe auch ein Kind«, sagt Jeanne mit Inbrunst. »Einen Jungen.«

»Ja«, antwortet Abigail. »Ihre Tante Louise hat mir viel von Norman erzählt.«

»Oho«, entgegnet Jeanne und wackelt mit dem Kopf. »Er war ihr Liebling. Sie hat ihn immer mitgenommen, wenn sie im Wald Pflanzen sammeln gegangen ist – Wacholder und Schwarzkiefer und Blutwurz.« Über Abigails Schulter hinweg sehe ich, was sie notiert. *Bubikopf – Rock mit Sicherheitsnadeln befestigt. Strümpfe bis unter Knie gerollt. Wirkt bekümmert.*

»Jeannes Sohn ist in der Schule für Geistesschwache in Brandon«, erklärt Abigail mir. »Man sagt mir, Sie haben einen Brief von ihm bekommen, Jeanne.«

Das zumindest scheint sie aufzumuntern. Als sie aufspringt, um ihn zu holen, beugt Abigail sich zu mir. »Der Staat hat ihr den Jungen weggenommen. Als die Sozialarbeiter kamen, hockte er hier und aß rohes Fleisch. *Rohes* Fleisch!«

Einen Moment später ist Jeanne wieder da und hält stolz den Brief hoch. »Wie alt ist Norman jetzt?«, erkundigt sich Abigail.

»Im Oktober wird er zehn.«

»Lesen Sie mir vor, was er geschrieben hat?«

Jeanne zaudert, aber nur kurz. Stockend arbeitet sie sich durch die unleserliche Schrift des Jungen, berichtigt sich ständig. *Große Schwierigkeiten mit Lesen und Schreiben*, notiert Abigail. *Mutter* und *Sohn*. Zu Jeanne sagt sie: »Das klingt ja nach einem gelehrigen Schüler!«

Jeannes Augen werden weicher, weil sie meint, in Abigail eine Freundin gefunden zu haben. »Missus Alcott, Sie arbeiten doch für die Behörden … können Sie da nicht mal fragen, wann Norman wieder nach Hause darf?«

»Ich darf mich entschuldigen«, sage ich. »Ich möchte etwas an die frische Luft.«

Draußen fällt mir ein Mann auf, der mit dem Rücken zu mir am Seeufer steht und angelt. Rhythmisch und anmutig wirft er die Leine aus und holt sie wieder ein, als vollführe er einen kunstvollen Tanz. Er trägt eine Hose mit Hosenträgern, und sein schwarzes Haar fällt ihm weit über den Rücken.

Zeigen Sie Interesse an dem, was sie tun, das war Abigails erste Faustregel. »Hallo.« Ich gehe nahe ans Wasser heran, doch er wendet sich mir noch immer nicht zu. »Ich sehe, Sie angeln.«

Toll, Lia, denke ich.

Er dreht sich um und löst einen gut dreißig Zentimeter langen Fisch vom Haken. Ich erkenne, dass es der Mann ist, der mich am Unabhängigkeitstag beobachtet hat. Seine Augen weiten sich und gleiten über mein Gesicht, als hätte er noch nie jemanden wie mich gesehen. Hat er vielleicht auch nicht.

»Hallo«, sage ich erneut, fest entschlossen, möglichst freundlich zu sein. »Ich bin Cissy Pike.« Ich strecke meine Hand aus.

Er starrt sie lange an. Dann packt er sie unversehens. »*N'wibgwigid Môlsem*«, murmelt er und übersetzt dann: »Ich heiße Gray Wolf.«

»Sie sprechen unsere Sprache!«

»Besser als Sie *Alnôbak*«, entgegnet er.

Er hat meine Hand nicht losgelassen. Sachte ziehe ich sie weg, räuspere mich und erkundige mich höflich: »Wohnen Sie hier?«

»Ich wohne überall.«

»Sie haben doch bestimmt ein Haus?«

»Ich habe ein Zelt.« Er fesselt meinen Blick, genau wie in dem Spiegelkabinett. »Ich brauche nicht viel.«

»Ich habe Sie gesehen«, höre ich mich plötzlich sagen. »Am vierten Juli. Sie sind mir gefolgt.«

»Und heute folgen Sie mir?«, fragt er.

»Oh, nein. Ich wusste nicht mal, dass Sie hier ... nein, ich begleite Abigail Alcott.«

Seine Miene verfinstert sich. Er dreht mir den Rücken zu und fängt an, sein Angelzeug einzupacken. »Dann sind Sie gekommen, um noch mehr von unseren Jungs in die Besserungsanstalt zu bringen? Oder um uns zu erklären, dass wir in der Hölle landen werden, weil wir in einer anderen Kirche beten?«

Ich bin sprachlos. »Sie kennen mich doch gar nicht.«

Ein Schatten huscht über sein Gesicht. »Sie haben recht«, gesteht er. »Ich kenne Sie nicht.«

»Vielleicht bin ich nicht wie Abigail.«

Wir stehen dicht voreinander. »Und vielleicht bin ich nicht irgendein Zigeuner«, erwidert er.

Worte haben eine Wand zwischen uns errichtet, und ich will sie wieder entfernen, Stein für Stein. Also zeige ich aufs Wasser. »Wie nennen Sie das?«

»Einen See.«

»Nein, ich meine, wie nennen *Sie* das?«

Er mustert mich aufmerksam. »*Pitawbagw.*«

»*Pitawbagw.*« Ich zeige auf die Sonne. »Und das?«

»*Kisos.*« Ich bücke mich und hebe eine Handvoll Erde auf. »*Ki.*« Gray Wolf streckt die Hand aus und hilft mir wieder hoch. Behutsam berührt er meinen Bauch. »*Chijis.* Baby.«

»Mrs. Pike!«

Aus der Ferne höre ich Abigail nach mir rufen. »Hört sich ganz so an, als müssten Sie wieder fahren«, sagt Gray Wolf.

»Ja …« Ich schirme meine Augen gegen die Sonne ab, halte nach Abigail Ausschau, kann sie aber nirgends sehen.

»Gehen Sie lieber. Sie wollen doch nicht hier übernachten.«

»Nein«, gebe ich zu. »Was heißt, ich komme wieder?«

»*N'pedgiji.*«

»Also dann. *N'pegdiji.*«

Er prustet los. »Sie haben gerade gesagt, dass Sie eine Gurke sind.«

Ich erröte. »Danke für den Sprachunterricht, Mr. Wolf.«

»*Wli nanawalmezi*, Lia. Pass gut auf dich auf.«

Ich haste den Hang hinauf. Auf der Rückfahrt erzählt mir Abigail irgendwelche Geschichten von immer wieder auftauchenden Geschlechtskrankheiten bei den Delacours. »Haben Sie irgendwas Interessantes herausgefunden?«, fragt sie schließlich.

Wie man ihre Sprache spricht. Und vielleicht, wie man zuhört. »Nichts, was Sie wichtig finden würden.«

John Delacour, auch Gray Wolf genannt, besitzt eine besonders traurige Berühmtheit. Er neigt zu Trunksucht, sexuellen Übergriffen, Landstreicherei und Kriminalität und hat seinen Namen mehrfach

geändert. 1913 wurde er verhaftet, weil er einem Mann mit einem Ziegelstein den Schädel eingeschlagen hat. 1914 wurde er wegen Mordes zu einer langjährigen Gefängnisstrafe verurteilt. Etliche Verwandte von ihm erwähnen seine unehelichen Kinder. John ist ein notorischer Lügner und sehr gerissen. Aus diesem Grund ist es absolut unmöglich, ihm die Wahrheit zu entlocken.
Aus den Akten von Abigail Alcott,
Sozialarbeiterin beim Wohlfahrtsamt

Als ich nach Hause komme, erwartet Ruby mich schon an der Tür, und Spencer steht einen Schritt hinter ihr. »Was zum Teufel denkst du dir eigentlich?«, brüllt er und knallt die Tür hinter mir zu. Er packt mich am Arm.

»Ich kann das erklären …«

»Tu das, Cissy. Erklär mir, wieso meine Sekretärin mich anruft und mir sagt, dass du dich im Büro mit Abigail Alcott getroffen hast. Erklär mir, wieso meine Frau, die im siebten Monat schwanger ist, eine Nervenanstalt besucht, wo sie ernsthaft verletzt werden könnte. Und wieso du dich, Himmelherrgott, in irgendeinem Zigeunerlager rumtreibst …«

»Es ist nicht irgendein Zigeunerlager, Spencer, und mir geht's gut.« Ich versuche, mich von ihm zu lösen, aber er lässt nicht los. »Ich wollte einfach sehen, was dich und meinen Vater so fasziniert. Ist das falsch?«

»In deinem Zustand solltest du nicht …«

»Spencer, ich bin schwanger, nicht schwachsinnig.«

»Ach ja?« Spencer tobt. »Verdammt noch mal, Cissy, wie soll ich mich denn auf dein Urteilsvermögen verlassen, wenn du in der einen Nacht versuchst, dich umzubringen, und am nächsten Tag heimlich eine Irrenanstalt aufsuchst? Abigail ist für ihre Arbeit ausgebildet, *du nicht*. Und von jetzt an bleibst du in diesem Haus!«

»Das kannst du nicht machen.«

»Nein?« Spencer zerrt mich die Treppe hoch in unser Schlafzimmer. »Es ist nur zu deinem Besten.«

In mir rührt sich das Baby. »Es tut mir leid«, flüstere ich, doch die einzige Antwort ist das Geräusch des Schlüssels, der sich im Schloss dreht.

Mitten in der Nacht öffnet sich die Tür. Selbst auf die Entfernung kann ich Spencers Alkoholfahne riechen. Er schlüpft ins Bett und schmiegt sich an meinen Rücken. »Gott, ich liebe dich«, sagt er, und seine Worte legen sich wie Dampf auf meine Haut.

In den Flitterwochen sind Spencer und ich zu den Niagarafällen gefahren. Einmal übernachteten wir im Zelt und liebten uns unter dem dunklen Himmel. Das Wasser rauschte wie mein Blut, und als er sich in mir bewegte, hätte ich schwören können, dass die Sterne sich zu unseren Initialen verbanden.

Jetzt schiebt Spencer mein Nachthemd hoch, dringt zwischen meine Schenkel. Wir weinen beide, wollen uns aber nichts anmerken lassen. Als Spencer in mir kommt, drückt er sein nasses Gesicht gegen meine Wirbelsäule, und ich stelle mir vor, dass seine Züge dort eingebrannt sind, wie eine Totenmaske, die mich immer überallhin begleiten wird. Er schläft ein, die Arme um meine ausladende Mitte gelegt, und seine Hände berühren sich nicht ganz, als könnte er mich nicht mehr fassen.

Blut regnet aus Gewitterwolken. Rosen erblühen um Mitternacht. Wasser kocht nicht, der Himmel hat die falsche Farbe. Und während ich durch diese fremde Welt gehe, ist der Boden unter meinen Füßen gefroren.

»Cissy. *Cissy!*«

Hände auf meinen Schultern. Atem an meinem Hals. »Spencer?«, sage ich mit rauer, schläfriger Stimme.

Allmählich nehme ich die Eulen als stumme Zeugen in den Bäumen wahr, den Schlamm an meinen Fersen und am Saum des Nachthemds, die schwüle Sommernacht. Ich bin im Wald hinter unserem Haus, und ich habe keine Ahnung, wie ich hierhergekommen bin.

»Du bist schlafgewandelt«, erklärt Spencer.

Schlafwandeln, ja, das muss es gewesen sein. Und doch, dieser andere Ort, den ich besucht habe ... Spencer umarmt mich, seufzt. »Cissy, ich will doch nur, dass du glücklich bist.«

Leises Schluchzen steigt mir in die Kehle. »Ich weiß.«

Und ich bin eine Versagerin, schließlich habe ich so viel – ein schönes Zuhause, eine gesunde Schwangerschaft, einen Mann wie Spencer –, und trotzdem habe ich das Gefühl, dass mir etwas fehlt. »Ich liebe dich«, sagt mein Mann. »Ich habe noch keinen Menschen so geliebt wie dich.«

»Ich liebe dich auch«, sage ich zu ihm. Ich wünschte nur, es wäre so einfach.

»Lass uns wieder schlafen gehen«, schlägt Spencer vor, »und das alles vergessen.«

Erst als ich im Badezimmer bin und mir den Schmutz vom Gesicht waschen will, merke ich, dass ich etwas in der linken Hand halte. Ich öffne meine Faust wie eine Blume: Weich und geschmeidig und honigfarben liegt da ein winziges Paar Mokassins.

SECHS

21. August 1932

Aus einer Broschüre zum Dritten Internationalen Eugenik-Kongress:
Allein im Jahr 1927 wurden in staatlichen Einrichtungen alle 31 Sekunden 100 US-Dollar für die Versorgung von Geistesgestörten, geistig Behinderten, Epileptikern, Blinden und Taubstummen aufgewendet.

Mitten in der Nacht weckt mich ein krampfartiger Schmerz im Unterleib. Ich blicke über das Matratzenmeer hinweg zu Spencer hinüber, der tief schläft. Ich versuche, die Schmerzen zu unterdrücken. Doch dann reißt etwas, und ich bin zu schockiert, um auch nur aufzuschreien. Ich sehe das Blut mein Nachthemd durchtränken und den Reißzahn, scharf wie ein Messer. Eine schuppige Schnauze drängt sich durch das Loch in meiner Haut, dann ein Klauenfuß, ein Reptilienbauch, ein Schwanz. Der Alligator, der schließlich zwischen meinen Beinen hockt, blickt auf und grinst.

»*Miz Pike …*«

Die Stimme gehört zu jemandem, der zusehen will, wie ich bei lebendigem Leib verschlungen werde. Der Alligatorrachen schließt sich um meinen Oberschenkel.

»*Miz Pike … Lia!*«

Erst mein heimlicher Name lässt den Alligator verschwinden. Ich blinzele und sehe Ruby im Nachthemd vor mir stehen, mitten in der Eingangshalle des Plaza Hotels. Ihre Augen sind tieftraurig. »Sie müssen zurück ins Bett.«

Ich bin wieder schlafgewandelt. Und Ruby hat gut aufgepasst, denn dafür haben wir sie mit auf diese Reise genommen. Sie führt mich zu unserer Suite und wendet die Augen von Spencer ab, der seelenruhig im Bett schläft. »Auf Reisen schläft keiner gut«, wispert Ruby beruhigend. Sie schlägt die Decke zurück und hilft mir ins Bett, als wäre sie die Ältere von uns beiden.

Aus dem Programm des Dritten Internationalen Eugenik-Kongresses:

I. Eröffnungsansprache: Dr. H. F. Perkins, Präsident der Amerikanischen Eugenik-Gesellschaft
II. »Biologische Klassifizierung von Immigrantengruppen«: Prof. Jap van Tysedijk
III. »Wie sich der Untergang des Abendlandes verhindern lässt«: Dr. Roland Osterbrand
IV. »Das Aussterben des Alten Amerikaners: Eine Studie zur Verbesserung der menschlichen Rasse«: Dr. Spencer Pike

Der Dritte Internationale Eugenik-Kongress tagt im New Yorker Museum of Natural History. Wir sitzen in der Nähe des Vortragssaales im Aufenthaltsraum der angereisten Koryphäen. Spencer bereitet sich auf seinen Vortrag vor, mein Vater studiert die Erläuterungen zum Programm. Ruby sitzt still wie ein Geist in einer Ecke und strickt.

Wir haben den Vorkämpfer für das Sterilisationsprogramm in Michigan kennengelernt, einen kubanischen Physiologen, der mir erklärte, es sei die Pflicht von Frauen wie mir, die Welt zu retten, indem sie mehr Kinder bekommen, und einen New Yorker Arzt, der nach Knoblauch roch und mit Spencer eine Stunde lang über die jährlichen Kosten für die Versorgung der Nachkommen zweier schwachsinniger Familien (zwei Millionen Dollar) im Vergleich zu den einmaligen Kosten für die Sterilisation der Eltern (150 Dollar) fachsimpelte.

Jetzt debattieren mein Vater und mein Mann darüber, was genau Spencer in seinem Vortrag ansprechen soll.

»Ich weiß nicht, Harry«, sagt Spencer, »im letzten Jahr haben wir das mit den Stammbäumen doch eigentlich aufgegeben.«

Die Entscheidung, die Stammbaumkarten nicht länger als Hauptwerkzeug für die Eugenik-Bewegung in Vermont einzusetzen, wurde getroffen, nachdem drei einflussreiche Parlamentsmitglieder, ohne deren Stimmen das Sterilisationsgesetz nicht hätte verabschiedet werden können, auf den Karten aufgetaucht waren, und zwar als Nachfahren der degeneriertesten Familien im ganzen Staat.

»Spencer, wir haben getan, was notwendig war, um das Sterilisationsgesetz nicht zu gefährden. Aber damit ist jetzt Schluss. Wir sollten uns wieder der Basisarbeit zuwenden.« Mein Vater nimmt mir einen Orangenschnitz aus der Hand und schiebt ihn sich in den Mund. Dann hält er Spencer den Finger unter die Nase. »Riechst du das? Du siehst es nicht mehr ... aber du weißt, dass es da war. Du musst die Karten nicht zur Sprache bringen, wenn du nicht willst. Meinetwegen verbrenn sie, wenn du dich dann besser fühlst. Aber jeder im Saal erinnert sich noch an unsere Arbeit vor fünf Jahren, als wir diese Familien erfasst haben. Jeder wird wissen, was du *nicht* ausprichst.« Dann geht er aus dem Zimmer.

Spencer betrachtet die Karte. »Was meinst du dazu?«, fragt er mich, und ich falle fast vom Stuhl. Dass ich nach meiner Meinung gefragt werde, bringt mich so aus der

Fassung, dass ich kaum die richtigen Worte finde. Ich denke an die Zigeunerin, der man den Sohn weggenommen hat. An Gray Wolf, der allein aufgrund meiner Hautfarbe dachte, ich wäre gekommen, um sein Leben zu ruinieren.

»Ich denke, dass der Schaden bereits angerichtet ist«, erwidere ich. Da dringen durch die offene Tür Spencers Name und donnernder Applaus.

Wenn fünfhundert Menschen auf einmal applaudieren, klingt das, als würde die Erde um einen herum aufbrechen. Spencer rollt die Stammbaumkarte, die vor ihm auf dem Tisch liegt, zusammen, schiebt sie sich unter den Arm und geht hinaus in den Vortragssaal. »Ladys und Gentlemen«, beginnt er, und ich muss nicht weiter hinhören, weil ich weiß, was er sagen wird.

Ich stehe auf und gehe nach draußen, die Treppe hinunter.

»Gehen wir spazieren«, schlage ich Ruby vor.

Die Hölle kann nicht viel anders sein als New York im Sommer. Der Schweißgestank vermischt mit dem Geruch der Salzlake in den Gurkenfässern der Straßenverkäufer, das Gedränge von Hunderten von Menschen, die Zeitungsjungen, die für fünf Cent Tragödien verkaufen, die Auspuffgase, die wie Gespenster aufsteigen. Es ist eine Unterwelt. Und es gibt eine Menge Leute, die dir angeblich einen Notausgang zeigen können. In meinem Fall ist es das kleine Mädchen, das mit seiner Mutter unter einer Wagenplane wohnt und sich meinen Dollarschein zusammengerollt wie eine Zigarette hinters Ohr steckt. Die Kleine führt Ruby und mich zu einem Sandsteinhaus drei Straßen weiter. Ein kleines Schild hängt über der Tür: HEDDA BARTH, MEDIUM.

Die Frau, die uns die Tür öffnet, ist sogar noch kleiner als Ruby und hat langes weißes Haar. »Wir würden gerne eine spirituelle Sitzung abhalten, mit Ihrer Hilfe«, sage ich.

»Aber Sie sind nicht angemeldet.«

»Nein.« Sie mustert mich, dann tritt sie zur Seite und lässt uns herein.

Sie steigt vor uns eine kleine Treppe hinauf und streckt die Hand nach der Wohnungstür aus, die von allein aufschwingt.

Ein sechseckiger Tisch wartet im Dunkeln auf uns. »Da wäre noch die Kleinigkeit der Bezahlung zu klären«, sagt Hedda.

»Der Preis«, entgegne ich, »spielt keine Rolle.«

Also fordert Hedda uns auf, Platz zu nehmen und uns an den Händen zu fassen. Sie mustert prüfend mein Gesicht und das von Ruby. »Sie haben beide jemanden verloren«, erklärt sie. Aber das hätte jeder erraten können, wieso wären wir sonst gekommen?

Plötzlich jedoch beginnt der Tisch zu beben und zu schwanken, hebt zwei Beine wie ein sich aufbäumendes Pferd. Hedda verdreht die Augen, und ihr Mund klafft auf. Ich blicke unsicher zu Ruby hinüber, weiß nicht, ob das normal ist.

»*Ma poule.*« Die Stimme ist höher als die von Hedda. Das Herz pocht mir im Gaumen, und das Baby strampelt, als wolle es sich befreien.

»Simone?«, fragt Ruby leise, verstört. Jetzt wird mir klar, wo ich diesen Tonfall schon mal gehört habe – bei Ruby, wenn sie manchmal unwillkürlich in ihr Frankokanadisch fällt.

»Chérie, sag deiner Freundin, dass sie keine Angst haben muss, nein. Wir warten hier schon alle auf sie.«

»Das ist meine Schwester«, sagt Ruby fassungslos. »Simone. Sie ist die Einzige, die mich so genannt hat – *ma poule*. Mein Hühnchen.«

Die Schwester, die an Diphtherie gestorben ist.

Plötzlich erschlafft das Baby in mir. Meine Arme sinken herab, meine Sorgen lösen sich auf der Zunge auf. So müssen Menschen sich in dem Augenblick fühlen, bevor ihr Automobil gegen einen Baum prallt. Es ist das weiße Licht, von dem so oft geredet wird; es ist die nahende Stille.

Es ist etwas, das meine eigene Mutter gefühlt hat.

Ich habe so viele Fragen – *Werde ich je meinen Sohn sehen, oder ist das zu viel verlangt? Wird er sich an mich erinnern? Wird es wehtun? Werde ich es wissen, wenn es passiert?* Doch im Moment genügt mir die Bestätigung, genügt es mir zu wissen, dass meine Instinkte mich nicht getrogen haben.

Madame Hedda kommt aus ihrer Trance. Ein Speichelfaden hängt ihr aus dem Mund. Ich lege einen Zehndollarschein auf den Tisch. Spencer werde ich erzählen, ich hätte ihn verloren. »Komm zurück«, sagt sie, und ich weiß, sie meint, von der anderen Seite.

> Wir wissen, was Schwachsinnigkeit ist, und wir vermuten, dass alle Menschen, die unfähig sind, sich ihrer Umwelt anzupassen und gesellschaftliche Konventionen zu respektieren oder vernünftig zu handeln, schwachsinnig sind.
> *Henry Goddard, Schwachsinnigkeit: Ursachen und Folgen. 1914*

Am Ende möchte ich es an einem vertrauten Ort machen. Auf der langen Zugfahrt zurück nach Hause denke ich darüber nach. Ich bin fast trunken von dem, was kommen wird. »Ich hab's gewusst«, sagt Spencer zu meinem Vater. »Ich hab gewusst, dass die Reise ihr guttut.«

Als wir zu Hause ankommen, ist es fast Mitternacht. Spencer öffnet die Tür zu unserem Haus, und es klingt, als würde ein Siegel aufgebrochen.

»Ruby, du kannst morgen auspacken«, sagt Spencer,

als wir die Treppe hinaufsteigen. »Liebling, du auch. Du gehörst ins Bett.«

»Ich brauche ein Bad«, wende ich ein. »Ein paar Minuten allein, um zu entspannen.«

Sogleich dreht Ruby sich langsam um. Ihr Mund ist zu einer Frage gerundet. »Du hast gehört, was der Professor gesagt hat«, sage ich schroff. Nach Wochen der Kameradschaft sind diese kalten, schneidenden Worte eine Waffe, um sie zu vertreiben. Sie eilt die Stufen hinauf in die Dienstbotenkammer, den Kopf eingezogen, unfähig zu begreifen, was uns so plötzlich entzweit haben mag.

Im Schlafzimmer nehme ich ein ordentlich gefaltetes Nachthemd und einen Bademantel aus dem Schrank. Dann warte ich vor der Badezimmertür, bis Spencer herauskommt. »Ich hab dir Wasser einlaufen lassen«, sagt er und blickt mitleidig lächelnd auf meinen Bauch. »Bist du sicher, dass du alleine wieder aus der Wanne kommst?«

Ich präge mir die Linien seines Lächelns ein, die Landschaft seiner Schultern. All die Gründe, warum ich mich in Spencer verliebt habe. »Mach dir keine Sorgen um mich«, sage ich schließlich, und ich meine das auf ewig.

Das Haus kommt allmählich zur Ruhe: Zunächst knarren noch die Wände und Dielenbretter, die Decke seufzt, dann wird alles still. Das Badezimmer ist voller Dampf. Ich entkleide mich, und der warme Nebel legt sich auf meine Haut. Mein Herz schlägt so schnell, dass ich schon meine, ich könnte es unter der Haut sehen – aber als ich nachschauen will, ist der Spiegel beschlagen. Anstatt ihn abzuwischen, presse ich die Hände auf die Scheibe, hinterlasse einen Abdruck. Mit einem Finger schreibe ich ein einziges Wort: H … I … L … F … E. Ich stelle mir vor, was geschehen wird, wenn man mich findet, reglos und weiß wie eine Marmorstatue. Ich male mir aus, dass alle nur Gutes über mich sagen, dass sie mich voller Mitleid und Liebe betrachten.

Um ein Uhr morgens ist das Badewasser kalt. Ich habe die Beine rechts und links von meinem gewölbten Bauch angewinkelt, die Handgelenke auf den Knien. Spencers aufklappbares Rasiermesser liegt auf dem Wannenrand.

Ich nehme es behutsam in die Hand und ziehe knapp unterhalb des Ellbogens eine Linie. Blut quillt hervor, und ich tauche meinen Finger hinein, verreibe es auf meinem Mund wie Lippenstift. Es schmeckt klebrig, salzig, metallisch. Es wundert mich nicht, dass ich bis ins Innerste bitter geworden bin.

Als der offene Schnitt nicht mehr schmerzt, setze ich die Klinge wieder an, einen Zentimeter tiefer. Zwei parallele Linien. Mein Leben und das meines Sohnes. Sie werden ihn aus meiner Schale befreien, und es wird ein besseres Leben sein. Sonst würde er, sobald er meinen Körper verlässt, anderen gehören – Spencer und meinem Vater. Und eines Tages würde er mich mit ihren Augen sehen – als jemanden, der die Wissenschaft, die sie neu erschaffen, nicht begreifen kann, als jemanden, der so naiv ist, an die Sprengkraft der Liebe zu glauben.

Und wenn mein Baby wundersamerweise doch ein Mädchen ist, dann wäre es noch schlimmer. Ich hätte versagt, weil Spencer sich einen Sohn wünscht. Und ich müsste nicht nur mit ansehen, wie er sie genauso behandelt, wie er mich behandelt hat ... Ich müsste mit ansehen, wie sie die gleichen Fehler macht, die ich gemacht habe: sich in einen Mann verliebt, der das liebt, *was* sie ist, nicht die, die sie ist; heiratet, damit sie nicht allein ist, nur um festzustellen, dass sie dadurch noch einsamer wird; ein Kind in sich trägt, nur um zu erkennen, dass sie nie die sein wird, die das Kind verdient.

Noch ein Schnitt und noch einer. Blut wirbelt im Wasser, wie verträumt und rosa.

Endlich gehe ich fort, weil hier für mich kein Platz ist.

Mein letzter Schnitt, ins Handgelenk, ist der tiefste.

Das Muster für diese Wunde ist schon vorgegeben, eine bläuliche Kreidelinie unter der Oberfläche.

Es wird noch ein Messer geben, das mich in der Mitte aufschneidet, um das Baby zu retten. Ärzte werden die Arbeit zu Ende führen, die ich begonnen habe, mich öffnen. Sie werden mit ratlosem Kopfschütteln innehalten, wenn sie verblüfft feststellen, wie leer ich bin.

Ein summendes Klopfen in den Ohren. Es ist jetzt so anstrengend, den Kopf oben zu halten. Mein Körper sinkt unter Wasser.

Da fliegt die Tür auf, und Ruby beugt sich über die Wanne, schreit mir ins Gesicht, ich solle durchhalten. Sie hält mich fest, weil ich mich längst nicht mehr an ihr festhalten kann. Sie ist mit meinem Blut beschmiert, aber irgendwie schafft sie es, mich über den Wannenrand zu hieven, sodass ich nass und nackt und blutig auf den Badezimmerboden falle, während sie nach Spencer ruft. Er erscheint in der offenen Tür und stürzt zu mir. »Cissy, Gott, nein.« Er wickelt ein Handtuch um meinen Arm, und als es sofort mit Blut durchtränkt ist, wird er weiß im Gesicht und rennt aus dem Zimmer. »Du bleibst hier bei ihr, verstanden?«, brüllt er Ruby an, die sich vor Entsetzen nicht rühren kann. In der Ferne höre ich ihn ins Telefon schreien und den Arzt verlangen.

Mit letzter Kraft strecke ich die Hand nach Ruby aus, packe ihr Nachthemd und ziehe sie zu mir. »Rette das Baby«, flehe ich heiser, aber sie schluchzt so laut, dass sie mich nicht hört. Also schlinge ich meine unversehrte Hand um ihren Nacken. Ich küsse sie auf die Lippen, damit sie meinen Schmerz schmeckt. »Rette mein Baby«, flüstere ich. »Versprich es mir!«

Ruby nickt, sieht mir in die Augen. »*Ich verspreche es.*«

»Das ist gut«, sage ich und lasse die Wellen über meinem Kopf zusammenfließen.

> Die Rechte des Einzelnen können nicht umfassend geschützt werden, wenn er gezwungen ist, für Gesetzlose, Verwahrloste, Verkommene und psychisch Kranke Sorge zu tragen.
> *H. F. Perkins: Lehren aus der Eugenik-Erhebung von Vermont: Erster Jahresbericht, 1927*

Alles ist weiß. Die Decke, das Licht, die Bilder auf der Innenseite meiner Augenlider. Der Verband, der von der Schulter bis zur Hand so fest um meinen Arm gewickelt ist, dass ich den Puls unter der Haut spüre.

Spencer und Dr. DuBois stehen vor der Tür. »Joseph«, sagt Spencer, »von der Sache hier darf nichts durchsickern.«

Dr. DuBois ist der angesehenste Arzt in Burlington. Er hat mich auf die Welt geholt; er wird ganz bestimmt auch mein Baby auf die Welt holen. »Spencer ...«

»Bitte. Ich flehe dich an.«

»Es gibt Möglichkeiten, du weißt schon, auf dem Land, wo man sich um sie kümmern könnte. Alles sehr idyllisch – ich meine nicht Waterbury.«

»Nein. Das kann ich ihr nicht antun.«

»Cissy? Oder dir selbst?« Dr. DuBois schüttelt den Kopf. »Diesmal geht es nicht um dich, Spencer«, sagt er und verabschiedet sich.

Spencer setzt sich auf die Bettkante und starrt mich an. »Es tut mir leid«, bringe ich heraus.

»Ja, das glaub ich«, antwortet er, und trotz der Hitze im Zimmer läuft es mir kalt den Rücken runter.

Frage:	Was versteht man unter negativer Eugenik?
Antwort:	Die Eliminierung der dysgenischen Elemente aus der Gesellschaft durch Maßnahmen wie Sterilisation, Immigration,

gesetzliches Eheschließungsverbot von fruchtbaren Minderwertigen etc.

American Eugenics Society: Ein eugenischer Katechismus, 1926

Es vergeht eine ganze Woche, bis Spencer mich mit Ruby allein im Haus lässt, weil er unbedingt wieder zur Universität muss. »Du weißt ja, du kannst mich jederzeit anrufen«, sagt er.

Ich blicke von der Weißbrotscheibe auf, die ich gerade mit Butter bestreiche. »Ja.«

»Vielleicht können wir heute Nachmittag zusammen ein Eis essen gehen. Wenn dir danach ist.« Das ist Spencers Art, mir zu sagen, dass ich noch am Leben sein soll, wenn er nach Hause kommt. »Also dann.« Er sieht so gut aus in seinem leichten Anzug, mit dem nach hinten gekämmten Haar und der Fliege, die so gerade hängt wie Justitias Waagschalen. Ich weiß, dass er das Buttermesser in meiner Hand anstarrt und sich fragt, ob es Schaden anrichten kann. Vor seinen Augen lecke ich die stumpfe Klinge ab, nur um seine Reaktion zu sehen.

»Ich schicke dir Ruby«, sagt er und flüchtet.

Ruby, die mir tunlichst aus dem Weg geht, kommt in die Küche geschlichen, als Spencers Wagen die Einfahrt hinunterrollt. »Miz Pike«, sagt sie.

»Miss Weber.«

»Wenn Sie meine Freundin wären«, platzt Ruby heraus, »hätten Sie mir gesagt, dass Sie das tun würden.« Ihre Augen starren auf mein verbundenes Handgelenk.

»Aber dann hättest du mich logischerweise daran gehindert«, antworte ich leise.

Lärm von draußen bewahrt mich davor, noch mehr sagen zu müssen. Wir treten aus der Hintertür, um nachzusehen, was los ist, aber dort sind nur zwei Libellen zu sehen, die sich gegenseitig jagen.

Wir wollen uns schon umdrehen, da sehe ich, dass die Tür zum Eishaus nur angelehnt ist. Das kleine Nebengebäude stammt noch aus der Zeit meiner Großmutter. Alle paar Tage bekommen wir Eisblöcke geliefert, die im Winter aus dem Lake Champlain geschnitten wurden. Sie werden in der kleinen Scheune in Sägemehl gepackt, und wir schlagen das Eis für den Eisschrank in der Küche davon ab. Spencer achtet peinlich genau darauf, dass die Tür geschlossen bleibt. Ruby holt wortlos die alte Flinte aus der Vorratskammer.

»Bleib hier«, sage ich, aber Ruby hört nicht auf mich. Wir gehen mit der Flinte zum Eishaus und schlüpfen hinein, warten, bis unsere Augen sich an das Dämmerlicht gewöhnt haben. Ich habe viel Zeit im Dunkeln verbracht. Ich spüre, dass da ein dritter Körper im Raum ist. »Rauskommen«, rufe ich, tapferer, als mir zumute ist.

Nichts.

»Ich habe gesagt, *rauskommen*!« Mit dem Mut der Verzweiflung hebe ich die Flinte und schieße auf einen der Eisblöcke. Er explodiert regelrecht. Ruby kreischt auf, und links hinter mir ruft ein Mann: »Verdammt!«

Gray Wolf kommt aus seinem Versteck, die Hände erhoben wie im Film. In seinem Gesicht spiegeln sich seltsamerweise Stolz und Schrecken zugleich.

»Was machen *Sie* denn hier?« Jetzt, wo es vorüber ist, zittern mir die Hände. »Ist schon gut«, beruhige ich die verängstigte Ruby. »Ich kenne ihn.«

»Sie *kennen* ihn?« Ruby klappt der Mund auf.

Ich antworte ihr nicht. In diesem Moment ist mir nur eines wichtig: Ich möchte ihm beweisen, dass ich nicht so bin, wie er mich bei unserer letzten Begegnung eingeschätzt hat.

»Gray Wolf«, sage ich, »das ist Ruby. Ruby, Gray Wolf.«

»Ich geh den Professor anrufen«, murmelt Ruby halblaut.

Ich halte sie am Arm fest. »Nein.«

Aber sie lebt schon eine Weile im Haus eines Eugenikers. Und ihre frankokanadische Abstammung ist bei Weitem nicht so bedenklich wie die eines Zigeuners. »Miz Pike«, sagt sie, und ihre Augen gleiten zu seinem Gesicht. »Er ist … er ist …«

»Hungrig«, führe ich den Satz zu Ende. »Würdest du uns bitte etwas aus der Küche holen?«

Sie schluckt, nickt und geht zum Haus. Als wir allein sind, hebt Gray Wolf meinen Arm und fährt mit dem Finger über die Spirale des Verbandes. »Sie sind verletzt.« Ich nicke. »Ein Unfall?«

Ich schaue weg und schüttele den Kopf.

Er betrachtet weiter die Mullbinde, ist sichtlich aufgebracht. »Ich habe Ihnen etwas mitgebracht, das Sie schützen soll. Aber ich komme wohl zu spät.«

Er holt einen Lederbeutel aus der Tasche, der an einem langen Lederriemen hängt. Er riecht schwach nach Sommer – und nach ihm. »Schwarzesche, gemahlener Schierling, gelber Frauenschuh.« Gray Wolfs Augen huschen zu meinem Bauch. »Für euch beide.« Er streift mir den Riemen über den Kopf, und ich merke, wie ich mich ihm zuwende, wie das Leder meine Haut wärmt. »*Kizi Nd'aib nidali.*«

»Was bedeutet das?«

»›Ich weiß, wie das ist.‹«

Ich blicke in Gray Wolfs Gesicht, und ich glaube ihm. Dieser Mann weiß, wie es ist, an einem Ort gefangen zu sein, der ihn töten kann, falls er es nicht selbst tut. Ich lese es in seinen Augen – schwarz, die Farbe, die übrig bleibt, wenn alle anderen Farben der Welt untergehen.

»Was heißt ›Danke‹?«, frage ich.

»*Wliwni.*«

»Also dann: *wliwni.*« Ich berühre den Perlenbesatz auf dem Beutel, eine kunstvolle Schildkröte. »Woher wussten Sie, wo Sie mich finden können?«

Er muss lächeln. »In Burlington weiß doch jeder, wo Ihr Mann wohnt.«

»Sie haben die Mokassins für mich auf die Veranda gelegt.«

»Ich habe sie für das Baby dorthin gelegt.«

»Sie hätten nicht kommen sollen«, sage ich.

»Warum nicht?«

»Spencer wird das nicht gefallen.«

»Ich bin nicht seinetwegen hier, Lia«, erwidert Gray Wolf. »Ich bin Ihretwegen hier.«

Ich weiß nicht, was ich sagen soll, doch in dem Moment kommt Ruby mit einem Tablett mit Limonade und Gebäck aus dem Haus. Als ich auf sie zugehe, spüre ich den Medizinbeutel an meinem Körper. Gray Wolf und ich sind die einzigen Menschen auf der Welt, die wissen, dass er da ist. Ich frage mich, wieso er mich schon zweimal Lia genannt hat, wo ich mich ihm doch gar nicht so vorgestellt habe.

> Erste Statistiken zeigen, dass die Bevölkerung von Vermont einen Höchststand an körperlichen und geistigen Defekten aufweist. Man vermutet, dass dies mit dem hohen frankokanadischen Bevölkerungsanteil zusammenhängt.
> *H. F. Perkins: Projekt Nr. 1, EEV-Archiv, 1926*

Irgendwie weiß Gray Wolf, wann er kommen kann. Wenn Spencer eine Vorlesung hat und Ruby Einkäufe macht, sitzt er plötzlich auf meiner Veranda. Er tritt hinter einem Baum hervor, wenn ich einen Abendspaziergang im Wald mache. Wenn er nicht selbst kommt, finde ich weitere Geschenke: ein Weidenkörbchen, einen kleinen Schneeschuh, die Zeichnung eines galoppierenden Pferdes. Wenn wir zusammen sind, frage ich mich, wo er mein Leben lang gesteckt hat.

Ich weiß sehr wohl, dass ich das nicht fördern sollte. Er kommt vom rauen Rand der Gesellschaft, ich bin in ihrer festen Mitte aufgewachsen. Er ist dunkel und ruhig und völlig anders als ich, und genau deshalb sollte ich ihn auf Distanz halten. Aber genau deshalb bin ich auch so fasziniert von ihm.

Wenn man durch die Straßen von Burlington geht, kann man Menschen aller Schattierungen sehen – Iren, Italiener, Zigeuner, Juden –, aber alle, die so aufwachsen wie ich, lernen Scheuklappen zu tragen. Man registriert nur die Menschen, die so aussehen wie man selbst.

Was würde Spencer wohl sagen, wenn er wüsste, dass der Mensch, mit dem ich mich am meisten identifiziere, ein Zigeuner ist, jemand, der genauso wenig in diese Welt passt wie ich?

Heute werde ich Gray Wolf nicht sehen, und ich bin enttäuscht. Ich werde tagsüber nicht zu Hause sein, sondern muss zum monatlichen Treffen des Klifa Club. Das ist der angesehenste Damenclub in Burlington; aufgrund meiner gesellschaftlichen Stellung versteht sich meine Mitgliedschaft von selbst.

Ich lausche zwei Stunden lang einer Harfenistin und weitere zweieinhalb Stunden dem langatmigen Vortrag eines Botanikers über Gärten und Parks in Italien. Ich quäle mich durch Limonaden und Kanapees, während andere Frauen mir sagen, was ich schon weiß – dass es ein Junge wird. Ich schleiche mich die Treppe hinunter, als die Damen die Veranstaltung im kommenden Monat besprechen.

Unter der grünen Markise wartet Gray Wolf auf mich, als wären wir verabredet. Ich bin ein klein wenig erschrocken, dass er mich sogar hier in der Stadt gefunden hat, doch er hebt nur die dunklen Augenbrauen und bietet mir eine Zigarette an. Wir spazieren gemeinsam weiter. Zunächst spricht keiner von uns. Es ist nicht nötig.

»Der Klifa Club«, sagt er schließlich.

»Ja.«

»Wie ist es da so?«

»Natürlich prachtvoll. Und sehr exklusiv.«

Er lacht.

Als wir zu einer Straßenkreuzung kommen und er meinen Ellbogen umfasst, erstarre ich. Wir haben uns zwar schon häufig getroffen, aber berührt hat Gray Wolf mich noch nie. Er bemerkt meine Anspannung, lässt mich los.

»Sie nennen mich Lia«, sage ich. »Warum?«

Er zögert. »Weil Sie nicht aussehen wie eine Cissy.«

»Wie würde mein Name in Ihrer Sprache klingen?«

Er schüttelt den Kopf. »Meine Sprache spricht niemand mehr.«

»Aber Sie tun es.«

»Nur weil ich nichts mehr zu verlieren habe.« Er sieht mich kurz an. »Man kann nicht jedes beliebige Wort in *Alnôbak* übersetzen.« Gray Wolf deutet mit dem Kinn auf die Brosche an meiner weißen Bluse, eine kleine Uhr. »Das zum Beispiel heißt *papizwokwazik*. Aber das bedeutet nicht Uhr. Es ist ›das Ding, das tickt‹. Ein Biber kann ein *tmakwa* sein – ein Holzfäller – oder ein *abagôlo* – Flachschwanz – oder ein *awadnakwazid* – der Holzschlepper ... je nachdem, wie man ihn sieht.«

Mir gefällt die Vorstellung, dass ein Name sich von Fall zu Fall ändern kann. »*Awadnakwazid*«, wiederhole ich genüsslich. »Ich wünschte, ich hätte einen Namen wie Gray Wolf.«

»Dann geben Sie sich selbst einen. Ich hab's getan.« Er zuckt die Achseln. »Mein Geburtsname ist John ... Azo. Aber Gray Wolf passt besser zu mir.«

Wir sind inzwischen auf die belebte College Street eingebogen. Ich weiß genau, dass die Mutter, die mit ihrer Tochter spazieren geht, und der Geschäftsmann mit seinem Elfenbeinstock und die beiden jungen Soldaten nicht verstehen, was jemand wie ich mit jemandem wie Gray Wolf zu schaffen hat. Ich frage mich, wer uns sonst noch alles sieht.

»Früher bin ich manchmal im Haus meines Vaters auf das Dach geklettert und hab überlegt, ob ich springen soll«, sage ich. »Einmal bin ich tatsächlich gesprungen. Und hab mir prompt den Arm gebrochen.«

»Warum wollten Sie springen?«

Das hat mich noch nie jemand gefragt. »Weil ich es konnte.« Ich bleibe stehen, und die Passanten müssen uns ausweichen. »Geben Sie mir einen Namen.«

Er sieht mich lange an. »*Sokoki*«, sagt er. »Die ausgebrochen ist.«

Plötzlich höre ich hinter mir jemanden rufen. »Cissy?« Spencers Stimme. »Bist du das?«

Vielleicht wollte ich ja ertappt werden, vielleicht habe ich damit gerechnet. Aber als Spencer vor Gray Wolf steht, zittern mir die Knie. Ich würde hinfallen, wenn Spencer mich nicht auffangen würde.

»Liebling?«

»Mir ist nur ein bisschen schwindelig nach dem Klifa Club.«

Spencer wirft Gray Wolf einen herablassenden Blick zu. »Geh weiter, Häuptling.«

»Ich bin kein Häuptling.«

Mit klopfendem Herzen greife ich in meine Handtasche und hole einen Dollarschein heraus. »Also gut«, mische ich mich ein, als hätten Gray Wolf und ich um etwas gefeilscht. »Aber mehr zahle ich nicht dafür.«

Er spielt mit, aber Enttäuschung verdunkelt seine Augen. »Danke, Ma'am.« Er gibt mir etwas Kleines, um das ein Taschentuch gewickelt ist. Dann verschwindet er zwischen den vielen Menschen.

»Ich hab dir doch gesagt, du sollst nicht mit Bettlern sprechen«, sagt Spencer und nimmt meinen Arm.

»Es ist christliche Barmherzigkeit«, murmele ich.

»Was hat er dir denn angedreht?«

Ich luge zwischen die Falten des Taschentuchs, und schon wird mir wieder schwindelig. »Billigen Schmuck«, sage ich und stopfe das Miniaturporträt in meine Tasche, bevor Spencer das Gesicht erkennt. Es ist das gleiche wie auf dem Bild, das auf meiner Frisierkommode steht und mir helfen soll, das Aussehen meiner Mutter nicht zu vergessen.

Das Gerät aus dem Traum spüre ich förmlich noch, ein TriField EMF-Messgerät, das ein Mann mit langen Haaren bedient.

Die andere Seite des Bettes ist leer. Ruhelos gehe ich ins Bad und spritze mir Wasser ins Gesicht. Dann gehe ich nach unten und suche Spencer.

Er ist in seinem Arbeitszimmer. Nur die Lampe mit dem grünen Glasschirm auf seinem Schreibtisch brennt. Einige Stammbaumkarten sind auf dem Dielenboden ausgerollt wie alte Straßen, und durch das offene Fenster dringen die Rufe der Ochsenfrösche. Als er den Kopf hebt, sehe ich, dass er betrunken ist.

»Cissy. Wie spät ist es?«

»Nach zwei.« Ich mache ein paar Schritte auf ihn zu. »Komm doch ins Bett.«

Er vergräbt das Gesicht in den Händen. »Wieso bist du wach geworden?«

»Die Hitze.«

»Hitze.« Spencer nimmt sein Glas und leert es. Eine Ameise krabbelt über den Schreibtisch. Er zerquetscht sie mit dem Boden des Whiskyglases.

»Spencer?«

Er wischt das Glas mit seinem Taschentuch ab und blickt zu mir hoch. »Denkst du«, fragt er leise, »dass sie es spüren? Denkst du, sie wissen, was passiert?«

Ich schüttele verwirrt den Kopf. »Du musst jetzt schlafen.«

Doch da zieht Spencer mich auf seinen Schoß. Er hält meinen Arm fest und berührt die Stelle, wo der Verband in der Armbeuge festgeklebt ist. »Weißt du eigentlich, wie furchtbar es für mich wäre, dich zu verlieren?«, flüstert er leidenschaftlich. »Hast du überhaupt eine Ahnung, wie viel du mir bedeutest?«

Meine Lippen bewegen sich kaum. »Nein.«

»Ach, Cissy.« Er drückt das Gesicht zwischen meine Brüste, und sein Atem fällt über unser Kind. »Du bist doch der Grund, warum ich es tue.«

Ruby sagt mir Bescheid, dass er wartet.

»Spencer ist drinnen«, sage ich angstvoll, als ich Gray Wolf auf unserer Veranda erblicke.

»Frag mich«, verlangt er.

Ich bin unruhig. Spencer sitzt in der Badewanne. Und ich habe so viele Fragen. »Haben Sie meine Mutter gekannt?« Als er nickt, überrascht mich das nicht.

»Wie war sie?«

Seine Augen werden weich. »Wie du.«

Ich bin an einem Ort angelangt, wo es keine Worte mehr gibt. »Mehr«, bringe ich heraus.

Und so erzählt er mir, wie sie aussah, als sie genau auf dieser Veranda stand, in diesem Haus, in dem sie aufwuchs, bevor sie meinen Vater heiratete. Er malt die Farbe ihres Haars, und sie passt zu meiner. Er erzählt mir, dass sie laut pfeifen konnte und dass ihre Kleidung immer nach Zitronen duftete. Er hatte für ihren Vater auf dem Feld gearbeitet, damals, als der Besitz noch eine richtige

Farm war. Er erzählt mir, dass meine Mutter gern gelacht hat.

Er erzählt mir, dass sie sich eine Tochter wünschte, mehr als alles auf der Welt, damit sie mit ihr noch einmal aufwachsen könnte.

Ich lehne mich gegen die Hauswand und schließe die Augen. Wird mein Kind auch so viel Glück haben? Wird ihm in vielen Jahren jemand von mir erzählen?

Ich sehe Gray Wolf an. »Ich werde sterben.«

»Lia«, sagt er, »das werden wir alle.«

Plötzlich geht die Tür auf. Spencers Haar ist noch nass. »Ich hab doch gehört, dass du dich mit jemandem unterhältst«, sagt er vorwurfsvoll.

»Das ist Gray Wolf«, erkläre ich. »Ich habe ihn gerade eingestellt.«

Spencer überlegt, wieso ihm Gray Wolfs Gesicht so bekannt vorkommt ... aber es wird ihm nicht einfallen. An jenem Tag auf der Straße wollte Spencer nur so schnell wie möglich einen Zigeuner loswerden. Gray Wolf hätte keinen bleibenden Eindruck hinterlassen können.

»Das Dach hier und das vom Eishaus müssen ausgebessert werden. Du hast gesagt, ich soll jemanden suchen, der das erledigt. Gray Wolf, das ist mein Mann, Professor Pike.«

Spencers Blick wandert ein letztes Mal von Gray Wolf zu mir. »Die Leiter ist in der Garage«, sagt er endlich. »Und fangen Sie mit der Dachrinne an.«

»Ja, Sir.« Gray Wolfs Miene ist ausdruckslos. Er geht auf die Garage zu, um eine Arbeit auszuführen, die er gar nicht haben wollte.

Spencer sieht ihm nach. »Wo hast du den denn aufgetrieben?«

»Über die Hardings«, lüge ich.

»Cal Harding?« Das wird Spencer überzeugen, unser

Nachbar ist nämlich ein Perfektionist. »Haben sie seine Referenzen überprüft?«

»Spencer, er repariert unser Dach, mehr nicht.«

Aus der Garage ertönt Geklapper. »Der Mann gefällt mir nicht«, sagt Spencer.

»Mir aber«, erwidere ich.

> Eugenik ist der wissenschaftliche Niederschlag
> unseres Selbsterhaltungswillens und
> unserer elterlichen Instinkte.
> *O. F. Cook: »Das Erlöschen des bäuerlichen Lebens: Wie die Vernachlässigung der Eugenik die Landwirtschaft schädigt und die Zivilisation gefährdet«, aus einer Rezension von E. R. Eastman im »Journal of Heredity«, 1928*

Als Kind ging ich oft in das Büro meines Vaters in der Universität und bildete mir ein, sein wuchtiger Ledersessel wäre ein Thron und ich die Königin. Ich bildete mir ein, den Raum mit der gleichen Autorität ausfüllen zu können wie mein Vater.

Er sitzt an dem Schreibtisch und arbeitet, als ich unangemeldet eintrete. »Cissy! Das ist aber eine nette Überraschung. Was führt dich her?«

Seit ein paar Tagen ist mein Bauch zum Zerreißen gespannt. »Dein Enkelsohn wollte dich besuchen.«

Er sieht, dass mir beinahe die Tränen kommen, steht auf und nimmt meine Hand. »Sag mir, was los ist.«

Oh Gott, wo soll ich da anfangen? Schließlich bringe ich nur ein Wort heraus: »Mama«, flüstere ich.

»Sie wäre so stolz auf dich. Sie hätte dieses Baby furchtbar gern gesehen.« Er überlegt kurz. »Es ist ganz natürlich, dass du dir Sorgen machst. Aber Cissy, du bist eine andere Frau als deine Mutter, Gott hab sie selig. Du bist stärker.«

»Woher weißt du das?«

»Weil etwas von mir in dir steckt.« Er lächelt. »Vielleicht komme ich heute Nachmittag zu euch raus. Wie ich höre, habt ihr einen Zigeuner da, der ein paar Arbeiten erledigt.«

»Ja.« Ich frage mich, was Spencer ihm erzählt hat.

»Ich selbst habe noch nie einen angeheuert.« Mein Vater lehnt sich gegen den Schreibtisch. »In meiner Schule war ein Indianer. Linwood ... meine Güte, ich weiß doch tatsächlich noch seinen Namen! Der Junge war ein Indianer wie aus dem Bilderbuch. Mit Zöpfen und allem. Natürlich wollten wir Jungs damals alle Cowboy und Indianer spielen. Und dieser Linwood konnte Fallen stellen und jagen und mit Pfeil und Bogen schießen. Was sage ich, er konnte einen Schießbogen *bauen.*« Bewunderung schwingt in der Stimme meines Vaters. »Er trug Mokassins zur Schule«, sagt er müde. »Er hat alle möglichen Sachen gemacht, die wir anderen nicht durften.«

Ich frage mich, ob etwas so Simples sich vielleicht im Kopf meines Vaters festgesetzt und ihn überhaupt erst zur Eugenik gebracht haben könnte. Eine zufällige Begegnung, die damals ganz unwichtig war, im Laufe der Zeit aber eine ungeheure Bedeutung angenommen hat. Man denkt nicht lange über die Mokassins eines Indianerjungen nach, die man selbst so gerne gehabt hätte, aber vielleicht vergisst man sie nie.

Ich studiere sein Gesicht. »Wie war das mit Mama? Kannte sie irgendwelche Indianer?«

Das Licht in den Augen meines Vaters erlischt. »Nein«, antwortet er. »Sie hatte Todesangst vor ihnen.«

Styla Nestor, eine angeheiratete Kusine von Gray Wolf Delacour, bringt seine regelmäßigen Alkoholexzesse und seinen unsittlichen Lebens-

wandel mit dem unsteten Zigeunerleben in Verbindung, das höchstwahrscheinlich darauf zurückzuführen ist, dass Aufseher und Bürger ihn loswerden wollten. Die einzige halbwegs dauerhafte Adresse, die ihr Vetter ihrer Erinnerung nach jemals hatte, war das Staatsgefängnis.
Aus den Akten von Abigail Alcott, Sozialarbeiterin

Die Mittagssonne kitzelt mich am Hals. Ich fahre im Bett hoch, sehe auf den Wecker und bin erschrocken. Wieso hat Ruby mich nicht längst geweckt?

Das stete Klopfen des Hammers über meinem Kopf verrät mir, dass Gray Wolf schon auf dem Dach arbeitet, und es gibt so vieles, das ich ihn fragen möchte.

»Kaffee?«, fragt Ruby, als ich in die Küche komme.

»Jetzt nicht.«

»Miz Pike ...«, setzt sie an, doch ich bin schon zur Hintertür hinaus.

Ich schirme die Augen mit der Hand ab. »Gray Wolf?«, rufe ich und stolpere rückwärts, als das Gesicht meines Mannes über dem Dachrand auftaucht. »Spencer, was machst du denn da?«

»Die Arbeit zu Ende bringen, die ich von vornherein selbst hätte erledigen sollen.« Er schiebt den Hammer in die Schlaufe hinten an seinem Gürtel und steigt vorsichtig die Leiter hinunter. »Ich hab ihn rausgeschmissen«, sagt er, als er vor mir steht.

»Was ... was hat er angestellt?«

»Was hat er *nicht* angestellt, Cissy?« Spencer zieht ein Blatt Papier aus der Tasche. Es ist der Durchschlag eines fast zwanzig Jahre zurückliegenden Gerichtsurteils, in dem es heißt, dass John »Gray Wolf« Delacour wegen Mordes für schuldig befunden und für fünfundzwanzig Jahre hinter Gitter geschickt wurde. Ein zweites Blatt ist daran geheftet – seine Entlassung auf Bewährung aus dem Staatsgefängnis, datiert auf den vierten Juli dieses Jahres.

»Mein Gott, er war mit dir und Ruby hier allein!«

> John »Gray Wolf« Delacour ist angeblich ein Enkel von Missal Delacour, der alten Zigeunerin. John ist nicht ganz so dunkel wie seine Vorfahren, aber er hat den lockeren, schlurfenden Gang eines Zigeuners. Seine eigenen Verwandten halten ihn für hochnäsig, ungebildet und unmoralisch, wenngleich er Lesen und Schreiben gelernt hat. Wer sich für Evolution interessiert, müsste John Delacours Stammbaum nicht sehr weit zurückverfolgen, um auf das *Missing Link* zu stoßen.
> *Aus den Aufzeichnungen von Abigail Alcott, Sozialarbeiterin*

Es fällt mir alles so erstaunlich leicht – der erfundene Arzttermin zur Schwangerschaftsuntersuchung, die hastige Fahrt in die Stadt, die Abzweigung, die mich zum Lager am Seeufer bringt.

Als ich diesmal durch das Labyrinth von Zelten gehe, fallen mir die Farben auf. Eine Frau schüttelt einen leuchtend gestreiften Seidenmantel aus. Einige Zelte weiter hockt eine Alte auf einem Stuhl und befestigt einen dünnen Eschengriff an einem Korb. Eine scheckige Katze spielt zu ihren Füßen; ein knallgelber Kanarienvogel hockt auf ihrer Schulter. Männer packen ihre Waren zum Verkauf in bunte Kisten, laden sie für die nächste Fahrt zum Bauernmarkt ein. Im Vergleich dazu kommt mir mein Leben farblos und blass vor.

Als ich auf die Korbflechterin zugehe, tut sie so, als sähe sie mich nicht. »Entschuldigung«, sage ich. Ihre Katze maunzt und läuft weg. »Ich suche Gray Wolf. John Delacour?«

Vielleicht liegt es daran, dass ich hochschwanger bin, vielleicht an meinem dringlichen Blick – jedenfalls steht die alte Frau auf, nimmt den Kanarienvogel von ihrer Schulter und setzt ihn auf die Stuhllehne. Sie lässt den unfertigen Korb auf dem Boden liegen und hinkt auf den Wald zu. Dann deutet sie auf ein Kiefernwäldchen, das sich über einen steilen Hang erstreckt, und überlässt mich mir selbst. Meine Beine schmerzen von der Anstrengung des Aufstiegs, und ich werde unsicher, ob diese Frau überhaupt verstanden hat, nach wem ich suche. Doch dann tut sich unversehens eine kleine Lichtung vor mir auf. Der Boden ist uneben, als kochte die Erde unter dem Gras. Zwischen diesen Erhebungen sitzt Gray Wolf.

Als er mich sieht, steht er auf, und ein Lächeln erhellt sein Gesicht. »Ich wusste nicht, ob ich Sie noch mal wiedersehe«, sagt er erleichtert.

Beklommen verschränke ich die Arme über dem Bauch. »Sie haben mich angelogen. Spencer hat herausgefunden, dass Sie im Gefängnis waren. Und mein Vater sagt, dass meine Mutter Sie nicht gekannt hat. Dass Sie Angst hatte vor Menschen wie Ihnen.«

»Menschen wie mir. Ist Ihnen schon mal der Gedanke gekommen, dass ich vielleicht nicht der Einzige bin, der hier lügt?«

»Aus welchem Grund sollten die beiden denn lügen?«

»Warum lügt man?«, fragt er zurück. »Fragen Sie mal unten am Fluss die Leute, wer sie sind, und jeder wird Ihnen erzählen, sie wären dunkelhäutige Franzosen. Vielleicht haben sie auch irisches oder italienisches Blut. Manche geben sich lieber als Schwarze oder Mohawk aus, weil das immer noch nicht so schlimm ist wie Abenaki. Eines müssen Sie wissen, Lia, hier darf es keine *Indianer* geben, das würde nämlich bedeuten, dass hier Menschen gelebt haben, bevor die alten Vermonter herkamen.«

»Wegen Mordes ins Gefängnis zu wandern ist aber etwas ganz anderes«, wende ich ein. »Man wird nicht für ein Verbrechen verurteilt, das man nicht begangen hat.«

»Ach nein?« Er macht einen Schritt auf mich zu. »Hat Spencer Ihnen von dem Mann erzählt, den ich getötet habe? Er war Aufseher im Steinbruch, und er hat einen Mann geschlagen, weil er nicht schnell genug Steine geschleppt hat. Einen Mann, der siebenundneunzig Jahre alt und mein Großvater war und der vor meinen Augen an den Schlägen gestorben ist.«

Ich rufe mir Abigails Unterlagen in Erinnerung: *John ist ein notorischer Lügner und sehr gerissen ... es ist absolut unmöglich, ihm die Wahrheit zu entlocken.* »Dafür hätte Sie kein Gericht wegen Mordes verurteilt.«

»Auch nicht, wenn gewisse Leute mich loswerden wollten?«, sagt Gray Wolf. »Leute, auf die Geschworene große Stücke halten?«

Schlagartig sehe ich meinen Vater vor mir, der kurz vor der Verabschiedung des Sterilisationsgesetzes mit Gouverneur Wilson diniert. Dr. DuBois, der Spencer nicht dazu bringen kann, mich einweisen zu lassen ... und der kein Sterbenswörtchen über den Selbstmordversuch von Professor Pikes Gattin verloren hat. »Sie haben aber nicht die volle Strafe abgesessen«, wende ich ein.

»Nein. Ob Sie's glauben oder nicht, endlich hatte ich mal etwas, das sie wollten, etwas, mit dem ich handeln konnte.« Er blickt nach unten. »Der Gefängnisdirektor war ganz begeistert von dem neuen Sterilisationsgesetz. Insassen, die sich freiwillig für eine Vasektomie zur Verfügung stellten, bekamen fünf Jahre erlassen. Für mich bedeutete das die Freiheit.«

Es ist eine Sache, Spencer zuzuhören, wenn er über Sterilisation theoretisiert. Es ist etwas völlig anderes, einen Mann über seine eigene Vasektomie sprechen zu hören. »Aber um welchen Preis«, murmele ich.

»Ich habe nicht daran gedacht, was sie mit mir anstellen würden, auch nicht, dass ich nie eine Familie haben würde. Ich hatte nur den einzigen Gedanken, dass ich dann endlich das Kind kennenlernen könnte, von dem ich bereits wusste und das zur Welt kam, als ich schon im Gefängnis saß.« Gray Wolf hebt mein Kinn an. »Lia«, sagt er, »du warst es wert.«

SIEBEN

1. September 1932

Warum soll der Staat nicht geringe Opfer von denjenigen verlangen, die ihn schwächen. Warum soll er nicht verhindern, dass ihm noch mehr auf der Tasche liegen … Drei Generationen von Schwachsinnigen sind genug.

Richter Oliver Wendell Holmes 1927 bei der Begründung des Urteils des obersten Berufungsgerichtes im Staate Virginia im Fall Buck gegen Bell, bei dem die Sterilisation eines »möglichen Elternteils von sozial unzulänglichen Nachkommen« in zweiter Instanz bewilligt wurde

Es war einmal, als meine Mutter so alt war wie ich jetzt, dass sie sich verliebte. Nicht in einen von den schmalgesichtigen, jungen Männern, die meinen imposanten Großvater mit *Sir* anredeten. Nicht in Harry Beaumont, einen jungen Professor, der die besten Aussichten hatte, den Preis zu gewinnen, nämlich die Hand meiner Mutter, und der fast zehn Jahre älter als sie war und in einem Atemzug von Liebe und natürlicher Auslese sprach. Während Harry und die anderen jungen Männer auf der Veranda mit meiner Mutter flirteten, blickte sie an ihnen vorbei und beobachtete einen Zigeuner, der auf den Feldern ihres Vaters arbeitete.

Seine Haut hatte die Farbe des schimmernden Klaviers, auf dem sie den Freundinnen ihrer Mutter zum Tee etwas vorspielte. Sein Haar war länger als ihres. Seine Augen waren so scharf wie die eines Habichts, und manchmal, wenn sie allein in ihrem Zimmer war und die Vorhänge geschlossen hatte, spürte sie, dass er sie trotzdem sehen konnte. Wenn sie den indianischen Arbeitern Wasser brachte – der einzige Kontakt mit ihnen, der ihr erlaubt war –, spürte sie ihn in ihren Adern.

Siebzehn Jahre lang war sie eine vorbildliche Tochter gewesen. Doch jetzt kam ihr ihr Leben vor wie ein eleganter Mantel, der all die Jahre in einer Aussteuerkiste gelegen hatte und nicht mehr passen wollte.

Eines Tages auf dem Feld war er der Letzte, der ihr seine Blechtasse reichte. Schweiß rann ihm über die nackte Brust, und er roch nach den Blaubeeren, die er gepflückt hatte. Seine Zähne blitzten weiß, als er sie fragte: »Wer sind Sie?«

Sie hätte sagen können, *Lily Robinson*. Oder *Quentin Robinsons Tochter*. Oder *die Zukünftige von Harry Beaumont*. Aber danach hatte er nicht gefragt. Zum ersten Mal in ihrem Leben fragte sie sich, warum sie sich stets als Teil eines anderen Menschen definierte.

Er begann, kleine Geschenke für sie auf der Veranda zu verstecken: ein Paar winzige Mokassins, ein Weidenkorb, die Zeichnung eines galoppierenden Pferdes. Sie erfuhr, dass er John hieß.

Vor ihrem ersten Rendezvous erzählte sie ihren Eltern, sie würde bei einer Freundin übernachten. Er erwartete sie an der Straße in die Stadt. Er nahm ihre Hand, als hätten sie das schon ewig so gemacht. Sie gingen zum Fluss, und der Sternenhimmel war ihr Baldachin. Als er sich über sie beugte, um sie zu küssen, fiel sein Haar über ihr Gesicht und schloss die Welt aus.

Er war ein Jahr jünger als sie und ganz anders als die Zigeuner, von denen man ihr immer erzählt hatte. John war nicht schmutzig oder dumm oder verlogen. Und er verstand sie. Allmählich waren Lilys Tage nur noch die Wartezeit auf den Abend. Sie fing an, ihrem Vater Widerworte zu geben und ihre Mutter mit Verachtung zu strafen. Sie fing an, in satten Farben zu träumen. Und an dem Abend, als John in sie eindrang und ihr beibrachte, sich zu öffnen, da weinte Lily, weil jemand *sie* liebte und nicht nur die Person, die sie sein sollte.

Als sie schwanger wurde, beging sie den Fehler, darin eine Chance zu sehen. Sie wartete aufgeregt vor dem Arbeitszimmer ihres Vaters, während John, in Oberhemd und geliehener Krawatte, um ihre Hand anhielt.

An das, was dann geschah, konnte Lily sich später nicht mehr erinnern, oder vielleicht ließ sie die Erinnerung auch nicht zu. Da war John, der bewusstlos und blutig geschlagen aus dem Arbeitszimmer ihres Vaters geschleift wurde. Da war die Faust ihres Vaters, die über ihr bebte, als er ihr befahl, noch einmal die Hure zu geben, indem sie irgendeinen arglosen Dummkopf heiratete. Der förmliche Kuss, der ihre Verlobung mit Harry Beaumont besiegelte; der schreckliche Augenblick in der Kirche, als sie ihrem frischgebackenen Ehemann beinahe die Wahrheit gesagt hätte; einige Zeit später dann die Freude auf seinem Gesicht, als sie ihm stattdessen eröffnete, dass sie guter Hoffnung war.

Sie versuchte, John zu finden, aber es war schwierig, jemanden aufzuspüren, der keinen festen Wohnsitz hatte. Sie hörte Gerüchte, dass er in einer Bar in Vergennes arbeitete, dass er ein Pferdedieb geworden war, dass er sich im Steinbruch verdingt hatte. Als sie erfuhr, dass die letzte Geschichte stimmte, war John Delacour schon nicht mehr dort beschäftigt. Er saß im Gefängnis und wartete auf seinen Prozess wegen Mordes an einem Aufseher.

Sie schrieb ihm einen Brief, einen kleinen rechteckigen Zettel, den er zusammenfaltete und in einem Beutel um den Hals trug. Darin stand nichts über ihre Heirat oder ihr Befinden oder das Kind. Darin stand nur: *Komm zurück*. John antwortete nicht auf den Brief, weil er wusste, dass es keinen Sinn gehabt hätte. Nach einem Monat wachte Lily nicht mehr mit seinem Geschmack auf den Lippen auf. Nach drei Monaten konnte sie sich nicht mehr an den Holzrauch in seiner Stimme erinnern. Nach sechs Monaten bekam sie Albträume, dass ihr Baby mit rabenschwarzem Haar und zimtfarbener Haut zur Welt kommen würde.

Lily Robinson Beaumont erlitt eine Frühgeburt; sie fiel nach vierzig Stunden Wehen in tiefe Bewusstlosigkeit und starb kurz darauf. Sie hatte Johns Namen auf der Zunge und nahm ihn mit sich. Sie wusste nicht, dass John eines Tages zurückkommen würde – selbst als er von einem bestechlichen Gefängniswärter erfahren hatte, dass seine Geliebte in die Geisterwelt übergegangen war. Sie wusste nicht, dass die Tochter, die sie zurückließ, Cecelia, goldenes Haar hatte und eine Haut so weiß wie ein Wunder.

In meinen Träumen gebäre ich den Teufel, Jesus, einen Titanen, der mich zerreißt. Ich blute aus allen Poren, und wenn ich aufwache, sind die Laken schweißdurchtränkt. Das Fenster im Schlafzimmer klemmt. Etliche Male versucht Spencer vergeblich, es zu öffnen. Ich kann seinen Anblick nicht ertragen.

Als ich heute Nacht aus dem Schlaf aufschrecke, erwacht Spencer nicht mit mir. Ich schlüpfe aus dem Bett, der Teppich dämpft meine Schritte, als ich die Treppe hinuntergehe. Spencer hat die Tür seines Arbeitszimmers offen gelassen.

Ich knipse die grüne Schreibtischlampe an. Ich war schon unzählige Male in diesem Zimmer, doch nie mit der Absicht, etwas zu suchen. Wo könnte Spencer es aufbewahren?

Auf seinem Schreibtisch liegen ordentliche Papierstapel. Sein Block ist mit unleserlichen Notizen vollgekritzelt. Einige Worte kann ich entziffern: *Zwillinge, Vormundschaft, epidemisch*. In einem Schirmständer neben dem Tisch stehen aufgerollte Stammbaumkarten. Sie tragen Überschriften: Delaire, Moulton, Waverly, Olivette – kein Delacour. Könnte mein Vater – mein *Vater*? – den Stammbaum von Gray Wolfs Familie unter einem anderen Namen abgelegt haben?

Weber/George.

Die Überschrift springt mir ins Auge. Behutsam ziehe ich die Karte aus dem Ständer und entrolle sie auf dem Tisch. Es ist nicht schwer, Rubys Namen zu finden, er steht ganz unten zwischen anderen, und Spencer hat ihn mit roter Tinte markiert. Ich sehe mathematische Berechnungen und Anmerkungen in seiner engen Handschrift. Er wollte ermitteln, wie groß die Wahrscheinlichkeit ist, dass Ruby sich ebenso schlimm entwickelt wie ihre Verwandten.

Neben dem Namen ihrer geliebten Schwester befindet sich eine Markierung, dunkel wie ein Brandmal. *Sx*, für Unmoralisch.

Dasselbe Symbol hätte man auch meiner Mutter verpasst.

»Cissy.«

Spencers Stimme ist ganz leise, und doch fahre ich ruckartig hoch. Ich sehe seine Silhouette in der offenen Tür. Er hat seinen Bademantel an und beobachtet mich. Als er ins Zimmer tritt, fällt sein Blick auf den Tisch.

Einen quälenden Moment lang denke ich, er weiß genau, wonach ich gesucht habe. Doch aus unerfindlichen Gründen glättet sich sein Gesicht zu einer Maske. »Schatz, du bist wieder schlafgewandelt.«

»Ja.« Ich räuspere mich.

Er bietet mir seinen Arm an und führt mich aus dem Arbeitszimmer, schließt die Tür hinter uns ab. »Daran ist nur das Baby schuld«, sagte Spencer, ohne mein Gesicht aus den Augen zu lassen.

Wir sprechen über zwei verschiedene Dinge, und das wissen wir beide. »Nein«, antworte ich.

Am nächsten Morgen sitze ich vor dem Spiegel an meiner Frisierkommode, als Spencer sich zu mir beugt und mir einen Kuss auf den Hals gibt. »Wie fühlst du dich?«, fragt er, als wäre letzte Nacht nichts passiert.

Ich lege die Bürste aus der Hand. »Gut.«

Spencers Hand gleitet an meinem Nachthemd hinunter auf die Leibeswölbung, die unseren Sohn birgt. »Und wie fühlt er sich?«

»Er fühlt sich schwer an.«

Wir sind ein schönes Paar.

»Spencer«, sage ich vorsichtig. »Ich muss mit dir reden.«

Aber inzwischen hat er die Hände an meinen Armen hinuntergleiten lassen, und seine Finger liebkosen den allmählich verheilenden Wulst an meinem Handgelenk. Er hat den Kopf geneigt und schweigt, aber ich kann seine Gedanken lesen: Wenn er mich nicht lieben würde, wäre alles viel einfacher.

Aber er liebt ja nicht *mich*. Er kennt mich nicht einmal richtig. Wenn Spencer schon nicht zu einer Frau stehen kann, die ihr Leben nicht haben will, wie wird er dann erst auf eine Frau reagieren, die Halbindianerin ist?

Würde er meinen Namen an den Delacour-Stammbaum anfügen? Oder würde er den Stammbaum verbrennen? Spencer hat die Wahrheit über mich bislang vor Freunden und Kollegen überaus geschickt zu verbergen verstanden. Vielleicht würde ihm das auch weiterhin gelingen. Alle Babys, so könnte ich ihm erklären, haben als Neugeborene eine dunkle Haut und ein rundes Gesicht.

»Weißt du, Cissy«, sagt Spencer, »ich denke, wir sollten lieber nicht so viel reden. Das Reden und Denken bringt dich doch nur durcheinander.« Seine Finger kreisen sanft auf meiner Stirn. »Du brauchst mal eine Abwechslung. Eine Aufgabe, die dich beschäftigt.« Er holt einen Zettel aus der Tasche, auf dem die Namen von zehn Paaren stehen, und legt ihn neben mein französisches Teerosenparfüm. »Eine Dinnerparty. Vielleicht eine Vorgeburtstagsfeier für unser Baby. Lass dir mit Ruby das Menü einfallen, die Dekoration, ein Motto.« Er küsst mich auf die Wange. »Was denkst du?«

Ich streiche die Namensliste glatt und klemme sie in eine Ecke des Spiegels. *Wir werden Rippenbraten und Süßkartoffeln und Ahornsirup und kandierte Möhren servieren. Wir werden Rotwein trinken und über Scherze lachen, die nicht witzig sind, und auf ein Baby trinken, das meine Welt zerbrechen wird.* »Ich soll doch nicht denken«, entgegne ich.

> Wir verwenden viel Sorgfalt auf unsere Viehzucht, doch an die sorgfältige Fortpflanzung des Menschen verschwenden wir keinen Gedanken.
> *Mrs. Bickford aus Bradford, zitiert in der »Burlington Free Press« vom 21. März 1931, im Zusammenhang mit der Debatte über das Sterilisationsgesetz*

Ich fange an, mir Komplikationen auszudenken. Jeden Morgen stört mich angeblich irgendetwas anderes an der Schwangerschaft – ein Nerv ist eingeklemmt, das Baby bewegt sich nicht, ich habe quälendes Sodbrennen. Meine Angst vor der Geburt schürt dieses Feuer, und so wird Spencer nicht misstrauisch, wenn ich ihm jeden zweiten Tag sage, dass ich zu Dr. DuBois fahre.

Doch anstatt in die Stadt fahre ich zu dem Lager am See. Nachdem mich die Leute dort mehrere Tage zusammen mit Gray Wolf gesehen habe, hören sie auf, mich anzustarren. Manche kennen meinen Namen. »Meine Tochter«, sagt Gray Wolf, wenn er mich vorstellt.

Das Abenaki-Wort für »mein Vater« lautet *n'dadan*, und es klingt wie ein Herzschlag.

Heute regnet es. Wir sitzen in Gray Wolfs Zelt an einem zerkratzten Tisch. Ich krame in einem Zigarrenkistchen. Eine Brosche, ein violettes Haarband, eine Locke – das sind die Dinge, die meine Mutter ihm hinterlassen hat. Jedes Mal wenn ich hier bin, betrachte ich sie, als würden sie ein Geheimnis bergen, das ich noch nicht enträtselt habe.

Gray Wolf sagt, ich könnte die Sachen haben, wenn ich möchte. Er sagt, er brauche keine Dinge, um sich an sie zu erinnern, weil er sie im Gegensatz zu mir gekannt hat. Ich weiß nicht, wie ich ihm sagen soll, dass ich eigentlich etwas haben möchte, das ihm gehört – etwas, das mich an ihn erinnert, nur für alle Fälle. Daher stehe ich auf und mache ein paar Schritte in dem kleinen Zelt. Ich berühre seinen Rasierpinsel, das Rasiermesser, den Kamm. Hinter seinem Rücken nehme ich eine Pfeife vom Nachttisch und lasse sie in meine Tasche gleiten.

»Ich dachte, du bevorzugst Zigaretten«, sagt er, ohne sich umzudrehen.

Ich fahre herum. »Wie hast du das gemerkt?«

Er blickt über die Schulter. »Ich kann riechen, wie nervös du bist. Ich hätte dir die Pfeife geschenkt, wenn du etwas gesagt hättest.« Er schmunzelt. »Meine Tochter ist eine Diebin. Liegt bestimmt an dem vielen Zigeunerblut in ihren Adern.«

Meine Tochter. Wieder einmal gibt mir diese Bezeichnung das Gefühl, als hätte ich einen Stern verschluckt. »Du hast mich nie gefragt, ob ich es Spencer erzählen werde oder meinem ... Harry Beaumont.«

»Das ist nicht meine Entscheidung. Ich hab es dir nicht

erzählt, um Anspruch auf dich erheben zu können. Kein Mensch gehört einem anderen.«

Ich muss daran denken, wie er im Gefängnis die Entscheidung getroffen hat, sich sterilisieren zu lassen, damit er endlich nach mir suchen konnte. Ob er will oder nicht, Menschen gehören einander. Sobald man für einen anderen ein Opfer gebracht hat, besitzt man einen Teil seiner Seele. »Aber du willst doch, dass ich zu dir gehöre.«

Als er zu mir hochsieht, mache ich unwillkürlich einen Schritt zurück, so viel Leidenschaft liegt in seinem Blick. »Ich wollte zu dir. Um jeden Preis. Ich hätte alles dafür gegeben, dich nur ein einziges Mal zu Gesicht zu bekommen. Ob ich gern aus deinem Mund hören würde, dass du meine Tochter bist, wie du es jedem entgegenrufst? Oh ja, ein Teil von mir sagt, dass ich das, was ich getan habe, dafür getan habe. Aber ein größerer Teil von mir will einfach nur, dass es dir gut geht. Und wenn du den Leuten von mir erzählst, werden sie nicht hören, wie stolz du bist, sondern nur, dass du eine Indianerin bist.«

»Das ist mir egal.«

»Weil du nie eine warst. Du hast nicht jahrelang fremde Kleidung getragen, einen fremden Namen angenommen, in fremden Häusern gelebt und jede Arbeit verrichtet, nur um dazuzugehören. Und wenn du dich nicht anpassen kannst, dann läufst du weg ... und beweist damit, dass du genau die Zigeunerin bist, für die sie dich die ganze Zeit gehalten haben.« Er schüttelt traurig den Kopf. »Ich möchte, dass du ein besseres Leben hast als ich. Selbst wenn das bedeutet, dass du dich von mir fernhältst.«

Das Baby in mir dreht sich langsam, beunruhigt. »Aber warum hast du dann überhaupt nach mir gesucht? Wieso hast du dich nicht einfach ferngehalten?«

Er starrt mich lange an. »Ich musste zu dir.«

»Wie kannst du mich dann bitten, dich zu meiden?«, frage ich.

Er blickt aus dem Zelt in den Regen. »Du wirst es verstehen, wenn das Baby erst da ist. Es gibt einen alten Ausdruck, *awani kia*. Er bedeutet: ›Wer bist du.‹ Nicht dein Name, sondern dein Volk. Man hört ihn häufig, wenn man unterwegs ist. Jedes Jahr im Winter, wenn ich nach Odonak ziehe und mich jemand fragt, erzähle ich von meinem Urgroßvater, der ein spiritueller Führer war. Oder von meiner Tante Sopi, die beste Heilerin zu ihrer Zeit. Jeden Winter, wenn ich die Frage beantworte, erinnert mich das daran, dass es keine Rolle spielt, wie die Leute mich nennen, solange ich weiß, wer ich wirklich bin.« Er zögert. »Diesmal werde ich ihnen von dir erzählen.«

Es ist das erste Mal, dass er davon spricht, das Lager zu verlassen. Er ist ein Wanderer, ein Reisender – das hab ich die ganze Zeit gewusst. Aber zum ersten Mal wird mir klar, dass er *mich* verlassen wird.

»Was, wenn ich mitkomme?«, entfährt es mir.

»Nach Odonak? Ich glaube nicht, dass du dort glücklich wärst.«

»Aber *hier* bin ich auch nicht glücklich.«

»Lia«, sagt er ruhig. »Ich werde dir nicht sagen, dass du nicht mitkommen sollst. Dafür bin ich zu selbstsüchtig. Aber sobald du in Kanada bist, wirst du daran denken, was du zurückgelassen hast.«

»Das kannst du nicht wissen!«

»Kann ich nicht?« Er blickt auf den Tisch, die Brosche meiner Mutter. »Ein Mensch kann nicht zugleich in zwei Welten leben.«

»Aber du hast mich doch gerade erst gefunden!«

Gray Wolf lächelt. »Wer hat denn gesagt, dass ich dich verloren hatte?«

Ich senke den Kopf. Unwillkürlich reibe ich mit den Fingern über die Narben an meinem Handgelenk. »Ich bin nicht so tapfer wie du«, sage ich.

»Nein«, entgegnet er. »Du bist tapferer.«

Niemand hat das Recht, Kinder in die Welt zu setzen, wenn er so gesündigt hat, dass seine Kinder darunter leiden müssten.
Mr. Harding aus W. Fairlee, zitiert in der »Burlington Free Press« vom 21. März 1931, im Zusammenhang mit der Debatte über das Sterilisationsgesetz

Im Billardzimmer klicken die Kugeln aneinander. »Spencer«, sagt mein Vater lachend, »du wirst dich doch nicht von einem alten Mann wie mir schlagen lassen!«

Ich lächle und drücke mir die Hand ins Kreuz. Ich stehe vor der Anrichte in der Diele und zähle unser Silberbesteck. Spencer möchte, dass ich das einmal im Monat mache. Er sagt, man kann nicht vorsichtig genug sein. Ich bin beim siebten Teelöffel, als ich das Wort *Zigeuner* höre.

»Tja«, sagt Spencer daraufhin, »ich hab die Arbeit selbst beenden müssen.«

»Überrascht mich nicht.« Ein scharfes Klacken, als mein Vater sein Queue gegen eine Kugel stößt. »Stehlen, Lügen ... würde mich nicht wundern, wenn Unzuverlässigkeit ein vererbbares Merkmal ist.«

»Na, der hier hatte auch noch wegen Mordes im Gefängnis gesessen.«

»Großer Gott ...«

»Genau.« Spencer misslingt offenbar ein Stoß, denn er flucht leise. »Ich bin durchaus für Resozialisierung, aber ich möchte wirklich nicht riskieren, dass meine eigene Frau dadurch zu Schaden kommt.«

Ein lautes Klackern ertönt, mein Vater legt die Kugeln für ein neues Spiel auf. »Das Problem ist, dass das Sterilisationsgesetz nichts gegen die Degenerierten ausrichten kann, die bereits geboren sind«, sagt er. »Das müsste als Nächstes in Angriff genommen werden.«

Alles Blut weicht aus meinem Kopf. Er sagt das nicht mit Boshaftigkeit. Seine Worte können gar nicht voller

Hass sein, weil er ja keinen der Menschen kennt, die er eliminieren will. Er und Spencer wollen nur die Welt verändern, sie für ihre Kinder verbessern.

Indem sie die Kinder von anderen loswerden.

Ich starre sie durch die offene Tür an. Spencer grinst freundlich. »Genozid ist nicht legal.«

»Nur wenn man sich erwischen lässt«, sagt mein Vater lachend und greift wieder nach seinem Queue. »Halbe oder Volle?«

Ich trete ins Zimmer, kalkweiß; Spencers Queue fällt klappernd zu Boden, und er ist mit wenigen Schritten bei mir. »Cissy?«, sagt er außer sich. »Was ist los? Ist was mit dem Baby?«

Mein Vater blickt besorgt. »Liebes, du siehst aus, als hättest du einen Geist gesehen.«

Vielleicht stimmt das, denn gerade habe ich etwas gesehen, das im Grunde schon immer da war, ich war nur zu blind, es zu bemerken. Spencer windet mir die Teelöffel aus der Hand. »Lass das doch jetzt. Komm. Du musst dich hinlegen.«

»Ich will mich nicht hinlegen«, sage ich lauter werdend. Ich stoße Spencer weg, und die Teelöffel poltern zu Boden. Ich breche in Tränen aus.

»Ruf Dr. DuBois an«, sagt Spencer leise zu meinem Vater, der nickt und nimmt den Hörer von der Gabel.

> Mit Ausnahme der abwesenden Mrs. Farr aus Monkton befürwortete jede Frau im Abgeordnetenhaus von Vermont die Verabschiedung des Sterilisationsgesetzes.
> *Burlington Free Press, 25. März 1931*

Ich liege auf dem Bett, und Dr. DuBois, das Stethoskop noch im Ohr, blickt mich an und sagt dann in munterem Tonfall: »Tja, dem Baby geht's gut. Ich denke, du brauchst nur ein bisschen Ruhe.« Er schüttelt zwei Schlaftabletten aus einem Medizinfläschchen und beobachtet mich genau, als ich sie in den Mund stecke und einen Schluck aus der Tasse mit Wasser trinke, die er mir hinhält. »Gleich geht's dir besser. Aber du kannst mich natürlich jederzeit rufen, Cissy, jederzeit, falls du irgendwelche ... Fragen hast.«

Dann steht er auf und geht zu Spencer, der an der Tür wartet. Als sie sich leise murmelnd unterhalten, rolle ich mich auf die Seite und spucke die Tabletten aus.

Ich kann jetzt nicht schlafen, weil ich mich dann nicht wie verabredet heute Nachmittag mit Gray Wolf treffen kann. Natürlich werde ich mir jetzt nach Dr. DuBois' Hausbesuch eine neue Entschuldigung ausdenken müssen. Vielleicht sage ich, dass ich in die Stadt fahre, um Pergamentpapier für die Einladungen zu unserer Dinnerparty zu kaufen. Sie begreifen einfach nicht, dass ich keine Pillen und keine Ruhe brauche. Ich brauche jemanden, der nicht von mir erwartet, dass ich mein Leben verschlafe.

Das Bett sinkt neben mir ein, als Spencer sich auf den Rand setzt. Ich drehe mich zu ihm, die Augenlider halb geschlossen. »Ich werde schon müde.«

»Da bist du nicht die Einzige«, entgegnet Spencer, und seine Stimme klingt gepresst.

Mir stockt der Atem.

»Wie kommt es, dass sich Dr. DuBois – der Arzt, den du in den letzten zwei Wochen wegen verschiedener Beschwerden sechsmal aufgesucht hast – gar nicht an die Besuche erinnern kann?« Sein Gesicht ist rot gefleckt. »Was um alles in der Welt könnte meine Frau gemacht haben, dass sie mich dafür anlügen muss?« Er hat die Hände um meine Schultern gelegt und schüttelt mich. »Nicht bloß einmal, sondern immer und immer wieder?«

Mein Kopf wackelt vor und zurück. »Spencer, es ist nicht so, wie du denkst.«

»*Erzähl mir nicht, was ich denke!*«, brüllt er. Und dann sackt er plötzlich in sich zusammen. »Cissy, Gott, was hast du mir angetan?«

Als ich sehe, dass er die Fassung verliert, setze ich mich auf und wiege seinen Kopf in meinem Schoß. »Spencer. Ich habe Spaziergänge gemacht. Allein. Ich wollte nur mal allein sein.«

»Allein? Du warst allein?«

Ich blicke ihm direkt in die Augen. »Ja«, erwidere ich, und auf meinen schwangeren Bauch deutend, sage ich gequält: »Schau mich doch an.«

»Das tu ich ja«, antwortet Spencer, »das tue ich.« Er gibt mir einen Kuss, und als er aufsteht, entschuldigt er sich. »Es tut mir leid, Cissy.« Ich drücke seine Hand, doch als er den Schlüssel zum Schlafzimmer aus der Kommode holt, wird mir klar, dass er sich nicht für das entschuldigt, was er getan hat, sondern für das, was er tun wird. »Dr. DuBois ist ganz meiner Ansicht – du kannst nicht allein bleiben. Vor allem jetzt nicht, wo du durch die Schwangerschaft emotional so labil bist. Er sagt, es besteht das Risiko, dass du dir … wieder etwas antust.«

»Und der Himmel verhüte, dass ich das irgendwo tue, wo mich jemand sehen könnte. Was sollen denn die Leute sagen, wenn sie wüssten, dass Spencer Pike mit einer Frau verheiratet ist, die eigentlich nach Waterbury gehört!«

Spencers Hand klatscht laut auf meine Wange, und ich bin stumm vor Entsetzen. Er starrt auf seine offene Hand, ebenso überrascht wie ich. Ich streiche mir mit den Fingerspitzen über die Wange und spüre den Abdruck anschwellen. »Ich tue das«, sagt Spencer steif, »weil ich dich liebe.«

Sobald sich die Tür hinter ihm schließt und der Schlüssel sich dreht, steige ich aus dem Bett. Ich hämmere gegen die Tür. »Ruby!«, schreie ich. »Ruby, lass mich sofort raus!«

Ich höre ein Kratzen auf der anderen Seite der Tür. »Ich darf nicht, Miz Pike. Der Professor hat es verboten.«

Ich schlage ein letztes Mal mit der Faust gegen das Holz. Von der Anstrengung ist mir in dem überhitzten Zimmer noch heißer geworden. Eine Prinzessin in einem Elfenbeinturm, genau das bin ich. Aber wenn der Prinz wüsste, dass ich im Grunde eine Kröte bin, würde er dann so darum kämpfen, mich zu behalten?

Ich frage mich, ob Gray Wolf sich Sorgen machen wird, wenn ich nicht komme.

»*Nia* Lia«, sage ich. Ich bin Lia. »*N'kadi waji nikônawakwanawak*.« Ich will nach Hause.

> In Zukunft wird der Staat Vermont bemüht sein, die Fortpflanzung von Idioten, Schwachsinnigen oder Geistesgestörten zu verhindern, wenn es dem Wohl der Gesellschaft sowie dem Wohl von Idioten, Schwachsinnigen oder Geistesgestörten durch die hiermit verfügte freiwillige Sterilisation zugute kommt.
>
> *»Erlass über die freiwillige Sterilisation«,*
> *Gesetze von Vermont (1931), Nr. 174, S. 194*

Am dritten Tag meiner Gefangenschaft mache ich mir schon nicht mehr die Mühe, mich anzukleiden. Ruby ist zum Metzger gegangen, Spencer ist in der Universität. Das Radio dudelt vor sich hin, und das Herz meines Babys schlägt im Rhythmus der Musik.

Als ich höre, wie sich der Schlüssel im Schloss dreht, wundere ich mich, dass Ruby schon so schnell wieder da ist. Doch selbst die Art, mit der sich Gray Wolf durch ein Zimmer bewegt, ist anders als bei jedem anderen Menschen. Ich setze mich auf, unfähig zu sprechen, und er kniet sich neben mein Bett und umarmt mich. »Du hast es ihm gesagt?«

»Nein.« Er riecht nach seinem Leben im Freien. Ich sauge ihn in mich auf.

»Wieso hat er dich dann eingesperrt?«, fragt Gray Wolf entsetzt. Doch ehe ich es erklären kann, redet er schon weiter. »Als du nicht gekommen bist, dachte ich, dass du am Ende vielleicht doch auf mich gehört hast und lieber wegbleiben wolltest.«

»Ich würde nie ...«

»Aber dann habe ich mir gedacht, dass du auf jeden Fall Lebewohl gesagt hättest. Und als du auch am nächsten Tag und dem Tag danach nicht gekommen bist ... da bin ich in die Stadt gegangen. Da hatte dich auch niemand mehr gesehen. Und dann die Sache mit dem Lager ...«

»Was ist damit?«

Er sieht mich an. »Es gibt keines mehr. Ich hatte in der Stadt übernachtet, und als ich zurückkam, war keine Menschenseele mehr da. Leere Zelte, Wäsche noch auf der Leine, Spielzeug auf dem Boden verstreut – als wären alle von einer Sekunde auf die andere aufgebrochen.«

»Wieso sollten sie wegziehen, ohne ihre Sachen mitzunehmen?«

»Weil jemand sie gezwungen hat«, sagt Gray Wolf ausdruckslos.

Ich denke an die alte Frau, die vor ihrem Zelt rauchte und Weidenkörbe flocht. An die Kleine, die mit einem Stock im Sand zeichnete und in Tränen ausbrach, als ein Hundewelpe ihr Kunstwerk zerstörte. Waren sie zusammengetrieben worden? In irgendwelche Anstalten gebracht und sterilisiert worden? Umgebracht?

»Erst bist *du* verschwunden ... dann alle anderen ...« Er drückt meine Hand. »Ein Mensch muss schon sehr viel Zorn in sich haben, um so viel Schaden anzurichten.«

Ich begreife, was er sagen will. »Du irrst dich«, sage ich zu Gray Wolf. »Das würde Spencer niemals jemandem antun.«

»Nicht mal, wenn er die Wahrheit erfahren hat?«

Wir starren einander an, ratlos, bis uns eine Stimme von der Tür her aufschreckt. »Und welche Wahrheit soll das sein?«, fragt Spencer leise.

Er hat die Flinte aus der Vorratskammer in der Hand und hält sie auf Gray Wolf gerichtet. »Du Dreckskerl«, sagt er. »Ich hab gesehen, wie du ins Haus eingebrochen bist. Ich hab gedacht, du wolltest stehlen, und ich wollte dich auf frischer Tat ertappen.« Er blickt auf unsere verschränkten Finger. »Aber wie ich sehe, musstest du gar nichts stehlen, nicht wahr? Es ist dir auf einem Silbertablett serviert worden.«

»Spencer, hör auf!«

Bevor ich aufstehen kann, stürzt sich Gray Wolf auf Spencer und schlägt ihm die Waffe aus der Hand. Spencer ringt ihn zu Boden und hält ihn fest. Er ist jünger und wütender. Seine Faust landet immer wieder in Gray Wolfs Gesicht, bis diesem Blut aus Nase und Mund quillt und er die Augen verdreht.

Ich will Spencers Arm festhalten, doch er stößt mich weg, und ich falle auf die Seite. Ein stechender Schmerz schießt mir durch den Unterleib in den Rücken. Ich zucke zusammen. »Bitte! Lass ihn los!«

Spencer reißt Gray Wolf am Hemdkragen hoch. »Der einzige Grund, dich nicht umzubringen, ist der, dass ich mich nicht auf dein Niveau begeben will«, keucht er und zerrt meinen Vater die Treppe hinunter. Ich folge ihnen, rutsche auf Blut aus, versuche, nicht auf den Schmerz zu achten, der an meiner Wirbelsäule entlangjagt. Als Spencer die Tür öffnet, um Gray Wolf hinauszustoßen, steht Ruby davor. Sie wirft einen Blick auf das malträtierte Gesicht und schreit auf, lässt die Tasche mit den Einkäufen auf die Veranda fallen.

»Lia.« Gray Wolf windet sich in Spencers Griff. »Komm mit mir.«

Das Baby in mir krampft sich zusammen und erinnert mich an die einzig richtige Antwort. »Ich kann nicht.«

Spencer stößt ihn so heftig von der Veranda, dass er mit dem Gesicht auf dem Boden landet. »Wenn du morgen noch in Comtosook bist«, schwört er, »sorge ich dafür, dass man dich bis an dein Lebensende ins Gefängnis steckt. Sag deinem Liebhaber Adieu, Cissy.«

»Er ist nicht mein Liebhaber!«, schreie ich, doch meine Stimme überschlägt sich. Als Spencer sich zu mir umdreht, sieht er, wie ich mich zusammenkrümme und auf das Fruchtwasser starre, das sich unter mir ausbreitet wie ein See.

So also ist meine Mutter gestorben: weit aufgerissen wie ein ausgerenkter Kiefer, ein ganzes Jahrhundert aus sich herauspressend, unfähig zu atmen, aus Angst vor dem, was als Nächstes kommt. Feuer rast von meinem Rücken zum Bauch, und mein Inneres krampft sich bei jeder Wehe enger zusammen. Ruby, genauso verängstigt wie ich, steht leise wimmernd am Fußende des Bettes und hofft darauf, mit ihren ausgestreckten Händen ein Wunder aufzufangen.

Es ist zu früh – für die Ankunft des Babys und für meinen Abschied.

Seit elf Stunden liege ich in den Wehen. Die ganze Zeit über war Ruby bei mir. Und Spencer hat sich in seinem Arbeitszimmer betrunken. Ich weiß nicht, ob er Dr. DuBois angerufen hat. Ich habe Angst vor der Antwort, so oder so.

»Ruby!«, rufe ich, und sie tritt neben mich. »Hör gut zu. Du hast mir versprochen, dass du dich um das Baby kümmern wirst.«

»Das werden Sie selbst können ...«

»Nein, das werde ich nicht.« Und ich weiß es – die Ränder meines Gesichtsfeldes wabern grau; meine Arme sind so schwach, dass ich sie nicht bewegen kann. »Erzähl ihm von mir. Sag ihm, dass ich ihn ge-, oh Gott!« Ich verstumme, als wieder eine Wehe meinen Leib erfasst. Alles in mir schraubt sich nach unten, und ich nehme alle meine Kräfte zusammen, um zuzulassen,was da Großes geschieht. »Ruby«, flüstere ich. »Jetzt.«

Mir wird rot vor Augen, und in meinen Ohren rauscht der Ozean. Mein Körper ist eine Welle, die mich in Schmerz und Verzückung davonreißt. Ich öffne die Augen und erwarte, meine Mutter zu sehen, jetzt, da ich auf der anderen Seite bin, doch stattdessen blicke ich in das Gesicht meines Kindes.

Meine Tochter.

Ich habe so lange geglaubt, dass die Geburt mein Tod sein würde und dass das Kind in meinem Leib ein Junge war. Beides war unrichtig. In einer atemlosen Sekunde ist meine ganze Welt auf den Kopf gestellt worden.

Sie weint, das süßeste Geräusch, das ich je gehört habe. Als Ruby die Nabelschnur durchtrennt und das Baby in Windeln wickelt, kommt Spencer ins Zimmer gestürzt. Seine Augen sind von einem unseligen Rot. Er stinkt nach Whiskey. »Du lebst«, sagt er heiser. »Cissy, Gott, du lebst.« Dann bemerkt er das Neugeborene in Rubys Armen.

»Mr. Pike«, sagt sie. »Schauen Sie sich doch Ihre kleine Tochter an.«

»Tochter?« Er schüttelt den Kopf. Das kann nicht sein.

Ich strecke die Arme aus, und Ruby reicht sie mir. Ich denke an meine Mutter, die dieses Glücksgefühl nie erlebt hat. Jetzt, da ich die Kleine gefühlt und gehört habe, kann ich mir gar nicht mehr vorstellen, dass ich meinem Leben ein Ende machen wollte, ohne sie wachsen und gedeihen zu sehen. Es wird der Augenblick kommen, da sie mich anlächelt, der Augenblick, da sie ihre ersten unsicheren Schritte macht. Wie könnte ich das versäumen?

Ich lege sie in meine Armbeuge. »Ihr Name ist Lily«, sage ich.

Spencer tritt näher und blickt nach unten auf unser Baby. Auf ihr Gesicht – dunkel, rund wie der Mond, mit den flachen Gesichtszügen des Volkes, aus dem ihr Großvater stammt.

Als Spencer mich ansieht, begreife ich, dass er gehofft hat, das Baby würde ein Neuanfang sein, anstatt ihn umso heftiger zu beunruhigen. »Lily«, wiederholt er und schluckt.

»Spencer, es ist nicht so, wie du denkst. Gray Wolf – dieser Mann –, er ist mein Vater. Du kennst dich doch mit Vererbungslehre aus ... du weißt, warum sie so aussieht. Aber sie ist von dir, Spencer, das musst du mir glauben.«

Spencer schüttelt den Kopf. »Dr. DuBois hat gesagt, dass du nach der Geburt verwirrt sein könntest ... Wir sollten ihn holen, damit er nach dir sieht.« Er nimmt das Baby aus meinen Armen und dreht sich zu Ruby um, die Augen stumpf, die Stimme ruhig. »Nimm bitte den Wagen und hole den Doktor, Ruby.«

»Den Wagen ...?« Sie ist noch nie mit dem Packard gefahren, aber sie ist klug genug, Spencer jetzt nicht zu widersprechen. »Ja, Sir«, murmelt Ruby und stiehlt sich an ihm vorbei.

Spencer will ihr folgen, das Baby im Arm.

»Nein«, rufe ich. »Spencer, ich will sie halten.«

Er starrt mich so lange an, als wiederholte sich unsere ganze gemeinsame Geschichte vor seinem inneren Auge. Tränen glänzen in seinen Augen. Doch dann zieht er einen Stuhl ans Bett und setzt sich. Er hält Lily so, dass ich ihr Gesicht sehen kann. Er lächelt schwach, und für einen kurzen Augenblick gebe ich mich der Hoffnung hin, dass Spencer verstehen könnte, dass nicht Blut eine Familie zusammenhält, sondern die Liebe. »Ruh dich aus, Cissy«, sagt er zu mir. »Ich kümmere mich um sie.«

Ich sehe mich rennen. Der Regen strömt mir übers Gesicht, meine Füße sind schlammverklebt, und doch weiß ich, dass ich vor meinem Verfolger fliehen muss, wer immer er ist. Als ich einen Blick über die Schulter werfe, sehe ich ihn – den Mann, der schon mehrmals in meinen Träumen aufgetaucht ist, der Mann mit dem langen braunen Haar und den stillen Augen. Er ruft meinen Namen, und ich drehe mich erneut um, und kurz darauf stolpert er und stürzt. Ich bleibe stehen, um mich zu vergewissern, dass er sich nicht verletzt hat, und da sehe ich ihn – den Grabstein mit meinem Namen darauf, den Grabstein, durch den ich hindurchgelaufen bin.

Als ich mit einem Ruck erwache, spüre ich ein Gewicht auf meiner Hüfte. Spencer liegt quer über meinem Schoß. Zuerst denke ich, er schläft, und dann merke ich, dass er schluchzt. Seine Augen sind so blutunterlaufen, dass es mir Angst macht, und seine Haut dünstet Alkohol aus.

»Cissy«, sagt er. »Du bist wach.«

Mein Körper fühlt sich an, als wäre ich tagelang geprügelt worden. Meine Beine sind so schwach, dass ich sie nicht bewegen kann. Irgendwer – Spencer? – hat mit kalte Kompressen zwischen die Schenkel gepresst, um die Blutung zu stillen. »Wo ist Lily?«, frage ich.

Spencer nimmt meine Hand und führt sie an seine Lippen. »Cissy.«

»Wo ist mein Baby?« Ich stütze mich im Bett auf.

»Cissy, das Baby – es war zu jung. Seine Lunge …«

Ich erstarre.

»Das Baby ist gestorben, Cissy.«

»Lily!«, schreie ich. Ich will aus dem Bett springen, doch Spencer hält mich fest.

»Du hättest nichts tun können. Niemand.«

»Dr. DuBois …«

»Der hat eine Operation in Vergennes. Ruby hat ihm eine Nachricht hinterlassen, dass er kommen soll, sobald er kann. Aber als sie zurückkam, war das Baby schon …«

»Sprich es nicht aus«, sage ich drohend. »Sprich es nicht aus.«

Auch er weint. »Sie ist in meinen Armen gestorben.«

Ich will nur mein Baby. »Ich muss sie sehen.«

»Das geht nicht.«

»Ich *muss* sie sehen!«

»Cissy, ich habe sie schon beerdigt.«

Ich stürze mich auf ihn und schlage ihn auf die Brust, die Arme, den Kopf. »Das hast du nicht. Das hast du nicht!«

Er hält meine Handgelenke fest, schüttelt mich. »Wir hätten sie nicht taufen lassen können. Wir hätten sie nicht in geweihter Erde bestatten lassen können.« Ein Schluchzen steigt aus seiner Kehle. »Ich hatte Angst, wenn du sie siehst, wirst du versuchen, ihr zu folgen. Ich kann dich nicht auch noch verlieren. Himmel, Cissy, was sollte ich denn machen?«

Ich brauche einen Augenblick, bis ich seine Worte richtig begreife. Wir hätten sie nicht taufen, sie nicht auf dem Friedhof bestatten lassen können, weil sie unehelich war, wie Spencer glaubt. Er schließt mich in die Arme, während ich ganz steif vor Entsetzen bin. »Liebling«, flüstert er, »kein Mensch muss es erfahren.«

Mir brennen die Augen, die Kehle schmerzt. »Meine Mutter hat sich in einen Indianer verliebt. Gib ihr dafür die Schuld, nicht mir. Mein einziger Fehler war, dass ich mich in dich verliebt habe.«

Was ist das für ein Gefühl, möchte ich fragen, *auf einmal selbst unten auf einer von deinen Stammbaumkarten zu stehen?* Doch stattdessen nehme ich die Wickeldecke vom Fußende des Bettes. »Führ mich zu dem Grab.«

»Du bist zu aufgewühlt. Du musst dich …«

»Ich *muss* das Grab meiner Tochter sehen. Sofort.«

Spencer steht auf. Von einem Tablett neben dem Bett

nimmt er die Schere, mit der Ruby die Nabelschnur durchtrennt hat, und ein Messer, das sie abgekocht hatte, nur für alle Fälle. Beides schiebt er in seine Brusttasche, zur Sicherheit. »Morgen«, verspricht er und küsst mich dann auf die Stirn. »Cissy. Lass uns noch einmal von vorn anfangen.«

Ich starre ihn so lange an, bis alles in mir zu Stein wird. »Also gut, Spencer«, antworte ich mit einer Stimme, die fast so klingt wie die Frau, die ich einmal war. Mir zittern die Hände im Schoß, aber ich kann das Spiel mitspielen.

Lily ist nicht tot. Wieso würde Spencer sich sonst weigern, mir die Leiche zu zeigen, den Sarg, das Grab? Vielleicht hat er sie versteckt, bis er die Gelegenheit hat, sie vor einer Kirche abzulegen. Oder er wartet auf Dr. DuBois, damit der sie mitnimmt. Noch ein Grund, warum ich bei der Geburt nicht gestorben bin: Es ist meine Pflicht, mein Baby zu finden.

Ich warte, bis ich ganz sicher bin, dass Spencer sich wieder in sein Arbeitszimmer zurückgezogen hat, und dann ziehe ich mich an. Es geht nur langsam – mein Kopf ist schwer von Fieber, und mir zittern die Beine. Ich schiebe Gray Wolfs Pfeife in die Tasche des Kleides, und ich mache einen doppelten Knoten in meine Schnürsenkel – für den Fall, dass ich schnell laufen muss. Vorsichtig wie eine Spionin öffne ich die Tür und schleiche auf den Flur.

Als Erstes durchsuche ich das Badezimmer. Als ich sie dort nicht finde, durchwühle ich Rubys Zimmer. Nichts.

Denk nach, beschwöre ich mich. *Denk wie Spencer.*

Im Erdgeschoss gehe ich auf Zehenspitzen von einem möglichen Versteck zum nächsten, spähe in Nischen, in die nur etwas so Kleines wie ein schlafendes Neugeborenes hineinpassen könnte. Vorsichtig schleiche ich an Spencers Arbeitszimmer vorbei, wo das Klimpern von Glas mir verrät, dass er an der Anrichte steht. Als ich die

Küche erreiche, bin ich den Tränen nahe. Sie muss doch inzwischen Hunger haben, sie wird frieren. *Weine nur, und ich finde dich*.

Ich werde sie an meine Brust drücken, ich werde sie wärmen. Auf dem Weg nach Kanada werde ich ihr erzählen, was es alles zu sehen gibt – die Kühe auf den Weiden, die violetten Waldweidenröschen am Wegesrand, die geschwungenen Bergkämme. Wir werden neben Gray Wolf stehen, wenn man ihn in Odonak fragt: »Wer bist du?«, und er wird auf uns beide zeigen.

Ich bleibe in der dunklen Küche stehen und denke an den Weinschrank, die Mehlkisten, den Kartoffelkeller. Es gibt viele mögliche Verstecke. Gerade habe ich einen Schritt in die kühle, pechfinstere Vorratskammer gemacht, als jemand von hinten gegen mich stößt. Ich unterdrücke einen Aufschrei, ziehe hastig an der Kordel, die von der Decke hängt, und das Licht geht an. »Ruby, was machst du denn hier?«

Sie zittert wie Espenlaub. »Ich wollte mir … manchmal, wenn ich nachts nicht schlafen kann, dann mache ich mir eine Tasse von Ihrem guten Kakao. Es tut mir leid, Miz Pike. Ich weiß, es ist unrecht.«

Ich kneife die Augen zusammen. »Wo ist sie?« Meine Hände gleiten über die Regale, unter Handtuchstapel, schieben Dosen beiseite.

»Wer?«

»Mein Baby. Du hilfst ihm, das Baby zu verstecken.«

»Ach, Miz Pike«, sagt sie mit großen, feuchten Augen. »Das Baby lebt nicht mehr.«

»Ruby, du verstehst das nicht. Es geht ihr gut, der Kleinen geht's gut. Ich muss sie nur finden. Ich muss sie finden und von hier wegbringen.«

»Aber der Professor hat doch gesagt …«

Ich packe Ruby an den Schultern. »Hast du die Leiche gesehen? Hast du das?«

»Ich hab – ich hab ...« Rubys Zähne schlagen aufeinander.

»Verdammt, Ruby, nun sag schon!« Ich schüttele sie, und sie reißt sich von mir los. Ich will ihr folgen, da ziehen mich Hände hinaus aus der Kammer in die Küche. »Lass mich los, Spencer«, sage ich, versuche mit aller Kraft, mich zu befreien.

Er sieht Ruby an. »Ruf Dr. DuBois noch mal an. Sag ihm, er soll sofort herkommen.«

»Lass mich los! Ruby, er lügt. Lass los – Lily!«, kreische ich. »*Lily!*«

Nur mit Mühe gelingt es Spencer, mich aus der Küche zu zerren. Ruby steht wie angewurzelt da, sieht zu, wie er mich, die ich noch immer schreie und tobe, am Handgelenk die Treppe hinaufzieht. »Das hier geht dich nichts an, Ruby«, ruft Spencer ihr zu. »Du siehst ja, dass Mrs. Pike nicht sie selbst ist, und ich werde dafür sorgen, dass sie sich beruhigt.« Er ächzt, als einer meiner Tritte ihn mit voller Wucht am Schienbein trifft. »Ruf den Doktor. Und dann tust du, was ich dir gesagt habe.«

»Hör nicht auf ihn, Ruby!«

Sie scheint vor meinen Augen zu schrumpfen. »Los«, bellt Spencer. »Sofort.« Plötzlich sacke ich in seinen Armen zusammen. Er fängt mich auf, bevor ich zu Boden falle, und trägt mich ins Schlafzimmer. Ich halte die Augen geschlossen, auch als er verschämt die Binde zwischen meinen Beinen überprüft, ob ich nicht zu stark blute, auch als er tief seufzt, wie ein Mann, der alle Hoffnung verloren hat. Dann deckt Spencer mich zu, zieht mir die Schuhe aus, geht aus dem Zimmer und schließt sorgfältig die Tür hinter sich ab.

Ich habe nicht das Gefühl, gescheitert zu sein.

Schließlich weiß ich jetzt, dass Lily irgendwo da draußen versteckt sein muss.

Warum geben wir nicht auf? … Seit Jahren bemühen wir uns, und was haben wir erreicht? Solange das Geld reichte, war alles gut und schön, jetzt jedoch sieht die Sache anders aus. Falls Hitler mit seiner Sterilisation im großen Stil Erfolg hat, wäre das eine Demonstration, die der Eugenik mehr Auftrieb geben würde, als das hundert Eugenikgesellschaften könnten. Falls er im großen Stil scheitert, wird das der Bewegung dermaßen schaden, dass auch hundert Eugenikgesellschaften sie nicht mehr retten könnten.

Auszug aus einem Brief vom 1. Februar 1934 von Henry H. Goddard an H. F. Perkins als Antwort auf eine Bitte um finanzielle Unterstützung, Eugenik-Erhebung-Vermont, (EEV-)Papiere, Öffentliches Archiv, Middlesex, Vermont

Die größte Schwierigkeit ist, die Scheibe einzuschlagen. Das geräuschlos zu bewerkstelligen ist nahezu unmöglich. Ich wickele die Bettdecke um den Stuhl und kann so den Lärm etwas dämpfen. Draußen neben dem Fenster lehnt noch immer die Leiter für die Dachreparatur. Im Nu bin ich unten angekommen und schleiche unter dem Lichtschein hinweg, der aus Spencers Arbeitszimmer fällt. Der helle Mond ermöglicht gute Sicht.

Das Grundstück ist riesig, und sie könnte überall sein.

Ich suche unter den Büschen entlang der Veranda, unter der Veranda selbst, am Feuerholzstapel an der Ostwand. Hinter dem Haus gehe ich in größer werdenden Kreisen Richtung Wald, bis ich mich schließlich einfach auf den Boden setze und haltlos weine.

Es ist schrecklich, wird Spencer zu Dr. DuBois sagen, wenn er eintrifft. *Ich hab sie gefunden, wie sie in der Erde wühlte. Nein, es ist nicht das erste Mal, dass sie schlafge-*

wandelt ist … aber diesmal kommt sie gar nicht mehr zu sich.

Aber ist es denn wirklich verrückt, nach etwas zu suchen, von dem man weiß, dass es irgendwo ist?

Ich blicke zum Haus zurück. In Rubys Zimmer ist kein Licht, in Spencers Arbeitszimmer keine Silhouette. Ich schließe orientierungslos die Augen, und als ich erneut blinzele, zeichnen sich die Umrisse des Eishauses vor dem Nachthimmel ab. Wieder hat jemand die Tür angelehnt gelassen. Ich stehe auf, werde von einer unsichtbaren Schnur in den eiskalten Bauch der Hütte gezogen.

Meine Schuhsohlen rutschen auf dem Sägemehl. Schimmernde Eisblöcke liegen dicht nebeneinander, eine leuchtende Reihe von Riesenzähnen. Ich sehe die Bratenstücke, die Ruby für die Dinnerparty gekauft hat, die nicht stattfinden wird. Und auf einem Eisblock steht eine alte Apfelkiste, der Deckel liegt daneben.

Drinnen ist die kleinste, regloseste Puppe, die ich je gesehen habe.

»Nein. *Nein.* Oh nein.« Ich umklammere den rauen Rand der Kiste, den winzigen Sarg, und betrachte das Gesicht meiner Tochter.

Ihre Wimpern sind so lang wie der Nagel meines kleinen Fingers. Ihre Wangen sind blass, milchig blau. Ihre Faust, so unglaublich klein, ist zusammengerollt wie eine Schnecke. Ich berühre ihr Grübchenkinn mit dem Finger, ihr winziges Ohr. »Lily«, flüstere ich. »Lily Delacour Pike.«

In dem eiskalten Kinderzimmer hebe ich meine Tochter aus der Wiege. Ich wickele die Decke fester um sie, damit sie es schön warm hat. Ich drücke sie an meine Brust, damit sie hört, wie mein Herz bricht.

Spencer kann sie mir nicht wegnehmen. Dazu müsste ich sie erst gehen lassen.

Awani kia, denke ich. In der anderen Welt wird man sie

fragen, wer sie ist. »Erzähl ihnen von deiner Großmutter und deinem Großvater, die eine Brücke aus Liebe gebaut haben«, sage ich an ihrer Haut. »Erzähl ihnen von deinem Vater, der glaubte, das Richtige zu tun. Und erzähl ihnen von mir.« Ich küsse sie, lasse meine Lippen einen Augenblick auf ihrer Haut. »Erzähl ihnen, dass ich komme.«

Dann lege ich mein Baby zurück in das Bettchen und presse mir die Faust auf den Mund, um all den Schmerz in mir zu halten. Bis in alle Ewigkeit werde ich mich fragen, ob Spencer die Wahrheit gesagt hat. Ob Lily tatsächlich von allein in seinen Armen aufgehört hat zu atmen oder ob er nachgeholfen hat. Vielleicht wird er mir eines Tages sagen: *Ich habe es nur getan, weil ich dich liebte.*

»Ich auch«, sage ich laut.

Spencer wird bald aufwachen und nach mir suchen. Und er wird mir dafür bezahlen. Es gibt Möglichkeiten, der Polizei zu zeigen, was wirklich passiert ist. Ich werde alles tun, was dazu erforderlich ist, selbst wenn es mich das Leben kostet.

Es bleibt nicht viel Zeit. Ich greife erneut in die Kiste, wo das Gesichtchen meiner Kleinen in meine geöffnete Hand passt. Ihre Nase und ihr Kinn drücken sich hinein, eine Erinnerung, die ich mitnehmen werde.

Ich denke an Madame Soliat am Unabhängigkeitstag, mit ihrem Wolfshund und ihrem Zelt.

Ich brauche keine Wahrsagerin mehr. Ich weiß, was als Nächstes kommt.

TEIL DREI

2001

Die Toten sprechen weiter mit den Lebenden.

THOMAS HARDY

ACHT

Wenn Az Thompson nachts nicht im Steinbruch arbeitete, wühlte er sich stundenlang durch das Durcheinander von Fakten in seinem Kopf.

Die Ärzte nannten so etwas Schlaflosigkeit, aber Az wusste es besser. Er ging nicht schlafen, weil er dann nicht aufwachen und sich fragen musste, warum er über Nacht nicht gestorben war.

Az war körperlich erschöpft, doch er legte sich nicht auf die Pritsche. Stattdessen beobachtete er, wie die Regentropfen auf das Dach seines Zeltes trommelten. In vier Stunden würde die Sonne aufgehen, und er würde immer noch da sein.

Plötzlich hörte er einen Schrei. Er schien gleichzeitig aus dem fernen Wald und aus Az selbst zu kommen, eher ein wehes Ziehen als ein Klang.

Da – wieder der Klang.

Das war kein Donner. Der Ton war zu tief für ein Kind und zu kehlig für eine Frau. Nein, es war das Requiem eines Mannes, der so viel verloren hatte, dass er sich selbst nicht mehr finden konnte. Jemand wie ... ja, er selbst.

Az seufzte. Er glaubte nicht an den ganzen mystischen Quatsch, aber er wusste auch, dass die Vergangenheit in vielerlei Verkleidungen wiederkehren konnte, als schriller Schrei einer Eule oder auch als die Augen eines Fremden, die einem auf der Straße hinterherblickten. Und wer sollte besser wissen als er, dass man, wenn man seiner eigenen Geschichte den Rücken kehrte, umso leichter von ihr überrumpelt werden konnte.

Andererseits war da draußen vielleicht nur jemand im Dunkeln gestolpert und hatte sich verletzt.

So oder so, dachte Az müde, er würde nachsehen müssen.

Ross saß auf dem Boden des Zeltes, Az Thompsons Indianerdecke um die Schultern gewickelt. Hose und Hemd waren völlig verdreckt. Das nasse Haar fiel ihm in die Augen, während er den Instantkaffee trank, den der alte Mann mit einem batteriebetriebenen Tauchsieder zubereitet hatte. Er zitterte wie Espenlaub, nicht wegen der Feuchtigkeit, die ihm bis ins Mark drang, sondern wegen einer Frau, die nach Rosen duftete. Einer Frau, in die er sich … verliebt hatte. Eine Frau, die nicht mehr lebte.

»Alles in Ordnung?«, fragte Az.

Du siehst aus, als hättest du ein Gespenst gesehen.

Ross konnte nicht antworten. Er beugte den Kopf zum Kaffeebecher und nahm einen Schluck, der ihm heiß in der Kehle brannte. Tränen schossen ihm in die Augen.

Er hatte mit eigenen Augen gesehen, wie ihre Haut durchscheinend wurde. Er hatte das Entsetzen in ihrem Gesicht gesehen, als sie auf den Grabstein hinabblickte und ihren Namen sah. Sie hatte keine Ahnung gehabt, genauso wenig wie Ross. Ross, der sich intensiv mit dem Übersinnlichen beschäftigt hatte, der wusste, dass ein Dämon faulig stank und dass ein Poltergeist seine Energie aus jungen Mädchen zog, hatte nicht gewusst, dass ein Geist einen Kuss erwidern konnte.

Konnte ein Geistwesen auch wegen eines geliebten Menschen zurückkehren, den es noch gar nicht kennengelernt hatte?

Die Pritsche quietschte, als Az sich daraufsetzte. Er faltete die Hände im Schoß und starrte Ross mit brennenden schwarzen Augen an. »Wollen Sie drüber reden?«, fragte Az leise.

Ross schüttelte den Kopf. Er konnte nicht.

Eli saß auf der Couch und wartete, während Shelby Wakeman sich oben anzog. Er saß auf der linken Seite, fürchtete dann aber, wenn sie zurückkam, könnte sie denken, er hätte es sich gemütlich gemacht, mit dem Arm auf der Lehne, also rutschte er in die Mitte und drehte seine Uniformmütze in den Händen, bis Shelby ins Zimmer kam und die ganze Luft wegnahm, einfach so.

»Tut mir leid. Normalerweise gehe ich nicht an die Tür, wenn ich noch nicht präsentabel bin.«

»Präsentabel?«, fragte Eli.

»Richtig angezogen und so weiter.« Shelby lächelte verlegen und setzte sich Eli gegenüber, strich sich das Haar hinter die Ohren. »Und Ross hat wirklich ... keinen Ärger?«

»Mit mir jedenfalls nicht«, versicherte Eli ihr.

Eli hätte auch bis zum nächsten Morgen warten können. Doch er war so mit dem Rätsel beschäftigt gewesen, das durch Frankies DNA-Ergebnisse noch verwirrender geworden war, dass er auch um diese Zeit dringend jemanden brauchte, der ihm weiterhalf. Gray Wolfs DNA war nicht an dem Seil gewesen, doch damit schied er als Mordverdächtiger nicht unbedingt aus. *Vielleicht* war Spencer Pikes DNA an dem Seil, doch damit war er nicht automatisch der Täter. Die Frage blieb, wer hatte Cissy Pike ermordet? Und war sie in jener Nacht das einzige Opfer gewesen?

Eli versuchte, sich das alles in Erinnerung zu rufen – und dass er nicht in dieses Haus gekommen war, weil Shelby Wakeman ihm seit drei Wochen durch den Kopf geisterte. Sie roch nach Äpfeln, genau wie sein Schlafzimmer morgens, wenn er von ihr geträumt hatte. Jetzt sah sie noch schöner aus.

Eli räusperte sich. »Ich, äh, ich halte es für möglich, dass Ihr Bruder nützliche Informationen zu einem Fall hat.«

Sie schüttelte den Kopf. »Das kann ich mir nicht vorstellen. Ross geht kaum aus, und wenn er in letzter Zeit außer Haus war, dann um zu arbeiten.«

»Auf Geisterjagd«, sagte Eli.

»Ja.« Shelby hob den Kopf. »Sie denken bestimmt, er ist ein Spinner.«

Eli wollte schon nicken, aber dann stammelte er: »Ich weiß nicht, was ich denke.«

Shelby wurde es plötzlich heiß, und sie stand abrupt auf, murmelte etwas, was sich anhörte wie *xerothermisch*, während sie sich abmühte, ein Fenster zu öffnen, das klemmte. »Moment«, sagte Eli und trat neben sie. Ihre Schultern berührten sich. Eli riss das Fenster mit zu viel Wucht nach oben, und ein kühler Luftzug fiel wie eine Guillotine zwischen sie.

»Danke.«

Eli starrte sie an. »Gern geschehen.«

Was immer Eli auch sagen wollte – und in dem Augenblick hätte er wirklich keine Worte finden können –, es ging in einem Hagel von Schritten unter, die die Treppe hinuntergepoltert kamen. »Verzeihung. Ich wusste nicht, dass da oben jemand schläft.«

»Ethan hat nicht geschlafen«, sagte Shelby, als der Junge ins Zimmer kam. Er war klein, mager und trug für die Jahreszeit viel zu viele Kleidungsstücke. Eine Mütze überschattete seine Augen, doch obwohl sein Gesicht halb bedeckt war, konnte Eli sehen, dass die Haut des Jungen milchweiß wie Porzellan war. Eine Hand war bandagiert, und die andere hatte an mehreren Stellen Blasen, als wäre sie in kochendes Wasser getaucht worden. Er hatte das lebhafte Lächeln seiner Mutter.

»Ethan, du kannst nach draußen«, sagte Shelby im Befehlston.

»Aber es regnet ...«

»Nicht mehr. *Geh.*« Sie wartete, bis die Tür ins Schloss

fiel und seine Skateboardräder über die Zufahrt ratterten. Dann wandte sie sich Eli zu und verschränkte die Arme, eine ganz andere Frau als die, die er eben noch vor sich gesehen hatte. »Das ist mein Sohn.«

Eli sah, wie ihre Finger sich in die Haut ihrer Arme gruben. Sie stand stocksteif da.

»Sie denken, mit ihm stimmt was nicht«, sagte sie vorwurfsvoll.

Er hätte ihr gern mit der Hand über den Rücken gestrichen. Er hätte sie gern in die Arme genommen.

»Eigentlich«, sagte Eli, »hab ich gerade gedacht, er sieht aus wie Sie.«

Der Laut war kaum zu vernehmen, doch er hallte durch Spencer Pikes Schädel. Wie viele Kissen er sich auch über den Kopf legte, das Schreien des Babys hörte er trotzdem noch. Spencer wand sich, zerkratzte sich die Ohren, bis ihm Blut in den Pyjamakragen lief.

»Mr. Pike! Um Himmels willen. Ich brauche hier jemanden, der mir hilft!«, schrie die Krankenschwester in die Sprechanlage.

Zwei Pfleger waren erforderlich, um Spencer die Arme nach unten zu drücken, bis er am Bett festgeschnallt war. »Das Baby«, keuchte Spencer, während die Krankenschwester die tiefen Kratzwunden um seine Ohren betupfte. »Schafft das verfluchte Baby weg.«

»Hier ist kein Baby. Sie hatten bestimmt einen Albtraum.«

Tränen liefen ihm über das Gesicht. Das Geräusch zerriss ihm den Schädel. Wieso konnten sie es nicht hören? »Das Baby«, schluchzte er.

Die Krankenschwester gab ihm eine Beruhigungsspritze. »Gleich geht's Ihnen wieder besser.«

Aber das stimmte nicht. Er würde nur einschlafen, und im Schlaf würde das Baby auf ihn warten. Er lag ganz still da, starrte an die Decke, während das Beruhigungsmittel sich in ihm ausbreitete. Er spürte, wie seine Hände sich entspannten, dann die Beine und schließlich sein Kiefer. »Wann werde ich sterben?«, dachte Spencer, doch er hatte offenbar laut gesprochen.

Denn die Krankenschwester blickte ihn unverwandt mit ihren braunen Augen an. »Bald«, sagte sie sanft.

Spencer seufzte. Ihre Antwort brachte ihm größere Erleichterung, als es irgendein Medikament vermocht hätte.

Männer, fand Meredith, waren ein Accessoire. Man brauchte nicht unbedingt einen, um sein Aussehen zu vervollkommnen.

Jetzt, um kurz vor elf Uhr abends, war sie auf dem Weg nach Hause. Die Fahrt vom Büro war die einzige Zeit am Tag, zu der sie es sich erlaubte, an andere Dinge als an ihre Arbeit zu denken.

Es regnete. Meredith dachte an Lucy, bei der sich noch immer keine Besserung abzeichnete, obwohl sie das Risperdal nicht mehr nehmen musste. Eher war ihre Tochter noch wunderlicher geworden – sie sprach beim Frühstück mit Leuten, die gar nicht da waren, und schnallte im Auto auf dem Sitz neben sich etwas nicht Vorhandenes an. Meredith hatte eine Schwäche für wissenschaftliche Tatsachen, sagte sich aber, dass ihre Tochter die genetische Anlage zu blühender Phantasie in sich trug.

Sie bog in die Einfahrt zum Haus. Nur im Wohnzimmer brannte noch Licht. Die beiden schliefen längst. Meredith stieg steifbeinig aus dem Wagen. Einen Augenblick lang stockte ihr der Atem angesichts der wunderschönen Sternennacht. Sie brachte so viel Zeit dafür auf, sich die winzigsten Elemente des Menschseins anzuschauen, dass sie manchmal vergaß, wie einfach die Welt doch sein konnte.

Meredith trat ins Haus und sah, dass Lucy auf der Treppe saß, komplett angezogen. Sie starrte geradeaus auf einen Koffer zu ihren Füßen. »Luce?«, sagte sie, doch ihre Tochter reagierte nicht.

»Sie kann dich nicht hören.«

Ruby kam die Treppe herunter. Ihr langes, weißes Haar wie eine Wolke, die Hände Halt suchend um das Geländer gelegt. »Sie schlafwandelt.«

Sie schlafwandelt? Lucys Augen waren offen. »Bist du sicher?«, fragte Meredith ihre Großmutter. »Bist du schon mal schlafgewandelt?«

Ruby beugte sich zu Lucy hinab und half ihr hoch. »Ich kannte mal jemanden, der das oft getan hat.«

Lucy folgte Ruby nach oben, fügsam wie ein Lamm. Meredith wollte ihnen nach und stolperte über den Koffer. Er klappte auf, und der Inhalt ergoss sich zu ihren Füßen: ein Berg von Puppen. Es waren Puppen, mit denen Lucy seit Jahren nicht mehr gespielt hatte, und sie starrten zu Meredith hoch, mit glasigen Augen.

Wenn man zu einem Haus kommt, in dem Menschen wohnen, die man liebt, und man einen Streifenwagen davor stehen sieht, hat man das Gefühl, als würde einem das Herz unter Strom gesetzt. Ross sprang aus seinem Wagen, rannte die Einfahrt hoch und rief, schon während er die Tür aufriss, Shelbys Namen.

Sie stand sofort auf. »Ross!« Er musterte sie und Ethan, der mit seinem Skateboard hinter Ross hereingekommen war, und blickte dann den Cop an, der im Wohnzimmer stand.

Etwas verspätet merkte er, dass Shelby seine verdreckte Kleidung und sein nasses Haar registrierte. Bestimmt hatte sie die Polizei verständigt, weil sie sich seinetwegen Sorgen machte – das traute er seiner Schwester ohne Weiteres zu. »Es sieht schlimmer aus, als es ist«, sagte Ross.

»Aber mir geht's gut. Ihr könnt die Suchtrupps zurückpfeifen.«

Da trat Eli Rochert vor. »Eigentlich«, sagte er, »bin ich hier, um Sie zu bitten, bei uns mitzumachen.«

Ross wollte in seinem Zimmer in Shelbys Haus sein, bei ausgeschaltetem Licht und mit einer Flasche Jameson's neben sich, während er mit der Spitze eines Messers Lias Namen in seinen Arm ritzte. Vielleicht würde es bluten, vielleicht würde es wehtun – nein, weder noch, darauf würde er wetten. Er wusste, was anscheinend sonst niemand ahnte – er war schon tot, sein Körper hinkte nur noch ein wenig hinterher.

Im Verhörraum des Polizeireviers von Comtosook zu sitzen, mit Eli und dessen Ungetüm von Hund, stellte eine ganze andere Form von Folter dar, wie er fand. Auf dem Tisch lagen Beweisfotos von der toten Lia, von den Schuhen, die sie getragen hatte, sogar von dem Kleid, das sie angehabt hatte, als sie ihm erschienen war. Der Anblick der Fotos war ein tieferer Schnitt, als Ross ihn sich hätte selbst zufügen können.

»Sie, äh, haben bei unserem letzten Gespräch gesagt, Sie hätten angefangen, die Hintergründe von Cecelia Pikes Tod zu erkunden«, sagte Eli.

»Lia«, murmelte Ross. »Sie möchte Lia genannt werden.«

»Dann ... haben Sie sie gesehen?«, fragte Eli.

»Sie werden mir sowieso nicht glauben, also, warum fragen Sie überhaupt?«

Eli zögerte, dann antwortete er. »Mr. Wakeman, vor einer Woche haben Sie mich gebeten, einen siebzig Jahre alten Fall wieder aufzunehmen. Obwohl ich Bedenken hatte, habe ich es getan. Und mein Interesse ist so groß, dass ich der Sache weiter nachgehen möchte, obwohl ich dafür meine Freizeit opfern muss.« Er legte die Hände flach auf den Tisch. »Sie haben angedeutet, dass Spencer Pike vielleicht mit dem Mord zu tun haben könnte. Wie kommen Sie darauf?«

»Die Abenaki erheben Anspruch auf das Land. Pike reagierte aufgebracht, als ich die Sache ansprach. Und Geister kommen nur dann zurück, wenn sie einen guten Grund haben. Ich dachte, wenn es auf dem Grundstück einen Geist gibt, dann ist es ein Indianer – vielleicht sogar der, dem der Mord angelastet wurde. Aber der Geist, den ich dann gefunden habe, war Lia.« Er wandte den Blick ab. »Tut mir leid, dass Sie Ihre Zeit verschwendet haben.«

»Vielleicht war es ja keine Zeitverschwendung«, sagte Eli. »Falls Sie recht haben, wäre es doch denkbar, dass an dem Tod von Lia Pike tatsächlich etwas nicht stimmt.«

Plötzlich stand Ross ihr Gesicht vor Augen, und er sprang auf, um zu gehen, ehe er vor diesem Cop die Fassung verlor. »Wenn man mit achtzehn Jahren ermordet wird, dann stimmt weiß Gott was nicht. Aber ich möchte jetzt wirklich gehen, Officer Rochert ...«

»Darf ich Ihnen nur noch rasch etwas zeigen?« Eli reichte Ross den siebzig Jahre alten Tatortbericht. »Pike sagt, Gray Wolf hat sie erhängt. Die Beamten vor Ort haben Anzeichen für einen Kampf festgestellt. Es gibt jede Menge Fotos, von dem Vordach, an dem die Tote gehangen hat, von Fußspuren, von einer zerschlagenen Fensterscheibe im Schlafzimmer. Ich habe DNA, die mit dem Blut des Opfers übereinstimmt, plus DNA von zwei verschiedenen Männern, die nachweislich am Tatort waren.«

Ross schluckte. »Hört sich an, als könnten Sie bald beweisen, dass Pike recht hat.«

Eli fuhr fort, als ob Ross nichts gesagt hätte. »Es gibt aber auch Beweise, die keinen Reim ergeben. Deshalb frage ich mich, ob Sie nicht richtig damit liegen, dass Spencer Pike Gray Wolf loswerden wollte. Und möglicherweise auch seine Frau.«

»Hören Sie.« Der Raum drehte sich vor Ross' Augen. »Ich kann jetzt nicht darüber reden.«

»Sie sollen auch nicht reden. Sie sollen mir helfen.«

Ross blickte auf. »Ich bin kein Polizist.«

»Nein«, sagte Eli ruhig. »Aber Sie können anscheinend Dinge finden, die wir anderen nicht sehen können.«

LISTE DER BEI DER HAUSDURCHSUCHUNG GEFUNDENEN
GEGENSTÄNDE: Mordfall Pike, 19. Sept. 1932
GEGENSTÄNDE VOM VORDACH DES EISHAUSES:
Abgeschnittene Schlinge, Lederbeutel, Pfeife
Fotografien: Sägemehl mit Fußspuren, abgeschnittener Leichnam
GEGENSTÄNDE VOM LEICHNAM:
Schuhe, Kleid, Unterwäsche/ Damenbinde
Fotos: Obduktion
GEGENSTÄNDE AUS SCHLAFZIMMER:
Fotografien: zerbrochene Fensterscheibe
Fotografien: Räume des Hauses – durchwühlt
Namensliste für geplante Dinnerparty in der folgenden Woche
Bettlaken, Kopfkissen, Tagesdecke, Nachthemd – befleckt
Windeln, Waschschüssel

Als Ross nach Hause kam, wurde es Tag. Er ging ins Haus, dankte einem Gott, an den er nicht mehr glaubte, dass Shelby anscheinend nicht auf war. Er eilte in sein Zimmer, schloss die Tür hinter sich, kroch vollständig angezogen ins Bett und verzweifelte. Er sehnte sich nach einer Frau, die genauso empfand wie er – als hätte ihr etwas gefehlt, bis sie sich kennenlernten, einer Frau, die bereit war, alles aufzugeben, um ihm von einer Welt in die andere zu folgen, überzeugt, dass jede Sekunde, die sie unglücklich allein gewesen war, nur zu der Begegnung mit ihm geführt hatte.

Er wollte eine Frau, die es nicht gab.

Es klopfte an der Tür. Ross ignorierte es.

»He.« Shelby setzte sich auf die Bettkante, legte eine Hand sachte auf die Stelle der Decke, wo seine Schulter war. »Ich weiß, dass du nicht schläfst.«

Er zog die Decke ein Stück herunter. »Woher?«

»Weil du *nie* schläfst.«

Er sah zu, wie Shelby den Rand der Decke zu einem Fächer faltete, den sie sofort wieder auseinanderfallenließ. »Was wollte der Polizist von dir?«

»Nichts.«

»Er kommt extra den weiten Weg hierher und nimmt dich mit aufs Revier wegen nichts?«

»Lass mich in Ruhe, Shelby. Wenn du jemanden bemuttern willst, geh zu deinem Sohn.«

»Mein Sohn weint aber nicht.«

Ross berührte seine Wangen – verdammt, er hatte es nicht mal gemerkt. »Ich kann jetzt nicht.«

»Ross, red mit mir ...«

Er drehte sich auf den Rücken, legte den Arm über die Augen. »Shel, hör mal. Ich habe nicht erfahren, dass ich nur noch sechs Wochen zu leben habe, leider. Ich habe auch nichts verbrochen. Ich hatte bloß eine richtig beschissene Nacht, die mich daran erinnert hat, warum es nichts bringt, sich zu verlieben. Also geh wieder in dein Zimmer oder in die Stadtbücherei oder egal wohin und lass mich allein, ja?«

»Wer ist sie?«, fragte Shelby.

Ross stützte sich auf einen Ellbogen. »Sie«, sagte er, »ist der Geist einer Frau, die vor siebzig Jahren ermordet wurde.«

Shelbys Mund klappte auf, und Ross sank wieder aufs Kissen. »Voilà.«

»Du hast einen Geist gesehen?«

»Ich hab einen Geist gesehen. Ich hab einen Geist berührt. Ich hab einen Geist geküsst.«

»Du hast einen Geist ge*küsst*?«

»Ich hab mich so heftig in einen Geist verliebt, dass ich innerlich noch ganz wund bin.«

»Ross, bitte ...«

»Nicht, Shelby. Sag nichts. Ich weiß hundertprozentig, was da draußen mit mir passiert ist und was nicht.«

Seine Stimme klang jetzt schrill, seine Augen blickten wild. »Ross«, sagte sie sanft, »es gibt keine Geister.«

Er sah sie an. »Woher willst du das wissen?«

Shelby wollte etwas entgegnen, aber dann begriff sie, dass sie dieses Gefühl, das ihn quälte, nur zu gut kannte: Sie hoffte auf das Unmögliche, darauf, dass die Forschung in absehbarer Zukunft vielleicht doch noch ein Mittel gegen XP fand. Plötzlich verstand sie, dass Ross, ob sein Geist nun real war oder nicht, im Augenblick einfach fest daran glauben musste. Und es war wichtig für ihn, dass auch sie daran glaubte.

Ross presste sich die Handballen gegen die Augen. »Gott, vielleicht bin ich ja tatsächlich verrückt.«

»Du bist nicht verrückter als alle anderen.« Shelby strich ihm durchs Haar. »Verliebtheit ist bloß ein anderes Wort für nicht klar sehen können. Wenn man einen Menschen liebt – erst dann wird er real.«

»Sie ist fort«, sagte Ross mit erstickter Stimme. »Sie hat mich verlassen.«

Shelby beugte sich hinab und gab ihm einen Kuss oben auf den Kopf. »Dann such sie.«

»Verdammt«, sagte Eli, als er den Krach hörte. Er lief aus dem Badezimmer nach unten, das Gesicht noch halb mit Rasierschaum bedeckt, und stellte Watson unter dem Couchtisch, unter den er sich verkrochen hatte. Ein kurzer Rundblick durchs Wohnzimmer verriet ihm, dass entweder bei ihm eingebrochen worden war oder dass ein schwerer Hund irgendetwas gejagt hatte. Der Fernseher war heruntergefallen, die Sofakissen lagen auf dem Boden verteilt, und ein Stuhl war gegen das Fenster gekippt und hatte die Scheibe zerschlagen. Eli ging vor dem Hund in die Hocke. »Gib sie mir.« Er hielt ihm eine Hand hin, und Watson öffnete verlegen den Mund, um die Maus herausfallen zu lassen.

Eli warf sie durch das kaputte Fenster nach draußen. »Na prima, Watson.« Der Hund winselte und drückte die Nase in den Teppich. Eli ging seufzend zum Fenster und stellte den Stuhl gerade. Da die Scheibe von innen zerschlagen worden war, lagen die meisten Scherben irgendwo zwischen den Azaleensträuchern.

Plötzlich fuhr Eli herum und lief ins Schlafzimmer, um den Umschlag mit den Tatortfotos von dem Pike-Fall herauszusuchen. Die Bilder waren siebzig Jahre alt, aber er sah, was ihn interessierte: Cissy Pikes Schlafzimmer. In der Mitte des Fotos war das Bett, aber direkt dahinter befand sich das Fenster. Und außen auf der Fensterbank lag etwas Glänzendes. Was war mit dem Fußboden?

Eli kratzte sich die Wange, bemerkte, dass er noch immer Rasierschaum im Gesicht hatte. »Wenn ich fertig bin, Watson«, sagte er, »machen wir eine kleine Spritztour.«

Rod van Vleet schob sein Gesicht bis fast an Ross' Nasenspitze. »Hab ich richtig gehört?«, sagte er. »Sie haben tatsächlich einen Geist gefunden?«

Ross nickte. »Das sollte ich doch, oder?«

»Nein!« Rod warf die Hände in die Luft. »Sie sollten Haus und Grundstück überprüfen. Ich hab doch nicht damit gerechnet, dass Sie was finden.« Er setzte sich in dem engen Baucontainer Ross gegenüber. »Was soll ich denn jetzt machen? Weihwasser verspritzen?«

»Es geht nicht um einen Dämon. Bloß um einen Geist.«

»Ach so, hervorragend«, sagte Rod. »Und was mache ich, bitte schön, wenn der Geist meinen Mitarbeitern auf die Pelle rückt?«

»Das ist unwahrscheinlich. Curtis Warburton hat immer gesagt, dass Geister sich meistens nur um ihre eigenen Angelegenheiten kümmern.«

»Dann wird es ihm ja bestimmt nichts ausmachen, woanders rumzuspuken.«

Ross schüttelte den Kopf. »Menschliche Geister gehen nur dann woandershin, wenn sie es wollen. Wenn sie einem Ort emotional verbunden sind, dann bleiben sie, wo sie sind.«

Rod schwieg eine Weile. »Wenn ein Richter diesen Schwachsinn glaubt und denkt, dass hier ein Geist sein Unwesen treibt, verliere ich meine Baugenehmigung«, sagte er schließlich. »Das heißt, einer von uns muss hier verschwinden … und ich bin sicher, für ein entsprechendes Honorar können Sie den Pike-Besitz zur geistfreien Zone machen.«

Die Farbe wich aus Ross' Gesicht. »Ich kann sie nicht dazu bringen zu gehen.«

»Dann such ich mir eben jemanden, der das kann.«

Sie starrten einander an, bis Ross ohne ein weiteres Wort aus dem Baucontainer stürmte. Rod sah ihm nach. Die Arbeiter, an denen er vorbeiging, verzogen keine Miene. Aber schließlich wurden sie auch dafür bezahlt, ihre Arbeit zu machen – und kleinere Erschwernisse wie gefrorener Boden im August wurden zumindest mit gut bezahlten Überstunden entschädigt. Er hatte es auf seiner Baustelle also mit einem Geist zu tun. Na und? Vielleicht konnte er sogar Profit daraus schlagen. Ein Restaurant »Spuknapf« aufmachen oder ein Café »Geist-Reich«.

Oder vielleicht sollte er hier gar kein Einkaufszentrum bauen, sondern eine gruselige alte Pension, wenn er schon einen Geist hier hatte.

Das forensische Labor in Montpelier behandelte Fälle in der Reihenfolge ihrer Dringlichkeit. Es konnte also durchaus passieren, dass Beweismittel in einem Mordfall binnen eines einzigen Tages untersucht wurden, bei einem einfachen Einbruch dagegen erst nach Wochen. Eli wusste das natürlich, und genau das war der Grund, warum er jetzt mit Tuck Boorhies, einem Labortechniker, mit dem er bereits früher zusammengearbeitet hatte, sprach. »Ein Mord?«, sagte Tuck. »In Comtosook?«

»Richtig«, sagte Eli. Er erwähnte nicht, dass die Tat siebzig Jahre zurücklag.

Tuck nahm das Foto, das Eli dabeihatte. »Du liebe Güte. Wieso denn schwarz-weiß?«

»Wie lange brauchst du?«

»Wie lange willst du mir hier noch auf die Finger gucken?«, erwiderte Tuck, während er bereits den Ausdruck in den Computer einscannte. »Also, welchen Teil soll ich vergrößern?«

Eli zeigte es ihm auf dem Bildschirm, und der Computer zoomte das Schlafzimmerfenster mit dem Holzboden davor heran. Der Techniker drückte Knöpfe, manipulierte den Kontrast. »Was siehst du?«, fragte Eli.

»Einen Fußboden.«

»Was siehst du auf dem Fußboden?«

»Nichts«, sagte Tuck.

Eli grinste. »Genau.«

Zehn Minuten später hatte er einen Ausdruck von dieser und einigen anderen Vergrößerungen, darunter eine von einer Zoomaufnahme, die draußen vor dem Haus unter dem Fenster von Cecelia Pike gemacht worden war. Dort lagen neben dem Fuß der Leiter, die noch immer am Haus lehnte, kleine blinkende Stückchen im Gras, die aussahen wie Glasscherben. »Im Zimmer ist kein Glas«, sagte Eli eine halbe Stunde später auf der Heimfahrt zu Watson, der hechelnd neben ihm im Pickup saß. »Aber *draußen* ist Glas. Das bedeutet, dass niemand sie rausgeholt hat. Sie ist ausgebrochen. Aber wenn sie entführt wurde, warum hätte sie dann ausbrechen sollen?«

Eli verlangsamte das Tempo, als ein Wagen ihn überholte. »Weil sie gar nicht entführt wurde, ganz einfach. Sie ist weggelaufen. Wieso klettert jemand aus dem Fenster, statt die Tür zu benutzen? Weil er nicht gesehen werden will. Oder weil die Tür von jemand anderem abgeschlossen wurde. Und warum zerschlägt er die Scheibe? Weil das Fenster ebenfalls verriegelt wurde.«

Er sah seinen Hund an. »Nächste Frage: Warum war unten im Haus alles durchwühlt? Pike sagt im Polizeibericht aus, Gray Wolf sei durch das kaputte Schlafzimmerfenster eingestiegen. Wenn das wahr wäre, dann wäre er nicht mit dem Opfer die Treppe heruntergegangen – er hätte denselben Weg genommen, auf dem er gekommen war. Das heißt, jemand anders muss das Chaos im Haus angerichtet haben.« Er überlegte, wer etwas davon gehabt hätte, die Tat zu inszenieren. Dann setzte Eli den Blinker und nahm die Ausfahrt. »Alle Wege«, sagte er, »führen zu Spencer Pike.«

GERICHTSMEDIZINISCHER BERICHT
TODESURSACHE: ERHÄNGEN
TODESART: SELBSTMORD
Weitere Feststellungen:
Das Opfer hat nicht lange vor der Tat entbunden; Entbindung termingerecht oder ein wenig früher.

ÄUSSERLICHE UNTERSUCHUNG
Es handelt sich um den Körper einer voll entwickelten, gut genährten weißen Frau, deren Aussehen dem festgestellten Alter entspricht. Das Haar ist blond. Die Augen sind braun. Die Pupillen sind gleich groß und haben je einen Durchmesser von sechs Millimetern. Die Körperlänge beträgt 158 cm, das Körpergewicht 56 kg. Keine sichtbaren Narben. Die Totenstarre ist gering.

Geringe Totenflecke an Händen, Unterarmen, Füßen und Beinen. Die Rückseite des Rumpfes weist ebenfalls eine leichte Verfärbung auf.
Die Augen stehen vor. Am Hals ist eine zwei Zentimeter breite, rote Furche erkennbar, die vorn ausgeprägter ist als hinten. Sie erstreckt sich von knapp oberhalb des Schildknorpels bis zur Höhe der Ohren. In der Haut oberhalb der Furche sind Petechien erkennbar. Aus Mund und Nasenlöchern ist blutiger Schleim ausgetreten. Die Zunge ragt heraus, und die Zungenspitze ist schwärzlich und trocken. In der Haut des Halses sind parallele Kratzspuren festzustellen.
Thorax: Die Brüste sind vergrößert. Keine Ekchymosen erkennbar.
Unterleib: Der Unterleib ist gewölbt und weist Schwangerschaftsstreifen auf. Der Uterus ist zehn Zentimeter oberhalb des Schambeins tastbar.
Extremitäten: Zahlreiche Ekchymosen an Schienbeinen und Handgelenken.

INNERE UNTERSUCHUNG
Die Öffnung des Körpers erfolgt über den üblichen Y-Schnitt. Die Thorax- und Unterleibsviszera sind normal positioniert. Es ist keine Pleural- oder Peritonealflüssigkeit nachweisbar. Die Untersuchung des Halses ergibt keinerlei Anzeichen für eine Fraktur des Schildknorpels oder des Zungenbeins. Ekchymosen befinden sich nur unterhalb der äußerlich erkennbaren Furche.
Die rechte Lunge wiegt 300 Gramm, die linke Lunge wiegt 280 Gramm. Geringe Kongestion in beiden unteren Lungenlappen im hinteren Bereich. Das Herz wiegt 350 Gramm. Keine Anomalitäten erkennbar.
Die Leber wiegt 1200 Gramm, und die Sektion ergibt einen Inhalt von 600 ccm flüssigem Blut. Die Leber hat eine leichte Muskatnussfärbung. Bauchspeicheldrüse und Gallenblase sind unauffällig. Die Milz wiegt 100 Gramm. Sie ist äußerlich und, wie die Sektion ergibt, auch innen unauffällig. Der Magen enthält eine kleine Menge teilweise verdauter Speisen. Tabletten sind nicht

erkennbar. Die Gedärme weisen keinerlei Anomalitäten auf.
Nieren, Harnleiter und Blase sind normal angeordnet und abgegrenzt.
Der Uterus wiegt 450 Gramm. Die Gebärmutterwand ist zwei Zentimeter dick und hämorrhagisch. Der rechte Eierstock weist ein zwei Zentimeter großes Corpus luteum auf, der linke Eierstock ist unauffällig.
Bauchaorta und Hohlvene sind unauffällig. Es liegen geringfügige postmortale Blutungen vor. Gehirn und Rückenmark weisen keine signifikanten Anomalitäten auf.

MIKROSKOPISCHE UNTERSUCHUNG
Sektionen des blutunterlaufenen Bereichs an der rechten Körperseite zeigen eine geringe Anzahl von segmentierten Neutrophilen um die ausgetretenen roten Blutkörperchen herum. Sektionen der Lunge zeigen leichte Kongestion und Ödeme. Anzeichen für eine Lungenentzündung liegen nicht vor. Sektionen des Leberhämatoms bestätigen den Eindruck, dass keine erkennbare Blutverteilung vorliegt. Sektionen der übrigen Eingeweide ergeben keine Auffälligkeiten.

»Übersetz mir das, Wesley«, sagte Eli. Er saß auf der Veranda des alten Mannes, ein Glas Limonade in der Hand.

Wesley Sneap war der einzige Arzt des Ortes gewesen – und bis 1985 auch als Coroner eingesprungen. Jetzt lebte Wesley zwar im Ruhestand, hatte aber noch immer ein Mikroskop und ein provisorisches Labor im Keller.

»Tja«, seufzte er, »sie wurde erhängt, eindeutig. Das sieht man in ihrem Gesicht und daran, wie sie sich den Hals zerkratzt hat.«

Eli beugte sich vor, die Hände gefaltet. »Was noch?«

Der Doktor überflog den Bericht ein zweites Mal. »Einiges, was hier steht, bestätigt, dass sie kurz zuvor entbunden hat ... die Dicke des Uterus, die Kolostralmilch, die Größe des Herzens. Ach, und einige Stunden vor ihrem Tod hatte sie einen Kampf mit jemandem. Sie hat Blutergüsse an Schienbeinen und Handgelenken, aber nur die Handgelenke sind als Reaktion auf die Verletzung geschwollen. Die Blutergüsse an den Schienbeinen nicht, weil sie schon tot war, bevor eine Zellreaktion erfolgen konnte. Hat wahrscheinlich wie verrückt um sich getreten, um sich zu befreien.«

»Wann ist der Tod eingetreten?«

»Mal sehen.« Wesley legte die Stirn in Falten. »Nichts im Magen, aber sie war ja schließlich mit der Geburt beschäftigt. Aber es lässt sich einigermaßen bestimmen, wie lange sie gehangen hat ... sie hatte schon Totenflecke – also Hautverfärbungen durch Blutansammlungen, an Beinen und Unterarmen ... sie hat mindesten vier oder fünf Stunden gehangen. Aber nicht viel länger, denn dann hätte sich nichts mehr verändert. Es hat aber eine Umverteilung des Blutes auf die Rückseite des Rumpfes gegeben, nachdem sie abgeschnitten wurde.«

»Der Ehemann hat ausgesagt, dass er die Leiche am Vormittag gegen halb elf abgeschnitten hat ... aber der Mörder ist mitten in der Nacht ins Haus gekommen.«

Wesley schüttelte den Kopf. »Das haut nicht hin. Laut Obduktionsbefund muss sie gegen sechs Uhr morgens erhängt worden sein, wenn sie um halb elf abgeschnitten wurde.«

»Und wenn sie mitten in der Nacht aufgehängt wurde?«, fragte Eli.

»Dann hat man sie gegen sechs oder sieben Uhr morgens abgeschnitten. Sonst wären die Totenflecke unveränderlich gewesen und hätten sich nicht mehr auf die Rückseite des Rumpfes verteilt.«

Er nahm einen von den Objektträgern, die an den Obduktionsbericht gesteckt waren, und hielt ihn gegen das Licht. »Ha.«

»Was siehst du da?«

»Tja, mein Kollege von damals erwähnt einen Bluterguss an der rechten Körperseite, und dann spricht er von einem Leberhämatom. Offenbar ist er von einem physischen Trauma ausgegangen. Er hat gedacht, das Hämatom bestünde aus vergrößerten Blutgefäßen, als Folge eines rechtsseitigen Herzfehlers.«

»Wie bitte?«

»Man muss sich das wie ein verstopftes Rohr vorstellen: Wenn das Herz nicht gut funktioniert, staut sich alles in der Leber. Aber die Frau war auf der Stelle tot ... für so eine Reaktion wäre keine Zeit gewesen.« Er blickte mit zusammengekniffenen Augen auf das Dia. »Komm mal mit nach unten. Ich will mir das genauer ansehen.«

Eli folgte Wesley hinunter in den Keller zu einem Untersuchungstisch aus Chrom und einer Arbeitsplatte voller Instrumente und Mikroskope. »Ich erinnere mich an den Fall«, sagte er. »Als ich 1943 nach Comtosook zog, sprachen die Leute noch darüber. Ja, die Jungs damals haben sich am Halloween-Abend im Wald auf dem Pike-Grundstück versteckt, damit sie am nächsten Tag in der Schule damit prahlen konnten.«

»Tatsächlich? Was haben sie denn so erzählt?«

»Eigentlich nicht viel. Das war eine Mutprobe für sie, und wenn sie wiederkamen, waren sie alle ziemlich kleinlaut. Einer von ihnen, ein richtiges Football-Ass, war mein Patient, weil er den ganzen November lang kein Wort mehr rauskriegte. Ich hab ihn nach Boston schicken müssen, zur Kehlkopfuntersuchung bei einem teuren Spezialisten.«

»Und was fehlte ihm?«

»Nicht das Geringste, körperlich. Irgendwann hat er wieder sprechen können, als wäre nie was gewesen.«

»Glaubst du, dem ist auf dem Pike-Grundstück irgendwas passiert?«

Wesley zuckte die Achseln. »Einem Körper kann so

manches passieren, das nie in irgendwelchen Medizinbüchern auftaucht. Zum Beispiel, dass man an Trauer sterben kann, oder das Schwindelgefühl, wenn man verliebt ist. Ich hab keine Sekunde lang geglaubt, dass der Junge irgendwas an den Stimmbändern hatte, egal, was für neumodische Tests die Ärzte in der Stadt mit ihm anstellten. Und ich hab recht behalten.« Er schob den Objektträger unter das Mikroskop und spähte hinein. »Aha.«

»Was ist?«

»Fibrinablagerung innerhalb der periportalen Sinusoide und mikrosokopische Einblutungen. Und koagulative Nekrose in den periportalen Hepatozyten.«

»Meine Güte, Wesley. Was heißt das?«

Wesley nahm seine Brille ab und rieb sich die Augen. »Präeklampsie ist eine ernste Komplikation während der Schwangerschaft. Noch ernster wird sie, wenn sie das HELLP-Syndrom verursacht – das ist die Kurzform für Hämolyse, erhöhte Leberwerte, niedrige Thrombozytenzahl. Es ist erst seit gut zwanzig Jahren diagnostizierbar – und es ist heilbar, jetzt, wo man weiß, was es ist. Aber früher sah die Sache anders aus ... der Zustand konnte sich rasch verschlimmern. Ich habe den Eindruck, dass das Leberhämatom eine Folge des HELLP-Syndroms ist und nichts mit irgendwelchen Schlägen zu tun hat, wie dein alter Mediziner offenbar meinte.«

»Wirkt sich das irgendwie auf meine Ermittlungen aus?«

Der Doktor schüttelte den Kopf. »Eigentlich nicht. Es bedeutet bloß, dass Cissy Pike, wenn sie nicht erhängt worden wäre, wahrscheinlich innerhalb von ein paar Tagen eines natürlichen Todes gestorben wäre.«

Spencer Pikes Haut hatte eine stumpfe, gelbe Färbung angenommen, wie faulendes Pergament. Schläuche leiteten Sauerstoff in seine Nase. In dem Blick, mit dem er zusah, wie Eli sein Tonbandgerät einschaltete, lag die Enttäuschung eines Mannes, der wusste, dass ihm nicht mehr viel Zeit auf dieser Erde blieb, und der nicht bereit war, sie mit einem Fremden zu teilen. »Wenn ich mich nicht irre, ist es kein Verbrechen, ein Stück Land zu verkaufen, das einem gehört.«

»Stimmt«, erwiderte Eli. Er sah kurz zu den anderen Heimbewohnern hinüber, die hier in der Cafeteria saßen und ein breiiges Mittagessen zu sich nahmen. »Ich frage mich nur, warum Sie es verkaufen wollten.«

Pike lachte. »Ich will nun mal das Luxusleben fortführen können, an das ich mich hier gewöhnt habe. Sagen Sie den Zigeunern, dass es mir gehört, Detective. Wenn ich dort eine Kirmes veranstalten will, dann ist das mein gutes Recht. Wenn ich es an weiße Rassisten verschenken will, dann ist das meine Sache. Und wenn ich es lieber an einen trotteligen Bauunternehmer verhökere, statt zu warten, bis der Staat Vermont es nach meinem Tod einsackt, dann ist auch das einzig und allein meine Entscheidung.«

Eli wurde zweierlei klar: Spencer Pike dachte, er wäre gekommen, um den Streit mit den Abenaki zu schlichten, und Spencer Pike hatte keine Ahnung, dass in Elis Adern indianisches Blut floss. Das machte er sich zunutze. »Hört sich an, als hätten Sie schon mal Ärger mit den Abenaki gehabt.«

»Das kann mal wohl sagen! Einer von denen hat meine Frau umgebracht.«

»Ja, das steht im Polizeibericht. Das muss hart für Sie gewesen sein.«

»Sie war meine große Liebe. Niemand sollte seine Frau und sein Baby am selben Tag beerdigen müssen.«

»Die Gräber sind auf Ihrem Grund und Boden, nicht wahr?«

»Ja.«

Eli neigte den Kopf. »Warum eigentlich nicht auf dem

Friedhof der Kirche? Sie waren doch ein aktives Gemeindemitglied.«

»Meine Tochter wurde tot geboren«, sagte Pike. »Und meine Frau war tot. Ich ... wollte sie beide nicht gehen lassen. Sie sollten an einem Ort sein, an dem sie mich finden konnten – und an dem ich sie finden konnte.« Er wandte sich ab, aber Eli sah, dass er weinte.

In dem ursprünglichen Polizeibericht war der Leichnam des Kindes mit keinem Wort erwähnt worden. Eli hatte das gemerkt und auf schlampige Arbeit zurückgeführt – jeder Gerichtsmediziner, der etwas auf sich hielt, hätte eine Obduktion an dem Kind vorgenommen. Andererseits, wenn ein einflussreicher, wohlhabender Mann anrief und den Mord an seiner Frau meldete, würde die Polizei es ihm bestimmt nicht noch schwerer machen wollen. Wenn Pike gesagt hatte, dass das Baby tot zur Welt gekommen war, dann hätten sie das nicht in Zweifel gezogen.

Die Leute sehen, was sie sehen wollen, das wusste Eli, und Polizisten waren da nicht anders. »Sie haben sie gefunden«, sagte er.

»Ich habe sie selbst abgeschnitten. Natürlich wusste ich, dass ihr von der Polizei immer genau sehen wollt ... wie alles gewesen ist. Aber ich konnte ihren Anblick nicht ertragen. Sie sah aus ...« Seine Stimme verlor sich. »Sie sah aus, als hätte sie Schmerzen.«

»Was war mit ihrem Vater?«

»Harry? Der war in Boston auf einem Kongress und ist auf der Stelle zurückgekommen. Er war nie mehr der Alte nach dem Mord an Cissy ... hat sich zwei Jahre später zu Tode getrunken.«

Boston. Damit war er als Verdächtiger auszuschließen. »Haben Sie damals irgendwo einen Stuhl oder Hocker gesehen?«, fragte Eli. »Irgendwas, auf das Ihre Frau geklettert sein könnte?«

»Meine Frau wurde ermordet«, stellte Pike klar, die Stimme trocken wie Feuerstein. »Wenn sie Selbstmord begangen hätte, dann hätte sie zu dem Dachbalken hochfliegen müssen – der war drei Meter über dem Boden, und es war nichts da, auf das sie sich hätte stellen können.«

Eli blickte dem alten Mann unverwandt in die Augen. »Mr. Pike, ich möchte nur verstehen, was passiert ist. Durch den ganzen Wirbel, den der Verkauf Ihres Besitzes ausgelöst hat, sind wir auf ein paar Spuren bezüglich Gray Wolf gestoßen. In meinen Augen wurde der Fall damals nicht befriedigend abgeschlossen.«

»Seh ich auch so.«

Eli wartete, wusste er doch, dass Schweigen den größten Druck ausüben konnte, aber Pike gestand nichts. Eine Krankenschwester kam und sagte mit einem Lächeln: »Zeit für Ihre Physiotherapie.«

Eli legte eine Hand auf den Rollstuhl. »Haben Sie eine Ahnung, wohin Gray Wolf nach der Nacht gegangen sein könnte?«

Pike schüttelte den Kopf. »Aber wenn Sie ihn unbedingt finden wollen, Detective, dann sollten Sie als Erstes in der Hölle nach ihm suchen.«

Eli sah dem alten Mann nach, den die Krankenschwester in seinem Rollstuhl davonschob. Er wartete, bis er um die Ecke gebogen war. Dann zog er ein Paar Gummihandschuhe aus der Tasche, öffnete einen Plastikbeutel und nahm das Wasserglas des alten Mannes vom Tablett.

In Comtosook kehrte allmählich alles wieder zur Normalität zurück. Die Uhren, die vor einigen Wochen um Punkt Mitternacht stehen geblieben waren, tickten wieder. Schmetterlinge, die grau geworden waren, schimmerten in frischen Farben. Die Leuchtkäfer, die die Birken vor der Stadtverwaltung befallen hatten, waren verschwunden.

Nicht wenige Bewohner des Ortes fragten sich, warum sie sich so leer fühlten. Es fehlte ihnen etwas, das sie nie beim Namen hätten nennen können.

Shelby schaffte es mit knapper Not aus der Anwaltskanzlei ins Freie, wo sie sich übergab. Anschließend ließ sie sich auf den Bordstein sinken und begann, mit sich zu hadern. Schließlich war es ganz normal, zu einem bestimmten Zeitpunkt im Leben ein Testament aufzusetzen, erst recht, wenn man einen Sohn hatte.

Doch Shelby wusste nun einmal mit Sicherheit, dass ihr Hab und Gut, das sie soeben an Ethan vermacht hatte, nie ihm gehören würde.

Shelbys Wehen hatten während eines Gewitters eingesetzt. Thomas hatte sie in ihr altes Cabrio verfrachtet, dessen Dach immerzu klemmte, wenn man es schließen wollte. Auf dem Weg ins Krankenhaus wurde sie vom Regen klatschnass. Als man ihr den Kleinen auf die Brust legte, weich und klebrig wie ein Frosch, konnte Shelby den Blick nicht von ihm reißen. »Sieh doch«, hatte sie immer wieder zu Thomas gesagt, »hast du schon mal so was Schönes gesehen?«

Ethan war kräftig, mit dunklen Haaren, entschlossenen Fäustchen und blass-türkisblauen Augen. Alle waren ganz vernarrt in ihn, und auf der Straße sprachen die Menschen sie an und sagten: »Was für ein süßes Baby.« Ethans Schwächen waren, wie sich herausstellte, nicht sichtbar.

Den ersten schlimmen Sonnenbrand bekam er mit sechs Wochen. Thomas und Shelby lebten zu der Zeit in New Hampshire, an der Küste, und im Oktober, wenn die Strände leer waren, fuhren sie ins Vogelschutzgebiet auf Plum Island. Dort, an dem langen, einsamen Strand, wo ihnen die Möwen die Kräcker stibitzten, legten sie den schlafenden Ethan in den Sand und küssten sich, streichelten sich gegenseitig unter dem Pullover, die Haare ganz steif vom Salz in der Luft. »Wir führen uns auf wie die Teenager«, sagte Shelby, als Thomas den Reißverschluss ihrer Jeans öffnete. Und Thomas hatte lachend erwidert: »Teenager haben aber keine Kindersitze.«

Sie vergaßen alles um sich herum und bemerkten nicht, wie sich die Haut ihres Babys beunruhigend rot verfärbte. Ihnen war nicht klar, dass das, was sie für Ausschlag hielten, in Wirklichkeit Brandblasen sein könnten.

Die Ärzte hatten ihr nicht sagen können, ob ihre oder Thomas' DNA den fatalen Defekt in sich trug, aber für Shelby hätte es ohnehin keine Rolle gespielt. Sie gab sich die Schuld für Ethans Zustand, sie würde ihr Leben lang versuchen, ihren Fehler wiedergutzumachen.

Niemand konnte vorhersagen, wie viel Zeit Ethan noch blieb. Der Dermatologe meinte, das hänge davon ab, wie stark Ethans Haut vor der Diagnose bereits geschädigt worden war – jede Minute, die er als Baby ungeschützt der Sonne ausgesetzt gewesen war, könnte ihn Tage seines Lebens kosten. Shelby fragte sich, wie um Himmels willen man den Körper seines Kindes in die Erde hinablassen und dann weiterleben konnte.

Sie vergrub das Gesicht in den Händen. Trotz dieses frisch aufgesetzten Testaments würde nicht Ethan ihr Porzellan, ihre Fotos, ihre alten Liebesbriefe durchgehen. Nein, Shelby selbst würde kleine Hemden zusammenfalten und für karitative Zwecke einpacken, die Fenster seines Zimmer öffnen und seinen Geruch freilassen, bis es irgendwem gehört haben könnte – und nicht ihrem wunderbaren Jungen.

Sie hörte ein Fahrzeug näher kommen, schaute aber nicht auf. Es ging niemanden etwas an, wie schlecht sie sich fühlte. Die Fenster des Wagens waren offen. Sie hörte den Klang einer Gitarre aus dem Radio.

»Ms. Wakeman?« Die Räder kamen vor ihr zum Stehen. Shelby hob erst den Kopf, als sie ein Hecheln hörte. Sie sah einen riesigen Hund, der den Kopf aus dem Fenster eines schwarzen Pick-up hängen ließ. Eine Hand schob den Schädel zur Seite, und der Polizist, der gestern Abend bei ihr gewesen war, kam zum Vorschein.

Eli. Genau. So hieß er.

Sie wischte sich über die Wangen. »Äh, hallo.«

Sie spürte, wie er sie anstarrte. Hatte Ethan diese Empfindung, wenn er in der Sonne war – spürte er diese unglaubliche Hitze an die Oberfläche seiner Haut strömen? Zu ihrer Überraschung sagte der Polizist: »Watson möchte einen Kaffee trinken gehen.«

»Watson?«

Eli tippte dem Hund auf den Kopf. »Watson.«

Shelby musste unwillkürlich lächeln, als sie sich erhob. »Der Hund trinkt Kaffee?«

Eli hielt dem Hund scherzhaft die Schlappohren zu und sagte verschwörerisch: »Er will nur nicht mehr weiterwachsen.«

Shelby lachte und war selbst erstaunt, dass sie so einen Laut noch hervorbringen konnte.

»Watson würde sich geehrt fühlen, wenn Sie uns Gesellschaft leisten würden.«

Shelby trat auf das geöffnete Fenster zu. »Watson sollte lernen, für sich selbst zu sprechen.«

Eli griff an dem Hund vorbei, und die Tür schwang vor Shelby auf. »Da haben Sie recht«, lächelte Eli. »Aber er ist einfach zu schüchtern.«

Ross nahm einen langen Zug von seiner Zigarette und warf die Kippe in die Büsche am Rand der Veranda. Er hatte festgestellt, dass es die Sache kein bisschen leichter machte, in dem Augenblick dabei zu sein, wenn man jemanden verlor, den man liebte. Dass man, auch wenn man äußerlich wie betäubt war, innerlich verbluten konnte.

Ross wusste nicht mehr, was er glauben sollte. Konnte er Lia lieben und trotzdem noch Aimee lieben? Hätte Aimee zurückkommen können, so wie Lia, und hatte es nicht gewollt? Und wenn dem so war ... war dann die Bindung zwischen ihnen doch nicht so stark gewesen, wie er gedacht hatte?

Wenn er diesen Gedanken zuließ, machte der all seine Bemühungen der letzten zehn Jahre zunichte. Ross hatte versucht, seiner Verlobten zu folgen – erst indem er mit dem eigenen Tod geliebäugelt hatte, dann durch die Erforschung des Übersinnlichen. Aber vielleicht war ja ihre Beziehung, die er dem Schicksal zugeschrieben hatte, bloß reiner Zufall gewesen. Vielleicht hatte er Aimee kennengelernt, sie geliebt, sie verloren – nur damit er irgendwann später auf Geisterjagd gehen und Lia kennenlernen würde.

Wenn Ross schon mehrere Jahre gebraucht hatte, um überhaupt einen Geist zu finden, dann würde er bestimmt mehrere Leben brauchen, um einen ganz bestimmten zu finden, der nicht gefunden werden wollte.

Warum also nicht mit dem jetzigen Leben aufhören und mit dem nächsten anfangen?

Er blickte auf die Stelle auf seinem Arm, auf der er sich vor Wochen eine Zigarette gedrückt hatte. Nur wenige Zentimeter darunter war die Narbe, die ihn daran erinnerte, wie nahe er einmal dem Tod gewesen war. Es wäre nicht schwer, es noch einmal zu tun. In Shelbys Badezimmer waren jede Menge bunter Tabletten. In Ethans Nachttischschublade lag ein Schweizer Messer. Er hatte das Haus vor Wochen genau inspiziert, ein Reisender, der sich für den Notfall den schnellsten Fluchtweg überlegte.

Bloß: Ross wusste, dass er nicht so ohne Weiteres auf die andere Seite wechseln würde. Er würde ein Geist werden, der in dieser Welt festsaß, gehalten durch den Schmerz, den er seiner Schwester bereitet hatte, durch das, was er *nicht* für Lia getan hatte.

Vielleicht würde er Eli Rochert ja doch helfen. Vielleicht würde Lia, wenn sie irgendwo war, wo sie ihn sehen konnte, dann einen Grund haben zu bleiben … egal, was van Vleet auch unternehmen würde, um sie zu vertreiben.

Frustriert schob er die Hände in die Hosentaschen, und seine Fingerspitzen stießen gegen etwas Metallisches. Aus beiden Taschen zog er je einen glänzenden Kupferpenny aus dem Jahre 1932.

»Wo hast du die denn her?«

Ross schrak zusammen. »Wieso bist du auf?«

Ethan war von Kopf bis Fuß in Kleidung gehüllt, obwohl die Veranda vor der Sonne geschützt war. »Ich weiß nicht. Du schläfst doch auch nicht, oder?« Ethan kam näher und schaute auf die Pennys. »Wenn du noch einen Dollar drauflegst, kriegst du gerade mal eine Tasse Kaffee.«

»Die Kinder von heute sind richtige Zyniker geworden.«

»Sonst kann man die Welt ja auch nicht ertragen«, erwiderte Ethan. »Wir sind die Generation Z.«

Ross zog die Augenbrauen hoch. »Und was kommt danach?«

»Ich schätze, dann fängt wieder alles von vorn an.« Er setzte sich auf die Verandaschaukel und ließ sie vor- und zurückschwingen, während Ross sich wieder eine Zigarette anzündete. »Kann ich auch eine haben?«

»Von wegen.« Ross schüttelte den Kopf. Genau das, was ihn in den Augen der Welt zum Versager machte, ließ ihn für Jungen in Ethans Alter so cool wirken.

»Mom sagt, du sollst nicht rauchen, wenn ich dabei bin.«

»Dann verrat's ihr nicht.«

»Okay.« Er grinste. »Außerdem wäre es doch echt überraschend, wenn ich an Lungenkrebs sterben würde anstatt du weißt schon.«

Ross lehnte sich gegen das Verandageländer. Er war hundemüde. »Ich hab gehört, wie du gestern Abend mit dem Cop über einen Geist gesprochen hast.«

»Lauschen gehört sich nicht.«

Ethan zuckte die Achseln. »Ich glaube, man kommt wirklich woandershin ... nachher«, sagte er. »Was glaubst du, wie es dort ist?«

Ross spürte einen leisen Schmerz in der Brust, als er begriff, dass Ethan nicht aus Neugier fragte, sondern um sich vorzubereiten. Er erinnerte sich daran, wie er Ethan das erste Mal in den Armen hielt, wie er in die rätselhaften Augen des Babys geblickt und gedacht hatte: *Wir kennen uns.* »Keine Ahnung, Kumpel. Mit Harfen und Engeln rechne ich jedenfalls nicht.«

»Vielleicht ist es ja bei jedem anders«, sinnierte Ethan. »Vielleicht darf ich da oben ständig in der Sonne sein und Skateboard fahren.«

Ross lächelte den Jungen an.

»Unglaublich.« Shelby stand auf der Veranda von Abes Laden und sah zu, wie Elis Bluthund lauwarmen Kaffee aus einer Schüssel leckte.

»Das geht ja noch. Schlimm wird es, wenn er Appetit auf Pralinen und Austern bekommt.«

Watson blickte zu Shelby hoch und drückte seine Schnauze gegen ihren Bauch. »Watson!«, wies Eli ihn zurecht.

»Schon gut.« Shelby kraulte den Hund hinter den Ohren. »Vielleicht findet er mich deliziös.«

»Hoffen wir, dass das was Gutes ist.«

»Das bedeutet köstlich.«

»Der Hund hat recht«, murmelte Eli und hob seine Tasse Kaffee an die Lippen.

Shelby spürte, wie die Röte am Hals anfing und sich nach oben hin ausbreitete. »Ich muss nach Hause. Ross passt auf Ethan auf, und Sie, ähm, haben wahrscheinlich alle Hände voll mit dem Pike-Fall zu tun …«

»Hat Ihr Bruder Ihnen das erzählt?«

Shelby nickte.

»Dann wissen Sie ja auch, dass der Fall nicht gerade dringlich ist.« Er ließ sie nicht aus den Augen.

»Was heißt das?«, fragte sie zögernd.

Eli lächelte langsam. »Dass ich jede Menge Zeit habe.«

ZEUGENAUSSAGE

Datum: 19. September 1932

Uhrzeit: 23 Uhr 36

Vernehmung von: John »Gray Wolf« Delacour

Vernehmende Beamte: Officer Duley Wiggs und Detective F. Olivette vom Polizeirevier Comtosook

Ort: Polizeirevier Comtosook

1. – Bitte nennen Sie Ihren Namen und Ihr Geburtsdatum.
   – Gray Wolf.
2. – Wie lautet Ihr offizieller Name?
   – John Delacour. Mein Geburtsdatum ist der 5. Dezember 1898.
3. – Wo sind Sie derzeit wohnhaft?
   – Mal hier, mal dort.
4. – Wo waren Sie gestern Abend?
   – Im »Rat Hole«. Einer Kneipe in Winooski.
5. – Wann sind Sie dort eingetroffen?
   – Gegen acht.
6. – Um wie viel Uhr sind Sie gegangen?
   – Ich weiß nicht genau … gegen Mitternacht? Eins?
7. – Was denn nun? Mitternacht oder eins?
   – Eins.
8. – Kann das jemand bestätigen?
   – Der Barkeeper. Er heißt Lemuel.
9. – Kennen Sie eine Mrs. Spencer Pike?
   – [Pause] Ja.

10. – Woher?
– Ich hab bei ihr zu Hause ein paar Arbeiten erledigt.
11. – Wann haben Sie sie zuletzt gesehen?
– Gestern Nachmittag.
12. – Wie spät gestern Nachmittag?
– Gegen drei.
13. – Ist Ihnen bekannt, dass Mrs. Pike heute Morgen tot aufgefunden wurde?
– Sie … sie … oh nein. Oh Gott!
14. – Wieso haben Sie sie ermordet?
– Ich … Himmel, nein. Ich war das nicht.
15. – Wir wissen, dass Sie gestern noch einmal bei ihr waren, nach drei Uhr.
– Ich war nicht mehr bei ihr. Ich schwöre.
16. – John, John. Es hat doch keinen Zweck uns anzulügen.
– Ich – bitte, nein, nicht schlagen! – Ich war es nicht!
17. – Du bist ein dreckiger, verlogener Zigeuner.
– Das ist die Wahrheit –
18. – Ach ja? Das ist aber seltsam, weil wir nämlich wissen, dass du sie ermordet hast. Vermisst du seit Kurzem ein paar persönliche Sachen?
– Nein.
19. – Was du nicht sagst. Kommt dir das hier auf dem Foto bekannt vor?
– Meine … das ist meine Pfeife.
20. – Sie lag am Tatort. Weil du sie dort verloren hast. Als du mit deinen dreckigen Händen eine Lady –
– Das ist nicht wahr –
21. – Stoppen Sie das Band, Duley. [Band stoppt.]
– [Das Band läuft weiter.] Gott, bitte … ich sage die Wahrheit. Ich sage die Wahrheit. Sie war … ich hätte ihr nie etwas tun können, niemals.
22. – Genau wie bei deinem letzten Opfer, John?

Verwundert blieb Ross vor der geschlossenen Tür im ersten Stock des Polizeireviers stehen. Die Sekretärin hatte ihm den Weg zu Eli Rocherts Büro beschrieben, aber vor der Tür roch es so extrem nach Klebstoff, dass Ross beinahe übel wurde. Er klopfte einmal und trat dann ein. Eli war über einen Kasten mit Plexiglasfenstern gebeugt, aus dem er gerade mit einer behandschuhten Hand ein Trinkglas nahm. »Bleiben Sie lieber draußen. Ich stinke.«

Ross trat näher. »Wie wär's mal mit Duschen?«

Eli stellte das Glas auf den Tisch. »Na ja, nicht ich stinke, sondern der Klebstoff. SuperGlue. Das Zeug ist gesundheitsschädlich, aber es gibt nichts Besseres, um latente Fingerabdrücke sichtbar zu machen.«

»Im Ernst?« Ross sah auf den großen Hund neben dem Detective und dann auf das Glas. »Wer hat das denn ausgeklügelt?«

»Eine Filmgesellschaft in Japan, glaube ich. Die Dämpfe, die entstehen, wenn Klebstoff erhitzt wird, machen die Stellen sichtbar, an denen Feuchtigkeit an der Oberfläche haften geblieben ist. Eine Zeit lang, bevor es nicht mehr zu bezahlen war, hat man sogar Leichen so untersucht, um an ihnen Fingerabdrücke von Tätern zu finden.« Eli deutete mit dem Kinn auf seine selbst gebaute Klebstoffkammer. »Ich muss mich natürlich mit weniger begnügen.«

Er nahm ein kleines Glas mit schwarzem Pulver und etwas, das aussah wie ein Make-up-Pinsel. Als Eli das Glas mit dem Pulver bestäubte, traten die bedampften Fingerabdrücke deutlich hervor. »Eigentlich«, sagte er beiläufig, »sollte ich das Verfahren niemandem erklären, der nichts mit dem Fall zu tun hat.« Er blickte auf und wartete ab.

Ross setzte sich auf einen Hocker.

»Spencer Pikes Wasserglas«, sagte Eli und stellte es wieder hin, um ein Foto von dem Abdruck zu machen.

»Nach einem Gespräch mit ihm im Altersheim geklaut. Ich nehme den Abdruck von dem Glas, bevor ich es auf DNA untersuchen lasse.«

»Wieso ist das nötig, wenn Sie wissen, dass er das Glas benutzt hat?«

»So können wir die DNA von dem Glas mit der DNA vergleichen, die von den alten Beweismitteln gewonnen werden kann. Und das könnte den guten Professor auf eine Weise belasten, wie es vor siebzig Jahren noch nicht möglich war.«

»Was ist bloß aus den guten alten Ahnungen geworden?«, murmelte Ross.

»Die haben wir nach wie vor«, sagte Eli. »Aber heutzutage erhärten wir sie mit Beweisen.« Er schob eine Karteikarte in Ross' Richtung. »Das ist ein Abdruck, den ich von einer Steinpfeife genommen habe, bevor ich sie zur Analyse geschickt habe. Es ist eine Abenaki-Pfeife. Mein Großvater hatte auch eine. Sie wurde unter dem Vordach des Eishauses gefunden, wo Cecelia Pike aufgehängt wurde. Nun, der gesunde Menschenverstand sagt, dass sie Gray Wolf gehört hat. Aber das hier sind Gray Wolfs Fingerabdrücke – das Staatsgefängnis hat sie netterweise zur Verfügung gestellt –, und sie stimmen nicht überein.«

Ross beäugte die zweite Karte mit den zehn kleinen Kästchen darauf, in denen jeweils ein Fingerabdruck war. »Wie können Sie da was erkennen?«

»Achten Sie auf die Form des Fingerabdrucks«, sagte Eli. »Bildet er ein Bogenmuster, eine Schleife, einen Wirbel, wie ist die Position, von welchem Finger stammt er, wie groß ist er, wie viele Rillen hat eine Schleife und so weiter. Auffällig an den Abdrücken von Gray Wolf ist, dass sie relativ einheitlich sind, was nur bei fünf Prozent der Bevölkerung der Fall ist. Der Abdruck von der Pfeife ist nicht berauschend, aber man kann erkennen, dass er ein Schleifenmuster hat. Und achten Sie auf die Gratbesonderheiten.«

»Wie bitte?«

»Als Grat bezeichnete man die erhöhten Linien. Da zum Beispiel.« Eli beugte sich über Ross' Schulter und zeigte auf eine Stelle des Abdrucks, an der die Linien sich gabelten. »Eine Gabelung ist so eine Besonderheit. Oder ein Grat, der plötzlich einfach aufhört. Oder ein Punkt. Acht ähnliche Merkmale bei zwei verschiedenen Abdrücken zu finden kommt etwa so häufig vor, wie wenn man einen Stein in die Luft wirft, und er fällt nicht mehr runter.« Er nahm die Fingerabdruckkarte des Gefängnisses herunter und legte den neuen Abdruck hin, den er von Spencer Pikes Glas abgenommen hatte. »Die Sache ist die – obwohl die Pfeife Gray Wolf gehörte, waren die Abdrücke darauf nicht von ihm. Und mich interessiert brennend, wessen Abdrücke das waren.«

Langsam begriff Ross. »Wenn Spencer Pike die Pfeife in der Hand hatte, dann könnte er sie am Tatort deponiert haben.«

»Sie haben es erfasst.« Eli studierte die beiden Abdrücke mit einem Vergrößerungsglas. »Langsam fügen sich die Puzzleteilchen zusammen ... Im Polizeibericht steht, Pike habe Gray Wolf gefeuert und an besagtem Nachmittag von seinem Grundstück geworfen. Er war stinksauer auf ihn – vielleicht wütend genug, um ihm einen Mord anzuhängen. Ich habe das Labor in Montpelier beauftragt, ein paar von den alten Tatortfotos zu untersuchen. Man kann deutlich erkennen, wie das Schlafzimmerfenster eingeschlagen wurde – von innen.«

Ross war ganz ruhig geworden. »Ich hab gedacht, ihr Mann würde sie schlagen«, sagte er leise. »Aber sie hat gesagt, er würde sie einfach viel zu sehr lieben.«

»Man kann jemanden zu Tode lieben«, erwiderte Eli. »Das erlebe ich andauernd.«

»Sie glauben also, sie wollte von ihm weglaufen?«

»Ich weiß nicht«, gab Eli zu. »Aber ich bin überzeugt, dass sie an dem Tag mit ihm gekämpft hat. Im Obduktionsbericht steht, sie hatte Blutergüsse an den Handgelenken, die sie wenige Stunden vor ihrem Tod bekommen haben muss.«

»Glauben Sie ...« Ross schluckte. »Glauben Sie, er hat sie auf eine andere Weise umgebracht und es dann so aussehen lassen, als hätte jemand sie erhängt?«

»Nein. Die Obduktion beweist das und auch die Fotos ... Außerdem, die Fotos, von denen ich Ausschnittsvergrößerungen habe machen lassen – es gibt zwei verschiedene Paar Fußabdrücke. Eine Schuhsohle ist kleiner und entspricht der Schuhgröße des Opfers. Die andere Sohle ist größer, vermutlich von einem Mann. Also, Pike gibt zu, die Leiche seiner Frau abgeschnitten zu haben. Er sagt aber auch, dass jemand anders sie erhängt hat. Wo also sind dann die Fußabdrücke von Gray Wolf?« Fluchend legte Eli das Vergrößerungsglas hin und schob die Fingerabdruckkarte weg. »Mist. Pike hatte die Pfeife nicht in der Hand.«

Ross hatte plötzlich ein derartiges Gefühl der Enge in der Brust, dass er dachte, er würde gleich ohnmächtig. »Alles in Ordnung?« Eli musterte ihn fragend. Ross nahm sich den erstbesten Gegenstand auf dem Tisch – eine weitere Karte mit Fingerabdrücken, die unter einigen Tatortfotos hervorlugte. Er beugte sich darüber, tat so, als würde er die Abdrücke studieren.

»Ich seh die Sache so«, sagte Eli. »Pike ist ein einflussreicher Mann. Er hat den Ermittlungsbeamten eine Geschichte erzählt, und die haben sie ihm abgekauft, weil es erheblich einfacher ist, einem Indianer die Schuld in die Schuhe zu schieben als einem angesehenen Bürger der Stadt. Die Frage ist natürlich, warum Pike seine Frau umgebracht hat, falls er es war.« Er zog sich Gummihandschuhe über und verpackte das Trinkglas für den Transport zum DNA-Labor. »Vielleicht Geld. Er hat das Grundstück geerbt.«

Stirnrunzelnd blickte Ross von einer der Karteikarten zu dem Abdruck von der Pfeife. »Äh, ich bin mir zwar nicht sicher ... aber sind die beiden hier nicht gleich?«

Eli nahm ihm die Karten aus der Hand und wackelte mit dem Kopf. »Hm.« Er setzte sich auf den Hocker, nahm sein Vergrößerungsglas und inspizierte die Abdrücke. Nach einer ganzen Weile rieb er sich die Wange. »Mich laust der Affe. Ich sag den Experten im Labor, sie sollen noch einmal einen Blick drauf werfen, aber ja, ich würde auch sagen, die stimmen überein.«

»Wessen Abdrücke sind denn das?«

Eli blickte ihn an. »Die von Cecelia Pike. Sie wurden von ihrer Leiche genommen. Das ist Routine.«

»Wenn Gray Wolf gar nicht dort war, was wollte sie dann mit seiner Pfeife?«

»Sie behalten, wie's aussieht«, sagte Eli. »Unter anderem.«

»Was denn noch?«

»Vielleicht Gray Wolf selbst. Mal angenommen, die Gattin hatte eine Affäre ... dann hätte ihr Mann doch gleich zwei Fliegen mit einer Klappe geschlagen, wenn er sie loswerden und ihrem Geliebten den Mord anhängen konnte.«

»Seien Sie still«, sagte Ross mit lauter werdender Stimme. »Seien Sie still, ja? Sie hatte keinen Geliebten. Sie wissen ja nicht, wovon Sie reden.«

»Schon gut ...« Eli hob beschwichtigend die Hände.

Ross zwang sich, wieder ruhig zu werden. »Ich will bloß sagen ... sie hatte keine Affäre. Sie haben sie nicht gekannt.«

Eli starrte ihn an. »Sie auch nicht.«

ZEUGENAUSSAGE

Datum: 22. September 1932

Uhrzeit: 8 Uhr 15

Vernehmung von: Lemuel Tollande

Vernehmende Beamte: Officer Duley Wiggs und Detective F. Olivette vom Polizeirevier Comtosook

Ort: Polizeirevier Comtosook

1. – Bitte nennen Sie Ihren Namen und Ihre Adresse fürs Protokoll.

   – Lemuel Tollande, Chestnut Street 45A, Burlington.

2. – Wo arbeiten Sie, Mr. Tollande?

   – Im »Rat Hole« in Winooski. Ich bin Barkeeper.

3. – Kennen Sie John Delacour alias Gray Wolf?

   – Klar. Ist ein guter Bekannter, ein Stammgast.

4. – Haben Sie besagten Mann am Abend des 18. September gesehen?

   – Ja. Er ist so gegen acht, halb neun gekommen und um eins gegangen.

5. – Hat er zwischendurch mal das Lokal verlassen?

   – Höchstens mal, um eine zu rauchen.

6. – Wie lange war er weg?

   – Weiß ich nicht. Die Kneipe war an dem Abend gerammelt voll.

7. – Na, ungefähr. Fünf Minuten? Eine Stunde?

   – Ich … ich weiß es wirklich nicht. Ich weiß nur, dass er weg war und dann wieder da.

8. – Hat er Ihnen erzählt, dass man ihn rausgeschmissen hatte?

   – Nein … aber Gray Wolf erzählt allgemein nicht viel von sich. Er ist ziemlich schweigsam. [Pause] Aber er ist kein Mörder. Schon bei der ersten Geschichte nicht und diesmal auch nicht.

9. – Mr. Tollande, haben Sie Gray Wolf in den letzten Tagen gesehen?

   – Nicht mehr seit dem Abend in der Kneipe.

10. – Wissen Sie, wo wir ihn finden könnten?

    – Er ist ziemlich viel unterwegs.

11. – Das seid ihr doch alle. Und ihr lügt auch alle, nicht wahr?

Als Eli die stickige, übervolle Stadtbibliothek von Comtosook betrat, war sein erster Gedanke, dass jemand, der so viel Frische ausstrahlte wie Shelby Wakeman, nicht an einen so muffigen Ort gehörte.

Shelby blickte von ihrem Computerbildschirm auf. »Na, das ist aber eine Überraschung«, sagte sie, stand auf und kam um die Theke herum. Sie sah Watson an, der so heftig mit seinem Schwanz wedelte, dass sein ganzer Kopf bebte. »Du darfst eigentlich nicht hier rein«, sagte sie tadelnd und streichelte ihn dabei. »Aber einem Polizisten kann ich ja wohl kaum Vorschriften machen.«

Als sie ihn anlächelte, fing Elis Herz an zu rasen. »Hi«, brachte er heraus. Und kam sich sehr unoriginell vor.

»Irgendeine bestimmte Lektüre vor Augen?«, fragte Shelby, und erst als Eli den Mund schon geöffnet hatte, merkte er, dass sie mit Watson sprach. »*Der Hund von Baskerville* könnte dir gefallen.«

»Heute begleitet er mich bloß«, grinste Eli. »Ich suche nach standesamtlichen Unterlagen aus den 1930er-Jahren.«

In Wirklichkeit war er nur gekommen, um Shelby zu sehen.

Shelby blickte ihn neugierig an, fragte sich wahrscheinlich, wieso ein Polizist nicht wusste, dass sämtliche standesamtlichen Unterlagen in der Stadtverwaltung lagerten, gleich nebenan vom Polizeirevier. »Hm ... aber die sind nicht hier.«

»Können Sie sie mir zeigen?«

Shelbys Kollegin gab ihr ein Zeichen, dass sie ruhig gehen könne. Gemeinsam gingen sie die Treppe hinunter, Watson zwischen ihnen. Draußen angekommen, blinzelte Shelby in die Sonne.

»Herrliches Wetter, nicht?«

Sie nickte. »Ich weiß schon nicht mehr, wie hell es wird, manchmal.«

»Sie meinen, weil Sie den ganzen Tag in der Bibliothek arbeiten?«

»Und weil ich die ganze Nacht mit Ethan aufbleibe. Er kann nur im Dunkeln zum Spielen nach draußen.« Sie gingen die Main Street hinunter.

»Und wann schlafen Sie?«

Sie lächelte tapfer. »Es geht nun mal nicht anders.«

Ein Kind auf einem Roller fuhr links an ihnen vorbei, drängte Shelby näher an Eli. Er spürte die elektrische Spannung, die ihre plötzliche Nähe auslöste. Wie würde sie sich wohl in seinen Armen anfühlen?

In der Stadtverwaltung folgte er Shelby die Steintreppe hinauf und in den ersten Raum auf der rechten Seite. »Lottie«, sagte sie zu der gewichtigen Angestellten, »hast du abgenommen?«

Die Frau strahlte übers ganze Gesicht. »Ich glaube, die Diät schlägt an«, kicherte sie und winkte sie durch, ohne Fragen zu stellen.

Der Keller war dunkel und moderig, Spinnweben schmückten die Decke. Watson jagte ein Nagetier hinter einen Stapel Kartons. Unbeirrt kletterte Shelby über ein paar Kisten in einen engen Gang mit verstaubten Aktenschränken. Sie öffnete eine Schublade und holte einen Stapel vergilbter Karteikarten heraus. »Die sind von 1932.«

Verdattert starrte Eli Shelby an. »Haben Sie auch übersinnliche Kräfte?«

»Ross hat keine übersinnlichen Kräfte«, stellte Shelby klar. »Und nein, ich auch nicht. Beim letzten Mal, als ich hier war, hab ich lange nach ihnen suchen müssen, bis ich endlich fündig wurde.«

Er trat näher und stellte sich neben sie, merkte erst jetzt, dass der Gang für zwei zu schmal war. Eli konnte ihren Atem an seiner Schulter spüren.

»Warum machen Sie das?«, fragte Shelby leise. »Es ändert doch ohnehin nichts.«

Er brauchte eine Sekunde, um zu begreifen, dass sie den Mordfall meinte. Eli zuckte die Achseln. »Menschen machen nun mal jeden Tag die verrücktesten Sachen.« Ein Sonnenstrahl fiel von dem Kellerfenster auf ihr Gesicht, als wollte er das einzig Schöne hier unten erhellen. Eli beugte sich vor, auf das Licht zu.

Shelby wich so plötzlich zurück, dass eine kleine Wand aus Kartons umstürzte und ihr Inhalt polternd auf dem Boden landete. Sie drückte Eli den Stapel Karten in die Hand. Irgendwo nieste Watson. »Das, ähm, was Sie suchen, müsste ganz vorn sein«, murmelte sie.

Eli zwang sich zur Konzentration und richtete nun seine ganze Aufmerksamkeit auf den brüchigen Packen Totenscheine in seiner Hand. Er sah den von Cecelia Pike, der von demselben Gerichtsmediziner unterzeichnet worden war, der auch die Obduktion durchgeführt hatte. Der Arzt war von der Polizei von Comtosook hinzugezogen worden, die um 10 Uhr 58 zu einem angeblichen Mordfall gerufen worden war. Cecelia Pikes Tod war um 11 Uhr 32 bestätigt worden. An dem Totenschein klebte, wie es aussah mit Blut, ein weiterer Totenschein, der auf das Neugeborene ausgestellt war, ebenfalls um 11 Uhr 32. Eli erinnerte sich an sein Gespräch mit Wesley Sneap, der gesagt hatte, dass Cecelia Pike, wenn sie gegen Mitternacht erhängt worden war, gegen sechs oder sieben Uhr am Morgen abgeschnitten und in eine horizontale Lage gebracht worden sein musste. Aber die Polizei war erst um elf verständigt worden ... Pike hätte also jede Menge Zeit gehabt, den Tatort zu manipulieren.

Er blickte auf, als er Schritte hörte, dann Lärm und das Gepolter von Watson, der jemanden begrüßte. »He, du Stromer. Ich muss dir was sagen – du bist gar kein Pekinese!«, sagte Frankie Martine. Sie trug Jogginghose und T-Shirt. Das blonde Haar hatte sie zum Pferdeschwanz gebunden, und obwohl sie ungeschminkt war, hätte sie es mit jedem Model aufnehmen können. Das war das Kreuz, das Frankie zu tragen hatte – sie war Marie Curie im Körper von Marilyn Monroe. »Eli Rochert. Gar nicht leicht, dich zu finden, wenn du dich derart verkriechst!«

Eli lächelte. »Mensch, Frankie, ich wusste gar nicht, dass du auch Hausbesuche machst. Wieso bist du hier?«

»Was ich dir zu sagen habe, kann ich dir unmöglich telefonisch mitteilen.« Sie spähte über seine Schulter, und ihm fiel ein, dass da Shelby stand.

»Frankie Martine, das ist Shelby Wakeman. Shelby ist …«

»In Eile«, murmelte Shelby. »Ich, ähm, muss jetzt los.« Und ohne ihn eines weiteren Blickes zu würdigen, befreite sie sich aus dem Haufen Kartons und floh die Treppe hinauf.

»Deine Freundin wird stink-sau-er sein«, sang Frankie, als Eli sie in sein Privatlabor geleitete. Sie nahm Platz und legte ihre Füße auf Watson.

»Sie ist nicht meine Freundin. Noch nicht.«

»›Noch nicht‹ ist gut, das vorhin hat dich um drei Monate zurückgeworfen.«

Eli blickte missmutig. »Kann ich was dafür, dass du so schön bist?«

»Sollte das etwa ein Kompliment sein?« Frankie beugte sich vor, zog ein Blatt aus einem Stapel. »Na los. Gib's zu. Du liebst mich.«

Und das stimmte. Denn so gut Elis Ermittlungen auch waren, sie brachten nicht das Geringste, wenn Frankie mit den DNA-Spuren, die ein Täter hinterlassen hatte, nichts anfangen konnte. Sie sah seine Beweismittel durch – die Kleidung und Gegenstände, die ihr nicht zugeschickt worden waren. »Hübscher Abdruck.«

»Den hab ich von der Pfeife genommen, bevor ich sie dir gegeben habe«, sagte Eli.

»Ach ja? Von wem ist der?«

»Vom Opfer, seltsamerweise.«

»Hmm«, sagte Frankie, ohne näher darauf einzugehen. »Wieso hab ich das hier nicht gekriegt?« Sie hielt das Nachthemd des Opfers hoch. Auf einer Seite war ein kleiner brauner Fleck.

»Wie viel Blut brauchst du denn? Du hattest doch den Rest von ihrer Kleidung.«

»Die Farbe hier stimmt nicht.« Frankie spitzte die Lippen. »Ich meine, ich krieg zwar nicht gerade oft siebzig Jahre altes Blut zu sehen, aber trotzdem.« Sie knüllte das Nachthemd zusammen und stopfte es in ihre schwarze Tasche. »Nur für den Fall, dass ich mich langweile, wenn ich meine Freunde im Labor in Montpelier besuche.« Dann drückte sie ihm eine Akte in die Hand. »Wirf mal einen Blick hier drauf.«

Beschreibung	Amelogenin	CSF1PO	TPOX	TH01	vWA	D16S539	D7S820	D13S317	D5S818
Gray Wolf	X; Y	11; 12	8; 11	7; 7	16; 16	11; 12	11; 11	9; 11	11; 11
Cecelia	X; X	10; 11	11; 12	7; 7	16; 17	11; 12	11;12	9; 9	11; 11
Spencer Pike	X; Y	9; 12	8; 8	7; 9,3	17; 18	9; 10	10; 10	8; 13	10; 12
Pfeife	X; Y	11; 12	8; 11	7; 7	16; 16	11; 12	11; 11	9; 11	11; 11
Seilende	X; Y	–	8; 8	7; 9,3	17; 18	–	10; 10	8; 13	10; 12
Seilschlinge	X; Y	–	11; 12	7; 7	16; 17	11; 12	11; 12	9; 9	11; 11
Medizin-Beutel A	–	–	–	–	–	–	–	–	–
Medizin-Beutel B	X(Y)	11 (10)(12)	11 (8)(12)	7; 7	16 (17)	–	11 (12)	9 (11)	11; 11
Medizinbeutel C**	X (Y)	11;11	11 (8)	7;7	16 (17)	–	11; 11	9 (11)	11;11

Tabelle 1 – Ergebnisse der Amelogenin-Typisierung

SCHLÜSSEL: Typen in Klammern () weisen geringere Intensität auf als Typen ohne Klammern.
– Keine eindeutigen Ergebnisse
** 0 Ergebnis, möglicherweise auf begrenzte Menge DNA zurückzuführen.

Frankie warf einen Blick auf Elis Gesicht und verdrehte die Augen. »Schnellkurs?«

»Ich bitte darum.«

»Okay. DNA für Anfänger – alles, was du hast, kommt entweder von deiner Mom oder von deinem Dad. Sie gibt dir ein Allel, und er gibt dir ein anderes. Das Ergebnis – ein Baby mit großen Füßen oder Grübchen oder Locken. Diese körperlichen Merkmale befinden sich auf deinem DNA-Strang, sie nützen aber bei kriminalistischen Ermittlungen wenig. Deshalb testen wir die DNA auf andere Merkmale hin – zum Beispiel vWA oder TH01. An diesen Genorten hat jeder Mensch einen Typus: eine Zahl von Mom und eine von Dad. Die DNA, die wir von Beweismitteln gewinnen – sogar richtig alten, schwierigen Beweismitteln wie die Sachen, die du mir geschickt hast –, engt den Kreis derjenigen ein, von denen die DNA stammen kann.« Sie strich die Ecken des Diagramms glatt, das sie Eli gegeben hatte. »Jede der Spalten hier mit der komischen Nummer oben drüber steht für eines dieser Merkmale. Für jedes Merkmal haben wir zwei Zahlen – die Allele –, die von beiden Eltern der Person stammen, die die DNA zurückgelassen hat. Klar?«

»So weit ja.«

»Schön. Bevor wir Beweismittel analysieren können, brauchen wir Kontrollproben – das heißt DNA-Profile, mit denen wir diejenigen vergleichen können, die wir vom Seil oder vom Medizinbeutel nehmen. Die erste Kontrollprobe stammt vom Blut des Opfers. Meine Ergebnisse habe ich Cecelia genannt. Was deinen fehlenden Täter angeht, da kannst du von Glück reden. Unter der Voraussetzung, dass der Speichel an der Pfeife von ihm ist, habe ich das DNA-Material konzentriert und für alle acht Genorte ein Ergebnis erhalten ... Ich hab sie Gray Wolf genannt. Schließlich war das Glas dran, das du mir geschickt hast – der Speichel war die Grundlage für die acht Zahlen, die ein anderes Profil ergeben als das von Gray Wolf … ich habe sie in der Rubrik Spencer Pike aufgeführt.«

»Moment. Das heißt also, dass wir eindeutig die DNA von diesen drei Personen haben?«

»Bei zweien besteht nicht der geringste Zweifel. Nummer drei ist ein nicht ganz so klarer Fall. Ich kann nicht definitiv sagen, dass die bestimmte DNA Gray Wolf gehört hat, weil ich keine Kontrollprobe hatte.«

»Du kannst also lediglich sagen, dass die DNA an der Pfeife von einem Mann stammt und anders ist als die von Spencer Pike.«

»Ich kann auch noch ein wenig mehr sagen.« Frankie fuhr mit dem Finger an dem Blatt Papier herunter. »Durch die DNA-Tests haben wir mittlerweile Diagramme zu Subpopulationen, die zeigen, mit welcher Häufigkeit Allele in verschiedenen ethnischen Bevölkerungsgruppen auftreten.«

»Jetzt komm ich nicht mehr mit«, sagte Eli.

»Wir können Statistiken aufstellen, indem wir Menschen mit einem bestimmten Hintergrund typisieren – Weiße, Schwarze, Indianer. Mal angenommen, du hast einen weißen Rolls-Royce. Nur zwei Prozent des gesamten Pkw-Bestands sind Rolls-Royce.«

»Und das weißt du … woher?«

Frankie schüttelte den Kopf. »Klappe, Eli. Zwei Prozent. Der Anteil von weißen Pkw beträgt fünfzehn Prozent. Um einschätzen zu können, wie viele weiße Rolls-Royce auf den Straßen unterwegs sind, sagen wir, es sind fünfzehn Prozent von zwei Prozent des Pkw-Bestandes … also 0,3 Prozent oder drei von tausend Pkw. Genauso gehen wir vor, wenn wir uns die Typenhäufigkeit bei verschiedenen Subpopulationen ansehen. Zum Beispiel das Seilende – das Profil, das ich da erhalten habe, findet sich bei einem von 1,7 Millionen Weißen, aber nur bei einem von 450 Millionen Indianern. Das heißt, wenn ich ein Footballstadion mit 450 Millionen Indianern und ein weiteres Stadion mit 450 Millionen Weißen füllen würde, dann würden 264 Weiße in dem Stadion ein Profil haben, das mit dem hier übereinstimmt ... aber nur ein einziger Indianer.«

»Dann war die Person, die das Seilende berührt hat, also eher ein Weißer als ein Indianer?«

»Richtig. Aber jetzt sieh dir mal die Zahlen von der Pfeife an. Die Chance, am Genort D5S818 die Kombination 11;11 vorzufinden, beträgt bei der weißen Bevölkerung vierzehn Prozent, bei der afroamerikanischen Bevölkerung sieben Prozent und bei der hispanischen zwölf Prozent. Bei der indianischen Bevölkerung liegt die Chance dagegen bei fünfunddreißig Prozent. Die Kombination 11;11 ist also mehr als doppelt so häufig wie bei den Weißen. Sieht man sich das Gesamtprofil der DNA von der Pfeife an, dann stammt die DNA mit einer Wahrscheinlichkeit von eins zu 320 Millionen von einem Weißen, von eins zu 520 Millionen von einem Afroamerikaner, von eins zu 41 Millionen von einem Hispanier. Aber die Chance, dass sie von einem Indianer stammt, beträgt immerhin eins zu 330 000.«

»Dann hat also ein Indianer die Pfeife geraucht.«

»Das wäre meine inoffizielle Vermutung.«

Eli nickte. »Was noch?«

»Die Untersuchung der Seilschlinge mit den Hautzellen vom Hals des Opfers hat keine Überraschung ergeben – die entsprechende Reihe ist identisch mit der von Cecelias Kontrollprobe. Bei der Untersuchung der Schlinge habe ich zwar nur sieben von den acht Systemen erhalten, aber ich würde es trotzdem als Erfolg verbuchen. Dann hab ich das Ende des Seils getestet. Ich habe nicht viel erwartet, und ich habe auch keine Hautzellen gefunden. Dann habe ich mittels der PCR-Methode Milliarden Kopien einzelner DNA-Abschnitte erzeugt und sechs Genorte erhalten, was schon an ein Wunder grenzt. Und alle sechs Systeme stimmen mit der DNA überein, die ich von Spencer Pikes Glas genommen habe.«

Das bedeutete zwar nicht zwingend, dass Pike seine Frau aufgehängt hatte, aber es bedeutete zumindest, dass er das Seil in der Hand gehabt hatte. Eli blickte auf die leere Reihe in dem Diagramm. »Was ist denn mit dem Medizinbeutel passiert?«

Frankie kniff die Augen zusammen. »Das will ich dir sagen: Deine Lieblings-DNA-Expertin wäre fast hergekommen und hätte eine Straftat an dem Detective verübt, der sie um Hilfe gebeten hatte. Du kannst dir ja nicht vorstellen, wie sehr dieses Teil mich geschlaucht hat. Ich hätte den Beutel in die Tonne gehauen, wenn du nicht so knapp an Beweismitteln wärst.«

»Ich lad dich zum Essen ein.«

»Nein, du kaufst mir eine Jacht«, sagte Frankie. »Der erste Test hat überhaupt nichts ergeben. Dann hab ich eine zweite Probe von dem Riemen genommen, der mit dem Hals in Berührung gekommen war. Ich habe zwei Profile erhalten – beide ähnlich, beide stimmten mit einer Mischung überein.«

»Was heißt das?«

»Dass es in den meisten Systemen mehr als ein oder zwei Typen gegeben hat. Guck dir die Reihe in dem Diagramm an ... siehst du die Stellen mit den drei statt zwei Zahlen?«

»Ja.« Eli runzelte die Stirn. »Was ist damit?«

»Wie gesagt, wir bekommen je ein Allel von Mom und von Dad. Wenn jemand nun drei oder vier hat, dann ist er entweder ein Freak – oder wir haben es mit einer DNA-Mischung von mindestens zwei Menschen zu tun. Und angesichts der genetischen Ausstattung von beiden ist nicht auszuschließen, dass entweder Cecelia Pike oder Gray Wolf zu dieser Mischung beigetragen haben.«

Eli stieß einen Pfiff aus. »Aber nicht Spencer Pike?«

»Nein. Sieh dir den Genort D7S820 an. Pike hat da 10; 10. Aber der Medizinbeutel ist eine 11, (12) oder eine 11; 11. Das ist nicht Pikes genetisches Profil ... also kommt er nicht infrage.«

Eli atmete schwer aus. Das machte seine Theorie zunichte, weil es jetzt einen DNA-Beweis gab, dass Gray Wolf auch am Tatort war. Aber vielleicht gehörte der Medizinbeutel ja gar nicht zu Pikes Inszenierung des Tatorts. Vielleicht hatte Gray Wolf ihn aus welchem Grund auch immer eine Zeit lang getrag en und dann Cecelia als Liebespfand geschenkt. Und sie hatte sich den Beutel vom Hals gerissen, als sie am Seil hing ...

»Da ist noch was, Eli.« Frankie zögerte. »Die Sache hat mich so gewurmt, dass ich mir den verdammten Beutel noch mal vorgenommen und sechs weitere Genorte getestet habe. Da.«

Beschreibung	FGA	D8S1179	Penta E	D18S51	D21S11	D3S1358
Gray Wolf	19; 25	13; 13	–	13; 16	30; 30	15; 15
Cecelia	19; 19	13; 14	–	13; 16	30; 30	15; 15
Spencer Pike	20; 22	12; 14	–	14; 17	29; 30	17; 18
Medizin-Beutel B	–	13 (14)	–	13; 16	30; 30	15; 15
Medizinbeutel C**	–	–	–	–	30; 30	15; 15

Tabelle 2 – Typisierungsergebnisse

SCHLÜSSEL: Typen in Klammern () weisen geringere Intensität auf als Typen ohne Klammern.
– Keine eindeutigen Ergebnisse
** 0 Ergebnis möglicherweise auf begrenzte Menge DNA zurückzuführen.

Frankie fuhr mit einem knallroten Fingernagel an den Reihen entlang. »An keinem einzigen Genort habe ich vier Typen gefunden. Bei diesen Tests hab ich nicht mal drei Typen gefunden.«

»Das heißt?«

»Das heißt, wenn wir beide etwas anfassen und darauf unsere Hautzellen zurücklassen, dann ist davon auszugehen, dass wir an einer von fünfzehn Stellen vier unterschiedliche Typen haben würden. Soll heißen, du hast zwei von deinen Eltern, und ich habe zwei von meinen Eltern, und die Wahrscheinlichkeit, dass wir mehr als einoder zweimal in einem Profil die gleichen Typen haben, ist ziemlich gering.«

»Du hast gesagt, die DNA war schwierig zu gewinnen. Vielleicht ist irgendwas durcheinandergeraten.«

»Nein. Deshalb hab ich ja die zusätzlichen Tests gemacht.« Frankie strich sich die Haare hinter die Ohren. »Mischungsprofile mit nur drei Typen oder sogar zwei Typen kommen normalerweise zwischen Eltern und Kindern vor. Da der Elternteil stets *ein* Allel an den Nachkommen abgibt, haben Elternteil und Nachkommen in jedem Fall mindestens *ein* Allel gemeinsam. Eine DNA-Mischung, wie wir sie hier bei Gray Wolf und Cecelia Pike sehen, würde darauf hindeuten, dass die beiden Vater und Tochter waren.«

Eli schüttelte den Kopf. »Unmöglich. Cecelia Pike war weiß.«

Frankie zog ein weiteres Blatt Papier aus ihrem Ordner. »Statistisch gesehen«, sagte sie, »bin ich da anderer Ansicht.«

NEUN

Eli Rochert konnte Ross gestohlen bleiben. Man musste einen Menschen nicht in Fleisch und Blut kennenlernen, um ihn zu *kennen*. Manchmal genügte es, ein Tagebuch zu lesen, um eine Seelenverwandtschaft zu spüren. Oder vergilbte Liebesbriefe, die eine Romanze wieder lebendig machten. Ross hatte Lia gekannt, und der Cop täuschte sich – wenn sie eine Affäre gehabt hätte, müsste er es wissen.

Denn sie hätte sie mit ihm gehabt.

Mit einem tiefen Knurren stand Ross vom Bett auf und lief in dem kleinen Zimmer auf und ab, ein Tiger im Käfig. Er hatte Lia gekannt, aber er hatte nicht gewusst, wie es war, ihren Körper ganz nah bei sich zu fühlen, zu spüren, wie sie ihre Fingernägel in seine Schultern grub, während die Nacht sich um sie beide herum bewegte wie etwas Lebendiges. Er hatte Lia gekannt, aber nicht genug.

Es gab Augenblicke, da glaubte Ross an Gott. Nicht an einen gütigen oder gerechten Gott, sondern einen Gott mit boshaftem Humor. Einen Gott, der jemanden bestrafte, der einen nicht wiedergutzumachenden Fehler begangen hatte, indem er mit der Belohnung winkte, die derjenige unbedingt haben wollte, und sie dann wieder wegzog, damit derjenige aufs Gesicht fiel.

Die Wände rückten näher, und er hatte einen Knoten im Hals, der ihm die Luft abschnürte. Sein Schädel war zu eng für sein Gehirn.

»Okay«, sagte er zu niemandem. »Okay.«

Es geschah bereits – im Spiegel über der Kommode sah er eine potenzielle Waffe. Er spürte ein Jucken an den

Handgelenken. Er stellte sich eine Welt vor, in der er nicht war.

Ross stürmte aus dem Zimmer, die Treppe hinunter und an Shelby vorbei. »Wohin ...«, setzte sie an.

»Nach draußen.«

Er rannte an Ethan vorbei, der noch immer mit dem Mond wachte. Sein Wagen brauste die Zufahrt hinunter und dann über die gewundenen Straßen von Comtosook. Erst nach fünf Minuten merkte er, wohin er fuhr, und als er am Otter Creek Pass an der Absperrung hielt, war es um ihn herum völlig finster.

Die protestierenden Abenaki waren für die Nacht zurück ins Camp gegangen; die Handvoll Reporter, die von ihren Redaktionen noch nicht wieder abberufen worden waren, hatten sich im Best Western in Winooski einquartiert. Rod van Vleet war nirgends zu sehen, Gott sei Dank, und es trieben sich anscheinend auch keine Geistersucher mit Glöckchen und Trillerpfeifen herum. Die riesigen Bagger und Kräne schliefen mit ausgestreckten Hälsen.

Ross stieg über die Absperrung und ging bis zur Mitte des Grundstücks, wo das Haus noch teilweise stand, weil es sich wieder zusammengefügt hatte, nachdem es von Rod van Vleet abgerissen worden war. Der Plan, genau an der Stelle das Einkaufszentrum zu errichten, war verworfen worden. Gut hundert Meter weiter links hatten Bagger angefangen, den gefrorenen Boden auszuheben, um das Betonfundament zu gießen. Ross atmete tief ein: Hier hatte Lia einst am Abendbrottisch gesessen oder morgens eine Tasse Kaffee getrunken. Hier hatte sie an trägen Sonntagnachmittagen ein Schläfchen gehalten. Sie hatte Spencer Pikes Hand auf ihren Bauch gelegt und ihm gesagt, dass sie ein Kind erwartete.

»Lia!« Ihr Name drang beschwörend von seinen Lippen.

Er blieb einen Augenblick stehen. Auf dem alten Pike-Grundstück herrschte ungewöhnliche Stille, es regte sich kein Hauch von Leben.

Ross ging leise zum Wagen zurück. Sie war nicht da, sonst hätte er es gespürt.

Meredith hätte sich keinen schöneren Tag wünschen können – fünfundzwanzig Grad, strahlend blauer Himmel und das Einkaufzentrum nicht annähernd so voll, wie sie es im Monat August befürchtet hatte. Hinzu kam, dass ihre Tochter keine Medikamente mehr nahm. Es gab also reichlich Grund zum Feiern.

Sie gingen langsam, weil Ruby bei ihnen war, und auch wenn sie zu stolz war, über ihre schmerzenden Hüften zu klagen, war Meredith doch nicht entgangen, dass sie bei jedem Schritt das Gesicht leicht verzog. Sie hatten sich im Zoo die neuen Riesenpandas angesehen, hatten im Naturgeschichtlichen Museum den Hope-Diamanten bestaunt und im Luft- und Raumfahrtmuseum nach den Sternen gegriffen. Jetzt waren sie auf dem Weg zum Parkhaus, jede ein Softeis in der Hand.

»Ich bin ja davon überzeugt«, sagte Meredith, »dass die Straßen im Himmel mit Schokolade gepflastert sind.«

»Was bedeuten würde, dass es da oben nicht heiß und schwül sein kann«, bemerkte Ruby. »Als Urlaubsziel nicht zu verachten.«

»Mom?«, meldete Lucy sich zu Wort. Lucy stellte ihnen schon den ganzen Tag Fragen – zum Beispiel wie Dinosaurier aufs Klo gingen oder wo denn der Präsident blieb, wenn die ganzen Touristen das Weiße Haus besichtigten. »Wieso hast du nie geheiratet?«

Meredith blieb abrupt stehen. Sie hatte Lucy in ihrem Labor aufgeklärt, ihr lebende Spermien und ein richtiges Ei und dann den Embryo gezeigt, aus dem ein menschlicher Fetus wurde. Aus wissenschaftlicher Sicht hatte

Liebe nichts mit Fortpflanzung zu tun. Ein Vater war lediglich ein Samenspender, und diese Sichtweise war Meredith nur recht.

Ruby warf Meredith über Lucys Kopf hinweg einen vielsagenden Blick zu.

»Na, ich musste doch nicht heiraten. Ich hatte ja *dich*.«

Lucy verdrehte die Augen. »Mom, ein Ehemann ist doch nicht nur dafür da, ein Baby zu machen. Vielleicht wärst du ja öfter zu Hause, wenn du einen hättest.«

»Du weißt genau, warum ich so viel arbeite ...«

Lucy wandte sich um. »Es ist meinetwegen, nicht? Keiner wollte eine Frau heiraten, die schon ein Kind hat.«

»Lucy, nein. He.« Meredith fasste Lucy am Arm und hielt sie fest. »Schätzchen«, sagte sie, und plötzlich kreischte Lucy los.

»Nicht auf ihn draufsetzen!« Sie wich zurück, als Passanten sie anblickten. »Mommy, was ist mit dem Jungen da?«

Sie zeigte auf eine Stelle. Aber da war kein Junge. »Lucy, was hast du?«

Ihre Augen waren weit aufgerissen und wild. »Der Junge, der da hinten sitzt, mit den Gefängnissachen an, wie sie sie im Zeichentrickfilm anhaben. Und die Frau ohne Haare und die anderen Kinder, wie Skelette, aber sie bewegen sich trotzdem. Siehst du sie denn nicht?«

Ein Mann sprach Meredith an. »Kann ich Ihnen helfen?«

»Danke, alles in Ordnung«, sagte sie barsch. »Hol tief Luft, Lucy, und sag mir, was du siehst.«

Der Mann ließ sich nicht abwimmeln. »Ich hole schnell Hilfe«, sagte er und verschwand. Meredith blickte ihm nach und sah, wie er in das Gebäude vor ihnen lief: das Holocaust-Museum.

»Das sind die, die zurückgeblieben sind«, wimmerte Lucy.

Der Gerichtsbeschluss zur Exhumierung sterblicher Überreste auf dem Pike-Grundstück brannte wie Feuer in Elis Tasche, doch er ließ ihn, wo er war, wie ein Stück glühende Kohle dicht am Herzen, eine Erinnerung daran, was er vorhatte und warum. Frankies DNA-Analyse hatte seinen Ermittlungen eine unerwartete Wendung gegeben. Wenn Gray Wolf Cecelia Pikes leiblicher Vater gewesen war, dann hatten die beiden wohl kaum eine Affäre gehabt. Der Medizinbeutel und auch die Pfeife könnten Geschenke gewesen sein. Doch Eli hielt Pike nach wie vor für den Mörder. Gray Wolf war erst kurz zuvor aus dem Gefängnis entlassen worden und hatte augenblicklich die Tochter ausfindig gemacht, die er noch nie gesehen hatte. Falls Cecelia erfahren hatte, wer ihr wirklicher Vater war, könnte sie das ihrem Mann verschwiegen haben, sodass Spencer Pike vielleicht falsche Schlüsse gezogen hatte, als er seine Frau mit einem Indianer zusammen sah. Oder aber Pike hatte die Herkunft seiner Frau herausgefunden und dadurch seine Karriere gefährdet gesehen. Daher hatte er den Beweis einfach aus dem Weg geräumt.

Wie auch immer, der Protest der Abenaki wegen des Friedhofs war berechtigt gewesen.

Er fand Az Thompson im Morgengrauen am Ufer des Winooski beim Angeln. Die mageren Schultern des alten Mannes bewegten sich unter dem Stoff seines Hemdes, während er an der Kurbel drehte und den Köder auswarf. »Mein Großvater hat mal im Lake Champlain einen Stör gefangen«, sagte Eli, als er von hinten auf ihn zutrat.

»Die gibt's da«, sagte Az.

»Meine Mutter hat mir erzählt, dass er das Biest an seinem Kanu festbinden und sich im Kreis herumziehen lassen musste, bis es müde wurde, dann erst konnte er es ins flache Wasser schleppen und hat es totgeschlagen.«

»Geduld ist das A und O«, pflichtete Az bei.

Eli sah zu, wie er einen weiteren Fisch in seinen Eimer warf. »Ich brauche Ihre Hilfe. Es hat sich nämlich herausgestellt, dass Cecelia Pike eine Halb-Abenaki war.«

Az stockte nur eine Sekunde. »Abenaki«, wiederholte er leise. »Glauben Sie, die Morgendämmerung ist für Menschen, die nicht nach ihr benannt sind, genauso schön?«

Eli wusste, dass der Alte keine Antwort erwartete. »Ich weiß, es müsste eine Art – äh, ich meine, gibt es denn keine Zeremonie? Einen Ort, wohin sie und ihre Tochter gebracht werden können?«

Az blickte auf. »Was wird aus dem Grundstück?«

»Ich weiß es nicht«, gestand Eli.

Der Alte schien sich mit der Antwort zu begnügen. »Ich kümmere mich um sie«, sagte er.

Als Cecelia Pike ermordet wurde, war Duley Wiggs zwanzig Jahre alt und erst seit acht Tagen Polizist. Jetzt hatte er Alzheimer im Anfangsstadium und lebte bei seiner Tochter Geraldine. »An manchen Tagen ist er fast normal«, sagte sie müde zu Eli, als sie mit ihm vor der Schiebetür zur Veranda stand, wo Duley in einem Rollstuhl saß. »Und dann gibt es Tage, an denen er nicht genau weiß, was er mit einem Löffel anfangen soll.«

»Danke, dass ich mit ihm reden darf.«

»Mit ihm reden ist kein Problem«, sagte Geraldine achselzuckend. »Aber er bringt vieles durcheinander. Nehmen Sie nicht alles, was er sagt, für bare Münze.«

Eli nickte und folgte ihr auf die Veranda. »Daddy? Daddy, hier ist jemand, der dich sprechen möchte. Detective Eli Rochert aus Comtosook. Du weißt doch noch, dass du mal in Comtosook gewohnt hast, nicht?«

»Ich hab mal in Comtosook gewohnt, wissen Sie«, sagte Duley. Er schüttelte Eli die Hand.

»Hallo, Duley.« Eli hatte seine Ausgehuniform angezogen, in der Hoffnung, den Erinnerungen des alten Mannes dadurch auf die Sprünge zu helfen. »Ich würde Ihnen gern ein paar Fragen stellen.«

»Miranda, lass uns zwei bitte allein, ja?«, sagte Duley.

»Ich bin Geraldine, Daddy.« Sie seufzte und ging dann wieder ins Haus.

Eli setzte sich. »Erinnern Sie sich noch an irgendwelche Mordfälle in der Zeit, als Sie in Comtosook Polizist waren?«

»Mordfälle? Oh ja, sicher. Wir hatten jede Menge Mordfälle. Ach, nein, eigentlich waren das eher Einbrüche. Eine ganze Serie in den Vierzigerjahren. Die gingen auf das Konto von zwei Teenagern, die sich für Bonnie und Clyde hielten.«

»Aber die Mordfälle ...«

»Einen gab es«, sagte Duley. »Das, was der armen Cissy Pike angetan wurde, kann man nicht vergessen. Ich kannte sie persönlich. Wir sind auf dieselbe Schule gegangen. Sie war zwei Jahre jünger als ich. Hübsches Ding und auch ein heller Kopf. Genau wie ihr Vater. Er war Astronaut.«

»Er war Professor, Duley.«

»Hab ich doch gesagt!« Der alte Mann blickte verärgert. »Hören Sie besser zu, ja?«

»Natürlich. Tut mir leid. Also ... Sie wollten über den Mord an Cissy Pike sprechen ...«

»Sie war mit einem hohen Tier von der Universität verheiratet. Pike. Die Leute im Ort hielten ihn für etwas scheinheilig, wenn Sie verstehen, was ich meine. Aber er hat Cissy auf Händen getragen. Als wir bei ihnen zu Hause ankamen, nachdem er uns verständigt hatte – tja, ich hatte noch nie einen erwachsenen Mann so weinen sehen, wie ein Baby.« Er schüttelte den Kopf. »Und dass er dann die Pistole gegen sich gerichtet hat, direkt vor unseren Augen ...«

»Duley«, sagte Eli sanft. »Spencer Pike hat nicht Selbstmord begangen.«

»Selbstmord? Ach ja, stimmt. Das war bei einer Geiselnahme in einem Postamt in den Fünfzigerjahren.« Er rieb sich die Stirn. »Manchmal ... manchmal gerät hier oben alles ein bisschen durcheinander.«

»Ist nicht schlimm.« Eli drehte seine Mütze in der Hand. Vielleicht war das hier ja doch Zeitverschwendung.

»Der Gerichtsmediziner wollte damals das Baby obduzieren.«

Eli wurde hellhörig. »Ach ja?«

»Ja. Und Olivette – das war der Detective-Lieutnant – wollte nicht zulassen, dass das Grab wieder geöffnet wurde. Er hat gemeint, einem Mann wie Spencer Pike sollte man nicht mehr zumuten als unbedingt nötig.«

»Das Baby war also schon begraben, als ihr zum Tatort kamt.«

»Jawohl. Ein Stückchen weiter weg, im Wald. Frische Erde und sogar ein paar Blumen. Pike hat uns erzählt, dass das Kind tot zur Welt gekommen war und seine Frau einen Nervenzusammenbruch erlitten hatte. Er sagte, er habe das Baby beerdigt, um es ihr nicht noch schwerer zu machen.«

»Mir hat Pike erzählt, er hätte seine Frau und sein Baby am selben Tag beerdigt.«

»Nein, das weiß ich genau. Ich war auf Cissy Pikes Beerdigung. Es waren nicht viele da – ich und Olivette und ihr Vater und Pike, gerade genug, um den Sarg hinabzulassen. Das Ganze war damals ein ziemlicher Skandal – er wollte sich nicht von den Frauen aus der Gemeinde bekochen lassen, obwohl sein Hausmädchen doch auf und davon war. Er hat Cissy gleich neben dem Grab beerdigt, in dem sein Baby lag.«

»Hat er gesagt, warum er die Polizei erst so spät verständigt hat?«, fragte Eli.

»Ach, das war gar nicht nötig. So wie der nach Alkohol gerochen hat. Hatte sich in der Nacht davor ordentlich volllaufen lassen.« Duley blickte zum Haus. »Ich habe drei Töchter, und ich kann mir nicht mal vorstellen, wie es für mich gewesen wäre, wenn sie tot auf die Welt gekommen wären. Ich denke, Pike wollte ein bisschen Trost in der Flasche suchen. Aber anscheinend hat er sich bis zur Besinnungslosigkeit betrunken ... hat nichts davon mitgekriegt, dass jemand ins Haus eingedrungen ist und seine Frau mitgenommen und das Haus demoliert hat. Und als er wieder zu sich kam, war der Vormittag schon halb um. Er hat uns kurz vor der Mittagspause angerufen, zum Glück für mich, weil ich deshalb weniger im Magen hatte, was ich auskotzen konnte, als ich Cissy sah.«

Laut Wesley musste Cecelias Leichnam sehr viel früher abgeschnitten worden sein.

Eli überlegte eine Weile, dann fragte er: »Was wissen Sie noch über Gray Wolf?«

»Gerissener Bursche. Er war ein Zigeuner, müssen Sie wissen – heute würde man sagen, amerikanischer Ureinwohner. Lügen, Klauen, das war für ihn ganz normal. Alle wussten über ihn Bescheid und über seine Familie, und er hatte wegen Mordes gesessen, war gerade erst aus dem Knast gekommen. Pike sagte, dass der Bursche Cissy in den Wochen davor belästigt hatte. Er war verdächtig, weil wir Sachen von ihm am Tatort gefunden hatten. Außerdem hatte sein Alibi eine Riesenlücke. Und als er dann verschwand, da sahen wir unseren Verdacht natürlich bestätigt.«

Eli kratzte sich am Kopf. »Ja, wie ist er denn eigentlich verschwunden?«

Röte stieg dem alten Mann am Hals hoch. »Tja, das ... das war eindeutig meine Schuld. Ich war erst eine Woche im Dienst, und ich wollte den Helden spielen. Also bin ich mitten in der Nacht los, ich hab Gray Wolf in einer

Kneipe entdeckt und ihn zum Verhör mit aufs Revier genommen. Aber Olivette hat getobt, wir hätten noch nicht genug gegen ihn in der Hand, und ihn aufs Revier zu schleppen würde ihn nur warnen. Wir haben ihn ein bisschen gepiesackt, wie das früher so üblich war, aber er hat nichts gestanden. Olivette hat mich dann beauftragt, ihn zu beschatten …« Duleys Blick glitt über den Garten. »Und er ist mir durch die Lappen gegangen. War von einer Minute zur anderen wie vom Erdboden verschluckt.« Er leckte sich die Lippen, beugte sich vor und flüsterte: »Ich hab ja so meine Theorie, was aus ihm geworden ist.«

»Da bin ich aber gespannt.« Eli ging ganz dicht an ihn heran.

»Ich glaube …« Duley legte seine fleckige Hand an Elis Ohr. »Ich glaube, Oswald war nicht allein, als er geschossen hat, da war noch ein zweiter Schütze.« Er lehnte sich zurück und verschränkte die Arme vor der Brust. »Verstehen Sie?«

Eli seufzte. »Absolut.«

Als Ethan aufwachte, war es draußen noch hell. Er schloss die Jalousie wieder und machte die Augen zu, um, wie sein Onkel es ihm beigebracht hatte, zu erspüren, was im Haus los war.

Seine Mutter war bei der Arbeit, was ihm nur lieb war, weil sie in letzter Zeit eine ganz schöne Nervensäge war.

»Was ist eigentlich los mit dir?«, hatte Ross sie gestern Abend beim Frühstück gefragt. Und seine Mutter hatte seine Frage so angestrengt überhört, dass sie sich am Herd verbrannt hatte. Sie war in Tränen ausgebrochen und hatte geschrien: »Da siehst du's, das ist nur deinetwegen passiert.«

Sie war wirklich nicht ganz normal.

Ethan schwang die Beine über die Bettkante. Er zog die Sachen von gestern an, die noch auf dem Boden lagen. Er öffnete leise die Tür und schlich über den Flur zum Zimmer seines Onkels. Die Tür war zu, wie die ganze Zeit schon. Er sollte eigentlich auf Ethan aufpassen, aber andererseits sollte Ethan eigentlich schlafen.

Unten zog sich Ethan Jacke und Mütze über, rieb Gesicht und Hände mit Sonnenmilch ein, weil man alte Gewohnheiten nun mal nicht so schnell ablegt. Dann ging er durch die Seitentür – die quietschte nämlich nicht – nach draußen.

Die Sonne war wie ein Kuss in den Nacken – unglaublich, wie hell ein Nachmittag sein konnte. Ethan nahm sein Skateboard und trug es unter dem Arm. Er ging die Zufahrt hinunter und bog nach rechts, stellte dann das Skateboard auf die Straße und rollte los. Ein Junge auf einem BMX-Rad überholte ihn, auf dem Kopf einen nach hinten gedrehten Mützenschirm. »Hi«, rief der Junge, als wäre Ethan ein ganz normales Kind.

»Hi«, erwiderte er, froh über die Begrüßung.

»Geiles Skateboard. Aber wieso hast du Winterklamotten an?«

Ethan zuckte die Achseln. »Wieso hast du so eine blöde Mütze auf?«

Der Junge fuhr einen engen Kreis. »Ich will zum Skateboard-Park. Kommst du mit?«

Ethan bemühte sich um eine möglichst ausdruckslose Miene, aber es fiel ihm schwer, so real, wie er sich fühlte. Man existierte erst dann richtig in dieser Welt, so wurde ihm jetzt klar, wenn man nach draußen konnte und die Welt von einem Notiz nahm. »Von mir aus«, sagte er gleichgültig und strahlte innerlich vor Freude. »Ich hab grad nichts Besseres vor.«

Und wenn sie ihn geküsst hätte?

Nach mittlerweile drei Tagen bekam Shelby die Frage nicht mehr aus dem Kopf, als hätte sie sich wie ein Dorn in ihren Gedanken verfangen. In allen quälenden Einzelheiten durchlebte sie erneut den Augenblick, in dem sie und Eli in einem zu kleinen Raum einander zu nah gewesen waren. Wie seine Haut gerochen hatte, die winzige Narbe, die sie hinter seinem rechten Ohr gesehen hatte. Im Bett liegend, hatte sie überlegt, woher sie wohl stammen mochte.

Frankie Martine. Bei einer Frau, die so aussah, spielte es keine Rolle, wenn sie einen Jungennamen hatte.

Eifersüchtig war sie aber ganz bestimmt nicht. Schließlich kannte sie Eli Rochert kaum. Außerdem war romantische Liebe etwas Egoistisches. Und sie hatte sich ohnehin ganz und gar Ethan verschrieben, da war sicherlich nichts mehr übrig, was sie einem anderen hätte geben können.

Ob Eli und Frankie Martine die letzten zweiundsiebzig Stunden zusammen verbracht hatten?

Shelby saß am Informationstisch, die Hände über der Computertastatur, als hätte ein Kunde sie nach einem Buch zu einem bestimmten Thema gefragt. Sie fand auf alles eine Antwort. Sie hatte bloß Angst, selbst Fragen zu stellen.

Aber es war Abendessenszeit, und der letzte Besucher hatte die Bücherei bereits vor zwei Stunden verlassen. Shelby musste noch bis sieben Uhr ausharren, obwohl ihrer Erfahrung nach jetzt niemand mehr kommen würde. Mit einem Seufzer legte sie den Kopf auf den Schreibtisch. Sie könnte ewig hier sitzen bleiben, und weder Eli noch Watson würde hereinkommen.

Als plötzlich die Glocke über der Eingangstür klingelte, fuhr Shelby in einem letzten Anflug von Hoffnung hoch. »Ach, du bist es«, sagte sie, als Lottie von der Stadtverwaltung mit einem großen, verstaubten Karton hereinschwankte.

»Na, das nenn ich eine freundliche Begrüßung!«,

schnaubte Lottie und wischte sich die schmutzigen Hände an ihrem Rock ab.

»Tut mir leid ... ich hatte bloß jemand anderen erwartet.«

»Diesen hinreißenden Cop?« Lottie grinste. »So was Köstliches *und* Kalorienfreies ist mir schon lange nicht mehr unter die Augen gekommen.«

Lachend half Shelby ihr, den Karton auf den Schreibtisch zu hieven. »Glaub mir, er ist trotzdem Gift für deinen Blutdruck. Was schleppst du denn da an?«

»Wir haben gestern einen neuen Heizkessel bekommen – und ich hab im Keller an die dreißig Kisten Akten gefunden, von deren Existenz kein Mensch was wusste ... du kannst dir vorstellen, wie alt der Heizkessel war. Jedenfalls, da du nach irgendwas aus den Dreißigerjahren suchst, hab ich dir den Karton mit Unterlagen aus der Zeit mitgebracht. Vielleicht hast du ja Lust, sie mit deinem Detective zusammen durchzusehen.« Sie hob eine Augenbraue. »So was ist abendfüllend.«

Shelby öffnete den Deckel des Kartons und musste husten, als Staub aufflog. Drinnen waren Dutzende von Papierrollen. »Blaupausen?« Sie nahm eine heraus, entrollte sie und beschwerte die Enden mit Kriminalromanen.

STAMMBAUM FAMILIE WILKINS

Eugenik-Erhebung Vermont, 1927

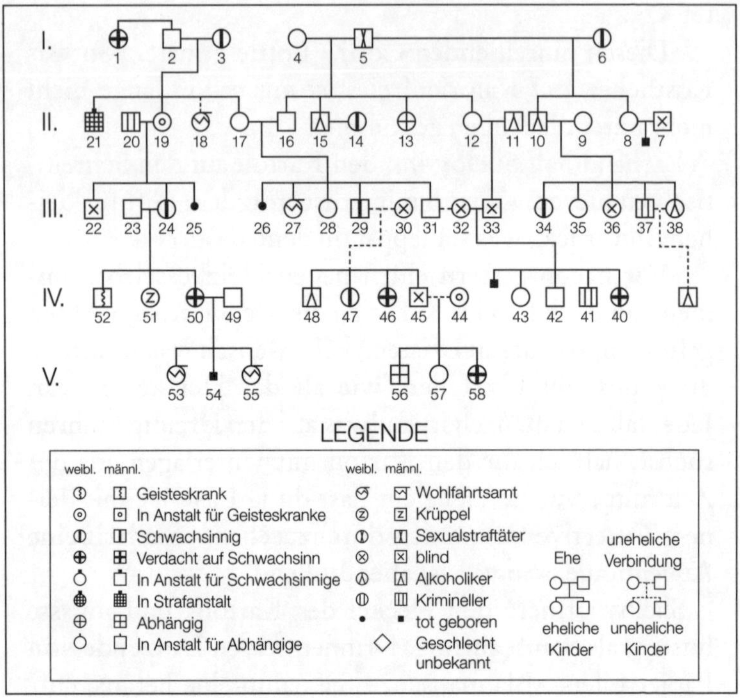

Offenbar wurden die Verbindungen von Alkoholikern und Krüppeln und Sexualstraftätern und unehelichen Kindern und Straftätern schematisiert dargestellt. Shelby sah sich einige der Symbole genauer an. *In Anstalt für Schwachsinnige. Schwachsinnig. Verdacht auf Schwachsinn*. Die Darstellung erweckte den Anschein, als würden sich all diese gesellschaftlichen Übel mit nachfolgenden Generationen weiter ausbreiten und als wären sie mit den beiden Unglücklichen in der Mitte verwurzelt, die geheiratet und sich fortgepflanzt hatten. Auf einem zweiten Schaubild, einem Säulendiagramm, war die Familie nach »sozialen« und »unsozialen« Personen angeordnet. In der Erklärung hieß es: *Sozial: wünschenswerte Bürger – gesetzestreu, wirtschaftlich unabhängig und sozial engagiert. Unsozial: Personen, die zwar keine der genannten Defekte erkennen lassen, aber offenbar keinerlei gesellschaftlich wünschenswerte Neigungen zeigen, sowie Personen, über die zu wenig bekannt ist, um eine Einschätzung abzugeben.*

»Lottie«, sagte sie, »was hast du denn da gefunden?«

Sie entrollte eine zweite Karte über der ersten. AHNENTAFEL EINER ZIGEUNERFAMILIE, DIE DELACOURS. Ein handbeschriebenes Blatt schwebte zu Boden. »Mitteilung an Harry – Geschlechtsdefizit offenbar holandrisch. Tafeln in Anhörungen über Sterilisationsgesetz verwenden?« Das Blatt hatte einen Briefkopf: Spencer A. Pike, Professor für Anthropologie, University of Vermont.

Der Karton enthielt weitere Ahnentafeln und Korrespondenz und Karteikarten, die säuberlich mit der Hand beschriftet waren, offenbar Fallstudien von Personen, die den Erbforschern gut ins Konzept gepasst hatten: Mariette, ein sechzehnjähriges Mädchen in einer Besserungsanstalt, hatte eine Reihe kleinerer Diebstähle verübt, und sie hatte ein ungezügeltes Temperament. Oswald hatte dunkle Haut und unstete Augen, er neigte, wie sein Stamm, zum Vagabundenleben und hatte – als Ergebnis einer unehelichen Verbindung – in sieben Jahren sieben minderbegabte Kinder hervorgebracht. Shelby nahm den vierten Jahresbericht des *Vermont Committee on Country Life* aus dem Karton. Er klappte auf einer Seite mit Eselsohren auf. Dort stand ein Artikel, der von H. Beaumont und S.A. Pike verfasst worden war. »Entartungen lassen sich nicht wegzüchten«, las Shelby laut, »aber durch eine günstige Partnerwahl lassen sie sich eindämmen und abschwächen.«

»Eugenik«, las Lottie und hielt einen weiteren Jahresbericht hoch. »Was ist denn das?«

»Die Wissenschaft von der Verbesserung der Erbeigenschaften durch kontrollierte Fortpflanzung.«

»Wie beim Vieh?«

»Ja«, sagte Shelby, »aber hier geht es um Menschen.«

Eli hatte um neun Uhr Feierabend gemacht, doch statt direkt nach Hause zu fahren, entschied er sich, vorher rasch noch in der Stadt nach dem Rechten zu sehen.

Er fuhr ziellos die Zufahrtsstraße zum Steinbruch entlang, Watson neben sich. Wenn er den Fall löste, würde ihm das bestimmt keine Beförderung einbringen. Cissy Pike würde nicht wieder lebendig werden. Und die Staatsanwaltschaft würde einem Überneunzigjährigen mit schwerer Lebererkrankung mit Sicherheit nicht den Prozess machen. Warum also war ihm die Sache so wichtig?

Watson drehte sich um und stieß Eli gegen den Arm. »Es ist zu kalt draußen. Ich lasse dein Fenster nicht herunter.«

Die Antwort war: Cissy Pike hatte ihn ins Grübeln gebracht. Darüber, wie wichtig es war, einen Bezug im Leben zu haben – eine Familie, einen geliebten Menschen, eine Geschichte –, und wie hoch der Preis war, wenn man die Wahrheit verschwieg.

Eli wollte zu der Zeremonie gehen, die Az Thompson anlässlich der Umbettung von Cissy Pike und ihrem Kind plante. Nicht weil er als Cop mit dem Fall zu tun hatte, sondern weil er wie Cissy Halb-Abenaki war. Und weil er wusste, wie es einem dabei erging, wenn man diese Tatsache verschwieg.

Watson rutschte näher zu Eli, grub seine Schnauze hinten in Elis Hemdskragen. »Also gut«, gab er nach und öffnete das Fenster. Watson liebte es, bei offenem Fenster zu fahren, wenn ihm vom Wind die Lefzen flatterten. Plötzlich hob er die Nase und fing an zu heulen.

»Leise, Watson, die Leute wollen ihre Ruhe.«

Der Hund schlug bloß einen höheren Ton an, stand dann auf und wedelte seinen Schwanz genau vor Elis Gesicht. Um nicht von der Straße abzukommen, fuhr Eli rechts ran. Watson sprang aus dem Fenster, bevor der Wagen zum Stehen gekommen war, und lief zu dem Zaun, der die Ostwand des Steinbruchs umgab. Er bellte und stellte sich auf die Hinterbeine, als jemand auf der anderen Seite aus der Dunkelheit trat. Der Junge hatte Handschuhe an. Es war zwar kühl, aber nicht kalt. Mit zusammengekniffenen Augen versuchte Eli, das Gesicht unter dem Schirm der Baseballmütze zu erkennen, doch er sah nur die Haut, die so weiß schimmerte wie der Mond. »Ethan?«, rief er.

Der Kopf des Jungen hob sich. »Ach«, sagte er enttäuscht. »Sie sind's.«

»Was machst du hier? Wer hat dich auf das Gelände gelassen?«

»Bin über den Zaun geklettert.«

»Weiß deine Mom, wo du bist?«

»Klar«, erwiderte Ethan.

Eli war darüber informiert, dass am nächsten Morgen bei Tagesanbruch im Steinbruch gesprengt wurde, und es behagte ihm gar nicht, dass Ethan sich in der Nähe von Sprengstoff aufhielt. »Kletter rüber.«

»Nein.«

»Ethan, ich kann dich auch holen.«

Ethan zögerte, dann warf er sein Skateboard zu Eli rüber, kletterte am Maschendrahtzaun hoch und hielt Eli die Handgelenke hin. »Na los. Legen Sie mir Handschellen an wegen unbefugten Betretens.«

Eli unterdrückte ein Lächeln. »Ich werde noch mal ein Auge zudrücken.« Er ging zum Wagen. »Wie bist du überhaupt hergekommen?«

»Ich bin einfach immer weitergegangen.«

Eli blickte wieder auf die Handschuhe, die Ethan trug.

»Hat sie Ihnen das nicht erzählt?«, sagte der Junge bitter. »Ich bin ein Freak.«

»Sie hat mir gar nichts erzählt«, erwiderte Eli, scheinbar desinteressiert; er ließ Ethans Skateboard fallen, ging zu seinem Wagen und pfiff Watson zu sich. »Also dann. Bis demnächst.«

»Wollen Sie mich hier stehen lassen?«

»Klar. Deine Mom weiß doch, wo du bist.«

Statt einer Antwort warf Ethan sein Skateboard hinten auf den Pick-up und stieg ein. Eli fuhr los. »Als ich geboren wurde, hatte ich Schwimmhäute zwischen den Fingern.« Er spürte, wie Ethan einen Blick auf seine Hände am Lenkrad warf. »Die Ärzte mussten sie auseinanderschneiden.«

»Ekelhaft«, sagte Ethan und wurde dann rot. »Tschuldigung.«

»Schon gut. Das war eben so. Ich hab trotzdem gemacht, was ich wollte.«

»Ich hab XP. Das ist so, als wäre ich allergisch gegen die Sonne. Und ich kann nicht machen, was ich will.«

»Was würdest du denn gern machen?«

»Schwimmen gehen und mich in der Sonne trocknen lassen.« Er warf Eli einen Blick zu. »Ich muss sterben.«

»Das müssen wir alle.«

»Ja, aber ich kriege Hautkrebs. Von der ganzen Zeit, die ich früher in der Sonne war, bevor klar war, was ich habe. Die meisten mit XP werden keine fünfundzwanzig Jahre alt.«

Eli spürte, wie sein Magen sich zusammenzog. »Vielleicht bist du ja der Erste, der älter wird.«

Ethan blickte eine Weile zum Fenster hinaus, schweigend. Dann sagte er: »Ich bin früh wach geworden, und es war keiner da. Also bin ich nach draußen gegangen. Bin zum Skateboard-Park an der Schule. Aber dann mussten die anderen Kids nach Hause, ins Bett. Und ich war ja kein bisschen müde, weil ich den ganzen Tag geschlafen hatte. Ich bin einfach losmarschiert und hier gelandet. Ich bin ein Freak«, wiederholte er. »Auch wenn ich's versuche, ich gehöre nirgendwo dazu.«

Eli blickte ihn an. »Und wieso meinst du, dass das bei den anderen anders ist?«

Ross war tatsächlich eingeschlafen. Als er wieder wach wurde, stand er auf und ging nach unten in die Küche, um sich ein Glas Orangensaft einzugießen. Plötzlich fiel ihm ein, dass er Ethan ganz vergessen hatte. Es war kurz vor Mitternacht – und sein Neffe musste schon seit Stunden auf sein.

»Eth?«, rief er, aber im Haus blieb es still.

Als er zum Fenster hinausblickte, sah er, dass Shelbys Wagen nicht in der Einfahrt stand. Auch das war merkwürdig – sie hätte spätestens um neun nach Hause kommen müssen. Dann sah er das blinkende Lämpchen am Anrufbeantworter. Er drückte den Knopf. »Ross, ich bin's, Shel. Ich bin auf eine unglaubliche Sache gestoßen. Sag Ethan, ich komm bald nach Hause, und sei bitte auch da ... ich hab dir einiges zu erzählen.«

Sie war also nicht mit Ethan irgendwohin gefahren. Ross ging nach draußen, aber der Junge war weder mit seinem Skateboard in der Einfahrt, noch trieb er sich im Garten herum. Wieder im Haus, lief er nach oben und sah in Ethans Zimmer nach. Das Bett war gemacht, Ethans Pyjama lag verschlungen auf dem Boden. Wo steckte der Junge bloß?

Allmählich geriet Ross in Panik. Jeder Neunjährige konnte in Schwierigkeiten geraten, aber für Ethan barg die Welt ganz andere Gefahren. »Ethan, das ist nicht lustig«, rief er. »Mach, dass du herkommst.«

Doch noch während er rief, wusste er, dass Ethan ihn

nicht hören konnte. Er holte seine Autoschlüssel und eilte nach unten. Wenn er Ethan fand, bevor Shelby nach Hause kam, dann würde sie nichts von seinem Verschwinden erfahren müssen.

Er war gerade in seinen Wagen gestiegen, als hinter ihm ein Pick-up hielt. Eli Rocherts Hund sprang heraus, als wäre er hier zu Hause, und dann stieg Ethan aus. Ross schaute von Ethan zu Eli, der die Arme verschränkte, aber kein Wort sagte. »Darf ich erfahren, wo du warst?«

Noch ehe Ethan antworten konnte, bog Shelby in die Einfahrt. Hinten in ihrem Wagen stand eine große Kiste. »Was ist denn hier los?«, fragte sie.

»Nichts«, sagten alle drei wie aus einem Munde.

»Was hat dann ein Polizeibeamter um Mitternacht vor meinem Haus zu suchen?«

Eli trat vor. »Ich, ähm, wollte Sie besuchen, weil ich wusste, dass Sie bestimmt noch auf sind. Mit Ethan. Aber als ich herkam, waren Sie's doch nicht. Nicht hier, meine ich.«

Shelby reagierte unterkühlt. »Brauchen Sie wieder meine Hilfe bei Ihren Recherchen?«

»Nein, ich wollte fragen, ob ich Sie zum Essen einladen darf.« Das kam offenbar selbst für Eli überraschend.

Dass Eli Ethan nicht bei seiner Mutter anschwärzte, rang Ross Respekt ab.

Shelby wurde rot, blickte kurz weg und dann in Elis Augen. »Sehr gern«, sagte sie.

Ethan schnaubte.

Shelby räusperte sich, öffnete dann die Heckklappe ihres Wagens. »Tragt ihr das bitte für mich rein?«

»Was ist das denn?«, fragte Ross, als er den enorm schweren Karton hochhob.

Shelby wischte sich die staubigen Finger an der Hose ab. »Geschichte.«

»Es nannte sich *Gesetz für menschliche Verbesserung durch freiwillige Sterilisation*«, erklärte Shelby, »und es wurde am 31. März 1931 verabschiedet. Vermont war der vierundzwanzigste Staat von dreiunddreißig, die ein Sterilisationsgesetz hatten. Nach dem, was ich ausgraben konnte, gingen die genealogischen Untersuchungen von Familien, die man für eine Belastung der Steuerzahler hielt, auf das Konto von Henry Perkins ... und Spencer Pike und Harry Beaumont waren seine Handlanger.«

Sie hatten einige von den Stammbaumkarten auf dem Küchenboden ausgebreitet und saßen im Schneidersitz drum herum. »Sie hielten Kriminalität und Degeneriertheit für erblich, so wie Augenfarbe oder Körpergröße. Und um aus Vermont einen Paradestaat zu machen, wollten sie für einen möglichst starken Genpool sorgen. Das hieß nach deren Logik, es musste verhindert werden, dass die Menschen, die die Erbmasse verwässerten, sich weiter fortpflanzten.«

»Wieso hat man ihnen den Quatsch überhaupt abgekauft?«

»Weil die Eugeniker der Dreißigerjahre angesehene Ärzte, Rechtsanwälte, Lehrer, Richter waren. Sie glaubten fest daran, dass das, was sie taten, auf lange Sicht für alle das Beste war.« Shelby holte Unterlagen der Jugendstrafanstalt von Vermont, der Waterbury-Klinik für Geisteskranke, des Zuchthauses hervor. »Zuerst nahmen sie sich Familien vor, von denen immer mal wieder jemand in eine Institution eingewiesen wurde. Die Chorea-Familie wurde wegen einer wiederholt auftretenden neurologischen Störung ausgewählt. Die bitterarme Piraten-Familie lebte auf Hausbooten und in Hütten an der Küste. Die Zigeuner-Familie war nicht sesshaft und geriet häufig mit dem Gesetz in Konflikt ... und es waren so viele. Sie waren nicht einmal unbedingt verwandt – die Eugeniker nannten sie ›Familien‹, um so eine Nähe zu erzeugen, die nicht immer gegeben war. Jedenfalls, Ende der Zwanzigerjahre waren durch die Erhebung sechstausend Menschen registriert worden, die man in zweiundsechzig fragwürdige Abstammungslinien eingeteilt hatte. Diese Leute sollten sterilisiert werden.«

»Wieso haben die Familien überhaupt mit denen geredet? Sie hätten sich doch denken können, was die im Schilde führten«, sagte Ross.

»Wenn du bitterarm bist, in einem Zelt lebst und zehn Kinder hast, und eines Tages taucht eine elegante weiße Frau auf, die mit dir reden möchte, da lässt du sie vor lauter Überraschung rein. Und wenn sie Fotos von den Kindern sehen will, zeigst du sie ihr aus Stolz. Und wenn sie nach Verwandten fragt, erzählst du ihr ein paar Familiengeschichten. Und du hast keine Ahnung, dass deine Besucherin sich notiert, in welchen heruntergekommenen Verhältnissen du haust und wie dumm du bist, weil du Fehler machst beim Sprechen.«

Eli hatte Ross und Shelby erzählt, was er von Frankie erfahren hatte – Ahnenforschung einer anderen Art. Shelbys Entdeckung war das fehlende Glied gewesen, der Grund, warum Gray Wolf und Cecelia Pikes Verwandtschaft möglicherweise zu Cecelias Tod geführt hatte. Es war naheliegend, dass Pike angesichts seiner eugenischen Überzeugungen extrem aufgebracht reagiert hatte. Aber wäre er zu einem Mord fähig gewesen?

Eli sah sich eine der Stammbaumkarten an. Sie war schwer zu entziffern, aber leicht zu verstehen – von Generation zu Generation waren sämtliche Makel aufgeführt, die dieses Verwandtschaftsnetz für die Eugeniker interessant gemacht hatten. Ganz am Ende standen die Namen von Männern und Frauen, die Eli noch kannte und von denen die meisten ein über Gebühr schweres Leben gehabt hatten. »Wie viele Leute wurden sterilisiert?«, fragte Eli.

Shelby schüttelte den Kopf. »Darüber konnte ich keine genauen Informationen finden. Bis 1951 wurden in Vermont 210 Sterilisationen registriert – die meisten in sogenannten Anstalten für Schwachsinnige oder Heilanstalten oder im Gefängnis. Dabei waren die Leute vor allem deshalb in diesen Anstalten, weil sie nicht im Sinne der Gesellschaft lebten: Ihre Ehen zum Beispiel waren nach Vermonter Recht ungültig ... also konnte das Jugendamt die Kinder in eine Besserungsanstalt stecken, die Ehefrau wegen loser Moral in eine Nervenklinik und den Ehemann als Sexualtäter ins Gefängnis.«

»Aber die Operationen waren freiwillig«, sagte Ross.

»Theoretisch. Manchmal bedurfte es lediglich der Zustimmung zweier Ärzte.«

Eli spürte einen pochenden Schmerz hinter seinem linken Auge. Er lebte schon so viele Jahre in dieser Stadt, aber noch nie hatte er von diesem Eugenik-Projekt gehört. In dem Haus, wo das Büro war, das die statistische Erhebung durchgeführt hatte, Church Street 138, war jetzt ein Laden, der Räucherstäbchen und Kerzen verkaufte.

Er dachte an die alte Tula Patou, die unten am Fluss wohnte und sechzig Jahre verheiratet war, kinderlos. An manche seiner Onkel und Tanten, die keine Kinder bekommen hatten, obwohl sie gern welche gehabt hätten. Waren sie sterilisiert worden? Wussten sie es überhaupt?

Bestimmt gab es noch Leute in Comtosook, die von der Erinnerung an das, was in den Dreißigerjahren geschehen war, verfolgt wurden. Leute, die damals nicht gewusst hatten, was sie davon halten sollten. Opfer, die aus Angst nicht darüber sprachen. Und Befürworter, die aus schlechtem Gewissen schwiegen.

Diese Entdeckung war ein Brandsatz.

Plötzlich fiel Eli wieder ein, wie er als kleiner Junge mit seiner Mutter bei der Schulanmeldung in der Schlange vor dem Sekretariat gestanden hatte. Seine Mutter hielt ihn an der Hand, wie alle anderen Mütter ihre Kinder, doch als sie fast an der Reihe waren, gab sie ihm einen Kuss auf die Wange und sagte, sie würde draußen auf ihn warten. Er erinnerte sich an ihre rätselhafte Bemerkung, als er hinterher wieder zu ihr lief: »So wie du aussiehst, nehmen sie dich.«

Die Abenaki hatten die Zeit nicht vergessen, als man sie fälschlicherweise Zigeuner nannte. Sie erinnerten sich nur allzu gut daran.

Eli beugte sich über eine weitere Ahnentafel. »Was, wenn Pike es nicht gewusst hat? Was, wenn seine geliebte Frau ... ein Baby zur Welt brachte, dessen Haut eine Spur zu dunkel war?«

»Und wenn sie Zeit mit Gray Wolf verbracht hatte, weil sie herausgefunden hatte, dass er ihr leiblicher Vater war ...«, warf Ross ein.

»Und Pike hat fälschlicherweise angenommen, das Baby wäre von Gray Wolf.«

Für einen Mann, der so viel Mühe darauf verwandt hatte, die genetische Minderwertigkeit der Abenaki nachzuweisen, musste das ein Schock gewesen sein. Es erklärte, warum Pike das tot geborene Kind vielleicht begraben hatte, bevor die Polizei das Gesicht der Kleinen sehen konnte. Und es erklärte möglicherweise auch, warum er seine Frau getötet hatte.

»Was ist aus dem Projekt geworden? Warum wurde es eingestellt?«, fragte Ross.

Shelby begann, die Dokumente wieder einzupacken. »Weil kein Geld mehr da war«, antwortete sie. »Und dann kam Hitler. Für das Nazi-Gesetz zur Verhütung ›erbkranken Nachwuchses‹ stand das amerikanische Sterilisationsgesetz Pate.«

»Und wann wurde das Gesetz in Vermont aufgehoben?«

»Jetzt haltet euch fest«, sagte Shelby. »Gar nicht, jedenfalls nicht ganz. Die Bürgerrechtsorganisationen haben es in den Siebzigerjahren angefochten ... mit dem Ergebnis, dass es umformuliert wurde ... aber Tatsache ist, es gibt noch heute ein Sterilisationsgesetz.«

Plötzlich sprang Eli ein Name ins Auge. Pial Sommers, verheiratet mit Isobel DuChamps, die als schwachsinnig eingestuft worden war. Ihre Kinder: Winona, Ella und Sopi, die mit sieben Jahren gestorben war. Ella Sommers hatte einen Mann geheiratet, den sie kennengelernt hatte, als sie Kellnerin in Burlington war. Er hieß Robert Rochert, und er war Elis Vater gewesen.

Pial Sommers hatte sechs Geschwister gehabt, und er war der Einzige gewesen, der laut dieser Tafel weder geisteskrank noch kriminell, noch pervers gewesen war. Eine kurze gepunktete Linie trennte ihn von der mütterlichen Seite der Familie und zehn Cousins und Cousinen, von denen der jüngste John »Gray Wolf« Delacour hieß.

Als Eli Shelbys Haus und diese neue geballte Ladung von Albträumen verließ, war es nach drei Uhr morgens. Als es um halb sieben an seiner Tür klingelte, zog er sich zunächst ein Kissen über den Kopf, um sich dann doch in seinen Boxershorts aus dem Bett zu quälen.

Frankie stürmte in die Wohnung, kaum dass er die Tür geöffnet hatte. »Es gibt Neuigkeiten«, sagte sie und steuerte schnurstracks in die Küche, wo sie mit einem vorwurfsvollen Blick die leere Kaffeekanne hochhielt. »Ich habe den Fleck am Nachthemd für dich getestet.«

»Frankie ...«

»Das Zeug, das du für Blut gehalten hast.«

»Ich weiß.«

»Tja, es war keins. Bewahrst du deinen Kaffee nicht in der Tiefkühltruhe auf wie der Rest der modernen

Menschheit?« Sie drehte sich um, die Kaffeekanne noch immer in der Hand. »Du bist ja fast nackt, Mensch.«

»Ich trage eine Unterhose, wie du siehst.«

»Du hättest dir ruhig einen Bademantel überziehen können.«

»Frankie«, sagte Eli seufzend. »Ich habe höchstens drei Stunden geschlafen.«

Sie fand den Kaffee auf dem Kühlschrank und füllte ein paar Löffel in den Filter. »Es ist Mekonium.«

»Und was ist das bitte schön? Was Radioaktives?«

»Es ist Kot. Kindspech.«

»Na und? Wir wissen doch, dass die Frau in der Nacht entbunden hat.«

Die Kaffeemaschine begann zu gurgeln. »Du hast gesagt, die Frau hat ein totes Baby geboren. Tote Babys scheiden kein Kindspech aus.«

Der letzte Satz bahnte sich einen Weg zu Elis Verstand und riss ihn aus seinem Nebel. »Moment mal ...«

»Guten Morgen«, sagte Frankie. »Das Baby hat gelebt.«

Heute war Bingo-Tag, und obwohl Eli nicht vorhatte zu spielen, hatte ein wohlmeinender Mitarbeiter des Pflegeheims eine Karte vor ihn hingelegt. »B-11«, sagte die Spielleiterin, eine kräftige Frau in einem Overall. »B-11!«

Er sah Spencer Pike, bevor der alte Mann ihn sah, und sprach den Pfleger an, der den Rollstuhl schob. »Ich mach das schon«, sagte Eli, packte die Griffe und manövrierte den Stuhl in eine Ecke, weg von den krächzenden Lautsprechern der Bingo-Spielleiterin.

Plötzlich und unerwartet wurde Eli von einer Hasswelle erfasst. Das war der Mann, der seine Familie hatte auslöschen wollen. Das war der Mann, der sich die Entscheidung angemaßt hatte, welches Leben lebenswert war. Das war der Mann, der Gott gespielt hatte.

»Gehen Sie«, sagte Spencer Pike mit Nachdruck.

Eli fasste Pikes Schultern und drückte sie gegen die Rückenlehne. »Sie haben mich belogen, Spencer.«

»Ich weiß nicht mal, wer Sie sind.«

»Reden Sie keinen Quatsch. Ihr Verstand funktioniert noch ausgezeichnet. Ich wette, Sie können sich noch an alles erinnern, was Sie in Ihrem Leben gemacht haben. Ich wette, Sie können sich sogar an ihre Namen erinnern.«

»Wessen Namen?«

»O-75«, zwitscherte die Spielleiterin. »Sagt jemand Bingo?«

»Sie haben sich für verdammt schlau gehalten, als Sie den Cops erzählt haben, Sie hätten die Leiche Ihrer Frau gerade erst abgeschnitten. Aber Sie hatten das schon Stunden vorher getan, lange vor Ihrem Anruf bei der Polizei.«

Eine Ader pochte an der Schläfe des alten Mannes. »Das ist lächerlich.«

»Ach ja? Schon mal was von Forensik gehört, Spencer? Wissen Sie, wie viel uns ein toter Körper heutzutage erzählen kann? Zum Beispiel wann und wie ein Mensch getötet wurde und wer so blöd war, Spuren zu hinterlassen.«

Spencer versuchte vergeblich, ihn wegzustoßen. »Lassen Sie mich in Frieden.«

»Wen haben Sie zuerst getötet, Spencer? Das Baby oder Ihre Frau?«

»Pfleger!«

»Es hat Sie bestimmt verrückt gemacht zu merken, dass Sie so eine geheiratet hatten. Dass sogar Ihre Tochter so eine war.«

Pike war weiß im Gesicht geworden. »Eine was?«

»Eine *Zigeunerin*«, erwiderte Eli.

Fast im selben Moment hievte Pike sich mit Mühe halb

aus dem Rollstuhl. Seine Haut wurde dunkel, und er starrte Eli mit glasigen Augen an. »Sie ... Sie ...«, keuchte er und tastete nach den Armlehnen, griff aber daneben und kippte auf den Boden. Sofort kamen zwei Pfleger auf sie zugelaufen. Eli beugte sich tief zu Pike hinunter. »Was ist das für ein Gefühl, sich nicht wehren zu können?«, flüsterte er.

Eli stand blinzelnd neben seinem Chef, der in die Kameras lächelte. Eli achtete jedoch kaum auf das eigentliche Ereignis – wie Chief Follensbee Az Thompson den Gerichtsbeschluss überreichte, der jedes Bauvorhaben auf dem Pike-Grundstück stoppte, bis sämtliche Abenaki-Gebeine umgebettet waren. Stattdessen suchte Eli die Gesichter der versammelten Menschen ab – Menschen, die er schon sein ganzes Leben lang kannte und die für ihn plötzlich ganz anders aussahen.

Winks zum Beispiel hatte ein Alkoholproblem, und seine Frau hatte ihn verlassen. Doch heute strahlte er übers ganze Gesicht. Der alte Charlie Rope hatte sich diesen Augenblick auch nicht entgehen lassen wollen und hatte seine kleine Enkelin mitgebracht. Sie saß auf seinen Schultern, und Eli hörte den alten Mann zu ihr sagen: »Pass genau auf. An das hier müssen wir uns immer erinnern.«

Sogar der stoische Az Thompson, der inoffizielle Abenaki-Sprecher, war sichtlich bewegt. Das hier war ein Sieg, und davon hatte es nur wenige gegeben. Jedes Mal, wenn die Abenaki Land kaufen oder das Recht zum Fischen erwerben wollten, waren sie daran gescheitert, dass sie kein vom Staat anerkannter Stamm waren und daher keine nennenswerten Rechte besaßen. Die Indianerbehörde schrieb vor, dass eine Gruppe von Ureinwohnern nur dann als Stamm gelten könne, wenn sie eine jahrhundertealte Kulturgeschichte nachweisen konnte.

Bei den Abenaki klaffte seit den Dreißigerjahren ein Loch.

Eli hatte immer den Grund darin vermutet, dass es den Abenaki an Struktur oder Elan oder beidem fehlte. Doch jetzt fragte er sich, ob sie sich nicht selbst in eine verhängnisvolle Zwickmühle gebracht hatten. Wie Shelby am Abend zuvor erklärt hatte, waren die Abenaki, um nicht ins Visier der Eugeniker zu geraten, Mischehen eingegangen, hatten die Namen von Weißen angenommen und in typisch weißen Berufen gearbeitet. Einige hatten Vermont verlassen und sich anderen Stämmen angeschlossen. Sie hatten ihre eigenen Traditionen hinter verschlossenen Türen versteckt, um sie nicht ganz zu verlieren. Und jetzt wurden sie dafür bestraft.

Eli sah, wie einige Abenaki zu der großen Trommel gingen, die sie mitgebracht hatten. Ihre Stimmen, tief und eindringlich, verschmolzen zu einer erstaunlichen Melodie. Indianergesänge folgten keinem vorgegebenen Verlauf. Sie waren eher wie Flüsse, die sich selbst ihren Weg suchten. Eli konnte sich noch erinnern, wie diese Musik abends ins Zelt drang und ihn in den Schlaf trug, wenn er als Kind den Sommer bei der Familie seiner Mutter am Ufer des Sees verbracht hatte.

Dieser Gesang war ihre Geschichte. Mündlich überliefert wie alle Abenaki-Erinnerungen. Eli fragte sich, wie viele von diesen Männern und Frauen sich wohl daran erinnern konnten, was in Comtosook unter der Regie von Spencer Pike geschehen war. Allein die Tatsache, dass so auffällig geschwiegen worden war, war aufschlussreich – aus irgendeinem Grund war es nicht überliefert worden. Diese Geschichte, so wurde Eli jetzt klar, war umso bedeutender, weil man den Mantel des Schweigens darübergebreitet hatte. Er schob die Hände in die Taschen und ging auf die Gruppe singender Abenaki zu. Worte stiegen in ihm auf, von denen er geglaubt hatte, er hätte sie längst vergessen.

Die Veränderungen geschahen ganz allmählich, doch weil die Menschen in Comtosook sie diesmal erwartet hatten, nahmen sie sie wahr. Wenn Klebeband nicht haftete, lächelten sie wissend. Als die Melonen in Abes Laden so reif wurden, dass es bis draußen auf der Straße nach Sommer roch, wunderte sich niemand. Die Menschen fanden vierblättrige Kleeblätter in ihren Brieftaschen zwischen den größten Scheinen. Sie hörten Rotluchse in den Bergen schluchzen. Sie fanden ihre Kopfkissen in der Nacht zu weich – alles Dinge, die die unterschiedlichsten Gründe gehabt haben könnten, die sie aber *ihrem* Geist zuschrieben.

Und so kam es, dass Ross, als er auf Shelbys Veranda trat, sofort das Besondere spürte. Das, was er da sah, hätte das Zufallswerk von Eichhörnchen sein können oder eine Spielerei von Kindern aus der Nachbarschaft. Vielleicht war es aber auch etwas ganz anderes gewesen, das da fein säuberlich siebzehn kleine Steine in Form eines Herzens arrangiert hatte.

Das da war nie und nimmer seine Mutter. Ethan saß auf dem Bett und beobachtete diese Frau, die sich für ihre Verabredung fein machte, vor sich hin summte, während sie ihre besten Ohrringe anlegte, sich etwas auf die Wimpern schmierte und Parfüm auf die seltsamsten Stellen tupfte – in die Kniekehlen, in den Bauchnabel.

»Wollt ihr beide in die Kiste?«, fragte Ethan.

»In die Kiste?«

»Na, du weißt schon. Sex und so.«

Seine Mutter, die gerade in einen hochhackigen Schuh schlüpfen wollte, geriet aus dem Gleichgewicht. »Was ist das denn für eine Frage?«

Er überlegte kurz. »Eine clevere.«

»Tja«, sagte sie. »Ich weiß noch nicht.«

Ethan zupfte an einem Faden der Bettdecke. »An deiner Stelle würd ich's machen. Aber nur, wenn er dich mal mit seiner Knarre schießen lässt.«

Seine Mutter bekam diesen Blick, den sie immer bekam, wenn sie mit Mühe versuchte, ein Lächeln zu unterdrücken. »Ich sag ihm, was du als Bedingung vorgeschlagen hast.«

Ethan überlegte, was er über Sex wusste – es kam ihm alles so ekelig vor. »Aber ich glaub eigentlich nicht, dass es sich lohnt.«

Sie zog ihm die Mütze nach hinten. »Darüber reden wir noch mal, wenn du älter bist.«

»Ich werde nie ein Mädchen küssen.« Ethan sah, wie sie sich prüfend im Spiegel betrachtete. Er musste zugeben, dass sie hübsch aussah. Und irgendwas daran gab ihm das Gefühl, als würde das Zimmer sich drehen.

»Glaub mir ... es kommt, wie es kommt. Irgendwann wirst du dir das mehr wünschen als alles andere auf der Welt.«

»Und wer«, fragte Ethan, »wird *mich* küssen wollen?«

Seine Mutter hielt inne, setzte sich dann neben ihn aufs Bett. Sie berührte sein Gesicht, als wäre es das Schönste, was sie je gesehen hatte, und nicht die kreidebleiche Maske eines Monsters. »Viele, viele kluge Frauen«, antwortete sie und sah ihm dabei in die Augen.

»Gar nicht«, entgegnete Ethan und drehte sich weg, obwohl er eigentlich meinte: *Ich hoffe, ich erlebe es noch.*

Sie schloss ihn in die Arme, und aus irgendeinem Grund ließ er es zu, obwohl er das Geschmuse schon seit einem Jahr nicht mehr wollte. In ihren Augen leuchtete eine Welt, die Ethan nicht mit einschloss. Und weil es früher oder später ohnehin so sein würde, fand er die Kraft, sie gehen zu lassen.

Manchmal zahlte es sich doch aus, bei der Polizei zu sein. So wie heute Nacht. Eli hatte Shelby zu ihrer ersten Verabredung etwas Besonderes bieten wollen – eine Einladung zum Essen um zwei Uhr morgens, wenn alles schon zuhatte. Er schloss die Tür des italienischen Restaurants auf und hielt sie offen, damit Shelby eintreten konnte. Sie roch Oregano und Knoblauch aus der Küche. »Verdienen Sie sich als Koch was dazu?«

»Nein ... ich kenne bloß die richtigen Leute.« Er führte Shelby zu einem gedeckten Tisch. Eine Flasche Rotwein stand neben einer einzigen Kerze. Quer über einem Teller lag eine Rose.

Eddie Montero hatte Eli vor einem Monat um Hilfe gebeten, weil er eine Mitarbeiterin verdächtigte, in die Kasse zu greifen. Ein paar Überwachungskameras hatten die Täterin überführt, und Eddie war gern bereit gewesen, Eli sein Restaurant nach Geschäftsschluss zur Verfügung zu stellen, und er hatte sogar für ihn das Essen zubereitet, das jetzt warm gestellt auf sie wartete.

»Wirklich«, sagte Shelby, als er sie zu ihrem Stuhl geleitete, »ich hätte auch zur normalen Geschäftszeit gekonnt.«

»Aber dann wäre ich nicht der einzige Mann, der Sie anschaut.« In Pumps und einem engen schwarzen Kleid sah Shelby Wakeman ganz und gar nicht aus wie die graue Maus, als die sie sich in der Bibliothek gab, und auch nicht wie die erschöpfte Mutter, die sie in Wahrheit war. Sie hatte sich die Haare hochgesteckt, was ihre Augen noch leuchtender und ihren Mund noch weicher machte. Eli hatte sich schon vorher von ihr angezogen gefühlt, jetzt aber war er rettungslos verloren.

Er servierte den Salat und die Antipasti und schenkte den Wein ein. »Eddie hat den Tropfen ausgewählt«, sagte Eli und stieß mit Shelby an, lauschte dem hellen Klang nach. »Auf alle ersten Rendezvous«, sagte er.

Shelby schüttelte den Kopf. »Darauf kann ich nicht trinken.«

Eli war enttäuscht. »Nein?«

»Nein. Ich hab darüber nachgedacht, und ich möchte kein erstes Rendezvous. Die sind doch immer furchtbar, oder?«

Eli brauchte eine Sekunde. »Und was soll das hier dann sein?«

Shelby lächelte. »Unser zweites Rendezvous.«

»Das würde aber doch bedeuten, dass wir das erste schon hinter uns haben?«

»Stimmt, und dass wir schon einiges übereinander wissen.«

»Was nicht der Fall ist ...«

»Immerhin genug, um jetzt hier zusammenzusitzen.«

Ein Lächeln breitete sich auf Elis Gesicht aus. »Was hat er angestellt ... Ihnen ein Glas Rotwein übers Kleid geschüttet? Gesagt, Ihre Augen würden ihn an seine Ex erinnern?«

»Wer?«

»Der Typ, der Ihnen die Freude an ersten Rendezvous verdorben hat.«

Shelby faltete ihre Serviette. »Ehrlich gesagt, das hier ist mein erstes Rendezvous. Ich stütze mich da nur auf Hörensagen.«

»Das kann ich nicht glauben.«

»Oh, ich könnte Ihnen Geschichten erzählen, die ...«

»Nein«, fiel Eli ihr ins Wort. »Ich meine, ich kann nicht glauben, dass das hier Ihr erstes Rendezvous ist.«

»Ich meinte, seit ich Ethan habe.«

Eli gab sich unbekümmert. »Was ist aus Ethans Dad geworden?«

»Als ich zuletzt was von ihm gehört habe, wohnte er in Seattle. Wir haben kaum Kontakt.« Shelby schob ihr Essen auf dem Teller herum. »Er hat sich nach Ethans Geburt von mir scheiden lassen. Er kam nicht klar damit, dass sein Kind XP hat.«

»XP«, wiederholte er.

»So heißt Ethans Krankheit … er darf keinem Sonnenlicht ausgesetzt sein. Es ist eine genetisch bedingte Hautkrankheit – sehr selten.«

Eli hatte kurz mit Ethan darüber gesprochen. Er konnte sich nur noch erinnern, dass der Junge gesagt hatte, er würde nicht lange leben. »Wird er … wird er wieder gesund?«

»Nein«, sagte Shelby leise. »Das wird er nicht.«

Eli legte seine Gabel hin. »Die Ärzte können nichts tun?«

»Nein.«

Eli und seine Frau hatten keine Kinder bekommen. Er fragte sich jetzt, was er getan hätte, wenn sie ihn nicht nur verlassen, sondern auch sein Kind mitgenommen hätte.

»Ethan ist ein toller Junge«, sagte Eli.

Sie lächelte. »Er hat mir heute Abend einen Ratschlag mit auf den Weg gegeben. Ross auch.«

»Ach ja?«

»Ross hat gesagt, ich sollte keinem Mann trauen, der sein Geld damit verdient, andere Leute zu einem Geständnis zu bringen.«

»Und Ethan?«

»Seine weisen Worte behalte ich vielleicht besser für mich«, sagte Shelby lachend.

Eli lehnte sich zurück. »Ihr Bruder ist ein interessanter Mann.«

»Das haben Sie aber nett gesagt«, erwiderte Shelby und strich etwas Butter auf ein Stück Brot. »Die meistens halten ihn für einen ziellosen Vagabunden und Versager.«

»Aber Sie doch wohl nicht.«

»Nein. Ich glaube, er hat sich verirrt. Und das ist ein Zustand, der nur so lange andauert, bis man von jemandem gefunden wird.« Eine Strähne löste sich aus ihrem hochgesteckten Haar; sie schob sie sich hinters Ohr. »Das

Glück fällt manchen Menschen leichter zu als anderen. Ross möchte glücklich sein, mehr als sonst jemand, den ich kenne. Aber es gelingt ihm einfach nicht.«

»Und Sie?«, fragte er. »Wer ist für Sie da?«

Eli griff nach Shelbys Hand, mit der sie fest den Stiel ihres Weinglases umklammerte. Er sah, wie ihr Mund sich entspannte, doch dann entzog sie ihm ihre Hand wieder. »Was mache ich denn, fabuliere hier so vor mich hin ...«

»Warum tun Sie das?«, fragte er.

»Was?«

»Warum benutzen Sie dauernd diese Fremdwörter?«

»Fabulieren? Aber das bedeutet ...«

»Ich möchte bloß wissen, warum Sie nie sagen, was Sie wirklich meinen.«

Eli dachte, sie würde der Frage ausweichen, aber sie blickte ihm direkt in die Augen. »Bei Wörtern weiß ich, was ich habe. Wenn ich die richtigen wähle, gibt es keine Überraschungen.«

Er beugte sich ein wenig vor. »Na los. Wagen Sie einen Vorstoß.«

Sie zögerte, senkte dann die Stimme, als wären noch andere Leute da. »Wieso gerade ich, Eli?«

Er stand auf und zog sie an sich, als wäre das die Antwort auf ihre Frage.

»Wieso?«, wiederholte Shelby.

»Weil beim zweiten Rendezvous nun mal getanzt wird«, sagte Eli, als hätte er sie missverstanden. Er zog sie enger an sich, spürte ihren Kopf unter seinem Kinn, ihre Wange an seinem Schlüsselbein.

»Wir haben keine Musik.«

»Glaubst du?«, sagte Eli leise und wiegte Shelby weiter in den Armen, bis auch sie den silbernen Klang von gar nichts hörte.

Ross stand an der höchsten Stelle der Granitwand im Steinbruch und sah zu, wie sein Neffe über riesige Felsbrocken kletterte. Er war überrascht, dass es ihn, wo er doch immer so leichtsinnig mit seinem Leben umgegangen war, so nervös machte zuzusehen, wie jemand, den er liebte, ein Risiko einging. Aber Ethan hatte sich eine abenteuerliche Nacht gewünscht. Und Ross hatte ihm den Wunsch unbedingt erfüllen wollen.

Er hatte sich die Erlaubnis vom Wachmann geholt, von Az Thompson. Da Shelby zu ihrem nächtlichen Rendezvous gegangen war, wusste Ross, dass er für den Ausflug mit Ethan ein paar Stunden Zeit hatte. Az stand neben Ross und schaute zu, wie Ethan ein langes, rosafarbenes Granitstück hinabrutschte. »Sie kriegen doch hoffentlich keinen Ärger deswegen, oder?«, fragte Ross.

»Nur wenn dem Jungen was passiert.«

»Der soll sich hüten.«

»Kriegen Sie denn Ärger?«, fragte Az.

»Wahrscheinlich«, gab Ross zu. »Ich soll schließlich auf ihn aufpassen.« Er trat gegen einen Kieselstein, der über den Rand der Wand in die Tiefe fiel. »Übrigens, ich hab mich noch gar nicht wegen neulich bedankt.«

»Nicht der Rede wert.«

Ross schüttelte den Kopf. »Ich ... also, es war eine Menge passiert, kurz bevor Sie aufgetaucht sind. Ich hab meinen Geist gefunden.«

»Hab ich gehört.«

»Sie klingen nicht überrascht.«

»Mich musste man ja auch nicht mehr überzeugen«, erwiderte Az.

»Eli Rochert hat gesagt, Sie haben eine Art Zeremonie vor.«

»Freitag, im Morgengrauen. Kommen Sie?«

Ross verschlug es die Sprache. Eli hatte gesagt, an dem Ritual sollten nur die für die Exhumierung der sterblichen

Überreste erforderlichen Vertreter der entsprechenden Behörden sowie die spirituellen Führer der Abenaki teilnehmen, weshalb Ross sich keine Illusionen gemacht hatte, eingeladen zu werden. Und er hatte sich eingeredet, wenn er die Gebeine der Frau sehen würde, die nur für ihn wieder lebendig geworden war, wäre das, als würde er sie ein zweites Mal verlieren.

Aber andererseits wünschte er sich sehnlichst, dabei zu sein. Denn es bestand die Möglichkeit, dass Lias Geist Zeuge sein wollte, wenn Lias Körper zur letzten Ruhe gebettet wurde. Und wenn sie Ross sähe, würde sie diesmal vielleicht nicht wieder gehen.

»Ich komme«, sagte Ross leise.

Az verschränkte die Arme vor der Brust. »Statt dieses Grab zu öffnen, sollten sie lieber Spencer Pike lebendig begraben.«

Ross blickte Az forschend an. Az, der gegen das Bauprojekt auf dem Pike-Grundstück schon protestiert hatte, bevor konkrete Beweise vorlagen. Az, der so alt war, dass er von Spencer Pikes Feldzug für die Sterilisation gehört haben musste. Eli hatte ihm erzählt, dass der alte Mann in den Siebzigerjahren aus dem Mittleren Westen nach Comtosook gezogen war. Aber Shelby hatte gesagt, dass einige Abenaki in den Dreißigerjahren vor den Geschehnissen in Vermont geflüchtet waren – zum Stamme der Ojibway in Michigan und Minnesota und Wisconsin. Sie hatten ihre Geschichten mitgenommen. Und Az hatte sie sicherlich gehört.

»Wie viel haben Sie gewusst?«, fragte Ross.

Az zuckte die Achseln. »Genug.«

»Aber Sie haben es niemandem gesagt. Sie hätten Eli doch die Sache mit Spencer Pike und den Eugenikern direkt erzählen können.«

»Was nützt es, alte Wunden aufzureißen, wenn sich daraufhin doch nichts verändert?«

»Doch. Es verhindert, dass so etwas noch einmal passiert.«

Az blickte skeptisch. »Glauben Sie das wirklich?«

Ross wollte schon nicken, doch dann wurde ihm klar, dass es eine Lüge wäre. Die Wahrheit war, dass Geschichte sich Tag für Tag wiederholte, dass die gleichen Fehler immer wieder gemacht wurden. Die Menschen wurden genauso von ihren Taten verfolgt wie von dem, was sie nicht mehr hatten tun können. »Gray Wolf«, sagte er unvermittelt. »Sie wissen, was aus ihm geworden ist, nicht?«

Der alte Mann blickte hinauf zu dem gelben Auge des Mondes. »Dort, wo ich gelebt habe, ging alle paar Jahre das Gerücht, dass irgendwer ihn gesehen hatte. In der Warteschlange in der Bank oder hinten im Bus oder beim Blackjack in einem Casino.«

»Wie Elvis.« Ross lächelte. Er hätte es sich denken können. Die Wirklichkeit wurde manchmal zur Legende, aber umgekehrt funktionierte es nie. »Na ja, ist wahrscheinlich sowieso egal. Der Mann muss ja längst tot sein.«

»Ich bin hundertzwei«, sagte Az leise, »aber wer zählt da noch mit.«

ZEHN

»Ich hab sie getötet.« Az presste sich den kleinen Wattebausch auf die Stelle am Arm, an der ihm gerade Blut abgenommen worden war, und sah dem Detective, der ihm im Verhörraum gegenübersaß, ruhig in die Augen.

Eli verzog keine Miene. »Die Beweise deuten aber nicht darauf hin.«

»Soweit ich weiß, gibt es noch einen Haftbefehl gegen mich.«

Nachdem er gestanden hatte, wer er war, hatte Az sich bereiterklärt, mit Ross zur Polizei zu gehen. Ross hatte fast damit gerechnet, dass Az sich wieder aus dem Staub machen würde, doch er hatte vor dem Revier auf Ross gewartet. Er hatte sich bereitwillig die Fingerabdrücke abnehmen lassen, und selbst Ross waren die markanten Bögen aufgefallen, genau wie auf Gray Wolfs Fingerabdruckkarte aus dem Gefängnis. Und als Eli sicherheitshalber auch noch eine Blutprobe von Az für die DNA-Analyse haben wollte, hatte der alte Mann darauf bestanden, das auf der Stelle zu erledigen.

Aber wieso gestand er nach siebzig Jahren?

»Ich hab sie getötet«, wiederholte Az. »Ich hab einer jungen Frau, die wie eine Prinzessin aufgewachsen war, eröffnet, dass in ihren Adern nicht nur blaues Blut fließt. Es spielt keine Rolle, ob ich ihr die Schlinge um den Hals gelegt habe, ob ich in der Nacht überhaupt dort war. Sie wäre nicht gestorben, wenn ich ihr nicht gesagt hätte, dass sie meine Tochter ist.«

»Sie haben doch bestimmt gewusst, dass die Wahrheit für sie nicht leicht zu verkraften sein konnte«, sagte Eli.

»Ich habe nicht daran gedacht, was für Entscheidungen sich daraus für sie ergeben würden. Ich wollte sie bloß kennenlernen, weil sie das Einzige war, was ich in dieser Welt zurücklassen würde. Leider ist es nicht so gekommen.«

»Haben Sie es auch Pike gesagt?«

»Nein.«

»Glauben Sie, Lia hat es ihm gesagt?«

»Ich glaube, sie hat sich nicht getraut«, sagte Az. »Er hatte sie in der Woche davor eingesperrt. Sie war selbstmordgefährdet – und er sagte, er wollte sie im Auge behalten, damit sie sich nichts antut. Für Spencer Pike kam es einer Selbstzerstörung gleich, öffentlich zu verkünden, dass man ein Zigeuner war.«

»Wieso haben Sie sie nicht da rausgeholt?«, sagte Ross vorwurfsvoll. »Sie hätten sie retten können.«

»Ihr Mann hat mich zusammengeschlagen und aus dem Haus geworfen. Als ich zurückkam, um sie zu holen, war sie schon tot, und die Polizei war da ... und Spencer Pike hatte den Cops erzählt, ich wäre der Mörder. Dass ich schon so lange lebe, das ist meine Strafe. Ich habe sie kennengelernt und musste dann den Rest meines langen Lebens ohne sie verbringen.«

Ross starrte vor sich hin, verblüfft, dass Az den gleichen Schmerz beschrieb, den auch er empfand.

Eli schüttelte den Kopf. »Ich weiß noch, wie Sie hierhergezogen sind, Az. Da war ich noch ein Kind. Sie sind zurück nach Comtosook gekommen, obwohl Sie wussten, dass Sie für eine Tat verhaftet werden könnten, die Sie nicht begangen hatten?«

»Ich bin zurückgekommen, weil ich es einem Menschen versprochen hatte, den ich geliebt habe.«

Er bewegte sich durch die Flure des Pflegeheims wie der Geist, der er schon fast war, las die Namen an den Türen, bis er fand, was er suchte.

Spencer Pike lag zusammengekrümmt unter der Bettdecke, das Gesicht so weiß wie der Bauch eines Wals, der Infusionsschlauch an eine patientengesteuerte Schmerzmittelpumpe angeschlossen. Sein Daumen drückte fest auf den Rufknopf, und sein Atem kam in kleinen, flachen Stößen. »Ich brauch mehr Morphium!«

Die Antwort klang blechern, entfernt. »Tut mir leid, Mr. Pike. Ich darf Ihnen nichts mehr geben.«

Mit einem qualvollen Stöhnen warf er das Steuergerät für die Pumpe auf den Boden. Er lag auf der Seite, die Gesichtszüge schmerzverzerrt. Selbst als der andere Mann aus dem Schatten nähertrat, dauerte es einige Sekunden, bis Pike das Gesicht klar sehen konnte. Er zeigte jedoch keinerlei Anzeichen von Erkennen. »Wer sind Sie?«, keuchte er.

Darauf gab es keine eindeutige Antwort. Er war in seinem Leben so viele verschiedene Personen gewesen: John Delacour, Gray Wolf, Az Thompson. Man hatte ihn Indianer genannt, Zigeuner, Mörder, ein Wunder. Doch die einzige Identität, die er sich je wirklich gewünscht hatte, war ihm verwehrt worden – Lilys Mann, Lias Vater.

Vielleicht phantasierte Spencer Pike von den Schmerzmitteln, oder er lag im Delirium; vielleicht sah er Mut in Az' Augen und verwechselte ihn mit Verständnis. Jedenfalls griff er über die wenigen Zentimeter äußeren Abstands und die Meilen innerer Distanz hinweg nach Az' Hand und hielt sie fest. »Bitte«, flehte er. »Helfen Sie mir.«

Es erschütterte Az zutiefst, dass er und Spencer Pike doch etwas gemeinsam hatten: Sie würden allein sterben, und ihre Trauer würde mit ihnen sterben. Er blickte auf den gebrochenen Mann vor sich, der so viele Leben zerstört hatte. »Helfen Sie mir zu sterben«, hauchte Pike.

Es wäre ganz einfach. Er könnte ihm ein Kopfkissen sekundenlang aufs Gesicht drücken. Eine Hand auf den ausgedörrten, verbitterten Mund pressen. Niemand würde es erfahren, und Az hätte seine biblische Gerechtigkeit: ein Leben für ein Leben.

Aber genau das wollte Pike. »Nein», sagte Az und verließ den Raum, ohne sich noch einmal umzublicken.

Die Polizei von Comtosook hatte sechs Hilfskräfte angeheuert, die die Medien von der Exhumierung fernhielten. Um die offenen Gräber herum standen Wesley Sneap, Eli, Az mit einigen wenigen Abenaki und Ross. Aus der Erde stieg der süßliche Geruch der Zeit.

Da sollte ich liegen, dachte Ross, und im selben Moment sprach Az dieselben Worte laut aus. Die Hände des alten Mannes bebten, als er sie über die Särge hob. »Wohin bringt ihr sie?«, fragte Ross ihn.

»Auf einen Berg, einen heiligen Ort«, erwiderte der alte Mann. »Abenaki werden mit dem Gesicht nach Osten hin bestattet.« Er blickte auf. »Dann kann sie sehen, was kommt.«

Ross versuchte, an dem Kloß in seinem Hals vorbeizuschlucken. »Sagen ... sagen Sie mir, wo ihr Grab ist?«

»Das kann ich nicht. Sie sind kein Abenaki.«

Ross hatte diese Antwort erwartet, trotzdem schossen ihm Tränen in die Augen. Er nickte, trat verlegen gegen ein Stöckchen auf dem Boden. Plötzlich spürte er, wie etwas in seine Hand geschoben wurde. Ein Briefumschlag.

Darin war ein verblasster Ausschnitt aus der *Burlington Free Press*, die Todesanzeige von Cecelia Beaumont Pike. Daneben war ein Foto abgedruckt. Sie lächelte schwach, als hätte der Fotograf gerade eine witzige Bemerkung gemacht, die sie nicht lustig fand, aber aus Höflichkeit wenigstens mit einem Lächeln quittieren wollte. »Behalten Sie das«, sagte Az.

»Das kann ich unmöglich annehmen.«

»Sie würde es so wollen.« Az legte den Kopf schief.

»Sie hat mir gesagt, dass sie von Ihnen geträumt hat, wissen Sie.«

»Sie ... hat was?«

»Von einem Mann, der so aussah wie Sie. Der irgendwelchen technischen Krimskrams hatte, mit dem sie nichts anfangen konnte. Sie sind zu ihr gekommen, wenn sie schlief.« Az zuckte die Achseln. »So ungewöhnlich ist das gar nicht. Man kann jahrelang von jemandem verfolgt werden, den man nie kennengelernt hat.«

»Sind Sie bereit?«, fragte Eli sanft, und der alte Mann nickte.

Wesley Sneap half Eli, den Deckel des größeren Sarges mit einer Brechstange aufzustemmen. Ross wich zurück, und zwei der Abenaki wurden kreidebleich. Eli spähte in den Kiefernsarg auf das vergilbte Gewirr aus Knochen auf einem Bett aus Sand und Staub. Nur eine Gliedmaße war ganz geblieben – der rechte Arm, eine durchgängige Linie von der Schulter über das Handgelenk bis zur Hand, lag auf dem Brustbein, das einst ein Herz bedeckt hatte.

Eli blieb mit gefalteten Händen stehen und fühlte sich zurück in seine Kindheit versetzt, als Az plötzlich in einer Sprache sprach, die er tief in sich trug. *Kchai phanem ta wdosa ...* die Mutter und Tochter. *Kchi Niwaskw ...* Großer Geist. *Nosaka nia ...* Folge mir. Eli wusste nicht, ob Cecelia Pike oder ihr Baby an einem Ort waren, wo sie diese Zeremonie hören konnten, aber er hoffte es.

»*Olegwasi*«, sagte Az. »Träume gut.« Dann drehte er sich zu den anderen um. »Die Ojibway – das Volk, bei dem ich lebte, nachdem ich von hier fortgegangen war – halten eine Zeremonie ab, wenn ein Baby geboren wird.« Er nahm ein bisschen Tabak aus einem Leinenbeutel und zündete ihn an. »So kann die Geisterwelt ein Kind erkennen und ihm einen Platz bereiten, wenn seine Zeit zu gehen gekommen ist. Heute möchte ich meiner Enkelin einen Namen geben.« Er richtete sich nach Osten.

»Lily«, rief er.

»Lily«, wiederholte Eli.

Az wandte sich nach Norden. »Lily.«

»Lily.«

Dann bot er ihren Namen dem Westen und dem Süden dar. Als Az sich Eli wieder zuwandte, schneite es. Eli fasste sich auf den Kopf und wischte ein paar Blütenblätter ab. »Jetzt«, sagte Az.

Plötzlich verdunkelte sich der Himmel, bis er die Farbe eines Blutergusses hatte. Ross Wakeman drehte sich im Kreis, als erwartete er irgendeine Erscheinung, und der Teufel sollte Eli holen, wenn er das nicht auch für möglich gehalten hätte.

Doch in dem Augenblick öffnete Wesley den kleineren Sarg, eine Apfelkiste. Das verfaulte Holz brach in Stücke, und der Inhalt verteilte sich auf der Erde.

Die kleine Gruppe verstummte. Die Knochen, krumm und braun, waren ein einziges Wirrwarr. Doch selbst Eli, der für dergleichen nicht ausgebildet war, sah sofort, dass der Schädel fehlte. »Ähm ... Wesley?«

Der alte Gerichtsmediziner kniete sich schwerfällig hin und untersuchte die Überreste mit einer behandschuhten Hand. »Die Rippen und Wirbel sind da«, sagte er, »aber für ein Neugeborenes sind sie zu groß. Ich glaube nicht mal, dass die von einem Menschen sind.«

»Und was zum Teufel sind das für Knochen?«

Wesley blickte zu Eli hoch. »Ich würde sagen, das war vor langer Zeit mal ein Rippenbraten«, sagte er.

Eli kniete sich neben den Sarg und spürte, wie Az hinter ihn trat. Alle blickten zum Himmel, der plötzlich Rosenblütenblätter regnen ließ, die den Boden, das Grab und die Knochen im Sarg bedeckten. Eine Böe fegte heran und wirbelte die Blütenblätter hoch. Sie schwebten hinab zur Erde, und wer genau hinsah, meinte zwei Buchstaben erkennen zu können: *RW*.

In ihren Träumen streckte Ruby die Hände aus. Die Vorahnung hockte wie ein Löwe auf ihrer Brust und presste sie nieder. Sie schreckte aus dem Schlaf und wollte sich aufsetzen, aber es ging nicht, weil der Löwe sie auf die Matratze niederdrückte, und als sie es trotzdem versuchte, rang sie schwer nach Atem.

War das Lucy, die da weinte?

Nein, es war ein Baby. Das leise Wimmern drang unter der Tür durch in Rubys Zimmer. Ruby kämpfte sich mühsam hoch, doch zuvor versetzte der Löwe auf ihrer Brust ihr noch einen bösen Prankenhieb.

Sie presste sich eine Hand auf die brennende Stelle über der linken Brust und fiel schwer zu Boden. In dem klaren Augenblick, den man mitunter bei großen Schmerzen erlebt, wusste Ruby plötzlich, wer das Baby war. Und sie wusste auch, dass sie im Traum die Hände nach Cecelia Pike ausgestreckt hatte.

Ross fuhr mit dem Wagen ziellos durch die Gegend, und als er sich selbst nicht länger etwas vormachen konnte, hielt er am Straßenrand. Er stieg aus, streckte sich auf der Motorhaube aus, den Kopf gegen die Windschutzscheibe gelehnt, und lächelte zum Himmel hinauf. »RW«, sagte er laut. »RW.«

Er hatte es mit eigenen Augen gesehen, und es war ihm gleich, ob es noch jemandem aufgefallen war – die Blütenblätter hatten seine Initialen geformt. Ross ließ sich die Sonne ins Gesicht scheinen.

»Was soll das heißen, die Leiche hat gefehlt?« Shelby saß neben Ross auf der Veranda und konnte es nicht glauben. »Es gab doch einen Totenschein.«

Am Ende der Einfahrt verbeugte sich Ethan, der soeben eine Reihe von Skateboardtricks vorgeführt hatte. »Ma! Hast du gesehen?«

Shelby klatschte. »Exorbitant!« Dann sagte sie zu Ross: »Musste denn der Arzt, der den Totenschein ausgestellt hat, die Leiche nicht wenigstens gesehen haben?«

»Keine Ahnung. Eli arbeitet mit Protokollen und Zeugenaussagen und Standesamtsunterlagen, aber das, was wirklich passiert ist, lässt sich daraus nur ungefähr rekonstruieren.«

»Er scheint zu wissen, was er tut«, sagte Shelby.

Ross betrachtete das Gesicht seiner Schwester. »Reden wir jetzt noch über den Mordfall, oder möchtest du mir irgendwas anvertrauen?«

Sie zog die Füße ein, weil Ethan nur wenige Zentimeter vor ihren Zehen auf seinem Skateboard vorbeisauste. »Eli ist gründlich, mehr will ich damit nicht sagen.«

»Aha.«

Shelby bedachte ihn mit einem vernichtenden Blick. »Das Ganze ist irgendwie nicht logisch. Wenn die Leiche des Babys nicht im Sarg war, dann wurde es vermutlich woanders begraben ... oder gar nicht. Pike hätte es nicht woanders begraben, denn wenn der Gerichtsmediziner auf einer Exhumierung bestanden hätte, um das Baby zu sehen, hätte er wohl kaum den Rippenbraten erklären können. Aber er scheint mir auch nicht zu der Sorte Mensch zu gehören, die ein Baby auf den Stufen einer Kirche ablegt.«

»Wieso sollte jemand ein totes Baby vor einer Kirche ablegen?«

Shelby blickte ihn an. »Wer sagt denn, dass das Baby tot war?«

»Spencer Pike«, erwiderte Ross und blinzelte dann. »*Verdammt.*«

»Genau.«

»Also, wenn er gelogen hat … und das Baby noch am Leben war … dann hat vielleicht jemand versucht, es zu retten. Das wäre eine Erklärung für den Braten im Sarg … Pike sollte glauben, dass das Baby gestorben war.«

»Was Pike vermutlich nur zu gern geglaubt hat«, fügte Shelby hinzu. »Und wenn Cecelia Pikes Spukerei auf dem Grundstück gar nichts damit zu tun hat, wie sie gestorben ist? Wenn sie als Geist zurückgekommen ist, um ihr Kind zu suchen?«

Ethan flitzte vorbei, mit strahlenden Augen. Er vollführte drei rasante Drehungen und fiel beim vierten Versuch der Länge nach hin. Er blieb einfach liegen und lachte aus vollem Hals, so, wie es nur Kinder können. »Ich glaube, dafür würdest du zurückkommen«, sagte Ross.

»Nein«, erwiderte Shelby. »Ich würde erst gar nicht gehen.«

Es war ein zu schöner Ort für Spencer Pike. Als er ihn sah, in seinem Rollstuhl im weißen Gartenpavillon des Pflegeheims, eine Decke über dem Schoß, wünschte Eli ihm Pech und Schwefel, einen Kerker aus dem Mittelalter. Der Mann war schließlich ein Mörder, der ungeschoren davongekommen war.

Eli versuchte, ruhig zu bleiben. Pike ein Geständnis zu entlocken war für ihn zur persönlichen Mission geworden. »Was würden Sie sagen, wenn Sie unter dem Vorwand abgeholt würden, ein Bad zu nehmen«, sagte er mit ruhiger Stimme, »um anschließend festzustellen, dass man bei Ihnen eine Vasektomie vorgenommen hat?«

»Das würde mein jetziges Leben wohl kaum noch beeinträchtigen.«

»Ich bezweifle«, sagte Eli, »dass Ihre Sterilisationsopfer das auch so sehen würden.«

»Durch Hitler ist die Eugenik in Verruf geraten, und ihr Linksliberalen seid über uns hergefallen. Dabei wollten wir das Gleiche wie ihr. Auch wir wollten die Welt verbessern.«

»Indem die Armen und alle, die anders waren als ihr, sich nicht mehr fortpflanzen konnten. Wirklich sehr human.«

»Sie haben doch keine Ahnung. Die Kinder dieser Leute hatten nicht mal ein anständiges Dach über dem Kopf. Sie hatten keine moralische Orientierung. Die, die wir retten konnten, haben wir gerettet. Die anderen, na ja, es war nur zu ihrem Besten.«

»Haben Sie jemals daran gedacht, ihnen eine zweite Chance zu geben?«

»Natürlich. Aber sie haben immer wieder dieselben Fehler gemacht.«

»Und Sie?«, sagte Eli. »Haben Sie nie einen Fehler gemacht?«

Pikes Augen verengten sich. »Würden Sie mir wohl verraten, was das mit dem Bauprojekt auf meinem Grundstück zu tun hat?«

»Gut, dass Sie die Sache ansprechen, mit dem Bauprojekt wird es wohl nichts werden.« Er reichte Pike eine Kopie der einstweiligen Verfügung, die auch Rod van Vleet zugegangen war.

»Das ist … das ist lächerlich«, stotterte Pike. »Mein Grundstück ist kein Indianerfriedhof.«

»Doch, ist es.« Eli trat einen Schritt näher an ihn heran. »Sagen Sie, Spencer, hat sie sich gewehrt? Hat sie Sie angefleht, es nicht zu tun, als Sie ihr die Schlinge um den Hals gelegt haben?«

»Sie war meine *Frau*.«

»Und sie war Halb-Abenaki«, konterte Eli. »Was auf ein eingetragenes Mitglied der amerikanischen Eugenik-Gesellschaft kein gutes Licht geworfen hätte, oder?«

Er beobachtete Pikes Gesicht, sah, wie sich der Schock abzeichnete. »Das haben Sie schon letztes Mal gesagt.«

»Weil es die Wahrheit ist«, sagte Eli.

Der alte Mann schüttelte den Kopf, als könnte er so verhindern, dass ihm die Wahrheit bewusst wurde. »Cissy war keine … ihr Haar war blond … und ihre Haut war wie Milch …«

»Und ihr Vater war nicht Harry Beaumont, sondern ein Abenaki namens Gray Wolf.«

»Ihr *Vater …?*«

»Sie hatte das Pech, nicht die zu sein, die Sie brauchten, und Sie haben das Problem so gelöst wie alles andere auch, das Ihnen nicht in den Kram passte – indem Sie es einfach aus der Welt geschafft haben.« Eli beugte sich jetzt zu dem alten Mann hinab. »Sagen Sie die Wahrheit, Spencer. Sagen Sie, was Sie getan haben.«

Pike schloss die Augen, schwieg so lange, dass Eli sich schon fragte, ob er vielleicht einen Schlaganfall erlitten hatte. »Ich hab gedacht, sie liebt ihn«, flüsterte er schließlich. »Ich hab gedacht, das Kind wäre von ihm.«

»Was haben Sie mit dem Baby gemacht?«

Die Kehle des alten Mannes schnürte sich zu, und sein Mund bewegte sich, ohne einen Laut hervorzubringen, bis die Worte plötzlich aus ihm herausbrachen. »Ich hab es getötet. Ich hab es erstickt. Hab den Leichnam im Eishaus versteckt und Cissy gesagt, das Baby wäre gestorben. Ich dachte, wir könnten vielleicht noch einmal von vorn anfangen. Aber ich habe Cissy nicht angerührt. Ich schwöre es, ich habe sie geliebt. Ich habe sie geliebt.«

Eli dachte an die vergrabene Apfelkiste, in der kein Neugeborenes gewesen war. »Was haben Sie mit dem toten Baby gemacht?«

»Es begraben«, sagte Spencer. »Am nächsten Morgen fand ich Cissy … und ich hab die Kiste vergraben, bevor ich die Polizei gerufen habe. Ich hatte keine andere Wahl, sonst hätten sie herausgefunden, was ich getan hatte.« Er packte Elis Ärmel. »Ich habe es getan, weil ich sie so geliebt habe. Ich wollte doch nur …«

»Eine zweite Chance?«, fiel Eli ihm unbarmherzig ins Wort. »Die Frage ist, haben Sie den gleichen Fehler noch einmal gemacht?«

Am schwersten war es für Meredith, nicht zusammenzubrechen, während sie der Kardiologin zuhörte, die ihre Großmutter nach dem Herzinfarkt behandelt hatte. Sie standen vor dem Bett, in dem Ruby an Schläuche und Apparate angeschlossen war. »Sie ist noch längst nicht über den Berg«, sagte die Ärztin. »Und ich muss sie für einige Tage zur Beobachtung hierbehalten.«

Meredith legte die Stirn auf die Bettdecke und hielt Rubys Hand. »Lass mich nicht allein«, flehte sie.

Sie spürte, wie die papierdünne Haut von Rubys Fingern zuckte. Meredith richtete sich hoffnungsvoll auf und sah, dass ihre Großmutter die Augen geöffnet hatte. »Für die Dinnerparty bin ich bestimmt wieder auf den Beinen.«

Dinnerparty? Meredith runzelte verwirrt die Stirn.

»Die Kleine ist jetzt das Wichtigste.«

Lucy. »Sie malt im Schwesternzimmer und kann es auch kaum erwarten, dass du wieder gesund wirst.«

Rubys Augen schlossen sich. »Das werde ich«, murmelte sie. »Versprochen, Miz Pike.«

Shelbys Gesicht erstrahlte, als sie Eli vor der Haustür stehen sah. »Ich freu mich, dass du gekommen bist«, sagte sie und ließ ihn herein.

»Ich freu mich auch.«

»Ich fand unser Essen neulich Nacht sehr schön.« Shelby musste daran denken, wie Eli sie in seinem Pickup nach Hause gefahren hatte. Wie er sich zu ihr gebeugt und gefragt hatte, ob er sie küssen dürfe, ehe Watson ihm zuvorkam. Wie gut es tat, von jemandem im Arm gehalten zu werden.

»Schön. Ich bin nämlich gekommen, um dir einen Heiratsantrag zu machen und so.«

»Einen ... was?«

Eli grinste. »Ich könnte mir denken, bei deiner Aversion gegen erste Rendezvous bist du bestimmt auf zweite auch nicht unbedingt versessen. Da könnten wir den Dingen doch einfach vorgreifen.«

»Vielleicht sollten wir dann gleich bis zur Silberhochzeit springen«, sagte Shelby. »Sicherheitshalber.«

»Ich hätte nichts dagegen«, erwiderte Eli, und Shelby dachte daran, wie sich ein Bett anfühlen würde, wenn es auf der anderen Seite nicht leer war.

»Möchtest du was trinken?«, fragte Shelby.

»Ich möchte zu Ross.«

Sie blickte enttäuscht. »Ach so. Du bist seinetwegen hier.«

Plötzlich kam Watson durch die offene Tür gestürmt. »Ich hab doch gesagt, du sollst im Wagen bleiben«, sagte Eli, aber der Bluthund sauste ins Wohnzimmer, wo er mit dem Schwanz eine Fernbedienung und etliche Bücher vom Couchtisch fegte. Eli lief seinem Hund hinterher und sammelte die Bücher auf. Eines war ein Album mit Zeitungsausschnitten. Neugierig blätterte Eli darin. »Was ist denn das?«

Shelbys Wangen waren rot vor Verlegenheit, während Eli die Artikel überflog. In einem ging es um einen sechs Jahre alten Jungen, der nach einem Badeunfall ins Koma gefallen war. Wochen später, als man ihn schon für hirntot erklären wollte, war der Junge wieder aufgewacht, als wäre nichts gewesen.

Der jüngste Artikel handelte von einem kleinen Jungen in Kanada, der aus dem Haus gelaufen und in einer zwei Meter tiefen Schneewehe eingeschlafen war. »An die Sache kann ich mich erinnern«, sagte Eli. »Er wurde für tot erklärt und ins Krankenhaus gebracht ...«

»Und dort hat man ihn ganz allmählich wieder aufgewärmt, und er ist wieder aufgewacht.« Shelby nahm ihm das Album aus der Hand. »Es ist albern, ich weiß, aber ich sammle Artikel über Leute, die gestorben sind, aber eben nicht ... na ja, nicht endgültig tot waren. Vielleicht schneidet ja irgendwann mal jemand aus dem gleichen Grund einen Artikel über Ethan aus.«

Plötzlich kam Ross die Treppe herunter, die Haare noch nass vom Duschen. »Dachte ich mir doch, dass ich Ihre Stimme gehört habe«, sagte er zu Eli, während Watson an ihm hochsprang. »Wie ist es bei Pike gelaufen?«

Aber Eli las noch immer gebannt den Artikel über den kanadischen Jungen. »Das McGill-Krankenhaus«, sagte er. »Das ist doch direkt hinter der Grenze, in Montreal. Die Familie muss ganz in der Nähe wohnen. Shelby, sollen wir hinfahren?«

Sie dachte nicht an Ethan oder an ihre Arbeit oder an ihren Bruder. Und sie wunderte sich auch nicht darüber, warum Eli sich plötzlich ebenso brennend für den nur beinahe gestorbenen Jungen interessierte wie sie. Shelby wusste nur, dass man nicht zögern soll, wenn man die Chance bekommt, ein Wunder zu erfahren.

Eli bog vom Highway in die Zufahrt zu einem Motel. Sie hatten es in Rekordzeit nach Kanada geschafft, trotzdem war es schon kurz vor acht – was bedeutete, dass Eli erst am nächsten Tag mit Dr. Holessandro würde sprechen können. »Es ist nicht gerade das Ritz«, entschuldigte Eli sich. »Aber das Ritz erlaubt keine Hunde.«

»Ich hoffe, du sprichst von Watson.«

An der Motel-Rezeption spielte ein Junge mit grünem Irokesenschnitt Scrabble gegen sich selbst. »Sprichst du Französisch?«, fragte Shelby Eli.

»Kein Problem.« Eli trat näher, doch der Junge blickte nicht einmal hoch. »Hallo.« Er verdrehte die Augen. *»Bonjour.«*

»Bonjour», sagte der Junge und grinste Eli und Shelby vielsagend an – offenbar weil sie kein Gepäck hatten. *»Vous désirez une chambre?«*

Shelby öffnete den Mund, um etwas zu sagen, doch Eli bremste sie. »Ich mach das schon«, sagte er. *»Non,* deux *chambres, s'il vous plaît.«*

Der Junge blickte Shelby an und dann wieder Eli. *»Deux? Vous êtes sûr?«*

»Oui«, sagte Eli.

Der Junge hob eine Augenbraue. *»Et Madame? Elle est sûre aussi?«*

»Bon, d'accord. Avez-vous des chambres ou non?«

»Oui, oui ... ne vous fâchez pas. D'abord, j'ai besoin d'une carte de crédit ...« Eli klatschte seine MasterCard auf die Theke. *»Voilà les clefs pour les chambres 40 et 42.«*

»Merci.«

»Ou préférez-vous plus de distance entre les chambres?«

»Non, ça va comme ça.« Eli fasste Shelby am Arm und zog sie zur Eingangstür. *»Bonne nuit, alors ...«*, rief der Junge ihnen lachend nach.

Draußen marschierte Eli eilig Richtung Pick-up.

»Ich hol den Hund. Ich möchte ihn nicht im Auto lassen.«

»Eli!« Shelby stemmte die Hände in die Hüften. »Verdammt, jetzt hör mir doch mal zu!«

Er drehte sich langsam um. »Was ist denn?«

»Ich hab dich vorhin gefragt, ob du Französisch kannst, weil ich es auch kann, und ich hätte auch einchecken können. *Hätten Sie lieber Zimmer, die weiter auseinanderliegen?«*, äffte sie den Jungen von der Rezeption nach.

Eli wäre am liebsten im Erdboden versunken. »Shelby, es ist nicht so, wie du denkst ...«

»Du hast keine Ahnung, was ich denke«, konterte sie und fügte dann leise hinzu: »Ich habe gedacht, der Bursche hatte recht. Du hättest ein Zimmer nehmen können.«

Eli trat einen Schritt vor, bis er dicht vor Shelby stand. »Nein, hätte ich nicht«, sagte er.

Er sah, wie das Leuchten in ihren Augen erlosch, und merkte, dass sie ihn missverstanden hatte. Er suchte nach den richtigen Worten. »Du kennst das vielleicht, man liest ein tolles Buch und dann hört man an einer schönen Stelle kurz auf zu lesen, weil man das Ganze verlängern will. Ich wünsche mir nichts mehr als dich ... dich zu liebkosen. Aber das führt dann zu mehr ... ziemlich schnell sogar. Die Phase, die ich im Augenblick erlebe – die wir erleben –, ist so ephemer. Und wenn sie vorüber ist, bekommen wir diese Empfindung nie wieder.« Er gab ihr einen Kuss auf die Stirn. »Ich will es nicht langsam angehen lassen, aber ich zwinge mich dazu.«

»*Liebkosen*? *Ephemer*?« Langsam breitete sich ein Lächeln auf Shelbys Gesicht aus. »Eli, was hast du denn für einen ausgefallenen Wortschatz?«

Er zwinkerte ihr zu. »Du bist nicht die Einzige, die ein Wörterbuch lesen kann.«

Das Krankenhaus strahlte eine falsche Heiterkeit aus. Als Lucy auf das Bett kletterte, bemühte sie sich angestrengt, kein Geräusch zu machen – nicht nur weil ihre Mom und ihre Urgroßmutter schliefen, sondern weil die knisternden Decken und Plastiklaken bereits voller Leute waren, die Lucy sehen konnte, auch wenn sie damit offenbar die Einzige war.

Sie fasste sie nicht gern an, mochte es nicht, wie deren Arme und Beine sich mitten durch sie hindurchbewegten und wie ihr davon innen drin ganz kalt wurde. Sie mochte es nicht, wie sie sie anstarrten, als wären sie neidisch darauf, dass sie in einen Raum gehen konnte und bemerkt wurde, ohne sich dafür anstrengen zu müssen. Lucy rollte sich also ganz klein zusammen und sah zu, wie ihre Urgroßmutter sich ausruhte.

Lucy spürte, wie sich ihre Nackenhaare sträubten, als ein Mädchen neben ihr mit langen schwarzen Zöpfen und einer lustig gestreiften Schürze sie mit einem langen Finger piekste. Sie sah aus wie um die sechzehn und wirkte kränklich, die Wangen fast blau. »*Ma poule*«, flüsterte das Mädchen.

Plötzlich schlug Granny Ruby die Augen auf. »Du bist da«, sagte sie und streckte eine Hand nach Lucy aus.

»Ich bin mit Mama gekommen.«

Ruby blickte sich hektisch um. »Mama? Ist sie auch hier?« Doch bevor Lucy antworten konnte berührte ihre Urgroßmutter sie an der Wange. »Simone«, sagte sie. »Du bist zurückgekommen.«

»Ich bin nicht Simone«, flüsterte Lucy, aber ihre Urgroßmutter hörte schon nicht mehr zu. Und das durchsichtige Mädchen mit den schwarzen Zöpfen streckte die Hände aus und schubste Lucy vom Bett.

Am 3. Januar 2002 war Alexandre Proux vor seiner Mutter Geneviève wach geworden. Er öffnete die Hintertür, an deren Klinke er seit einer Woche heranreichte, und trottete in seinem Spiderman-Pyjama über die Veranda hinweg. Es schneite, und er wollte im Schnee spielen gehen.

Als seine Mutter aufwachte und merkte, dass er weg war, war Alexandre schon unter dem Schnee begraben. Sechs Stunden lang suchte die Polizei die ganze Gegend ab, bis sie ihn fand.

Jetzt war Alex drei und versuchte gerade, dem kleinen Beagle, den er zu Weihnachten bekommen hatte, ein Halstuch umzubinden.

»Es gibt nichts Schlimmeres«, sagte Geneviève leise, »als zu sehen, wie das eigene Kind reglos daliegt. Ich hab ständig gedacht, *Gleich wacht er auf. Er öffnet die Augen und schaut mich an, und alles ist wieder gut.*«

Shelby verstand, was sie meinte.

»Sie haben auch einen Sohn?«

»Ethan. Er ist neun.«

»Dann wissen Sie ja, was ich meine.«

Alex kam angelaufen und warf sich seiner Mutter in die Arme. Sie küsste ihn hinters Ohr. »Ja«, sagte Shelby. »Absolut.«

Dr. Gaspar Holessandro hatte ein schlecht sitzendes Haarteil und eine Schwäche für Sardinen. »Verzeihen Sie«, sagte er und leckte sich die Finger ab, nachdem er eine weitere Sardine aus einer Tupperware-Dose gefischt hatte. »Normalerweise esse ich nicht, wenn ich Besuch habe.« Da er ein viel beschäftigter Mann war, hatte Dr. Holessandro sich bereiterklärt, mit Eli während der Mittagspause zu sprechen. Sein Büro war winzig klein und grenzte direkt an das Kliniklabor, in dem er drei Tage die Woche forschte. Die anderen vier Tage arbeitete er in der Klinik, in die der kleine Alexandre Proux steif und blau verfärbt und vermutlich tot eingeliefert worden war.

Eli hatte mal wieder die Wahrheit ein wenig verbogen. Er hatte sich Holessandro als Detective aus Vermont vorgestellt, der den Tod eines Babys untersuche, einen Fall, der gewisse Ähnlichkeiten mit dem des kleinen Alex aufweise. Er wolle wissen, ob extreme Kälte paradoxerweise die Wiederbelebung begünstigen könnte, sodass ein Baby, das erstickt worden war, plötzlich wieder anfangen könnte zu atmen, nachdem es eine Zeit lang in einem Eishaus gelegen hatte. Er sagte dem Arzt nicht, dass die Sache sich 1932 zugetragen hatte.

Holessandro biss den Schwanz einer Sardine ab.

»Wenn ein Mensch erstickt«, sagte er, »kommt es zu Hypoxie, das heißt zu Sauerstoffmangel im Gewebe und in den Organen. Ein Erwachsener atmet dann immer heftiger – er hyperventiliert. Bei Kleinkindern dagegen, deren Körper sich physiologisch stark von dem eines Erwachsenen unterscheidet, blockiert die Hypoxie die Atmung. Es kann also sein, dass ein Baby, das erstickt wurde, einige Minuten aufhört zu atmen … und dann von allein wieder anfängt.«

»Sie meinen, es bleibt nicht tot?«

»Wenn man den Teil des Babyhirns stilllegt, der für die normale Atmung zuständig ist, übernimmt ein anderer Teil des Gehirns die Aufgabe. Das Baby schnappt dann ein paarmal nach Luft, damit es etwas Sauerstoff bekommt, um Herz und Lunge Starthilfe zu geben.« Er lächelte. »Es ist eigentlich recht schwer, ein Baby zu töten.«

»Aber derjenige, der das Baby erstickt hat, muss doch mitgekriegt haben, dass es kurz darauf nach Luft geschnappt hat.«

»Nicht, wenn er sich schnell genug aus dem Staub gemacht hat. Die Sache ist in einem Eishaus passiert, sagten Sie?«

Eli zuckte die Achseln. »Ja.«

Holessandro schüttelte den Kopf. »Und ich hab gedacht, hier in Kanada wäre die Zeit stehen geblieben. Wie dem auch sei, bei einem Eishaus kommt noch ein weiterer Aspekt dazu. Nehmen wir an, das Baby wurde erstickt … und hat dann nach Luft geschnappt … *und* wurde in eine kalte Umgebung gebracht. Dann würde das Gleiche passieren wie bei Alexandre. Die Haut würde abkühlen, was wiederum die Blutzirkulation abkühlen würde, was das Gehirn abkühlen würde, was zur Folge hat, dass der Hypothalamus den Stoffwechsel auf Grundumsatz senkt. Vielleicht noch niedriger – je jünger das Kind ist, desto stärker ist der Reflex, der die Körpersysteme auf diese Weise abschaltet.«

»Dann wirkt das Baby also tot, obwohl es gar nicht tot ist?«

»Ganz genau. Wie der Energiesparmodus beim Computer … der Bildschirm schaltet ab, aber die Daten bleiben erhalten. So ähnlich ist es in dem Fall mit dem Baby: Das Blut wird nur noch zu den lebenswichtigen Organen geleitet, die Haut wird blau und kalt. Keine sichtbare Atmung, kein spürbarer Puls. Wie bei Alex.«

»Wie lange könnte ein Baby so leben?«

»Es kann nicht so leben«, sagte Holessandro. »Nach wissenschaftlichen Erkenntnissen kommt es jedenfalls nicht oft vor. Aber die Biologie funktioniert nach anderen Regeln als die Physik, und wie der Fall Alex zeigt – manchmal eben doch.« Er steckte sich die letzte Sardine in den Mund. »Und, hat das Baby in Ihrem Fall gelebt?«

»Wir wissen es nicht genau.«

»Nun, falls es gelebt hat, muss irgendjemand oder irgendetwas es aufgewärmt haben. Nur so kann es aus dem Winterschlaf erwacht sein, um es mal so auszudrücken. Vor allem bei Neugeborenen ist das so – sie können nicht zittern, deshalb können sie sich nicht selbst aufwärmen.«

Wer hätte das Baby in der Nacht aufwärmen können? Da war zum einen Spencer Pike, der gestanden hatte, das Baby getötet zu haben. Wieso sollte er einen Mord gestehen, wenn er das Baby lebend irgendwohin gebracht hatte? Möglich war auch, dass Cecelia Pike ihr Kind in den Stunden vor ihrem Tod versteckt hatte. Vielleicht hatte ja sogar Az Thompson das Kind mitgenommen und wusste mehr, als er zugab.

Aber wenn das Baby am Leben geblieben war, was war dann aus der Kleinen geworden?

»Ich hoffe, ich konnte Ihnen helfen, ein paar Antworten zu finden«, sagte Holessandro.

»Auf jeden Fall«, erwiderte Eli. Aber er wurde das Gefühl nicht los, dass er noch nicht die richtige Frage gestellt hatte.

»Es kann losgehen«, sagte Ross, reichte Ethan eine Vase voll mit Popcorn und ließ sich neben ihm in den Liegestuhl fallen. Sie saßen um Mitternacht in der Einfahrt und schauten sich einen Thriller an, den Ross per Beamer auf die weißen Garagentüren projizierte.

»Was soll die Vase?«, fragte Ethan.

»Saubere Schüsseln waren alle.« Ross grinste, als der Vorspann begann. »Das ist doch wohl besser als jedes Autokino, oder?«

Ethan nickte. »Fehlt nur noch ein Mädchen.«

Sein Onkel hätte sich beinahe an einem Stück Popcorn verschluckt. »Meine Güte, Ethan. Bist du nicht noch ein bisschen jung, um schon an so was zu denken?«

»Kommt drauf an. Schließlich fangen die meisten Jungs mit vierzehn oder fünfzehn an, und dann bin ich schon tot.«

Ross richtete sich auf, sodass der Film über sein Gesicht lief, es verzerrte. »Ethan, das kannst du doch gar nicht wissen.«

»Dass Jungs mit vierzehn Sex haben?«, verstand Ethan ihn absichtlich falsch. »Wie alt warst du, als du das erste Mal Sex hattest?«

»Jedenfalls älter als neuneinhalb.«

»Und wie ist das?«

Ethan sah, dass sein Onkel nach den richtigen Worten suchte, aber er wusste, dass Ross ihm die Wahrheit sagen würde. Anders als seine Mutter wusste Onkel Ross, wie wichtig es war, möglichst viel zu erleben, bevor man sich aus dem Leben verabschiedete. »Es ist ziemlich verblüffend«, sagte Ross. »Ein Gefühl, als würde man nach Hause kommen.«

Das hatte Ethan nicht gerade erwartet. Er fragte sich, wie es wohl bei seiner Mutter und diesem Eli in Kanada war, bei dem sie immer rot wurde, wenn er vorbeikam. Sie hatte in letzter Zeit doch nur noch diesen Detective im Kopf.

Onkel Ross schien jetzt die richtige Erklärung eingefallen zu sein. »Ich glaube, wenn man mit jemandem schläft, nimmt man einen Teil von dem anderen mit, einen Teil von dem, was den anderen ausmacht.«

Jeder hatte jemanden, dachte Ethan. Jeder außer ihm. »Vielleicht könnte ich ja bloß mal ein Mädchen küssen, damit sie ab und zu mal an mich denkt. So, *ach, das war doch der Junge, den ich mal geküsst habe und der krank war und gestorben ist.*«

»Ethan, du wirst nicht …«

»Onkel Ross«, sagte er müde. »Fang du nicht auch noch an, mich zu belügen.«

Ethan griff nach der Hand seines Onkels. Er schob ihm den Ärmel hoch, bis die Narbe am Gelenk zum Vorschein kam. »Warum?«, fragte er sehr leise.

»Der Unterschied zwischen dir und mir ist folgender: Du bist ein Held, Ethan, und ich bin ein Feigling.« Ross zog die Hand weg und schob den Ärmel wieder nach unten. »Ich werde persönlich dafür sorgen, dass du ein Mädchen küsst, bevor du stirbst, und wenn ich eines engagieren muss«, sagte er, und er meinte es ernst, und das brachte Ethan fast zum Weinen.

Im Film prasselten Schüsse. Ethan wühlte mit den Fingern im Popcorn, das raschelte wie Herbstlaub. »Würdest du jetzt gern sterben?«, fragte er.

Ross schüttelte den Kopf. »Nein.«

»Ich auch nicht«, sagte Ethan und wandte sich wieder dem Film zu.

Eli hatte noch nie gut schlafen können, wenn ein Fall ihm zu schaffen machte. Jetzt kam noch eine kräftige Dosis sexuelle Frustration hinzu, und so war es nicht verwunderlich, dass er sich kurz nach Mitternacht auf dem Parkplatz vor dem Motel die Beine vertrat. Es hatte heftig geregnet. Watson lag auf der Erde, den Kopf auf den Pfoten, und beobachte Eli, der auf dem matschigen Boden auf und ab ging.

Shelby schlief. Zumindest glaubte er das. Sie hatte ihm einen so leidenschaftlichen Gutenachtkuss gegeben, dass er den Druck ihres Körpers noch Stunden später spüren konnte. Dann hatte sie ihm die Tür zu ihrem Zimmer vor der Nase zugemacht. Das sollte bestimmt eine Art Bestrafung sein, ein kleiner Vorgeschmack von dem, was ihm entging, weil er es ja nun mal langsam angehen lassen wollte.

Er fragte sich, was sie wohl nachts anhatte.

Wieso wollte er es überhaupt langsam angehen lassen? Sie hatte ihm doch klipp und klar gesagt, dass sie interessiert war. Vielleicht brauchte er ja nur an ihre Tür zu klopfen. Mit Shelby Wakeman zu schlafen, daran hatte Eli keinen Zweifel, war das Einzige, was ihn von dem Mordfall ablenken könnte.

Aber die letzte Frau, für die er nach so kurzer Zeit so viel empfunden hatte, war seine Frau gewesen. Er hatte sie nur wenige Monate nach ihrem ersten Rendezvous geheiratet, überzeugt, dass sie ihn genauso liebte wie er sie. Und dann hatte sie ihn wegen eines anderen verlassen. Eli wollte das nicht noch einmal erleben. Und wer sich nicht verbrennen wollte, musste in sicherer Entfernung von allem bleiben, was nach einem potenziellen Feuer aussah.

»Milch.«

Er drehte sich um und sah Shelby in einem Tanktop und einer Jogginghose vor sich stehen. Sie kam näher, barfuß auf der nassen Erde.

»Was?«

»Milch. Warm. Das wirkt.« Sie lächelte ihn an. »Du kannst nicht schlafen, stimmt's? Ich trinke immer warme Milch, wenn mein Biorhythmus durcheinander ist – wenn ich mit Ethan die ganze Nacht wach war und dann am helllichten Tag ins Bett gehe.«

Eli hörte nur die Worte »ins Bett«. Er nickte und fragte sich, ob er mit der flachen Hand die glatte Fläche zwischen ihren Hüften bedecken könnte. Ihr Top rutschte ein Stückchen hoch und ließ einen schmalen Streifen Haut sehen. Eli stockte der Atem.

Hypoxie, dachte er.

Eli starrte zu Boden, rang um Fassung. Einer von Shelbys Fußabdrücken, zart und voll, war zufällig direkt auf seinem gelandet – größer, breiter. Es war das Erotischste, was er je gesehen hatte.

Gott, er war nicht mehr zu retten.

Egal, dachte Eli und ging auf Shelby zu. Er könnte in weniger als drei Minuten mit ihr im Bett liegen, und um die Folgen würde er sich später kümmern. Er stieg über Watson hinüber, über den doppelten Fußabdruck – und blieb abrupt stehen.

Doppelte Fußabdrücke, wie die auf den Fotos, die nach dem Mord an Cecelia Pike am Tatort gemacht worden waren. Als diese Spuren ihm das erste Mal aufgefallen waren, hatte er damit die Theorie zerpflückt, dass Gray Wolf da gewesen war, um Cecelia aufzuhängen. Außerdem war davon auszugehen, dass Cissy, wenn sie nach der Niederkunft aus ihrem Zimmer entführt worden war, keine Schuhe getragen hätte. Sie wäre, wie Shelby, direkt aus dem Bett gekommen.

Die Abdrücke von Pikes Schuhen waren überall gewesen, schließlich hatte er die Tote abgeschnitten. Aber der einzelne Abdruck einer Frau war auf dem des Mannes zu sehen gewesen, wie die Fußabdrücke, die er und Shelby gerade hinterlassen hatten – der kleine Fuß der Frau quer über dem größeren des Mannes, ihr Schritt, nachdem der Mann seinen gemacht hatte.

Tote Frauen können nicht gehen.

»Ich weiß, wo das Baby ist«, sagte Eli.

Ross glaubte an Wiedergeburt. Er glaubte auch, dass die Person, in die man sich in jedem Leben verliebte, dieselbe Person war, in die man sich im Leben davor und dem vorvorherigen Leben verliebt hatte. Manchmal konnte man die Person auch verpassen – wenn sie zum Beispiel nach dem Ersten Weltkrieg wiedergeboren wurde und man selbst erst in den Fünfzigerjahren. Manchmal lief man sich über den Weg und erkannte sich nicht. Aber wenn man es richtig machte – das heißt sich bis über beide Ohren, Hals über Kopf, bis zum Wahnsinn verliebte –, dann erwartete einen vielleicht eine ganze Ewigkeit zu zweit.

Und wenn Lia Pike die Richtige für Ross gewesen war? Wenn sie getötet worden war, bevor sie ihn finden konnte, und dann als Aimee zurückgekehrt war, nur um bei einem Unfall ums Leben zu kommen, nachdem sie sich in ihn verliebt hatte? Wenn sie ihm als Geist erschien, weil das die einzige Möglichkeit war, mit ihm in Verbindung zu treten?

Und wenn er deshalb ständig an Selbstmord dachte, weil es eine Möglichkeit war, sein Leben zu beenden, damit er ein neues mit der Frau beginnen konnte, die für ihn bestimmt war?

Er starrte auf den Nachruf in seiner Hand, den Az Thompson ihm Tage zuvor gegeben hatte. Inzwischen war Lias Körper dort, wo er hingehörte. Aber der Rest von ihr wartete auf ihn. Sie hatte es sogar gesagt, mit seinen Initialen.

»Ross!«

Shelbys Stimme rief von unten herauf. Er faltete den Nachruf mit Lias Bild zusammen, steckte ihn in die Tasche und ging nach unten ins Wohnzimmer, wo Eli Rochert und seine Schwester ihn freudestrahlend erwarteten, das Ungetüm von Hund zwischen ihnen.

»Wo ist Ethan?«, fragte Shelby.

Ross sah auf die Uhr an der Wand. »Er ist wohl noch draußen Skateboard fahren.«

»Ich seh mal nach.« Shelby ging zur Küche, drehte sich dann zu Eli um. »Na los. Sag's ihm schon.«

»Was sollen Sie mir sagen?«, fragte Ross.

Eli ließ sich auf der Couch nieder und verteilte einen Wust Papiere neben sich auf dem Kissen. »Pike erstickt das Baby oder glaubt es zumindest. Er lässt es im Eishaus liegen und überbringt seiner Frau die traurige Nachricht. Bei dem Baby kommt es zu einer Selbstwiederbelebung ...«

»Wie bitte?«

»Glauben Sie mir. Es fängt wieder an zu atmen, doch dann geht es in eine Art Stand-by-Modus, weil sein Körper so kalt ist. Es wirkt tot, ist es aber nicht.«

Ross setzte sich ebenfalls. »Weiter«, sagte er aufmerksam.

»Cecelia Pike will die Leiche ihres Kindes sehen. Sie bricht aus dem Schlafzimmer aus, wo sie eingeschlossen war, und findet das Baby im Eishaus, blau verfärbt und kalt, wie tot. Sie nimmt es hoch und weint bitterlich ... als Pike dazukommt. Er dreht durch – da trauert seine Frau um ein Kind, das, wie er glaubt, von ihrem Geliebten ist – und erhängt sie. *Aber das Baby ist nicht tot.*« Er warf Ross ein Foto hin, die grobkörnige Aufnahme von Fußabdrücken. »Jemand ist nach Pike über das Sägemehl gegangen, jemand, der ganz ähnliche Schuhe trug wie die, die Cecelia Pike an den Füßen hatte – ein Mädchen namens Ruby.«

»Ruby?«

»Ja. Sie war das Hausmädchen, das bei den Pikes gewohnt hat. Duley Wiggs, der Cop von damals, hat Ruby erwähnt – aber ich hab mir nichts dabei gedacht.«

»Wieso war von ihr niemals die Rede?«

»Weil sie eine Bedienstete war. Und weil sie in der fraglichen Nacht verschwunden ist. Pike hat sie mir verschwiegen, weil sie wahrscheinlich weiß, dass er seine Frau auf dem Gewissen hat.«

»Wenn Ruby also in der Mordnacht das Baby mitgenommen hat ...«

»Dann könnte das Baby noch am Leben sein. Über siebzig und Erbin eines hübschen Stücks Land«, führte Eli den Gedanken zu Ende. »Außerdem könnte Ruby die Lücken füllen. Ich hab ein bisschen im Internet recherchiert. Eine gewisse Ruby Weber, geboren im Northeast Kingdom, ist 1925 mit ihrer Familie nach Comtosook gezogen und 1932 aus Vermont verschwunden. Sie lebt heute in Gaithersburg, Maryland, Thistlehill Lane 45.«

Ross erstarrte. Ruby Weber. *RW*. Lia hatte den um ihr Grab Versammelten doch nicht zeigen wollen, dass sie ihn liebte. Sie hatte Eli und den anderen nur die richtige Richtung gezeigt.

Als Meredith etwa in Lucys Alter war, war ihr Hund von einem Auto überfahren worden. Ihre Mutter hatte Blue vom Tierarzt einschläfern lassen, und statt sich die Augen auszuweinen, stürzte Meredith sich in die Taschenspielerkunst. Sie ließ Münzen, rote Gummibälle und kleine Papierblumensträuße verschwinden – um sie dann hinter Ohren oder aus der Besteckschublade wieder hervorzuzaubern. Sie führte diese Tricks Ruby vor, die ihre Enkelin durchschaute: »Engelchen«, hatte sie zu Meredith gesagt, »manches kann man nicht mehr zurückholen, sosehr man es sich auch wünscht.«

Jahre später wusste Meredith, dass sie sich glücklich schätzen konnte, fünfunddreißig geworden zu sein und ihre Großmutter noch immer bei sich zu haben. Schließlich hatte sie den viel zu frühen Tod ihrer Mutter erlebt und wusste aus erster Hand, wie sehr die Trauer um einen geliebten Menschen an einem nagen konnte.

»Du darfst nicht sterben«, stellte Meredith ganz ruhig fest. Sie drückte die Hand ihrer Großmutter. »Du darfst erst sterben, wenn ich es sage.«

Sie zuckte zusammen, als Ruby ihren Händedruck prompt erwiderte. Sie sah die offenen Augen ihrer Großmutter – und das Licht des Erkennens darin. »Meredith«, sagte Ruby mit schwacher, dünner Stimme, »wer hat denn was von Sterben gesagt?«

Nachdem Eli sich verabschiedet hatte und Ethan ins Bett gegangen war, verkroch Ross sich in seinem Zimmer. Shelby klopfte an die Tür, um ihm etwas zu essen zu bringen, aber er wollte nichts. Eine Stunde später klopfte sie erneut, um ein wenig mit ihm zu plaudern, doch er kam in Unterwäsche an die Tür und sagte, er wolle allein sein.

Sie tat es nur äußerst ungern, aber als sie kein Geräusch mehr aus seinem Zimmer hörte, schlich sie hinein, vergewisserte sich, dass ihr Bruder nur schlief, und versteckte seinen Rasierer.

Sie schlief unruhig und erwachte um neun Uhr morgens mit rasenden Kopfschmerzen. Jemand hatte das Radio zu laut gestellt.

Shelby stürmte zuerst in Ethans Zimmer, überzeugt, dass ihr Sohn der Übeltäter war. Doch er schlief tief und fest, zusammengerollt unter der Bettdecke. Shelby ging weiter zum Zimmer ihres Bruders und klopfte an die Tür. »Ross«, rief sie, »stell das Ding leiser!«

Doch die Musik plärrte weiter. Sie drückte die Tür auf,

die nur angelehnt war. Der Lärm kam von einem Radiowecker.

Das Bett war gemacht, die Kommode leer geräumt, und Ross' Reisetasche fehlte.

Auf dem Kopfkissen lag ein Zettel.

Shel, las sie, *verzeih mir, dass ich einfach so verschwinde. Aber wenn ich je etwas richtig machen würde, wäre ich schließlich nicht der Bruder, den du kennst.*

Ein Schrei ballte sich in ihr zusammen. Das war ein Abschiedsbrief.

Ross saß in seinem Wagen, blickte auf die schnurgerade Reihe Ahornbäume, lauschte den Vögeln und dachte, dass es keinen passenderen Ort als diesen geben könne, um alles zu einem Ende zu bringen. Er holte tief Luft, wissend, dass das, was er jetzt vorhatte, nicht nur sein Leben, sondern das vieler Menschen verändern würde. Aber er hatte keine andere Wahl.

Er war stundenlang herumgefahren, bis er eine Entscheidung getroffen und sich alles Notwendige besorgt hatte. Er könnte sagen, dass er es für Lia tat, aber das wäre nicht die Wahrheit. Ross tat es für sich selbst, um zu beweisen, dass es – endlich – etwas gab, das ihm gelang.

Er griff auf den Beifahrersitz, nahm den Zettel, auf den Ruby Webers Adresse gekritzelt war, und stieg aus dem Wagen.

Auf dem Briefkasten stand WEBER/OLIVER, und Ross fragte sich, ob diese Ruby Weber wohl mit jemandem zusammenlebte. Er ging über den gepflasterten Weg zur Haustür und klingelte.

»Es ist niemand da.«

Ross drehte sich um und sah eine Frau im Nachbargarten ihren Rasen sprengen. »Wissen Sie vielleicht, wann sie wiederkommen?«, fragte er. »Ich hab meinen Besuch nicht angekündigt …«

»Gehören Sie zur Familie?«

Ross dachte an Lia. »Ja.«

Die Nachbarin kam näher. »Es tut mir sehr leid«, sagte sie mitfühlend, »aber Ruby liegt im Krankenhaus.«

Ross streifte durch die Flure der Krankenhausverwaltung, bis er zu einem Büro kam, in dem gerade keine Sekretärin saß und innen an der Tür ein Arztkittel hing. Als Mediziner verkleidet, ging er zielstrebig zum Schwesternzimmer in der kardiologischen Station und bat um Ruby Webers Krankenblatt.

Er studierte es kurz, prägte sich ihr Alter ein, den Befund und das Zimmer, auf dem sie lag. Doch als er dort ankam, sah er eine Frau bei Ruby auf der Bettkante sitzen.

Da er ungestört mit Ruby sprechen wollte, tat er auf dem Flur so, als wäre er mit einer Akte beschäftigt, bis die Frau aus dem Zimmer kam, an der Hand ein kleines Mädchen. Als die beiden ein Stück entfernt waren, huschte Ross ins Zimmer. »Mrs. Weber«, sagte er, »ich würde gern mit Ihnen reden.«

Sie hatte stahlgraues Haar und Augen so blau wie das Zentrum einer Flamme. Ihre Haut erinnerte Ross an Reispapier. »Na, das ist ja mal was Neues. Ihre Freunde haben immer nur an mir rumgepiekst und Blut abgezapft.«

Ross zog sich den Kittel aus und faltete ihn zusammen. »Das liegt daran, dass ich gar kein Arzt bin.«

Er sah ihr an, dass sie erwog, den Rufknopf zu drücken und ihn rauswerfen zu lassen ... aber sie wollte hören, was er zu sagen hatte. Nach einem sehr langen Augenblick schob Ruby sich in eine sitzende Position. »Sind Sie Patient? Sie sehen aus, als hätten Sie Schmerzen.«

»Hab ich auch. Überall.« Ross trat näher. »Ich möchte mit Ihnen über das Jahr 1932 reden.«

»Ich wusste, dass es dazu kommen würde«, murmelte sie. »Der Herzinfarkt war eine Warnung.«

»Sie waren dabei. Sie wissen, was mit Lia passiert ist.«

Sie drehte den Kopf zur Seite, und Ross staunte über ihr edles Profil. Diese Frau, deren Vorfahren Spencer Pike in seinen Familiengenealogien als unzureichend klassifiziert hatte, hätte der Urtyp einer Königin sein können, der Kopf auf einer goldenen Münze. »Es gibt Dinge, über die sollte man nicht reden«, sagte Ruby.

Es war immerhin einen Versuch wert gewesen. Mit einem Seufzer nahm Ross den Kittel und ging zur Tür.

»Und es gibt Dinge, die hätten gar nicht erst verschwiegen werden sollen.« Sie blickte Ross an. »Wer will das wissen?«

Er überlegte, ihr von dem Bauprojekt zu erzählen, von dem Protest der Abenaki, von Elis Ermittlungen. Doch dann sagte er schlicht: »Ich.«

»Ich habe für Spencer Pike gearbeitet. Ich war vierzehn. Cissy Pike war erst achtzehn, wissen Sie – ihr Mann war acht Jahre älter als sie. In der Nacht damals hatten sie einen Streit, und plötzlich setzten ihre Wehen ein, drei Wochen zu früh. Das winzigste Baby, das man sich vorstellen kann. Als das Baby starb, ist Miz Pike ein wenig verrückt geworden. Ihr Mann hat sie in ihrem Zimmer eingesperrt, und ich hatte solche Angst, dass ich rasch ein paar Sachen eingepackt habe und weggelaufen bin.« Sie raffte die Bettdecke zwischen den Händen. »Später hab ich dann erfahren, dass sie in der Nacht ermordet worden war.«

»Haben Sie ihre Leiche gesehen?«, drängte Ross. »Haben Sie das tote Baby gesehen?«

Ruby öffnete den Mund und schloss ihn wieder, als wollte sie ihre Worte neu formen. Farbe stieg ihr ins Gesicht, und einer der Monitore begann, schneller zu piepen.

Die Tür flog auf. »Granny? Was ist das für ein Geräusch? Ist alles in Ordnung?«

Ross drehte sich um, eine Erklärung auf den Lippen. Und plötzlich blickte er in das Gesicht von Lia Beaumont Pike.

ELF

»*Wer sind denn Sie?*«, fragte Lia oder wer immer sie war. Sie wartete allerdings nicht erst auf eine Antwort, sondern streckte den Kopf zur Tür hinaus und rief nach einer Krankenschwester. Gleich darauf war das Zimmer voller Schwestern und Ärzte, die sich vor dem Bett drängten und sich gegenseitig beruhigten, dass kein erneuter Herzstillstand drohe. Lia hörte sich die Fachsimpeleien an, während sie stocksteif dastand und gebannt auf den Monitor starrte, bis der wieder zu seinem normalen Rhythmus zurückfand. Erst dann entspannte sie sich ganz langsam.

Ross schlich unbemerkt auf den Flur. Es war nicht Lia. Das Haar dieser Frau mit dem kleinen Mädchen war länger und lockiger, eher honig- als weizenfarben. Aber die bemerkenswerten braunen Augen waren die gleichen und auch die Traurigkeit in ihnen.

Sie war zu jung, um Lia Pikes Tochter zu sein. Aber die verblüffende Ähnlichkeit mit Lia verriet, dass sie eine nahe Verwandte sein musste.

Als die Krankenschwestern und Ärzte sich wieder entfernten, spähte Ross ins Zimmer. »Er ist ein alter Bekannter«, hörte Ross noch, bevor die Tür zufiel.

Eines war klar: Ruby Weber war keine alte Bekannte von ihm.

Und sie hatte das Baby mitgenommen, als sie damals die Pikes verlassen hatte.

Shelby wusste bereits, dass man eine Person erst dann als vermisst melden konnte, wenn sie mindestens vierundzwanzig Stunden verschwunden war; jetzt erfuhr sie zusätzlich, dass Burlington fünf größere Ausfallstraßen hatte und dass man vom Flughafen nach Chicago, Pittsburgh, Philadelphia, New York, Boston, Cleveland oder Albany fliegen konnte.

Und dass tagtäglich mehr als 2000 Menschen als vermisst gemeldet wurden.

Ihr Bruder war einer von ihnen.

Sie hatte seinen Zettel nicht mehr losgelassen, seit sie ihn fünf Stunden zuvor gefunden hatte. Die Innenseite ihrer Hand war inzwischen von der Tinte tätowiert, ein Tagebuch des Verlustes. Sie hatte Eli angerufen, und er war sofort gekommen und hatte versprochen, jeden Quadratmeter von Comtosook abzusuchen und die Kollegen in Burlington auf Ross anzusetzen. Aber Shelby wusste, dass Ross sich einfach in Luft auflösen würde, wenn er nicht gefunden werden wollte.

Das Telefon klingelte, und Shelby rannte aus Ross' Zimmer über den Flur zu dem Apparat neben ihrem Bett. »Shelby?«

»Eli?« Sie war enttäuscht.

»Hat er angerufen?«

»Nein.«

»Schade ... lass die Leitung frei, damit er durchkommt, wenn er sich meldet.«

Sie liebte ihn für seine Zuversicht. »Mach ich«, versprach sie, und als sie auflegte, sah sie einen unglücklich dreinschauenden Ethan in der Tür ihres Zimmers stehen.

»Ich glaube, ich bin schuld«, gestand er.

Shelby klopfte aufs Bett, damit er sich neben sie setzte. »Nein, Ethan, ganz bestimmt nicht. Früher hab ich auch gedacht, ich wäre schuld, weil ich irgendetwas nicht geleistet hatte, was Ross von mir gebraucht hätte.«

»Nein, das meine ich nicht.« Sein Gesicht verzog sich. »Wir haben neulich Abend drüber gesprochen – übers Sterben.«

Shelby wandte sich ihm langsam zu. »Was hat er gesagt?«

»Dass er ein Feigling wäre.« Ethan zupfte am Saum der Bettdecke. »Ich habe ihn nach seinen Narben gefragt. Vielleicht musste er ja ständig dran denken, nachdem ich ihn wieder erinnert hatte.«

Sie spürte, wie ihre Schultern sich entspannten. »Ethan, du hast Onkel Ross nicht auf diese Gedanken gebracht. Die hatte er längst im Kopf, noch bevor er herkam.«

»Warum tut er so was?«, platzte Ethan heraus. »Wieso will er unbedingt sterben?«

Shelby überlegte. »Ich glaube nicht, dass er sterben will. Ich glaube, er will nicht leben.«

Sie saßen eine Weile schweigend da. »Er hat auch gesagt, er besorgt mir ein Mädchen.«

»Er tut *was*?«

Ethan wurde rot. »Zum Küssen. Damit ich weiß, wie das so ist.«

»Aha. Und *wo* will dein Onkel dieses Mädchen besorgen?«

»Weiß nicht. Aber es gibt doch welche, die so was für Geld machen, oder?« Er zuckte die Achseln. »Vielleicht ist er ja jetzt bloß auf der Suche nach einem Mädchen.«

Der Gedanke war lange nicht so beängstigend wie die Vorstellung, dass Ross gerade irgendwo ganz allein starb. »Hoffen wir's«, sagte Shelby.

Zwei Nächte schlief Ross auf dem Rücksitz seines Wagens auf dem Parkplatz von Wal-Mart. Tagsüber trieb er sich im Krankenhaus herum und schlüpfte zu Ruby ins Zimmer, wenn ihre Enkelin – Meredith, wie er inzwischen erfahren hatte – nicht da war. Ross drängte Ruby nicht, ihm mehr über die Pikes zu erzählen, und Ruby tat es nicht von sich aus. So schlichen sie um den heißen Brei und erzählten sich stattdessen gegenseitig aus ihrem Leben.

Ross mochte Ruby – sie hatte einen scharfen Verstand, nahm kein Blatt vor den Mund und war noch dazu Baseballfan. Er wusste, dass ihre Gespräche für sie beide wichtig waren – Ruby brauchte die Zeit, um zu entscheiden, ob sie ihm die Geschichte anvertrauen konnte, die sie wie einen Stein in der Brust trug, und Ross lernte die Frau kennen, die Lias Baby großgezogen hatte.

Sie sprach nicht über Lia oder das Baby, aber sie erzählte ihm von Meredith, der alleinerziehenden, berufstätigen Mutter, die zu viel arbeitete. Von Lucy, die sich vor ihrem eigenen Schatten fürchtete. Sie musste lachen, wenn Ross den Kardiologen nachahmte, der einen Gang hatte wie ein kleiner Junge mit einer vollen Windel. Und immer wenn Ross zu ihr kam, strahlte Ruby übers ganze Gesicht.

So ähnlich wie Lia.

Meredith ging jeden Tag um drei, um Lucy vom Sommerfreizeitlager abzuholen, und war gegen halb fünf wieder im Krankenhaus. Ross nutzte diese Zeitspanne für seine Besuche bei Ruby. Als er am dritten Tag das Zimmer betrat, saß Ruby in einem Rollstuhl am Fenster.

»Na, wie ich sehe, geht's bergauf«, sagte Ross.

»Ich wäre gern gleich losgelaufen, aber die Schwester meinte, ich soll erst mal hiermit anfangen.«

»Sehr vernünftig.« Er ließ ein kleines eingepacktes Geschenk in ihren Schoß fallen. »Machen Sie es auf.«

»Das wäre aber wirklich nicht nötig gewesen«, zierte Ruby sich zunächst. Doch dann löste sie die Schleife und das Papier. Zum Vorschein kam ein Kartenspiel. »Ich hab früher mal Poker gespielt«, sagte Ruby. »Mit den Kolleginnen in der Fabrik, in den Zigarettenpausen.«

»Ich hab es vor Kurzem erst gelernt. Von meinem Neffen.«

Sie fing an, die Karten zu mischen, bewegte ihre knotigen Hände verblüffend flink. »Dann will ich am Anfang mal Gnade walten lassen. Wie hoch ist der Einsatz?«

»Ich hatte ja keine Ahnung, dass Sie eine echte Spielerin sind«, sagte Ross scherzhaft. »Beim nächsten Mal bring ich genügend Bares mit.«

»Hoffentlich keine leere Versprechungen.«

Ruby mischte nur weiter die Karten.

»Es gibt noch was außer Geld, worum wir spielen könnten.«

Ruby zog die Stirn kraus.

Ross blickte ihr in die Augen. »Wir könnten um die Wahrheit spielen?«

Plötzlich schien das Zimmer selbst die Luft anzuhalten. Ruby ordnete die Karten fein säuberlich zu einem Packen. »Aber dann gewinnt keiner«, erwiderte sie.

»Ruby«, sagte er. »Bitte.«

Sie blickte ihn lange an. Dann mischte sie die Karten. »Nennen Sie den Einsatz.«

»Ich beantworte Ihnen eine Frage«, fing Ross an.

Ruby nickte und teilte für sie beide je zwei Karten aus, eine mit der Bildseite nach unten. Ross hatte eine Pik Zehn, Ruby eine Herzdame. Sie hob eine Augenbraue, wartete, dass Ross erhöhte. »Zwei Antworten«, sagte Ross.

»Ich gehe mit.« Sie teilte zwei weitere Karten mit der Bildseite nach unten aus. Ross bekam eine Kreuz Zwei, Ruby die Karodame.

»Sie gewinnen«, sagte Ross.

»Hab ich doch gesagt.«

Er blickte auf sein Blatt. »Drei Fragen nach Ihrer Wahl.«

Ruby zog wieder mit und teilte erneut zwei weitere Karten für jeden aus – Ross eine Kreuz Sechs und ein Kreuzass, Ruby zwei Könige.

»Ich erzähl Ihnen alles!«, erhöhte Ruby und fügte dann hinzu: »Ich will sehen.« Ross nickte, und beide drehten sie ihre Karten auf dem Tisch um. Ross sah, dass Ruby drei Herzen hatte. »Schlägt das eine Kreuz Zwei?«

»Eigentlich nicht«, sagte Ruby. »Aber Ihr Flush schlägt meine zwei Paare.«

»Obwohl Sie Leute mit einer Krone auf dem Kopf haben?«

»Ja. Anfängerglück, schätze ich.« Sie nahm seine Karten, und Ross sah, dass ihre Hand zitterte. »Also dann«, sagte sie und sah ihn an.

»Also dann«, erwiderte er leise.

Eines von den Geräten, an die sie angeschlossen war, fing an zu piepen, weil die Infusionslösung fast zu Ende war. Jeden Augenblick würde eine Krankenschwester hereinkommen. Und bis die Lösung ausgetauscht war, wäre Meredith sicherlich schon mit Lucy zurück. »Ich werde morgen entlassen«, sagte Ruby.

»Dann muss ich Ihre Spielschulden eben bei Ihnen zu Hause eintreiben.«

»Ich werde Sie erwarten.« Er stand auf und war schon auf dem Weg zur Tür, als die Krankenschwester hereinkam. »Ross«, rief Ruby. »Danke für die Karten.«

»Gern geschehen.«

»Ross!« Er drehte sich um, die Hand schon an der Tür. »Ich hab Sie gewinnen lassen«, sagte Ruby.

Ross lächelte. »Ich weiß.«

Shelby träumte von Blut, das dick wie Sirup eine Straße überschwemmte, als das Telefon sie weckte. »Ach, Mist«, sagte Ross, als sie sich meldete. »Du schläfst ja mittags. Ich hab nicht daran gedacht.«

Sie saß augenblicklich kerzengerade im Bett. »Ross? Geht's dir gut? Ich hatte Angst, du wärst tot!«

»Ich bin nicht tot. Ich bin bloß in Maryland.« Ross schien ehrlich verdattert. »Wie kommst du denn auf so was?«

»Oh, ich weiß auch nicht – wahrscheinlich bloß eine blöde Fehlinformation. Zum Beispiel dein Abschiedsbrief und der Umstand, dass du schon mal versucht hast, dich umzubringen?«

»Das war doch kein Abschiedsbrief. Ich meine, nicht so einer. Ich hab bloß auf die Schnelle Auf Wiedersehen sagen wollen.« Als Shelby schwieg, fügte Ross bekümmert hinzu: »Aber ich kann dich verstehen, tut mir leid. Hör mal, ist Eli zufällig bei dir?«

»Eli sucht deine Leiche«, sagte Shelby spitz.

»Aha. Kannst du ihm bitte was ausrichten? Sag ihm, ich habe Ruby Weber gefunden.«

Shelby brauchte einen Augenblick, bis sie den Namen einordnen konnten. »Das Hausmädchen? Was hat sie dir erzählt?«

»Nichts«, gestand Ross. »Bisher jedenfalls.«

»Wann kommst du wieder?«

»Ich weiß es nicht.«

»Aber du kommst doch wieder?«

Statt auf die Frage zu antworten, sagte Ross: »Das Geld ist gleich alle«, und die Verbindung brach ab.

Shelby hielt den Hörer in der Hand. Die Sonne prallte gegen die heruntergelassenen Jalousien, drang durch die Ritzen. Shelby stieg aus dem Bett, zog die Jalousien hoch und ließ das Licht hereinfluten.

Ross klingelte an Rubys Haustür und steckte die Hände in die Taschen: Sie waren voller Rosenblütenblätter. »Ich weiß«, sagte er laut. »Ich bin auch nervös.«

Die Frau, die im Schwesternkittel an die Tür kam, war groß und kräftig und trug lange Rastazöpfe, die ihr bis zum Po reichten. »Wir kaufen nichts«, sagte sie und wollte die Tür wieder zuwerfen.

»Ich will auch nichts verkaufen. Ich möchte zu Ruby. Sagen Sie, Ross ist da.«

»Ms. Weber schläft.«

Eine Stimme aus dem Innern des Hauses rief: »Nein, ich schlafe nicht.«

Die Pflegerin kniff die Augen zusammen und trat zur Seite, um Ross ins Haus zu lassen. Sie knurrte etwas in einer Sprache, die Ross nicht verstand. Ross folgte ihr ins Wohnzimmer, wo Ruby auf einer Couch saß, eine Häkeldecke über den Beinen. »Willkommen zu Hause«, sagte er.

»Willkommen in *meinem* Haus.« Ruby wandte sich der Pflegerin zu. »Tajmalla, würden Sie uns allein lassen?«

Mit einer Haltung, die Ross an afrikanische Priesterinnen denken ließ, schwebte sie aus dem Zimmer. »Sie ist vom städtischen Pflegedienst«, sagte Ruby. »Sie bringt mir Swahili bei. Herrliche Sprache, fühlt sich an, als würde einem ein Fluss durchs Gehirn fließen.«

Ross setzte sich Ruby gegenüber. »Na los. Zeigen Sie mal, was Sie gelernt haben.«

Sie konzentrierte sich einen Augenblick. »*Liya na tabia yako usilaumu wenzako.*«

»Heißt das Hallo?«

»Nein. Es bedeutet: ›Mach andere nicht für die Probleme verantwortlich, die du dir selbst eingebrockt hast.‹«

Ross schüttelte den Kopf. »Ich hätte gedacht, als Anfänger lernt man als Erstes ›Hi, ich heiße Ross.‹«

»Eigentlich schon«, sagte Ruby, »aber ich hab sie gebeten, diesen Satz für mich zu übersetzen.« Sie nahm die Fernbedienung und schaltete den Fernseher aus. »Ich dachte, es wäre eine Hilfe, den Satz parat zu haben.« *Bevor ich dir den Rest erzähle.* »Als Erstes müssen Sie mir was erklären. Warum kommen Sie ausgerechnet jetzt mit der Geschichte?«

Ross dachte an Lia, wie sie ihm auf dem Pike-Grundstück erschienen war; an Shelby, wie sie die Ahnentafeln entrollte; an die Blütenblätter in seinen Taschen. »Weil ich wissen muss, was jemandem widerfahren ist, den ich liebe«, sagte er.

Ruby zog die Decke höher. »Er hat gesagt, ich soll das Baby begraben.«

»Spencer Pike?«

Sie nickte. »Wissen Sie – nun, ich habe seitdem nie wieder so einen Menschen getroffen. Er hatte so eine Art, mit einem zu reden, und ehe man sich's versah, stimmte man allem zu, was er sagte, ohne dass man wusste, wie einem geschah. Ich habe immer gedacht, dass Cissy Pike ihn deshalb geheiratet hat.« Ruby blickte Ross an. »Sie hatte sich mit einem Indianer angefreundet, und die beiden haben sich oft heimlich getroffen. Der Professor hatte das mitbekommen. Eines Tages dann hat er ihn bei ihr im Zimmer ertappt und aus dem Haus geworfen. Miz Pike hat er geschlagen ... und plötzlich haben bei ihr die Wehen eingesetzt.«

»Ist das Baby lebend zur Welt gekommen?«

Ruby wirkte überrascht über die Frage. »Oh ja. Das Kind hat lauthals geschrien ...« Sie zögerte. »Professor Pike hat das Baby mitgenommen, damit seine Frau sich ausruhen konnte. Ich war noch beim Saubermachen, als er zurückkam und sagte, das Baby wäre gestorben. Er hatte die Kleine ins Eishaus gelegt, und er wollte, dass ich sie in einer alten Apfelkiste begrabe, bevor seine Frau wach wurde.«

»Hat er gesagt, woran das Baby gestorben war?«

Ruby schüttelte den Kopf. »Nein, und ich hab auch nicht gefragt. Ich glaube, ich wusste die Antwort. Ich bin ins Eishaus gegangen, und da lag sie, wie ein Püppchen in eine Decke eingewickelt. Sie sah aus wie ein Engel, und ich brachte es einfach nicht fertig, sie so in die Erde zu legen. Ich habe sie also in die Apfelkiste gelegt, aber den Deckel offen gelassen. Ich dachte, soll er doch das Baby selbst begraben, wenn er es für richtig hält.

Als ich wieder ins Haus kam, saß er in seinem Arbeitszimmer und trank. Ich bin dann nach oben ins Bett. Und mitten in der Nacht hörte ich plötzlich ein Baby weinen. Ich bin aufgestanden und nach draußen gegangen, immer dem Weinen nach.« Sie schauderte. »Manchmal höre ich es noch heute in der Nacht, kurz bevor ich einschlafe. Ich bin zum Eishaus gegangen, wo das Weinen herkam. Kurz vor der Tür bin ich gegen die Beine von Cissy Pike gestoßen.« Rubys Stimme war jetzt nur noch ein Flüstern. »Sie hing an einem Seil, das an einem Balken vom Vordach festgebunden war, ihre Augen waren weit geöffnet und hellrot ... ich hab aufgeschrien. Ich dachte, der Professor hat sie umgebracht – und ich bin als Nächste dran. Ich wollte Reißaus nehmen, sofort – und da hörte ich es wieder. Das Weinen. Das Baby, das ich mit eigenen Augen tot hatte daliegen sehen, im Eishaus, in der Apfelkiste, schrie und strampelte.«

»Und Sie haben die Kleine mitgenommen.«

Ruby warf Ross einen Blick zu. »Ich hatte versprochen, mich um das Baby zu kümmern, falls irgendetwas passieren würde. Also hab ich das Baby aus der Kiste genommen, stattdessen einen Braten hineingelegt, den wir für eine Dinnerparty vorgesehen hatten, und den Deckel zugenagelt, genau wie der Professor es gewollt hatte. Dann bin ich mit dem Baby auf und davon.«

»Was ist aus der Kleinen geworden?«

Ruby schaute weg. »Sie war kränklich und ist auf dem Weg nach Baltimore gestorben.«

Ross dachte an Lia, an Lily, an Meredith. Und plötzlich wusste er, warum Ruby log. »Sie haben es ihr nicht erzählt«, sagte er leise.

Ihre Blicke trafen sich in jenem kleinen, engen Raum, in dem Worte keinen Platz finden. Nach all den Jahren, in denen das Geheimnis schwer auf ihr gelastet hatte, war Ross gekommen und bot ihr eine Schulter an. Aber dass sie sich ihm anvertraut hatte, bedeutete noch lange nicht, dass sie auch bereit war, es jemand anderem zu sagen.

Plötzlich ertönten trappelnde Schritte, und das kleine Mädchen, das Ross Tage zuvor in Begleitung seiner Mutter gesehen hatte, kam ins Wohnzimmer gelaufen. »Granny, wir sind wieder da.«

Gleich darauf erschien Meredith in der Tür, gefolgt von Tajmalla. »Wie geht's dir?«, fragte sie Ruby, bevor ihre Augen sich auf Ross richteten. »*Sie* schon wieder.«

Ross stand auf. Er wollte sich vorstellen, doch die fast unheimliche Ähnlichkeit dieser Frau mit Lia Pike verschlug ihm die Sprache.

»Ich weiß nicht, wer Sie sind und was Sie mit meiner Großmutter zu schaffen haben«, sagte Meredith, »aber ich glaube kaum, dass ...«

»Sein Name ist Ross, Liebes«, fiel Ruby ihr ins Wort. »Er will dich zum Essen abholen.«

»Was?«, entfuhr es Ross und Meredith gleichzeitig.

»Ich weiß genau, dass ich dir das gesagt habe. Letzte Woche.«

»Letzte Woche warst du im Krankenhaus und hast mit Leuten geredet, die gar nicht im Zimmer waren.«

Ruby lächelte sie verkniffen an. »Ross ist ein guter Freund ... einer alten Freundin von mir. Und ich hab ihm schon so viel von dir erzählt.«

Ross spürte, wie Meredith ihn prüfend ansah und alles andere als zufrieden war. Dann schaute sie die Frau an, die sie für ihre Großmutter hielt – eine Frau, die fast gestorben wäre –, und ihr Blick wurde weicher. War das ein Trick von Ruby, um Ross loszuwerden? Wollte sie ihn auf diese Weise drängen, Meredith die Wahrheit zu sagen? Oder wollte sie ihm zu verstehen geben, warum sie ihr nicht selbst die Wahrheit gesagt hatte?

Jedenfalls wusste Ross, dass er mit dieser Frau ausgehen würde. Und sei es auch nur, um ihr gegenübersitzen und das Gesicht anstarren zu können, das ihm nicht mehr aus dem Sinn ging.

»Würden Sie mich, ähm, kurz entschuldigen«, sagte Meredith höflich zu Ross und wandte sich Ruby zu. Im Flüsterton, aber für Ross' Ohren nicht leise genug, sagte sie: »Ruby, er ist nicht mein Typ …«

»Meredith, um einen Typ zu haben, muss man ab und zu mal mit einem ausgehen.« Ruby lächelte. »Lucy und Tajmalla können mir Gesellschaft leisten.«

»Auf einen Kaffee«, hörte Ross sich sagen. »Nur eine Tasse.«

Meredith wandte sich wieder an Ruby. »Wenn es dir wieder besser geht, erinnere mich bitte daran, dir den Hals umzudrehen«, murmelte sie und sagte dann zu Ross: »Nur eine Tasse.«

Ross blickte Ruby an, aber ihre Miene war undurchsichtig. Und als er mit Meredith aus dem Wohnzimmer ging, zwei Fremde, die beide dachten, den anderen besser zu kennen, als es der Fall war, merkte Ross, dass ihr Parfüm schwach nach Rosen roch.

Sie tat das nur, so sagte Meredith sich, weil sie nicht wollte, dass Ruby sich wieder aufregte. Angewidert sah sie zu, wie Ross Kaffeebecher, Musikkassetten und Zigarettenpackungen vom Beifahrersitz seiner alten Klapperkiste räumte und auf den Rücksitz warf. »Tut mir leid«, sagte er und hielt ihr die Tür auf.

Es roch nach Zigarettenqualm. Meredith beobachtete ihn, wie er zur Fahrerseite ging. Sein Haar war lang, stumpf geschnitten und reichte ihm fast bis auf die Schultern. Er trug ein kurzärmeliges Hemd offen über einem T-Shirt, und seine Jeans hatte ein Loch am linken Oberschenkel. Er sah aus wie jemand, der in U-Bahn-Gängen Gitarre spielte oder in einem verräucherten Café hockte und schlechte Gedichte schrieb. Wie jemand, der sich als

Taxifahrer verdingte, während Leute wie sie, Meredith, sich abrackerten, um zu promovieren. Wie jemand, den sie normalerweise keines zweiten Blickes gewürdigt hätte.

Der Wagen sprang erstaunlicherweise sofort an. »Also«, sagte er lächelnd. »Wohin?«

»Irgendwas in der Nähe.« Meredith beschrieb ihm den Weg zum ersten Starbucks, das ihr einfiel, und als er sich abwandte, meinte sie, sich den Hauch von Enttäuschung in seinen Augen nur eingebildet zu haben.

Was für Augen. Das musste sie ihm lassen. Er hatte Augen wie Waldteiche, in denen man versinken wollte, so leuchtend grün.

Er hielt eine Packung Zigaretten hoch. »Was dagegen, wenn ich rauche?«

Und ob sie was dagegen hatte, aber es war ja sein Auto. Sie kurbelte das Fenster herunter, während er sich eine Zigarette anzündete und tief inhalierte. »Nur zu Ihrer Information«, sagte Meredith, »normalerweise lasse ich mich von meiner Großmutter nicht verkuppeln.«

»Klar.«

»Was soll denn das heißen?«

Ross blies einen Streifen Rauch zum Fenster hinaus. »Dass eine Frau wie Sie für Verabredungen keine Nachhilfe braucht.«

Meredith spürte, wie sie rot wurde. »Wie ich«, wiederholte sie, sofort auf der Hut. »Sie kennen mich doch gar nicht.«

»Stimmt«, gab Ross zu.

»Dann verschonen Sie mich bitte mit Ihren Unterstellungen.« Aber, so dachte Meredith, hatte sie nicht genau das Gleiche bei ihm gemacht?

Er fuhr mit der rechten Hand am Steuer, die Zigarette in der linken. »Sie erinnern mich bloß an eine Frau, die ich mal gekannt habe. Sie war ebenso schön wie Sie.«

Die wenige Male in ihrem Leben, die jemand ihr Komplimente wegen ihres Aussehens gemacht hatte, konnte sie an einer Hand abzählen. Erfolgreich, intelligent, kreativ lauteten gemeinhin die Adjektive, mit denen sie belegt wurde. Doch sie selbst hatte ja ihre physischen Attribute immer in den Hintergrund gedrängt und stattdessen ihren scharfen Verstand herausgestellt. *Schön*, dachte sie.

Sie fragte sich, was aus der Frau geworden war, die er mal gekannt hatte. War sie gestorben, oder hatte sie ihn verlassen? Meredith betrachtete Ross erneut, und diesmal sah sie keinen Verlierertyp mehr, sondern einen Menschen, der eine Geschichte zu erzählen hatte.

Zu ihrer eigenen Überraschung wollte sie sie hören.

»Und?«, fragte Ross, und sie dachte, er könnte vielleicht auch Gedanken lesen.

»Und was?«

»Gehen wir rein?« Er blickte zum Seitenfenster hinaus, und sie merkte, dass sie ihr Ziel erreicht hatten. Er hatte ein Grübchen in der linken Wange, wenn er lächelte.

»Ja, klar.«

Ross stieg aus, ging um den Wagen herum und öffnete ihr die Tür. Sie gingen in das Café und stellten sich in die Schlange vor der Theke. »Wissen Sie, was Sie möchten?«, fragte er.

Zum ersten Mal seit Jahren hatte Meredith keine Antwort parat.

Bruno Davidovich hatte sich schon in allen möglichen Jobs versucht, er war Profifootballer gewesen, Rausschmeißer und Fernsehkoch, bevor es ihn in die Lügendetektorbranche verschlug. Wichtig sei, so hatte er Eli erklärt, den Probanden keine Sekunde aus den Augen zu lassen. Er erschien stets pünktlich zu den Testterminen, was einer der beiden Gründe war, warum Eli ihn gern engagierte. Der andere war der, dass Bruno den Leuten allein schon durch seine Körpergröße solchen Respekt einflößte, dass sie die Wahrheit sagten.

»Bitte entspannen Sie sich«, sagte Bruno zu Spencer Pike, der bereits an den Polygraphen angeschlossen war. Pike hatte sich auf Elis Anfrage zu dem Test bereiterklärt, weil er, wie er sagte, die Sache endgültig geklärt haben wollte. Jetzt waren ihm zwei Pneumographenschläuche an Brust und Bauch befestigt worden, sein Ring- und Zeigefinger waren mit zwei Metallplatten verbunden, und um seinen dünnen Oberarm schlang sich eine Manschette für das Messen des Blutdrucks.

»Ist heute Mittwoch?«, fragte Bruno.

Pike verdrehte die Augen. »Ja.«

»Ist Ihr Name Spencer Pike?«

»Ja.«

»Ist Ihr Gesundheitszustand gut?«

Eine Pause. »Nein.«

»Haben Sie jemals gelogen?«, fragte Bruno.

»Ja.«

»Haben Sie jemals in wichtigen Dingen gelogen?«

»Ja.«

»Haben Sie jemals gelogen, weil Sie sonst in eine schwierige Lage gekommen wären?«

»Ja.«

Eli hörte zu, wie Bruno sich zu den wichtigen Fragen vortastete. Das Ergebnis des Detektortests war zwar weder vor Gericht verwendbar, noch konnte es als eindeutiger Beweis für Spencer Pikes Schuld oder Unschuld herhalten. Aber Eli musste um seines eigenen Seelenfriedens willen wissen, warum Spencer Pike offenbar meinte, für den Tod eines Kindes verantwortlich zu sein, das gar nicht ermordet worden war, und andererseits den Mord an seiner Frau abstritt.

»Ist das Baby tot zur Welt gekommen?«, fragte Bruno jetzt.

»Nein.«

»Haben Sie das Baby nach der Geburt auf dem Arm gehalten?«

»Ja.«

»Haben Sie das Baby nach der Geburt getötet?«

Pike atmete zittrig aus. »Ja«, sagte er.

»Hatten Sie kurz vor der Geburt des Babys einen Streit mit Ihrer Frau?«

»Ja.«

»Hatten Sie nach der Geburt des Babys einen Streit mit Ihrer Frau?«

»Nein.«

»Haben Sie Ihre Frau geschlagen?«

Pike senkte den Kopf. »Ja.«

Bruno blickte Pike durchbohrend an. »Haben Sie Ihre Frau erhängt?«

»Nein«, lautete die Antwort.

»Danke«, sagte Bruno. Er zog den Ausdruck aus dem Polygraphen und ging auf den Flur, Eli folgte ihm.

Eli wartete ab, während Bruno sich den Ausdruck ansah. »Und?«

»Sehen Sie hier. Als ich gefragt habe, ob er seine Frau geschlagen hat, und er bejaht hat ... das war die Kontrollfrage. Dann habe ich gefragt, ob er seine Frau ermordet hat, und seine physiologische Reaktion darauf war nicht so stark wie auf die Frage davor.«

»Er war es nicht«, sagte Eli leise.

»Sieht ganz so aus.« Bruno zögerte. »Soll ich ihm ein bisschen Angst einjagen? Vielleicht kriegen wir ja ein anderes Ergebnis.«

Eli blickte durch die Tür. Pikes wässrige Augen starrten auf irgendetwas draußen vor dem Fenster. Seine Hände schlossen sich immer wieder krampfhaft um die Armlehnen des Rollstuhls. »Nein«, sagte Eli. »Er ist am Ende.«

Erst als der Mitarbeiter von Starbucks hinter der Kundentheke seine Schürze abnahm und anfing, den Boden um ihren Tisch herum zu wischen, wurde Meredith klar, dass sie schon seit fünf Stunden mit Ross hier saß. »In der Natur sind Designerbabys die Norm«, sagte sie. »Zum Beispiel Gorillas. Da sind die Weibchen hinter den Silberrückenmännchen her, weil die schon so lange leben, dass sie grau geworden sind. Wenn also die Zeit der Fortpflanzung kommt, sucht man sich jemanden, der einem Nachwuchs mit der größten Lebenserwartung bescheren kann.« Merediths Hirn lief auf Hochtouren, weil sie ihre Arbeit verteidigen wollte, und sie wusste, das kam nicht nur daher, dass sie schon ihren vierten Latte Macchiato trank. »Wir sorgen im Labor lediglich dafür, dass es in der Natur etwas glatter läuft.«

»Aber wenn man heute Embryos entsorgt, weil sie das Gen für Mukoviszidose in sich tragen«, konterte Ross, »wie groß ist dann der Schritt dahin, irgendwann alles loszuwerden, was nicht blaue Augen hat?«

Meredith überlegte. »Na ja, blaue Augen sind ein Ein-Gen-Defekt, möglich wäre es also. Aber bei den meisten Eigenschaften, die Eltern für nicht wünschenswert halten, sind Hunderte von Genen gleichzeitig im Spiel. Es lässt sich nicht bestimmen, an welcher Stelle auf dem DNA-Strang Dummheit oder eine schwache Gesundheit oder Hässlichkeit liegen.«

»Noch nicht«, sagte Ross. »Aber irgendwann wird man so weit sein, und dann ist es nur noch eine Frage der Zeit, bis man die Stammzellentherapie dazu einsetzt, solche ... unerwünschten Eigenschaften auszusondern. Und auf einmal ist dann die ganze Welt voller Replikanten.«

»Erstens, es ist ein Unterschied, ob jemand, der bereits krank ist, geheilt wird oder ob jemand produziert wird, der nicht krank werden kann. Zweitens, 99,9 Prozent der Wissenschaftler, die auf diesem Gebiet forschen, machen das aus den richtigen Gründen – nicht weil sie an Größenwahn leiden und eine Herrenrasse erschaffen wollen. Drittens, bevor Sie mich kritisieren, sollten Sie mal mit einer Frau sprechen, die drei Kinder durch Leukämie verloren hat und jetzt flehentlich um ein Kind bittet, das ihr nicht wegstirbt.« Meredith schüttelte den Kopf. »An meiner Bürotür hängt ein Schild mit der Aufschrift *Die letzte Hoffnung*. Das ist es, was die Eltern, die zu mir kommen, in mir sehen. Und es ist unbeschreiblich, wenn dieselben Eltern dann Monate später ein gesundes Baby haben.«

»Und wer definiert, was *krank* ist?« Ross rührte seinen Kaffee um. »Mein Neffe hat XP. Haben Sie schon mal davon gehört?«

»Selbstverständlich.«

»Er ist die Sorte Kind, das auf Empfehlung der genetischen Präimplantationsdiagnostik ausgesondert worden wäre. Aber Ethan ist der cleverste, aufgeweckteste und tapferste Junge, den ich kenne. Und auch wenn er nur zehn oder dreizehn oder dreißig Jahre clever, aufgeweckt und tapfer sein kann, ist das nicht besser, als gar nicht gelebt zu haben? Wer will das bestimmen?«

»Ich nicht«, stimmte Meredith zu. »Das ist Sache der Eltern.«

»Aber es gibt doch jede Menge Eltern da draußen, die auf Ethan gern verzichtet hätten ...«

» ... der zu dem Zeitpunkt noch gar nicht Ethan war«, wandte Meredith ein. »Gerade mal ein Klumpen Zellen.«

»Egal. Entscheidend ist, Eltern ziehen bei ganz unterschiedlichen Dingen die Grenze. Was, wenn die Präimplantationsdiagnostik feststellt, dass eine bestimmte Krankheit erst im Alter von über dreißig oder vierzig ausbricht? Oder wenn sie lediglich eine Anfälligkeit für Herzerkrankungen oder Krebs feststellt ... Was, wenn man irgendwann vorhersagen kann, dass ein Kind später einmal suizidgefährdet ist?« Ross schlug die Augen nieder. »Haben Menschen das Recht, auch solche Embryos auszusondern?«

Meredith zog die Augenbrauen hoch. »Und wenn gehörlose Eltern sich der Präimplantationsdiagnostik bedienen würden, um ein Kind mit der gleichen Erbvoraussetzung bekommen zu können? Das wäre dann das *Fördern* einer Behinderung.«

»Sie können mir nicht erzählen, dass das die meisten Ihrer Kunden wollen.«

»Nein«, gab sie zu. »Aber es kommt vor. Und genau deshalb ist meine Arbeit nicht das Böse schlechthin. Was ist falsch daran, wenn eine Mutter von vornherein weiß, wie ihr Kind werden wird?«

»Und was ist, wenn ein Kind herausfindet, dass die Umstände seiner Geburt ganz anders sind, als es gedacht hat?«, fragte Ross vorsichtig.

»Die Eltern müssen entscheiden, ob sie es ihrem Kind erzählen oder nicht. Wenn alles gut läuft, ist das Kind ohnehin glücklich ... weil es Eltern hat, die es so lieben, wie es geworden ist.«

»Liebe hat nichts mit Wissenschaft zu tun«, sagte Ross. »Bei Liebe gibt es kein *weil*, da gibt es nur ein *bedingungslos.*«

»Aber warum so ein Risiko eingehen?«, hielt Meredith ihm entgegen. »Können Sie denn ehrlicherweise behaupten, dass es an Ihnen nichts gibt, von dem Sie sich wünschen, es wäre vor Ihrer Geburt verbessert worden?«

Ross antwortete nicht. Dann fragte er: »Habt ihr das Gen für Glücksempfinden schon gefunden?«

Sie erwiderte nichts, sondern blickte ihn schweigend an. Das einzige Geräusch war das leise Wischen des Mops über den Fliesenboden hinter ihnen. In diesem Augenblick erkannte Meredith, was so anders war an Ross Wakeman – in den fünf Stunden, die sie jetzt mit ihm zusammensaß, war das der erste kurze Einblick, den er ihr in sein Inneres gewährt hatte. Sie hatten über Lucy gesprochen, über Rubys Gesundheitszustand, über Meredith' Arbeit … und kein bisschen über ihn. Meredith konnte sich nicht an eine einzige Verabredung mit einem Mann erinnern, der nicht die ganze Zeit über sich gesprochen hatte. Ross – ja, Ross tat genau das, was *sie* normalerweise tat.

Sie wusste nichts über diesen Mann, der sie ganz durcheinanderbrachte, außer dass er einen Neffen mit XP hatte, ihre Großmutter kannte – und ihren Puls ein wenig beschleunigte, wenn er lächelte. »Entschuldigen Sie«, sagte Meredith, »jetzt haben wir fast nur über mich gesprochen.«

»Ich wollte möglichst viel über Sie erfahren.«

»Ich würde auch gern etwas über Sie erfahren«, erwiderte Meredith.

»Da gibt es leider nicht viel Interessantes.« Ross nahm eine Zigarette aus der Packung und zündete sie an.

Sie wedelte eine Rauchwolke weg. »Die Dinger bringen Sie noch um.«

»Schön wär's.«

»Wieso?«

»Weil ich nicht sterben kann«, sagte Ross.

Meredith musste lächeln. »Sie meinen, solange ich nicht meine Kryptonit-Halskette auspacke.«

»Nein, im Ernst. Ich bin von Kugeln und vom Blitz getroffen worden. Ich bin bei einem Verkehrsunfall aus dem Wagen geschleudert worden und immer nahezu unbeschadet davongekommen.«

»Sie machen Witze.«

»Ich kann Ihnen die Arztrechnungen zeigen.«

Meredith war einen Moment lang sprachlos. »Das nenn ich ein beachtliches Talent.«

»Das Talent nützt aber nichts, wenn man jemand anderen retten will«, sagte Ross.

»Ihren Neffen.«

»Unter anderem.«

Sie beugte sich vor, angezogen von dem Schmerz, den sie tief in seinen Augen sah. »Die Frau, die Sie vorhin erwähnt haben? Der ich ähnlich sehe?«

Er antwortete nicht – er konnte es einfach nicht, jetzt nicht. Meredith fragte sich, wie es wohl wäre, wenn ein Mann sie so sehr lieben würde, dass er noch nach ihrem Tod nicht von ihr loskäme. Vielleicht würde er in den Gesichtern anderer Frauen ihr Gesicht suchen. Der Starbucks-Mitarbeiter kam an ihren Tisch. »Hier ist Rauchen verboten.«

Ross wandte sich ihm zu. »Ich rauche nicht, ich betreibe Autodestruktion.«

Der junge Mann blickte irritiert. »Mensch, was Sie sonst so treiben, ist mir egal, aber geraucht wird hier nicht.«

Meredith hustete, um ihr Lachen zu überspielen. »Wir sollten langsam gehen.« Sie zögerte. »Es war wirklich nett mit Ihnen. Ich glaube, das letzte Mal, dass ich das zu einem männlichen Wesen gesagt und es auch so gemeint habe, war im Kindergarten.« Meredith blickte schüchtern zu ihm hoch. »Sind Sie noch länger in der Gegend? Vielleicht könnten wir uns ja noch mal treffen. Dann für ein komplettes Abendessen. Oder auch erst mal nur für die Vorspeise.«

»Ich kann nicht.«

Das hatte Meredith schon öfter erlebt, dass ihr Gegenüber sie nicht attraktiv genug fand oder einfach andere Vorstellungen hatte. Sie spürte, wie sie innerlich auf Distanz ging. »Nun, dann eben nicht.» Sie hielt ihm forsch die Hand hin. »Jedenfalls, es hat mich sehr gefreut, Sie kennenzulernen.«

Er nahm ernst ihre Hand, hielt sie ganz vorsichtig. »Meredith«, sagte Ross leise, »ich mag Sie, ich mag Sie sehr. Aber es gibt da eine andere Frau.«

Die Frau, mit der Meredith so große Ähnlichkeit hatte. Sie senkte den Kopf. »Verzeihen Sie«, murmelte sie. »Ich wusste nicht, dass Sie noch mit ihr …«

Sie spürte, wie ihr etwas in die Hand gedrückt wurde. Ein Zeitungsausschnitt, vergilbt und verblasst, aber das Gesicht der Frau auf dem Foto war noch zu erkennen. Ein Gesicht wie Meredith' Spiegelbild. *Lia Beaumont Pike*, lautete die Überschrift. *1914–1932*.

»Sie war Ihre biologische Großmutter«, sagte Ross. »Und ich liebe sie.«

Es war ein Krieg, das wurde Ross klar, und Meredith verlor. Sie stand mit verschränkten Armen da, den Rücken kerzengerade, die Augen lodernd vor Wut. Ross und Ruby, die auf der Couch saß, parierten ihre Attacken und hofften, sie endlich überzeugen zu können.

»Als ich deiner Mutter erzählt habe, dass sie nicht meine Tochter ist, dass sie nicht Luxe, sondern in Wirklichkeit Lily Pike heißt«, sagte Ruby, »hat sie einen Herzinfarkt bekommen und ist gestorben. Kannst du es mir da verdenken, dass ich dir die Sache verschwiegen habe?«

»Ja, das kann ich!«, schrie Meredith. »So was verschweigt man keinem Menschen!«

»Doch, wenn man ihn nicht verlieren will«, schaltete Ross sich ein.

Sie fuhr herum wie ein verwundetes Tier: »Erklären Sie mir doch mal eines. Wie können Sie eine Frau kennen, die längst tot war, als Sie auf die Welt kamen?«

»Ich habe Sie bei meiner Arbeit kennengelernt.«

»Arbeit. Wecken Sie Tote auf?«

Ross warf Ruby einen Blick zu. »Ich suche nach ihnen.«

»Toll. Sie jagen Geister, wenn Sie nicht gerade vom Blitz getroffen werden und wie durch ein Wunder am Leben bleiben. Ruby, ich begreife nicht, wieso du dich von dem Typen so um den Finger wickeln lässt. Der ist doch verrückt. Ich glaube ...«

»Ich glaube, du solltest ihm lieber zuhören, Meredith«, unterbrach Ruby sie. »Er sagt die Wahrheit.«

»Die Wahrheit. Jetzt glaubst du also auch an Geister? Na schön. Dann rufen Sie doch mal meine Großmutter herbei. Wenn sie hereingeschwebt kommt und mir das Gleiche erzählt, dann glaub ich Ihnen.«

»So funktioniert das nicht«, erklärte Ross.

»Wie praktisch.«

»Lass deinen Zorn nicht an ihm aus«, sagte Ruby mit ernster Miene.

»Soll ich mich bei ihm bedanken, weil er mir erzählt, dass mein ganzes Leben bisher eine Lüge war?«

»Es war keine Lüge«, sagte Ross. »Es ... war bloß anders, als Sie gedacht haben.« Er ging auf Meredith zu. »Sie sind Lia Pikes Enkelin. Und somit gehört Ihnen ein Grundstück in Comtosook, Vermont.«

Er hätte ihr gern erzählt, dass man von dem Grundstück aus einen wunderschönen Blick auf die üppig grünen Berge hatte und dass die Luft unvorstellbar sauber roch. Er hätte ihr gern die Stelle gezeigt, wo er sich in Lia verliebt hatte.

»Ich brauche kein Grundstück in Vermont«, sagte Meredith.

»Aber eine ganze Reihe Abenaki-Indianer schon. Die versuchen nämlich zu verhindern, dass auf dem Land gebaut wird.«

»Das ist nicht mein Problem.«

»Nein, aber wenn Ihnen das Land gehört, können Sie entscheiden, was damit geschehen soll.«

»Aha, jetzt kapier ich, woher der Wind weht. Sie sind so einer, der sich für die Rechte der Indianer einsetzt.«

»Ich bin ...«

»Und klar, wenn Sie mich überzeugen können, dass in

meinen Adern auch Abenaki-Blut fließt, dann werde ich mich bestimmt auf die Seite meiner Verwandten stellen. Bin ich denn die Einzige hier, die nicht mit Blindheit geschlagen ist? Seht mich doch an.« Meredith löste ihren Haarknoten. »Ich bin blond. Ich bin hellhäutig. Sehe ich aus, als hätte ich auch nur einen Tropfen Indianerblut in mir?«

»Nein, aber Lia sah auch nicht so aus. Hören Sie, Sie sind Wissenschaftlerin«, sagte Ross. »Ihr Urgroßvater Az Thompson ist noch am Leben. Ein DNA-Test könnte den Beweis erbringen.«

»Und dann?«

Ross sah Ruby an, dann wieder Meredith. »Das liegt bei Ihnen.«

Meredith kniff die Augen zusammen. »Was haben Sie eigentlich davon? Kassieren Sie Provision von den Abenaki? Kriegen Sie einen Vertrag für ein Buch?«

»Nichts.« Ross blickte auf den Tisch, auf Lias Todesanzeige. »Ich möchte ihr bloß helfen.«

Plötzlich spürte er kleine Hände an seinem Knie, die ihn aus dem Weg schoben. Meredith' Tochter Lucy, die längst schlafen sollte, hatte gelauscht. »Lucy!«, sagte Ruby. »Wieso bist du denn auf?«

»Ab zurück ins Bett«, befahl Meredith.

Aber Lucy zeigte auf Lias große Augen, die weißen Wangen. »Sie hat ihr Baby verloren.«

Alles in Ross erstarrte.

»Lucy.« Meredith ging in die Hocke. »Ich weiß nicht, was du alles aufgeschnappt hast, aber ...«

»*Lassen Sie sie reden*«, murmelte Ross.

»Sie sagt es mir jedes Mal.« Lucy stockte. »Sie hat auch gesagt, dass Sie kommen würden.«

»Wer hat das gesagt?«, fragte Ross tonlos.

»Die Frau da«, sagte Lucy und zeigte auf Lias Foto. »Die seh ich immer mitten in der Nacht.«

Eli war nicht bewusst gewesen, wie heruntergekommen sein Zuhause aussah, bis er es durch Shelbys Augen sah. »Erwarte nicht zu viel«, hatte er sie gewarnt, und als er die Haustür öffnete, stachen ihm gleich der zerkratzte Holzboden und die schäbige Couch ins Auge. In der Spüle stapelte sich das schmutzige Geschirr, neben der Tür lagen seine Schuhe durcheinander. »Ich, ähm, hab's nicht mehr geschafft aufzuräumen«, entschuldigte sich Eli.

»Wow!« Ethan drängte sich an ihnen vorbei. »So will ich auch mal wohnen«, sagte er und folgte Watson die Treppe hinauf. Gleich darauf erklang ein Begeisterungsschrei.

Eli blickte zur Decke. »Schätze, er hat den Schießstand entdeckt.«

»Du hast einen *Schießstand*?«

»Kleiner Scherz«, sagte Eli und stellte eine Tüte mit Lebensmitteln in der Küche ab – Shelby hatte versprochen einen Festschmaus zuzubereiten. Was spielte es da für eine Rolle, dass es drei Uhr morgens war?

Shelby machte sich gleich in der kleinen Küche ans Werk. Seit sie wusste, dass ihr Bruder noch unter den Lebenden weilte, war sie wie verwandelt.

Ross war also in Maryland auf der Suche nach Ruby Weber, und Eli bekam gerade von einer wunderschönen Frau ein Abendessen zubereitet. Alles in allem, dachte er, schnitt er gar nicht so schlecht ab. Und plötzlich spürte Eli das Bedürfnis, Shelby nicht mehr gehen zu lassen.

Er beobachtete sie, wie sie Paprikaschoten auf der Arbeitsplatte nebeneinanderlegte – durch die kleinen Farbtupfer sah seine Küche gleich viel besser aus. Sie drehte sich um, eine Styroporpackung mit Hähnchenfleisch in der Hand. »Das muss so lange in den Kühlschrank«, sagte sie, und fast im selben Augenblick baute Eli sich in voller Größe vor der Kühlschranktür auf.

»Wie du willst«, sagte Shelby langsam, »dann kriegst du eben eine Salmonellenvergiftung.«

»Moment.« Eli griff hinter sich und zog ein Foto weg, das mit einem Magneten an der Kühlschranktür haftete. Dann trat er beiseite und öffnete den Kühlschrank.

»Was hast du denn da?«, fragte Shelby und zeigte auf das Foto in seiner Hand.

»Nichts.«

»Nichts im Sinne von einer Verflossenen?« Blitzschnell nahm sie ihm das Foto aus der Hand – und schrie auf.

»Ich hoffe, das ist keine Verflossene«, sagte Shelby kleinlaut.

Eli blickte auf das Foto von Cecelia Pike unter dem Vordach des Eishauses. Ihr Gesicht war auberginenfarben, die Zunge hing heraus, die Augen waren blutunterlaufen und quollen hervor. »Tut mir leid«, murmelte Eli. »Ich hätte dich warnen sollen.«

»Du lieber Himmel, Eli, wieso steckst du dir solche grausigen Fotos überhaupt an den Kühlschrank?«

»Als Erinnerung. Das mach ich immer, wenn ich an einem Fall arbeite.«

Ethan kam hereingefegt. »He, weißt du was, Eli hat eine neue Playstation!«

»Viel Spaß damit«, sagte Eli, und schon war Ethan wieder verschwunden.

Shelby hatte angefangen, Pilze zu schneiden. Eli setzte sich und beobachtete, wie sich die Muskeln unter ihrem T-Shirt bewegten, während sie arbeitete. »Sieht man wirklich so aus, wenn man sich aufgehängt hat?«

»Ja.«

»Dann kann ich ja wohl von Glück sagen, dass Ross sich für die blutige Variante entschieden hatte.« Sie blickte kurz hoch.

»Die erste Regel im Morddezernat lautet: Der Tod ist nicht schön. *Niemals*.«

Er sah, wie ihre Hand über dem Schneidebrett verharrte. »Shelby …«

»Wieso sagt man eigentlich: ›Für dies oder jenes könnte ich *sterben*‹?«

»Wahrscheinlich weil es der höchste Preis ist, den man bezahlen kann.«

Shelby begann eine Salatsauce anzurühren. »Stimmt ja auch. Und ich wäre bereit, ihn zu bezahlen, damit mein Sohn am Leben bleibt.«

Da er nicht wusste, was er sagen sollte, betrachtete Eli das Foto, das jetzt auf der Arbeitsplatte lag. Cecelia Pike war ermordet worden, und ihr Kind war verschont geblieben. Aber wenn es Mord war, wer war dann der Mörder? Den Beweisen nach war es nicht Gray Wolf, seinem Instinkt nach war es nicht Spencer Pike. Und Ruby Weber hätte, selbst wenn sie in der fraglichen Nacht dort gewesen war, doch nicht die Körperkraft gehabt, um Cissy mit der Schlinge um den Hals an dem Seil hochzuziehen. Dennoch war auf dem Foto deutlich eine Schleifspur im nassen Sägemehl zu erkennen.

Er hoffte inständig, dass Ross, wenn er wiederkam, die fehlenden Puzzleteilchen mitbrachte.

»Koste mal«, sagte Shelby, und bevor er sich aus seinen Gedanken reißen konnte, drückte sie ihren Mund auf seinen.

Außer der Süße schmeckte er etwas Bitteres. Scharfes. Öliges.

Sie wich zurück. »Moment, nicht sagen. Französisch ist dir lieber.«

»Ich mag am liebsten gar kein Dressing«, sagte Eli.

»Tatsächlich? Ich hätte nicht gedacht, dass du ein Salatpurist bist.«

Eli lächelte. Er zog sie an sich, sodass das Foto auf den Küchenboden schwebte, vergessen. »Ging's um Salat?«

Es war *Temezôwas*, die Zeit des Schnittermondes, und Az war entsprechend nervös. Eine Jahreszeit, in der Dinge ein Ende fanden ... und noch dazu war Vollmond – nicht gerade die beste Zeit, um Sprengladungen im Steinbruch auszulegen. Auch wenn die Sprengungen erst am nächsten Morgen um fünf stattfinden sollten, wenn kein Mensch da sein würde. Az, der am Rand des Steinbruchs patrouillierte, wusste, dass irgendwann etwas schiefgehen würde.

Der Himmel war unruhig heute Nacht, rosafarbene Finger reckten sich zwischen die Sterne wie eine Dämmerung, die es nicht mehr erwarten konnte. Und es war warm – so warm, dass man förmlich hörte, wie die Löwenzahnknospen aufplatzten. Az bog an der Nordkante des Steinbruchs ab, wo die meisten Sprengladungen in den gebohrten Löchern im Felsen steckten. Da unten befanden sich Beutel mit Ammoniumnitrat, Dynamitstangen, Zündkapseln und Zündschnüre. Computergesteuerte Verzögerer würden die Sprengungen der Reihe nach auslösen, bis rund acht Tonnen Felsen bewegt worden waren. Das Ganze geschah in zwei Schritten – die eine Hälfte des Steinbruchs würde morgen gesprengt werden, die andere in ein paar Tagen. Und dann würden die Arbeiter kommen und den Granit für den Verkauf abbauen. Az hatte von Geröll, von Rauch, von Geschwüren und Narben geträumt; Armageddon auf Schalterdruck. Er hatte sogar seinen Boss bekniet, eine Woche zu warten, aber der jüngere Mann hatte nur gelacht. »Kümmere du dich um deine Nachtwache, Häuptling«, hatte er gesagt, »und überlass die Entscheidungen mir.«

Az war daher nicht überrascht, als er einen Eindringling entdeckte. »He«, rief er, aber der Mann ging unbeirrt weiter. Az lief ihm nach – so gut er es noch mit seinen kaputten Hüften konnte –, und als er ihn eingeholt hatte, sah er, dass es ein stadtbekannter Trunkenbold war.

Abbott Thule hatte die meisten Leute überlebt, die in all den Jahren den Kopf geschüttelt hatten, wenn er irgendwo seinen Rausch ausschlief. Er war ein Halbblut, inzwischen über achtzig und hatte vier Ehefrauen gehabt, einmal sogar zwei zur selben Zeit. Falls Abbott überhaupt je gearbeitet hatte, so wusste Az jedenfalls nichts davon. »Herrgott, Abbott, das ist doch gefährlich hier«, schnaufte Az, fasste den Alten am Arm und zog ihn herum.

»Ich muss mit dir reden. Wegen so Zeug, das ich gehört hab.«

Az hatte wirklich keine Zeit, sich um einen Betrunkenen zu kümmern. »Geh doch rüber zu Winks, da kriegst du bestimmt ein Bett für die Nacht. Ich muss arbeiten.«

Aber Abbott rührte sich nicht vom Fleck. »Als ich klein war, musste meine Mom ins Krankenhaus. So eines, wenn man im Kopf krank ist. Eine Frau war zu uns gekommen, ich weiß nicht mehr, wie die hieß, und die hat gesagt, es wäre unchristlich, wenn man zwei Kinder von zwei verschiedenen Vätern hat und nicht verheiratet ist. Dann haben sie meine Mutter weggebracht, und mich und meine Schwester Carol, sie ruhe in Frieden, haben sie in verschiedene Besserungsanstalten gesteckt.« Er holte tief Luft. »Was ich sagen will, Az, ich hatte vier Frauen. Aber ich habe keine Kinder, es hat einfach nicht geklappt. Und ich frage mich …« Er sah auf, die Augen tränennass. »Haben die in der Anstalt vielleicht was mit mir gemacht, was ich nicht mehr weiß?«

»Abbott.« Az legte dem Alten die Hand auf die Schulter. »Komm, wir trinken eine Tasse Kaffee.«

Meredith wusste genau, in welchem Augenblick Ross' Wagen die Stadtgrenze von Comtosook überfuhr, denn plötzlich war die Windschutzscheibe voller flatternder Schwammspinner. Als Ross die Scheibenwischer betätigte, um die Schmetterlinge zu verscheuchen, sah Meredith aus den Augenwinkeln, wie sich Lucy auf dem Rücksitz unter ihrem Sweatshirt versteckte.

Um Ruby kümmerte sich Tajmalla, die ein wenig beleidigt gewesen war, dass Meredith zuerst Bedenken geäußert hatte, ihre Großmutter – oder was immer sie war – in der Obhut einer städtischen Altenpflegerin zu lassen. Auf der Fahrt nach Norden hatte im Auto Schweigen geherrscht, nur unterbrochen von den Verkehrsdurchsagen im Radio.

Meredith sprach nicht mit Ross. Als sie zusammen im Starbucks gewesen waren, hatte sie den Rauch seiner Zigarette beobachtet und das Gefühl gehabt, er forme sich zu Buchstaben einer geheimen Botschaft. Sie hatte auf seiner Haut Vanille gerochen, und ihr war schwindelig geworden. Sie hatte aus seiner Kaffeetasse getrunken, als er mal zur Toilette gegangen war, hatte ihre Lippen auf die Stelle gelegt, die seine Lippen berührt hatten, damit ihre Sinne sich daran erinnern würden, wenn – nicht falls – sie ihn schließlich richtig schmecken würde.

Sie hatte sich lächerlich gemacht.

Nach all den katastrophalen Verabredungen mit Männern, die sie als interessant eingeschätzt hatte, löste ausgerechnet ein Typ, den sie nicht mal eines Blickes gewürdigt hätte, Gefühle bei ihr aus, wie es keinem vor ihm gelungen war. Auf den ersten Blick war Ross Wakeman ein Niemand. Doch wenn man genauer hinschaute, sah man seinen Humor, seinen Charme, seine Verletzlichkeit.

Und dass er rettungslos in eine andere Frau verliebt war, noch dazu eine tote.

»Und?«, sagte Meredith laut. »Sind wir da?«

Ross nickte. »Das ist Comtosook.«

Sie bogen von der Hauptstraße auf einen Schotterweg. Doch statt an einem der wenigen Häuser anzuhalten, fuhr Ross bis ans Ende durch und parkte den Wagen. »Wo sind wir?«, fragte sie.

Es war schon fast dunkel, der Himmel sah aus wie die glänzende Haut einer Aubergine. Meredith folgte Ross in den Wald. Sie war schließlich Wissenschaftlerin, sagte sie sich, und von Natur aus neugierig.

Mit Lucy dicht an ihrer Seite ging Meredith über Wurzeln und Steine und, wie es aussah, Bauschutt. Plötzlich öffnete der Wald sich, und sie sah eine große, kahle Fläche, die mit Plastikband abgesperrt war. »Hier wohnen Sie?«

Ross murmelte etwas, das sich anhörte wie: *Schön wär's*.

Plötzlich wusste Meredith, wo sie war. »Ach, verdammt«, seufzte sie und nahm Lucys Hand, um zum Wagen zurückzugehen. Sie hatte gerade mal zwei Schritte geschafft, als Ross sie festhielt und umdrehte. »Sie«, sagte er mit wildem Blick, »bleiben schön hier.«

Meredith war sich jetzt ganz sicher, dass Ross Wakeman tatsächlich wahnsinnig war. Außerdem war er größer und stärker als sie und mit ihr und Lucy allein. Also verschränkte Meredith die Arme vor der Brust und gab sich tapfer. Sie wartete darauf, dass irgendein Geist erschien oder dass Ross endlich kapierte, dass es hier niemanden zu sehen gab.

Lucy zitterten die Knie so heftig, dass Meredith es regelrecht hören könnte. »Ganz ruhig«, sagte sie. »Das ist alles bloß fauler Zauber.«

Als Ross das hörte, wandte er sich langsam ab. Die qualvolle Trostlosigkeit in seinen Augen ließ sie schlucken. Was, wenn jemand *sie* so innig lieben würde? »Es … es tut mir leid«, murmelte sie.

Ross rannte förmlich über den Weg zurück aus dem Wald. Meredith folgte mit Lucy. Sie sagte sich, dass damit zu rechnen gewesen war. *Ich bin nicht Lia*, dachte sie. *Ich bin es nicht.*

Shelby zog sich gerade ihr T-Shirt über den Kopf, als sich ihr plötzlich die Nackenhaare sträubten. Sie lief zum Fenster und sah gerade noch, wie die Scheinwerfer eines Wagens ausgingen. »Ross«, flüsterte sie, und dann jauchzte sie auf und lief nach unten, um ihren Bruder zu begrüßen.

Vor dem Haus warf sie ihm die Arme um den Hals. »Gott sei Dank, du bist wieder da.«

Er lächelte. »Bei dem Empfang werde ich öfter wegfahren.«

Über seine Schulter hinweg sah Shelby eine Frau aus dem Wagen steigen. Und ein kleines Mädchen. »Shel«, sagte Ross und trat zur Seite: »Ich möchte dir Lia Pikes Enkelin vorstellen.«

»Das muss sich erst noch zeigen«, sagte die Frau, aber sie gab Shelby die Hand. »Meredith Oliver. Und das ist meine Tochter Lucy. Entschuldigen Sie, dass wir so spät hier aufkreuzen …«

»Das macht überhaupt nichts. Wir stehen gerade auf«, erwiderte Shelby. »Kommt alle mit rein.«

Ross ging voraus, dann brummte er: »Ich bin hundemüde«, und verschwand nach oben.

Shelby und Meredith waren beide gleichermaßen fassungslos ob dieser Unhöflichkeit. Als Shelby sich wieder gefangen hatte, beugte sie sich zu Lucy hinab. »Mein Sohn ist im Garten, durch die Tür da vorne. Er ist ungefähr so alt wie du. Willst du ihm nicht Hallo sagen?«

Lucy drückte sich an Meredith. »Na, geh schon«, drängte Meredith und schob ihre Tochter behutsam von sich weg. Die Kleine stakste zögerlich zur Tür.

»Lucy braucht immer ein Weilchen, bis sie auftaut«, erklärte Meredith.

Shelby war jetzt mit dieser Frau allein, die offensichtlich genauso ungern hier war wie ihre Tochter. »Hätten Sie, ähm, vielleicht Lust auf eine Tasse Kaffee?« Als sie ihnen beiden einschenkte, nahm Shelby Meredith über die Kanne hinweg genauer in Augenschein. Honigblondes Haar, kastanienbraune Augen … irgendwie kam sie ihr bekannt vor.

Meredith stand am Küchenfenster und sah zu, wie ihre Tochter sich draußen umsah. Etwas entspannter nahm sie Platz. »Glauben Sie auch an Geister?«, fragte sie.

»Ich glaube an meinen Bruder.«

Verdrossen blickte Meredith weg. »Es war schon etwas merkwürdig, müssen Sie wissen, dass Ihr Bruder so einfach aus dem Nichts auftaucht und mir sagt, ich müsste mit nach Vermont kommen.«

Shelby schob ihr ein Kännchen Sahne und eine Zuckerdose hin. »Manchmal ist man erst von etwas überzeugt, wenn man es mit eigenen Augen sieht.«

»Stimmt«, sagte Meredith. »Vor hundert Jahren hätte es niemand für möglich gehalten, dass etwas mikroskopisch Kleines für die Körpergröße oder die Hautfarbe oder die Intelligenz eines Menschen verantwortlich ist – was heute niemand mehr bezweifelt.«

Dann können wir ja vielleicht in hundert Jahren Geister sehen, dachte Shelby. Doch stattdessen sagte sie höflich: »Haben Sie beruflich damit zu tun? Mit DNA-Forschung?«

»Nein, genauer gesagt, mit PID. Das bedeutet, Präimp…«

»Ich weiß, was das bedeutet«, fiel Shelby ihr ins Wort. »Ich hab mal …«

Sie brach ab, ließ den Löffel fallen, den sie in der Hand hielt. Vor ihrem inneren Auge sah sie plötzlich den Eintrag in ihrem Kalender, rot umkringelt: *Dr. Oliver, Genetikerin*. Der Termin war abgesagt worden, weil Dr. Oliver einen Abtreibungstermin hatte.

Shelby drehte den Kopf zum Fenster, zu den beiden Kindern im Garten. »Sie haben das Baby behalten«, flüsterte sie.

Meredith hob den Kopf. »Was haben Sie gesagt?«

»Schon gut«, sagte Shelby mit einem breiten Lächeln und schenkte Meredith Kaffee nach.

Lucy fand es gruselig, im Dunkeln durch einen fremden Garten zu laufen. Von dem Jungen war nichts zu sehen. Nur seine Sachen lagen überall herum: ein Baseballschläger, ein Kickboard. Der Garten selbst war voller Falter, die wie Feen über den Pflanzen schwebten.

Plötzlich trat sie auf ein Skateboard, das auf die Einfahrt rollte und dort gegen einen Pfahl prallte. Sie hob es auf, und dann drang eine Stimme in ihren Kopf. *He*, hörte sie. *Was machst du denn da?*

So sprachen die Geister immer mit ihr, als hätte sie Lautsprecher im Gehirn. Und als sie sich umdrehte, mit rasendem Herzen, rechnete sie bereits mit dem weißen Gesicht, das vor ihr auftauchte. Sie schluckte. »Bist du ein Geist?«, fragte sie.

Was war das denn für eine blöde Frage? »Noch nicht«, sagte Ethan und nahm der kleinen Zicke, die in seinen Garten eingedrungen war, sein Skateboard ab. Er stellte sich drauf und vollführte den coolsten Kickflip, den er zustande brachte, bloß um ihr so richtig zu imponieren. *Geist*. Als müsste er daran erinnert werden.

Er kam zu ihr zurückgerollt, außer Atem. Sie sah ein bisschen jünger aus als er, trug Zöpfe, und ihre Augen waren so schwarz vor Angst, dass er ihre richtige Farbe nicht erkennen konnte. Er sah ihr an, dass sie darauf brannte, ihn anzufassen, nur um zu sehen, ob ihre Hand durch ihn hindurchgehen würde. »Wer bist du?«

»Lucy.«

»Und was hast du in meinem Garten zu suchen, Lucy?«

Sie schüttelte den Kopf. »Deine Mom hat mich nach draußen geschickt.«

Ethan trat hinten auf sein Skateboard, sodass es ihm wie von allein in die Hand flog. Noch so ein starker Trick. Er hatte nicht oft Gelegenheit, Fremde zu beeindrucken. »Du suchst Geister? Ich weiß nämlich, wie man welche findet. Mein Onkel hat's mir gezeigt.«

Lucy brachte nichts als einen erstickten Laut hervor. Sie klopfte sich auf die Brust und keuchte. »Schnell ... In...«

Ethan erstarrte. »In... was? Was soll ich machen?«

»In...halator ...«

Er sauste los wie von der Tarantel gestochen und stürmte durch die Küchentür. »Sie kriegt keine Luft mehr«, rief er.

Eine Frau stürzte so schnell an ihm vorbei, dass er nicht mal ihr Gesicht sehen konnte. Er lief ihr nach und sah, wie sie sich über Lucy beugte und ihr irgendetwas an den Mund hielt. »Ganz ruhig, Lucy«, sagte die Frau, während Ethans Mutter einen Arm um ihn legte.

»Asthma«, murmelte sie.

Ethan sah Lucys blau verfärbte Haut und dachte, dass sie jetzt auch fast wie ein Geist aussah. »Kann sie ... daran sterben?«

»Wenn sie nicht rechtzeitig ihre Medizin nimmt. Oder zu einem Arzt kommt.«

Ethan war sprachlos. Das Mädchen da, das wie ein ganz normales Kind aussah, könnte jederzeit das Zeitliche segnen. Wie er.

Nach einer Weile sagte Lucys Mutter zu der Kleinen: »Komm, wir gehen rein.«

Lucy folgte ihr brav. Als sie an Ethan vorbeikam, sagte sie zu ihm: »Die finden *mich*«, als wäre ihre Unterhaltung gar nicht unterbrochen worden.

Az konnte die Augen nicht von ihr abwenden. Er starrte Meredith Oliver an, während sie beide nebeneinander auf einer Holzbank im Flur des Kriminallabors in Montpelier saß, zwei Fremde mit einem Wattebausch in der Armbeuge, und auf das Ergebnis eines DNA-Tests warteten. »Entschuldigen Sie«, sagte Az. »Es ist unhöflich von mir.«

Sie öffnete den Mund, als wollte sie ihm recht geben – zuckte dann aber mit den Schultern. »Es muss für Sie ja genauso merkwürdig sein wie für mich.«

In vielerlei Hinsicht. Erstens, ihre Ähnlichkeit mit Lia war frappierend. Zweitens, so ein DNA-Test war schon seltsam genug, aber noch seltsamer war, dass Ross Wakeman und Eli Rochert ihn hingebracht hatten.

Meredith schien zu ahnen, wie ihm zumute war. Sie lächelte ihn beruhigend an – sie hatte ein Grübchen, aber nur in der linken Wange, genau wie er. »Und?«, scherzte sie. »Sind Sie öfter hier?«

»Ein-, zweimal die Woche.« Az erwiderte ihr Lächeln, sah, wie ihre Augen größer wurden, als sie das Grübchen auch bei ihm entdeckte. »Der Saft und die Plätzchen, die sie einem hier spendieren, sind einfach köstlich.« Sie lehnten sich zurück, beide ein bisschen entspannter. »Sie wohnen in Maryland?«, fragte Az.

»Ja. Mit meiner Tochter.«

»Tochter.« Er sprach das Wort mit Ehrfurcht aus; es gab also noch eine Nachfahrin.

»Lucy. Sie ist fast neun.«

»Hat sie Ähnlichkeit mit Ihnen?«

Meredith schüttelte langsam den Kopf. »Sie hat Ähnlichkeit mit meiner verstorbenen Mutter. Dunkles Haar, dunkle Augen.«

Genau wie ich, dachte Az, und als sich eine unsichtbare Wand zwischen sie senkte, wusste er, dass Meredith das Gleiche dachte.

»Eli hat gesagt, Sie sind Medizinerin.«

»Mr. Thompson.« Sie sprach seinen Namen freundlich aus, aber mit einem eisenharten Unterton, der ihn an Lilys rebellisches Wesen erinnerte. »Ich will Sie nicht kränken, aber ich halte es für sehr wahrscheinlich, dass wir nach dieser Veranstaltung hier genauso wenig miteinander zu tun haben werden wie davor.«

»Ms. Oliver, ich hab meine Tochter nicht sehr gut gekannt. Und die Tochter meiner Tochter habe ich nie zu Gesicht bekommen. Ich hoffe einfach, dass Sie – falls sich herausstellt, dass wir doch mehr miteinander zu tun haben – mir helfen werden, diese Umstände ein wenig zu verbessern.«

Plötzlich kamen Eli und Ross aus dem Labor, gefolgt von dem Labormitarbeiter. Eli hielt ein paar Blätter in der Hand, die der Gift und Galle spuckende Laborant vergeblich an sich zu reißen versuchte. »Für ein gesichertes Ergebnis brauche ich mehr als acht Stunden«, sagte der Mann vom Labor.

»Regen Sie sich ab«, sagte Eli über die Schulter und reichte Az die Papiere.

Für Az hätte das, was da stand, auch in Navajo geschrieben sein können. Mit den dicht zusammenstehenden Zahlenpaaren konnte er nichts anfangen. »Vielleicht sollte er uns aufklären.«

Aber Meredith zog sie ihm aus der Hand. »Lassen Sie mal sehen.«

»Sie werden genauso wenig ...«

»Doch, Az. Sie verdient damit ihr Geld.«

»Womit?«

Meredith blickte nicht von der Zahlenkolonne auf, an der ihr Finger entlangfuhr. »Gendiagnose. Ich teste Embryos, damit Frauen gesündere Babys kriegen.«

Az hatte das Gefühl, als würde die Zeit stillstehen, als würden Vergangenheit und Gegenwart sich die Hand reichen. »Genau wie Ihr Großvater«, murmelte er. Er wandte sich an Eli: »Weiß Spencer Pike Bescheid?«

»Wie sollte er?«, sagte Meredith. »Er ist tot.«

Az lachte. »Schön wär's. Wer hat Ihnen das denn erzählt?«

Er sah, wie sie sich umwandte, mit zornblitzenden Augen. Ross und Eli interessierten sich auf einmal auffällig für das Muster des Linoleumbodens. Und Az begriff, dass Ross Meredith wohl etwas Entscheidendes verschwiegen hatte.

»Ich hab mich noch gar nicht bedankt«, sagte Eli, »dass Sie Meredith hergebracht haben.«

Er und Ross warteten auf der Eingangstreppe vor dem Labor auf Meredith, die sich auf die Toilette zurückgezogen hatte, nachdem sie erfahren hatte, dass Az Thompson eindeutig ihr biologischer Urgroßvater war und dass ihr biologischer Großvater noch lebte. Az hatte Ross und Eli gesagt, sie sollten ihr ein wenig Zeit geben, den doppelten Schlag zu verkraften, und war in seinem alten Wagen zur Arbeit gefahren.

»Ich hab es nicht für Sie getan«, erwiderte Ross.

»Ich weiß. Aber trotzdem.« Eli fächerte sich mit dem DNA-Bericht Luft zu. Es war brütend heiß hier draußen, und er hoffte, dass Meredith Oliver sich bald wieder im Griff hatte. Er schielte zu Ross hinüber, der auf einer Stufe saß und mit einem Stein malte. »Ich bin auch froh, dass Sie selbst wieder da sind«, sagte Eli.

Ross blickte auf. »Hat Shelby Sie verrückt gemacht? Ich meine, auf dem Zettel, den ich ihr dagelassen hatte, stand nichts von *Adieu, du schnöde Welt.*«

»So ein Missverständnis ist vielleicht naheliegend, wenn man seinen Bruder schon mal nach einem Selbstmordversuch gefunden hat.«

Rock blinzelte zu ihm hoch. »Sie hat es Ihnen erzählt?«

»Ja.« Eli seufzte und setzte sich neben Ross. »Wissen Sie eigentlich, wie viel Sorgen sich Shelby um Sie macht?«

»Ich werde schon allein mit dem Leben fertig.«

»Ja«, sagte Eli. »Genau davor hat sie ja Angst.« Er stützte seine Ellbogen auf die Knie. »Hören Sie. Ich kriege in meinem Job jede Menge Mist zu sehen, Sachen, die sich hinter verschlossenen Türen abspielen. Ich sehe Leute mit Problemen, die kein Mensch haben sollte. Im Vergleich dazu haben Sie ein tolles Leben vor sich.«

»Und das wissen Sie, weil Sie mir ein paar Tatortfotos gezeigt haben?«

»Ich weiß jedenfalls, dass keiner, um den jemand wie Shelby sich sorgt, das Recht hat, an Selbstmord zu denken.«

Ross legte den Kopf schief. »Lieben Sie sie?«

Eli nickte. »Ja. Ich glaube, ja.«

»Wenn sie nach Burlington ziehen würde, würden Sie dann mitgehen?«

»Klar.«

»Und wenn sie nach Seattle ziehen würde?«

Eli zögerte, und dann spürte er, wie sich etwas in seiner Brust löste. »Ja, ich würde mitgehen.«

»Und wenn sie irgendwo hinwollte, wo man noch schwerer hinkommt?«

»Wenn zwei Menschen sich über alles lieben, dann überwinden sie jede Hürde, um zusammenzubleiben.«

»Aber was ist, wenn sie irgendwo hinginge, wohin Sie ihr nur folgen könnten, wenn Sie sich eine Kugel in den Kopf jagen oder sich aufhängen oder in der geschlossenen Garage in Ihren Wagen setzen und den Motor laufen lassen? Ich habe es getan, *weil* ich eine Frau über alles geliebt habe«, sagte Ross. »Nicht obwohl.«

Er stand abrupt auf, und das grelle Sonnenlicht blendete Eli. »Ich seh mal nach, wo sie bleibt«, knurrte Ross und ging ins Gebäude.

Eli legte den Kopf auf die Knie. Er war Polizist und hatte Selbstmord immer als Flucht gesehen – nicht als Zuflucht. Er dachte an Shelby und daran, wie sie auf das Foto der erhängten Lia Pike gestarrt hatte. *Sieht man wirklich so aus, wenn man sich aufgehängt hat?*

Elis Mund wurde trocken. Er stand gerade auf, als Ross aus dem Gebäude gestürzt kam. »Meredith«, sagte er. »Sie ist weg.«

Meredith saß im Bus von Montpelier nach Comtosook und hatte nur diesen einen Gedanken: Ruby war nicht ihre Großmutter. Ihre Großmutter war 1932 gestorben. Meredith' Vorfahren stammten nicht aus Akadien und Frankreich, sie hatten immer hier gelebt. Und ihr Großvater war nicht irgendein junger Mann gewesen, der Ruby das Herz gebrochen und schwanger sitzen gelassen hatte – die Lüge, die ihr all die Jahre aufgetischt worden war. Ihr Großvater war Wissenschaftler gewesen, der erforscht hatte, wie sich die Vererbung von Anomalien von einer Generation zur nächsten verhindern ließe.

Der Apfel fällt nicht weit vom Stamm.

Vom Busbahnhof in Comtosook war Meredith zu Fuß zu Shelbys Haus gegangen. Und dort hatte sie von Shelby die ganze Wahrheit erfahren – die furchtbaren Folgen der Eugenik-Bewegung ihres Großvaters und dass Spencer Pike noch am Leben war, wenn auch schwer krank, in einem Pflegeheim keine zehn Meilen entfernt. Sie erzählte Meredith alles, was ihr Bruder bequemerweise ausgelassen hatte: Sie erzählte von Cecelia Pikes brutalem Tod, von Gray Wolfs Verschwinden, von Az' Geständnis in der Woche zuvor.

Jetzt saß sie in Shelbys Auto und sah noch einmal auf die Wegbeschreibung zum Pflegeheim. Es war nicht mehr weit.

Wenn Pike noch am Leben war, verstand sie nicht, wieso Ross und sein Freund von der Polizei ihm nicht eine Blutprobe für den DNA-Test hatten abnehmen lassen – das wäre aus wissenschaftlicher Sicht einfacher gewesen. War es ihnen darum gegangen, dass sie Az Thompson kennenlernte, dessen Opfer so viel größer gewesen war, als Meredith' es je sein könnte? Oder lag es daran, dass niemand einen Mann ansehen wollte, der so viel Schaden angerichtet hatte wie Spencer Pike?

Das Pflegeheim war ein hochherrschaftliches Haus im Kolonialstil, von Eichen umstanden und gesäumt von gepflasterten Wegen. Meredith ging die Treppe hinauf in die Eingangshalle. Trotz der freundlichen und hellen Atmosphäre lag ein Geruch in der Luft, der aus den Fugen zwischen den Bodenfliesen zu dringen schien. Es roch nicht nach Tod, sondern nach Reue – ein süßeres, stechenderes Aroma.

Eine Krankenschwester mit einem Stethoskop um den Hals saß an einem Schreibtisch. »Kann ich Ihnen helfen?«

»Ich möchte jemanden besuchen.«

»Zu wem möchten Sie denn?«

»Spencer Pike.«

Die Krankenschwester legte die Stirn in Falten. »Ihm geht es heute gar nicht gut ...«

»Ich bin ... ich bin eine Verwandte«, sagte Meredith.

Die Schwester nickte, gab ihr einen Passierschein zum Anstecken und beschrieb ihr den Weg.

Die Vorhänge waren zugezogen, alle Lampen ausgeschaltet. Ein Atemgerät röchelte irgendwo links von ihr, und sie konnte nur undeutliche Umrisse erkennen. Sie tastete sich vorsichtig um das Bett herum zum Fenster, wo sie die Vorhänge einen kleinen Spalt öffnete.

Spencer Pike war gebrechlich und haarlos. Das weiße Laken, das ihn bedeckte, betonte seine vorstehenden Knochen. Sie trat ans Bett, rechnete damit, Groll oder Hass oder gar eine traurige Nähe zu empfinden – aber da war absolut nichts. Der Mann vor ihr hätte ein Fremder sein können.

Nicht Blut oder Gene oder das, was durch beides weitergegeben wurde, machte eine Familie aus. Um das zu begreifen, musste man sich nur Meredith und ihre Mutter und Ruby ansehen. Oder eben Spencer Pike, der hier einsam und verlassen starb.

Er drehte sich in seinem Morphiumschlaf auf den Rücken, blieb mit dem Arm an einem durchsichtigen Schlauch hängen, der vom Oberkörper zu seinem Gesicht führte. *Er erdrosselt sich noch selbst*, dachte Meredith, und gleich darauf: *Wäre das so schlimm?* Doch dann griff sie nach dem Schlauch und behob die Gefahr.

Seine Hand hob sich langsam und umklammerte ihr Handgelenk. Als Meredith nach unten blickte, sah sie, dass er wach war und weinte. Er wollte etwas sagen, aber seine Worte waren wegen der Sauerstoffmaske nicht zu verstehen. Sie zögerte, zog ihm dann die Maske ein Stück herunter.

»Es tut mir leid«, sagte Spencer Pike. »Es tut mir so leid.«

Meredith erstarrte. »Schon gut«, murmelte sie und wollte zurückweichen.

»Nicht gehen. Bitte noch nicht.«

Sie schluckte, nickte dann. Sie zog einen Stuhl heran und setzte sich an das Bett ihres Großvaters.

Seine Atmung wurde unregelmäßiger, und eine Schmerzwelle spülte über sein Gesicht. »Cissy«, sagte Spencer Pike, »wirst du auf mich warten?«

Cissy. Cecelia. Sie sehen einer Frau ähnlich, die ich mal gekannt habe. Meredith hatte das Naheliegende vergessen – wenn sie wirklich so große Ähnlichkeit mit ihrer verstorbenen Großmutter hatte, dann würde das diesem Mann natürlich erst recht auffallen.

»Ja, Spencer«, erwiderte sie ruhig. »Solange es dauert.«

Kurz darauf fiel er in einen unruhigen Schlaf. Meredith hielt ihr Versprechen. Sie saß am Bett ihres Großvaters, während seine Lunge röchelte und pumpte. Sie saß bei ihm, bis die Symphonie der Apparate zu einer einzigen Note in ihrem Kopf wurde. Sie saß bei ihm, bis die Krankenschwestern kamen, um Spencer Pike seine nächste Dosis Morphium zu verabreichen, bis sie nach einer Weile wiederkamen und Meredith davon überzeugt hatten, dass sie jetzt ruhig gehen könne, weil er gestorben war.

Eli tigerte schon vor der Tür auf und ab, als Tuck Boorhies eintraf, und scheuchte ihn gleich in sein Fotolabor. Tuck sollte schon wieder eines der Tatortfotos von dem lange zurückliegenden Mordfall vergrößern. Diesmal jedoch ging es um einen Ausschnitt, auf dem der Boden zu sehen war. Tuck hatte den Kontrast noch ein bisschen bearbeitet, und siehe da, in dem feuchten Sägemehl waren Fußspuren zu sehen, die offenbar zu anderen Spuren passten: Fußabdrücke einer Frau. Aber noch interessanter war die lange Schleifspur im Sägemehl.

Jetzt blickte er von dem Hocker auf, auf dem er saß, in der Hand eine Polaroidkamera. »Was machen wir jetzt noch mal?«, fragte er Eli, der dabei war, eine Mülltüte an einem Haken an der Decke zu befestigen. In der Tüte waren rund drei achtelliter Wasser. Auf dem Boden hatte Eli Sägemehl verteilt.

»Laut Wesley Sneap fasst die menschliche Blase höchstens rund vierhundert Milliliter«, sagte Eli.

»Was wichtig ist, weil ...« Tuck zog eine Augenbraue hoch.

»Hilf mir mal, ja?« Eli kletterte auf einen Hocker und signalisierte Tuck, die Tüte mit dem Wasser etwas anzuheben, während er einen stabilen Knoten an dem Haken darüber machte. »Er hat gesagt, dass im Augenblick des Todes die Schließmuskelnerven von Anus und Blase nicht mehr stimuliert werden und es zu Inkontinenz kommt.«

»Gut zu wissen.«

Eli verteilte das Sägemehl mit dem Fuß unter der Abfalltüte und trat dann zurück. »Okay, Tuck«, sagte er. »Stich meine Blase an.«

»Was soll ich?«

»Meine Blase anstechen.« Eli zeigte auf die Tüte.

»Wie du willst«, murmelte Tuck und piekste mit seinem Stift in die Tüte.

Beide schauten sie zu, wie der dünne Strahl das Sägemehl benetzte. Er rieselte auf ihre Fußabdrücke, verwischte die Ränder. Als die Tüte leer war, hatte der nasse Fleck auf dem Sägemehl etwa die Größe eines Kanaldeckels. »Davon möchte ich eine Aufnahme, Tuck«, sagte Eli und ging aus dem Labor.

Als die Polaroidkamera das Foto ausspuckte, kam Eli wieder herein, eine Holzkiste in den Händen. »Und?«

»Sieht aus wie eine Pfütze. Was hast du sonst erwartet?«

Eli nahm Tuck das Foto aus der Hand und sah es sich an, legte es dann neben die Vergrößerung, die Tuck zuvor gemacht hatte. »Täusch ich mich, oder sind die beiden Pfützen völlig verschieden?«

Sie konnten verschiedener nicht sein. Der dunkle Fleck nassen Sägemehls auf dem Polaroidfoto war nur halb so groß wie der auf dem Schwarz-Weiß-Abzug. Doch noch ehe Tuck antworten konnte, öffnete Eli die Holzkiste und hob einen sechzig mal dreißig Zentimeter großen Eisblock heraus. Er setzte ihn auf dem Sägemehl ab, stellte ihn hochkant und schob ihn mitten in die Pfütze, was eine lange Schleifspur hinterließ, ähnlich wie die auf dem Foto. Dann zog er einen Hocker neben den von Tuck und holte ein zusammengefaltetes Kreuzworträtsel hervor.

»Was hast du vor?«, fragte Tuck.

»Kreuzworträtsel lösen.«

»Nein, mit dem Eisblock da.«

Eli folgte seinem Blick. »Abwarten«, erwiderte er.

Ethan band sich gerade die Turnschuhe zu, als er den Schrei hörte. Er lief über den Flur zu dem Zimmer, wo Lucy und ihre Mutter schliefen, und stieß die Tür auf.

Lucy saß aufrecht im Bett und zitterte wie verrückt. »Lucy?«, sagte Ethan und ging vorsichtig näher. »Was ist denn?« Er sah sich im Zimmer um. Ihre Mutter war nicht da. Na ja, es war erst Mitternacht. Sie hatte vielleicht noch keine Lust gehabt, ins Bett zu gehen. »Kannst du atmen?«

Sie nickte, und ihre Hände, die krampfhaft die Decke festhielten, entspannten sich. »Hab ich dich geweckt?«

»Nein, ich wollte gerade nach draußen.« Ethan scharrte mit einem Schuh über den Teppich. »Wo ist deine Mom?«

Sie blickte sich um, als würde sie jetzt erst merken, dass ihre Mutter nicht da war. »Keine Ahnung. *Deine* Mutter hat mich ins Bett gebracht.«

Ethan grinste. »Mütter sind doch alle gleich.«

Sie lächelte, aber nur ein bisschen. Ethan überlegte, was seine Mutter immer für ihn tat, wenn er mal Albträume hatte. »Milch«, sagte er. »Soll ich dir ein Glas Milch holen? Das hilft angeblich, wieder einzuschlafen. Sagt meine Mutter immer, wenn ich Panik kriege.«

»Ich wette, du kriegst nie Panik.«

»Klar doch. Jeder hat mal Albträume.«

»Was träumst du denn dann so?«

»Dass ich in der Sonne bin und nicht wegkann«, sagte Ethan ausdruckslos. »Und du?«

»Von Geistern«, flüsterte Lucy.

»Also, ich hab keine Angst vor Geistern.«

»Ich hab keine Angst vor der Sonne«, erwiderte Lucy.

Er hätte ihr nichts verschweigen dürfen. Ross machte sich Vorwürfe, denn er war sicher, dass er für Meredith' Verschwinden verantwortlich war. Sie war jetzt schon seit Stunden weg, hatte nicht einmal angerufen, um sich nach

Lucy zu erkundigen. Vielleicht brauchte sie einfach Zeit, um nachzudenken.

Vielleicht wollte sie gar nicht nachdenken.

Ross stieß den Kopf gegen den Stamm des Baumes, an dem er lehnte. Wie gern hätte er jetzt fünf Minuten in der Vergangenheit. Fünf Minuten, um mit Meredith Oliver zu sprechen und ihr zu sagen, dass er das Gefühl kannte, aufzuwachen und zu erkennen, dass das eigene Leben doch ganz anders war, als man bis dahin geglaubt hatte.

Bedauern gehörte zum Leben dazu, wie eine Reißleine, die einen daran erinnerte, dass man nicht immer bekommt, was man will. Wie er, der er Aimee überlebt hatte. Oder Az, der seine Tochter suchte und fand und sie dann gleich wieder verlor. Oder Shelby, die ein Kind hatte, das allmählich starb. Ethan, in einen Körper hineingeboren, den niemand verdiente. Irgendwann wurde jeder von dieser Welt verraten.

So gesehen fühlte sich Ross nicht ganz so allein. Wer im Strudel der Trauer um das, was hätte sein können, gefangen war, kam aus eigener Kraft vielleicht nicht mehr heraus – aber er konnte gerettet werden, wenn ein anderer ihm die Hand reichte.

Vielleicht war er deshalb nach Maryland gefahren, um Meredith zu suchen.

Helden sprangen nicht von einem Hochhaus zum nächsten und hielten auch keine Gewehrkugeln mit der bloßen Hand auf. Sie trugen keine Stiefel und Umhänge. Sie bluteten und holten sich blaue Flecken, und ihre übermenschlichen Kräfte zeigten sich in der einfachen Fähigkeit, zuzuhören oder zu lieben. Helden waren normale Menschen, die wussten, dass sie, auch wenn ihr eigenes Leben schier unlösbar verknotet schien, das eines anderen zum Besseren wenden konnten. Und vielleicht war dann ja auch ein anderer in der Lage, ihnen zu helfen.

Ross schloss die Augen und lächelte, doch das Weinen

eines Babys lenkte ihn ab. Vielleicht war es auch etwas anderes, irgendein Tierlaut. Aber dann ertönte es erneut: dünn, verzweifelt, menschlich. Er trat hinaus auf die Lichtung und sah Meredith auf dem Boden kauern.

»Was machen Sie denn hier?«, fragte er, und als sie aufstand – Hände und Fingernägel dunkel vor Erde –, sah Ross, dass es gar nicht Meredith war.

Wer ruft mich? Ich blicke auf und sehe mich um, besorgt, dass man mich bereits entdeckt hat. Aber es ist niemand da, nur mein eigenes Misstrauen, das mir so ausladend und dick vorkommt wie diese alten Eichen. Ich bücke mich und ziehe noch mehr Gestrüpp und Dickicht beiseite, suche. Wo hat er sie versteckt, wo kann sie sein?

Ich habe einen Schrei gehört, ich weiß es genau. Einmal war im Klifa Club ein Vortrag, von einem afrikanischen Dschungelzoologen, der gekommen war, um Spencer kennenzulernen. Der Zoologe sagte, dass Mütter in der Natur ihren Nachwuchs an den Lauten erkennen. Der Fötus hört eine Stimme im Mutterleib, und wenn das Baby zur Welt kommt, ist es in der Lage, seine Mutter überall herauszuhören.

Meine Hände bluten. Ich habe unter jedem Stein nachgeschaut, hinter jedem Baum. Dann höre ich sie wieder, wie sie mich leise ruft.

Diesmal konzentrieren sich alle meine Sinne, und auf einmal stehe ich, drehe mich um und gehe zum Eishaus. Ich stoße die Tür auf, schlurfe durch das Sägemehl. Und sehe sie.

Ihre Wimpern sind so lang wie der Nagel meines kleinen Fingers. Ihre Wangen sind milchig blau.

Lily. Lily Delacour Pike.

Selbst nachdem ich sie wieder in die Kiste gelegt habe, spüre ich noch ihr regloses Gewicht in meinen Armen. Irgendwas wird immer fehlen.

Er wird mir niemals glauben, er wird es niemals verstehen. Der einzige Weg, ihm zu zeigen, was er getan hat, ist der, ihm das Gleiche anzutun. Ihm das zu nehmen, was er auf der Welt am meisten liebt.

Einer von den Eisblöcken ist dünner als die anderen. Ich kann ihn anheben und nach draußen ziehen. Ich lege mir zuerst das Seil um den Hals und mache einen Knoten. Dann stelle ich mich auf den Eisblock und befestige das andere Ende des Seils am Balken. Warte auf mich, *denke ich und springe meinem Baby hinterher.*

Der Schmerz ist größer, als ich dachte, als das Gewicht meines Lebens von der Schwerkraft nach unten gezogen wird. Meine Lungen sind kurz vor dem Zerreißen, die Welt wird allmählich schwarz.

Aber plötzlich schreit sie. Und schreit. Durch das Fenster vom Eishaus, während ich an dem Seil hänge, sehe ich, wie sie mit ihren winzigen Fäusten rudert. Sie ist zu mir zurückgekommen, doch ich bin bereits fort.

Lily, *schreie ich im Kopf, und ich versuche, das Seil zu packen, es vom Balken loszureißen. Aber ich habe zu gute Arbeit geleistet.* Lily. *Ich trete mit den Füßen nach den Stützpfosten, nach allem. Ich kratze, komme aber nur bis zur Brust, höher schaffen es meine Arme einfach nicht.*

Oh Gott, ich kann sie nicht zweimal verlieren.

Sie wird meine Stimme hören, obwohl ich nicht laut rufen kann. Sie wird über eine Wüste hinweg zu mir finden, sie wird im tiefsten Meer zu mir schwimmen.

Ich gebe meinem Baby das Versprechen, das mein Vater mir gegeben hat, bevor er mich überhaupt kennenlernen konnte: Ich werde *dich finden.*

Als sie vor seinen Augen wieder verschwand, merkte Ross, dass er die ganze Zeit den Atem angehalten hatte.

Lias Geist war noch einmal zurückgekehrt, um etwas zu suchen.

Aber sie hatte nicht nach dem Baby gesucht und auch nicht nach Ross. Erst als sich die Vision aufgelöst hatte, wusste er, warum sie wiedergekommen war: Auf der anderen Seite der Lichtung stand Meredith Oliver, das Gesicht starr vor Entsetzen und Fassungslosigkeit, denn auch sie hatte alles gesehen und gehört, was Lia zu sagen hatte.

ZWÖLF

Meredith saß lange schweigend da, während die Nacht immer engere Kreise um sie zog. Ihr Inneres fühlte sich flüssig an, und Meredith wusste, dass sie in nächster Zeit nicht in der Lage sein würde, sich zu bewegen, zu denken.

Geisterhaft.

Konnte einen der Wahnsinn so schnell befallen wie die Grippe? Ihr Verstand war nicht in der Lage, das Gesehene zu verarbeiten. Es war, als hätte man ihr gesagt, dass die Sonne nicht mehr aufgehen würde.

Aber sie war nicht Zeugin eines billigen Taschenspielertricks geworden, war nicht dem Geschwafel eines Verrückten aufgesessen. Mit eigenen Augen hatte sie einen Geist gesehen. Eine Frau, die genauso schnell wieder verschwunden war, wie sie gekommen war. Eine Frau, die genauso aussah wie Meredith.

Sie musste daran denken, wie oft sie Lucy gegenüber beteuert hatte, dass es keine Geister gab. Nun erschien ihr alles fragwürdig, woran sie je geglaubt hatte, denn wenn sie sich in dem Punkt geirrt hatte, was war dann noch alles ein einziger Irrtum? Es gab nur eines, dessen sie sich sicher sein konnte: Die Welt, in der sie heute Morgen erwacht war, war eine völlig andere gewesen als die, in der sie sich jetzt befand.

Sie merkte, dass sie sich vorbeugte und den Boden berührte, unsicher, ob auch der vielleicht nicht so fest war, wie sie glaubte. Sie fröstelte erneut und spürte, wie etwas auf ihre Schultern gelegt wurde. Bis zu diesem Augenblick, als Ross ihr seine Jacke umlegte, hatte sie gar nicht richtig registriert, dass jemand neben ihr saß.

Sie wandte sich um. »Ist das … ist das wirklich passiert?«

»Ich glaube, ja.« Ross wirkte genauso mitgenommen wie sie. Meredith betrachtete ihn genauer. Sie hatte ihm nicht wirklich geglaubt – seine Geschichten über Geisterjagd, über ihre Großmutter.

»Sie sah aus wie ich.«

»Ich weiß.«

»Aber … aber …« Es gab keine Worte für diese fremde Welt.

Sie spürte, wie Ross ihre Hand nahm, wie sein langes Haar über ihre Wange strich, als er sich zu ihr beugte. Er weinte. »Ich weiß«, wiederholte er, dabei wollte er doch in Wirklichkeit sagen, dass er gar nichts mehr wusste.

Sie hatte nicht daran geglaubt, dass es Geister gab, wohl aber daran, dass es Schmerz gab. Und sie wusste nur allzu gut, was für ein Gefühl es war, sich allein zu fühlen, wenn man nicht allein sein wollte. Diese Emotionen waren so wirklich, dass sie ihr einen Halt lieferten, an den sie sich klammern konnte. Meredith' Gedanken trudelten zurück zu der verzweifelten Suche, der Angst, dem Selbstmord. »Ist es so gewesen?«, fragte sie. »Hat sie … sich umgebracht?«

»Ich glaube, ja.« Ross' Stimme klang vor Trauer ganz wund.

»Können wir denn gar nichts tun?«

»Es ist schon geschehen«, sagte Ross. »Sie ist nicht mehr da.«

Der Geist hatte Meredith direkt angestarrt. Und es war wie ein Blick in den Spiegel gewesen – nicht bloß wegen der physischen Ähnlichkeit, sondern weil der Ausdruck in Lia Pikes Augen genau der war, den Meredith sah, wenn sie sich selbst betrachtete. Meredith verstand zwar nicht recht, dass die Grenze zwischen Leben und Tod mit unsichtbarer Tinte gezogen war, aber sie wusste, wie sich eine Mutter fühlte, die nichts anderes wollte, als ihr Kind zu schützen.

Mutterschaft berührte den Wesenskern. Du konntest ein Kind in dir spüren, auch wenn du es schon geboren hattest; es war so lange Fleisch deines Fleisches gewesen, dass es ein Teil von dir geworden war. Und wenn dieses Kind starb – als Embryo, als Neugeborenes, mit dreizehn Jahren an XP –, dann musste auch ein Teil von dir sterben. Lia hatte den Prozess nur beschleunigt, nachdem sie in das erkaltete Gesicht ihres Babys geschaut hatte.

»Sie ist ihrer Tochter gefolgt«, sagte Meredith und wandte sich Ross zu. »Glauben Sie, dass sie sich am Ende finden?«

Er antwortete nicht, konnte nicht antworten. Er hatte das Gesicht in den Händen vergraben, und er schluchzte haltlos. Sein Kummer brach tief und dunkel wie eine Quelle aus ihm hervor, ein Kummer, den Meredith kurz zuvor auf Lia Pikes Gesicht gesehen hatte, als sie glaubte, sie hätte ihre Tochter wirklich verloren.

»Ross«, sagte sie, und in diesem Moment fiel ihr etwas ein, das er einmal zu ihr gesagt hatte und von dem sie jetzt wusste, dass es die Wahrheit war: Man konnte jemanden lieben, der nicht real war. Fürsorglich berührte sie seinen Arm, wollte ihm zeigen, dass sie dieses Mal da sein würde, um ihn zu halten, falls er fiel. Aber er schüttelte sie ab, und dabei drehte er ein wenig den Unterarm, sodass sie die Narbe an seinem Handgelenk sehen konnte, ein Blitzstrahl, wo die Haut hätte ganz glatt sein müssen.

»Sie werden einander finden«, sagte er und wandte den Blick von ihr ab. »Bestimmt.«

»Das Baby war nicht tot«, erklärte Eli, »aber sie hielt es für tot, und deshalb hat sie sich aufgehängt.« Er ging durch Shelbys Küche und goß sich ein Glas Wasser ein, während er ihr erzählte, was er herausgefunden hatte. »Sie hat einen großen Block Eis durch das Sägemehl bis unter das Vordach geschleift, um sich draufzustellen, damit sie an den Dachbalken kam. Aber als Pike sie dann am Morgen fand, war das Eis geschmolzen, und es sah eher nach Mord als nach Selbstmord aus. Nach siebzig Jahren hab ich den Fall jetzt offiziell abgeschlossen.« Er schüttelte den Kopf. »Mag ja sein, dass wir ein bisschen langsam sind, aber es soll bloß keiner behaupten, die Detectives von Comtosook würden voreilig aufgeben.«

Shelby saß am Küchentisch, und als er an ihr vorbeiging, berührte er ihre Schulter. »Und das ist noch nicht alles«, sagte Eli und setzte sich ihr gegenüber. »Spencer Pike ist letzte Nacht gestorben.«

Er redete weiter, doch Shelby bekam nichts mehr mit. Sie konzentrierte sich auf das Gefühl in ihrer Schulter, nachdem Elis Hand heruntergeglitten war, als würde ihr dort jetzt etwas fehlen.

Plötzlich konnte Shelby sich gar nicht mehr vorstellen, dass es mal eine Zeit gegeben hatte, in der sie Eli Rochert nicht gekannt hatte. Er hatte sich auf jede vorangegangene Seite ihres Lebens eingeprägt, und erst jetzt merkte sie, wie groß die Lücken gewesen waren.

Meine Güte, dachte sie, *ich liebe ihn*.

Für Shelby war Liebe so etwas wie eine Sonnenfinsternis – atemberaubend schön, faszinierend und fähig, dich blind zu machen. Sie war nicht direkt davor geflohen, aber sie hatte sie auch nicht gesucht.

Sie war schon einmal verliebt gewesen, in ihren Exmann – sie kannte das Gefühl, beim Klang einer Männerstimme am Telefon Herzklopfen zu bekommen und beim Küssen zu spüren, wie die Welt aufhörte, sich zu drehen. Aber diese Beziehung war gescheitert, wie eigentlich jede andere Beziehung, von der sie wusste. Liebe bedeutete, aus großer Höhe zu springen und darauf zu vertrauen, dass ein anderer Mensch da war, um dich aufzufangen. In ihrem Fall jedoch war dieser Mensch weggelaufen, bevor sie unten ankam. Und sie war sich nicht sicher, ob sie noch einmal springen wollte.

» ... und wenn man es mal so betrachtet ... Shelby, hallo, alles in Ordnung?« Eli drückte ihre Hand, und sie fuhr zusammen. Sofort wich er zurück. »Stimmt was nicht?«

Und ob, dachte sie. »Wenn ich todkrank wäre, würdest du mir eine Niere spenden?«

Eli blickte verblüfft. »Eine von meinen?«

»An andere kämst du ja wohl kaum ran, oder?« Sie fixierte ihn. »Und?«

»Ich ... ich ... doch. Ja, würde ich.«

Stöhnend legte Shelby die Hände vors Gesicht.

»War das die falsche Antwort?«, fragte Eli verunsichert.

Sie zwang sich, ihm in die Augen zu sehen. »Ich möchte dich lieben, Eli. Aber gleichzeitig auch wieder nicht. Wenn ich mit dir zusammen bin, kommt es mir vor, als hätte sich in meinem Leben bisher nichts so richtig angefühlt wie jetzt. Aber wenn ich das zugebe, dann kann es doch nur noch bergab gehen. Sieh dir an, was die Liebe mit meinem Bruder gemacht hat. Oder mit Gray Wolf. Oder auch mit Lia Pike. Oder ... was ist denn daran so lustig?«

Eli saß am Tisch und strahlte übers ganze Gesicht. Er nahm erneut ihre Hand, und als sie sie diesmal wegziehen wollte, hielt er sie fest. »*Liebe*«, wiederholte er, als wäre das alles, was er hören müsste. »Du hast *Liebe* gesagt.«

Lucys und Ethans Versteck – unter der Plastikplane, die über die Gartenmöbel gespannt war – war schon ganz verqualmt, aber das war es wert. Es war Ethans erste Blutsbrüderschaft, und er wollte alles richtig machen.

Er hielt die Klinge seines Schweizer Messers in die Kerzenflamme. »Fertig?«, fragte Lucy.

Es hatte sich herausgestellt, dass Lucy bloß knapp ein Jahr jünger war als er, aber das hätte er nie im Leben gedacht. Lucy bekam es schon mit der Angst, wenn sie eine Schnake sah. Manchmal war sie so still, dass Ethan völlig vergaß, dass sie neben ihm saß. Sie konnte sich nicht mal aufs Skateboard stellen, ohne hinzufallen.

Aber sie war klug, und sie roch nach Kuchen. Und weil sie den ganzen Sommer lang bei der Ferienfreizeit mitgemacht hatte, war ihre Haut wunderschön braun.

Sie erzählte Ethan, wie schön es war, zu einem Holzdeck auf einem See hinauszuschwimmen und dort in der Sonne einzuschlafen. Er erzählte ihr, wie sich ihm die Nackenhaare gesträubt hatten, als der Geist seinem Onkel aus dem alten Spukhaus nach draußen gefolgt war. Sie gab zu, dass sie sich manchmal unter der Decke verkroch und so tat, als wäre sie nicht da, wenn die Geister kamen. Er erzählte ihr, dass die Flüssigkeit, mit der der Hautarzt ihm die Wucherungen auf der Haut wegfror, wie Feuer brannte.

»Nun mach schon, Ethan«, sagte Lucy. »Ich krieg bald keine Luft mehr.«

»Okay.« Ethan hielt die Taschenlampe über das Messer, ließ die Taschenlampe fallen und dann das Messer. »Mist. Halt mal.« Er gab Lucy die Lampe und wischte die Klinge ab, hielt sie dann noch einmal in die Flamme. Als er aufblickte, sah Lucy ganz blass aus. »Du kippst mir doch hier nicht aus den Latschen, oder?«

Mit finsterer Miene streckte sie ihm ihr Handgelenk hin.

Ethan hielt seines direkt daneben. »Ich werde dir helfen, einen Geist zu finden, bevor er dich findet«, sagte er.

Sie starrte ihm in die Augen. »Ich bringe dich dahin, wo die Sonne aufgeht.«

»Tapferkeit«, sagte Ethan, und dann zog er die Klinge so schnell wie ein Aufkeuchen über beide Handgelenke. Sie legten die offenen Wunden aufeinander.

Lucy hielt den Atem an. »Tapferkeit.« Dann warteten sie und hofften, dass ihr Mut sie genauso fest aneinanderbinden würde wie Blut.

Az wurde vom Gesang der Vögel wach. Einen Moment lang blieb er auf seiner Pritsche liegen und versuchte, das Klagen des Schneefinks, das Trillern des Ziegenmelkers und die kehlige Altstimme des Seetauchers herauszuhören. Es war Wochen her, dass er ein solches Konzert gehört hatte. Das letzte Mal an dem Morgen, als er den anderen Abenaki von dem Friedhof erzählt hatte und dann mit ihnen auf das Pike-Grundstück gezogen war, um friedlich zu protestieren.

Er setzte sich langsam auf, spürte das Knarren und Knacken jedes einzelnen Wirbels. Er schwang die Füße über den Pritschenrand und stellte sie auf die festgetretene Erde des Zeltbodens.

Sie war warm, wie sich das im August gehörte. Nicht gefroren, wie bisher.

Az öffnete das Zelt und trat nach draußen. Die Welt schien wieder im Lot zu sein. Az pflückte eine Blüte von der Geißblattranke, die neben dem Zelt wuchs, und sah den Nektartropfen darin. Er saugte ihn auf und schmeckte Zucker statt Tränen.

Az blieb ganz ruhig stehen, und er spürte nicht mehr diesen pochenden Druck hinten im Kopf, wie einen Hammer. Er schloss die Augen und wusste sofort, wo der echte Norden lag.

Er machte Kaffee, wusch sich die Hände und das Gesicht und kleidete sich sorgfältig an. Er machte an diesem Morgen alles genauso wie in der ganzen Zeit, in der Comtosook verwunschen gewesen war. Az hatte gewusst, dass irgendwann alles wieder zur alten Ordnung zurückkehren würde.

Wäre er ein Zauberer gewesen, hätte Ross seiner Schwester Stärke hinterlassen. Keine Muskelkraft, sondern Durchhaltevermögen, denn nur damit kam man durchs Leben. Er musste es ja wissen, denn genau daran fehlte es bei ihm. Und so ging er nun die spärlichen Habseligkeiten in seiner Reisetasche durch. Sein weiches Shirt sollte Shelby bekommen, weil es nach ihm roch, denn er wusste, dass sie für alles dankbar wäre, womit sie die Erinnerung an ihn bewahren konnte. Seine Uhr sollte Ethan haben, anstatt der Zeit, die Ross ihm so gern geschenkt hätte. Die Pennys von 1932 würde er mitnehmen, um damit eine Spur durch die Ewigkeit zu legen, sodass Lia ihn finden konnte, nur für alle Fälle.

Was für ein Mann kann fünfunddreißig Jahre auf dieser Erde verbringen und am Ende nur so viel sein Eigen nennen, wie in eine schlichte Reisetasche passt?, fragte Ross sich. Und er dachte: Einer, der von vornherein nicht lange bleiben wollte.

Nach der Begegnung mit Lias Geist hatte er Meredith nach Hause gebracht. Er hatte gehört, wie sie Ruby anrief, sie um fünf Uhr morgens weckte, um ihr noch immer ganz verdattert zu erzählen, was sie gesehen hatte. Sie hatte gesagt, sie würde in ein paar Tagen zurück nach Maryland fahren, doch vorher müsse sie sich hier noch um ein paar Dinge kümmern. Ross wusste nicht, ob Meredith ihm jetzt glaubte, was er ihr über Geister erzählt hatte, und es war ihm eigentlich auch egal. Ihm war Lia wichtig, und sie würde nicht zurückkehren. Er wusste das genauso, wie er wusste, dass jeder Atemzug nach Teer schmeckte, dass von nun an jeder Tag schmerzen würde wie ein Messerstich. Er war müde, so gottverdammt müde, und er wollte nur noch eines, schlafen.

Ross ging weiter den Inhalt der Tasche durch. Ein Rasierer, der seinem Vater gehört hatte, der war für Shelby. Sein EMF-Messgerät – natürlich für Ethan. Er zog das alte

Geisterfoto heraus, das er mit Curtis an einem See gemacht hatte, und lächelte. Vielleicht würde er es Meredith schenken.

Er würde keinen Abschiedsbrief hinterlassen, so viel war klar. Systematisch zerriss er jedes Stück Papier auf dem Schreibtisch in kleine Schnipsel und warf sie wie Konfetti in den Mülleimer.

Dann fiel sein Blick auf Lucy Oliver, die in der Tür stand. »Hallo«, sagte er. Sie machte Ross irgendwie nervös. Ihre Augen war fast silbrig, zu hell für das Gesicht, und sie benahm sich, als würde sie ihn schon seit Monaten und nicht erst seit ein paar Tagen kennen. Heute Abend trug sie eine abgeschnittene Jeans und ein T-Shirt mit der Aufschrift MADAME PRESIDENT. Am Handgelenk hatte sie ein Pflaster. »Bist du beim Skateboardfahren hingefallen?«, fragte Ross freundlich.

»Nein«, antwortete Lucy, einfach Nein, mehr nicht. »Ich soll dir sagen, das Frühstück ist fertig.«

Ross wollte antworten – irgendwas in der Art wie *Alles klar* oder *Ich komme gleich*, aber stattdessen sagte er etwas, das für sie beide überraschend war. »Hat Lia mit dir über mich gesprochen?«

Lucy nickte langsam. »Manchmal.«

»Was hat sie gesagt?«

Doch statt zu antworten, blickte Lucy sich im Zimmer um, betrachtete die Sachen, die er zusammengelegt hatte. »Was machst du?«

»Ich bereite mich auf eine Reise vor«, erwiderte Ross.

»Wohin?«

Als er sie ansah, hatte er das Gefühl, als wüsste Lucy, dass es keine normale Reise war.

»Aber jetzt noch nicht«, sagte Lucy, eine Bestätigung.

Er legte den Kopf schief. Wie viel wusste sie? »Warum nicht?«

»Weil es Frühstück gibt.« Lucy machte einen Schritt

auf ihn zu und streckte ihm die Hand mit dem Pflaster am Gelenk hin. »Komm«, sagte sie und wartete, bis Ross ihre Hand nahm und sich in ihre Obhut begab.

Meredith hatte zwar keine große Trauerversammlung auf Spencer Pikes Beerdigung erwartet, aber dass sie mit Eli Rochert und seinem Bluthund allein am offenen Grab stand, während der Pfarrer rasch ein paar Worte sprach, das war schon ein wenig peinlich. Immerhin konnte sie froh sein, dass auf der anderen Seite des Zauns keine Trommeln geschlagen wurden, wo die Abenaki die Bauarbeiten auf dem Pike-Grundstück boykottierten. Shelby passte auf Lucy auf. Und Ross, tja, kein Mensch wusste, wo der steckte. Seit der Nacht, in der Lia erschienen war, hatte Meredith ihn nicht mehr gesehen, und sie war insgeheim froh darüber. Denn dann hätte sie die richtigen Worte finden müssen, und *Es tut mir leid* oder *Ich bin hier* kamen ihr längst nicht so passend vor wie *Nein*.

Als der Geistliche sie dazu aufforderte, streute Meredith geistesabwesend eine Handvoll Erde über Pikes Sarg.

Der Pfarrer sprach Meredith sein Beileid aus und ging dann gemessenen Schrittes zu seinem Wagen. Elis Hand berührte sie an der Schulter. »Möchten Sie mit mir zurückfahren?«

Meredith schüttelte den Kopf. »Ich denke, ich bleibe noch ein bisschen.«

»Okay«, sagte Eli. Er entfernte sich mit dem Hund, drehte sich dann aber noch einmal um. »Rufen Sie mich auf dem Handy an, wenn Sie fertig sind, okay?«

Meredith dankte ihm und sah seinem Pick-up hinterher. Sie fragte sich, ob Shelby wohl wusste, wie glücklich sie sich schätzen konnte, dass ein Mann wie er genau im richtigen Moment in ihr Leben getreten war. Meredith betrachtete das frische Grab. Eine leichte Brise bewegte den Saum des schwarzen Kleides, das sie sich ausgeliehen hatte.

»Adieu«, sagte sie leise, weil sie das Gefühl hatte, irgendwer sollte es sagen.

»Auf Nimmerwiedersehen«, sagte eine Stimme hinter ihr.

Az Thompson stand nur wenige Schritte entfernt in einem schlecht sitzenden schwarzen Anzug mit weißem Hemd und schmaler Krawatte. »Sie sind der Letzte, den ich hier erwartet hätte«, sagte Meredith.

»Ich bin nicht seinetwegen gekommen.« Az blickte auf das Grab. »Das ist das erste Mal seit langer Zeit, dass ich froh bin, jemanden überlebt zu haben.« Er sah Meredith an. »Gehen wir ein Stück spazieren?«

Sie zog ihre hochhackigen Schuhe aus und lief auf Strümpfen neben Az her. Er stapfte einen Hügel hinauf, marschierte über ein paar Gräber hinweg. An manchen Stellen spürte sie ein Kitzeln unter den Fußsohlen. »Keine gute Wahl, um mal in Ruhe nachzudenken«, sagte er stirnrunzelnd.

»Wo würden Sie denn hingehen?«

»An einen Wasserfall«, sagte Az, ohne zu überlegen. »Oder ich würde mich auf den Rücken legen und die Sterne betrachten.« Er sah sie an und streckte sich dann lang auf dem Boden aus. »So.«

Sie zögerte ganz kurz, weil das Kleid nicht ihr gehörte. Dann setzte sie sich neben Az und blickte zum Himmel hinauf. »Was sehen Sie?«, fragte sie, ein Spiel, das sie oft mit Lucy spielte.

»Wolken«, antwortete Az trocken.

Meredith legte die Arme um die Knie. In ihrer Armbeuge war ein kleiner blauer Fleck von der Blutabnahme vor ein paar Tagen. Az hatte auch einen. »Darf ich Sie mal was fragen?«

»Klar.«

»Es ist nämlich … na ja, ich weiß nicht, wie ich Sie nennen soll. Mr. Thompson oder Az oder John.«

»Ich glaube, ich fände es schön, wenn mich eine schlanke junge Frau *N'mahom* nennen würde.«

»Was bedeutet das?«

»Mein Großvater.« Er sah Meredith in die Augen. »Dann glaubst du es jetzt?«

Sie nickte. »Aber es nützt ja nichts.«

»Warum sagst du das?«

Tränen traten ihr in die Augen. Sie war selbst überrascht und redete sich ein, dass es an dem Tag lag, der Hitze, am fehlenden Schlaf. »Es ist schon so viel passiert«, sagte sie leise. »So viele Menschen sind verletzt worden.« Sie dachte an Menschen wie Az, wie Lia, wie die gesichtslosen Abenaki in dieser Stadt, doch immer wieder tauchte Ross vor ihrem geistigen Auge auf. »Es sollte doch eigentlich gar nicht um mich gehen.«

»Die meisten Menschen sind zu sehr damit beschäftigt, über den Sinn ihres Lebens nachzudenken. Warum ich, warum jetzt. In Wahrheit widerfährt einem manches gar nicht aus einem bestimmten Grund. Manchmal geht es nur darum, für jemand anderen im richtigen Moment am richtigen Ort zu sein.«

»Und das ist alles?«

»Das ist nicht wenig.« Er sah sie an und lächelte. »Fahrt ihr heute wieder nach Hause?«

Meredith hatte eigentlich vorgehabt, noch am selben Nachmittag zurück nach Baltimore zu fliegen. Aber sie hatte ihre Heimreise auf morgen verschoben. Die Beerdigung von Spencer Pike sollte nicht ihre letzte Erinnerung an Comtosook sein. »Bald«, wich sie aus. »Schreibst du mir?«

»Ich bin kein großer Freund des geschriebenen Wortes. Pike und seine Freunde haben vieles aufgeschrieben, was niemals zu Papier gebracht werden sollte. Und die

Alnôbak ziehen die mündliche Überlieferung der geschriebenen vor.«

»Und ein großes Kapitel wird ausgelassen«, murmelte Meredith.

»Dann liegt es an dir, es zu erzählen.«

Als sie merkte, dass es ihm ernst war, schüttelte sie den Kopf. »Ich wüsste nicht, was ich sagen sollte.«

»Egal. Fang einfach irgendwo an.«

»Für Lucy, meinst du?«

»Für jeden«, sagte Az, »der bereit ist zuzuhören.«

Sie fuhr sich durchs Haar. »Übrigens ... heute Nachmittag wird das Testament verlesen. Eli hat dafür gesorgt, dass ein Richter mir den Besitz überschreibt, weil ich die Rechtsnachfolgerin meiner Mutter bin ... und sie ja die wahre Besitzerin war. Ich möchte gerne ... ich möchte gerne, dass du das Grundstück bekommst.«

Er lachte. »Was soll ich denn mit so viel Land anfangen?«

»Ich dachte, du würdest es vielleicht mit anderen teilen wollen.« Meredith schlitzte einen Grashalm mit dem Daumennagel auf. »Vorausgesetzt natürlich, dass Lucy und ich ein Dach über dem Kopf haben, wenn wir dich besuchen kommen. Würdest du die Einzelheiten für mich regeln?«

»Wende dich an einen Mann namens Winks Champigny. Er steht im Telefonbuch. Er wird wissen, was zu tun ist. Ich würde dir ja helfen, aber ich werde wahrscheinlich auch eine Zeit lang nicht hier sein.«

»Das ist mal wieder typisch. Da lerne ich einen tollen Mann kennen, und schon muss ich erfahren, dass er mit dem nächsten Schiff ablegt.« Meredith lächelte ihn an. »Wirst du hier sein, wenn ich das nächste Mal zu Besuch komme?«

»Verlass dich drauf«, sagte Az.

»Und es macht dir wirklich nichts aus?«, fragte Shelby zum zehnten Mal. Sie betrachtete Meredith' Bild im Spiegel, während sie sich ein Medaillon um den Hals legte.

»Wieso denn? Die Kinder passen aufeinander auf. Ich werde mich auf die Couch setzen, Pralinen essen und mir Liebesfilme angucken.«

Es war etwas ganz Neues für Shelby – sie war zu einer normalen Zeit mit einem normalen Mann zum Abendessen verabredet. »Aber du musst doch bestimmt packen, weil ihr morgen zurückfliegt. Also bist du vom Dienst befreit, sobald Ross nach Hause kommt.«

Er war unterwegs, um Geräte zu holen, die er auf dem Pike-Grundstück gelassen hatte. Warum er das ausgerechnet im Dunkeln machen musste, abends um halb neun, war Meredith allerdings schleierhaft. »Weißt du, wohin Eli dich einladen will?«

»Irgendein schickes Restaurant in Burlington.« Sie ließ sich neben Meredith aufs Bett fallen. »Ich habe mich schon so oft mit ihm getroffen«, sagte sie leise. »Wieso bin ich jetzt bloß so aufgeregt?«

»Weil du verrückt nach ihm bist«, sagte Meredith. »Das kommt vom Dopamin, das in deinem Gehirn produziert wird.«

»Warum müsst ihr Wissenschaftler sogar die Liebe auf eine chemische Reaktion reduzieren?«

»Weil es für diejenigen unter uns, die nicht gerade mit Liebe verwöhnt werden, so leichter ist.«

Shelby drehte sich auf den Bauch. »Wer ist Lucys Vater?«

»Ein Mann, der es nicht hätte sein sollen«, entgegnete Meredith. »Und Ethans Vater?«

»Anscheinend der Bruder von Lucys Vater.« Shelby stützte das Kinn in die Hände. »Hast du ihn geliebt?«

»Sehr.«

»Genau wie ich.« Sie sah Meredith an. »Manchmal tu

ich so, als wäre ich Eli nicht begegnet. Oder als wäre er nicht mein letzter Gedanke, bevor ich abends einschlafe. Das ist wie eine Art Aberglaube, verstehst du – wenn mir eine Beziehung nicht ganz so wichtig ist, wird sie mir vielleicht nicht wieder weggerissen.«

»Die hier zieht dir keiner mehr unter den Füßen weg«, stellte Meredith fest. »Beziehungen gelingen und scheitern wegen der Menschen, die sie führen ... nicht wegen irgendeines kosmischen Plans.«

Shelby schüttelte den Kopf. »Da setzt ja dann das Schicksal ein. Wenn ich nicht Ethan bekommen hätte, dann hätte ich mich nicht von Thomas scheiden lassen. Wenn Ethan nicht XP hätte, wäre ich nicht in diese Stadt gezogen, wo die Häuser so weit voneinander entfernt stehen, dass er nachts spielen kann. Wenn Ross nicht so verzweifelt gewesen wäre, wäre er nicht hergekommen und hätte nicht die Untersuchungen auf dem Pike-Grundstück machen können. All diese Dinge, die furchtbar waren, als sie passierten, haben vielleicht nur dazu geführt, dass ich Eli begegnet bin.«

»Ach, weißt du«, sagte Meredith, »das Schicksal haben die Menschen erfunden, um sich Dinge erklären zu können, die sie nicht verstehen. Zehn Jahre habe ich nach einem Mann gesucht, der, wenn er einen Raum betritt, sofort weiß, wo ich bin, ohne hinsehen zu müssen. Aber ohne Erfolg. Ich kann mir die Wahrheit eingestehen, dass ich nämlich ein unglückliches Händchen habe, wenn es um Liebe geht, oder ich kann mir einreden, dass mir meine verwandte Seele einfach noch nicht über den Weg gelaufen ist. Und es ist immer leichter, ein Opfer zu sein als eine Versagerin.«

Shelby setzte sich auf. »Aber was genau sorgt denn dafür, dass du dich von einem ganz bestimmten Mann angezogen fühlst?«

»Liebe«, sagte Meredith. »Liebe trotzt jeder Erklärung. Aber nicht das Schicksal.« Sie dachte daran, wie Lia auf der Lichtung erschienen war. »Es gibt Dinge, die du nicht erklären kannst und die trotzdem passieren. Aber entscheidend ist, wenn es geschieht, dann weil ich nach dem Mann gesucht und ihn gefunden habe. Nicht weil wir füreinander *bestimmt* waren.«

»Meredith! Du bist ja eine heimliche Romantikerin!«

Es klingelte an der Tür. Shelby sprang vom Bett und schob rasch die Füße in zwei unterschiedliche Schuhe. »Welche, flach oder verführerisch hochhackig?«

»Wenn es Schicksal ist«, lächelte Meredith, »müsste das eigentlich egal sein.«

Shelby lachte und nahm die Hochhackigen. Nach einem letzten Blick in den Spiegel eilte sie mit Meredith im Schlepptau nach unten und öffnete die Tür.

Eli hatte eine pinkfarbene Rose in der Hand. Er trug einen dunkelgrauen Anzug, ein blütenweißes Hemd und eine weinrote Krawatte. »Mannomann«, sagte Shelby.

»Du bist ... du bist ...« Eli schüttelte den Kopf. »Ich hab mir so viele schöne Wörter überlegt, und jetzt fällt mir kein einziges mehr ein.«

»Das liegt am Dopamin«, sagte Shelby mitfühlend.

»Bezaubernd?«, schlug Meredith vor. »Entzückend? Betörend?«

»Nein«, sagte Eli schließlich. »Die Meine.«

Az nahm noch einen Schluck von dem Whiskey, den Ross mit zum Steinbruch gebracht hatte. Sie saßen nebeneinander auf Klappstühlen, tranken und betrachteten den Himmel. »Du weißt ja, dass ich dich eigentlich wegschicken müsste«, sagte er.

»Dann tu's doch.«

Az zuckte die Achseln. »Wegen des Dynamits. Im ganzen Steinbruch sind Sprengladungen verteilt. Im Morgengrauen werden die per Computer gezündet. Er schielte zu Ross hinüber. »Also mach keine Dummheiten, ja?«

»Dummheiten«, wiederholte Ross gemächlich. »Was wäre denn eine Dummheit? Zum Beispiel sich nicht bloß nach einer, sondern gleich nach zwei toten Frauen zu sehnen?«

»He.« Az streckte die Hand aus. »Gib mal den Whiskey.«

Ross reichte ihm die Flasche, und Az warf sie im hohen Bogen in den Steinbruch hinunter, wo sie zerplatzte.

»Was soll der Quatsch?«

»War nur zu deinem Besten.« Az stand langsam auf, schob sich den Klappstuhl unter den Arm. »Tu mir einen Gefallen, und pass mal ein Weilchen hier auf, ja?«

»Wo willst du denn hin?«

»Zigarettenpause«, sagte Az.

Ross sah ihm nach, wie er am Rand des Steinbruchs entlangging. »Du rauchst doch gar nicht!«, rief er dem alten Mann hinterher.

Ross stand auf, die Hände in den Taschen, und blickte nach unten auf die Scherben seiner Whiskeyflasche. »Scheiße«, sagte er und trat gegen einen Stein, der über den Rand in die Tiefe kollerte. Weil das ein schönes Gefühl war, tat er es noch einmal. Er blickte in den Abgrund, breitete die Arme aus, beugte sich über den Schlund. Als ihm seine Baseballkappe mit dem *Bogeyman-Nights*-Aufdruck vom Kopf fiel und auf einer Dynamitstange landete, grinste er. Er schaute über die Schulter, sah Az noch immer nicht zurückkommen und zündete sich eine Zigarette an. Er warf sie in den Steinbruch, wo sie fünfzehn Zentimeter von einer anderen Dynamitladung entfernt landete und verglomm.

Er war es satt, sein Leben noch einmal leben zu müssen, wo er doch schon beim ersten Mal nicht sehr begeistert davon gewesen war. Wie Lia war er in seiner eigenen

Vergangenheit gefangen. Ross war im selben Augenblick gestorben wie Aimee. Und als er dann endlich jemand anderen gefunden hatte, für den es sich zu leben lohnte, stellte sich heraus, dass sie seit siebzig Jahren tot war.

Er stellte sich vor, wie die Zigarette auf dem Dynamit landete, wie die Explosion die Erde erschütterte und ihn in den Steinbruch schleuderte. Er malte sich aus, wie sein Körper von Flammen umhüllt wurde, Flammen, die seine Kleidung fraßen und ihm den Schmerz abschälten. *Warum ich?* Wieso war er nicht nur mit einer, sondern gleich mit zwei toten Frauen verbunden? War er eine Art übernatürliches Bindeglied? Eine kosmische Schachfigur? Ein Blitzableiter für verlorene Seelen? Oder war das seine Strafe? Nach Aimees Tod hatte man ihn einen Helden genannt, obwohl Ross wusste, dass er genau das Gegenteil war.

Rod van Vleet vertrank seinen letzten Gehaltsscheck in der einzigen Bar von Comtosook. Oliver Redhook höchstpersönlich hatte ihn angerufen, um ihm mitzuteilen, dass er gefeuert war und den Firmenwagen und das Firmenhandy bis Montag in der Zentrale in Massachusetts abzugeben habe. »Ich hätte einen dressierten Affen nach Vermont schicken können«, hatte Redhook gesagt. »Aber ich habe den schweren Fehler begangen, *Sie* auszuwählen.«

Es war wohl einer zynischen Laune des Schicksals zu verdanken, dass der Barkeeper ausgerechnet einer von den Indianern war, die drei Wochen lang vor seinem Baucontainer getrommelt hatten. Als fairer Gewinner hatte er Rod die ersten drei Drinks spendiert. Jetzt, beim achten, war Rods Feinmotorik so angeschlagen, dass er sein Glas kaum noch heben konnte. Es kam ihm klein und glitschig vor.

»Noch einen«, brachte er hervor.

Der Barkeeper schüttelte den Kopf. »Kommt nicht infrage, Mr. van Vleet. Es sei denn, Sie bestellen sich ein Taxi.«

»Ich bin ein Taxi«, sagte Rod.

Der Barkeeper wechselte einen Blick mit der Frau neben Rod. Sie hatte langes schwarzes Haar und Schultern wie ein Möbelpacker, und beim genaueren Hinsehen entpuppte sie sich als Mann. Rod leerte sein Glas in einem Zug. »Auch gut«, lallte er. »Dann fahr ich jetzt eben nach Burlington rüber. Und lass es da noch richtig krachen.«

»Viel Glück«, sagte der Barkeeper. »Hoffentlich kracht es nicht schon irgendwo unterwegs. Wär schade um Ihr Auto.«

Das Blaulicht von den Streifenwagen huschte über die Windschutzscheibe des Pick-up und verfärbte Shelbys Haut. Sie zog sich Elis Jacke fester um die Schultern und zitterte, obwohl ihr nicht kalt war. Er hatte extra ein Stück abseits geparkt, damit sie nicht auf das Autowrack und den Körper starren musste, der auf die Straße geschleudert worden war, aber sie wandte immer wieder den Kopf und versuchte, etwas zu erkennen.

»Tut mir leid«, hatte Eli auf halbem Weg zum Restaurant zu ihr gesagt, als das Funkgerät im Pick-up sich meldete. »Da muss ich hin.«

Sie verstand das, und deshalb stieg sie jetzt auch aus und stöckelte in ihren hochhackigen Schuhen über den feuchten Asphalt. Außerhalb des Wagens, der die Geräusche gedämpft hatte, herrschte lärmendes Durcheinander, Sirenen heulten, Cops brüllten, Sanitäter rannten umher. Sie näherte sich dem Zentrum des Geschehens, rechnete fest damit, Ross zu sehen.

Damals bei dem Unfall, bei dem Aimee ums Leben gekommen war, musste es ähnlich gewesen sein wie jetzt. Damals war auch ein Auto umgekippt gewesen, genau wie jetzt; die Sanitäter hatten Ross auf eine Trage geschnallt, genau wie die, die gerade über den Asphalt zu dem Verletzten gerollt wurde.

Als der Anruf von der Polizei kam, stillte sie gerade Ethan. Fast hätte sie den Anrufbeantworter anspringen lassen, weil es so lästig war, gleichzeitig ein müdes Baby und einen Telefonhörer zu halten. Bis heute wusste sie nicht, ob die Stimme am anderen Ende männlich oder weiblich gewesen war. Nur ein paar Worte blieben haften, die ihr noch heute ab und zu durch den Kopf stolperten: *Ross, Unfall, ernst, Beifahrerin tot*.

Die Zeit blieb stehen, und Ethan war von ihrem Schoß auf die Couch gerollt. Shelby hatte versucht, sich Ross vorzustellen, verletzt und blutend, aber sie sah immer nur den mageren Fünftklässler mit den zornigen Augen, der sich in den Kopf gesetzt hatte, den Schüler aus der Oberstufe zu verprügeln, der Shelby das Herz gebrochen hatte.

Jetzt schob sie zwei uniformierte Polizisten beiseite, um besser sehen zu können. Die Kleidung war zerfetzt, das Gesicht übel zugerichtet, aber Shelby erkannte trotzdem den Geschäftsmann, der mit dem Bauprojekt auf dem Pike-Grundstück zu tun hatte.

Eine Hand zog sie am Ellbogen nach hinten. Eli starrte sie aufgebracht an. »Was machst du denn hier?«

»Ich … ich musste es sehen.«

»So was sollte niemand sehen müssen.«

»Wird er überleben?«

»Ja, aber er hat ein paar schlimme Brüche und Verbrennungen.« Eli hatte sie wieder zurück zum Pick-up geführt. Er öffnete die Tür und half ihr hinein. »Bleib im Wagen.«

»Ich bin nicht Watson.«

Sein Blick wurde weich. »Allerdings nicht. Watson ist so was gewohnt. Du nicht.«

Als er sich abwandte, um wieder zur Unfallstelle zurückzugehen, rief Shelby unwillkürlich seinen Namen. Sofort drehte er sich um. Obwohl sie den Satz schon auf der Zunge hatte, wusste sie nicht, warum sie Eli unbedingt sagen wollte, was ihr durch den Kopf ging. »Ross wäre fast mal bei einem Autounfall ums Leben gekommen«, sagte sie schließlich.

Eli blickte über die Schulter auf das Wrack und den Rauch. »Fast zählt nicht«, sagte er.

Ethan hatte heimlich das EMF-Messgerät aus dem Zimmer seines Onkels geholt und sich für seine Flucht für ein kurzärmeliges T-Shirt entschieden, das er sonst nur im Haus tragen durfte. Ein leises Klopfen an der Tür verriet ihm, dass Lucy fertig war. Sie schlüpfte in sein Zimmer, die Augen so groß und so ängstlich, dass Ethan lachen musste. »Wir sind doch noch nicht mal unterwegs. Cool bleiben.«

»Stimmt«, flüsterte Lucy atemlos. »Was wäre denn das Schlimmste, was passieren könnte?«

Für Lucy wäre das Schlimmste, dass sie Panik bekäme. Onkel Ross hatte gesagt, dass ein menschlicher Geist einem nichts tun konnte. Für Ethan wäre das Schlimmste, na ja, viel schlimmer. Er hatte Lucy erzählt, dass er von der Sonne krank wurde, aber er hatte ihr nicht erzählt, dass er davon sterben könnte. Aber Ethan hatte sich alles genau überlegt, und wenn er schon jung sterben musste, dann wenigstens so, wie er es wollte. Jedenfalls nicht auf irgendeiner Kinderstation mit blöden lilafarbenen Dinosauriern an den Fenstern, als könnten die ein Kind darüber hinwegtäuschen, wo es war.

Vielleicht konnte ja die Hoffnung, wenn sie groß genug war, das Schicksal in eine andere Bahn lenken – es war möglich, dass die Blutsbrüderschaft, die er und Lucy am Abend vorher geschlossen hatten, sie beide ein bisschen verändert hatte: Vielleicht war Lucy ein wenig tapferer und er ein wenig stärker geworden. »Okay«, sagte Ethan, steckte das EMF-Gerät ein und öffnete das Fenster. »Wir rutschen vorsichtig runter aufs Verandadach, und dann springen wir.« Er setzte einen Fuß auf die Fensterbank. »Ich gehe als Erster.«

»Moment noch.«

Ethan drehte sich um. »Lucy, wir haben doch lang und breit darüber geredet, schon vergessen? Du bist ein Angsthase, und ich hab diese bescheuerte Krankheit. Also? Bloß Versager finden sich damit ab.«

Sie nickte und nahm ihren ganzen Mut zusammen. »Wo wollen wir noch mal hin?«

»Zu der einzigen Stelle in ganz Comtosook, wo man einen Geist finden kann *und* sehen, wie die Sonne aufgeht«, antwortete er. »Vertrau mir.« Er streckte seine weiße Hand aus und wartete, bis Lucy ihre hineinlegte, ein Schwur. Dann kletterten sie durchs Fenster hinaus in die Dunkelheit, fest entschlossen, ihr Leben zu ändern.

Am Ufer von Lake Champlain dachte Az Thompson an den Tag zurück, als seine Tochter Lia mit einer Sozialarbeiterin hierhergekommen war und er ihr eine Sprache geschenkt hatte, in der sie reden konnte. Damals hatte er sich noch nicht getraut, ihr zu sagen, wer er war oder dass er sie kannte. Stattdessen hatte er ihr ein paar Worte Abenaki beigebracht, Worte, die sie in sich aufnehmen konnte, damit sie in ihr Wurzeln schlugen. Ein geheimer Garten für das Enkelkind, das sie in sich trug.

Worte, so flüchtig und unsichtbar sie auch waren, besaßen große Kraft. Sie konnten so stark sein wie eine Festungsmauer und so spitz wie ein Florett. Sie konnten beißen, schlagen, schockieren, verwunden. Aber anders als Taten konnten Worte dir nicht wirklich helfen. Kein Versprechen hatte je einen Menschen gerettet; erst wenn es gehalten wurde, brachte es Erlösung.

Wie passend, so dachte er, dass es nach allem, was passiert war, noch immer darauf ankam, was geschrieben und was gesagt worden war. Er betrachtete die Kiste mit Akten und Stammbaumkarten, die am Flussufer stand. Es war nicht schwer gewesen, in den Keller der Stadtverwaltung einzudringen und die letzten Zeugnisse des Vermonter Eugenikprojektes herauszuholen, die Ross Wakemans Schwester wieder dorthin zurückgebracht hatte.

Az wusste, dass es nur eine Möglichkeit gab, die Wörter ihrer Macht zu berauben: Sie mussten getilgt werden. War ein Wort erst mal in die Welt entlassen worden, konnte man es nicht mehr zurückrufen, aber man konnte es daran hindern, dass es erneut ein offenes Ohr fand. Er nahm das mitgebrachte Isolierband und die erste Akte von Spencer Pike, drückte sich die Akte an die Brust und wickelte das Klebeband einmal um den Körper.

Während er Akten und Papiere und Stammbaumkarten an seinem dünnen Körper befestigte, dachte Az an seine Tochter: daran, wie ihre Augen aufleuchteten, wenn sie ihn kommen sah, an die Bewegung ihrer Hände auf ihrem schwangeren Leib, daran, dass sie ihn immer an eine Orchidee erinnert hatte.

Seine Gedanken wanderten noch weiter zurück, zu dem Augenblick, als er seine wunderschöne Lily zum ersten Mal gesehen hatte, an dem Tag, als er bei ihrem Vater auf den Feldern angefangen hatte. Irgendwann war er am Haus vorbeigekommen und hatte sie mit ihrem silber glänzenden Haar und der weißen Haut auf der Veranda Walzer tanzen sehen. Sie hatte dabei eine Melodie gesummt, die Arme um einen imaginären Partner geschlungen. Sie hatte nicht bemerkt, dass jemand sie beobachtete, und schon das hatte Az den Atem geraubt. *Sie braucht einen Partner*, hatte Az gedacht, und so hatte es angefangen.

Er fragte sich, ob Meredith schon mit Winks über das

Land gesprochen hatte. Er fragte sich, ob sie wohl nach Comtosook zurückkehren würde, wie sie gesagt hatte. Manchmal, kurz vor dem Einschlafen, verwechselte er sie mit Lia. Sie sahen sich ähnlich, ja, aber das war nicht alles. Er konnte nicht für seine Tochter sprechen, aber er glaubte, Lia wäre stolz gewesen.

Als er sich die letzte Akte am Körper befestigt hatte, ging Az ins Wasser. Selbst im August war es so kalt, dass seine Knöchel rasch gefühllos wurden. Er spürte, wie die Akten sich vollsogen. Das Papier war ein Schwamm, der ihn auf den schlammigen Grund des Sees drückte.

Az atmete noch einmal tief ein, bevor sein Kopf unterging. Er ging über den Seeboden, wirbelte Schnecken und Steine und vergessene Schätze auf. Er ließ die Luft aus seiner Lunge sprudeln und legte sich auf den Rücken, beschwert durch das Gewicht der Geschichte an seinem Körper, und dort wartete er auf den Morgen.

»Es tut mir so leid«, sagte Eli mindestens zum soundsovielten Mal zu Shelby, als er die Tür zu seinem Haus öffnete, in dem ein einsamer Watson sie begrüßte.

»Du kannst doch nichts dafür.«

Eli war bis nach ein Uhr mit dem Autounfall beschäftigt gewesen. Jetzt bekamen sie nicht mal mehr bei McDonald's etwas zu essen. Eli warf die Schlüssel in eine Schale auf dem Küchentisch, in der drei überreife Bananen lagen. »Die reinste Katastrophe«, murmelte er und öffnete den Kühlschrank. »Ich kann dir nicht mal was zubereiten. Außer du magst Brot mit Senf.« Er inspizierte die Packung. »Berichtigung: Penicillin mit Senf.«

Plötzlich umarmte Shelby ihn von hinten. »Eli«, sagte sie. »Ich hab gar keinen so großen Hunger.«

»Nein?« Er richtete sich auf und drehte sich zu ihr um.

Sie lockerte seine Krawatte. Dann schlüpfte sie aus ihren Pumps. »Nein«, sagte sie. »Aber heiß ist mir.«

Wem sagst du das, dachte Eli, und dann drehte sie sich um und hob ihr langes Haar im Nacken an. »Machst du mir den Reißverschluss auf?«

Zentimeter für Zentimeter zog er den kleinen Metallgriff nach unten, und mit jeder sich öffnenden Verzahnung wurde er nervöser. Shelbys Haut war so unglaublich weiß und glatt. Noch ein Stückchen tiefer, und der Verschluss ihres schwarzen BHs kam zum Vorschein.

Er trat irritiert zurück. »Vielleicht, äh, ziehst du dir besser was Bequemeres über«, schlug er vor.

»Ich hab aber gar nichts dabei.« Shelby griff nach hinten, zog den Reißverschluss ganz auf und ließ das Kleid zu Boden gleiten, sodass sie plötzlich wie eine Fata Morgana aus Fleisch und Blut und Spitzenunterwäsche vor Eli stand. Mit einem Lächeln wandte sie sich ab und ging die Treppe hinauf, Watson folgte ihr.

Eli zog seinen Piepser und das Handy aus dem Gürtel und schaltete beide Geräte ab. Dann nahm er den Telefonhörer von der Gabel. Das war zwar alles gegen die Dienstvorschrift, aber eine Tragödie pro Nacht reichte. Und ehrlich gesagt, es war ihm ziemlich egal, ob die Welt unterging, solange er mit Shelby zusammen war, wenn es passierte.

Meredith hatte jede Zeitschrift in Shelbys Haus durchgeblättert, als sie merkte, dass irgendetwas nicht stimmte – nämlich dass sie dabei kein einziges Mal von ihrer Tochter gestört worden war. Von Ethan hatte sie auch keinen Ton gehört.

Meredith legte das Heft beiseite und rief die beiden. Keine Antwort, aber sie waren ja auch mit einem Computerspiel beschäftigt gewesen und hatten die Tür geschlossen. Meredith lief die Treppe hinauf und rüttelte an der verschlossenen Tür. »Ethan?«, rief sie. »Was macht ihr beiden denn da drin?«

Als noch immer keine Antwort kam, wurde sie unruhig. Sie holte sich einen Kleiderbügel aus Draht und stocherte damit in dem Schloss herum, bis die Tür aufsprang.

Das Fenster war offen.

Meredith raste die Treppe hinunter zum Telefon.

Als Ross in die Küche kam, knallte Meredith gerade den Telefonhörer auf die Gabel und drehte sich um, mit Tränen im Gesicht. »Das Restaurant hat geschlossen, und Eli hat den Piepser und das Handy ausgeschaltet, und die Polizei will mir seine Privatnummer nicht geben und …«

Die düstere Stimmung, die ihn befallen hatte, war schlagartig verflogen. »Was ist denn los?«

»Die Kinder«, schluchzte Meredith, »sind verschwunden.«

»Seit wann?«

»Das weiß ich nicht. Ich habe es eben erst bemerkt.«

»Und Shelby und Eli sind nicht erreichbar?« Sie schüttelte den Kopf. »Okay. Ich fahr die Kinder suchen.«

»Wo denn? Wir wissen doch nicht, wo sie sind.«

»Doch, ich schon. Bleib hier, falls sie anrufen oder Shelby nach Hause kommt.« Aber als er zur Tür ging, wusste er, dass Meredith nur einen Schritt hinter ihm war.

Wer hätte gedacht, dass es so viele verschiedene Schwarztöne gab? Der mondlose Himmel war genau wie eine Bettdecke über dem Kopf, und der Steinbruch, ein tiefer Kreis aus Nichts direkt vor Lucys Schuhspitzen, war nur ein bisschen dunkler als die Nacht. Ein Schritt, ein Fehler, und sie würden abstürzen. Sie musste die Augen zusammenkneifen, um Ethan zu sehen, der auf einmal das Absperrungsgeländer losließ und vor ihren Augen verschwand.

Ihr Atem wurde fest, wie ein Klotz in der Kehle. Sie hätte geschrien, aber was würde Ethan von ihr denken?

Dann tauchte sein Kopf dicht neben ihren Füßen wieder auf. »Wartest du auf eine schriftliche Einladung?«, fragte er, und sie merkte, dass er auf einer Leiter stand, die hinunter in den Steinbruch führte.

Ethan hatte gesagt, da unten wäre ein Geist, ein Steinbruchaufseher, der von irgendeinem Verrückten getötet worden war. Er meinte, sie würden den Geist auf jeden Fall zu Gesicht bekommen. Er hatte gesagt, dass sie sich vielleicht vor einem Wachmann verstecken müssten, aber wie es aussah, waren sie beide die Einzigen weit und breit. Vielleicht war das ja Glück, vielleicht bedeutete es, dass es nicht schlimm war, hier zu sein. Also stieg Lucy die Leiter nach unten. Riesige Steinsäulen ragten um sie herum auf, schienen sich zu bewegen. Die Sohlen ihrer Turnschuhe rutschten auf einer Granitplatte ab, und sie landete auf einem Geröllhaufen. »Alles klar?«, rief Ethan. Es war so dunkel, dass sie ihn kaum sehen konnte.

Plötzlich begriff sie, dass Ethan immerzu so lebte.

Sie krochen zwischen Felsspalten hindurch, die so schmal waren, dass Lucy die Luft anhalten musste, an steilen Wänden hoch und unter schrägen Pfeilern her und über riesige, zerklüftete Blöcke hinweg. Sie balancierten über Steinnadeln, die kreuz und quer lagen, als hätte ein Riese Mikado gespielt. Hin und wieder traten sie einen lockeren Granitbrocken los, der in einer Staubwolke nach unten polterte. »Alles in Ordnung?«, sagte dann Ethans Stimme aus dem Dunkel, und sie gingen weiter.

Lucys Hände und Knie waren schon ganz zerschrammt, und sie hatte sich irgendwo einen tiefen Schnitt zugezogen, den sie lieber gar nicht erst sehen wollte. Sie stieß gegen Ethans Rücken und erkannte, dass sie die andere Seite des Steinbruchs erreicht hatten, gegenüber der Leiter. »Hier bleiben wir«, sagte Ethan und zeigte auf zwei Granitplatten, die im spitzen Winkel aneinanderlehnten und einen Sims bildeten.

Er kletterte als Erster hinauf. Dann streckte er die Hand nach unten, um Lucy hochzuziehen, aber ihre staubigen Finger rutschten voneinander ab, und mit einem kurzen Aufschrei fiel Lucy auf ein Geröllbett. »Lucy, alles in Ordnung?«, rief Ethan.

Tränen schossen ihr in die Augen, doch sie zwang sich aufzustehen. »Ja«, sagte Lucy und kletterte ganz vorsichtig nach oben, schob die Füße fest in die Risse im Granit, ehe sie mit der Hand nach dem nächsten Halt tastete. Oben angekommen, ließ sie sich auf den Rücken fallen und schloss die Augen, während Ethan seine Geisterjägerausrüstung aufbaute. Als sie wieder zu Atem gekommen war, setzte sie sich auf und schaltete eine Taschenlampe an, ließ den Strahl über die Strecke gleiten, die sie hinter sich gebracht hatten. Lucys Augen wurden groß, als sie die Steintürme und zerklüfteten Kanten sah, die ungeheure Entfernung. Die Leiter, die sie hinabgeklettert waren, war so weit weg, dass sie kaum zu erkennen war.

Lucy hatte schon jetzt mehr Mut bewiesen, als sie für möglich gehalten hätte.

»Und nun?«, fragte Lucy.

»Nichts. Jetzt können wir nur noch warten.« Sie setzten sich fröstelnd Schulter an Schulter. »Weißt du, was ein Stern ist?«, fragte Ethan kurz darauf, und Lucy schüttelte den Kopf. »Eine Explosion, die lange her ist, Hunderte von Jahren, die wir aber jetzt erst sehen.«

»Wieso?«

»Weil das Licht so lange braucht, bis es hier ankommt.«

Vielleicht war es bei Geistern so ähnlich, dachte Lucy. Vielleicht bewegte sich Traurigkeit nicht so schnell wie das wirkliche Leben, und deshalb tauchten sie Jahre nach ihrem Tod auf. Sie blinzelte zu dem trüben Himmel hinauf, hielt Ausschau nach einem einzigen Stern. Die Explosion war bestimmt laut und grell und schrecklich gewesen. Aber das, was sie jetzt sah, war einfach schön.

Vielleicht sah ja alles aus der Entfernung besser aus.

Noch ehe dieses Radiodings, das Ethan in der Hand hielt, anfing zu piepsen, wusste Lucy, was kam. Sie spürte das Gewicht der Luft auf der Haut, in dem hohlen Hall, der in ihre Ohren drang. Die Härchen auf ihren Armen sträubten sich, und ihr Magen schien sich um sich selbst zu drehen. »Bild ich mir das ein«, wisperte Ethan, »oder ist es gerade fünfzig Grad kälter geworden?«

Das kleine Radio lärmte jetzt ungeheuerlich. »Lucy«, flüsterte Ethan. »Steh auf.«

Sie tat es. Sie ging bis ganz dicht an den Rand von ihrem Sims, und im Kopf dachte sie, so fest sie konnte: *Du kannst mir keine Angst einjagen.*

Ethan hatte ihr gesagt, dass Geister sich nicht ohne Energie materialisieren konnten. Angst war eine Art Energie, und man konnte sie klein zusammenknüllen wie eine Kugel. Deshalb beschwor Lucy jetzt das ganze Grauen herauf, das sie in die Falten ihres Bettlakens und hinter die Wand aus Kleidern in ihrem Schrank gesteckt hatte. Sie dachte an all die Asthmaanfälle, die sie gehabt hatte, wenn ein Geist ihr direkt gegenüberstand. Sie presste die Augen fest zu und konzentrierte sich, und einen Moment später, als sie vorsichtig blinzelte, sah sie einen Mann auf sich zukommen.

Es war ein Mann, und es war kein Mann. Er war durchsichtig, wie die Frau, die in Lucys Zimmer kam, und Lucy konnte die scharfen Felskanten durch seine Schultern und sein Rückgrat hindurch sehen. Außerdem war er seltsam gekleidet: ein gestreiftes Hemd, das aussah wie eine alte Matratze, eine Hose, die keine Gürtelschlaufen hatte, und eine Weste mit einer glänzenden goldenen Taschenuhr. Er hatte einen Schnurrbart, der an den Spitzen nach oben gezwirbelt war, wie bei einem Gewichtheber im Zirkus, und das Haar klebte ihm am Kopf. *An die Arbeit*, sagte er mitten in ihrem Kopf.

Lucy spürte, wie ihr die Knie schlotterten. *Hau ab*, erwiderte sie ihm in Gedanken.

Und zu ihrer großen Verblüffung tat der Geist wie geheißen. Er machte zwei Schritte nach vorn, ging direkt durch sie durch, sodass ihre Knochen und Adern eiskalt wurden und sie einen kurzen Augenblick lang genauso reglos war wie die Felsen um sie herum, und dann verschwand er.

Lucy lächelte. Sie sah sich um, aber sonst spukte niemand in diesem Steinbruch herum. Und tatsächlich, das Druckgefühl in ihrer Magengrube war weg. Sie schlüpfte wieder in ihre kleine Höhle zu Ethan, der das EMF-Messgerät gegen die Granitplatte schlug. »Mann«, sagte er, »das Teil funktioniert einfach nicht.«

Lucy starrte ihn an. »Hast du denn nichts gesehen?«

»Nee. Falscher Alarm.« Er blickte auf. »Wieso? *Du* denn?«

»Und ob«, sagte Lucy.

Elis Körper war lang und sehnig und muskulös, seine Berührung so zart wie die Versprechen, die er ihr ins Ohr raunte. Shelby ließ sich von ihm durch den Augenblick hindurchführen, unsicher, ob sie überhaupt noch wusste, wie es ging, doch als ihre Gliedmaßen ineinander verschlungen waren, hatte sie längst vergessen, je Zweifel gehabt zu haben.

Er küsste ihre Fußknöchel, glitt über Waden und Knie und Oberschenkel nach oben, bis sie es kaum noch erwarten konnte, dass er ganz zu ihr kam. Als er es tat, als sich sein Mund auf sie senkte, reckte sie sich ihm entgegen und schloss die Augen, sah Landschaften aus Gold, leuchtende Smaragde, Schauer von Rubinen. Sie brannten heißer, kleiner, wurden zu Quasaren und Novas und füllten ein Universum. Eli bewegte sich, als hätte er alle Zeit der Welt. Dann, gerade als sie sich nicht länger zurückhalten konnte, war er plötzlich über ihr, zwang sie, ihn anzusehen, damit sie genau erkannte, welche Richtung ihr Leben nahm. »Wo warst du so lange?«, murmelte Eli und füllte sie aus.

Ihre Körper wiegten sich um einen Fixpunkt, ihr Rhythmus erzählte eine Geschichte. Und in dem Augenblick, als sie beide losließen, vergaß Shelby jedes Wort, das sie je gelernt hatte, bis auf eines: *Wir*.

Als Eli in ihren Armen eingeschlafen war, schob Shelby sich unter ihm hervor und schmiegte sich an ihn. Sie versuchte, sich die Muster seiner Sommersprossen und die Linie seines Scheitels einzuprägen. Sie roch ihren eigenen Duft auf seiner Haut.

Etwas drückte unangenehm gegen ihren Oberschenkel, und sie rutschte ein Stück zur Seite, suchte eine bequemere Position. Aber was immer es war, es bewegte sich mit ihr, und als Shelby die Hand zwischen Eli und sich schob, ertastete sie einen kleinen, scharfkantigen Gegenstand. Sie hielt ihn in den rosafarbenen Streifen Tageslicht, der schräg auf die Bettdecke fiel, und runzelte die Stirn. Diese ungewöhnliche Fassung, die Kombination von Steinen, kam ihr sehr bekannt vor.

»Hallo.« Eli griff nach ihr.

»Hallo«, sagte Shelby, den Mund auf seinen Lippen, und vergaß alles andere. Sie ließ den Diamantring fallen, den Ross vor vielen Jahren Aimee geschenkt hatte und der vor Monaten bei ihr zu Hause verschwunden war.

Es war das Schönste, das Ethan je gesehen hatte – die zarten Rosatöne und sanften Orangefarben, die Morgenröte, die die Sterne erblassen ließ, die Linie, an der die Nacht zum Tag wurde. Ethan hätte sich gewünscht, dass die Dämmerung noch einmal anbrach, jetzt sofort, obwohl das bedeutet hätte, dass er noch einen Tag älter und seinem Tod näher wäre.

Lucy hatte noch geschlafen, als Ethan auf den Sims gekrochen war. Er saß im Schneidersitz, die Arme vor sich ausgestreckt, und mit jedem Grad, den die Sonne am Himmel höher stieg, entstand eine weitere Blase auf seiner Haut.

Aber, Gott, das war es wert. Die Ankunft des Morgens zu erleben, ohne eine Glasscheibe vor den Augen. Den Sonnenaufgang zu spüren, anstatt ihn bloß zu sehen.

Sein linker Arm war jetzt krebsrot und juckte wie verrückt. Hinter ihm kam Lucy gähnend auf den Felsen. Dann sah sie seine Arme. »Ethan!«

»Ist nicht so schlimm.« Aber es war schlimm. Das war unübersehbar. Plötzlich fiel sein Blick auf etwas Glitzerndes auf dem Grund des Steinbruchs. Vielleicht ein silberner Knopf – oder eine Schnalle. Es war eine Baseballmütze, und als Ethan sich über den Rand des Granitsimses beugte, konnte er den Schriftzug darauf erkennen. »Das ist ja komisch«, sagte er. Doch ehe er Lucy die Mütze zeigen konnte, die vermutlich seinem Onkel gehörte, explodierte sie vor seinen Augen.

Wie an jedem Morgen, wenn im Angel-Steinbruch gesprengt wurde, lösten die Computer die ersten Explosionen aus und ließen dann dem Gestein etwas Zeit, wieder zur Ruhe zu kommen, bevor die nächste Ladung zur Detonation gebracht wurde. Gewaltige Brocken flogen durch die Luft, und feine Partikel stiegen in einer Pilzwolke auf. Gesteinsstaub bedeckte das Dach von Ross' Wagen. Kurz nach der ersten Sprengung krachte die zweite los. Ein spitzer Stein durchschlug die Windschutzscheibe. »Oh Gott«, schrie Meredith, und während der Wagen noch rollte, stieß sie die Beifahrertür auf, sprang nach draußen und rannte auf den Steinbruch zu, in dem vielleicht ihre Tochter war.

Große Granitplatten kippten wie Dominosteine, stürzten Steinpfeiler von ihren Podesten und wirbelten eine so dichte Wolke aus silbrigem Sand und Steinsplittern in die Luft, dass Meredith vorübergehend kaum die Hand vor Augen sehen konnte. Ross kam angerannt. »Ich kann Az nirgends entdecken«, sagte er. »Ich weiß nicht, wie ich die Sprengung stoppen soll.«

Meredith krallte die Finger in den Maschendrahtzaun. »Lucy!«, schrie sie. »Lucy!«

Die einzige Antwort war eine erneute Serie von Explosionen. Das Getöse des berstenden Gesteins war noch lauter als der Krach der Detonationen.

Jemand anderes hätte es vielleicht nicht gehört – das kurze Keuchen, auf das ein Schluchzen folgte –, doch Meredith entging das Geräusch nicht. »Lucy«, flüsterte sie und strengte die Augen an, um irgendeinen Beweis dafür zu entdecken, dass ihre Ohren sie nicht getäuscht hatten. Sie fand ihn, auf einem Steinsims kauernd – ein schmaler Farbfleck, der in dem Staubschleier aufblitzte, ein rostroter Streifen von Lucys T-Shirt, der nicht von grauem Puder bedeckt war. Meredith sprang an dem Zaun hoch und kletterte los.

»Meredith!«

Sie hörte Ross' Stimme, der ihr über den Zaun folgte. Es war durchaus denkbar, dass die Sprengungen jeden Augenblick weitergingen, aber Meredith war das egal. Sie hatte Ethan und Lucy tief unten im Steinbruch erspäht, und stieg jetzt eine Leiter hinab, deren Sprossen an der Steinwand befestigt waren.

Unten angekommen, zögerte sie kurz, eingeschüchtert durch steinerne Obelisken, die sechsmal größer waren als sie, doch dann erkletterte sie den ersten und sah sich nach dem kürzesten Weg zu ihrer Tochter um. An dem rauen Fels kratzte sie sich die Hände blutig. Sie rutschte ab, knickte mit einem Fuß um und schrie auf. Im selben Augenblick entdeckte Lucy sie. »Mommy!«, hörte sie und Weinen, und sie quälte sich fünfzehn Meter weiter.

Ein Signalhorn ertönte, dreimal hintereinander. »Deckung«, rief Meredith, so laut sie konnte, winkte ihnen zu, sich in die Höhle zu verkriechen, die sie gefunden hatten. Sie legte sich die Arme über den Kopf, als könnte sie sich dadurch schützen, und fast im selben Moment explodierten die Sprengladungen auf der anderen Seite des Steinbruchs. Die Detonation war zwar weit entfernt, doch die Erschütterung ließ den Boden unter Merediths Füßen erbeben. Sie spürte, wie der Stein unter ihr nachgab, ihre blutnassen Finger suchten vergeblich nach Halt, und dann fiel sie und landete auf dem verletzten Fuß. Das Bein zerknickte unter dem Gewicht der Granitplatte und wurde eingeklemmt.

Ross sah die Explosionen wie in Zeitlupe. Er hörte das Tosen des Gerölls, das ihm mit seinem rasenden Puls in den Ohren hallte. Er konnte die Zeit nicht beschleunigen, er konnte seine Arme und Beine nicht dazu bringen, sich schneller zu bewegen. Die ganze Welt um ihn herum wurde zersprengt. Doch selbst in diesem Chaos übertönte Ethans Hilfeschrei alles Krachen.

Ross blendete jeden Gedanken daran aus, dass es praktisch unmöglich war, heil auf die andere Seite des Steinbruchs zu gelangen. Er wusste nur, dass er nicht noch einmal einen Menschen sterben lassen würde, den er liebte. Dass er der Einzige war, der Ethan retten konnte. Dass er keine Wahl hatte.

Dass die Geschichte sich *nicht* wiederholen würde.

Als er Meredith erreichte, waren seine Schienbeine vom Granit zerschnitten. Blut rann ihm von der Schläfe, wo ein Splitter ihn getroffen hatte. Meredith lag eingeklemmt unter einer Felsplatte, so groß wie ein erwachsener Mann. »Die Kinder«, keuchte sie, und er nickte ihr zu.

Er rammte einen Schuh in den Spalt zwischen zwei Steinen, streckte die Arme aus und zog sich weiter. Wieder und wieder. Manchmal bewegten sich Felsen unter ihm, oder seine Hände rutschten ab. Doch Ross gab nicht auf. Er hielt die Augen auf Ethan und Lucy gerichtet, die auf dem Sims hinter einer Staubwand standen und auf ihn warteten.

Die beiden aneinandergelehnten Felsen, unter denen Lucy und Ethan Schutz gesucht hatten, brachen plötzlich zusammen. Lucy sprang kreischend an den äußeren Rand des Simses. »Schnell!«, rief sie. »Bitte!«

Nach tausend Jahren oder vielleicht auch nur nach einem Herzschlag erreichte Ross den Geröllhügel. Er suchte festen Halt und kletterte hoch. Eine Hand vor die andere. Ein Fuß vor den anderen. Als er den Kopf hob, konnte er die Spitzen von Ethans schwarzen Turnschuhen sehen.

Eine Detonation krachte hinter ihm, und dann stürzte Ross auch schon – zusammen mit der Wand, an der er hochklettern wollte. Instinktiv rollte er sich nach links und hob die Arme über den Kopf, während es dicke Gesteinsbrocken regnete. Lucy weinte jetzt lauter, und er hörte Ethan und Meredith seinen Namen rufen. Er stand auf und blickte sich um.

Der Sims, auf dem Ethan und Lucy gestanden hatten, war noch da. Aber zwischen dem Sims und dem Felsen, auf dem Ross sich befand, klaffte jetzt ein Abgrund. Quer durch den gesamten Steinbruch verlief ein anderthalb Meter breiter und fast fünf Meter tiefer Graben, der die Kinder auf einer steinernen Insel gefangen hielt.

Ross schaute nach rechts und links, dann hinunter in diese neue Grube. Die Granitwände fielen senkrecht ab. Um zu den Kindern zu gelangen, müsste er an dem Spalt entlang bis zum Südende des Steinbruchs, dort zur Sicherheitsabsperrung hoch und dann auf der anderen Seite des

Grabens wieder herunter. »He, ihr beiden«, rief Ross den Kindern zu. »Ihr müsst springen.«

Meredith hatte alles beobachtet – Ross' Weg durch den bebenden Steinbuch und dass er schon fast bei Lucy und Ethan war, als der Berg unter seinen Füßen nachgab. Als er aus ihrem Gesichtsfeld verschwand, wollte sie sich drehen, um weiter nach ihm Ausschau halten zu können. Dabei jagte ihr ein so heftiger Schmerz durch das Bein, dass sie fast das Bewusstsein verloren hätte. Noch während sie dagegen ankämpfte, sah sie plötzlich, wie sich der Spalt auftat, der den Boden des Steinbruchs in zwei Hälften teilte, mit den Kindern auf der anderen Seite.

Ross würde es niemals bis zum Rand des Steinbruchs und von dort bis zu den Kindern schaffen, nicht vor der nächsten Explosion. Er hatte recht – die einzige Rettung für Lucy und Ethan war ein Sprung über den Spalt. Ethan würde tun, was sein Onkel ihm sagte. Aber Lucy – nein, Lucy würde nicht springen. Dazu war sie einfach nicht mutig genug.

Meredith traten Tränen in die Augen. »Lucy«, schrie sie, »spring!«

Sie würden hier sterben, sie und Lucy, unter Schutt begraben. Sie flehte innerlich um Mut und Furchtlosigkeit für ihre Tochter. Und als sie ihren ganzen Willen darauf konzentrierte, sah sie, wie Lucy Anlauf nahm und loslief und hoch in die Luft sprang.

Sie landete mit Schwung in Ross' Armen und riss sie beide zu Boden. Und jetzt, da sie in Sicherheit war, konnte sie ihn einfach nicht mehr loslassen. Erleichtert, verwundert – er hatte nicht damit gerechnet, dass sie springen würde, noch dazu vor Ethan –, küsste Ross sie auf die Stirn. »Ich hab dich«, flüsterte er in ihr Haar, während sie an seiner Schulter schluchzte. »Alles in Ordnung.« Er schob die Kleine von sich weg. »Jetzt muss ich Ethan auffangen, okay?«

»Okay«, schniefte Lucy. Noch immer zitternd, schlang sie die Arme um die Knie und zog den Kopf ein.

Ross stand wieder auf. »Ethan, ich lass dich nicht fallen.« Er sah, wie sein Neffe nickte, loslief und sprang.

Ethan war Superman, und er flog, und nichts – *nichts* – konnte ihn davon abhalten, die Welt zu retten oder wenigstens sich selbst. Er hatte die Augen geschlossen, um nicht die zackigen Felsen auf dem Grund des Grabens sehen zu müssen oder wie weit es bis zu Onkel Ross war. Er streckte die Fingerspitzen so weit nach vorn wie möglich und sang lautlos: *Ich bin ein Vogel, ich bin ein Flugzeug, ich bin schon da.*

Als seine Finger gegen etwas Festes stießen, riss er die Augen auf und sah, wie er in die offenen Arme seines Onkels flog. Er klammerte sich fest, und erst dann kamen die Tränen, so unvermittelt und haltlos, dass er nicht einmal mehr sprechen konnte. Seine Füße glitten an Ross' Beinen hinunter und fanden festen Boden.

Der im selben Augenblick unter ihnen wegbrach.

Ross spürte, wie sie abrutschten, mit einer Geröllawine in den tiefen Spalt hineinglitten, und er drehte seinen Körper im Fallen so, dass er die Wucht des Sturzes abfangen konnte. Ethan landete schmerzhaft auf ihm, und Steine bohrten sich ihm in Beine und Rücken. »Steh auf«, sagte Ross und schob seinen Neffen auf die Beine. »Geht's?«

Ethan fand keine Worte, aber er nickte. Ross schaute nach oben. »Lucy!«, schrie er. »Wo bist du?«

Ein kleines, weißes Gesicht tauchte an der Felskante über ihnen auf. Tränen zogen Streifen durch den Staub auf ihren Wangen. Ross betrachtete die steilen Wände – es gab einige Stellen, wo er Halt finden konnte, um wieder nach oben zu klettern, aber niemals mit Ethan auf dem Rücken. Und Lucy war nicht stark genug, um sie hochzuziehen.

»Ethan, du musst mir helfen«, sagte Ross. »Du steigst auf meine Schultern und kletterst dann allein nach oben. Lucy!«, rief er. »Wenn Ethan nah genug ist, packst du seine Hand, okay?«

Es kam keine Antwort. Ross konnte Lucy auch nicht mehr sehen. Aber wenn sie warteten, ging vielleicht bald die nächste Sprengladung hoch, und dann würden sie hier nicht mehr herauskommen. »Los jetzt«, sagte er zu Ethan und ging in die Hocke, damit der Junge ihm auf die Schultern klettern konnte. »Wenn du oben ankommst, hilft Lucy dir bestimmt.«

Lucy zitterte so heftig, dass sie keine Luft mehr bekam. Sie hatte gesehen, wie die Welt in sich zusammenfiel – der Morgen grau wurde, der feste Boden verschwand, ihre Mutter gefangen. Ross und Ethan saßen unten in dem Graben fest, und sie war hier oben, und nichts war so, wie es sein sollte. Lucy wollte einfach die Augen zumachen.

»Lucy!« Das war Ross' Stimme. Er wollte, dass sie Ethan nach oben half. Aber dazu müsste sie wieder ganz nah an den Abgrund, wo der Rand doch eben eingebrochen war. Und Lucy konnte sich einfach nicht dazu überwinden.

»He!« Ethans Hand tauchte über der Kante auf. »He, Lucy, wo bist du? Onkel Ross, sie kommt nicht!«

»Lucy!«

Lucy hielt sich die Ohren zu. Sie würden alle weggehen, das alles hier würde weggehen, einfach weggehen. Und dann drang ein Gedanke zu ihr durch, zart wie ein Sonnenstrahl: Auch wenn man Angst hatte, konnte man tun, was getan werden musste.

Sie kroch auf den Rand der Spalte zu, schluckte trocken, spähte über die Kante und sah Ethan, nur ein kleines Stück unterhalb von ihr, der wie eine Spinne an der Wand klebte.

Lucy legte sich auf den Bauch und presste die Wange auf den Boden. Dann streckte sie die rechte Hand aus. Sie spürte seine Finger, und dann umschloss er ihre Hand, hielt sich an ihr fest.

Weil sie sein Gewicht nicht hochziehen konnte, machte sie sich selbst zum Anker. Er zog sich an ihrem Arm hoch, Stückchen für Stückchen, packte ihre Schulter und hievte sich dann über den Rand.

Sie starrten einander keuchend an, atmeten die Atemluft des anderen. »Lucy«, sagte Ethan, und seine Stimme klang so heiser, dass man sich schon fast den Mann vorstellen konnte, der er vielleicht niemals werden würde.

Sie brachte ein zaghaftes Lächeln zustande. »Wieso hast du denn so lange gebraucht?«, flüsterte sie.

Ross trug Lucy auf dem Rücken und dirigierte Ethan Schritt für Schritt durch die Gesteinstrümmer zur Leiter auf der anderen Seite. Mehrmals musste er die Richtung wechseln, weil eine weitere ferne Explosion die felsige Landschaft vor ihnen veränderte. Nicht ein einziges Mal kam ihm der Gedanke, dass sie es nicht schaffen würden.

Als sie die rostige Leiter erreichten, stellte er Lucy auf die untere Sprosse und sagte, sie solle nach oben klettern. Ethan folgte ihr. »Verständige die Polizei«, sagte Ross zu ihm. »Und wenn du dafür ins Büro einbrechen musst.«

Ethan nickte. »Kommst du nicht mit?«

Ross sah über die Schulter. »Noch nicht«, sagte er und drückte Ethans Wade. »Los jetzt.«

Dann ging er den Weg zurück, den er gekommen war, suchte verzweifelt nach der großen Steinplatte, unter der Meredith eingeklemmt war. Aber inzwischen lagen überall viele andere Granitplatten im Steinbruch, und er wusste nicht mehr genau, wo er Meredith gesehen hatte. Er suchte sich einen erhöhten Punkt, und plötzlich entdeckte er Meredith' Arm.

»Meredith!« rief er, und sie kam zu sich.

»Lucy?«

»Alles in Ordnung. Sie ist raus.«

Sie konnte es nicht sehen, aber ihr Bein war grotesk verdreht. Die große Platte, die ihren Oberschenkel einklemmte, war doppelt so breit wie Ross und so dick wie sein Arm. Er konnte sie unmöglich anheben. »Hol Hilfe, Ross«, sagte Meredith unter Tränen.

»*Ich* bin hier, um dir zu helfen.« Er sah sich vergeblich nach irgendetwas um, womit er die Platte bewegen könnte. »Ich versuch jetzt, das Ding anzuheben.«

Sie zitterte, eine Mischung aus Schmerz und Todesangst. »Mach, dass du hier rauskommst.«

Ross schob sich unter die Platte und versuchte sie hochzustemmen, aber sie rührte sich nicht. In der Ferne kündigte ein gellendes Signal eine weitere Serie von Sprengungen an. Ross hielt hektisch Ausschau nach Dynamitstangen oder Sprengkapseln, dann fiel sein Blick auf Meredith, und plötzlich stand die Wahrheit deutlich zwischen ihnen: Er konnte ihr nicht helfen.

Er beugte sich vor und strich ihr die Haare aus der Stirn. »Schhh«, flüsterte er, und irgendwo links von ihnen ging eine Sprengladung los.

»Ross, geh. Bitte.« Sie weinte jetzt heftiger. »Ich muss wissen, dass du hier rausgekommen bist.«

Er zwang sich zu einem schiefen Grinsen. »Wie oft muss ich dir denn noch sagen, dass ich unsterblich bin?«

Sie griff nach seiner Hand, und Ross ging neben Meredith' Kopf auf die Knie. Im selben Moment sahen sie beide den roten Stab, etwa einen Meter von ihnen entfernt.

Ross sprang auf, packte die Dynamitstange und rannte los. Er lief über gezacktes Granitgestein, über geborstene

Felsen, tief in den Steinbruch hinein. Nichts zählte mehr, außer möglichst weit von Meredith wegzukommen, ehe die Computer das Dynamit zündeten.

Die Ladung zerbarst in seiner Hand. In dem Sekundenbruchteil, bevor er sie losließ, bevor eine Explosion heißer als tausend Sonnen die Stelle ausradierte, auf der er stand, erlebte Ross einen Augenblick, in dem alles kristallklar war. Er hatte Meredith gerettet, er hatte alle gerettet. Vielleicht reichte das ja sogar als Entschädigung für den Rest seines Lebens.

Die Wucht der Detonation riss ihn von den Beinen, und sein Kopf schlug mit voller Wucht auf einen gezackten Stein auf. Und als er gerade dachte, dass er endlich etwas gefunden hatte, wofür es sich zu leben lohnte, musste Ross erkennen, dass er doch nicht unbesiegbar war.

Als Eli und Shelby eintrafen, waren die ersten Rettungswagen bereits wieder abgefahren. Im Steinbruch wimmelte es von Polizisten, die aus Nachbargemeinden angefordert worden waren, um das ganze Gelände abzusperren. Ein anderer Detective sprach gerade mit den Besitzern des Angel-Steinbruchs, die herbeigeeilt waren, natürlich in Begleitung ihres Anwalts. Keiner wusste, wo Az Thompson, der Nachtwächter, war. Seine Abwesenheit machte es leicht, ihn zum Sündenbock abzustempeln.

Eli hastete zu den Sanitätern hinüber. »Die Kinder. Wo sind die Kinder?«

»Denen ist nichts passiert. Ein paar Schürfwunden und Prellungen. Sie sind auf dem Weg ins Krankenhaus.«

Er spürte, wie Shelby neben ihm in sich zusammensank, und er legte stützend den Arm um sie.

»Können wir hinfahren?«, fragte Shelby. »Sofort? Zum Krankenhaus?«

Doch bevor er antworten konnte, erregte etwas an der

Absperrung seine Aufmerksamkeit. Drei Rettungshelfer hoben behutsam eine Trage über den Rand. Auf ihr festgeschnallt lag, ramponiert und blutverschmiert, Meredith.

»Um Gottes willen«, hauchte Shelby, während sie mit ansah, wie die ohnmächtige Meredith in einen Rettungswagen geschoben wurde. Und erst jetzt registrierte sie Ross' Auto. Shelby hielt einen Sanitäter an der Jacke fest. »Wo ist mein Bruder. *Wo* ist mein Bruder?« Der Mann antwortete nicht, aber sie hielt ihn weiter fest. »Ross Wakeman«, sagte sie. »Er muss hier irgendwo sein.«

Stille breitete sich aus. Niemand wollte ihr antworten, und das war Antwort genug. »Nein«, schrie Shelby und sank auf die Knie. »Nein!«

Eli legte die Arme um sie. »Er ist im Krankenhaus«, sagte er mit Nachdruck. Dann sah er einen Sanitäter an. »Hab ich recht?«

»Ja, stimmt, er ist im Krankenhaus.«

»Siehst du?« Eli half Shelby hoch und führte sie zu seinem Wagen. »Wir fahren jetzt zu Ethan. Und zu Ross.«

»Okay.« Shelby nickte unter Tränen. »Okay.«

Eli machte die Tür zu. Als er auf die Fahrerseite ging, berührte der Sanitäter ihn an der Schulter. »Äh, Detective. Was den Mann betrifft ... «

»Er ist im Krankenhaus«, wiederholte Eli.

»Ja, aber das war nur noch eine reine Formsache«, sagte der Sanitäter. »Er war schon tot, als wir ihn fanden.«

Ross fuhr, und Aimee saß auf dem Beifahrersitz. »Dänemark«, sagte er.

Sie überlegte einen Moment. »Kirgisistan.«

Er konnte die Augen nicht von ihr abwenden, als hätte er sie seit einer Ewigkeit nicht mehr gesehen, obwohl er wusste, dass das unmöglich der Fall sein konnte ... sie waren nie länger als zweiundsiebzig Stunden voneinander getrennt, und das auch nur, wenn Aimee Nachtdienst im Krankenhaus hatte. Immer wieder schielte Ross hinüber, um die Kontur ihrer Wangenpartie zu betrachten, ihre Augen, die Stelle, wo der lange Zopf auf ihren Rücken fiel. »New York«, murmelte er.

Aimee verdrehte die Augen. »Ach, komm schon, Ross, schon wieder ein K?«

»Du hast fünfzehn Jahre Ausbildung hinter dir, da müsste so ein bisschen Geografie doch ein Kinderspiel sein.«

»Na schön, Kalamazoo.«

Er lächelte und blickte auf die Straße. Sie fuhren schnell, und draußen goss es in Strömen, trotzdem hätte er schwören können, dass er die Frau erkannt hatte, die da am Straßenrand entlangging – es war seine alte Kindergärtnerin. Sie trug einen gelben Kittel, an den Ross sich noch erinnern konnte. Er blickte in den Rückspiegel, aber sie war verschwunden. »Oshkosh«, erwiderte Ross.

Aimee hatte die Schuhe ausgezogen – wie immer bei längeren Autofahrten. »Himmel.«

»Der Himmel ist weder Land noch Stadt.«

»Aber ein Ort«, widersprach Aimee.

Ross zog die Stirn kraus. »Und da bist du dir ganz sicher.« Er blickte in den Seitenspiegel und wäre fast ins Schleudern gekommen, denn hinter ihm auf der gegenüberliegenden Straßenseite war seine Mutter. Sie trug einen Pullover mit kleinen Perlen um den Halsausschnitt. Er erinnerte sich, dass er als Kind auf ihrem Schoß die Perlen zwischen den Fingern gedreht hatte. Sie lächelte ihm zu und winkte.

Seine Mutter war seit 1996 tot. Seine Kindergärtnerin noch viel länger. Und Kirgisistan gehörte noch zur UdSSR, als Aimee starb.

Der Himmel ist kein Ort.

Die Straße machte eine Biegung, und plötzlich kam

ihnen ein Sattelschlepper entgegen, auf ihrer Fahrspur. »Ross!«, schrie Aimee, und er riss das Lenkrad nach links, auf die Gegenspur. Zu spät bemerkte er den Kleinwagen, der durch den massigen Sattelschlepper verdeckt gewesen war und jetzt auf sie zuraste.

Reifen quietschten entsetzlich auf nasser Straße, und dann kam der jähe, wuchtige Aufprall von Blech auf Blech. Ross fand sich ausgestreckt neben dem umgestürzten Wagen wieder. Er riss die Beifahrertür auf, griff ins Wageninnere und löste Aimees Sicherheitsgurt.

Sie war an der Schulter verletzt, und Blut durchtränkte ihre Bluse, doch ihr Gesicht, es war herzförmig, unversehrt und wunderschön. Der dicke Mozartzopf hatte sich gelöst, und ihr Haar lag aufgefächert auf der Brust wie ein Seidenschal. »Aimee«, sagt er leise. »Gott.«

Er setzte sich und zog sie auf seinen Schoß, weinte, als die volle Wucht seiner Erinnerungen ihn traf wie ein Faustschlag. Er strich ihr das regennasse Haar aus dem Gesicht. »Ich lass dich nicht allein. Ich bleib bei dir.«

Aimee blinzelte und sah ihn an. »Ross«, sagte sie und blickte über seine Schulter. »Du *musst* gehen.«

In all den Jahren hatte er sich nicht mehr an diese Worte erinnert, an Aimees Aufforderung, die ihn von der Schuld befreite, nicht an ihrer Seite gewesen zu sein, als sie starb. Er schloss die Arme noch enger um sie und neigte sich vor, aber plötzlich stand jemand neben ihm und versuchte, ihn ebenso entschlossen zum Aufstehen zu bewegen, wie er bleiben wollte.

Wütend fuhr er herum und sah Lia.

Aimee lag in seinen Armen, Lia war hinter ihm, und er erstarrte. Er litt Höllenqualen, war mitten in einem Albtraum. Beide Frauen brauchten ihn, jede besaß die Hälfte seines Herzens. *Zu welcher gehe ich?*, dachte er. *Und welche verliere ich?*

Lia zog ihn hoch, zu dem anderen Unfallwagen, der

auf der Seite lag, direkt vor der Leitplanke. Ross wollte sich von ihr losreißen und zurück zu Aimee, war sicher, dass es ein Test war, den er diesmal bestehen musste.

Aber jetzt konnte er Aimee gar nicht mehr sehen, weil das andere Auto zwischen ihnen war. Frustriert schüttelte Ross Lias Hand ab und riss die Tür des völlig zerstörten grünen Honda auf. Ein Körper lag zusammengesackt und zur Seite gesunken hinter dem Lenkrad. Ross roch Benzin und wusste, der Wagen würde jede Sekunde in Brand geraten.

Er tastete nach dem Sicherheitsgurt, der sich verklemmt hatte. »Aimee« schrie er über die Schulter, »ich bin gleich wieder da. Halte durch.« Wieder drückte er auf den Knopf, und diesmal löste sich der Gurt. Mit beiden Händen zog Ross die bewusstlose Fahrerin aus dem Wrack. Er schleifte sie über den Boden, bis zum Waldrand, und dann ging der Wagen in Flammen auf.

Sirenen näherten sich, Wasser aus einem Feuerwehrschlauch wurde gegen das Auto gespritzt. Als ein Sanitäter angelaufen kam, hielt Ross ihn fest. »Bei dem anderen Auto liegt eine Frau, die Hilfe braucht«, schrie er ihn an.

»Um die kümmert sich schon jemand.« Der Sanitäter ging neben Ross in die Knie. »Wie heißt die Frau hier?«

Ross wusste es nicht. Sie war eine Fremde. Er blickte nach unten auf den von Flammen erhellten, ausgestreckten Körper, so wie er es neun Jahre zuvor getan hatte. Genau wie damals hatte die Fahrerin eine klaffende Wunde am Haaransatz, und Blut bedeckte ihr Gesicht und das schwarze Kleid. Aber diesmal nahm er ihr Gesicht wahr – *richtig* wahr –, und alles war anders. *Mein Gott.* »Sie heißt Meredith«, sagte Ross tonlos.

F. Juniper Smugg war seit genau siebenundzwanzig Tagen Assistenzarzt im Fletcher Allen Hospital in Burlington. Zurzeit arbeitete er in der Notaufnahme, aber irgendwann wollte er in die Dermatologie oder die plastische Chirurgie, wo es nicht ständig um Leben und Tod ging, irgendwann wollte er eine eigene Praxis aufmachen und sich nicht mit den Unvorhersehbarkeiten eines Provinzkrankenhauses herumschlagen müssen. Aber solange er hier war, würde er natürlich seine Pflicht tun. Deshalb machte es ihm auch nichts aus, den Toten runter in die Leichenhalle zu bringen. Immer noch besser als das, was sie mit dem Kerl angestellt hatten, als er eingeliefert wurde – Elektroschocks und Intubation, wo doch jeder Laie hätte sehen können, dass der Patient mausetot war.

Er war allein im Fahrstuhl. Er drückte auf den Knopf, wartete, bis die Tür geschlossen war, und fing an, einen ABBA-Song zu schmettern, wobei er sich in der verspiegelten Wand beobachtete. Er war gerade beim Refrain von *Dancing Queen*, als eine Hand seinen Arm packte.

Der Tote auf der Trage richtete sich auf. »Das ist ja nicht zum Aushalten«, sagte er heiser.

Als die Fahrstuhltür sich öffnete, stand der Tote, und der Assistenzarzt hing quer über der schmalen Trage. »Kann mir mal jemand helfen?«, fragte Ross die schockierten Mitarbeiter von der Leichenhalle. »Der Kerl hier ist völlig weggetreten.«

Als Az Thompsons Leiche an das Ufer vom Lake Champlain geschwemmt wurde, machte man den Körper nach indianischer Tradition innerhalb von vierundzwanzig Stunden für die Bestattung bereit. Winks Champigny, der als Sprecher für die Abenaki fungierte, schlug vor, Az Thompsons sterbliche Überreste auf dem jüngst erworbenen Besitz an der Kreuzung von Otter Creek Pass und Montgomery Road zur letzten Ruhe zu betten. Er wurde mit dem Gesicht gen Osten beerdigt, auf der Seite, mit Blick auf den Sonnenaufgang.

Fast wäre Eli in der Nacht gar nicht mehr nach Hause gekommen. Der Papierkram und die Beschwichtigungsverhandlungen mit den Steinbruchbesitzern zogen sich endlos hin, und er wollte sich nur noch neben Shelby aufs Bett fallen lassen und erst im nächsten Jahrtausend wieder aufwachen.

Er wusste nur nicht, ob Shelby im Augenblick danach war, ihn oder irgendwen sonst zu sehen.

Er hatte sie im Arm gehalten, während sie im Krankenhaus weinte, bis sie nach Hause hatte gehen wollen, um sich um alles zu kümmern. Eli hatte gespürt, wie sie eine unsichtbare Wand aufbaute und von niemandem Hilfe annehmen wollte, und das hatte ihn völlig fertiggemacht. Er würde jetzt duschen und dann zu ihr fahren, ob ihr das recht war oder nicht.

Als er den Schlüssel in seine Haustür stecken wollte, merkte er, dass sie offen war. Als sie nach innen aufschwang, ging er in Alarmbereitschaft. Aber es war kein Dieb in seiner Küche. Nur Shelby, die Hände in einer Schüssel mit Mehl.

»Ich bin eingebrochen«, sagte sie mit zittriger Stimme. »Bei einem Polizisten.«

Eli zog sie an sich, küsste sie auf den Scheitel. »Es tut mir so leid. Es tut mir so furchtbar leid.«

Sie weinte, und als sie sich das Gesicht abwischte, hinterließen ihre Finger feine weiße Streifen. »Ich konnte nicht zu Hause bleiben. Ich hab auch noch kein … Bestattungsunternehmen angerufen. Das Telefon stand nicht mehr still, ständig irgendwelche Reporter, ich bin irgendwann gar nicht mehr rangegangen. Die Ärzte im Krankenhaus haben mir für Ethan und Lucy was mitgegeben, damit sie schlafen. Ich hab die beiden oben in dein Bett gepackt. Ich hab Suppe gekocht. Und Brot gebacken. Das Telefon hat einmal geklingelt, aber ich bin nicht … Ich hab den Hund für dich gefüttert.«

Sie sprach völlig wirr, und doch verstand Eli jedes Wort. Er wiegte sie in seiner Umarmung und stellte sich ihre kleinen weißen Handabdrücke hinten auf seinem Jackett vor, so geisterhaft wie die in dem Badezimmerspiegel im alten Pike-Haus. Shelby wischte sich die Nase an seinem Hemd ab. »Ich geh wieder, wenn du willst.«

»Geh nicht«, flüsterte er, »nie mehr.«

Meredith sah ganz anders aus als Lia. Ross verstand überhaupt nicht, wieso er jemals eine Ähnlichkeit zwischen den beiden gesehen hatte.

Sie lag in einem Streckverband. Man hatte das gebrochene Bein gerichtet und fixiert. Außerdem war sie vollgepumpt mit Schmerzmitteln. Man hatte Ross nur deshalb erlaubt, zu ihr zu gehen, weil keiner einem Mann etwas abschlagen wollte, der noch Stunden zuvor tot gewesen war.

Er hatte zuerst nach Shelby und Ethan gesucht, aber sie waren schon entlassen worden und hatten Lucy mitgenommen. Doch als Ross bei ihr zu Hause anrief, meldete sich niemand, und der Anrufbeantworter war abgeschaltet. Er hätte bei Eli angerufen, aber ihm fiel die Privatnummer nicht ein, falls er sie überhaupt je gewusst hatte. Der Neurologe, der Ross untersucht hatte, nachdem seine Kopfverletzungen genäht worden waren, hatte ihm gesagt, dass er mit Gedächtnislücken rechnen müsse und dass es ungewiss sei, ob sich das irgendwann wieder geben würde. So konnte er sich beispielsweise absolut nicht erinnern, was er alles getan hatte, bevor er nach Hause gekommen war und Meredith in der Küche angetroffen hatte, während sie verzweifelt versuchte, Shelby zu erreichen. Er wusste nicht, woher die dünnen, weißen Narben an seinem Handgelenk stammten.

Aber an Lias Gesicht erinnerte er sich. Er hätte dafür sterben können, es wiederzusehen, und anscheinend war er auch dafür gestorben. Er konnte ihr Bild heraufbeschwören, das von ihr und das von Aimee, als stünden die beiden nur einen Meter von ihm entfernt. Ross wusste, dass er dort hätte bleiben können – wo immer er gewesen war. Aber noch größer als der Wunsch, Aimee in seinen Armen zu halten, Lia überallhin zu folgen, wohin sie ihn führte ... war der Wunsch gewesen, bei seiner Schwester zu bleiben. Seinem Neffen. Vielleicht Meredith.

Ross hatte so viele Jahre nach irgendetwas gesucht, und nie zuvor war ihm klar gewesen, dass das Finden vielleicht nicht so wichtig war wie die Suche. Ein Leben wurde nicht durch den Augenblick des Todes bestimmt, sondern durch all die anderen Augenblicke, die man gelebt hatte.

Während er noch Meredith' Gesicht betrachtete, rann plötzlich eine Träne über ihre Wange. Ihre Augen öffneten sich einen Spalt, und sie sah Ross an. »Lucy«, flüsterte sie.

»Es geht ihr gut.«

Als Meredith klar wurde, wo sie war, fuhr sie erschrocken zusammen. »Du bist ein Geist.«

Er musste lächeln. »Nicht mehr.«

»Das Dynamit ist in deiner Hand explodiert. Ich hab's gesehen«, sagte sie. Und dann fügte sie leiser hinzu: »Die haben mir gesagt, dass du tot bist.« Sie wollte sich aufrecht hinsetzen, doch als sie ihr Bein dabei leicht bewegte, verdrehte sie vor Schmerzen die Augen.

»Bleib ganz ruhig liegen.« Er betrachtete ihr Gesicht, die feine Narbe am Haaransatz, die er zuvor nicht bemerkt hatte. »Du hast dir das Bein gebrochen, das du dir schon mal gebrochen hattest, bei einem Autounfall. An sechs Stellen. Wadenbein und Schienbein waren zertrümmert und wurden genagelt.«

»Ich hab dir nie erzählt«, sagte Meredith argwöhnisch, »dass ich mal einen Autounfall hatte.«

Er setzte sich auf die Bettkante. »Du saßest in einem grünen Honda und hattest ein schwarzes Kleid an«, sagte Ross leise. »Du hattest da eine Wunde.« Er berührte die Stelle an ihrer Stirn. »Deine Schuhe sind nie gefunden worden.«

»Du willst mir doch hoffentlich nicht erzählen, dass du auch übersinnliche Fähigkeiten hast«, sagte Meredith schwach.

»Nein«, erwiderte Ross. »Ich will dir erzählen, dass ich dabei war.«

Er blickte sie an, bis ihre Augen sich kaum merklich weiteten. »Zwei Mal«, sagte sie benommen und griff nach seiner Hand. Ihre Lider senkten sich. »Supermann.«

Er wartete, bis Meredith' Atem ruhig und gleichmäßig ging, dann schlossen sich seine Finger um ihre. »Vielleicht«, gab er zu.

In den letzten vier Wochen war Lucy eine richtige Draufgängerin geworden. Andauernd kletterte sie auf irgendwelche Dächer, streckte während der Fahrt den Kopf zum Autofenster hinaus und fürchtete sich auch nicht vor Gruselfilmen. Ethan wusste, dass es seine Schuld war. Der Psychoonkel, der sie beide wegen etwas behandelte, das sich Posttraumatische Belastungsstörung nannte, meinte, das sei nur eine Reaktion auf ein Sterbeerlebnis. Aber Ethan wusste es besser.

Er zog die langen Ärmel seines Sweatshirts nach unten und die Baseballmütze tiefer ins Gesicht. Hier vor dem Krankenhaus fühlte er sich nicht wie ein Mutant, weil andere Leute mit allen möglichen Schläuchen und Beuteln am Leib herumliefen. Außerdem war er sowieso nicht mehr die Hauptattraktion der Familie. Diese Ehre gebührte jetzt seinem Onkel Ross, den man für klinisch tot erklärt hatte und der aller Welt davon erzählen konnte.

Es ging ihm gut, das hatte er zumindest per Liveschaltung aus seinem Krankenhauszimmer in allen möglichen Talkshows erzählt. Er war einen Monat lang medizinisch beobachtet und untersucht worden und wurde heute entlassen. Genau wie Meredith. Seine Mom und Eli waren reingegangen, um die beiden abzuholen.

Ethan hatte seinen Onkel oft im Krankenhaus besucht, und sie hatten manchmal lange miteinander geredet, denn auch wenn Ethan sich nicht zu große Hoffnungen machen wollte, irgendwie fragte er sich doch unwillkürlich, ob diese Art von Glück etwas Einmaliges war. Oder ob es vielleicht an nachfolgende Generationen weitergegeben werden konnte.

Bei seinem letzten Besuch durfte er den ganzen Waldmeisterpudding und die Nudelsuppe von seinem Onkel aufessen, und dann waren sie zusammen in Meredith' Zimmer gegangen. Sie hatte Ethan erklärt, dass seine DNA sich zwar nicht selbst reparieren könne, dass aber irgendwelche Wissenschaftler in New York eine Salbe erfunden hätten, mit der sich der bereits entstandene Schaden an der DNA beheben ließe. Und in ihrem eigenen Labor waren Leute dabei, eine Gen-Ersatz-Therapie zu entwickeln, mit der XP sogar dauerhaft geheilt werden könnte.

Ethan wäre der Letzte, der behaupten würde, dass es nicht doppelte Wunder gab. Lag ja schließlich in der Familie.

»He, guck mal.« Lucy stieß ihm den Ellbogen in die Seite und zeigte zum Himmel. »Irre, was?«

Es war ein doppelter Regenbogen, einer unter dem anderen. Aber man konnte nur die linke Hälfte sehen, die sich bis zur Mitte des Himmels wölbte und dann in einem schmuddeligen Blau verschwand.

Ethan wusste, dass die rechte Seite des Regenbogens da war, auch wenn er und Lucy sie nicht sehen konnten.

Das war kein Wunschdenken oder Zauberei, sondern ein einfaches Naturgesetz. Wenn man nämlich weiß, dass ein Teil von etwas existiert, liegt es doch wohl auf der Hand, dass der Rest davon auch irgendwo sein muss.

Meine Geschichte hinter »Zeit der Gespenster« Jodi Picoult im Interview

Ihr neues Buch behandelt ein sehr hässliches Kapitel amerikanischer Geschichte und eines, das wahrscheinlich nicht sonderlich bekannt ist: Vermonts Eugenik-Projekt der 1920er- und 30er-Jahre. Erzählen Sie uns von diesem Projekt und wie Sie davon erfahren haben.

Ich muss zugeben, dass ich durch Zufall davon erfahren habe. Ich hatte ursprünglich vor, eine Geistergeschichte zu schreiben, und meine Suche nach einem fiktionalen Geist führte mich zu den Abenaki-Indianern in Vermont, die gegen die Bebauung des Landes protestieren, weil sie behaupten, es sei ein ehemaliger Friedhof. Ich habe angefangen mich ein wenig mit den Abenaki zu beschäftigen und habe einen Artikel gefunden, in dem das Vermont Eugenik Projekt und seine Auswirkungen auf die Abenaki diskutiert wird. Je mehr ich las, desto fassungsloser war ich – in den 1920er- und 30er-Jahren hat in Burlington, Vermont, eine Gruppe fortschrittlich denkender Wissenschaftler, Ärzte, Juristen und Universitätsprofessoren entschieden, den bäuerlichen Charme der Gegend zu erhalten, indem sie beschlossen, die Leute, die nicht ins Bild passten, einfach loszuwerden. Konkret: Menschen mit dunkler Hautfarbe, Protestanten. Sie gaben eine Studie in Auftrag, die besagte, dass die sogenannten »degenerierten« Familien wegen mehrmaligen Aufenthalten in Armenhäusern, Psychiatrischen Kliniken und Gefängnissen ein negativer Wirtschaftsfaktor seien. Oftmals waren das Abenaki, Kanadier aus dem französischen Teil des Landes und Bedürftige. Schließlich wurde ein Gesetz verabschiedet, das die freiwillige Sterilisierung der genannten Gruppen stützte. Leider hatte »freiwillig« nur wenig mit freiem Willen zu tun. In vielen Fällen mussten nur zwei Ärzte unterschreiben, um das Ganze in die Wege zu leiten. Hunderte von Abenaki und andere wurden sterilisiert, bevor die Finanzierung in den spätern 1930er-Jahren eingestellt wurde – dank der Nazis, die das amerikanische Eugenikprogramm als Grundlage für ihre eigenen Pläne der Rassenhygiene bezeichneten.

Die aktuelle Debatte über die Entschlüsselung des menschlichen Genoms, über Klonen und Genersatztherapie, behandelt viele derselben Fragen, die vor Jahren von den Fürsprechern der Eugenik aufgeworfen wurden. Ich wollte den Gedanken durchspielen, dass alle Dinge im Leben zurückkehren, um uns heimzusuchen – die Geschichte eingeschlossen. Und ich wollte zeigen, dass die Wissenschaftler der 1920er und 30er Jahre keine bösen Dr. Frankensteins waren, sondern vielmehr fortschrittsgläubige Denker, die wirklich meinten, das Richtige zu tun. Zur gleichen Zeit wollte ich die Menschen daran erinnern, dass die Wissenschaft, auch wenn sie mess- und überprüfbar ist, doch nichts ist, an das wir vorbehaltlos glauben sollten. Ohne mir in diesem Buch über die Eugenik oder die Abenaki ein Urteil anmaßen zu wollen, glaube ich, dass die Menschen es einfach verdienen zu wissen, was geschehen ist … auch wenn es in eine fiktionale Erzählung verpackt wurde.

Wie konnte Vermont dieses Eugenik Projekt so lange geheim halten? Gab es vergleichbare Projekte in anderes Teilen des Landes?

Ich würde nicht sagen, dass Vermont diese Projekte verheimlicht hat. Ich denke vielmehr, dass sie einfach irgendwie auf der Strecke geblieben sind. Sobald der Geldhahn abgedreht war, gab es niemanden mehr, der für die Sache der Eugenik vor Gericht gegangen wäre. Und ich nehme an, dass es nach dem Zweiten Weltkrieg ein gewisses Unbehagen gab, beim Gedanken daran, diese Geschehnisse zu diskutieren. Jedenfalls wurden die Listen mit den Stammbäumen der betroffenen Familien und die übrigen Dokumente jahrelang vergessen, bis sie von einem Mann namens Kevin Dann ausgegraben wurden, einem Historiker aus Vermont. Und die traurige Wahrheit ist, dass mehr als die Hälfte der amerikanischen Staaten irgendwann ein Sterilisierungs-Gesetz in ihre Gesetzbücher aufgenommen hatten.

In Vermont hat sich übrigens nie jemand entschuldigt. Und weil das nördliche Neuengland einer dieser Landstriche ist, dessen Bewohner nicht unbedingt dafür bekannt sind, viel herumzukommen, leben die Nachfahren beider Gruppen, sowohl der Fürsprecher der Eugenik-Bewegung wie ihrer Opfer, noch immer in unmittelbarer Nachbarschaft. Einige Familien der Wissenschaftler empfinden sowohl Scham als auch Wut, Wut darüber, dass ihre Verwandten nicht selten als böse und größenwahnsinnig dargestellt werden. Einige Abenaki-Familien haben mit der Sache abgeschlossen, sie sind verbittert und ziehen es vor, keine alten Wunden aufzureißen. Aus diesen und anderen Gründen war es für beide Gruppen einfacher, die Ereignisse unter den sprichwörtlichen Teppich zu kehren, statt sie ans Licht der Öffentlichkeit zu bringen.

Sie haben sich in »Zeit der Gespenster« auch eingehend mit Geisterjagd und paranormalen Erscheinungen beschäftigt. Gibt es wirklich so etwas wie Geisterjagd? Sind Sie tatsächlich auf Geisterjagd gegangen?

Um die Wahrheit zu sagen: Ich dachte ich, ich könne bei dieser Geistersache ein bisschen schummeln, statt die Recherche-Heldin zu sein, die ich sonst immer bin. Doch dann wurde mir klar, dass ich so Gefahr lief, mir von jedem Leser, der schon mal eine Geistererscheinung hatte, anhören zu müssen, dass ich alles falsch verstanden habe, und ich entschloss mich dazu, einen Experten auf dem Gebiet zu suchen, der mir etwas über Geisterjagd erzählen kann. Ich habe im Internet recherchiert und bin auf The Atlantic Paranormal Society (TAPS) gestoßen. Ich schrieb an jedes Gründungsmitglied eine E-Mail. Ich hätte geglaubt, dass es eine Weile dauern würde, jemanden zu finden, der an Geister glaubt – aber innerhalb weniger Stunden hatten mir alle geantwortet. Jason Hawes und Grant Wilson waren gerne bereit mit mir über den Forschungsstand zu übersinnlichen Erscheinungen zu sprechen. Sie machten mir den Vorschlag, sie auf Rhode Island zu besuchen, um sie auf einer Geisterjagd zu begleiten.

Das war eine ganz besonders interessante Erfahrung. Ich meine, einerseits erzähle ich meinen Kindern zu Hause, dass es so etwas wie Geister gar nicht gibt … andererseits mache ich mich schwarz gekleidet, mitten in einer Januarnacht mit einem Grüppchen von Forschern auf den Weg zu einer verlassenen psychiatrischen Anstalt in Neuengland. Das Gebäude war zugenagelt – es war das ehemalige Anstaltsschwimmbad, und ich konnte das leere Becken sehen, der Boden war bedeckt von Blättern und Unrat. Im Hintergrund sah ich etwas, das wie Glühwürmchen aussah – die Forscher erklärten, es seien Streukügelchen oder Energie wechselnde Formen. Später liefen wir über ein Feld auf dem ein Gebäude inklusive der darin untergebrachten Patienten bis auf die Grundmauern abgebrannt war. Ich lief zusammen mit einem »Fühlenden« (jemand, der Geister »fühlen« kann). Die Nacht war extrem kalt und sehr klar, und wir konnten unseren Atem vor uns sehen. Plötzlich stellten sich mir die Nackenhaare auf. Bevor ich das meinem Begleiter gegenüber auch nur erwähnen konnte, zückte er die Digitalkamera und hielt sie zwischen uns nach hinten gerichtet, über unsere Schultern und schoss ein Foto.

Also es ist wichtig daran zu denken, dass a) unser Atem *vor* uns war und b) niemand und nichts hinter uns. Und das Objektiv der Kamera hat deutlich erkennbar eine Art Nebelschwaden festgehalten. Ein Geisterjäger wird ihnen sagen, dass Geister manchmal Filmaufnahmen oder Digitalfotos beeinträchtigen können, aufrund großer Hitze oder magnetischer Energiefelder.

Von dort machten wir uns auf den Weg zu einem echten Fall. Ein Paar in Massachusetts hatte – so glaubten beide – einen Geist gesehen. Sie baten die Leute von TAPS (The Atlantic Paranormal Society) zu kommen und das Ganze zu bestätigen. Was mich an dieser Gruppe wirklich beeindruckt hat, war, dass sie über sich selbst lachen konnten – es wurde ein Witz über Geisterjäger nach dem anderen gemacht – und sie berechneten ihren »Klienten« nichts für ihren Einsatz. Niemand, so ihre Überzeugung, sollte dafür bezahlen müssen, Besuch von einem Geist zu haben; für mich hieß das, dass sie das also nicht nur taten, um Geld zu machen.

Das Haus war klein, und das Poltern, das die Bewohner gehört hatten, kam vom Dachboden, einem kleinen Raum in der dritten Etage mit einer kleinen Tür und einem Vorhängeschloss. Die TAPS-Jungs gaben mir den einzigen Schlüssel und stellten dann in der Mitte des

Dachbodens eine Videokamera auf. Auf diese Weise fangen sie oft etwas – Streukügelchen, Geräusche, Stimmen. Der Dachboden war sauber gefegt, es war nichts Übersinnliches zu sehen. Ich war die letzte, die den Raum verließ, und ich schloss hinter mir ab, dann steckte ich den Schlüssel in die Tasche. Als die anderen die Treppe hinunterstiegen, um sich unten zu unterhalten, warf ich einen Blick in die zwei Kinderschlafzimmer – beide Kinder schliefen in bequemen Gitterbettchen in Räumen, die tadellos sauber und ordentlich waren. Unten beschrieben die Eltern, wie sie um zwei Uhr in der Nacht Spieldosen-Musik gehört hätten, nur um dann, als sie dem Geräusch nachgingen, ein Spielzeugklavier für Kinder auf der Treppe zum Dachboden zu finden. Sie erzählten davon, wie sie nach Hause kommen und alle Wasserhähne sind aufgedreht oder alle Cornflakespackungen aus dem Vorratsschrank geholt, der Inhalt auf dem Boden verschüttet. Von Räumen, in denen es urplötzlich zwanzig Grad kälter wird. Nachdem ich den beiden ein Weile zugehört hatte, erklärte ich, dass ich wieder zurück nach oben gehen wolle. Wieder warf ich einen Blick ins Zimmer des ersten Kindes. Jetzt lagen auf dem Teppich in einer Reihe sechs Pennies, die vorher nicht dort gewesen waren. Sie waren alle auf die Jahre zwischen 1968 und 1972 datiert. Ich hob sie auf, steckte sie in die Tasche und ging zum Zimmer des nächsten Kindes, wo ich dasselbe fand – sechs Pennies, alle aus dem gleichen Zeitraum. Schließlich ging ich auf den Dachboden, holte den Schlüssel hervor, schloss das Vorhängeschloss auf und knipste das Licht an. Ich fand eine Handvoll Pennies unterhalb der Videokamera, alle auf die Jahre zwischen 1968 und 1972 datiert. Ich kann Ihnen nicht sagen, ob es in diesem Haus spukte, aber ich kann Ihnen versprechen, dass Sie, wenn Sie in ihr Portemonnaie schauen, kaum einen Pennie finden werden, der in diesem Jahr geprägt wurde – geschweige denn dreißig.

Glauben Sie jetzt an Geister?

Ich glaube, dass es vieles in dieser Welt gibt, was wir nicht verstehen. Und dass Geister zu sehen oft eine Alles-oder-Nichts-Sache ist – die Menschen glauben nicht daran, bis sie einen sehen und dann sind sie ganz plötzlich überzeugt. Ich habe Dinge gesehen, die ich mir mit dem bloßen Verstand nicht erklären kann. Und das bringt mich dazu zu glauben, dass die Existenz von Geistern durchaus möglich ist. Einer der für mich angenehmsten Aspekte, während des Schreibens von »Zeit der Gespenster« war, die Natur des Glaubens zu erforschen. Wir neigen dazu zu glauben, dass etwas ohne wissenschaftlichen Beweis nicht existieren kann. Die Menschen sagen, man könne nicht an Geister glauben, weil man sie nicht sehen, berühren oder einfangen kann. Aber dann müssten diese Menschen auch sagen, dass Liebe nicht existiert … und dennoch haben die meisten von uns das Gefühl, in der einen oder anderen Form, schon mal erlebt.

»Zeit der Gespenster« ist ein gelungenes Beispiel für die Mischung von Fakt und Fiktion, von Gegenwart und Vergangenheit. Wie haben sie es geschafft, diese verschiedenen Elemente in Ihrem Roman so nahtlos miteinander zu verknüpfen?

Wenn man etwas schreibt, das in irgendeiner Form von historischer Bedeutung ist, dann ist damit eine riesige Verantwortung verbunden, die Pflicht einer hundertprozentigen Genauigkeit. Aber in diesem Fall macht das Thema der sich wiederholenden Geschichte ein Eintauchen in die Vergangenheit ganz besonders notwendig. Es fiel mir sehr schwer zu entscheiden, ob ich die richtigen Namen der für das Eugenik-Projekt Verantwortlichen benutzen sollte – wie Harry Perkins, zum Beispiel. Er taucht im Buch auf, allerdings als eine Person über die gesprochen wird, die aber nie selbst in Erscheinung tritt. Die Protagonisten sind alle frei erfunden.

Die Verbindung zwischen Vergangenheit und Gegenwart basiert vor allem auf den Charakteren von Lia und Meredith. Lias Verbindung ist offensichtlich, Merediths Anknüpfungspunkte sind eher intellektuell. Als Präimplantationsdiagnostikerin ist sie die moderne Version einer früheren Eugenikerin: eine Frau, die die Wissenschaft einsetzt, um Gutes zu tun, indem sie Techniken anwendet, die – wenn sie in die falschen Hände geraten –, verheerende Folgen haben können. Wer entscheidet, was ›optimal normal‹, ›optimal‹ oder ›optimal wertvoll‹ ist? Nicht der Wunsch der Eugeniker, eine besser Welt zu schaffen war falsch – es war die Definition von ›besser‹, die falsch war.

Von all meinen Büchern war das Schreiben bei diesem – erzählerisch gesehen – am schwierigsten. All diese Anknüpfungspunkte im ersten Teil so zu arrangieren, dass ich sie im letzten Teil schließlich auflösen konnte. Es gibt so viele überraschende Wendungen in »Zeit der Gespenster«, und dennoch musste es funktionieren, denn wenn man über historische Ereignisse schreibt, ist das Bedürfnis für eine Schlüssigkeit des Erzählten beim Leser besonders groß. Sie lesen das Buch und glauben zu wissen, was kommt … und in Wahrheit wissen Sie es nicht.

ANMERKUNG

Die Handlung dieses Buches ist frei erfunden. Das »Vermont Eugenics Project« aus den Zwanziger- und Dreißigerjahren des vergangenen Jahrhunderts jedoch nicht. Es ist ein Kapitel der Geschichte, das erst kürzlich neu entdeckt wurde und das bei vielen Vermontern mit ganz unterschiedlichem kulturellen Hintergrund bis heute große Trauer und Scham auslöst. Die Archive der Eugenik-Erhebung befinden sich heute in Middlesex, Vermont – die Fälle, in die ich dort Einblick gewinnen konnte, dienten mir als Vorlage für etliche Beispiele im mittleren Teil meines Buches.

Spencer und Cissy Pike, Gray Wolf, Harry Beaumont und Abigail Alcott sind fiktive Figuren, aber Henry F. Perkins hat es tatsächlich gegeben. Wie Nancy Gallagher auf ihrer Website »Vermont Eugenics: A Documentary History« (www.uvm.edu/~eugenics) erwähnt, war er Professor für Zoologie an der University of Vermont und organisierte die Eugenik-Erhebung Vermont in Verbindung mit seinem Seminar über Vererbungslehre. Er glaubte, dass der wachsende Anteil von Problemfällen in der Bevölkerung Vermonts durch Forschung, Bildung und entsprechende Gesetzgebung reduziert werden könnte. Seine führende Rolle in dem Bereich trug letztlich mit zur Verabschiedung des Sterilisationsgesetzes von 1931 bei, und er unterrichtete weiter Vererbungslehre und Eugenik, bis er sich im Jahre 1945 zur Ruhe setzte.

Der offizielle Titel des Gesetzes lautete zwar »Law for Human Betterment by Voluntary Sterilization«, aber es ist zweifelhaft, inwieweit wirklich von »freiwilliger« Sterilisation die Rede sein konnte. Es liegen Anhaltspunkte dafür vor, dass ein Mensch bereits sterilisiert werden konnte, wenn nur zwei Ärzte ihre Einwilligung gaben. Während der Kriegsverbrecherprozesse nach dem Zweiten Weltkrieg führten Naziwissenschaftler amerikanische Eugenik-Projekte als Grundlage ihrer eigenen Pläne für »rassische Hygiene« an.

In den Sechziger- und Siebzigerjahren nahm die amerikanische Bürgerrechtsbewegung die Sterilisationsgesetze einzelner US-Staaten aufs Korn, mit der Folge, dass etliche aufgehoben wurden. Andere wurden überarbeitet, von ihrer eugenischen Sprache bereinigt und so formuliert, dass die Rechte des Individuums besser geschützt waren. Mehrere Staaten haben die amerikanische Eugenik-Bewegung inzwischen offiziell verurteilt und ihr Bedauern über ihre Rolle dabei zum Ausdruck gebracht. Vermont hat das nicht getan.

Henry Perkins starb 1956, kurz nachdem die Struktur der DNA entdeckt worden war. Reproduktionstechnologie und genetische Diagnose sind nichts anderes als Eugenik im neuen Gewand. Und eine Laune des Schicksals hat dafür gesorgt, dass das Projekt zur Erforschung des menschlichen Genoms ausgerechnet in Cold Spring Harbor, New York, beheimatet ist – dort, wo 1910 das neu gegründete »Eugenics Record Office« untergebracht war.

Für alle, die mehr über das Thema Eugenik erfahren möchten, habe ich eine kleine Bibliografie von Büchern und Dokumenten zusammengestellt, die für mich bei der Arbeit am vorliegenden Buch sehr hilfreich waren. Ich möchte des Weiteren Fred Wiseman, Charlie Delaney und Marge Bruchac danken, die mir die Perspektive der Abenaki nahegebracht haben; Mike Hankard und Brent Reader gilt mein Dank für die ersten Abenaki-Übersetzungen, und Joseph Alfred Elie Joubert von der Odonak Indian Reservation, P. Que., Kanada, danke ich für die

Überarbeitung der Abenaki-Sätze im Text sowie für seine Erläuterungen zur korrekten Aussprache. Dankbar bin ich auch Kevin Dann, der 1986 die EEV-Dokumente entdeckte, dafür sorgte, dass die Öffentlichkeit davon Kenntnis nahm, und mir erlaubte, auf der Basis seiner Arbeit einen Plot für mein Buch zu erfinden. Und zu guter Letzt danke ich Nancy L. Gallagher, die mir freundlicherweise die Ergebnisse ihrer Recherche für ihr Buch *Breeding Better Vermonters: The Eugenics Project in the Green Mountain State* zur Verfügung stellte und deren Kenntnisse auf dem Gebiet für mich eine unschätzbare Hilfe waren. Ich empfehle allen, die sich ausführlicher mit dem Thema beschäftigen möchten, die Lektüre des oben genannten Buches oder einen Besuch von Ms. Gallaghers Website, »Vermont Eugenics: A Documentary History« (www.uvm.edu/~eugenics). Nancy verdanke ich das historische Material für meinen Roman.

Ohne die Arbeit dieser Menschen hätte ich meine Arbeit nicht vollenden können.

Jodi Picoult

BIBLIOGRAFIE

Anderson, Elin: *We Americans: A Study of Cleavage in an American City*. Cambridge, MA, Harvard University Press, 1937.

Bandler, James: »The Perkins Solution«. In: Vermont Sunday Magazine, *Rutland Herald*, 9. April 1995.

Dann, Kevin: »Playing Indian: Pageantry Portrayals of the Abenaki in the Early Twentieth Century«. Aus einem Vortrag auf einem UVM-Kongress in Burlington, Vermont, November 1999.

Dolan DNA Learning Center, Cold Spring Harbor Laboratory, New York: »Image Archive on the American Eugenics Movement«. (www.eugenicsarchive.org)

Eugenics Survey of Vermont and the Vermont Commission on Country Life. Aufsätze, Public Records Office, Middlesex, VT.

Gallagher, Nancy L.: *Breeding Better Vermonters: The Eugenics Project in the Green Mountain State*. Hanover, NH, 1999.

Gallagher, Nancy L. »Vermont Eugenics: A Documentary History«. (www.uvm.edu/~eugenics).

Kincheloe, Marsha R./Herbert G. Hunt, jr.: *Empty Beds: A History of Vermont State Hospital*. Barre, VT, 1988.

Laws of Vermont. 31st Biennial session (1931): 194–196. Nr. 174 – An Act for Human Betterment by Voluntary Sterilization.

Oatman, Michael: »Long Shadows: Henry Perkins and the Eugenics Survey of Vermont«. Ausstellung im Massachusetts Museum of Contemporary Art, Frühjahr 2001.

Wiseman, Fred: *The Voice of the Dawn: An Autohistory of the Abenaki Nation*. Hanover, NH, University Press of New England, 2001.

DANKSAGUNG

An Geister glaubt man. Oder man tut es nicht. Aber es gibt kein Zwischending. So wenig wie beim Schwangersein. Deshalb wusste ich, als ich mich daranmachte, Ross Wakeman zu erschaffen, dass ich Menschen finden musste, die nicht nur an Geister glaubten, sondern mir auch erklären konnten, warum sie das taten. Es war ein Glücksfall für mich, dass ich die Atlantic Paranormal Society kennenlernte – vor allem Jason Hawes und Grant Wilson, die mich mit auf Geisterjagd nahmen und davon überzeugten, dass es mehr Dinge zwischen Himmel und Erde gibt, als unsere Schulweisheit sich träumen lässt, und Andy Thompson, der mir beschrieb, wie es ist, wenn man »sensitiv« ist. Was ich von ihnen lernte, war so faszinierend, dass ich vielleicht noch eine zweite Geistergeschichte schreiben muss, nur um einen Vorwand zu haben, wieder mit ihnen losziehen zu können.

Und hier wie versprochen: ein Dankeschön an die Damen von »Women Who Luv Books«, die mir so begeistert bei der Titelsuche halfen: Lori Maurillo Thompson, Sherry Fritzsche, Sandy Langley, Joyce Doherty, Laurie Barrows, Connie Picker, Sara Reynolds, Nancy Martin, Claudia Kari, Pamela Leigh, Suzi Sabolis, Linda Shelby, Carol Pizzi, Diane Meyers, Karen Sokoloff und MJ Marcks.

Wie immer gilt mein Dank meiner medizinischen Expertentruppe: Dr. Elizabeth Martin, Lisa Schiermeier, Dr. David Toub, Dr. Tia Horner, Dr. Aidan Curran und Dr. Daniel Collison; meinen juristischen Beratern: Jennifer Sternick, Andrea Greenen Goldman, Alan Williams und Allegra Lubrano; und natürlich meinem Guru in allen

Fragen der Polizeiarbeit: Detective-Lieutenant Frank Moran. Detective Claire Demarais von der Rhode Island State Police hat ein besonderes Dankeschön verdient, weil sie mir Grundkenntnisse in Forensik vermittelte. An Sindy Follensbee geht mein Dank, weil sie so schnell getippt hat – und immer mit einem Lächeln. Rebecca Picoult hat mir beim Französischen geholfen, *très, très vite*, und mich zum Massachusetts Museum of Contemporary Art begleitet; Jane Picoult, Steve Ives und JoAnn Mapson haben Entwürfe zu diesem Buch gelesen und mich daran gehindert, träge zu werden. Aimee Mann hat für Ross' Schmerz den musikalischen Ausdruck gefunden und mir so geholfen, ihn in einen Text zu übersetzen. Meiner Agentin Laura Gross danke ich für ein ganzes Jahrzehnt guter Zusammenarbeit, die hoffentlich noch sehr lange währen wird. Mein Dank geht auch an Laura Mullen und Camille McDuffie, die beiden Kupplerinnen, die für meine Bücher ein liebevolles Publikum finden. Und ich möchte allen bei Atria Books dafür danken, dass sie sich in dieses Buch genauso verliebt haben wie ich – besonders hervorheben muss ich aber Judith Curr, Karen Mender, Sarah Branham, Shannon McKenna, Craig Herman und Paolo Pepe. Meine Lektorin bei Atria, Emily Bestler, ist nicht nur unglaublich geschickt darin, mich zu besseren Leistungen anzuspornen, als ich sie mir selbst zutraue, sondern sie ist darüber hinaus eine echte Freundin, und es tut gut, sie auf meiner Seite zu wissen.

Und schließlich danke ich Kyle, Jake und Samantha, die ihre Mom oft mit vielen fiktionalen Figuren teilen müssen, und meinem Mann Tim, der mein Leben erst möglich macht.